LE TEMPS D'UN AUTRE

Robert Goddard est né en 1954 en Angleterre. Journaliste, enseignant puis proviseur pendant plusieurs années, il décide de se consacrer entièrement à l'écriture au milieu des années 1980. Longtemps souterraine, son œuvre vient d'être redécouverte en Angleterre et aux États-Unis, où elle connaît un succès sans précédent. Il est l'auteur, entre autres, d'*Heather Mallender a disparu* et du *Secret d'Edwin Strafford*.

Paru dans Le Livre de Poche :

HEATHER MALLENDER A DISPARU

PAR UN MATIN D'AUTOMNE

LE SECRET D'EDWIN STRAFFORD

ROBERT GODDARD

Le Temps d'un autre

TRADUIT DE L'ANGLAIS PAR PASCAL LOUBET

LE LIVRE DE POCHE

Titre original :

BORROWED TIME
publié par Bantam Press, an imprint of Transworld Publishers

ISBN : 978-2-253-18422-5

Aux garçons

Prologue

Tout commença il y a plus de trois ans, par une radieuse soirée au cœur de l'été. Vous le savez, évidemment. Vous connaissez tous les tenants et aboutissants. Mais pas les raisons. Pas encore, en tout cas. Moi si. Je comprends tout l'enchaînement de causes et d'effets menant de ce jour-là à celui-ci. Je peux les considérer en totalité comme un oiseau de proie planant dans le ciel au-dessus du paysage environnant. Je peux voir toute la longueur de la route tortueuse que j'ai suivie de ce moment à aujourd'hui. Il n'y a pas de sortie que j'aurais pu prendre, pas de carrefours où j'aurais pu changer d'itinéraire. C'était voué à finir ainsi depuis toujours. Un avenir devient inévitable dès l'instant où il touche le présent.

Vous savez tout cela, ou du moins vous le pensez. Et maintenant vous dites que vous voulez comprendre. Très bien. De toute évidence, je dois essayer d'expliquer. Pas d'excuser ; pas d'atténuer ; pas de disculper. Tout au plus expliquer. Tout au plus dire toute la vérité pour la première fois. Comme je vais le faire. Comme je le dois. C'est alors que vous comprendrez. Pour la même raison. Vous dites que vous voulez la vérité. Très bien. Vous allez l'avoir.

1

Tout commença il y a plus de trois ans, par une radieuse soirée au cœur de l'été. J'avais quitté Knighton ce matin-là pour ce qui était prévu comme une randonnée de six jours le long de la moitié sud de la levée d'Offa. J'ai toujours trouvé que je réfléchis mieux quand je marche seul. Et puisque j'avais beaucoup de sujets de réflexion à cette époque, une marche vraiment longue me permettrait sûrement de réfléchir bien et clairement. Je commençais à être cerné par des décisions qui se faisaient passer pour des choix. L'âge mûr pointait le bout de son nez comme un croisement me guettant sur le chemin de la vie. Rien n'était aussi simple que je le voulais, ni aussi certain. Mais là-haut dans les collines, j'espérais que j'en aurais l'impression.

C'était le mardi 17 juillet 1990. Une date mémorable, mémorable et fort commentée. Une journée de chaleur écrasante et de soleil implacable déclinant dans un crépuscule de langueur suffocante. Une journée de marche solide et de sérieuse réflexion pour moi, de sol dur sous mes semelles et d'azur au-dessus de ma tête. Contrairement à ce que j'espérais, je ne vis pas la moindre buse décrire des cercles dans les courants ascendants, même si, peut-être, après tout, il y avait quelque chose qui planait là-haut, hors de portée du regard, et qui voyait et savait vers quoi je me dirigeais.

J'étais monté à Knighton en train depuis Petersfield la veille, heureux d'être enfin loin et seul. Mon frère aîné, Hugh, était mort cinq semaines plus tôt d'une crise cardiaque, à l'âge de quarante-neuf ans. Cela avait été un choc, évidemment. Douloureux – surtout pour ma mère. Mais Hugh et moi n'avions jamais été ce que l'on peut qualifier de proches. Douze ans d'écart, c'était tout simplement trop, j'imagine. La seule fois où nous avions à peu près pu faire connaissance en tant que frères, c'était lorsque nous avions randonné sur le Pennine Way ensemble à l'été 1973. Depuis sa mort, le souvenir de ces trois lointaines semaines dans les Northern Fells était devenu dans mon esprit une sorte de talisman d'une fraternité perdue. Mon expédition sur la frontière galloise était en partie un acte conscient de deuil, et en partie une quête des quelques rares plaisirs et occasions que la vie offrait alors.

Cependant, plus que tout, le voyage était destiné à m'éclaircir l'esprit et à décider de mon avenir. Ma sœur Jennifer et mes deux autres frères, Simon et Adrian, travaillaient tous dans l'affaire familiale, Timariot & Small, dont Hugh était le directeur. À cet égard – comme à bien d'autres –, j'étais le mouton noir. J'avais coutume de prétendre que ma carrière à la Commission européenne à Bruxelles m'accordait l'immunité vis-à-vis de leurs préoccupations étroites et de leurs perpétuelles chamailleries. Et c'était le cas. Outre une sécurité absolue et une relative prospérité. J'y avais eu droit pendant douze ans et je pouvais en espérer au moins vingt de plus. Suivis d'une retraite anticipée et d'une pension indexée. Oh, oui, la vie d'un eurocrate présente d'indubitables avantages.

Mais elle présente aussi d'inévitables inconvénients. Qui avaient commencé à me peser ces derniers temps. Le Berlaymont, une montagne de verre et de béton en forme de X où je travaillais dans un bureau exigu ou un autre depuis mon arrivée à Bruxelles, était devenu encore plus oppressant dans mon imagination qu'il n'était en réalité. Il a été fermé depuis, à la suite de la découverte de poussière d'amiante cancérigène dans ses moindres recoins. Aussi, même si vous balayez de vos pieds la poussière du Berlaymont, il se peut qu'elle reste dans vos poumons et attende patiemment – durant des dizaines d'années, disent les experts – de réclamer son dû. Eh bien, je ne peux plus rien y faire à présent. Et à l'époque, ce n'était pas quelque chose d'aussi tangible que l'amiante qui me suffoquait. C'était la connaissance de tous les kilomètres de couloirs que j'arpentais docilement, de tous les hectares de mémos que je paraphais solennellement, des tonnes de gravité institutionnelle que je participais modestement à charrier – et continuerais à porter, année après année, jusqu'à ce que survienne la fin du monde, la retraite ou l'amiante.

Je l'aurais fait, bien sûr. J'aurais continué, faute d'une autre route, en devenant plus cynique et désabusé avec les années, en devenant de plus en plus semblable à mes collègues harassés à la cinquantaine, rêvant des bungalows dans le Surrey et des journées au golf qui les attendaient. Il était déjà trop tard pour éviter de partager leur destinée. C'était, comme je m'en apercevais parfois dans la lugubre nuit bruxelloise, déjà fini pour moi.

Seulement, c'est là que Hugh mourut. Et qu'après tout, ce ne fut plus forcément fini pour moi. Je n'éprouve aucun plaisir à dire cela. Dieu sait que j'aurais préféré que cela ne lui arrive pas. Mais ma vie fut chamboulée du jour où il succomba à son exténuante charge de travail et s'effondra lentement sur le sol de son bureau peu après 21 heures un soir de juin 1990. Jamais je n'aurais pu imaginer à quoi sa mort allait me conduire. Et peut-être cela valait-il mieux. Je me serais de nouveau enfui vers mon existence morne mais sans risques à Bruxelles si j'en avais su la moitié. C'est certain. Cependant, malgré tout ce qui s'est passé, je suis heureux de n'en avoir rien fait. Je suis heureux d'avoir suivi cette route.

Au début, cela parut comme un violent coup de tonnerre dans le ciel bleu, un cruel rappel que moi aussi je mourrais un jour. Mais les signes étaient là aux obsèques, dans la tension qui n'était pas que du chagrin. Pendant quinze ans, Hugh avait été Timariot & Small, la soutenant autant par son énergie et son engagement qu'en cultivant son avantage commercial. Maintenant, il n'était plus là. Et il ne s'agissait pas simplement de savoir qui allait le remplacer, mais si l'entreprise pouvait survivre privée de sa main sur le gouvernail. Même au crématorium, Simon et Adrian se jaugeaient du regard en prévision du duel à venir, pendant que Reg Chignell, le directeur de la production, les lorgnait tous les deux en se demandant clairement s'il y en avait un à la hauteur de la tâche.

Oncle Larry était sorti de sa retraite pour présider temporairement le conseil d'administration. Ce furent lui et ma mère qui me firent le lendemain des obsèques une suggestion que je ruminais encore un mois après lorsque je me mis en route pour Knighton. Bien que notre benjamin, c'était Adrian qui avait travaillé le plus longtemps dans l'entreprise. Il avait également deux fils, soit deux de plus que nous tous réunis, ce qui, selon la logique surannée de mon oncle, en faisait un gardien honorable de la tradition familiale. En outre, en vertu de quelques parts réservées dans un trust pour l'aîné de ces fils, Adrian avait plus de poids dans les votes que Simon, Jennifer ou moi. Le poste de directeur était fait pour lui, expliquèrent-ils. Avec le soutien de la veuve de Hugh, Bella, qui avait hérité de ses parts, ils se proposaient d'offrir le poste à Adrian. Toutefois, ils prévoyaient des frictions entre Simon et lui. Enfin, il n'y avait pas besoin d'être médium pour voir cela. Ce qu'il fallait, c'était une influence apaisante, quelqu'un qui succède à Adrian comme directeur des opérations et apporte dans les délibérations du conseil le calme bon sens d'un économiste de formation. Ce qu'il fallait, en bref, c'était moi.

Leur thèse n'était pas, en toute franchise, bien solide. J'avais travaillé dans l'usine durant les vacances universitaires et dans les bureaux pendant les quelque dix-huit mois qu'avait pris la Commission européenne pour décider qu'elle avait besoin de moi. Mais tout cela avait eu lieu il y a bien longtemps et ma formation d'économiste n'était que prétexte. Ce que ma mère voulait en réalité, c'était me faire revenir au bercail et me voir installé à Petersfield, idéalement avec une femme et des enfants, avant sa mort. Oncle Larry était plus que disposé à suivre le mouvement. Et j'étais tenté d'en faire autant – pour des raisons qui ne regardent que moi.

Je ne leur confiai pas que j'avais spécialement hâte de quitter Bruxelles, évidemment. Je ne voulais pas – en particulier mes frères ou ma sœur – qu'ils pensent qu'ils me rendraient un service supérieur à la faveur que je leur accordais. Je m'efforçai de laisser entendre que pour le bien de la famille, j'étais peut-être disposé à renoncer à ma lucrative carrière – si les conditions étaient convenables. Mais c'est là que le bât blessait, comme l'assuraient ingénieusement les termes du contrat de la Commission. Jamais les conditions ne seraient suffisantes. Frustré ou pas, en tant que *fonctionnaire**[1], je n'avais pas grand-chose à faire. Chez Timariot & Small, j'allais tirer la langue.

Ensuite, il y avait l'avenir de l'entreprise à prendre en compte. Je n'étais pas absolument certain qu'elle en avait un. Un passé, oui. En 1836, mon arrière-grand-père Joseph Timariot s'était associé avec John Small pour fabriquer des battes de cricket dans un modeste atelier de Sheep Street, à Petersfield. En changeant seulement une fois de locaux – pour s'installer dans l'usine actuelle de Frenchman's Road –, l'affaire avait grossi pour devenir quelque chose comme la troisième

1. Les mots en italique suivis d'un astérisque sont en français dans le texte original. *(N.d.T.)*

RELEVE DE TRANSACTION

L'ECHANGE
713 AVENUE MONT-RO H2J1L7
MONTREAL QC
22401331

ACHAT

03-12-2016 15:22:17
No compte ************5759 C
Compte :Cheque Type carte DP
A0000002771010 Interac

No repere 050090
F52240133101
No facture 104055
No aut 97435E RRN 001135080

Total $25.20

(00) Approuvé-Merci

Conservez cette copie pour vos
dossiers
Copie client

RELEVÉ DE TRANSACTION

L'ECHANGE
713 AVENUE MONT-RO H2J1W7
MONTREAL QC
22401331

\#### ACHAT ####

03-12-2016 15:22:17
No compte ###############5759 C
Compte Chèque Type carte DP
A0000002771010 Interac

No repère 090090
FS2240133101
No facture 104099
No aut. 9743CE RRN 001198088

Total $25.20

(00) Approuvé-Merci

Conservez cette copie pour vos dossiers
Copie client

L' ECHANGE

713 MONT-ROYAL EST
TEL.:(514)523-6389
WWW.LIBRAIRIELECHANGE.COM
TPS: 103422630RT0001
TVQ: 1001597929TQ0001

12/03/2016 000002
#0230 15:23:40 SERV.01 0001

LIVRES	T1 $7.50
LIVRES	T1 $16.50
MDSE ST	$24.00
T.P.S.	$1.20

DEBIT **$25.20**

plus importante manufacture de battes de cricket du pays. Mais c'était loin d'en faire un General Motors. Elle employait une cinquantaine de personnes dans une ville commerçante de taille moyenne du Hampshire, en utilisant des méthodes désuètes pour fabriquer à la main un produit dans l'unique branche de l'industrie du sport où l'Extrême-Orient n'avait pas encore rattrapé les traditions anglaises. Le passé, elle le possédait fièrement, sous la forme de médailles et de certificats fanés de l'Exposition universelle, de lettres de félicitations aux bords jaunis provenant de joueurs de cricket édouardiens, de l'air chargé de sciure de l'atelier où mon père avait suivi les traces de son père et de son grand-père. Mais l'avenir ? Avait-il en réserve une place pour des Timariot & Small ?

La famille Timariot courait, à mes yeux, le risque de mettre tous ses œufs dans le même panier, très ancien et de plus en plus fragile. Je ne crois pas que mon père avait jamais imaginé que ses cinq enfants travailleraient tous pour l'entreprise. Jusqu'à sa retraite, Hugh avait été le seul. Puis Adrian était entré dans l'entreprise, à peine ses études achevées. L'oncle Larry avait pris sa retraite quelques années plus tard et sa place de directeur financier avait été reprise par Jennifer, qui jusque-là avait travaillé en qualité de comptable pour une chaîne de supermarchés. Quand mon père était mort, Hugh était devenu président de fait comme de nom et avait promptement nommé Simon directeur du marketing, le sauvant ainsi des longues et peu glorieuses affres d'une carrière de commercial en photocopieuses. Ce qui ne laissait plus que moi à l'extérieur.

Où le bon sens suggérait que je reste. Mais la proposition de devenir directeur avait été faite. Et, débordant de générosité après avoir été promu à la place d'honneur, Adrian fut heureux de la confirmer. Me voyant, je le soupçonne, comme une sorte de contre-feu au pouvoir d'Adrian, Simon et Jennifer me supplièrent d'accepter. Je retournai à Bruxelles en promettant de leur faire part de ma décision durant les quinze jours de congé que j'avais réservés à la fin de juillet.

Donc, dans un sens, c'était le Rubicon plus que le Severn qui m'attendait au bout de la levée d'Offa. Mais c'est tout sauf accablé par les soucis que je sortis du George & Dragon de Knighton de bonne heure en ce mardi matin. Je jetai un coup d'œil à l'horloge du clocher, puis je descendis Broad Street en direction de la levée. Mon sac à dos était plein, mais assez curieusement, mes épaules me paraissaient aussi légères que si elles venaient d'être déchargées d'un lourd fardeau. Pendant six jours, j'étais libre, injoignable, hors d'atteinte, loin. Pendant six jours, j'étais face à moi-même.

Je marchai vers le sud par les collines d'East Radnor alors que le soleil ardent montait dans le ciel, alternant crêtes sans la moindre ombre et profondes vallées boisées. En début d'après-midi, j'aurais pu voir Hergest Ridge devant moi si j'avais pris la peine de regarder ma carte et le distinguer dans la brume de chaleur. Mais ce ne fut qu'un repère parmi tant d'autres sur le moment. Juste un nom et un endroit.

Je passai l'heure et demie la plus chaude de la journée dans un pub à l'écart du chemin, puis je pressai le pas vers la ville suivante sur la levée d'Offa : Kington.

Elle attendait au-dessous de moi alors que je contournais le flanc est de Bradnor Hill : un amas compact de maisons à toits d'ardoises sommeillant dans le soleil, avec les Black Mountains en arrière-plan. C'était une vision assoupie de l'Angleterre rurale, teintée d'un pittoresque soupçon de sauvage pays de Galles.

Ma destination de la soirée était Gladestry, un village à environ cinq kilomètres de Kington, où j'avais réservé une chambre au Royal Oak Inn. Le chemin le long de Hergest Ridge étant qualifié d'agréable dans mon guide, j'avais décidé de le remettre à la fraîche. Je consacrai la fin de l'après-midi à Kington à flâner au hasard des boutiques jusqu'à ce que les pubs ouvrent et que je puisse étancher ma soif. À une table dans un coin du Swan Inn, j'écoutai avec bonne humeur les ragots du coin tout en essayant de mener la réflexion que ma semaine dans les collines était censée faciliter. Je renonçai au prétexte qu'il me restait encore cinq jours pour ce genre d'activité et préférai rédiger une carte postale destinée à ma mère. Cette vue marronnasse du marché de Kington prise vers les années 1960 était l'unique représentation de la ville que j'avais pu trouver dans les présentoirs des magasins. Je la déposai dans une boîte aux lettres alors que je regagnais le sentier de randonnée.

L'ascension vers Hergest Ridge se faisait par Ridgebourne Road, une étroite allée goudronnée qui se dégradait pour devenir un chemin caillouteux après avoir dépassé quelques maisons. Je m'y mis peu après 19 heures. La montée était rude, mais régulière. Des moucherons se massaient entre les fougères de chaque côté, et les chauds rayons du soleil filtraient entre les feuillages. C'était – c'est ce que j'aurais dit, m'eût-on posé la question – une parfaite soirée d'été.

Une grille à cinq barreaux séparait la fin du chemin de la vaste lande au sommet. À droite de la grille, une voiture était garée sous les arbres. C'était un cabriolet Mercedes blanc du début des années 1990, récemment lavé et encore étincelant. J'y jetai un coup d'œil approbateur – et même envieux – au passage, pensant à la petite boîte de conserve sur roues avec laquelle je parcourais Bruxelles. Certains, songeai-je, avaient vraiment de la chance.

Je franchis la grille et débouchai sur la crête : une vaste étendue bombée couverte d'herbe et d'ajoncs, le panorama s'ouvrant sur le nord à mesure que je prenais de la hauteur. Des moutons bêlaient partout, s'enfuyant parfois quand j'arrivais sur eux à l'improviste. Je croisai deux randonneurs à l'air las qui allaient vers Kington et hochèrent la tête en signe de camaraderie en voyant mon sac à dos. Sinon, mon attention était tournée vers l'horizon de collines et de forêts que baignait la lumière du soleil à son déclin. Si les matins amènent des attentes, les soirs, je suppose, sont naturellement paisibles. Et en effet, je sentais quelque chose de très proche de la paix descendre sur moi alors que je contemplais la splendeur d'une partie de mon pays natal. Retourner au Berlaymont après cela, me rendis-je compte, allait être comme retrouver la prison.

Ce dut être à mi-chemin sur la crête que je m'arrêtai simplement pour contempler pendant quelques minutes le vaste espace de verdure qui s'étendait devant moi. Avec un soupir, je secouai la tête et déclarai à voix haute, sans raison particulière :

— Quel paradis !

Et une voix derrière moi répondit :

— Oui, n'est-ce pas ?

Je sursautai et me retournai. À quelques mètres, une femme était assise sur une pierre plate au pied d'un cairn effondré. Elle souriait, bien qu'il fût impossible à cause de ses lunettes noires de savoir si ce sourire m'était adressé ou au paysage. Ses cheveux blonds tombant sur ses épaules étaient dorés dans le soleil, même s'il y avait peut-être aussi quelques fils d'argent. Elle portait un chemisier blanc et un pantalon en toile beige laissant voir ses minces chevilles au-dessus de ses mocassins. Son sourire était enjôleur, presque gamin, mais j'eus tout d'abord l'impression d'une femme à qui l'âge avait réussi, d'une femme qui avait peut-être été jolie, mais qui désormais était belle.

— Pardonnez-moi si je vous ai surpris, continua-t-elle d'une voix douce et légèrement rauque.

— Non, non. Ce... ce n'est pas grave. J'étais...

— Perdu dans vos pensées ?

— Eh bien... (Je souris à mon tour.) On pourrait dire cela, oui.

— C'est l'endroit idéal. Je comprends très bien. (Bizarrement, j'eus la sensation que c'était vrai. Je sentis qu'elle comprenait tout à fait sans avoir besoin qu'on lui dise. Elle ôta ses lunettes et regarda derrière moi.) Tout est si... si limpide. Vous ne trouvez pas ?

— Vous... vous venez souvent ici ? demandai-je, accablé par la sottise de ma question.

— Pas aussi souvent que je le voudrais. Mais cela pourrait bien changer. Et vous ?

— C'est la première fois. J'habite… très loin d'ici. (Songeant à Bruxelles, j'ajoutai :) Mais cela pourrait bien changer aussi.

— Vraiment ?

— Nous verrons, éludai-je.

— Vous faites la levée d'Offa ?

— En partie.

Je rejoignis le cairn, posai mon autre sac à terre et m'assis sur un rocher à côté d'elle. Elle se retourna vers moi, son sourire se fondant en un regard pensif et aimablement scrutateur. De plus près, ma première impression était confirmée. Elle était plus âgée que moi, la quarantaine, peut-être, mais plus jeune d'esprit. Il y avait chez elle quelque chose de gracieux, de capricieux aussi, d'élégamment imprévisible. Elle avait un visage que l'on remarque dans une salle bondée, une voix à laquelle on doit tendre l'oreille, le calme air de mystère que l'on brûle de respirer.

Je jetai un coup d'œil à sa main gauche posée sur son genou. Elle ne portait pas d'alliance. Mais il y avait une mince ligne de peau pâle là où il y en avait eu une encore récemment. Un tressaillement de ses yeux gris-bleu me fit comprendre qu'elle savait que j'avais remarqué. Mais elle ne retira pas sa main. Je toussotai pour dissimuler ma gêne et demandai :

— Elle est à vous, la Mercedes garée au bout du chemin ?

— Oui, rit-elle. Pitoyable, n'est-ce pas ? Que ce soit si évident, je veux dire.

— C'était la seule voiture là-bas. Je…

— Pouvons-nous vraiment changer quoi que ce soit, à votre avis ? (Son intonation s'était soudain faite pressante. Sa main se crispa sur son genou.) Pouvons-nous cesser d'être ce que nous sommes et devenir autre chose ?

— Oui, dis-je, décontenancé par sa véhémence. Certainement. Si nous le voulons.

— Vous pensez que c'est aussi simple que cela ?

— Je pense que c'est simple, oui. Mais pas facile. Je pense que le vrai problème est…

J'hésitai. Nous étions en train de parler de nos existences respectives sans savoir de quoi était faite celle de l'autre. Cela ne tenait pas debout. Et pourtant, si, apparemment.

— Quel est le vrai problème ?

— Savoir ce que nous voulons.

— Décider, vous voulez dire ?

— Si vous voulez.

— Mais une fois que nous avons décidé ?

— Ensuite… ce n'est toujours pas facile. Mais au moins, c'est possible.

— Vous croyez cela ?

Elle me fixait avec attention, comme si ce que je disais – comme si mon choix précis de mots – pouvait vraiment changer quelque chose. L'espace d'un instant, je fus convaincu qu'elle me demandait de décider pour elle. Quoi, je l'ignorais et ne souhaitais pas le savoir. La liberté de choisir un avenir comptait davantage que nos passés respectifs. Cette liberté était ce qu'elle me pressait tacitement d'affirmer. C'est donc ce que je fis – pour moi autant que pour elle.

— Je le crois, dis-je avec une tranquille certitude.

Elle hocha la tête avec satisfaction et jeta un coup d'œil à sa montre, puis à moi.

— Où allez-vous ?

— À Gladestry.

— Alors, je devrais vous laisser continuer.

— Je ne suis pas pressé. Mais peut-être que vous…

Elle eut un rire léger.

— Je ne suis pas pressée non plus. Mais je dois tout de même m'en aller. (Elle se leva en se penchant en avant. J'aperçus la dentelle d'un soutien-gorge – et un soupçon de chair – entre les boutons de son chemisier. Je me levai à mon tour et me rendis compte qu'elle était beaucoup plus petite que je ne l'avais pensé, beaucoup plus menue et vulnérable que ses yeux et sa voix ne le laissaient supposer.) Oui, je dois vraiment m'en aller, murmura-t-elle en scrutant l'horizon. (Elle se tourna vers moi avec un grand sourire.) Puis-je vous déposer à Gladestry ? Ou bien cela serait-il tricher ? Je sais combien vous êtes scrupuleux, vous autres randonneurs.

Je fus tenté de la contredire, de dire non, au contraire, me déposer à Gladestry – et peut-être prendre un verre au pub là-bas – me ferait plaisir. Mais je devinai qu'elle ne voulait pas que je réponde cela. Le charme d'un inconnu réside dans le fait qu'il ne devient jamais autre chose.

— Je vais y aller à pied, merci.

— Au revoir, alors, dit-elle. Et bon courage.

Je lui adressai un sourire narquois, songeant qu'elle doutait avec humour de mes capacités de randonneur.

— Vous pensez qu'il m'en faudra pour rejoindre Chepstow ?

Elle rougit légèrement et secoua la tête.

— Pardonnez-moi. Ce n'est pas ce que je voulais dire.

— Ce n'est pas grave. Il m'en faudra probablement. Bon courage à vous aussi.

— Merci.

Je lui serrai la main, un fugace contact entre paumes et doigts. Elle m'adressa le même sourire éblouissant avec lequel elle m'avait accueilli avant de tourner les talons et de descendre le large chemin herbeux vers Kington. Je la suivis du regard pendant une minute, puis, craignant qu'elle se retourne et me surprenne en train de la contempler douloureusement, je tournai moi aussi les talons, hissai mon sac sur mes épaules et repris ma route. Ce faisant, je jetai un coup d'œil à ma montre et notai l'heure. Il était tout juste 20 h 15. Elle était toujours visible à ce moment-là. L'avenir était encore récupérable. Mais quand je m'arrêtai à nouveau pour me retourner, près du sommet de la crête, elle avait disparu. Et l'avenir avait pris sa forme invisible.

J'atteignis Gladestry au crépuscule. C'était un groupe de maisonnettes en pierre au bord d'un ruisseau asséché, avec son église, son école, sa poste et son pub. Je m'attardai suffisamment au bar du Royal Oak pour prendre un copieux dîner. Je montai ensuite rejoindre mon matelas de plume et dormis du sommeil de plomb des randonneurs. De bonne heure le lendemain matin, je me mis en route pour Hay-on-Wye.

Ce jour-là et les quatre suivants se coulèrent dans un enchaînement de départs rapides, étapes de mi-journée pour éviter la chaleur et arrivées en soirée dans des auberges confortables. Le paysage passa de la grandeur lugubre des Black Mountains aux apaisantes beautés de la vallée de la Wye. À un niveau conscient, je songeais à fort peu de choses en dehors de kilométrages et de références cartographiques. Au niveau subconscient, en revanche, mon esprit s'endurcissait contre le retour à la vie que j'avais menée à Bruxelles. Je devrais y retourner, bien sûr, ne fût-ce que pour démissionner, mais je ne pourrais jamais y rentrer véritablement.

Quelque part, derrière moi sur ce chemin, un pont avait été définitivement coupé. Si j'avais dû préciser où, j'aurais choisi Hergest Ridge. La femme que j'avais croisée ce premier soir ne s'effaçait pas de ma mémoire. Au contraire, ma rencontre avec elle semblait prendre de plus en plus de sens à mesure que j'avançais. Moins à cause des paroles que nous avions échangées que du soupçon qu'en la laissant partir si facilement j'avais laissé filer une occasion – sexuelle, psychologique – absolument magique. Je ne connaissais ni son nom ni son adresse. J'ignorais tout d'elle. Et désormais je ne le saurais jamais. C'était une pensée mélancolique soulignée par la solitude. Pourtant, elle renforça ma résolution. Quoi qu'il arrive, je ne retournerais pas à l'existence que j'avais laissée derrière moi.

Durant ces six jours sur la levée d'Offa, je fus en effet isolé du monde extérieur. Je ne lus aucun journal, ne regardai pas la télévision, n'écoutai pas la radio. Ma conversation se limitait aux échanges insignifiants avec les tenanciers de pub, commerçants et autres randonneurs. Je suppose que c'était un peu comme une retraite d'une semaine dans un monastère. En tant que source de rafraîchissement, cela valait le plus exquis des paysages. Être injoignable finit par apparaître comme une situation déraisonnablement agréable. Je n'avais pas envie qu'elle cesse. Mais il le fallait, bien sûr. Chaque voyage a sa destination. Et la mienne était le monde réel.

Au soleil couchant le dimanche 22 juillet, j'étais sur les Sedbury Cliffs, tout au bout de la levée d'Offa, et je contemplais de l'autre côté de l'estuaire de la Severn le pont suspendu de l'autoroute, grouillant d'automobilistes qui se hâtaient de regagner Londres pour retrouver les tracas de la semaine de travail à venir. Je me rappelle avoir pensé sur le moment combien leur hâte était vaine. Avec le recul de mes six jours de marche, leur fébrilité de fourmis m'apparaissait d'une prodigieuse futilité. Je me sentis momentanément supérieur à tous ces gens, détaché de leurs sordides préoccupations et doué d'une connaissance qu'ils étaient loin de pouvoir imaginer. Ce qui était une ironie du sort, car la plupart savaient probablement déjà. Avaient su, en tout cas, même s'ils avaient ensuite oublié. Ce que je n'avais pas encore découvert, mais n'allais pas tarder à apprendre.

Je passai la nuit à Chepstow, au George Hotel, et partis tard le lendemain matin après m'être offert une grasse matinée et avoir prolongé mon petit déjeuner. Le retour en train à Petersfield prit du temps, n'étant pas direct, mais je ne peux pas dire que cela m'ennuya beaucoup, puisque je sommeillai dans les voitures chauffées au soleil des différents trains qui me brinquebalèrent dans les Galles du Sud et le Wessex.

Maintenant que j'avais arrêté ma décision, je n'étais plus du tout pressé.

Quand mon père avait pris sa retraite de Timariot & Small, ma mère et lui avaient vendu la maison de Petersfield où j'étais né et en avaient acheté une plus petite dans le village voisin de Steep. C'était là que j'allais ce jour-là : une construction des années 1930 en tuiles et briques juchée sur un terrain en pente près des contreforts de Stoner Hill, que l'on pouvait sans peine prendre pour un cottage ancien grâce à ses festons de glycines, ses plaques de lichen et un jardin où des fleurs poussaient à profusion. Son nom – Greenhayes – était effectivement ancien, ayant été celui d'une demeure démolie dont les pierres avaient survécu dans une rocaille. Le célèbre poète de Steep, Edward Thomas, est censé avoir mentionné Greenhayes dans l'une de ses œuvres en prose, même si je ne me suis jamais donné la peine de la rechercher et ignore donc ce qu'il a fait de l'originale. Quant à sa descendante, elle avait fière allure en cette fin d'après-midi lorsque je descendis du taxi. Mais je n'oubliais jamais les brouillards qui déferlaient des combes en hiver et stagnaient des jours entiers, abrégeant, j'en étais certain, la vie de mon père. Pour moi, l'accueil que me réservait Greenhayes était toujours à double tranchant.

Ma mère, en revanche, adorait la maison. Elle l'avait remplie à ras bord du mobilier dépareillé et du bric-à-brac de la demeure familiale et était devenue une jardinière encore plus démoniaque à mesure que passaient ses années de veuvage. Elle avait aussi acquis un petit bâtard terrier glapissant, Brillo (ainsi baptisé en raison de sa forte ressemblance avec le tampon à récurer de cette marque), qui rendait inutile la sonnette. Comme d'habitude, il l'alerta de mon arrivée alors que je soulevais à peine le loquet de la grille.

— Qui est-ce, Brillo ? cria-t-elle, alors qu'il flairait en grondant la terre étrangère sur mes chaussures de randonnée. (Elle émergea de derrière la maison avec ses gants en caoutchouc, encore haletante après une séance frénétique de désherbage. Elle portait sa tenue de jardinage, robe fanée et chaussures éculées, tête nue, alors que je lui avais offert deux anniversaires auparavant le chapeau de paille qu'elle prétendait désirer. Il était resté dans un sac de supermarché au-dessus de son armoire et j'avais cessé de demander pourquoi elle ne le mettait jamais.) Oh, c'est Robin. Quel plaisir de te voir de retour, mon chéri, dit-elle en s'avançant pour me serrer dans des effluves de fleurs de sureau. Agréable promenade ?

— Très bonne, merci.

Et c'est ainsi que cent trente kilomètres de levée d'Offa furent en quelque sorte relégués au rang de promenade sur l'allée du jardin.

— Tu arrives pile à l'heure pour le thé.

— C'est bien ce qu'il me semblait.

— Et tu en as bien besoin, à ce que je vois. (Elle recula pour me toiser et fronça les sourcils :) Tu deviens trop maigre, mon chéri. Vraiment. (En réalité, c'était elle et non moi qui maigrissait avec les années. Mais n'importe lequel de ses rejetons qui ne faisait pas au moins douze kilos de trop était à ses yeux anorexique.) Nous allons devoir le gaver, n'est-ce pas, Brillo ?

Brillo aboya en guise de réponse ce qu'elle prit pour une approbation et qui n'était qu'une réaction automatique à toute allusion à la nourriture.

Je la suivis dans la maison, l'écoutant à peine me décrire les difficultés qu'elle avait avec ses haricots d'Espagne à cause de la chaleur. Si je ne disais rien, songeai-je, quand allait-elle me demander quelle décision j'avais prise à propos de l'entreprise ? Au moment où elle me proposerait une troisième tasse de thé et une deuxième tranche de gâteau – ou avant ?

Je déposai mon sac à dos au pied de l'escalier, retirai mes chaussures et entrai dans le salon. Sur le manteau de la cheminée, dressée entre les photos encadrées de deux des enfants d'Adrian, était posée ma carte postale de Kington. Mais des deux autres que je lui avais envoyées – une de Hay-on-Wye et l'autre de Monmouth – il n'y avait nulle trace.

— Seulement une carte pour l'instant, Mère ? criai-je en direction de la cuisine, d'où me parvenait un bruit de couverts et le frémissement de la bouilloire.

— Quoi, mon chéri ?

— *Il y a deux autres cartes en route.*

— Des cartes ? (Elle se précipita avec un napperon pour la table basse et s'arrêta à côté de moi.) Elle est là, regarde. Juste sous ton nez.

Elle hocha la tête vers le cliché flou de la halle du marché de Kington.

— Oui, mais…

— Ce qui me fait penser que Simon est venu déjeuner hier. Il a regardé cette carte et a dit que c'était une sacrée coïncidence.

— Une coïncidence ?

— Il a dit qu'il fallait que je te demande si tu avais vu quoi que ce soit. La police. Des équipes de télévision. Des journalistes. Je suppose que tout le coin devait grouiller de monde.

— Pardon ?

— Kington. Là d'où tu as envoyé la carte, dit-elle en la prenant d'un geste vif et en déchiffrant le cachet. Le 18. Quand était-ce ?

— Mercredi. Mais c'était mardi quand je…

— Mercredi ! Eh bien, voilà. C'est le jour où c'est passé aux nouvelles.

— Quoi donc ?

— Les deux personnes qui ont été assassinées. Tu as dû en entendre parler. Ils ont arrêté quelqu'un depuis, d'après les journaux. Tu n'as pas vu ceux d'aujourd'hui ?

— Non. Ni aucun de…

La bouilloire se mit à siffler.

— Ils sont là, près de mon fauteuil.

Elle désigna vaguement les restes froissés de son *Daily Telegraph* et s'éloigna précipitamment. Intrigué, je pris le journal et en lus la une. Un titre sur une colonne en bas de page attira mon attention : « Meurtres de Kington : un homme appréhendé ». *Les policiers chargés du violent double meurtre de la semaine dernière à Kington ont confirmé hier qu'un homme avait permis à l'enquête de progresser. Ils n'ont pas indiqué si une inculpation était imminente, mais la population encore sous le choc de cette petite bourgade en bordure du pays de Galles espère que cela mettra rapidement fin à la traque du ou des individus responsables d'avoir étranglé l'artiste mondialement connu*

Oscar Bantock, et violé et étranglé une femme identifiée depuis comme Louise Paxton, épouse du médecin de la famille royale et de l'aristocratie, Sir Keith Paxton, au domicile de Mr. Bantock à Kington le soir du 17 juillet. L'homme, dont l'identité n'a pas été communiquée, a été arrêté à Londres hier après-midi et emmené au siège de la police de Worcester pour y être interrogé. Selon un porte-parole du CID de Ouest-Mercie, il est peu probable que…

Le soir du 17 juillet, j'avais quitté Kington à 19 heures et suivi Hergest Ridge en direction de Gladestry. Et en chemin, j'avais rencontré… Il n'y avait aucune raison qu'il y ait un rapport. Il y avait quantité de raisons, en fait, pour qu'il n'y en ait aucun. Mais mes mains tremblaient encore quand je sortis du buffet le journal du jour précédent. C'était celui du dimanche et il contenait donc probablement un article sur l'affaire. Je m'agenouillai par terre et commençai à tourner les pages. Puis je m'arrêtai. Son visage me regardait sur une photographie en noir et blanc, comme elle avait peu auparavant contemplé un horizon frangé d'or au couchant. Et la légende au-dessous disait : *La victime du viol et du meurtre, Louise Paxton.* Je l'avais laissée partir ce soir-là – et aller au-devant de sa mort.

2

Ma mère ne jetait pas les journaux, elle les trouvait bien trop utiles. Quand je fouinai dans la pile qu'elle entreposait dans l'arrière-cuisine, je dénichai la quasi-totalité des numéros de la semaine précédente, ce qui suffit à m'apprendre ce que n'importe qui avait appris sur les meurtres de Kington.

— Je ne pensais pas que cela t'intéresserait autant, mon chéri, dit-elle alors que je les étalais sur la table de la cuisine et essayais de former un récit cohérent des événements. Il y a des gens assassinés tous les jours. Viens donc dans le salon prendre ton thé.

— Vas-y, Mère. Je ne serai pas long.

Je n'étais pas disposé à révéler mon lien avec l'affaire. Je ne pouvais m'empêcher de penser que cela aurait été plus facile si j'avais été un ami ou un parent de Louise Paxton. Là, j'aurais pu me cramponner à une réaction sincère quelconque. Au lieu de cela, j'étais la proie d'une sorte d'horreur déplacée. C'était une inconnue pour moi. Ni plus ni moins que pour les deux randonneurs que j'avais croisés sur le chemin de la crête. Ils ne l'avaient probablement même pas remarquée. Mais moi si. Ou plutôt, c'est *elle* qui m'avait remarqué, *moi.* Logiquement, cela n'aurait pas dû avoir d'importance. Elle aurait pu mourir dans un accident de voiture cette même nuit que je n'en aurais rien su. Mais ce n'était pas le cas. Et maintenant que je savais ce qui lui était réellement arrivé, je n'allais jamais être en mesure d'oublier.

Les meurtres avaient eu lieu à Whistler's Cot, une maison située tout au bout de Butterbur Lane, une petite route prenant sur Hergest Road, qui sortait de Kington sur le flanc sud de Hergest Ridge. Une comparaison de la carte d'état-major de la région avec le plan de la ville que j'avais pris au syndicat d'initiative de Kington me permit de situer l'endroit avec précision. C'était à guère plus d'un kilomètre du lieu où j'avais rencontré Louise Paxton, mais s'y rendre en voiture l'aurait obligée à retourner à Kington puis à en ressortir. Butterbur Lane, étroite et tortueuse, montait en pente raide le long du flanc sud-est de Hergest Ridge pour déboucher sur les bois et les pâturages de Haywood Common. La dernière habitation sur cette voie était Whistler's Cot.

Son propriétaire, Oscar Kentigern Bantock, était un artiste connu dont je n'avais jamais entendu parler, âgé de soixante ans selon la police et de cinquante-huit selon l'auteur de sa nécrologie parue dans le *Daily Telegraph*. Bantock avait acheté la demeure une dizaine d'années plus tôt et fait construire un atelier à l'arrière de ce qui serait sans quoi resté un cottage de deux étages avec deux pièces chacun, ainsi qu'un garage pour sa Triumph de bruyante réputation. Malgré ses origines londoniennes et son tempérament artistique, Bantock était apprécié de ses voisins et des habitués des pubs de Kington. Ils ne savaient pas grand-chose de sa réputation en lambeaux de héros de l'expressionnisme anglais. Sa nécrologie évoquait un bref engouement pour son œuvre dans les années 1960. Depuis, en déduisait-on, sa carrière n'avait guère été mouvementée. Quelques rares commandes et expositions ajoutées à l'héritage qu'il avait recueilli d'une tante lui avaient permis de tenir. Jusqu'à ce qu'une mort violente survienne et le rende soudain intéressant pour les collectionneurs.

Aux alentours de 10 h 30 le matin du mercredi 18 juillet, Derek Jones, le facteur du bourg, avait arrêté sa camionnette devant Whistler's Cot. Normalement, il se mettait devant le garage de Bantock, mais la place était occupée par un cabriolet Mercedes blanc. Jones était descendu avec quelques lettres et s'était dirigé vers l'arrière de la maison. Il avait coutume de soutirer une tasse de thé au vieux bonhomme à la fin de sa tournée et le trouvait habituellement dans son atelier. Il frappait au carreau et entrait dans la cuisine, où ils discutaient de courses de voitures – une passion commune. Mais à peine eut-il atteint la fenêtre de l'atelier que Jones s'était rendu compte que quelque chose clochait.

La pièce était sens dessus dessous, les tableaux et les chevalets étaient renversés, les tubes de peinture et les pinceaux jonchaient le sol. Il avait alors aperçu le bas du corps de Bantock dépassant de sous un banc. Jones s'était précipité à l'intérieur en passant par la cuisine, dont la porte n'était jamais verrouillée. Au premier regard, il avait compris que Bantock était mort. On l'avait étranglé. Plus précisément, ainsi que la police le découvrit par la suite, il avait été garrotté avec un morceau de fil de fer servant à accrocher les toiles.

Jones avait essayé le téléphone de la cuisine, mais il était hors d'usage. Le fil avait été arraché de la prise. Il avait couru alors jusqu'au cottage voisin et donné l'alerte, puis il avait attendu l'arrivée des policiers. L'agent George Allen, du poste de police de Kington, s'était présenté seul, avait interrogé Jones, puis était entré dans Whistler's Cot, avait confirmé que Bantock était mort et avait inspecté le reste de la maison avant de demander des renforts.

Dans l'une des deux chambres de l'étage, Allen avait découvert une femme d'âge mûr, nue, à plat ventre sur le lit et étranglée d'une manière identique à Bantock. Les examens ultérieurs montrèrent qu'elle avait été victime d'une agression sexuelle. C'était Louise Paxton. Et le moment de sa mort fut plus tard fixé entre 21 et 22 heures la veille, pas plus de deux heures, donc, après notre rencontre sur Hergest Ridge.

Une enquête pour meurtre fut dès lors lancée sous la direction du Detective Chief Superintendent Walter Gough du CID de Ouest-Mercie. Whistler's Cot fut mis sous scellés. Des enquêteurs se mirent en devoir de passer la maison et le jardin au peigne fin. Un légiste du ministère de l'Intérieur, le Dr Brian Robinson de l'université de Birmingham, arriva par hélicoptère pour examiner les cadavres. Les autres habitants de Butterbur Lane furent interrogés. Une conférence de presse fut organisée dans l'après-midi. On mit tout en œuvre pour contacter les amis ou les parents de la morte.

Le contenu d'un sac à main trouvé dans la maison et la carte grise de la Mercedes blanche révélèrent qu'il s'agissait de Louise Paxton, domiciliée à Holland Park, à Londres. Mais sa famille restait difficile à localiser et c'est seulement le vendredi matin que son nom fut mentionné dans la presse. Il apparut que son mari, Sir Keith Paxton, était à l'étranger, que l'une de ses filles, Sarah, parcourait l'Écosse pour ses vacances et que l'autre, Rowena, séjournait dans la résidence campagnarde de la famille du Gloucestershire. Rowena avait identifié la dépouille de sa mère le mercredi soir, mais les difficultés pour contacter Sir Keith et Sarah avaient retardé l'annonce.

L'identification de Louise Paxton renforça l'intérêt des médias qui consacrèrent leur une à l'affaire. Sir Keith était un gynécologue qui avait en son temps contribué à plusieurs naissances royales, été récompensé d'un titre de chevalier et dispensait désormais ses conseils aux riches couples stériles depuis un luxueux cabinet de Harley Street. Ses porte-parole expliquèrent que sa femme était une connaisseuse en matière d'expressionnisme. Possédant plusieurs toiles de Bantock, elle tentait depuis un certain temps de le convaincre de lui en vendre une autre et s'était rendue à Kington le 17 juillet en réponse à un message du peintre où il se disait disposé à accepter son offre pour l'œuvre sinistrement intitulée *La Veuve noire*. Depuis les meurtres couraient dans Kington des rumeurs blessantes fondées sur l'heure de la mort et la réputation de coureur de Bantock, que tant la police que les Paxton s'employaient à faire taire. Il y avait une marge d'erreur dans l'estimation faite par le Dr Robinson de l'heure du décès, soulignèrent-ils. Le légiste estimait également que Bantock pouvait être mort jusqu'à une heure avant Lady Paxton. Selon l'hypothèse du Chief Superintendent Gough, celle-ci s'était rendue chez Bantock pour la raison invoquée par son mari, avait surpris le meurtrier, qui l'avait contrainte à se dévêtir, l'avait violée et ensuite étranglée. Les circonstances étaient assez horribles, même pour un policier aguerri comme lui, sans ajouter des ragots malveillants au chagrin de la famille.

Certes. Mais j'avais vu l'absence d'anneau à son doigt. J'avais entendu son intonation. Ce à quoi elle réfléchissait sur Hergest Ridge, ce n'était pas l'achat d'une peinture. Non que les raisons de ses actes aient de l'importance, évidemment. Seul comptait désormais le mobile de son meurtrier.

La police, apparemment, pataugeait. Il n'y avait aucune trace d'effraction. Mais Jones et plusieurs voisins confirmèrent que Bantock verrouillait rarement les portes et laissait les fenêtres ouvertes quand il sortait. Et plus d'un pensait avoir entendu sa Triumph descendre la route en début d'après-midi le 17 juillet, puis remonter entre 19 et 20 heures. Il aurait très bien pu tomber sur un cambrioleur opportuniste et avoir été étranglé pour la peine. Et Lady Paxton serait arrivée avant que le meurtrier ait le temps de battre en retraite. L'enchaînement des faits – comme je le savais mieux que quiconque – était logique.

Mais autre chose l'était beaucoup moins. Quel cambrioleur recourt aussi facilement au viol et au meurtre ? Pourquoi ne pas avoir filé à travers champs en entendant la voiture de Bantock ? Et avait-il réellement volé quelque chose ? La police semblait hésitante sur ce point, laissant entendre que, Bantock vivant seul et dans un certain désordre, c'était difficile à dire. Elle admettait cependant que les cartes de crédit et le chéquier de Lady Paxton avaient été retrouvés dans son sac à main, ainsi que plus d'une centaine de livres en liquide. Cela semblait une étrange négligence de la part d'un cambrioleur.

Ensuite, il fallait déterminer comment il était arrivé et reparti. À pied, pouvait-on présumer, puisque personne n'avait entendu de véhicule partir à l'heure correspondante. La police estimait qu'une voiture sur une route aussi étroite aurait été trop risquée de toute façon. Elle n'écartait pas le fait qu'il ait pu venir en voiture faire des repérages plus tôt dans la journée ; qu'il avait peut-être estimé alors que Whistler's Cot était vulnérable. Plusieurs habitants de Butterbur Lane déclarèrent avoir vu des voitures inconnues, mais ne s'accordèrent pas sur la couleur, la marque ou l'heure. Par ailleurs, il y avait toujours des allées et venues de promeneurs en route vers la lande et ces témoignages n'avaient donc guère de valeur.

À l'évidence, la police n'avait aucune piste. Puis il y eut l'annonce d'une arrestation à Londres. Jusque-là, elle affirmait que le coupable était probablement de la région. Bon, peut-être qu'il s'était enfui à Londres après son méfait. Peut-être que sa fuite avait éveillé les soupçons. Je n'avais aucun moyen de le savoir.

Mais arrestation ou pas, je ne pouvais ignorer les appels à témoins. La police avait essayé de reconstituer l'emploi du temps des victimes avec remarquablement peu de succès. Quelqu'un croyait avoir vu Bantock à Ludlow, à trente kilomètres au nord-est de Kington, aux environs de 16 heures le 17 juillet. Quelqu'un d'autre pensait l'avoir vu tenter un dépassement dangereux sur la route de Hereford à Abergavenny, à trente kilomètres au sud de Kington à peu près à la même heure. Ils se trompaient peut-être tous les deux, mais ils ne pouvaient pas avoir raison l'un et l'autre. Quant à Lady Paxton, elle avait déjeuné avec sa fille Rowena dans leur maison des Cotswold et avait pris la route de Kington vers 15 heures cet après-midi-là. Elle avait déclaré son intention d'apporter *La Veuve noire*, si elle l'achetait, à une ancienne condisciple dans le Shropshire qui partageait ses goûts. Auquel cas, on ne devait pas attendre son retour avant le lendemain dans la journée. Sa fille avait pensé que c'était exactement ce qu'elle avait fait.

Donc, à partir du milieu de l'après-midi, les deux victimes avaient disparu. Du moins pour la police. Mais j'en savais davantage. Je savais précisément où l'une d'elles se trouvait deux heures avant le moment probable de son décès. Alors que ce fait apparaissait de plus en plus clair, ce que je savais devenait non plus seulement important, mais troublant. D'abord, je me sentis tout excité, enivré par le caractère exclusif de l'information que je détenais. Puis cela commença à me tracasser. Me croirait-on ? Serais-je – mieux valait ne pas y penser – soupçonné ? Au tréfonds de mon esprit résonnait le vieil adage selon lequel la dernière personne à avoir vu en vie la victime d'un meurtre est la première que la police soupçonne d'en être l'auteur. Je balayai ensuite l'idée comme une absurdité paranoïaque. Ils tenaient déjà leur meurtrier. Et j'avais un alibi. Le tenancier du Royal Oak de Gladestry ne m'aurait pas oublié. Certes, il serait peut-être assez vague sur l'heure de mon arrivée pour que ce ne soit pas probant. Et pour autant que je le sache, l'homme arrêté à Londres avait entre-temps été écarté de l'enquête. Cependant, il y aurait des empreintes, plus que des empreintes, s'il était question d'un viol. Avec l'analyse ADN du sperme et du sang, on ne pouvait plus guère se tromper de coupable, de nos jours. N'est-ce pas ?

Je sortis dans le jardin et levai les yeux vers les collines densément boisées qui surplombaient Greenhayes, où soleil et ombre révélaient tour à tour les crêtes et les combes sous les arbres, le squelette de calcaire blanc sous la chair des feuilles vertes. Je me rappelai Hergest Ridge et le monde qui s'étalait telle une promesse splendide à nos pieds. Deux inconnus. Un moment fugace. Cela ne voulait rien dire. Ils avaient pincé leur homme. Pourquoi embrouiller l'affaire ? Pourquoi m'en mêler ? Parce qu'il n'y avait personne d'autre, bien sûr, qui sache où elle était et ce qu'elle avait dit ce soir-là.

Ah oui. *Ce qu'elle avait dit.* Allais-je vraiment révéler cela ? Chaque mot ? Chaque sous-entendu à double sens ? Allais-je trahir ses confidences ? Elle m'avait fait confiance parce que j'étais un inconnu. Peut-être valait-il mieux que je le demeure. Non, non. C'était un argument spécieux. C'était la fausse logique à laquelle une partie de moi-même cherchait à se cramponner, l'autre songeant à l'horreur de sa mort. Déshabillée. Violée. Étranglée. Au vrai, que pouvait-il y avoir de pire ? Je secouai la tête, écœuré par mon incapacité – mon refus – d'imaginer et aussi par un souvenir. Celui d'une unique bouffée de désir. Le mien. Avec elle pour objet. Il n'était pas question de comparer cela à ce qu'*il* lui avait fait. Bien sûr que non. Mais c'était ainsi que cela avait commencé. Pour lui comme pour moi. Un monde nous séparait. Oui. Mais nous étions liés, comme deux points éloignés sur un graphique. Unis par un lien, si ténu fût-il, de sympathie.

Je retournai à pas lents à la maison et considérai le tas de journaux étalés sur la table de la cuisine. À la télévision allumée dans le salon, le générique insipide d'un feuilleton australien s'estompait en fondu. Ma mère devait se demander ce que je manigançais. Et sa curiosité, une fois éveillée, était inlassable. Seule une énergique démonstration de normalité avait des chances de la tenir à distance. Aussi, c'est en m'efforçant de sourire que j'allai la rejoindre.

— Où étais-tu passé, Robin ? demanda-t-elle en me jetant un regard noir quand Brillo glapit pour lui signaler ma présence.

— Pardon. J'étais… (une expression me vint spontanément à l'esprit) … perdu dans mes pensées.

— N'as-tu pas eu tout le temps de penser pendant ta randonnée ? J'espérais que tu aurais pris ta décision.

— Ne t'inquiète pas. C'est fait.

— Alors, tu vas venir travailler dans l'entreprise, n'est-ce pas ?

— L'entreprise ? (Mon froncement de sourcils dut la déconcerter. Dans l'immédiat, Timariot & Small, avec ou sans moi, me paraissait un sujet de discussion fort trivial.) Eh bien… (J'hésitai, tâchant de me rappeler précisément ce que j'avais décidé.) Oui.

— Oh, comme c'est merveilleux ! (Elle se leva d'un bond et m'embrassa.) Ton père aurait été si content.

— Tu crois ?

— Il faut que j'appelle Larry. Il sera enchanté.

Elle fila dans le vestibule, me laissant regarder dans le vide.

En toute justice, c'était moi qui aurais dû téléphoner… à la police, pas à oncle Larry. J'eus un sourire contrit. J'aurais plus vite fait d'aller au commissariat de Petersfield que d'attendre que ma mère raccroche. Bah, du moins m'avait-elle donné…

La voix du présentateur m'arracha à mes pensées.

La police de Ouest-Mercie a désormais inculpé l'homme qu'elle détient depuis hier des meurtres de Louise Paxton et d'Oscar Bantock commis à Kington, dans le Herefordshire, la semaine dernière. Shaun Andrew Naylor, un électricien de vingt-huit ans originaire de Bermondsey, dans le sud de Londres, a également été inculpé du viol de Lady Paxton. Il sera présenté aux magistrats de Worcester demain matin. Je passe la parole à notre correspondant dans les Midlands, David Murray.

Et David Murray, la mise négligée, planté devant le commissariat de Worcester, se mit à débiter les platitudes habituelles pour couronner une journée qui avait apparemment été pénible. J'entendis à peine ce qu'il disait. Un nom, un âge, une profession et une adresse approximative. C'était tout ce à quoi nous avions droit. Et tout ce que nous aurions, jusqu'au procès. À moins de se chercher une excuse, bien sûr. Comme moi. Il avait été inculpé. De viol ainsi que de meurtre. Les policiers devaient avoir toutes les preuves qu'il leur fallait. Ils n'avaient pas besoin que je rajoute mon obscure petite pièce au puzzle. Je leur ferais perdre leur temps. N'est-ce pas ?

« La nuit porte conseil. » Pour finir, je trouvai raisonnable de suivre ce proverbe. Plus facile, en tout cas, qu'expliquer le problème à ma mère. Mais le sommeil ne fut pas de la partie. Au terme de ma première journée d'oisiveté après six jours sur les chemins, mon esprit resta alerte et agité longtemps après minuit. Allongé dans mon lit, j'écoutai les ululements des chouettes et les glapissements des renards qui me parvenaient par la fenêtre, les battements d'ailes étouffés des chauves-souris et, au loin, les petits pas précipités d'autres créatures dont j'ignorais le nom.

Finalement, la solution m'apparut. C'était une façon habile d'éviter un contre-interrogatoire de ma mère, tout en soulageant ma conscience. Me levant aussi discrètement que je le pus, je me rendis dans le vestibule sur la pointe des pieds, emportai le téléphone dans le salon, refermai la porte sur le fil qui traînait et composai le numéro de la cellule d'enquête du CID de West Mercia qu'avait donné le journal. Je n'obtins pour seule réponse qu'un message enregistré, auquel je répliquai par un autre de mon cru.

Je m'appelle Robin Timariot. Je viens de rentrer chez moi après une randonnée sur la levée d'Offa et j'apprends seulement maintenant les meurtres de Kington. Je crois avoir croisé Lady Paxton près de Kington en début de soirée le 17 juillet. Si je peux être d'une quelconque utilité, vous pouvez me joindre à Petersfield au 733 984.

Je raccrochai avec une sensation de soulagement. La balle était dans leur camp, à présent. Peut-être qu'ils ne rappelleraient pas. Peut-être qu'ils n'écouteraient même pas le message. Peu importe, j'aurais fait mon devoir. S'ils choisissaient de négliger le leur, on ne pourrait pas me le reprocher. C'est en tout cas ce que je me dis lorsque je regagnai mon lit à pas de loup.

Après avoir été informé de ma décision d'accepter le poste de directeur des opérations de Timariot & Small, oncle Larry convoqua une réunion informelle du conseil d'administration pour le lendemain matin. Seuls les directeurs exécutifs y furent conviés, ce qui excluait Bella et ma mère. Ayant hérité des vingt pour cent de parts que détenait Hugh, Bella était potentiellement une force avec laquelle il fallait compter, mais pour l'instant, elle n'avait manifesté aucun désir d'exercer une quelconque influence. Elle avait accordé à ma nomination le genre de bénédiction dédaigneuse que de plus crédules que moi prirent pour le consentement apathique d'une veuve accablée de chagrin. Mais je savais qu'il y avait un soupçon de mépris derrière le voile.

La réunion était fixée à 11 heures. Déterminé à me montrer dès le départ tel que je comptais toujours être, j'étais à l'usine à 9 h 30, m'insinuant dans les bonnes grâces des employés de bureau et des secrétaires. Puis je fis la tournée des ateliers avec Reg Chignell, humant l'air qui sentait la colle, serrant les mains de ceux qui fabriquaient les battes, écoutant leurs prudentes paroles de bienvenue. Ethel Langton, qui gainait des manches de battes, me rappela quelques ennuis que je m'étais attirés quand j'avais travaillé durant mes études. Et Barry Noakes, le magasinier misanthrope, expliqua pourquoi l'industrie de la batte de cricket était vouée à péricliter avant qu'il n'atteigne l'âge de la retraite. Je m'efforçai de prendre toutes ces remarques avec bonne humeur et m'étonnai d'y parvenir aussi facilement. Après douze années d'immersion dans le prétendu centre de l'Europe, j'avais hâte de me plonger dans un monde où les gens, les bénéfices et les produits avaient un lien évident et tangible. De second plan ou pas, Timariot & Small était soudain l'endroit où je voulais être. Lors de dîners arrosés à Bruxelles, j'avais souvent exprimé ma nostalgie de la culture, de la langue et de la campagne de mon pays natal. C'était un sentiment simple et allant de soi, partagé par bien des expatriés. Mais, dans la cour entre les baraquements branlants et les préfabriqués en tôle rapiécée qui composaient mon nouveau et bien peu reluisant empire, je compris ce qui m'avait manqué depuis toujours. Simplement un endroit où je me sente chez moi. Et pour le meilleur et pour le pire, cet endroit, c'était ici.

Le bâtiment qui abritait les bureaux était une construction moderne sans caractère en brique et en verre. Mais, grâce à son éclairage tamisé, ses murs lambrissés, ses photos du personnel à vingt ans d'intervalle montées dans des cadres dorés et le portrait en bonne place de Joseph Timariot avec ses rouflaquettes et son haut-de-forme, la salle de réunion gardait un air de tradition apaisante.

J'y arrivai avec quelques minutes de retard, ayant été retenu dans la salle de sablage par l'un des interminables monologues de Dick Turner. Oncle Larry siégeait déjà à la place du président. Il avait accepté de rester jusqu'à ce que j'occupe le poste – moi ou le candidat qu'ils auraient choisi si j'avais refusé. En voyant son regard aiguisé et son sourire à fossettes, je regrettai un instant qu'il renonce à ses fonctions. Il commençait certes à sucrer les fraises, mais il y a bien des choses pires que la décrépitude. Son esprit était toujours pénétrant. Et avec lui au gouvernail, nous pouvions au moins feindre d'être une fratrie loyale.

Mon frère Adrian, directeur exécutif et président désigné, était assis à la droite d'oncle Larry. Il semblait plus mince et plus lisse chaque fois que je le voyais, vivant et flatteur témoignage des vertus de la paternité, du sport et de la bière light. Il s'était transformé, après des débuts peu prometteurs, en un parfait simulacre d'homme d'affaires tiré à quatre épingles. Je ne pouvais m'empêcher d'admirer la métamorphose de l'enfant renfrogné avec qui j'avais grandi. Ce faisant, il était devenu exactement ce qu'il désirait être, le dirigeant de l'affaire familiale. Et grâce à sa dernière manœuvre, mon patron. Ce qui, si je prenais la peine d'y réfléchir, éclairait d'un jour inquiétant son empressement à me recruter.

Jennifer, assise en face de lui, semblait en comparaison de moins en moins ambitieuse au fil des années. Hugh disparu, elle était, à quarante-cinq ans, notre doyenne. Elle ne paraissait pas son âge, grâce à son élégante manière de s'habiller et à sa coupe à la garçonne, mais elle faisait moins étalage de son humour espiègle. Un sérieux – un conservatisme qui l'aurait naguère horrifiée – s'emparait sournoisement d'elle. Je n'avais pas oublié sa jeunesse tapageuse. Son goût pour les vêtements exotiques et les petits amis, allié à l'aura glamour de ses vagues expérimentations en matière de drogues, était une source d'émerveillement à l'orée de mon adolescence. Mais si je lui en avais parlé aujourd'hui, elle m'aurait probablement accusé de tout inventer. Et à en juger par le sourire prudent qu'elle affichait, j'aurais même pu croire que c'était le cas.

En revanche, Simon, qui était assis à côté d'elle, était resté fidèle à sa réputation, sinon au reste. Il était en seconde à Churcher's, le lycée local, quand j'y étais entré en sixième, petit nouveau innocent. Durant les deux années suivantes, il avait été expulsé, réintégré et expulsé à nouveau, tout en prouvant qu'il était le chahuteur que tout le monde pensait, avant de connaître une célébrité éphémère, en octobre 1967, en sa qualité de premier conducteur du Hampshire à souffler dans un alcootest. Cette période d'insouciance et de rébellion était censée avoir été enterrée quand Simon avait épousé la redoutable Joan Henderson, mais ce n'avait été qu'une accalmie. Le divorce avait bientôt suivi, mais pas avant la naissance d'une fille, Laura. Elle était destinée à connaître une enfance luxueuse et Joan avait consacré beaucoup de son temps à veiller à ce que Simon y verse sa juste contribution. Injuste, à l'en croire, évidemment. Et assurément un coup porté à son exubérance durant ces dix-sept dernières années. Les excès de boisson avaient aussi fini par le rattraper et son visage naguère séduisant arborait maintenant une rougeur révélatrice. Malgré tout, ce fut le premier à me serrer la main.

— Sois le bienvenu pour ton retour dans l'asile de fous, Rob, dit-il avec un clin d'œil complice.

Et bienvenu, c'est étrangement ainsi que je me sentais. Il me sembla que tout le monde s'accordait à penser que, quoi qu'il arrive, c'était une bonne chose que je sois là. Le décès de Hugh nous avait tous touchés d'une manière différente, mais pour le moment, ces différences nous avaient rapprochés. L'effet était temporaire, évidemment. C'était forcé. La mort d'un ami intime ou d'un parent nous rappelle la brièveté de l'existence et l'absurdité de toutes formes de conflits et de rancœurs. Mais, étant humains, nous ne tardons pas à l'oublier à nouveau. Ceux d'entre nous qui étaient réunis à cette table ne l'avaient tout bonnement pas encore oublié. Cela viendrait à son heure.

Nous discutâmes du bureau qu'on allait m'attribuer, de la secrétaire que j'aurais, du genre de voiture qu'il me faudrait, de la date à laquelle je pouvais commencer. Tout fut rondement mené et avec bonne humeur. Je vis la satisfaction se peindre lentement sur le visage d'oncle Larry. Et je la sentis poindre en moi. C'était la bonne décision. Pour eux comme pour moi.

Nous nous séparâmes vers midi en convenant que je siégerais à la prochaine réunion de production, le jeudi, et que je verrais ensuite avec Adrian les détails de ma fonction. Je les informai que j'allais donner ma démission de la Commission dès mon retour à Bruxelles : j'espérais négocier un départ rapide, mais je rejoindrais l'entreprise en novembre au plus tard. Tout semblait parfaitement simple. Et pour la première fois depuis que j'avais vu le visage de Louise Paxton dans le journal de ma mère, j'oubliai complètement Hergest Ridge et les meurtres de Whistler's Cot.

Mais cela n'allait pas durer. Simon me rattrapa dans le couloir et m'invita à déjeuner, ce par quoi il entendait s'imbiber pendant deux heures dans son repaire favori, l'Old Drum, sur Chapel Street. D'ordinaire, j'aurais décliné, ne partageant pas son penchant pour les après-midi à migraine et ne goûtant guère les diatribes contre Joan dans lesquelles il se lançait généralement après quelques verres. Mais nous nous laissions tous les deux aller aux classiques retrouvailles entre frères perdus de vue et n'ayant rien de particulier à faire à Greenhayes, je le suivis.

Et me retrouvai pris au piège avant d'avoir avalé ma première gorgée de Burton bitter :

— Sacrée coïncidence, que tu aies été à Kington quand il y a eu ces meurtres, me chuchota-t-il d'une voix rauque.

Je tentai d'éluder en plaisantant :

— Tu pourrais me fournir un alibi ?

— Sérieusement, tu as vu quelque chose ?

C'était embarrassant. Si la police ne donnait jamais suite à mon message, je ne voulais pas ébruiter ce que je savais. Mais si elle me contactait, Simon me rappellerait que j'avais nié.

— Quel genre de choses as-tu en tête ? tergiversai-je.

— Je ne sais pas. La police du coin débarquant en force. Les gyrophares bleus. Le ruban fluorescent rouge et blanc qu'ils déploient partout. Oh, et un hélicoptère. N'ai-je pas lu quelque part qu'il y en avait un ?

— Ce n'est pas le bon jour, Sime. J'étais en route vers le sud et je ne me doutais de rien quand tout est arrivé.

— Tu n'étais pas au courant ?

— Je n'ai su qu'en rentrant à Greenhayes hier après-midi.

Il grogna de désappointement.

— Je peux faire une croix sur mes chances d'avoir des détails sanglants !

— Tu ne parles pas sérieusement, tout de même ?

— Qui sait ?

— Désolé de te décevoir.

— Oh, je ne suis pas surpris. Tu es du genre à être allé en vacances au Texas en novembre 1963 et à avoir quitté Dallas la veille du jour où Kennedy a été assassiné.

— Personne ne peut prévoir l'avenir, répondis-je en haussant les épaules.

— Non, Dieu merci. Sinon, je me serais flingué le jour où j'ai connu Joan.

— Tu ne le penses pas vraiment.

— Ah bon ?

Je me renversai en arrière, le regardai et décidai, sur un coup de tête, de voir jusqu'à quel point il me croyait prévisible.

— Que dirais-tu, Sime, si je te racontais que j'ai croisé la femme qui a été tuée – Lady Paxton – à Kington l'après-midi où j'y étais, le 17 juillet ? Que dirais-tu si je te racontais qu'elle m'a proposé de me déposer au village voisin et que j'ai décliné son offre ?

— Je dirais que tu as été le roi des imbéciles. Selon les journaux, elle conduisait une Mercedes SL flambant neuve. Personne ne refuse de monter là-dedans.

— C'était une belle voiture.

Il fronça les sourcils.

— Tu es en train de me faire marcher.

— Non. C'est la vérité. J'ai reconnu sa photo dans le *Sunday Telegraph.*

— Nom de Dieu !

— Qu'est-ce que je devrais faire, selon toi ? Appeler la police ?

La réponse fusa, instinctive.

— Non, sûrement pas.

— Pourquoi ?

— Parce que tu ignores dans quoi tu mettrais les pieds. As-tu un alibi ?

— Je n'en ai pas besoin. Je ne suis même pas un témoin.

— Nous avons tous besoin d'alibis, mon vieux. À chaque instant. (Il se pencha en avant et baissa la voix.) Tu conviendras que ce n'est pas mon truc de dispenser des conseils fraternels ?

— C'est vrai.

— Eh bien, je vais commencer, là. Si tu peux éviter de te retrouver mêlé à ce genre d'embrouille, évite-le. Comme la peste. On ne sait jamais comment cela peut finir.

— Et si je ne peux pas l'éviter ?

— Alors ne viens pas dire que tu n'étais pas prévenu.

L'idée que se faisait Simon d'un citoyen responsable n'avait jamais coïncidé avec la mienne. Je ne pris pas au sérieux sa mise en garde. Néanmoins, j'avais déjà décidé que, s'il n'y avait pas de réponse à mon message, je ne m'en plaindrais pas. Je ne m'inquiétais pas de la question des alibis – ou de leur absence. Mais je commençais à soupçonner qu'il valait mieux oublier le peu que je savais. Je n'aurais pu convenablement l'expliquer, mais quelque chose dans ma rencontre avec Louise Paxton était déjà devenu irréel, troublant, insaisissable. J'avais rêvé d'elle à plusieurs occasions sans pouvoir me rappeler clairement ce que j'avais rêvé. Et peut-être cela valait-il mieux. Les rêves avaient débuté avant que j'apprenne son assassinat, mais pas avant qu'il ait eu lieu. Mon esprit s'était mis en quête de quelqu'un qui n'était plus de ce monde. Et je voulais que cela cesse.

Mais j'avais déjà abdiqué la possibilité d'y mettre un terme. Quand j'arrivai à Greenhayes cet après-midi-là, ma mère avait un message pour moi.

— Qu'est-ce que c'est que cette histoire, Robin ? J'ai eu la police au téléphone. Un certain sergent inspecteur Joyce. De Worcester. Il veut que tu l'appelles de toute urgence.

3

Le sergent inspecteur David Joyce du CID de Ouest-Mercie arriva à 11 heures le lendemain matin. Il était élégamment vêtu et s'exprimait bien, avec un air d'enfant de chœur qui le faisait paraître encore plus jeune qu'il devait être. Ce fut irritant de voir ma mère s'en enticher immédiatement et l'abreuver de café et le bourrer de gâteaux comme s'il était le nouveau vicaire venu rendre une visite de politesse. Finalement, elle nous laissa tous les deux dans le salon.

J'avais eu toute une nuit blanche pour préparer ce que j'allais dire. Cependant, le moment venu, je fus tenté d'être franc autant que factuel. Pourquoi ne pas lui faire part des remarques elliptiques de Louise Paxton, de ses énigmatiques regards vers l'horizon, ne pas lui dire qu'elle avait sous-entendu, par ses gestes et par ses paroles, qu'elle s'apprêtait à franchir une étape importante dans sa vie ? Parce que je ne voulais pas être celui qui allait ajouter ce grain de sel particulier, je suppose. Parce que je ne voulais pas partager ce qu'elle n'avait offert qu'à moi seul : voir sans comprendre.

En conséquence, je me bornai à une sobre version des événements. Nous nous étions croisés sur Hergest Ridge. Nous avions échangé quelques commentaires sur le temps et le panorama. Elle m'avait proposé de me déposer à Gladestry, ce que j'avais décliné. Puis nous nous étions séparés. Une brève rencontre sans conséquence que j'avais oubliée jusqu'au moment où j'avais vu sa photo dans le journal.

— Et l'heure, monsieur ? Vous avez dit au téléphone que vous pouviez indiquer une heure précise.

— Il était 19 h 45 quand nous nous sommes séparés.

— Vous en êtes sûr ?

— Absolument.

— Ce ne pourrait pas être plus tard ?

— Non. J'ai regardé ma montre au moment où elle partait.

C'était un point qui semblait le préoccuper, l'inquiéter, presque, mais il ne voulut pas dire si cela avait la moindre incidence sur les preuves qu'ils avaient amassées contre Shaun Naylor, dont j'avais vu la veille aux informations télévisées la silhouette drapée sous une couverture être exfiltrée précipitamment d'un tribunal de Worcester. Manifestement, cependant, l'heure et les circonstances dans lesquelles nous nous étions quittés intéressaient Joyce plus qu'un peu.

— Vous déposer, monsieur. Pourquoi vous l'a-t-elle proposé, d'après vous ?

— Le soleil se couchait. Je devais avoir l'air plutôt épuisé. La journée avait été chaude…

— Un geste aimable, alors ?

— Oui.

— Pourtant, Gladestry n'était pas sur son chemin, n'est-ce pas, si elle se rendait à Whistler's Cot ?

— Je ne savais pas où elle se rendait.

— Non, monsieur. Bien sûr que non. Mais dites-moi, pourquoi avez-vous décliné sa proposition ?

— Parce que le but d'une longue randonnée à pied, c'est de la faire entièrement à pied, pas entièrement moins trois kilomètres.

— Je suis bien d'accord avec vous, monsieur. Je l'ai faite moi-même, il y a quelques années. La levée d'Offa, je veux dire. De bout en bout. De Chepstow à Prestatyn.

— Félicitations.

— Mais vous ne faisiez que la moitié sud, n'est-ce pas ? Donc, l'objectif n'était pas de l'achever, n'est-ce pas ?

Je le regardai droit dans les yeux. Où voulait-il en venir ?

— Je compte faire la moitié nord l'année prochaine.

— Oh. Je vois. Et vous ne voudriez pas être obligé de retourner à Hergest Ridge.

— Non, en effet.

— Alors c'était la seule raison de votre refus ?

— Quelle autre raison pourrait-il y avoir ?

— Oh, je ne sais pas. Vous pourriez avoir voulu ne pas prendre de risques. Si vous pensiez qu'elle vous proposait plus que de vous déposer, je veux dire. Si vous et elle… vous étiez mal compris.

Je fus saisi de colère devant ce qu'il sous-entendait. Mais j'étais déterminé à ne pas le montrer.

— À aucun moment je n'ai soupçonné – ou eu une raison de soupçonner – que Lady Paxton était en train de me faire des avances.

— Non, monsieur. Bien sûr que non.

— Dans les circonstances présentes, l'idée seule est tout à fait insultante.

— Oh, je suis bien d'accord, monsieur. Mais nous devons tenir compte des idées insultantes dans ce genre d'affaire. Ne serait-ce que pour anticiper les arguments que la défense pourrait invoquer. Les avocats sont parfois très inventifs, vous savez.

— Ce Naylor nie tout ?

— On peut dire cela, monsieur. Mais je ne peux vraiment pas discuter de la question. J'ai probablement déjà trop abusé de votre temps. Si j'organise les choses comme il faut, pourriez-vous passer au commissariat de Petersfield, disons cet après-midi, pour faire une déposition officielle reprenant vos déclarations ?

— Oui. Certainement.

— Bon. Et l'heure, monsieur. 19 h 45. Vous pouvez en jurer ?

— Je peux. Et je le ferai si nécessaire.

— Merci, monsieur. C'est tout ce que je voulais entendre.

J'allai à pied à Petersfield dans la soirée pour dicter et signer ma déposition. Ma mère avait encore plus de questions à me poser que le sergent Joyce et j'avais hâte de saisir la moindre occasion d'être seul. Ce n'était pas simplement que je craignais que quelque chose m'échappe. Le fait est que ma vie à Bruxelles était devenue de plus en plus solitaire et que j'avais fini par apprécier cela. Depuis une désastreuse liaison avec une *stagiaire** italienne, j'avais délibérément écarté toute vie amoureuse. Ma garçonnière de la rue De Pascale était devenue un havre qui, je m'en rendais compte seulement maintenant, allait me manquer. Surtout si les vœux de ma mère de me voir vivre avec elle à Greenhayes étaient exaucés. Et naturellement, j'étais déterminé à ce qu'ils ne le soient pas.

Je restai au commissariat presque une heure. La déposition que je signai, une fois qu'elle fut enfin tapée, était un récit aussi précis et peu informatif que celui que j'avais fait à Joyce. Il sembla sur le moment répondre à toutes les exigences de ma conscience, bien qu'à aucune entièrement.

Je ne me rappelle pas ce que je comptais faire quand je repartis. Peut-être n'avais-je pas encore décidé au moment où j'arrivai sur le trottoir. En tout cas, on décida rapidement pour moi. Un klaxon retentit et, en me retournant, je vis ma belle-sœur Bella me sourire derrière le volant de sa BMW cabriolet qui s'arrêta à ma hauteur.

— Grimpe, dit-elle.

Et docilement, j'obéis.

J'avais à peine bouclé ma ceinture que nous étions déjà au bout de la rue. Bella tourna dans l'artère principale et fila vers le sud pour sortir de la ville. L'âge mûr et le deuil n'avaient pas sapé son enthousiasme pour la vitesse et le glamour ; bien au contraire. Et j'étais certain que rien n'y parviendrait. Elle avait toujours été excessive. Et pas seulement métaphoriquement. Grande, rousse et bâtie comme une championne de ski olympique, elle n'avait jamais été considérée comme une beauté. Elle avait la mâchoire et le nez trop proéminents, les épaules trop larges. Ce qu'elle possédait, c'était une présence frappante, presque intimidante. La manière dont elle mangeait et buvait, dont elle parlait et se comportait, faisait partie d'un message physique à peine étouffé maintenant qu'elle devait ses reflets cuivrés à un flacon de teinture et ses cuisses fermes à la pratique intensive d'un vélo d'appartement. Je savais pourquoi Hugh était tombé amoureux d'elle. Je ne le savais que trop bien. Je comprenais précisément ce qui attirait les hommes vers elle, autrefois en masse, moins ces derniers temps, même si leur nombre était encore flatteur. Elle exsudait le sexe comme un musc, plus puissant que n'importe quel parfum. En sa présence, il était toujours difficile de ne pas imaginer – ou se rappeler – l'acte auquel elle prenait un tel plaisir. Quand faiblirait-il, me demandais-je parfois, ce pouvoir qu'elle ne pouvait s'empêcher d'exercer ? Et la seule réponse que je pouvais donner était : pas encore.

— Tu retournais à Bruxelles sans venir me voir, Robin ? Cela n'aurait pas été très gentil, tu sais ?

— Je n'ai pas cherché à t'éviter, Bella. Mais… j'étais pressé par le temps…

— Et par les questions de la police ? Hilda m'a tout raconté. C'est comme cela que j'ai su où tu étais.

— Nous ne nous sommes pas croisés par hasard, alors ?

— Ça n'existe pas ce genre de choses, si ?

— Je ne sais pas trop, répondis-je en ne pouvant m'empêcher de penser à Hergest Ridge.

— J'espérais que tu viendrais prendre un verre avec moi. C'est une soirée délicieuse. Le jardin ensoleillé d'un pub de campagne en compagnie d'une dame sans attaches. Que peux-tu demander de plus ?

Que tu te conduises en veuve décente, fus-je tenté de suggérer. Mais à quoi cela aurait-il servi ? Bella n'avait jamais fait mystère de son indifférence pour Hugh. Elle n'avait jamais fait mystère de quoi que ce fût, à dire vrai. Hormis de ce qu'elle éprouvait vraiment. Vis-à-vis de moi. Et du reste des hommes.

— Choqué de ne pas me voir en larmes et en grand deuil, Robin ?

— Non. Pas choqué.

— Mais déçu ?

— Non. Même pas.

— Tu viens, alors ?

— Est-ce que j'ai le choix ?

— Oh, oui. Nous avons tous le choix. Et d'après ce que j'ai entendu dire, tu en as fait de très bizarres, dernièrement.

Nous nous arrêtâmes au Red Lion de Chalton et nous installâmes avec nos verres dans le jardin. Il faisait encore une chaleur bien peu naturelle, comme depuis le début de la semaine, sans un nuage dans le ciel, avec un air sec. Derrière nous, une légère brise déferlait en lentes vagues bleues sur un champ de lin. Je percevais l'irréalité derrière tout ce que je voyais, une signification toute proche mais hors de portée. Comme s'il y avait des symboles dans tout ce que je voyais et disais, mais que je ne pouvais trouver la clé pour les déchiffrer.

Bella ferma les yeux et renversa la tête en arrière, se grisant de la chaleur. Son chemisier blanc noué à la taille exposait deux ou trois centimètres de bronzage parfait au-dessus de son jean délavé. Ses bracelets tintèrent et étincelèrent alors qu'elle posait le bras sur la table. Je remarquai alors qu'elle aussi avait abandonné son alliance. Mais le bronzage avait dissimulé la marque. Elle avait dû la remiser juste après les obsèques. Ou peut-être pas aussi vite. Il ne fallait qu'une journée ou deux sous un soleil aussi ardent pour effacer toute trace. Auquel cas…

— Je ne suis plus mariée, dit-elle brusquement en suivant mon regard. Pourquoi porter les insignes de la fonction ?

— Par respect, sans doute.

— Ah, mais je n'ai jamais été respectueuse. Si ?

— Pas très. Assez, toutefois, pour continuer à les porter du vivant de Hugh.

— Je ne suis pas du genre à jeter des objets à la figure des gens. Toi non plus, si je me souviens bien. (Elle caressa du bout du doigt la condensation sur la paroi de son verre.) Parle-moi de Lady Paxton.

— Il n'y a rien à raconter.

— Menteur.

Je ne pus m'empêcher de sourire en buvant une gorgée de ma bière. C'était trop agréable de savoir quelque chose qu'elle ignorait alors que cela avait si souvent été le contraire.

— Tu ne m'as pas félicité pour ma nomination au poste de directeur, dis-je changeant de sujet, adroitement, me sembla-t-il.

— Les félicitations ne sont pas de mise, Robin. Tu es en train de faire une grosse erreur.

— Tu trouves ?

— Une minuscule entreprise vieillotte qui fabrique des battes de cricket ? Quel avenir a-t-elle ? Dans vingt ans, tous les gamins joueront au baseball. Et Timariot & Small appartiendra au passé.

— De même que la Communauté européenne, peut-être.

— Tu sais très bien que non.

Je haussai les épaules.

— Nous verrons bien. En attendant, je lie mon sort au passé.

— Et tu rentres au bercail à Petersfield. J'attendais mieux de ta part, franchement. Hilda dit que tu vas habiter avec elle à Greenhayes.

— Elle aimerait bien.

— Où iras-tu habiter, alors ?

— Je ne sais pas.

— Ce n'est pas la place qui manque aux Hurdles. (Cela, je voulais bien le croire. Les Hurdles étaient l'immense demeure que Hugh avait fait construire à Hindhead en l'honneur de son épouse dans les premiers feux de la passion.) Je m'y sens bien seule, ces temps-ci. Hugh me manque, je crois. L'idée de sa présence là-bas, je veux dire. Les allées et venues. J'ai même envisagé de prendre un locataire. Juste pour la compagnie. Peut-être…

— Je ne pense pas, si ?

— Non. (Elle me gratifia d'un regard évaluateur profondément méprisant.) Peut-être pas. (Elle sortit une cigarette et l'alluma, puis elle m'en offrit une. Je secouai la tête.) Eh bien, voilà qu'on vire à l'ascète, dis-moi ?

— Je prends seulement soin de ma santé.

— Je suis ravie de l'entendre. C'était pour ça, la levée d'Offa ?

— En partie.

— Mais tu as été comblé au-delà de tes espérances, non ?

— Ah bon ?

— Eh bien, te retrouver mêlé à ces meurtres.

— Je n'y suis pas mêlé. Il se trouve que j'ai juste… croisé l'une des victimes.

— Tu es le dernier à l'avoir vue vivante, d'après Hilda. En dehors du meurtrier.

— Apparemment.

Elle se caressa le cou d'un air absent.

— C'était vraiment un viol, à ton avis ? Ou bien un amusement qui aurait dérapé ? Cela arrive, avec le sexe, non ? Parfois.

— C'était un viol. La femme que j'ai rencontrée n'aurait pas…

Je grimaçai, conscient de l'ingéniosité avec laquelle elle m'avait amené à parler.

— Il y a donc bien quelque chose à raconter, alors ?

— Non. Rien du tout.

— L'endroit où cela s'est produit. Whistler's… Whistler's…

Elle fit tourner son poignet tintinnabulant dans les airs.

— Cot.

Une autre grimace.

— Tu l'as vu quand tu étais à Kington ?

— Non, Bella. Je ne l'ai pas vu.

Elle hocha la tête et but pensivement une gorgée de son spritzer, puis elle sourit malicieusement.

— Ça te tente ?

— Comment ça ?

— Eh bien, cela doit t'intéresser. Juste un peu. Si tu avais ta voiture ici, je parie que tu irais faire un tour là-bas pour jeter un coup d'œil avant de retourner à Bruxelles. L'occasion serait trop belle. Mais tu ne l'as pas, n'est-ce pas ? Alors peut-être que je pourrais t'emmener. T'accompagner dans ton expédition, si je puis dire. Satisfaire ma curiosité autant que la tienne.

Je ne pus réprimer un petit rire devant son audace.

— Non. Définitivement non.

— Demain ?

— Non.

— Après-demain ?

— Non.

— Réfléchis-y.

— Non.

— Mais si, dit-elle avec un rire rauque. Je sais que tu y penseras.

Ma réunion avec Adrian le lendemain matin se passa aussi bien que j'aurais pu l'espérer. Il me fit clairement comprendre que l'on attendait de moi que je fasse ma part du travail ; la direction des opérations n'était pas une sinécure. Si m'avoir proposé le poste était une faveur, c'était la seule qu'il avait l'intention de me faire. Mais comme c'était aussi ma vision des choses, nous nous séparâmes en bons termes.

Fort heureusement, il ne parla pas des meurtres de Kington. Il considérait probablement que c'était en dessous de sa toute récente dignité. Quoi qu'il en soit, je fus reconnaissant qu'on m'épargne une autre tournée d'explications.

— Quand retournes-tu à Bruxelles ? demanda-t-il alors que je partais.

— Dimanche.

— Alors, tu serais libre, demain ? On m'a donné trois places pour le match test. Aux premières loges. Simon et moi comptions y aller en trio avec… (Il se rembrunit.) Eh bien, avec…

— Hugh ?

— Ouais. (Le masque du dirigeant avait brièvement glissé.) Hugh aimait le cricket. Jamais il n'a manqué un match test au Lord's, autant que je me souvienne. (Adrian avait mieux connu Hugh que moi, probablement mieux que Bella. En tout cas, il l'avait sûrement respecté davantage. Et maintenant, il lui manquait. Toutes ces démonstrations d'assurance et de maîtrise n'étaient en réalité qu'une surcompensation pour la perte de son grand frère – et mentor.) Tu pourras venir ? Ce devrait être une belle occasion. Et cela fait des années que…

— Désolé, je ne peux pas. J'aimerais bien. Mais… je ne suis pas libre.

Bella vint me prendre à Greenhayes à 9 heures le vendredi matin et dès midi, nous étions à Kington. Les routes de campagne sinueuses et la densité de la circulation auraient dû nous ralentir, mais Bella était si agacée par la bruine qui l'empêchait de rouler avec la capote ouverte qu'elle conduisit encore plus agressivement que d'habitude. Elle avait espéré qu'une brise tiède ferait voler ses cheveux sous un soleil rayonnant. Au lieu de cela, la journée était grise, sans vent et d'une déprimante humidité.

Kington était exactement telle que je m'en souvenais : une petite ville sans prétention vaquant à ses affaires. Le cirque médiatique qui y avait déferlé la semaine précédente avait reflué, laissant dans son village des relents de nouvelles plus très fraîches. La normalité avait si totalement repris ses droits que j'aurais pu croire – j'en avais envie en partie – qu'il ne s'était rien passé du tout.

Tant bien que mal, je persuadai Bella de laisser la voiture près de l'église à l'ouest de la ville et de descendre Hergest Road jusqu'à Butterbur Lane. Je supposais qu'à pied nous aurions moins l'air de visiteurs avides de sensationnel que de gens du cru sortis se promener, mais la notion que Bella avait de la tenue passe-partout impliquait une quantité ostentatoire de bijoux et un chapeau d'une élégance voyante tout droit sorti de Harper's & Queen. Nous nous attirâmes des regards soupçonneux de la part des habitants des cottages en bordure de route, qui se trouvaient dans leurs jardins. Et le regard hautain dont Bella les gratifia en retour les persuada probablement que nous étions un réalisateur de télévision et sa secrétaire et maîtresse en repérage pour un docu-fiction consacré au viol et au meurtre près de la frontière galloise.

Butterbur Lane aussi était plus calme, comme si les habitants faisaient délibérément profil bas. Les maisons y étaient blotties à l'écart derrière de hautes haies et des replis de la colline, à l'abri des regards indiscrets comme des vents d'hiver. Nous montâmes en silence vers un virage en épingle à cheveux qui, d'après la carte, était à mi-chemin de Whistler's Cot. Si l'on ignorait ce qui s'était passé là-bas, rien n'imprégnait les lieux d'étrangeté et l'air immobile d'impatience. Même Bella le sentit.

— Quel endroit pour qu'il arrive une chose pareille, me chuchota-t-elle. C'est si… surnaturel.

— C'est toi qui l'imagines.

— Je sais. Mais ça ne…

Brusquement, une voiture surgit dans le virage devant nous, le bruit de son moteur assourdi jusqu'alors par les talus et les haies de chaque côté. C'était un gros break bordeaux qui roulait trop vite pour une route si étroite. Elle fit un tête-à-queue, criblant un portail de gravillons, puis se redressa et revint au milieu de la chaussée en fonçant droit sur nous. Instinctivement, je saisis Bella par le bras et la tirai vers le fossé. Alors seulement, le chauffeur prit conscience du danger et pila. Une nouvelle pluie de gravillons s'abattit derrière lui, suivie d'un dérapage crissant et d'un nuage de poussière. Beaucoup trop tard à mon goût, la voiture s'immobilisa.

Par la vitre baissée le conducteur posa sur nous un regard dénué d'expression. C'était un homme de cinquante à soixante ans, avec une tignasse argentée et un visage rond et flasque. Sous sa mâchoire pendait un pli de peau qui devait autrefois y trôner avec l'aplomb d'un double menton. Il avait les joues creuses, les sourcils tombants. Et il pleurait. Ses yeux étaient rougis par les larmes qui baignaient son visage. L'espace d'une seconde, il me regarda, comme s'il essayait de formuler une excuse. Il s'humecta les lèvres. Puis il marmonna : « Désolé », relâcha le frein et continua sa route.

— L'imbécile, siffla Bella. Il aurait pu nous tuer. (Je l'entendis passer une vitesse et accélérer, modérément, cette fois, comme si le choc l'avait ramené à la réalité.) Qu'est-ce qu'il avait dans le crâne ?

— Probablement rien du tout. Tu sais ce que c'est. Un vieux bonhomme qui n'a jamais passé le permis ni conduit en ville.

— Il n'était pas si vieux que ça.

Non. En effet. Il ne correspondait pas non plus au portrait que j'en avais fait. Il n'avait absolument pas l'air campagnard. La voiture était neuve et en bon état, ce dont nous pouvions nous féliciter. Et il était désorienté par le chagrin, pas par des facultés déclinantes. Mais je rechignais à conclure à l'évidence – qu'il pleurait l'une des victimes de Whistler's Cot ou les deux. Pourquoi, je n'aurais su l'expliquer. À moins que ce ne fût l'intensité de son chagrin, la passion que de tels événements pouvaient éveiller qu'il m'avait brièvement laissé entrevoir. Peut-être n'étais-je pas prêt à reconnaître avec quelle violence et jusqu'où elle pouvait déferler. Peut-être ne voulais-je tout bonnement pas comprendre.

Nous nous remîmes en marche, tous les deux ébranlés, mais faisant comme si de rien n'était. Le virage approcha, avant de disparaître derrière nous. Les cottages se firent plus clairsemés. Des bouts de champs et de lande apparurent au-delà des haies. Enfin, nous arrivâmes. Je reconnus immédiatement Whistler's Cot d'après les photos des journaux : une vieille demeure à colombages faisant face à la route, avec une aile moderne en brique et un garage sur le côté, légèrement en retrait. Une allée de graviers menait à l'arrière, sans portail ni obstacle. Le jardin était négligé, la maison également. Tuiles déchaussées, peinture écaillée : on avait engagé des dépenses sans leur donner de suite ni les renouveler. Le nom, Whistler's Cot, gravé sur un panneau de bois en caractères runiques. Et une sculpture bizarre devant l'entrée, mi-angelot, mi-Dieu sait quoi, grossièrement sculptée à dessein, une main levée comme pour appeler ou repousser, on ne savait trop.

— C'est ça ? demanda Bella, une note de déception dans la voix.

— Oui. C'est tout. (Plusieurs fenêtres étaient ouvertes. Du vivant de Bantock, cela n'aurait pas signifié grand-chose. À présent, cela impliquait une présence. Sa famille, peut-être ? Auquel cas, je ne voulais pas qu'elle nous remarque.) Bon, on s'en va ?

— Nous n'allons pas y jeter un coup d'œil ?

— Je ne pense pas.

— Enfin, je n'ai pas roulé deux cent cinquante kilomètres pour qu'on s'en aille déjà ! Voyons s'il y a quelqu'un, dit-elle en s'avançant vers la porte.

— Bella !

Mais elle ne se laissa pas intimider. S'arrêtant seulement pour tirer la langue à la statue, elle donna un petit coup avec le heurtoir. Puis, quand plusieurs secondes de silence se furent écoulées et que je me pris à espérer qu'elle allait renoncer, elle recommença, plus fort.

La porte du garage se releva lentement et une silhouette apparut, penchée au-dessus du capot d'une vieille Triumph. C'était un homme menu en pantalon de velours côtelé et chemise à carreaux, avec un visage étroit d'écureuil encadré de touffes de cheveux roux. Il me scruta en haussant des sourcils inquisiteurs et je fus tout juste capable d'articuler faiblement un « Bonjour ».

— Il n'est pas très bon, en fait, répliqua-t-il. Et je vous serais reconnaissant – infiniment reconnaissant – de ne pas le rendre plus éprouvant qu'il ne l'a été jusqu'ici.

— Je suis désolé. Je…

— … venais juste fouiner sur le lieu du crime ? Croyez-moi, vous n'êtes pas les premiers. Et ce serait déraisonnable de ma part d'espérer que vous serez les derniers, n'est-ce pas ?

— Nous sommes effectivement désolés, dit Bella en s'avançant hardiment vers lui, la main tendue. Mais nous ne sommes pas ce que vous pensez.

— Non ? (Il eut l'air sceptique, mais il était difficile de résister au sourire de Bella. Sa tête oscilla légèrement, comme s'il allait s'incliner, voire lui faire un baisemain. Il se contenta de la serrer.) Qu'êtes-vous, alors, je vous prie ?

— Mon frère… (elle jeta un coup d'œil de mon côté, entérinant son mensonge par un léger tressaillement des sourcils) … connaissait Lady Paxton.

— Vraiment ? (Le doute le disputa un instant à la susceptibilité, puis céda.) Eh bien, heureux de faire votre connaissance, monsieur…

— Timariot. Robin Timariot.

— Henley Bantock. (Nous nous serrâmes la main.) Neveu et héritier d'Oscar Bantock.

— Ma… euh… sœur, Bella… Timariot.

— Ravi, vraiment.

— Le décès de Lady Paxton m'a causé un… un choc terrible. J'ai… estimé que je devais…

— Je vous en prie. Suivez-moi. (Nous lui emboîtâmes le pas, tandis que Bella me gratifiait d'un sourire triomphant.) Je suis désolé de m'être montré un peu sec. C'est le premier jour où la police m'autorise à franchir la porte et j'essaie de trier toutes les affaires. Mais les interruptions sont incessantes. Des voisins qui me prennent pour un squatteur. Des commerçants qui viennent me brandir des factures impayées sous le nez. (Nous suivions le même chemin que le facteur en cette fatale matinée.) Et peu avant votre arrivée, un monsieur d'une cinquantaine d'années, bien mis, en larmes sur le pas de la porte. Des flots de larmes. C'était tout à fait pitoyable.

— Qui était-ce ? demandai-je.

— Je ne saurais vous dire, vraiment. Peut-être l'auriez-vous reconnu. Je suis surpris que vous ne l'ayez pas croisé sur la route. (L'atelier était devant nous, à présent, avec une vue plein sud, où s'étendait le jardin. C'était une construction aérée, éclairée par suffisamment de fenêtres pour ressembler à une serre. Les stores étaient à moitié baissés, mais par les ouvertures, j'aperçus des entassements épars de toiles de toutes tailles, couvertes de tourbillons agressifs de couleurs ; Oscar Bantock avait été prolifique.) Du coup, je n'ai guère avancé. Ce qui est bien ennuyeux, pour le moins. (Il ouvrit la porte de la cuisine et nous fit entrer.) Traitez-moi de superstitieux si vous voulez, mais je n'ai aucune intention de passer la nuit ici.

Et c'est ainsi que nous entrâmes dans la maison où deux personnes venaient de mourir de mort violente. Il n'en restait aucune trace, en tout cas aucune que je puisse déceler. Il n'y avait pas de taches de sang, bien sûr, mais même s'il y en avait eu, je ne suis pas sûr qu'elles m'auraient permis d'imaginer ce qui s'était passé. L'atelier, baigné d'une lumière d'un blanc jaunâtre, était rempli d'œuvres méconnues et de tout l'attirail de la moitié d'une vie : toiles, cadres, pinceaux, peintures, palettes, chevalets, chiffons, pots de vernis, flacons de solvants et une blouse tachée aux plis poussiéreux. Je n'avais jamais vu Oscar Bantock de son vivant et je ne pouvais l'imaginer mort, gisant raide et prostré sous l'un des bancs. Aucune silhouette de cadavre tracée à la craie n'était là pour me dire où on l'avait découvert et je n'eus pas le cœur de le demander à son neveu. Non que Henley Bantock eût l'air d'un homme accablé de chagrin. Il était entre nous deux dans la cuisine et regardait calmement pendant que nous contemplions par l'embrasure la pièce où son oncle avait été étranglé avec un fil de fer. Puis il poussa un profond soupir.

— Ça va être un sacré travail de tout déménager. Et cataloguer, évidemment. Je ne supporte pas ces trucs, moi. C'est vrai, pourquoi il ne peignait pas de ravissants paysages ? Mais puisque ça fait battre le cœur de certains, pourquoi irais-je me plaindre ?

— Lady Paxton appréciait son travail, murmurai-je.

— Oui. Je crois bien. On pourrait dire que c'est *elle* qui est morte pour son art à *lui*. (Surprenant mon regard, il ajouta :) Pardonnez-moi. C'était déplacé.

— Le tableau qu'elle voulait, *La Veuve noire*… Il est là ?

— Emballé dans le salon. Je ne l'ai pas bougé. Oncle Oscar avait dû le préparer pour elle, je suppose.

— Pourrions-nous le voir ?

— Pourquoi pas ? Qui sait, peut-être voudrez-vous… (Il fronça les sourcils.) Étiez-vous un ami intime de Lady Paxton ?

— Pas intime, non.

— Un ami de la famille, peut-être ?

— Pas vraiment.

— C'est juste que l'une de ses filles est censée me retrouver ici cet après-midi. Je me demandais si…

— Nous aimerions voir le tableau, intervint Bella avec un sourire charmeur. Si c'est possible.

— Certainement. Venez. (Il nous entraîna hors de la cuisine par un petit couloir. Le salon était confortablement meublé, bien qu'en désordre. Il y avait une bibliothèque bien garnie et plusieurs tableaux de Bantock – ou de confrères expressionnistes – aux murs. Un paquet était posé sur l'unique table, et l'emballage défait révélait le dos d'une toile, déjà muni de crochets et d'un fil métallique cuivré. Henley souleva le tableau et le posa contre le mur derrière la table, puis il recula pour nous laisser l'admirer.) Le Rouault anglais, c'est ainsi qu'on l'appelait dans les années 1960. Je crois que le tableau date de cette période. Ni meilleur ni pire que le reste, à mon avis. Mais heureusement, mon avis ne compte guère.

La Veuve noire mesurait environ un mètre sur quatre-vingts centimètres. Il représentait un visage de femme – ou de jeune garçon – sur un fond bleu pâle. Les cheveux et les épaules étaient des éclaboussures noires et violettes, le visage jaune était teinté de rouge, les yeux perdus dans un mélange de barbouillages et de gribouillis, leur regard – solennel, détourné, baissé, méfiant – devenant un mélange obsédant de tout ce que vous aviez envie d'y lire : l'araignée, la veuve, la meurtrière, la victime. Il n'y avait rien de joli ni de réconfortant là-dedans. Louise Paxton ne voulait pas ce tableau pour agrémenter son intérieur. Mais nous ne saurions jamais à présent la raison exacte pour laquelle elle le voulait.

Je reculai pour le regarder depuis l'entrée. Au même moment, Bella se rapprocha de Henley en inclinant la tête pour scruter la toile.

— Je suis de votre avis, monsieur Bantock, gloussa-t-elle. Ce n'est pas exactement ma conception de l'art. (Je vis Henley jeter un coup d'œil appréciateur à la forme de ses seins moulés par son t-shirt sous la veste en lin. Sa conception à lui de l'art était assez évidente : plutôt Ingres que Rouault, aurais-je dit.) Hériter de tout cela a dû vous causer quelques problèmes.

— Oh, que oui. La police. La presse. Vous n'imaginez pas.

— Êtes-vous venu de loin, aujourd'hui ?

— De Londres.

— Vous avez dû partir tôt, alors.

— Effectivement.

Je reculai dans le couloir. Il y avait l'escalier qui menait à la pièce où elle était morte. Pourquoi ne pas monter jeter un coup d'œil ? Henley allait raconter toute sa vie à Bella si elle continuait à l'encourager. Elle le jaugeait, bien sûr. Je le savais pertinemment. Vaut la peine d'être connu ou pas ? Pas, soupçonnais-je. Mais d'évidence, elle n'était pas encore parvenue à cette conclusion. Et en attendant…

Je montai les marches quatre à quatre, soulagé de ne pas déclencher une rafale de grincements. Le palier était petit et étroit. Une salle de bains s'ouvrait devant moi, construite au-dessus de la moitié de l'aile ajoutée. Par une fenêtre, j'aperçus les verrières closes de l'atelier. Les chambres se trouvaient à droite et à gauche. Celle de gauche était devenue un débarras : un bureau et un classeur échoués au milieu d'une mer de caisses, caissons de transport et encore d'autres toiles. De la chambre de droite provenait un léger courant d'air. Henley avait dû ouvrir la fenêtre pour tenter de balayer le souvenir ainsi que l'odeur de renfermé. Je me hâtai d'entrer avant d'avoir eu le temps de me dire que ce que je faisais ne se faisait pas.

Mais il n'y avait rien à voir. Une pièce nue, aux murs blancs dépourvus de tableaux. Une armoire, aux portes fermées. Un grand lit à deux places, dont on avait mis à nu le matelas et enlevé oreillers, draps et couvertures. Des rideaux à fleurs absurdement féminins flottaient avec langueur. Et un immense miroir à cadre doré sur le mur en face du lit, fracassé dans un coin, des craquelures partant dans tous les sens, fracturant le reflet de la pièce en triangles aléatoires. Quand avait-il été cassé ? me demandai-je. À quel moment ? Avant ? Ou après ? Je frissonnai et regardai le lit. C'était impossible à imaginer, trop affreux de vouloir imaginer. La respiration difficile, la morsure du fil de fer, la chair qui cédait… Tant de souffrance. Tant de révulsion. Trop de tout. Et à présent, en antithèse, un vide, un espace attendant d'être rempli. La pièce était vidée, tout comme la maison, épuisée par la violence qui l'avait brièvement remplie. La nuit du 17 juillet n'était plus là. Même l'impression qu'elle avait laissée avait été enlevée, sur des morceaux d'adhésifs et des lames de microscope, dans des sachets stériles et des enveloppes scellées. À la place se trouvait un tombeau vide.

Quand je revins au salon, l'amabilité de Henley Bantock s'était muée en un empressement extasié pour Bella : je connaissais assez bien les signes. Oubliant sa détermination à « trier toutes les affaires » et n'ayant apparemment pas remarqué mon absence, il proposa que nous allions déjeuner tous les trois. Bella n'ayant pas encore cessé de le trouver amusant, nous partîmes. Au Harp, à Old Radnor, un hameau en haut d'une colline à quelques kilomètres au nord-ouest de Kington, un peu en retrait de la route de Gladestry. C'était une vieille auberge pleine de charme et bien entretenue, avec des tables et des bancs de pique-nique installés dehors, où l'on jouissait pour le même prix d'un vaste panorama sur la forêt de Radnor.

Henley y était venu à plusieurs reprises avec son oncle, apparemment, durant les visites qu'il lui rendait régulièrement avec sa femme, Muriel. Elle n'avait pas pu l'accompagner cette fois et Henley appréciait manifestement de ne pas avoir la corde au cou. Ils travaillaient tous les deux comme administrateurs de l'un des *boroughs* de Londres, Havering, je crois. Ou Hounslow. Henley parlait avec un tel détachement d'Oscar que je ne pus m'empêcher de suspecter que les visites servaient davantage à s'assurer de son héritage plutôt que du bien-être du vieux bonhomme. Muriel n'avait probablement pas dû estimer nécessaire de se déplacer maintenant que Whistler's Cot et toute une *œuvre** expressionniste étaient dans le sac. Elle aurait peut-être changé d'avis, bien sûr, si elle avait su que son mari allait passer la moitié de la journée à mater ma belle-sœur par-dessus son *ploughman's lunch*[1].

J'écoutai distraitement ses informations biographiques sur le personnage d'Oscar Bantock, qui devenaient de moins en moins flatteuses à mesure que le panaché coulait.

— Il aurait pu ressembler à un croisement entre le Père Noël et le Captain Iglo, n'était chez lui une tendance à la cruauté. Appelez cela du tempérament artistique si vous voulez, mais je voyais cela différemment. Il a vécu avec nous la majeure partie du temps quand j'étais enfant et le supporter, lui, ainsi qu'un mari malade, c'est ce qui a conduit ma mère à mourir avant l'heure, à mon avis.

Tandis qu'il devenait de plus en plus rancunier, mon regard dériva au nord vers les collines que j'avais traversées dix jours auparavant après avoir quitté Kington. Si j'avais accepté l'offre de Louise Paxton de me déposer ce soir-là, nous nous serions peut-être arrêtés ici pour prendre un verre. Dès lors, à tout le

1. Assiette de fromage et de pickles. *(N.d.T.)*

moins, elle serait peut-être arrivée à Whistler's Cot une heure plus tard. La vie, à écouter les lamentations de Henley Bantock, était injuste. Mais la mort, apparemment, avait un tempérament artistique.

— Le peu que lui rapportait sa peinture, il le dépensait en double. Pas pour nous, bien sûr. Même pas pour quelque chose d'utile comme des pinceaux et des toiles. La majeure partie filait en whisky. Seuls les meilleurs malts convenaient à oncle Oscar. Et puis il y avait ses femmes. Il avait davantage l'œil pour les dames que pour l'art, je ne peux pas le nier. Vous n'auriez certainement pas quitté Whistler's Cot de son vivant sans qu'il vous ait au moins pincé les fesses pour vous laisser un souvenir, Miss Timariot, je vous prie de me croire. Mais après tout, comme je disais, il avait effectivement bon goût de ce côté-là.

Ce compliment forcé et, sans doute s'en rendait-il compte, osé, fut suivi d'un accès de ricanements et par l'apparition dans les yeux de Bella de cet ennui implacable que j'avais déjà si souvent vu. Ce fut quasiment le signal que j'attendais.

— À vous entendre, votre oncle n'était guère quelqu'un que l'on serait spontanément allé cambrioler, monsieur Bantock.

— Oh, je ne sais pas. Il claquait probablement de l'argent dans un pub des environs. Dépensant la somme convenue pour *La Veuve noire* avant même de l'avoir empochée. Ce serait bien son genre. Un voyou de Londres en tournée de repérage en province le remarque et le suit chez lui. Puis les choses virent au vinaigre. Oncle Oscar n'aurait pas battu en retraite en cas de bagarre, surtout après un verre de trop.

— C'est comme cela que vous voyez les choses, alors ?

— C'est comme cela que la police les voit. C'est ce que j'ai cru comprendre, en tout cas. Il devait être sorti la première fois que Lady Paxton est passée. Il a sans doute oublié l'heure qu'ils avaient fixée pour le rendez-vous. Ce ne serait pas étonnant de sa part. Cela expliquerait pourquoi elle est partie à l'heure du déjeuner. Ayant décidé d'acheter le tableau, elle est revenue plus tard, j'imagine. Et est tombée nez à nez avec… eh bien, quelque chose de tout à fait effroyable.

— Vous pensez que c'est aussi simple que cela ?

— C'est plausible. Les policiers ont dû avoir de bonnes raisons pour arrêter ce Naylor. Ils ont l'air certains de sa culpabilité. Je suppose que les analyses médico-légales ont fait pencher la balance. Que dire de plus ? À part le désarroi dans lequel doit se trouver la famille de Lady Paxton, évidemment. Identifier le cadavre de mon oncle a été suffisamment bouleversant pour moi. Qu'est-ce que cela a dû être pour la fille de Lady Paxton – qui n'a pas encore vingt ans, il me semble – de voir sa mère, eh bien, dans l'état où elle devait être, à la morgue, au beau milieu de la nuit…

Il secoua la tête, un instant dégrisé en songeant à une telle expérience.

— Est-ce celle que vous voyez cet après-midi ?

— Non, non. C'est l'aînée qui vient. Sarah, je crois qu'elle m'a dit qu'elle s'appelait. Je ne sais pas très bien ce qu'elle espère faire, mais… (Quelque chose lui vint soudain à l'esprit. Son nez frémit.) Connaissez-vous ses filles, monsieur Timariot ?

— Non. Je n'ai rencontré que leur mère.

— Vous la connaissiez bien ?

Je sentis Bella qui me scrutait tandis que je répondais.

— Il me semblait, oui. Nous… nous sommes compris. C'est ce que j'ai pensé.

— Vous partagiez son intérêt pour l'expressionnisme ?

— Nous n'en avons jamais parlé.

— Jamais ?

— Nous ne nous sommes vus qu'une fois. Une seule. Avant la fin.

— Mais… Il me semblait que vous aviez dit… (Il se rembrunit et fit une moue soupçonneuse.) Quand l'avez-vous rencontrée précisément, monsieur Timariot ?

— En début de soirée, le 17 juillet.

— Quand ?

— Le jour où elle est morte. Juste quelques heures auparavant, à vrai dire.

— Mais… J'avais cru comprendre… que vous étiez un de ses amis.

— Non. Je n'ai pas dit cela. Vous l'avez pensé.

— Vous pinaillez. Vous m'avez amené à penser… (Il regarda Bella d'un œil noir.) Vous m'avez tous les deux amené à penser…

Bella me foudroya du regard, puis elle posa une main apaisante sur le bras de Henley et lui sourit suavement.

— À quelle heure avez-vous rendez-vous avec Miss Paxton, monsieur Bantock ?

— Quoi ? À 15 heures. Mais…

— Nous ferions mieux de vous ramener, dans ce cas, n'est-ce pas ? Il ne faudrait pas la faire attendre.

Il était 14 h 30 quand nous repartîmes de Whistler's Cot. J'avais assuré Henley que les policiers étaient parfaitement au courant de ma rencontre avec Louise Paxton, mais j'étais quand même certain que nous ne serions même pas arrivés en bas de la route qu'il allait les appeler. Ce n'était pas le genre à faire confiance. Ni à pleurer les morts.

Ce serait différent pour la famille Paxton, bien sûr. Louise avait laissé un mari et deux filles, plutôt qu'un neveu ingrat. Ils devaient la pleurer, en ce moment, aussi abondamment que sincèrement. Et l'une de ceux qui la pleuraient – Sarah Paxton – allait être là, sur le seuil, une demi-heure après notre départ. J'aurais facilement pu l'attendre. Henley n'aurait pas pu m'en empêcher, même s'il l'avait voulu. Mais je n'en fis rien. Au final, j'étais impatient de partir et d'éviter la rencontre.

Je suppose que c'était par peur. La peur que Sarah Paxton ressemble trop à sa mère pour que je lui fourgue le même récit qu'à la police. Mais elle n'apprécierait pas nécessairement la vérité. Elle ou quiconque avait aimé Louise Paxton. Parce qu'à la lumière de la vérité, ce qui lui était arrivé paraissait un peu trop désagréablement compliqué. Informer pouvait aussi vous valoir des ennemis. Je préférai éviter l'un et l'autre.

Il y avait aussi une autre crainte, plus profonde, peut-être. La crainte de ce que *moi*, j'apprendrais du même coup. Qui était Louise Paxton ? Quel genre de femme était-ce ? Quel genre de mère ? Quel genre d'épouse ? Et qu'est-ce qu'elle avait tenté de changer, ce soir-là sur Hergest Ridge ? Je n'étais pas certain de vouloir connaître les réponses. Nous nous étions rencontrés et séparés en parfaits inconnus. Peut-être étions-nous voués à le demeurer. Si nous le pouvions.

Je pris l'avion pour Bruxelles le dimanche comme prévu. Le lendemain matin, je retournai à mon bureau au Berlaymont et informai mon chef d'unité qu'il allait bientôt ne plus bénéficier de mes services. À peu près à la même heure, dans une église d'un village du Gloucestershire avaient lieu les obsèques de Louise Paxton.

4

Il n'est pas facile de démissionner si vous êtes un *fonctionnaire titulaire de la Commission européenne**. À vrai dire, c'est presque impossible, parce que toute tentative en ce sens est officiellement interprétée comme une demande de congé de longue durée. Quand je donnai la mienne à mon chef d'unité délicieusement consterné en ce matin de juillet 1990, il la traita comme une demande de ce que nous autres eurocrates appelons un *congé de convenance personnelle**. Congé sans solde, en moins grandiose. Congé sabbatique, si vous préférez. Carrière en congélation. Pendant un an à la première demande, mais automatiquement renouvelable pour une deuxième année et ensuite une troisième ; et encore plus longtemps, en théorie.

Mais les détails pratiques ne m'intéressaient pas. Je partais sans la moindre intention de revenir. Mes collègues me disaient peut-être *au revoir**, moi je leur disais *adieu**. Ce soir-là, pour fêter mon départ, j'en emmenai quelques-uns au Kitty O'Shea's, un bar irlandais mâtiné de pub anglais près du Berlaymont qui offrait une évasion et un refuge aux Celtes et Anglo-Saxons expatriés. Abasourdis par ma générosité, ils furent manifestement réticents à dévoiler le fond de leur pensée. Pauvre Timariot. Renoncer à un poste A6 à la Direction générale de l'économie et des finances pour – c'était quoi, déjà ? – des battes de cricket. Mon Dieu. Mon Dieu, mon Dieu, mon Dieu.

— Es-tu sûr que ce soit une bonne idée, Robin ? demanda Ronnie Linklater dans un accès de mélancolie dû à un troisième scotch-soda. Je veux dire, absolument sûr ?

Je répondis que oui. À l'évidence, il ne me crut pas. C'était vrai, cependant. J'étais certain d'avoir pris la bonne décision.

Ma seule frustration était de ne pouvoir le faire immédiatement. Trois mois de préavis oppressant m'attendaient. Je tentai de convaincre mon chef d'unité que Timariot & Small était aux abois sans moi et il accepta de demander qu'il soit écourté. Mais ceux dont l'approbation était nécessaire séjournaient jusqu'à la fin de l'été dans leurs villas toscanes ou leurs retraites provençales. Je devais ronger mon frein.

Deux semaines plus tard, de retour un soir à mon appartement de la rue De Pascale, je trouvai une lettre que ma mère m'avait réexpédiée de Steep. Elle avait été postée à l'origine de Worcester, avec mon nom et l'adresse de Petersfield rédigés de deux écritures différentes. Je n'en reconnus aucune. Il apparut que l'une des deux appartenait à Sarah Paxton.

The Old Parsonage
Sapperton,
Gloucestershire

5 août 1990

Cher Mr. Timariot,

J'ai longuement hésité avant de vous écrire. J'ai appris votre existence par Henley Bantock. Il ignorait votre adresse et la police, bien que très aimable, a déclaré ne pas pouvoir divulguer cette information. Mais elle m'a proposé de vous faire parvenir cette lettre.

Si elle vous arrive, j'espère que vous accepterez de me rencontrer. Je ne pourrais expliquer convenablement à quel point il est important pour moi d'en apprendre le plus possible sur l'état d'esprit de ma mère durant sa dernière journée d'existence. Ma sœur l'a vue cet après-midi-là, mais moi je ne l'avais pas vue depuis une semaine. J'ai des difficultés particulières à accepter cet état de fait. Je ne sais pas très bien pourquoi.

Cela doit relever de l'impossibilité de lui avoir dit adieu, je suppose. Mais vous l'avez fait, dans un sens. Cela me soulagerait énormément de pouvoir parler avec vous, afin de savoir comment elle vous a semblé et ce qu'elle vous a dit. Pensez-vous qu'il serait possible que nous nous rencontrions ? Il n'est pas nécessaire que cela prenne beaucoup de temps. Et je ferai volontiers le déplacement jusqu'à l'endroit qui vous causera le moins d'embarras.

Si vous êtes disposé à m'accorder ce rendez-vous, soyez aimable de m'appeler à Cirencester au 855 785, ou de m'écrire, si vous le préférez. Dans un cas comme dans l'autre, je serai heureuse que vous me répondiez.

Sincèrement,
Sarah Paxton

La demande était simple et directe. Je pouvais l'aider à se remettre de la mort de sa mère. Ou ignorer sa requête. Elle ne savait pas où j'étais. Elle n'avait aucun moyen de me retrouver si je ne le souhaitais pas. J'étais en sécurité, hors d'atteinte. Il me suffisait de faire comme si je n'avais pas reçu la lettre. La froisser et la jeter. La brûler. L'oublier. Elle se remettrait sans moi. Nous n'avions rien à nous dire. C'est ce que je ne cessai de me répéter, en tout cas. Jusqu'au moment où je décrochai le téléphone et composai son numéro.

À ma surprise, elle insista pour venir à Bruxelles. Je lui proposai d'attendre ma prochaine visite en Angleterre. Mais même si j'avais été en mesure de lui dire quand j'y retournerais, je doute qu'elle aurait jugé cela assez proche. Il y avait dans sa voix une urgence – une note de désespoir – qui me fit regretter aussitôt de l'avoir contactée. Et aussi une ressemblance avec la voix de sa mère qui m'inquiéta encore plus. Il ne m'aurait pas fallu beaucoup d'effort pour m'imaginer en train de parler à Louise Paxton. Du coup, durant les jours qui passèrent entre notre conversation et son arrivée à Bruxelles, je ne pus me la représenter que comme une version plus jeune de sa mère : une recréation idéalisée d'une morte.

C'est, je suppose, ce que j'appréhendais de rencontrer le vendredi soir suivant. Elle venait pour le week-end et était descendue au Hilton du boulevard Waterloo. Nous étions convenus de nous retrouver dans le hall à 18 heures. Il se trouva que c'était un mauvais choix. L'endroit pullulait de quatuors jacassants de femmes couvertes de bijoux. Je les scrutai, cherchant un visage jeune parmi cette foule d'âge mûr, m'attendant toujours inconsciemment à la reconnaître. Mais il n'y avait personne qui lui ressemblât, même de loin.

J'allais renoncer et demander l'aide du concierge, quand quelqu'un dit juste derrière moi : « Robin Timariot ? » Je sus immédiatement de qui il s'agissait.

Sarah Paxton avait la silhouette menue de sa mère et beaucoup de choses dans sa personne rappelaient immédiatement la femme que j'avais croisée sur Hergest Ridge. Pourtant, les différences paraissaient plus nombreuses que les similitudes. Ses cheveux étaient plus foncés et coupés beaucoup plus court. Ses yeux également étaient plus sombres et leur regard moins franc. Elle était manifestement jeune – vingt et un ou vingt-deux ans, estimai-je – mais la fraîcheur de la jeunesse était recouverte par autre chose. Une dureté non de traits, mais d'esprit. Un sérieux confinant à la mise en garde. Elle était peu maquillée et ne portait d'autre bijou qu'un médaillon en argent à une chaîne au cou. Sa tenue était sobre et pratique : un chemisier uni, une jupe ample arrivant à mi-mollet, des souliers plats ; un sac à main sans prétention, style besace. Il y avait chez elle assez de l'allure et du port de sa mère pour faire tourner les têtes si elle le souhaitait. Mais son expression indiquait le désir de n'en rien faire. Cela aurait pu être la manifestation visible du deuil, bien sûr, quoique cela semblât en quelque sorte trop enraciné – trop permanent – pour cela. Son sourire avait une raideur, sa poignée de main une froideur, que la simple timidité ne pouvait expliquer. Le soupçon. Oui, c'était cela. Un scepticisme à peine voilé à l'égard du monde et de ceux qu'elle y rencontrait. Moi y compris.

— Et si nous… euh.. allions ailleurs ? proposai-je en désignant les tables envahies de Chanel et de Silk Cut. Je connais un… bar à côté. Ce sera plus calme.

Elle accepta et nous sortîmes. C'était une soirée orageuse et la lumière du soleil dardant entre les tours transformait les vapeurs des pots d'échappement en nuages dorés. Je me sentais incapable de parler et hésitant. Déjà, la rencontre portait suffisamment les signes de la parodie pour me déprimer. J'étais incapable de trouver quoi que ce soit à dire. Et Sarah ne paraissait pas encline à me tirer d'affaire.

Par bonheur, le trajet jusqu'à la Taverne Copenhagen était court. Il n'y avait pas trop de monde et les serveuses étaient aussi accueillantes que d'habitude. Elles me connaissaient car j'avais passé de nombreuses soirées solitaires dans ce lieu reposant. Sauf qu'il n'y avait rien de reposant dans cette visite-ci.

Sarah commanda du café et de l'eau minérale. Je demandai ma bière préférée, oubliant qu'elle était servie dans un verre fantaisie en forme de moitié inférieure de kangourou. Je vis le regard incrédule de Sarah s'attarder dessus et je songeai à faire une plaisanterie. Puis je me ravisai. L'humour – même en prélude à des bavardages anodins – était impossible. Nous étions là pour discuter d'un seul et unique sujet. Son ombre s'étendait entre nous, m'asséchait la gorge, tandis que je buvais, et insinuait le doute dans mes plans soigneusement échafaudés. Que devais-je dire ?

— Je… je suis désolé, hasardai-je. J'aurais dû vous épargner la peine de me chercher. C'est moi qui aurais dû vous écrire. Vous présenter mes condoléances.

— Vous n'aviez aucune raison de le faire. (Le ton laissait entendre que l'idée était presque présomptueuse.) Ce n'est pas comme si vous connaissiez Maman, n'est-ce pas ? Ou l'un de nous.

— Non, mais… les condoléances auraient été sincères, que nous nous connaissions ou pas. Ce qui s'est passé était… affreux. Vous avez toute ma profonde sympathie.

— Merci. (Elle détourna le regard.) Ça l'était. Comme vous dites. Affreux. Le pire qui puisse être, sans doute. Ce que chaque mère craint qu'il n'arrive à sa fille. Ce n'est pas censé être l'inverse, n'est-ce pas ? (Des larmes avaient été répandues sur ces pensées, je le sentis. Nombreuses. Et à présent, il n'en restait plus une seule.) Je ne peux pas m'empêcher de m'interroger. Et ma sœur non plus. Nous n'en parlons pas, mais… c'est comme avoir un charançon dans le crâne. On ne peut pas le déloger. Il reste, il attend que vous vous réveilliez ou que vous cessiez de vous concentrer sur autre chose. Le questionnement. (Elle secoua la tête.) Il est toujours là.

— Au moins, la police a arrêté le meurtrier.

— Oh, oui. Elle l'a eu. Et il n'y a pas de véritable place pour le doute. Plus de nos jours. Je suis devenue une véritable experte en matière d'analyses ADN, ces dernières semaines. J'ai lu tout ce qu'il y avait sur le sujet. Comme si le savoir que j'en aurais pourrait m'aider. Idiot, vous ne trouvez pas ?

— Non, pas du tout.

Ses yeux revinrent lentement vers moi pour plonger dans les miens.

— Racontez-moi… cette soirée sur Hergest Ridge. Je suis montée là-haut. À la même heure. Par le même temps. Je l'ai imaginée là. J'ai failli… (Elle but une gorgée de café.) Je vous en prie, racontez-moi.

C'est ce que je fis. Je lui donnai la version anodine des événements dont j'avais déjà gratifié la police, y ajoutant spécialement pour elle combien j'avais trouvé sa mère agréable et charmante. Je l'avais trouvée belle, aussi. Cela, je ne le lui dis pas. Cela avait des relents de la réalité physique de ce qui lui était arrivé. Décrire le soleil tombant sur ses cheveux, la brise tiède agitant l'ombre de ses mèches sur son visage, la lueur dans son regard de quelque chose d'interdit, mais d'imminent, y aurait inexorablement conduit. À la chambre de Whistler's Cot. Sarah y était allée et avait vu le miroir brisé. Elle avait contemplé le reflet qu'il renvoyait de la pièce et imaginé les convulsions et les soubresauts de la fin. Tout comme moi. Mais nous ne pouvions pas en parler. Ni elle ni moi n'osions.

— Elle paraissait heureuse ?

— Très.

— Satisfaite ?

— Oui.

— Bien dans sa peau ?

— Cela aussi.

— Pas… inquiète de quoi que ce soit ?

— Non. Mais cela n'a été qu'une rencontre fugace. Quelques mots. Pas davantage. Je ne pensais pas que c'était important… à ce moment-là.

— Évidemment.

— J'aimerais pouvoir vous en dire plus. Mais il n'y avait pas le moindre présage, Sarah. Rien qui lui indiquât – ou à moi – ce qui allait se produire. Nous nous sommes croisés. Nous nous sommes séparés. En inconnus. Je ne savais même pas son nom. S'il n'y avait pas eu la photo dans le journal…

— Vous n'auriez jamais su.

— Non, en effet.

— Et à présent vous en savez tant sur elle. Où elle habitait. Avec qui elle était mariée. Le genre de tableaux qu'elle collectionnait. La marque de la voiture qu'elle conduisait. Même sa date de naissance. (Le ton était soudain devenu amer, presque sarcastique. Mais vis-à-vis de qui, je ne sus dire.) Et un détail qu'aucun journal n'a révélé. Elle ne portait pas son alliance, n'est-ce pas, Robin ? Ne prétendez pas que vous n'y avez pas prêté attention. Les hommes remarquent ce genre de chose.

— Très bien, dis-je en haussant les épaules. Elle ne la portait pas. Je n'ai pas jugé cela important.

— Vous êtes bien le seul, alors. Les policiers ne savent pas quoi en déduire. Au début, ils ont pensé qu'*il* l'avait prise. Parce qu'elle était en or, je suppose. Mais ensuite, Rowena a déclaré que Maman ne la portait pas quand elle est arrivée à la maison ce matin-là. Elle l'avait perdue, apparemment, la veille. À la plage. À Biarritz. Nous y avons une villa. Maman et Papa y passent… (Son visage s'assombrit.) Ils *passaient* beaucoup de temps là-bas. Le père de Papa l'avait achetée juste après la guerre. Ma grand-mère était française, voyez-vous. C'est là qu'ils se sont installés après avoir pris leur retraite. Papa se disait que Maman et lui en feraient autant un jour.

— Alors, dis-je gauchement, elle l'a simplement perdue.

— Il semblerait.

— Cela ne veut rien dire, dans ce cas, n'est-ce pas ?

— Cela dépend.

— De quoi ?

— Si vous croyez qu'elle l'a perdue. (Me voyant froncer les sourcils, elle poursuivit.) Naylor nie les accusations en bloc. Il a l'intention de plaider non coupable. La police pense qu'il changera d'avis avant le procès, mais s'il persiste…

— Comment peut-il plaider non coupable ? Vous l'avez dit vous-même. Les empreintes ADN. C'est irréfutable.

— Pas s'il prétend que c'était un rapport sexuel volontaire.

— Volontaire ? C'est absurde. Il l'a tuée, nom de Dieu !

— Quelqu'un l'a tuée. Je ne suis pas sûre que les policiers aient la moindre preuve que c'est bien Naylor qui l'a étranglée. Ils ne nous ont pas dit grand-chose, évidemment. J'ai déduit cela des questions qu'ils ont posées. Et de celles qu'ils n'ont pas posées. En fait, je poursuis des études pour devenir avocate. Cela ne m'est pas d'un grand secours, cependant cela me donne une certaine idée de ce qui se passe. Naylor va déclarer qu'il l'a rencontrée dans un pub près de

Kington, le Harp, à Old Radnor. (Elle marqua une pause.) On dirait que vous le connaissez.

— J'y ai déjeuné avec Henley Bantock, le jour où nous… nous sommes manqués.

— Comment le connaissait-il ?

— Par son oncle.

— Bon sang, souffla-t-elle.

— Qu'est-ce qui ne va pas ?

— C'est un lien, n'est-ce pas ? Avec Maman. Cela veut dire qu'elle a pu y aller avant.

— Je ne comprends pas.

— Old Radnor est un trou perdu. La version de Naylor n'est pas crédible s'il est improbable que Maman y soit jamais allée. Mais si elle y est allée effectivement…

— Avec Oscar Bantock ?

— Peut-être. Elle était déjà venue le voir à Kington. Et il aimait lever le coude. C'est possible, n'est-ce pas ?

— Je suppose que oui. Mais et alors ?

— Naylor va dire qu'ils se sont rencontrés là-bas par hasard. Qu'elle lui a fait des propositions. Ou qu'il lui en a fait, peu importe. Il dira qu'elle l'a emmené à Whistler's Cot et qu'ils ont eu ce que la loi qualifie de rapport sexuel consenti. Puis qu'il est parti, laissant Maman en vie et n'ayant pas vu Oscar Bantock. Il va dire que c'est quelqu'un d'autre qui les a tués plus tard.

— Personne ne croira cela.

— Non. Mais la défense brandira cet argument. C'est le seul qu'elle peut présenter. Et cette histoire de Harp le rend un peu plus crédible. Sans oublier la chronologie, bien sûr. La police a été déçue quand vous avez dit que Maman avait quitté Hergest Ridge à 19 h 45. Cela veut dire qu'on ne peut pas balayer d'un revers de main les affirmations de Naylor, la rencontre au Harp entre 20 heures et 20 h 30.

— Mais enfin… Si personne ne les a vus là-bas…

— C'est tout de même encore théoriquement possible, n'est-ce pas ? Maman vous a proposé de vous déposer. Vous l'avez dit vous-même. La défense essaiera de présenter cela comme une tentative de drague. Elle dira que cela a échoué avec vous, mais marché avec Naylor.

— Je ne les laisserai pas s'en tirer à si bon compte.

— Ce ne sera pas facile de les arrêter. Une fois au tribunal, vous êtes sur leur territoire.

Le tribunal. Le mot était dit. Et je me rendis compte de ce que j'avais plus ou moins cherché à éviter. Faire une déposition prudente à la police n'était pas le point final. J'allais devoir témoigner au procès de Naylor. Répondre à des questions sous serment. Si Naylor persistait à plaider l'innocence, il était pratiquement certain que je serais cité comme témoin par l'une ou l'autre partie.

— Naylor est coupable. Mais le prouver risquerait de provoquer des dégâts. Maman perd son alliance, s'envole pour l'Angleterre et va voir un homme qui habite seul sur la frontière galloise. En cours de route, elle propose à un inconnu de le déposer dans un endroit qui l'obligerait à faire un long détour s'il acceptait. Vous ne voyez pas pour quoi on pourrait faire passer tout cela ?

Elle était venue pour découvrir ce que j'avais l'intention de dire. C'était cela, bien sûr. Je le sentais à l'impatience dans sa voix. Elle ne voulait pas que je l'aide à supporter son chagrin. Ce qu'elle voulait, c'était que je confirme qu'il n'y avait rien d'autre qui puisse émerger plus tard. Un faisceau de vagues liens et de coïncidences éparses, c'était déjà assez mauvais. Mais quelque chose de concret – quelque chose qu'un témoin désintéressé pourrait attribuer à sa mère – serait infiniment pire. Elle tenait à ce que je lui dise que cela n'arriverait pas.

— Maman ne faisait pas attention à ses affaires et avait tendance à perdre toutes sortes de choses. Elle se passionnait assez pour la peinture expressionniste pour interrompre des vacances afin d'acheter une toile qu'elle convoitait. Et elle était de nature généreuse. Elle agissait sur des coups de tête. Des caprices, pourrait-on dire. Comme offrir de vous déposer. Il n'y a aucun sous-entendu là-dedans.

— Évidemment que non.

— Mais il faut l'avoir connue pour le comprendre. Les jurés seront des inconnus. Tout comme le juge et les avocats, les gens dans la salle et quiconque lira ce qu'en relate la presse. Ils ne la comprendront pas du tout, même s'ils seront convaincus du contraire.

— Si je suis cité à comparaître, Sarah… (je me penchai en avant pour appuyer mes paroles) … je veillerai de mon mieux à ce qu'il n'y ait aucune possibilité de méprise. Ce n'est pas moi qui entacherai la réputation de votre mère.

Elle me scruta longuement, puis :

— Je suis si heureuse de vous entendre dire cela.

— Je suis sincère.

— Merci.

— Vous n'avez pas besoin de me remercier. Je ne ferai que dire la vérité.

Mais ce n'était pas tout, n'est-ce pas ? Et si mon témoignage était fallacieux, comment pouvais-je être sûr que les explications que Sarah m'avait données pour la perte de l'alliance et le soudain départ de Biarritz ne l'étaient pas aussi ? En agissant honorablement, j'acceptais tacitement de jouer mon rôle dans une subtile édulcoration des faits : je contribuais à limiter les dégâts afin de préserver la réputation de Louise Paxton. Et pourquoi pas ? C'était inoffensif. Personne n'y perdait rien. Pas même Naylor. Puisqu'il était indubitablement coupable. N'est-ce pas ?

Je ne savais pas trop si Sarah souhaitait que nous nous revoyions pendant son séjour à Bruxelles. En la raccompagnant au Hilton, je lui demandai – plus par politesse qu'autre chose – si elle désirait visiter la ville. Il n'y avait pas grand-chose à voir, pour être franc, mais j'estimais que c'était le moins que je puisse faire. À ma surprise, sa réaction fut enthousiaste. Sans doute qu'un week-end solitaire dans un pays étranger était la dernière chose qu'elle souhaitait. Je convins de venir la prendre à 10 heures le lendemain matin.

Le samedi s'annonçait chaud et ensoleillé. Elle m'attendait quand j'arrivai au Hilton et nous nous mîmes en route pour une visite de Bruxelles. La Grand-Place et le Manneken Pis à pied. Puis avec ma voiture jusqu'à l'Atomium – la réponse belge à la tour Eiffel. Déjeuner dans un café près du square Montgomery. Une promenade dans le parc du Centenaire et une visite – à son insistance – au Berlaymont. Suivie d'un thé à mon appartement de la rue De Pascale.

Au départ, nous n'abordâmes pas la question du procès – ni même directement de la mort de sa mère. Je lui dépeignis plutôt ma vie d'eurocrate et les avantages comparatifs de Timariot & Small, révélant sur moi dans la foulée plus que je n'en avais l'intention. Il se trouva que Sarah avait une connaissance des poèmes d'Edward Thomas qui me fit rougir de la mienne. Elle semblait capable de les citer à volonté. Et elle pouvait réciter les noms des lieux au-dessus de Steep alors qu'elle n'y était allée qu'une seule fois.

— Maman m'a emmenée à Steep un dimanche au cours de ma dernière année de lycée, me raconta-t-elle alors que, perchés dans la boule la plus haute de l'Atomium, nous admirions ostensiblement le parc de Laeken et le Château royal tout en nous représentant mentalement les flancs boisés de Stoner Hill. Nous étudiions Thomas pour les A levels[1] et c'était devenu mon poète préféré. Sans doute à cause de sa mélancolie. Les adolescents comprennent cette émotion mieux que les adultes, vous ne croyez pas ? (Me voyant plisser le front dans un vain effort pour me rappeler mon état d'esprit à l'âge de dix-huit ans, elle me prit en pitié et poursuivit :) Je voulais voir les endroits qui avaient inspiré ses poèmes. Et Maman a été ravie de m'emmener, même si elle a dû le regretter plus tard à force d'avoir été obligée de conduire sur ces petites routes tortueuses pendant que je dévorais le paysage

1. Diplôme britannique préparé en deux ans, correspondant à peu près au baccalauréat français. *(N.d.T.)*

des yeux. Nous avons probablement dû passer devant Greenhayes plusieurs fois au cours de l'après-midi. Sans même imaginer qu'un jour…

— Quand était-ce ?

— Au printemps 1987. En mai, je pense. (Elle marqua une pause. Quand elle reprit, je compris aussitôt que les mots n'étaient plus les siens.) *Les cerisiers ploient et se répandent, sur l'ancienne route où tous ceux qui passèrent sont morts, leurs pétales jonchent l'herbe comme pour une noce, en ce matin de mai où il n'y a personne à marier.* (Elle m'adressa un petit sourire triste.) Étrange, n'est-ce pas ? Je veux dire, nos chemins qui se sont frôlés il y a trois ans, et qui ne se croisent qu'aujourd'hui. Sans doute que le destin ne l'avait pas encore décidé ainsi.

— Vous croyez au destin ?

— Je ne sais pas trop. Peut-être que cela aide d'y croire. Si tant est que quelque chose puisse aider. (Elle prit une longue inspiration pour se calmer.) La police nous a proposé une prise en charge psychologique et Papa a convaincu Rowena d'essayer. Elle voit un psychothérapeute spécialisé dans les traumatismes deux fois par semaine.

— Mais pas vous ?

— Je ne veux pas une thérapie. Je veux la justice. (La dureté était revenue dans sa voix, mettant brutalement fin aux digressions sentimentales.) Je veux que Shaun Naylor passe le reste de sa monstrueuse vie derrière les barreaux. (Un autre sourire, différent, à présent, comme si elle était consciente de ce qu'elle était et se moquait d'elle-même.) Une future avocate n'est pas censée parler ainsi, n'est-ce pas ?

— Peut-être pas. Mais n'étant pas avocat, je ne saurais dire. Quiconque agit comme Naylor renonce à son droit à la vie.

— Vous le pensez vraiment ? demanda-t-elle avec un regard aigu.

— Oui. Pas vous ? Enfin, si l'on met de côté les politesses – les conventions sociales. Ne croyons-nous pas tous fondamentalement à la loi du talion : « Œil pour œil, dent pour dent » ?

Elle ne répondit pas. Son regard glissa au-delà de moi pour se poser sur un point lointain à l'horizon. Et je me sentis soudain gêné par ma propre véhémence, honteux de l'instinct primitif que la mort de Louise Paxton avait éveillé en moi – mais que sa fille était capable de maîtriser.

— Redescendons, dit-elle à mi-voix. J'en ai vu assez.

Au cours du déjeuner – et ensuite, alors que nous étions assis à l'ombre sur un banc du parc du Centenaire –, Sarah se montra plus diserte sur elle-même et la famille Paxton. Son grand-père, Dudley Paxton, avait été dans le corps diplomatique, sa carrière culminant avec sa nomination comme ambassadeur d'Angleterre auprès de plusieurs anciennes colonies françaises d'Afrique juste après leur accession à l'indépendance, entre la fin des années 1950 et le début des années 1960. Une fois à la retraite, son épouse basque et lui avaient vécu à Biarritz auprès de la nombreuse famille de *Grand-mère**. Leur villa, L'Hivernance, dont le père de Sarah avait hérité, avait abrité nombre d'heureux souvenirs d'enfance.

Rowena et elle passaient des journées entières à jouer dans le jardin ou à faire des châteaux de sable sur la plage célèbre dans le monde entier, qui n'était qu'à un jet de pierre, durant les longs étés ensoleillés.

Sir Keith, pour sa part, s'était fait un nom dans le monde médical. Avec les patients royaux et son titre de chevalier, il avait pu s'offrir un cabinet privé lucratif, une vaste demeure à Holland Park, une confortable résidence secondaire campagnarde dans les Cotswolds et ce qui se faisait de mieux pour son épouse et ses enfants. C'était un père débordant d'affection et de générosité, qui avait offert à ses filles des études coûteuses, des poneys de race, des vacances aux sports d'hiver chaque année et une voiture pour leur dix-huitième anniversaire. Quant à Louise, qui avait quinze ans de moins que lui, et était plus belle à quarante ans qu'elle ne l'avait été à trente, Sir Keith était prêt à lui donner la lune. Un budget habillement qu'elle n'arrivait pas à dépenser. Une voiture de luxe qu'elle n'avait pas demandée. Et une cage dorée – ne pus-je m'empêcher de soupçonner – dans laquelle elle n'était pas disposée à rester éternellement.

Sir Keith ne partageait pas l'intérêt de Louise pour la peinture expressionniste et, alors qu'il était d'une extrême générosité dans tous les autres domaines, il semblait lui reprocher l'argent qu'elle y consacrait. Elle et une ancienne condisciple, Sophie Marsden, s'étaient mises à jouer les collectionneuses pour voir si elles seraient en mesure de gagner plus que leurs époux avec leurs investissements sobres et sensés. Elles n'y parvinrent pas, évidemment, mais elles eurent le plaisir de devenir des amatrices expertes et s'attachèrent à repérer les talents encore inconnus avant qu'ils n'atteignent la cote qui va de pair. Oscar Bantock avait davantage de passé que d'avenir, mais Louise s'efforça de le tirer de l'ombre, organisant des expositions dans des galeries, modestes mais élitistes, dont la clientèle choisie comprendrait peut-être qu'elle passait à côté de quelque chose.

L'une de ces expositions avait eu lieu à Cambridge durant la dernière année de Sarah à King's College. Sa présence au vernissage était quasiment obligatoire et c'est là qu'elle avait croisé Bantock pour la première et dernière fois.

— Un type petit et trapu avec des cheveux blancs et une barbe broussailleuse. Un peu acariâtre, évidemment. Un peu le genre « Qu'est-ce que je fiche là habillé comme un pingouin à boire du vin blanc tiédasse avec une bande de philistins ? » Mais on voyait qu'il essayait de bien se tenir pour faire plaisir à Maman. Ce qui était ironique, étant donné que l'exposition avait lieu pour lui, pas pour elle. Il a été gentil avec moi, probablement pour la même raison. Même avec l'homme que j'avais amené avec moi, et dont les réflexions avaient de quoi vous faire grincer des dents, je me souviens. Mais le vieil Oscar s'est contenté de sourire narquoisement en me faisant des clins d'œil. Il avait des yeux d'un bleu tout à fait saisissant. Pâle, mais éclatant en même temps. Et il avait une voix grave et grondante, retenue. Comme un baryton qui aurait chanté une berceuse. Vous voyez ce que je veux dire ? La puissance, mais entravée. Une énergie qui attend qu'on la libère. Je le revois encore très nettement. Cela remonte à seulement cinq mois.

Pourtant, d'une certaine manière, c'est comme si cela faisait cinq ans.

Et voilà. La même impasse à laquelle nous ne pouvions éviter de revenir. Prenez l'itinéraire qui vous chante dans le labyrinthe. Admirez en chemin pardessus la haie tous les paysages que vous voulez. Elle attend toujours. Si ce n'est pas au prochain carrefour, c'est à celui d'après.

— Pourquoi il a fait cela ? demanda-t-elle plus tard. Enfin, si c'était simplement un cambrioleur, comme ils ont l'air de le penser. Pourquoi tuer ? Pourquoi violer ?

— Un geste en entraîne un autre, je suppose. Il devait être complètement défoncé. Et votre mère…

— Oui ?

— C'était une très belle femme.

— À vous entendre, on croirait presque une excuse.

— Ce n'est pas dit dans ce sens. C'est juste une explication. Les individus du genre de Naylor, quand ils voient quelque chose de ravissant et de précieux, ils ont envie de le détruire. Regarder – et même toucher – ne leur suffit pas. Ce qu'ils ne peuvent posséder, ils le réduisent en pièces.

— Oui, opina-t-elle. Et nous n'avons plus qu'à ramasser les morceaux.

Elle descendit l'avenue bordée d'arbres du parc et je restai à la suivre du regard pendant quelques secondes avant de la rejoindre. Elle avait la tête baissée, les épaules affaissées. Elle s'efforçait de ramasser les fragments de sa vie – et de celle de sa sœur et de son père. Mais ils étaient trop nombreux. Tellement éparpillés. Et si coupants que ceux qui les touchaient étaient voués à s'entailler jusqu'au sang.

C'est seulement beaucoup plus tard que j'analysai les idées et préjugés que Sarah et moi échangeâmes durant ce week-end. Ils étaient bien présents, évidemment, sous-tendant tout ce que nous disions et pensions. Longtemps avant de connaître tous les faits, longtemps avant qu'un tribunal ait pesé et vérifié les preuves, nous étions sûrs de savoir précisément ce qui s'était passé. Et par-dessus tout, nous étions sûrs que Shaun Naylor était coupable.

Selon Sarah, la police ne l'avait attrapé que grâce à une dénonciation. Venant de qui, elle l'ignorait. Une épouse. Une petite amie. Un pote auprès duquel il s'était vanté. Peu importait qui ou pourquoi. Les preuves avaient dû s'accumuler contre lui depuis. Sinon, il n'aurait jamais imaginé une version aussi improbable. Non ?

J'emmenai Sarah dîner ce soir-là dans mon restaurant italien préféré, Castello Banfi. Elle me donna une bonne leçon sur sa détermination à ne rien devoir à personne en me menaçant d'une scène en public si je ne la laissais pas payer la moitié de l'addition. Mais elle m'autorisa à la raccompagner au Hilton. À ce stade, nous aurions facilement pu prendre congé, puisqu'elle repartait le lendemain après-midi et que j'avais été invité à déjeuner à Waterloo par quelques eurocrates amis soucieux de ma santé mentale. Mais, n'étant de toute façon pas très chaud pour les affronter, je prétendis n'avoir aucun engagement et lui proposai de l'emmener à l'aéroport, ce qu'elle accepta.

En repartant de l'hôtel, je jetai un coup d'œil de l'autre côté du boulevard au fronton du complexe de cinémas la Toison d'Or. L'un des films dont le titre illuminé m'éblouit était le dernier policier de Harrison Ford : *Présumé innocent*. Mais je peux honnêtement affirmer que l'ironie de la situation ne me frappa qu'un instant avant que je me hâte vers la rue De Pascale tout en échafaudant une excuse pour mes amis de Waterloo.

Je décidai également de ne pas analyser ma réticence à laisser Sarah Paxton disparaître de ma vie sitôt après y être entrée. Une telle analyse aurait révélé si l'attirance que j'avais commencé à éprouver était pour elle ou pour ce qui en elle me rappelait sa mère. Peut-être poursuivons-nous toujours des fantômes, des emblèmes ou des ressemblances fortuites. Peut-être que tous ceux vers qui nous sommes attirés ne sont en réalité qu'une version affadie de la chose réelle que nous ne rencontrerons jamais. Mais si tel est le cas, affronter cet état de fait n'arrange rien.

C'est seulement quand je me retrouvai assis avec Sarah dans la cafétéria de l'aéroport une heure avant son vol, en fait, que je songeai à lui demander vers quelle vie – quel avenir immédiat – elle allait retourner en Angleterre. Et c'est seulement quand j'entendis sa réponse que je me rendis compte que garder le contact avec elle ne serait finalement pas difficile.

— Un an de faculté de droit avant de faire mon stage. J'ai pensé reporter, mais… à quoi cela servirait-il ? La vie doit continuer, paraît-il. Alors je me suis inscrite pour commencer à Guilford le mois prochain.

— Guilford ? Mais ce n'est pas loin…

— De Steep ? Non. Du tout. À vrai dire, c'est pour cela que je l'ai choisi. Je ne savais pas à l'époque, bien sûr…

— Vous allez faire des allers-retours depuis Londres ?

— Dans l'idéal, non. Je veux vraiment un endroit où séjourner sur place pendant la semaine. Mais… c'était difficile de me concentrer sur les questions pratiques, ces derniers temps. Et maintenant, les meilleurs hébergements se seront déjà arrachés.

— Si c'est le cas… (J'hésitai, puis j'estimai que ce n'était qu'une suggestion qu'elle trouverait peut-être utile. Qu'elle la juge utile ou pas ne voudrait rien dire de particulier. Comment cela aurait-il pu ?) Ma belle-sœur – c'est-à-dire la veuve de mon frère – possède à Hindhead une vaste maison avec beaucoup de place inutile. Cela ne doit pas être à plus de vingt kilomètres de Guilford. Et elle cherche une locataire. Elle me l'a dit elle-même. Vous avez toutes les deux perdu quelqu'un récemment. Peut-être… Eh bien, cela vaudrait peut-être la peine d'être envisagé.

— Oui, dit Sarah pensivement. Peut-être.

Quand elle partit, une dizaine de minutes plus tard, ce fut avec l'adresse et le téléphone de Bella notés dans son agenda.

Le lendemain, à la librairie bruxelloise la mieux fournie en livres anglais, j'achetai un recueil des poésies d'Edward Thomas. Je trouvai rapidement le poème que Sarah avait récité et d'autres aussi qui me hantèrent avec leurs souvenirs de choses à moitié vues et comprises mais jamais saisies, nommées ou précisément identifiées. Soit parce que je les avais ignorés jusque-là ou simplement parce que je n'étais pas encore prêt pour les lire, ses poèmes m'arrivaient à présent avec une sorte de puissance révélatrice. Comment aurait-il pu en être autrement, alors qu'une si grande part de ce que j'avais vécu y paraissait enracinée ? Et comment ne pouvais-je pas penser à Louise Paxton – ou à sa fille – quand je lisais des vers tels que ceux-ci :

> Une fois que tu parles
> Et que ce que tu as dit
> Est clair,
> Mes yeux
> Croisent les tiens qui disent,
> Avec tes joues et tes cheveux,
> Quelque chose de plus sage,
> De plus sombre
> Et de bien différent.

Surtout quand Thomas semblait avoir prédit jusqu'à notre rencontre sur Hergest Ridge.

> Ce fut par un soir de juillet
> Depuis un échalier je contemplais au long
> [d'un sentier
> La campagne par un second printemps
> Imbibée à nouveau d'un vert parfait.
> « La récolte sera bonne. »
> Ainsi parla l'inconnu.

Mais sur ce point, il s'était trompé. Ou bien l'inconnu s'était trompé. Notre récolte ne serait pas bonne.

Environ une semaine plus tard, je reçus un coup de téléphone de Bella. Elle voulait me remercier de lui avoir trouvé une locataire.

— L'une de tes meilleures idées, Robin, dit-elle. Sarah et moi nous sommes immédiatement bien entendues. (Cela, j'eus du mal à le croire. Mais si Bella voulait s'en persuader, qui étais-je pour discuter ?) Je crois que nous allons nous faire mutuellement du bien. Tu ne penses pas ?

5

Au final, les autorités concernées ne purent être convaincues d'écourter mon préavis. En fait, et j'en fus un peu surpris, elles ne voulaient pas me laisser partir du tout. Des expressions comme « extrêmement regretté » et « irremplaçable » furent employées. Ce fut un peu comme lire sa propre nécrologie sans être décédé. Gratifiant dans un sens, mais aussi frustrant. Surtout parce que cela voulait dire que je dus boire le calice jusqu'à la lie en effectuant entièrement mon préavis jusqu'au 31 octobre 1990. Pour moi, cela se révéla un moment décevant, puisque mon pot d'adieu se retrouva désagréablement superposé à la soirée d'Halloween du bureau. Je partis sans vraiment savoir si le cadeau que je reçus – une batte de cricket Timariot & Small grade A signée par tous mes collègues – était du lard ou du cochon.

Dans un cas comme dans l'autre, un chapitre de ma vie avait fini par être tourné. Je repartis en Angleterre et pris mes fonctions de directeur des opérations chez Timariot & Small le lundi suivant. Rappelant à intervalles réguliers à ma mère que ce n'était qu'une solution temporaire en attendant de trouver un logement qui me convienne, j'emménageai à Greenhayes. Je le pensais vraiment, même si le marché de l'immobilier britannique avait grimpé bien au-delà de mes moyens durant les douze ans où j'avais été un célibataire qui se contentait de louer un appartement à Bruxelles. Mais, dans l'immédiat, il y avait tant de choses à maîtriser et à assimiler au travail que j'étais reconnaissant à Mère de faire la cuisine et la lessive pour moi. Même au prix de ses babillages impénitents et des remarques sarcastiques de Simon. Je me promis de trouver une solution une fois le Nouvel An passé.

D'ici là, pour autant que je le sache, le procès de Shaun Naylor pouvait très bien commencer. Alors que j'étais encore à Bruxelles, j'avais reçu une convocation préalable de la cour d'assises stipulant que ma présence pourrait être requise au procès, dont la date n'avait pas encore été fixée. Les meurtres de Kington avaient totalement disparu des journaux pour sombrer dans les lenteurs de la machine judiciaire. Les milliers de personnes qui avaient lu les articles et spéculé à l'époque les avaient probablement entièrement oubliés. Mais pour ceux qui ne le pouvaient pas – pour la famille Paxton –, cela avait dû être comme attendre une fois de plus les obsèques de Louise, jour après jour, des mois durant. Un moment cathartique remis indéfiniment. D'après ce que l'on savait, Naylor comptait toujours plaider non coupable. Il allait finalement avoir droit à son moment au tribunal.

Je tentai, sans succès, de contacter Sarah en plusieurs occasions durant les premières semaines de mon retour en Angleterre. Si j'étais occupé à faire la connaissance des ouvriers de Timariot & Small et à imposer mon autorité aussi fermement et délicatement que je le pouvais, nul doute qu'elle était tout aussi occupée à assimiler droit contractuel, civil et criminel tout en essayant de ne pas trop penser à l'expérimentation qu'elle allait bientôt en faire dans la réalité. Apparemment, je n'arrivais à avoir que Bella quand je téléphonais, ce que je ne pouvais risquer de faire trop souvent sans qu'elle y voie anguille sous roche. Et Sarah ne me rappelait tout bonnement pas. Je commençai à soupçonner qu'elle désirait peut-être me décourager et à me dire que c'était fort compréhensible si c'était le cas. Il devait y avoir des petits amis dans l'affaire. Une demi-douzaine d'hommes d'un âge et aux intérêts plus proches des siens. Qui cherchais-je à leurrer, au juste ? Et pourquoi ? L'attirance que j'avais éprouvée à Bruxelles n'était pas réellement pour elle, n'est-ce pas ?

Ma mère était assurément curieuse de cet arrangement. Pourquoi Bella avait-elle pris une locataire ? Et pourquoi *celle-ci* ? Toutefois, ses tentatives pour manigancer une rencontre n'aboutirent à rien. Même sa curiosité faiblit à force de ne rien avoir pour la nourrir. Et nos contacts avec Bella s'étaient faits plus rares à mesure que la mort de Hugh sombrait dans le passé. Les événements et les émotions s'éloignaient. Ainsi que le voulaient les choses, je suppose. Et cela aurait continué ainsi s'il n'y avait eu le procès.

Je rentrai à la maison plus tôt que d'habitude un soir de la première semaine de décembre pour trouver Brillo et ma mère partageant le coin du feu de Greenhayes avec Bella. Du thé et des gâteaux étaient servis, les albums de photos de famille – tous les quatre – examinés de près. Et Bella jouait à merveille la belle-fille indulgente et heureuse de revisiter la galerie des souvenirs. Mère pouvait s'y laisser prendre. Mais pas moi. Pas un instant. Bella voulait quelque chose. La question était : quoi ?

Je n'eus pas à attendre longtemps la réponse. À peine Mère eut-elle quitté la pièce pour refaire du thé que Bella me dit :

— Nous ne t'avons pas vu une seule fois depuis que tu es revenu, Robin. Ce n'est franchement pas suffisant.

— Nous ?

— Sarah et moi.

— J'ai téléphoné. Plusieurs fois.

— Eh bien, c'est difficile, en effet, je l'admets. Sarah est tellement occupée avec ses cours. Et elle rentre à Londres tous les week-ends. Ma vie est aussi pas mal mouvementée, bien sûr.

— J'ai eu moi-même quelques petites occupations.

— Tu sais qu'on croirait entendre Hugh quand tu adoptes ce ton boudeur ?

— Vraiment ? Eh bien, je…

— Quoi qu'il en soit, peu importe. Sarah ne rentre pas à Londres ce week-end. En fait, Keith vient la voir avec Rowena et…

— Keith ? Tu veux dire son père ?

— Oui. Je l'ai rencontré… (Elle secoua sa tignasse d'un air énigmatique.) Oh, plusieurs fois, maintenant. C'est un homme tout à fait charmant. Authentique, tu vois ? Il ne s'est pas endurci et aigri, comme beaucoup. (Généralement après avoir subi des femmes comme Bella, ne pus-je m'empêcher de penser. Cela dit, elle était toujours d'un optimisme contagieux. Amusante – même quand elle était particulièrement exaspérante. Si Sir Keith Paxton avait trouvé dans sa compagnie une agréable consolation, je ne pouvais lui en vouloir entièrement. Néanmoins, cela ne me plut pas de l'entendre. Bella en avait peut-être rajouté exprès en l'appelant avec désinvolture par son prénom sans l'accompagner du titre. Mais tout de même, je sentis monter en moi de l'agacement.) Il a énormément souffert, naturellement. Et il est loin d'avoir passé le pire. Rowena est un énorme souci pour lui. Et pour Sarah.

— Pourquoi ?

— Sarah ne t'a pas dit ? (Elle sourit.) J'imagine que non. Auquel cas, peut-être que je ne devrais pas… (Elle attendit que je morde à l'hameçon, mais je me contentai de sourire.) Cependant, il faut sans doute que je te prépare d'une manière ou d'une autre.

— Me préparer à quoi, Bella ?

— J'espérais – enfin, nous espérions – que tu viendrais déjeuner dimanche prochain. Pour faire la connaissance de Keith. Et de Rowena. Il va l'amener. Vois-tu… Oh, mais voici Hilda avec ton thé.

Et, d'un regard, elle me signifia qu'elle ne pouvait m'en dire plus. Comme l'actrice que je me disais parfois qu'elle aurait dû être, elle avait calculé à la perfection le moment de sa dernière réplique pour la déclamer juste avant que le rideau ne tombe.

J'eus droit à l'acte suivant dans la salle du Cricketers, l'auberge de Steep, où Bella me proposa de l'accompagner pour un dernier verre avant qu'elle rentre, sachant que ma mère ne songerait pas à venir avec nous. Mère considérait les pubs comme des endroits que les dames devaient éviter, sauf pour un occasionnel déjeuner sur le pouce, et cela uniquement avec une lourde escorte. Bella, inutile de le dire, en avait une conception toute différente. Seulement Bella, comme le soulignait parfois ma mère, n'était pas une dame.

— Il faut que je fasse attention à ce que je dis sur la famille de Sarah, Robin. Je suis certaine que tu t'en rends compte.

— Bien sûr.

Je me rendais compte également que rien ne faisait plus plaisir à Bella que d'appâter les gens avec des bribes d'information qu'elle détenait et qu'ils n'avaient pas.

— Je n'ai vu Rowena qu'une seule fois, mais il était évident qu'elle ne se remettait pas de la mort de sa mère aussi bien que Sarah. Elle était censée commencer l'université cet automne, mais il a fallu remettre à plus tard. Elle n'est en état de prendre aucun engagement – travail ou études – à l'heure actuelle. Toute cette histoire l'a brisée. (Sarah avait parlé à Bruxelles de « ramasser les morceaux ». Je me demandai si c'était moins d'elle que de sa sœur qu'elle avait parlé depuis le début.) Elle voit un psychiatre, mais on se demande bien à quoi il sert…

— Sarah m'a parlé d'une prise en charge psychologique.

— C’est devenu plus grave que cela. Rowena n’a pas la force de caractère de Sarah, sa… résilience. Elle est très fragile. Elle ne fait pas du tout son âge. Plutôt quatorze ans que dix-neuf. Sur une personnalité comme la sienne, eh bien, tu imagines les effets que cela a dû avoir. Il lui a fallu identifier le cadavre de sa mère. Et elle a été la dernière à voir Louise avant… (Pourquoi l’utilisation que faisait Bella du prénom de Louise Paxton m’irritait-elle ? Pourquoi cela me touchait-il autant ?) Sauf qu’elle n’a pas été la dernière à la voir, n’est-ce pas, Robin ? Pas tout à fait.

— Où veux-tu en venir, Bella ?

— À une éventuelle manière de l’aider, c’est tout. Cela pourrait être plus facile pour elle d’accepter si tu expliquais combien Louise était insouciante, inconsciente de ce qui la guettait quand tu l’as rencontrée. Rowena a l’air de penser… Enfin, son psychiatre pense… La gamine croit que quelque chose préoccupait sa mère ce jour-là. Quelque chose… qui aurait pu se révéler une prémonition.

— Qu’est-ce qui lui fait croire cela ?

— Qui peut savoir ? La culpabilité de ne pas l’avoir retenue. L’incapacité de prendre les choses pour ce qu’elles sont. Quoi que ce soit, tu pourrais être en mesure de la débarrasser de son illusion même si d’autres n’y sont pas parvenus.

— Pourquoi ?

— Parce que tu sais que ce n’est pas vrai. Tu as vu Louise ce jour-là. Comme Rowena. Mais pas comme n’importe qui d’autre.

— Je suis un inconnu pour Rowena. Elle ne me fera pas confiance.

— Peut-être que si, justement parce qu'elle ne te connaît pas.

Je n'allais pas refuser, évidemment. L'argument tenait relativement la route. Et je voulais voir Rowena maintenant qu'on me laissait entendre qu'elle aussi avait entrevu l'ambiguïté – le mystère – dans l'âme de sa mère. Mais pourquoi était-ce Bella la messagère ? Pourquoi pas Sarah – ou Sir Keith ? Pourquoi ma belle-sœur faisait-elle soudain partie des initiés alors que je restais un inconnu ?) Qui a eu cette idée, Bella ? Toi ?

— Je l'ai suggérée, oui. Et Keith a immédiatement perçu son intérêt. Il a reconnu que cela valait la peine d'essayer – si tu étais disposé à t'y prêter.

— Bien sûr que je le suis. Il y a juste une chose que je ne comprends pas.

— Eh bien ?

— Où est ton intérêt dans l'histoire ?

Elle haussa les sourcils.

— Doit-il y en avoir un ? Je souhaite simplement aider. (Mais elle dut lire l'incrédulité dans mon regard. Cela l'exaspéra. Plus que je n'aurais cru.) Satanés Timariot. Tellement soupçonneux. Tellement sceptiques. Tellement... pingres avec vos hautes opinions. As-tu envisagé que j'aie pu rencontrer quelqu'un qui inspire ce qu'il y a de mieux en moi plutôt que le pire ?

— Contrairement à Hugh, tu veux dire ?

— Si tu veux. Hugh. Ou son frère.

Je me détournai et soupirai sans chercher à dissimuler ma réaction. C'était une vieille bataille que personne n'allait jamais gagner. Mais certaines des blessures n'avaient encore jamais cicatrisé.

— Ce quelqu'un est Sir Keith Paxton ?

— Peut-être.

— Dont la femme est morte il n'y a pas cinq mois ?

— Je te laisse faire les calculs.

— Très bien. Alors, en voici le résultat : tu veux grâce à moi apparaître soucieuse et inquiète pour le bien du chevalier veuf.

— Ce serait pour le bien de sa fille, en réalité. Mais si c'est ainsi que tu comptes te comporter, peut-être vaudrait-il mieux que…

— Non. (Je levai la main autant pour l'avertir que pour demander une trêve. Suffisamment de flèches avaient été décochées.) Je viendrai, Bella. Je ferai ce que je peux. J'essaierai d'aider. Pas pour toi. Pas pour moi. Juste parce que cela semble être le moins que je puisse faire. Cela te va ?

Elle hocha la tête et, après quelques minutes de silence pensif, elle sourit. Nous nous comprenions. Mieux que la plupart. Mais pas aussi bien – pas tout à fait aussi bien – que j'aurais espéré en comprendre une autre. Si elle avait vécu.

Le dimanche fut un jour d'hiver gris et froid – âpre, humide et austère. Diamétralement opposé à la journée d'été qui m'occupait l'esprit alors que je me rendais en voiture à Hindhead. Et à d'autres journées que je ne voulais pas me rappeler, mais que ma destination évoquait toujours.

Les Hurdles occupaient un vaste terrain isolé adossé au parcours de golf de Hindhead. Il fallait les feuillages estivaux pour en adoucir le contour rude et la silhouette un peu exotique. Sans ce camouflage, ils avaient l'air d'un bâtiment qui se serait plus heureusement fondu dans le paysage de la Californie du Sud que dans les environs de Londres. Comme sur les photos de mariage où les invités arborent la mode ridicule de leur époque, les Hurdles s'obstinaient à refléter des aspirations qui avaient fait long feu après leur construction. D'audace cosmopolite, comme l'avait proclamé avec suffisance l'architecte. Pour un mariage d'amour et d'esprit, comme Hugh pensait le vivre. Et pour posséder un futur déterminé dont il ne se rendait pas compte qu'il n'était valable que pour un bail à très court terme.

Une Daimler était garée dans l'allée à côté de la BMW de Bella. Sir Keith, en déduisis-je, était déjà arrivé. Quand je sonnai, c'est Sarah qui vint m'ouvrir. Ses cheveux étaient coupés encore plus court que lors de sa visite à Bruxelles. Et elle avait un peu maigri. Cela lui allait bien, même si c'était inquiétant aussi. Je doutais qu'elle se souciât de sa ligne.

— C'est gentil à vous d'être venu, Robin, dit-elle. Je suis sincère. Vraiment très gentil.

— Mais non.

— Je suis désolée que nous n'ayons pu nous revoir depuis que vous... (Elle était nerveuse. Était-ce parce que nous nous revoyions ou à cause de la raison pour laquelle nous nous revoyions ?) Enfin, nous avons été très occupés tous les deux, n'est-ce pas ? Entrez donc.

Les autres étaient dans le salon. Bella vint à ma rencontre et m'embrassa sur les deux joues. Je suppose qu'elle imaginait que c'était ainsi que les gens normaux s'attendaient qu'elle salue son beau-frère, même si cela me décontenança. Après quoi, elle me présenta à Rowena et à Sir Keith.

Rowena était encore plus mince et menue que sa sœur. Elle avait de longs cheveux blonds, presque exactement de la même couleur que ceux de sa mère. Ils lui descendaient en cascade jusqu'aux reins. Jamais coupés depuis son enfance, me dis-je. Et spectaculaires. Mais pas autant que ses yeux bleu-vert. Ils se levèrent vers moi quand je lui serrai la main, solennellement et sans ciller, plongeant brièvement dans les miens. Et durant cet instant, sa concentration – son absorption – sembla complète. Comme si nous étions seuls tous les deux. Comme si rien ne comptait en dehors de ce que nous nous apprêtions à nous dire.

— Bonjour, dit-elle d'une voix douce en plissant le front comme une enfant prudente mais bien élevée. Sarah m'a parlé de vous, monsieur Timariot. Je suis très heureuse de faire votre connaissance.

— Et moi la vôtre.

Je voulus lui présenter mes condoléances, mais quelque chose me retint. Puis Sir Keith apparut à côté de nous en glissant un bras paternel autour des épaules de Rowena tout en me gratifiant d'une solide poignée de main et d'un sourire guindé. L'occasion s'était envolée.

C'était un homme imposant, tant par ses manières que par son physique. Les cheveux gris, la carrure large, un beau visage tanné. Il croisa mon regard avec la vive assurance de celui dont la profession consiste à rencontrer toutes sortes de gens dans des circonstances difficiles. Mais il y avait aussi en lui une certaine méfiance. Nos rôles étaient étrangement inversés. C'était moi qui aurais dû offrir ma consolation. Pourtant, sa chaleur joviale semblait l'interdire. Nous pouvions rire, bavarder ou prendre un verre ensemble, sous-entendait-elle. Tout ce qui pouvait être plus profond – ou vaguement intime – était un territoire qu'il valait mieux ne pas explorer. On ne pouvait que s'y attendre, je suppose. La réticence infuse d'une certaine génération d'Anglais. Néanmoins, je sentis qu'il y avait autre chose. Une suspicion à mon égard. J'étais le dernier homme à avoir vu sa femme en vie – en dehors de son meurtrier. J'étais l'inconnu qui détenait un fragment d'un savoir qu'il convoitait peut-être. S'il s'était autorisé à se l'avouer. Mais il n'en ferait rien. Le deuil était pour lui un ennemi que l'on affrontait et que l'on terrassait, le chagrin une faiblesse que l'on ne montrait jamais.

Le déjeuner fut l'une des expériences les plus déplaisantes de ma vie. J'étais assis à côté de Rowena, avec qui j'échangeai peu de mots au-delà d'une insoutenable discussion sur le temps et la meilleure manière de cuire les brocolis. Tous les autres sujets qui me venaient à l'esprit – Noël, les Cotswolds, ses projets, ses passe-temps, son présent, son avenir – ramenaient à sa mère et à ce qui lui était arrivé. Je ne savais absolument pas comment m'y prendre pour en parler d'une manière dégagée et rassurante devant un rôti de bœuf et un verre de bourgogne avec une fille que l'on n'aurait pu imaginer plus éloignée de l'adolescente mondaine.

Encore que mon désarroi ne semblait pas se communiquer aux autres convives. Sir Keith évitait les silences gênants avec un aplomb éprouvé, discourant sur le vin, la médecine et le droit sans avoir particulièrement besoin d'interlocuteurs. Il paraissait même s'y connaître un peu en matière de battes de cricket, ce qui força Bella à faire montre d'une familiarité plus grande de l'histoire de Timariot & Small que je ne l'aurais crue capable. Bon, je savais à quel jeu elle jouait. Et apparemment Sir Keith aussi. Et ce n'était pas au cricket.

Je ne désapprouvais pas. Je n'étais pas en position de le faire. Il faut perdre quelqu'un avec qui l'on a été proche physiquement et mentalement pendant plus de vingt ans pour mesurer le manque, le vide et le désir que sa disparition laisse en vous. Keith Paxton avait ma sympathie sur bien des points. Il avait souffert ce que je ne pouvais qu'imaginer. Le vol de quelque chose de précieux mais aussi de familier. Une privation aussi imméritée qu'inattendue. Et confronté à cela, il avait tenu le coup.

Tout comme l'une de ses filles. Mais pas l'autre. La voix de Rowena chevrotait. Sa main tremblait. Son esprit était paralysé. Je le voyais, je l'entendais. Je la sentais lâcher progressivement prise. Ce déjeuner même où elle se risquait prudemment à affronter une compagnie limitée était pour elle une épreuve. Et une autre l'attendait encore. Et c'était moi, j'avais peine à le croire, qui devais l'aider à y faire face.

Comment, cela n'apparut qu'après le déjeuner. Bella alla mettre de l'ordre dans la cuisine. Sarah l'y rejoignit. Et Rowena s'éclipsa. Nous laissant Sir Keith et moi seuls en tête à tête dans le salon. À même de parler librement. D'homme à homme.

— J'imagine que Bella vous a mis au courant, Robin. (Il s'était empressé de passer au prénom.) Concernant Rowena, je veux dire.

— Oui. J'ai été navré d'apprendre ses problèmes. Mais c'est parfaitement compréhensible. Le décès d'une mère doit déjà être quelque chose de difficile à surmonter dans n'importe quelles circonstances.

— Or ce n'était pas n'importe quelles circonstances. Certainement pas. Du tout. (Il soupira et un bref instant parut son âge et même davantage.) Si je pouvais tenir ce Naylor… Mais peut-être ne vaut-il mieux pas. (Il se pencha en avant, les mains jointes, fixant le tapis entre nous comme si j'étais l'un de ses patients qu'il allait informer de l'avancée d'une maladie mortelle.) Louise était… beaucoup plus jeune que moi. Et belle. Bon, vous l'avez croisée, alors vous le savez. Je suppose que les hommes dans ma situation s'attendent toujours plus ou moins à finir par être quittés. Plaqués pour un gigolo. Trompés, à tout le moins. Cocus. Et de la pire espèce : vieux cocus.

— Dois-je comprendre que…

— Non. C'est toute la question, Robin. Ce n'est pas arrivé. Louise m'aimait et elle était fidèle. Elle aurait continué à l'être jusqu'à mon dernier jour. J'en suis sûr. Plus encore aujourd'hui que jamais. Mais je l'ai perdue tout de même, n'est-ce pas ? Elle ne m'a pas abandonné. Elle m'a été enlevée. Ce qui serait déjà assez douloureux sans… Mon Dieu, je ne puis décrire ce que j'ai éprouvé quand je l'ai appris. J'étais à Madrid depuis quelques jours. Une conférence à laquelle je voulais assister. Quand je suis revenu à Biarritz, elle était partie en Angleterre pour acheter l'un des tableaux d'Oscar Bantock. Cela ne m'a pas étonné. Elle adorait son travail. Et c'était quelqu'un d'impulsif. C'était pour moi l'une des choses les plus…

Il n'acheva pas et s'excusa avec un sourire de ce début d'émotion qu'il manifestait.

— Vous n'êtes pas obligé de me raconter cela, dis-je. Ce n'est pas…

— Si. Il faut que j'explique, voyez-vous. La police a téléphoné pour m'annoncer la nouvelle. Effrayant. Affreux. Incroyable. Mais vrai. Et pire – cent fois pire – pour Rowena. Au départ, les policiers n'ont pas réussi à me contacter. Et Sarah était en Écosse, sans que l'on sache précisément où. Ils ont donc dû demander à Rowena d'identifier le corps de sa mère. D'une certaine manière, cela m'a paru encore plus horrible que ce qui était arrivé à Louise. Vous avez vu quel genre de fille est Rowena. Une telle expérience, ce n'était pas rien pour elle. Si seulement…

Il écarta les mains dans un geste d'impuissance.

— Êtes-vous sûr que cela lui fasse du bien que je lui en parle ?

— Non. Pas sûr. Son psychiatre, en revanche, pense que Rowena se sent responsable de la mort de Louise. Coupable de l'avoir laissée se rendre à Kington cet après-midi-là. C'est ridicule, je sais, mais c'est ancré en elle. Elle a inventé des signes, des signaux d'alarme qu'elle aurait dû repérer. Il n'y avait rien à repérer, bien évidemment. Si Louise avait prévu ce qui allait lui arriver à Kington, elle n'y serait jamais allée. C'est logique. (L'était-ce ? me demandai-je. Pouvions-nous en être absolument certains ?) Je ne peux pas la persuader que ces signes n'existaient pas. Je ne peux pas le lui prouver. Sarah non plus. Parce que nous n'étions pas là-bas. Nous n'avons pas vu Louise ce jour-là. Nous n'en avons pas eu l'occasion.

— Mais moi, si.

— Exactement. Vous l'avez croisée. Après Rowena. Et il n'y avait pas de… signes… n'est-ce pas ?

— Aucun.

— Eh bien, peut-être pouvez-vous en convaincre Rowena. Au moins, lui faire voir qu'elle n'est pas la seule à éprouver ce sentiment de culpabilité. D'autres ont manqué cette occasion. (Était-ce une accusation indirecte ? Venait-il de me laisser involontairement entrevoir une rancune qu'il ne pouvait s'empêcher d'éprouver, même irrationnellement ? Si c'était le cas, il essaya de la balayer aussitôt.) Encore qu'il n'y ait pas eu d'occasion. Pas véritablement.

Il sourit. Mais son sourire ne me rassura pas complètement. Puis il s'élargit pour devenir chaleureux, sincère et généreux. Car derrière moi, sur le seuil, Rowena venait de faire son apparition. Et Sir Keith n'avait rien à lui reprocher.

Ce fut Sarah, mettant en pratique ce que je pris pour un plan longuement mûri, qui proposa une promenade dans le peu de lumière du jour qui restait afin de nous ouvrir l'appétit pour le thé. Rowena annonça aussitôt qu'elle était partante. J'eus l'impression que la compagnie de sa sœur était vitale pour l'équilibre qu'elle maintenait tout juste. Je me rangeai à la proposition, laissant Bella et Sir Keith imaginer une bonne raison de rester.

Les filles enfilèrent leurs Barbour et leurs bottes en caoutchouc et nous fîmes en voiture les quelques kilomètres nous séparant de Frensham, où nous nous joignîmes aux plus téméraires qui se promenaient autour du Grand Étang. Nous n'avions pas achevé le tour que Sarah, lassée d'attendre que je parle de sa mère, le fit elle-même. Ce sur quoi Rowena me lança un long regard dont la signification était limpide. Elle n'avait pas été dupe un seul instant de toutes ces manœuvres alambiquées. Elle savait parfaitement pourquoi nous nous retrouvions ensemble. Le regard, légèrement teinté de compassion, sous-entendait même qu'elle avait pitié de moi d'y jouer un rôle. Surtout qu'à son avis cela ne servait à rien. Derrière les grands yeux innocents, je ne pus m'empêcher d'admirer sa détermination à pleurer sa mère comme elle l'entendait.

— Tu voudrais aller à Hergest Ridge un de ces jours, Ro ? C'est là que Robin a rencontré Maman.

— Je sais où il l'a rencontrée. Et quand.

— Nous n'avons fait que nous croiser, intervins-je. Nous avons bavardé quelques minutes à peine.

— Et de quoi avez-vous parlé ? demanda Rowena en se tournant vers moi.

— De pas grand-chose. Du temps. Du paysage. La vue était… magnifique. (Je frissonnai, mais pas à cause du froid. Ses yeux refusaient de me quitter, de renoncer à leur emprise. *Continuez*, m'imploraient-ils. *Racontez-moi ce qu'elle a vraiment dit*.) Elle avait l'air… très heureuse.

— Elle en avait souvent l'air. Quand elle ne l'était pas.

— Je ne pense pas que c'était feint. Son bonheur était presque de la joie. C'est quelque chose qu'on ne peut pas feindre.

— Non. Mais la joie, c'est différent, n'est-ce pas ? Je n'ai pas été heureuse depuis… l'été. Mais parfois, j'ai été joyeuse.

— Je ne sais pas si…

— Sarah m'a dit que Maman vous avait proposé de vous déposer.

— Oui. En effet. C'était aimable de sa part.

— Pourquoi n'avez-vous pas accepté ?

— Je voulais marcher.

— Vous n'avez pas compris, alors ?

Je m'immobilisai. Et elle en fit autant, son regard calmement posé sur moi. Sarah s'arrêta quelques pas plus loin sur l'allée sablonneuse. Elle se tourna, nous regarda et demanda, comme à ma place :

— Qu'est-ce qu'il y avait à comprendre, Ro ?

— Elle avait besoin d'une protection.

— Elle ne pouvait pas le savoir.

— D'ailleurs, dis-je, si elle s'était sentie en danger, il lui suffisait de s'en aller. Rien ne l'en empêchait.

Rowena continuait de me fixer.

— Il y a des choses que l'on ne peut pas fuir. Ni en voiture. Ni en volant, ni en courant. Pas même en rampant. Certaines choses sont vouées à être.

Ma réponse fut moins provoquée par l'irritation devant l'obscurité de son raisonnement que par la crainte de ce qu'elle risquait peut-être de commencer à discerner : qu'elle et moi avions tous les deux vu – ou qu'on nous avait montré – une partie de la vérité sur les événements de cette journée-là.

Or nous n'avions pas compris, nous ne l'avions pas reconnue pour ce qu'elle était. *Pouvons-nous vraiment changer quoi que ce soit, à votre avis ?* m'avait demandé Louise. *Pouvons-nous cesser d'être ce que nous sommes et devenir autre chose ? — Oui*, avais-je répondu. *Certainement. Si nous le voulons.* Et puis je l'avais vue aller vers sa transformation. De la vie à la mort. Du mystère à l'énigme.

— Si vous avez raison, Rowena, à quoi aurait servi ma protection ?

Elle sourit. Et détourna enfin le regard.

— À rien , murmura-t-elle. Absolument à rien.

Je surpris la déception qui cédait la place à la colère sur le visage de Sarah. Je n'avais pas eu l'effet qu'elle espérait. Ce n'était pas ce qu'elle avait attendu de moi.

— Le décès de votre mère n'était pas inévitable, continuai-je. Mais il ne pouvait pas non plus être prévenu. Vous devez bien le voir.

Rowena regarda au-delà de moi, au-delà de nous deux, ses yeux scrutant la morne lande au-delà de l'étang. Le crépuscule gagnait du terrain, grandissant comme quelque présence grise dans notre dos, avançant du pas régulier de ce qui n'a nul besoin de se hâter – parce qu'il ne peut manquer d'arriver.

— Il va bientôt faire trop sombre pour voir quoi que ce soit, dit-elle. J'aimerais rentrer.

Je fis tout mon possible pour être le premier à quitter les Hurdles ce soir-là. Je n'avais aucune envie d'affronter Sarah après avoir échoué à ébranler les illusions de Rowena. Notamment parce que je n'étais pas certain que ce fussent des illusions. Et cela, je le savais, c'était la dernière chose que voulait entendre Sarah. Tout comme c'était la dernière chose que je voulais admettre.

— Peut-être était-ce trop tôt, dit Sir Keith en manière de consolation alors qu'il me raccompagnait dans l'allée obscure. Peut-être que nous pourrons réessayer quand elle sera plus réceptive.

Je murmurai vaguement mon approbation et lui serrai la main, n'osant pas lui dire ce que j'avais compris à Frensham. Le problème de Rowena n'était pas l'incapacité à regarder la vérité en face. C'était le refus de ne pas la voir.

Quelques jours plus tard, Sarah m'appela au bureau pour me proposer de nous voir avant la fin du trimestre à la faculté de droit. Je décelai dans sa voix un empressement à lever toute gêne entre nous avant qu'elle devienne quelque chose de plus sérieux. C'était un empressement que je partageais. Et c'est probablement pour cela qu'elle accepta de me laisser l'inviter dans un coûteux restaurant de Haslmere. Et probablement pour la même raison qu'elle se vêtit aussi élégamment que sa silhouette et sa beauté le méritaient.

Le nom de Rowena surgit avant les amuse-bouches, Sarah ne se souciant guère de prendre des gants.

— Papa pense que c'était une erreur de vous avoir poussé à lui parler. Une fois qu'elle aura réfléchi à ce que vous avez dit, peut-être qu'elle verra les choses différemment.

— Je ne tablerais pas là-dessus.

— Nous le devons. Si elle dit ce genre de bizarreries au tribunal, Dieu sait quelles pourraient être les conséquences.

— Il est obligatoire qu'elle témoigne ?

— Ce n'est pas à nous d'en décider. Cependant, sans elle, l'accusation ne peut pas être aussi précise qu'elle le souhaiterait sur les déplacements et les intentions de Maman. Je serais réticente à me passer de son témoignage, à leur place. Ne serait-ce que parce que cela paraîtrait étrange.

— Votre père a parlé d'un mot que votre mère a laissé à son intention à Biarritz. Cela ne suffirait pas pour…

— Malheureusement, il l'a jeté avant d'apprendre ce qui était arrivé à Maman.

— Dans ce cas… qu'en est-il de l'amie chez qui elle était censée passer la nuit ?

— Sophie Marsden ? Ce n'est pas mieux, hélas. Maman ne l'a pas contactée. Elle voulait sans doute lui faire la surprise avec le tableau.

— Je vois. (En fait, je voyais plus qu'il ne me plaisait. L'emploi du temps de Louise Paxton le 17 juillet était désagréablement vague. Aux mains d'un avocat compétent, cela pouvait contribuer à susciter un doute légitime.) Alors… seule Rowena…

— … peut témoigner des projets exacts de Maman le jour en question. Précisément. (Sarah ne prit pas la peine de dissimuler l'inquiétude dans sa voix.) Et c'est vital, Rowena devrait témoigner – si l'on veut tuer dans l'œuf la ligne de défense de Naylor.

— Mais je peux moi-même faire avancer les choses dans ce sens.

— Je sais. Et je vous en remercie. Cela étant, nous ne souhaitons pas nous appuyer sur le témoignage d'un inconnu. (Elle croisa mon regard et rougit.) Pardonnez-moi. je ne voulais pas dire… Bon, vous étiez un inconnu pour Maman, n'est-ce pas ?

— Oui, dis-je pensivement en songeant à l'éclatante lumière – l'éblouissante inconscience – de cette journée sur Hergest Ridge.

Et à quelques vers de Thomas que j'avais lus récemment. Que Sarah, si je les avais cités à haute voix, ou même si j'avais simplement fait allusion au poème dont ils étaient extraits, aurait complètement compris. Et cela je ne pouvais le lui permettre – en aucune circonstance.

L'ombre que je commençais à aimer presque
Le fantôme, non l'être aux yeux vifs
Que j'avais pensé ne jamais voir, une fois perdu.

À la fin du dîner, pendant le café et les petits-fours, Sarah m'annonça que Sir Keith les emmenait, Rowena et elle, à l'étranger pour le Nouvel An. C'était bien compréhensible, avec les trop nombreux souvenirs de Noël en famille les attendant dans le Gloucestershire. Biarritz avait été écarté pour les mêmes raisons. Ce serait donc la Barbade, où ils n'étaient encore jamais allés. Peut-être que la nouveauté de la destination rendrait à Rowena le sens des réalités. Je partageai cet espoir, même si je n'y croyais guère. Nous nous séparâmes sur le trottoir, dans la splendeur glacée d'une nuit d'hiver étoilée. Avec un baiser fugitif et la conscience de ma part qu'aucun des vœux que je pourrais formuler n'augmenterait les chances de passer une heureuse année pour Sarah ou sa sœur.

Ce qui me fit soupirer, me rappelant qu'elle n'était
[plus,
Disparue comme un air qu'on ne se rappelle jamais
[parfaitement.

6

La famille Timariot fêta Noël 1990 comme tous les autres Noëls depuis que mes parents s'étaient installés à Steep. Une réunion festive chez Adrian et son épouse Wendy était devenue l'habitude, sinon l'obligation. Ils vivaient dans une grande maison de Sussex Road, donnant sur Heath Pond. Vaste, il fallait qu'elle le fût, puisqu'ils la partageaient avec quatre enfants – deux fils et des jumelles – ainsi qu'un labrador obèse. C'est dans le chaos qui en résultait que les autres membres de la famille étaient censés savourer ces réjouissances. C'était certainement le cas de ma mère, tout comme celui d'oncle Larry. En revanche, le numéro de tante affectueuse de Jennifer n'était jamais convaincant. Et Simon, déprimé de ne pas passer la journée avec sa fille, avait tendance à sombrer dans un autoapitoiement alcoolisé. Il ne restait donc plus que moi pour feindre d'apprécier les souvenirs de guerre du père de Wendy, fréquemment interrompus par les colères de ses petits-fils.

J'avais toujours admiré la manière dont Hugh et Bella affrontaient cette épreuve. Hugh convainquait gentiment Adrian de s'embarquer dans une grande conversation professionnelle, pendant que Bella passait la moitié de son temps dans le jardin, enveloppée dans un manteau de fourrure, à tirer sur une cigarette. Wendy avait interdit qu'on fume à l'intérieur en raison des risques de tabagisme passif pour les enfants. Ce que je trouvais particulièrement ironique, étant donné que je n'avais vu ces petits démons être un seul instant passifs.

Cette année, évidemment, Hugh manquait. Tout comme Bella, dont les liens avec nous se distendaient un peu plus chaque jour. Superficiellement du moins, cela ne sembla pas changer grand-chose. Pas davantage, me rappelai-je, que l'absence de mon propre père le Noël suivant son décès. Une famille est plus résistante que n'importe lequel de ses membres. Elle subsiste, telle une amibe, en dépit des pertes et des divisions. Elle est infiniment adaptable. Et, par voie de conséquence, susceptible de changement. À son propre rythme, évidemment, qui est parfois trop progressif pour que ceux qu'il affecte le remarquent.

Un indice apparut cet après-midi-là sous la forme d'une conversation que je surpris entre Wendy et sa mère. La guerre du Golfe était imminente et prendre l'avion était considéré comme dangereux en raison des menaces terrosistes supposées de l'Irak. Mais Adrian, apparemment, avait projet de visiter l'Australie. Et Mrs. Johnson s'inquiétait de la sécurité de son gendre. Si elle était inquiète, moi j'étais interloqué. Adrian ne m'avait pas soufflé mot de ce voyage. Et ne voulut rien m'en dire quand j'abordai le sujet avec lui.

— Juste une idée pour l'instant, Rob. Je préfère ne pas en parler tant que ce n'est pas clair dans mon esprit. Je suis sûr que tu comprends.

Je ne comprenais pas, naturellement. Et ce n'était pas non plus son intention.

Cependant, avant que la première réunion du conseil d'administration de la nouvelle année ait lieu, la clarté s'était manifestement faite dans son esprit. Adrian voulait étudier de près l'organisation marketing de Timariot & Small en Australie. D'après lui, il y avait de la marge pour se développer. Peut-être fallait-il secouer un peu notre agent là-bas. Ou lui trouver un remplaçant. Dans un cas comme dans l'autre, il fallait que Simon et lui aillent voir par eux-mêmes. Simon était tout à fait partant, cela va sans dire. Et même si je soupçonnais que ce n'était qu'un prétexte pour des vacances, je n'allais pas élever d'objection. Il fut convenu qu'ils s'absenteraient presque tout le mois de février.

Finalement, ils durent rentrer plus tôt, pour un motif particulièrement triste et inattendu. Ce fut l'hiver le plus froid qu'avait connu Petersfield depuis des années. Mais ma mère ne faisait aucune concession au temps. Elle emmenait Brillo se promener tous les après-midi, qu'il pleuve, qu'il neige ou qu'il vente. Le 7 février, elle sortit sous une tempête de neige et malgré un début de grippe que je lui conseillai de soigner en passant la journée auprès du feu. Elle fit une chute dans un chemin creux et revint en boitillant à Greenhayes, trempée et glacée jusqu'à la moelle. Le lendemain soir, je dus faire venir le médecin, qui diagnostiqua une pneumonie et l'envoya à l'hôpital. D'anciens problèmes bronchiques et une faiblesse cardiaque refirent surface dans les derniers jours. Et, le 12 février, après s'être vaillamment battue, elle mourut.

J'aurais pu prédire précisément ma réaction. Ma culpabilité devant toutes les paroles peu charitables que j'avais prononcées. Ma honte de l'avoir négligée. Et mon léger soulagement que sa fin ait été rapide et clémente. « Ainsi qu'elle l'aurait souhaitée », comme le déclara oncle Larry aux obsèques. Ce qui permit à Mère de me mettre en rogne même par-delà la tombe. Si charmant qu'il ait pu paraître aux yeux de certains, Brillo ne m'avait jamais semblé digne qu'on sacrifie sa vie pour lui. Avait-il emmêlé sa laisse dans les jambes de sa maîtresse – comme tant de fois auparavant – et l'avait-il fait trébucher dans la neige ? Mère avait nié quand je l'avais suggéré et, pour elle, j'avais essayé de ne pas m'en convaincre. Mais je n'eus aucun regret quand Wendy proposa de l'ajouter à sa famille déjà bien nombreuse.

Ce qui me laissa seul à Greenhayes, devenue désormais la propriété commune de Jennifer, Simon, Adrian et moi. La vendre immédiatement, alors que le marché immobilier était dans un état aussi précaire, aurait été peu judicieux. De leur point de vue, je faisais un locataire idéal. Quelqu'un sur qui ils pouvaient compter pour maintenir les lieux dans un état présentable jusqu'au moment d'empocher les gains. L'arrangement me convenant aussi, j'acceptai, oubliant qu'il ne tiendrait que le temps que coïncideraient nos intérêts.

Je suppose qu'en réalité je décidai d'oublier. Mon dédain pour la maison avait décru alors que grandissait mon intérêt pour la poésie d'Edward Thomas. J'en étais venu à apprécier la proximité de Greenhayes avec ses promenades favorites et à les refaire moi-même. Après l'insipide campagne belge, j'étais revenu aux paysages et aux odeurs de l'Angleterre rurale comme un abstinent réticent aux boissons fortes. Et finalement, cela me convenait bien plus d'habiter ici que je ne voulais l'avouer.

Le dimanche suivant les obsèques, j'eus la surprise de recevoir la visite de Sarah. Elle avait appris par Bella le décès de ma mère et désirait me présenter ses condoléances. Bien que les circonstances des décès fussent différentes, cela nous rapprocha brièvement. C'était une fraîche journée nuageuse et sans pluie, la neige ayant disparu depuis longtemps. Nous fîmes le tour jusqu'à Wheatham Hill en passant devant les anciennes maisons de Thomas, l'une sur Cockshott Lane et l'autre sur Ashford Chace au retour. Nous parlâmes des poèmes que j'avais fini par connaître presque aussi bien qu'elle. Nous discutâmes des conséquences effarantes des décès – ballots de vêtements pour l'Oxfam[1], affaires devenues inutiles, souvenirs impitoyables. Et puis, inévita-

1. Acronyme pour « Oxford Committee for Famine Relief », l'Oxfam est une association caritative d'aide aux pays du tiers-monde. Ses magasins vendent entre autres des vêtements d'occasion. *(N.d.T.)*

blement, il fut question de Rowena et du procès qui approchait.

— Nous avons été prévenus officieusement qu'il aura lieu juste après Pâques.

— C'est seulement dans six semaines.

— Je sais. Mais cela n'arrivera jamais assez vite pour moi. Ou Papa. Une fois que ce sera fini, peut-être que nous recommencerons à vivre. Je ne veux pas dire que je désire oublier Maman, ou ce qui lui est arrivé. Mais nous sommes tous épuisés par l'attente. Surtout Rowena.

— Comment va-t-elle ?

— Mieux que lorsque vous l'avez vue. Plus maîtrisée. Plus fixée sur ce qu'elle doit faire. Je crois que tout ira bien. Au tribunal, je veux dire.

— Et ensuite ?

— Elle tournera la page. Il le faut. Et elle est plus forte que vous ne pourriez le penser. Vraiment.

— Voulez-vous que je la revoie – avant le procès ?

— Il ne vaut mieux pas, je pense. Elle n'a plus redit aucune de ces… bêtises sur Maman depuis… (Elle secoua la tête.) Eh bien, depuis longtemps.

Combien de temps ? me demandai-je. Sarah s'était-elle retenue de suggérer que j'en étais la cause plutôt que le remède ?

— Je suis désolé, commençai-je, si je n'ai pas bien géré la situation… quand Rowena et moi…

— Laissez, dit-elle, s'abstenant ostensiblement de me contredire. Cela n'a pas d'importance. Cela n'en aura pas, en tout cas, une fois que le procès sera terminé.

À condition, n'ajouta-t-elle pas, que le procès se déroule aussi bien qu'elle l'espérait. Et se conclue par le verdict qu'elle désirait entendre.

L'information qu'avait eue Sarah fut confirmée. Le procès de Shaun Andrew Naylor pour viol et double homicide s'ouvrit à la cour d'assises de Birmingham le lundi 8 avril 1991. Il me fut signifié que je serais cité comme témoin, probablement durant la deuxième semaine. Jusque-là, je ne pus que suivre les événements dans les journaux et à la télévision comme n'importe quel citoyen ordinaire. J'appris, comme tout le monde, que Sir Keith Paxton était au tribunal tous les jours pour entendre les explications médicales souvent extrêmement pénibles sur les circonstances de la mort de son épouse. Et je ne pouvais que me demander, comme tout le monde, comment Naylor espérait être acquitté alors que les analyses ADN l'identifiaient comme le violeur. Plaider non coupable était un geste de défi de sa part, ou bien il y avait quelque chose qui nous échappait à tous.

Je me montrai particulièrement distrait au bureau durant cette période, mon esprit restant fixé sur ce qui se passait à Birmingham, alors que j'étais censé me concentrer pour adapter la production de battes de cricket à la demande du début de la saison. Du coup, je fus un quasi-spectateur à la réunion du conseil d'administration du 11 avril, où Adrian dévoila la manière dont il entendait pénétrer le marché australien. Une agence ne suffisait pas, d'après lui. La présence de l'entreprise était nécessaire. Et la clé était Viburna, un fabricant d'articles de sport moribond. Il proposait de le racheter, ce qui permettrait à Timariot & Small d'accéder directement à la clientèle de Viburna et de bénéficier ainsi d'un tremplin idéal pour promouvoir la commercialisation des battes de cricket et d'accessoires dans tout le continent. Viburna pouvait être à nous pour un peu plus d'un million. Alors, qu'attendions-nous ? Rien, apparemment. Simon était d'accord. Jennifer déclara qu'elle regarderait les chiffres, mais reconnaissait que nous devions nous développer si nous ne sous-traitions pas. Et je commis l'erreur de penser que nous pouvions étudier plus tard la question plus en détail. Adrian et Jennifer devaient exposer leurs conclusions après une mission d'inspection à Melbourne en mai et aucune décision ne devait être prise d'ici là. Mais, déjà, l'idée faisait son chemin. C'était le premier gros projet indépendant d'Adrian en tant que directeur exécutif. Avec les actions qu'il avait héritées de Mère, il détenait désormais la majorité de l'entreprise. Ce qu'il désirait, il pouvait l'avoir tôt ou tard. Et il en serait de même pour les autres.

Je me rendis à Birmingham le dimanche suivant et descendis au Midland Hotel. Sarah m'avait dit que son père et elle y séjourneraient cette nuit-là avec Rowena, qui devait témoigner immédiatement avant moi le lundi matin. Nous étions convenus de dîner ensemble. C'était la première fois que nous nous retrouvions depuis le déjeuner à Hindhead et je ne savais pas trop à quoi m'attendre. Sir Keith me mit rapidement à l'aise. Il avait l'air fatigué, mais déterminé, s'efforçant de protéger ses filles derrière une façade d'imperturbabilité.

Quant à Romwena, elle avait changé, comme avait dit Sarah. Il y avait toujours en elle la même intensité, mais la sensation d'effondrement imminent s'était dissipée. Elle se maîtrisait, même si je n'aurais su dire comment. Son comportement était devenu distant. Je ne veux pas dire qu'elle manifestait de l'hostilité à mon égard, ni même de la froideur. Mais elle s'était réfugiée derrière un masque. Et bien que son numéro fût convaincant, il était également sans expression. Comme si elle s'était forcée à oublier tout ce qui la gênait ou était ambigu dans ses souvenirs du 17 juillet 1990 en sacrifiant pour cela ce que sa personnalité avait de plus séduisant. Elle était encore fragile. D'une certaine façon, toutefois, elle n'était plus vulnérable.

— Vous n'imaginez pas, me dit Sir Keith quand les filles furent parties se coucher, à quel point votre belle-sœur nous a aidés au cours de ces derniers mois.

— Bella ? répondis-je, incapable de dissimuler ma surprise.

— C'est une femme merveilleuse, je suis sûr que vous en conviendrez. Elle a remis Rowena sur pied comme jamais je n'aurais su le faire.

— Vraiment ?

C'était une nouveauté pour moi. Et une nouveauté que je n'appréciais guère.

— J'ai trouvé sa compagnie extrêmement galvanisante. C'est probablement parce que nous avons le deuil en commun. Son mari. Mon épouse. Seuls ceux qui ont souffert les mêmes peines peuvent vraiment comprendre, vous savez.

— Je n'en doute pas un instant.

Mais j'étais moins sûr que cela s'applique à Bella. Elle avait dû donner à Sir Keith de sa réaction au décès de Hugh une interprétation très différente de celle dont elle m'avait gratifié.

— J'aurais seulement aimé qu'elle puisse venir au tribunal la semaine dernière. J'aurais été heureux de voir un visage ami. Cependant, l'avocat de la partie civile… Enfin, mon conseil, en fait… Des sottises sur l'impression que cela ferait si… (Il souffla avec irritation et but une petite gorgée de brandy.) Quoi qu'il en soit, quand cette horrible affaire sera terminée… (Puis il sourit.) Je voulais juste que vous soyez au courant, Robin. Afin que cela ne vous choque pas. Certaines personnes se montrent sacrément bégueules vis-à-vis de ce genre de choses. Mais pas vous, j'imagine.

— Certes non.

Je souris prudemment en m'efforçant de ne pas montrer mon incrédulité. Et quelque chose de pire que cela. Mon dégoût ? Ma réprobation ? Pas exactement. Ce que j'éprouvais, c'était une forme de jalousie. Comment Bella osait-elle remplacer Louise Paxton ? Comment Sir Keith osait-il ne fût-ce qu'envisager de la laisser faire ? Pour qu'une telle chose soit possible, il aurait fallu que son amour pour Louise soit sans limites. Il aurait fallu qu'il l'aime comme j'aurais su l'aimer à sa place. Au lieu de quoi…

— C'est vous que je dois remercier pour m'avoir fait connaître Bella. Si vous ne lui aviez pas recommandé Sarah comme locataire… Eh bien, je vous en suis reconnaissant, croyez-moi.

Oh, je le croyais ! J'allais mériter deux fois sa gratitude – sans qu'il s'en rende compte – avec ce que je dirais au tribunal sur son épouse qui, désormais, n'était plus irremplaçable. C'est pour cela que c'était si difficile à supporter. Parfois, il vaut mieux être maudit que remercié. Et parfois, c'est du pareil au même.

Nous allâmes au tribunal ensemble le lendemain matin. C'était un bâtiment moderne du centre de la ville qui évoquait extérieurement les bureaux d'une prospère compagnie d'assurances. À l'intérieur, trois étages à galeries grouillaient d'avocats et de magistrats, de policiers, de journalistes, de témoins et autres personnages habituels à ce genre d'endroit. Des conciliabules angoissés se tenaient dans les cages d'escalier et les couloirs. Et beaucoup de visages étaient graves. Certaines des victimes qui fumaient cigarette sur cigarette ne prenaient peut-être pas la justice au sérieux. Aucune, pourtant, n'y trouvait matière à rire.

Sir Keith et ses filles savaient à quoi s'attendre. Ce n'était pas leur première fois ici. Quelques appareils photo cliquetèrent à notre entrée, capturant un Sir Keith impassible dans son costume trois-pièces à rayures tennis et cravate traditionnelle, Sarah le visage sombre et toute en noir, Rowena pâle mais assurée dans sa robe lilas. Nous montâmes au dernier étage et Sir Keith entra dans la salle 12 pendant que Rowena et moi attendions dehors avec Sarah. Dix minutes après le début de l'audience, Rowena fut appelée. Je lui souhaitai bon courage, ce qu'elle releva à peine. Puis elle fut emmenée par un huissier et Sarah leur emboîta le pas, me laissant faire le pied de grue pendant que la matinée passait avec lenteur.

En prévision de cette attente solitaire, j'avais apporté le rapport préliminaire d'Adrian sur Viburna Sportswear pour l'étudier pendant que je patientais. Je ne pus me concentrer dessus, bien entendu, mais j'avais ainsi autre chose à regarder que les personnes aux airs de chien battu qui attendaient sur le palier. Ce qui explique que je ne pris conscience de la présence de Bella que lorsqu'elle s'assit à côté de moi.

— Bonjour, Robin, chuchota-t-elle. Comment ça se passe à l'intérieur ?

— Bella ! Je ne savais pas que tu venais.

— Moi non plus. Jusqu'au moment où je l'ai décidé. Je ne vais pas entrer. Keith me l'a interdit. Mais je me suis dit que je pouvais au moins déjeuner avec vous quatre. Peut-être dîner ensuite.

— Je suis sûr que Keith sera enchanté de te voir.

— Mais pas toi ?

— Je n'ai pas dit cela.

— Non. Et tu ne dis pas la moitié de ce que tu penses. Mais j'ai été mariée à ton frère pendant presque vingt ans. Je connais les signes.

— Je n'en doute pas. Et je suis heureux que tu n'aies pas complètement oublié Hugh.

— Que de dureté. (Elle me regarda d'un air plus déçu que fâché.) Les vivants sont plus importants que les morts, Robin. Souviens-t'en.

— J'essaierai.

— Je vais mettre ta mauvaise humeur sur le compte de la nervosité. Cette attente ne doit pas être facile pour toi.

— Je ne suis pas nerveux.

— Tant mieux. Cela rendra ton témoignage encore plus convaincant. (Elle alluma une cigarette et m'en offrit une, consciente que j'avais arrêté depuis des années, mais ravie de me voir hésiter un instant avant de refuser.) Seulement, ajouta-t-elle en soufflant une bouffée de fumée, qu'est-ce qu'il y a de plus convaincant que la vérité ?

Ce que j'aurais répondu, je ne le saurai jamais, car au même instant, la porte de la salle d'audience s'ouvrit et Rowena vint nous rejoindre. Elle papillonnait des paupières et se tripotait les cheveux ; son assurance s'était presque entièrement envolée. À la place, je me serais attendu à voir du soulagement, un signe visible quelconque de la libération qu'elle aurait dû éprouver. Mais au lieu de cela, j'y vis plus d'anxiété que lorsqu'elle était entrée. Comme si témoigner avait aggravé ses problèmes au lieu de les résoudre. Comme si elle n'avait pas dit – ou été autorisée à dire – ce qu'elle voulait vraiment. Et puis il y avait aussi quelque chose de furtif. Elle avait l'air d'avoir envie de s'enfuir et se cacher. De nous tous.

Elle vit d'abord Bella et esquissa un sourire hésitant. Puis Sarah apparut à ses côtés et la conduisit vers nous. Je tentai de penser à quelque chose d'à la fois insignifiant et réconfortant à dire. Mais avant que je le puisse, l'huissier me fit signe. Mon tour était arrivé. Et je n'eus le temps de rien échanger de plus qu'un regard avec Rowena avant d'entrer. Mais un regard fut suffisant. Le masque était tombé, à présent. Et dessous, il y avait le désespoir.

Le tribunal n'avait rien de la salle dickensienne que je m'étais imaginée Dieu sait pourquoi. Cloisons en verre, lambris en bois clair et moquette d'un gris discret faisaient oublier l'archaïsme des robes et des perruques. C'était un endroit où l'on pouvait discuter de pensions alimentaires et d'évasion fiscale dans l'atmosphère qui convenait. Viol et meurtre n'étaient certainement pas des sujets qui avaient leur place dans cet environnement aseptisé. Pourtant, il y avait le juge, magnifique dans sa robe. Le blason au-dessus de sa tête. Là, au-dessous de lui, se trouvaient les avocats et les greffiers dans leur débauche bien rangée de livres et de papiers. Et là-bas, dans la vaste enceinte vitrée à l'arrière de la salle, encadré par deux officiers pénitentiaires, était assis l'accusé : Shaun Andrew Taylor.

C'était évidemment la première fois que je le voyais. Et je n'avais guère la possibilité de l'étudier en cet instant. Maigre, le teint jaunâtre, avec d'épais cheveux noirs, penché en avant sur son siège comme s'il tendait l'oreille pour saisir chaque mot que l'on disait. Il leva les yeux alors que je prenais place dans le box des témoins et croisa mon regard pendant moins d'une seconde. J'eus la fugace impression d'un homme qui tenait à mémoriser mes traits dans tous leurs détails. Puis je balayai cette pensée et prêtai serment.

Le procureur me facilita la vie, ce qui était prévisible. Il me laissa exposer mon portrait éprouvé de la femme détendue et séduisante avec qui j'avais eu un bref échange dénué d'importance sur Hergest Ridge. Il m'encouragea à préciser l'heure à laquelle nous

nous étions quittés et à expliquer pourquoi j'en étais aussi certain. Et il en resta sagement là.

Ce qui ne fut pas le cas de l'avocat de la défense, évidemment. Il voulut creuser la proposition de me déposer en voiture. Pouvait-on l'interpréter comme une proposition pour autre chose ? Je parai assez facilement le coup, comme il devait s'y attendre. Mais je ne pus nier le fait qu'elle m'avait proposé de me déposer. Ni la possibilité théorique qu'elle ait eu davantage en tête qu'un trajet en voiture. C'étaient des points purement négatifs, bien sûr. Mais il avait dû espérer qu'ils resteraient gravés dans l'esprit des jurés. J'espérai qu'il se trompait. En leur jetant un coup d'œil, j'estimai que c'était probablement le cas. Ils avaient entendu les témoignages jusqu'à aujourd'hui. Ils étaient déjà convaincus que l'accusé était coupable. Il allait falloir bien plus que des arguties pour les ébranler.

Comme pour le confirmer, le juge me demanda de clarifier qu'il n'y avait rien dans le comportement de Lady Paxton ou dans ses propos qui laissait penser qu'elle avait des intentions déguisées. Je fus heureux de le faire. Et pendant que je parlais, il foudroya la défense du regard comme pour indiquer qu'il n'appréciait pas la direction qu'avait prise le contre-interrogatoire. Sur ce, je fus congédié. Sir Keith hocha la tête avec approbation quand je passai près de lui en sortant. Et je risquai un dernier regard dans la direction de Naylor. Mais il était penché en avant entre la vitre et la cloison de bois pour conférer avec son avocat. Il ne s'intéressait plus à moi. Ma rencontre avec l'homme que je croyais avoir violé et tué Louise Paxton avait été encore plus fugace que ma rencontre avec Louise elle-même. Je ne m'attendais pas à jamais le revoir. Je ne m'attendais pas à en éprouver jamais la nécessité.

Le déjeuner fut frugal et expéditif au bar du Grand Hotel, à quelques pas du tribunal. Rowena parla peu. Aucun de nous, d'ailleurs, ne semblait avoir d'appétit et la satisfaction que nous exprimâmes devant le déroulement de la matinée sonnait légèrement creux. Je n'avais pas entendu le témoignage de Rowena et elle n'avait pas entendu le mien. Mais, selon Sir Keith, qui avait entendu les deux, ils avaient été tout aussi efficaces. Pour lui, un récit convaincant et cohérent des faits et gestes de sa femme durant le dernier jour de sa vie avait été officiellement consigné et était désormais inattaquable. De ce côté-là, j'estimais que l'avocat de la défense allait peut-être avoir encore quelque chose à dire. Mais il ne pouvait pas savoir combien étaient vagues les doutes accablant ceux qui avaient vu Louise Paxton le 17 juillet 1990. Nous ne les avions pas exprimés. Toutefois, je me rendais de plus en plus compte que nous en étions tous les deux conscients. Et qu'ils étaient identiques. L'impression que Louise avait laissée à sa fille était la même que celle qu'elle m'avait faite. Elle avait changé sous nos yeux. D'humeur et d'intention. Elle avait disparu à notre regard et à notre compréhension. Elle s'était dissimulée sous un camouflage que nous ne pouvions espérer pénétrer. Ou bien elle avait abandonné un déguisement qu'elle portait depuis longtemps. Son passé. Sa vie. Sa mort. Son avenir. Ils ne faisaient plus qu'un, à présent. Mais ce jour-là les avait vus vaciller sur le fil du rasoir. Et sans le vouloir, nous les avions regardés tomber.

Peut-être aurais-je dû tenter d'exprimer en partie cela à Rowena. Pas dans le but de nouer des liens de sympathie. Simplement pour qu'elle sache qu'elle n'était pas seule. Cependant, mes pensées étaient trop confuses. Et personne n'aurait voulu que je le fasse, de toute façon, sauf peut-être Rowena elle-même. Son père et sa sœur désiraient seulement que le procès se termine. Naylor reconnu coupable et derrière les barreaux. Et on jetait la clé. Et l'épouse et la mère qu'ils avaient perdue demeurait préservée pour l'éternité dans l'ambre de leurs souvenirs idéalisés.

Qui pouvait le leur reprocher ? Pas moi. Ni Rowena, comme me l'indiquait son expression tendue, mais déterminée. Elle avait l'intention d'aller jusqu'au bout pour eux. Peut-être que Bella lui avait rappelé, comme à moi, que les vivants comptent plus que les morts. C'est du moins ce que nous aimons à croire. Ce que Rowena et moi croyions assurément. À l'époque.

Je ne retournai pas au tribunal avec eux après le déjeuner. J'avais dit mon texte et j'avais soudain envie de partir tout de suite, d'être loin de cette salle remplie d'inconnus où la mort de Louise Paxton était lentement disséquée et sa vie progressivement oubliée. Mais fuir les lieux ne donna rien. Je ne pouvais échapper au déroulement des événements. Il resta en moi et me suivit alors que le train me ramenait chez moi dans le Sud. Avec le visage de Naylor, mi-souvenir, mi-imagination, dans les reflets intermittents de la vitre de la voiture. Ses yeux, posés sur moi comme s'ils s'étaient posés sur Louise. Sa bouche, s'incurvant vers un sourire. Lui seul savait avec certitude pourquoi le miroir avait été fracassé ce jour-là. Lui seul connaissait toute la vérité. Qu'il pourrait ne jamais dire.

Mais que dirait-il ? Quelle version de la vérité offrirait-il quand il viendrait témoigner ? Il ne pouvait certainement pas éviter de le faire. Cela devenait évident à mesure que le dossier de l'accusation avançait vers sa conclusion. L'analyse ADN indiquait qu'il avait eu un rapport sexuel avec Louise Paxton peu de temps avant son décès. Il y avait suffisamment de traces de violence pour suggérer le viol si les preuves n'avaient pas été assez accablantes. Ses empreintes avaient été relevées en plusieurs endroits dans toute la maison, y compris la chambre et l'atelier. Ainsi que des fibres qui, cela avait été prouvé, correspondaient à des échantillons prélevés sur un sweat-shirt et un jean lui appartenant. Le jean portait également des taches de trois types de peintures à l'huile identiques à celles trouvées sur les palettes, toiles et meubles de l'atelier de Bantock. Une arme à feu sans permis et un cran d'arrêt avaient été découverts dissimulés sous le plancher de l'appartement de Naylor.

Il avait d'abord nié s'être trouvé à Whistler's Cot, ne racontant – ou n'inventant – qu'il avait été dragué par Lady Paxton qu'une fois confronté aux relevés de l'expertise médico-légale qui l'accablaient. Enfin, il y avait les témoins qui l'avaient entendu se vanter d'avoir « sauté la salope et lui avoir tordu le cou pour la peine ». Vincent Cassidy, un barman d'un pub de Bermondsey qui avait appelé la police en disant que ce que Naylor avait fait était « inacceptable », « impossible à encaisser », « pas concevable ». Et un compagnon de cellule en garde à vue, Jason Bledlow : « Il en était fier. Il voulait que je sache. Il arrivait pas à la fermer. Il disait qu'il avait pas su qu'elle était de la haute, genre. Mais pour lui, du coup, c'était encore mieux. J'ai rapporté ce qu'il avait dit parce que j'étais dégoûté, carrément écœuré, vous savez. » Et il était impossible de croire que le jury ne savait pas. Il était inconcevable qu'il puisse dire quoi que ce fût qui extirpe sa culpabilité de leur esprit. Il allait être condamné.

Mais pas sans livrer combat. *Le procès reprendra lundi*, relata un journal du samedi, *quand la défense exposera ses arguments.* Mais lesquels ? Je sus alors que j'allais devoir les entendre moi-même, tels qu'il les formulerait. Chaque mensonge. Chaque faux-fuyant. Chaque élément bricolé de la fiction qu'il avait été forcé de présenter. J'avais besoin de certitudes. Je n'avais jamais vu les témoins. Je n'avais jamais examiné les preuves médico-légales. Il fallait que je le regarde en face, pendant qu'il protesterait de son innocence, pour être sûr de sa culpabilité. Parce que c'était ce qu'il fallait que je sois. Sûr. Au-delà de tout doute raisonnable.

Informer Adrian que j'avais besoin de prendre quelques jours de congé si rapidement après la journée que j'avais déjà passée à Birmingham fut le plus facile. M'expliquer auprès des Paxton était presque impossible. Au final, je n'essayai même pas et je pris un train de bonne heure le lundi matin et me faufilai dans le tribunal juste avant le début de l'audience. Sir Keith me repéra aussitôt et fut manifestement interloqué. Il était seul, ce qui fut un soulagement autant qu'une surprise.

Nous eûmes le temps d'échanger quelques mots. À mon étonnement, Sir Keith sembla penser que j'étais venu pour lui.

— Sarah a dû retourner à l'université pour le début du trimestre d'été et Rowena habite avec elle à Hindhead. Bella peut ainsi garder l'œil sur elle. Par ailleurs, je ne voyais pas pourquoi elle devrait à écouter les mensonges de Naylor. C'est déjà bien assez pénible que nous ayons à le faire. J'admets volontiers que je suis heureux de ne pas avoir à subir seul cette épreuve, cela dit. J'apprécie beaucoup, Robin, croyez-moi.

Dans la salle, la foule était plus dense que le jour où j'avais témoigné. L'attente, le sentiment tacite mais unanime que nous étions arrivés au moment crucial la faisaient vibrer. Naylor était déjà à sa place, le regard dans le vague, se rongeant les ongles, la jambe droite agitée d'un tic, repliée sous la chaise. Sa nervosité n'était guère surprenante au vu des coups de massue que l'accusation avait pu porter. Il ressemblait à ce que nous pensions tous qu'il était : un jeune criminel endurci obsédé sexuel incapable de réprimer ses pulsions de violence malsaine. Mais il était pris au piège, désormais. Et la seule manière dont il pouvait s'en sortir était de convaincre le jury qu'il était accusé à tort. Ce qu'il ne semblait pas capable de faire, tant s'en fallait.

Les jurés arrivèrent les uns après les autres. Puis le juge fit son entrée. Et l'avocat de Naylor se leva pour s'adresser à la cour. Son discours d'ouverture fut bref et sans détour.

— Mr. Naylor n'a rien à cacher, mesdames et messieurs les jurés. C'est pourquoi je vous propose de l'appeler dans le box afin qu'il dépose lui-même pour sa défense, conclut-il.

Et c'est ainsi que cela commença. Naylor fut amené dans le box des témoins et prêta serment. Il parlait d'un ton ferme et assuré, à la limite de l'arrogance. Ses réponses, quoique formulées négligemment, étaient habilement construites. Trop habilement, je suppose. Un ou deux marmonnements montrant combien il était impressionné lui auraient valu quelques amis. Au lieu de quoi, il faisait montre d'un grand mépris envers le monde entier et semblait ne pas comprendre que celui-ci se soit retourné contre lui. Il était manifestement fier d'avouer comment il gagnait sa vie.

— Je suis un voleur. C'est mon boulot. Je repère les cibles quand je bosse en journée. Je repasse plus tard me servir. Mais je ne tue personne. Ça pourrait m'arriver d'en étaler un qui essaie de m'empêcher de me tirer, mais je l'ai encore jamais fait. (Et le viol ? Qu'est-ce qu'il en était ?) Je ne suis pas un violeur. Pour moi, c'est ce qu'il y a de plus vil. Ça et ceux qui s'en prennent aux enfants. Je suis marié et j'ai des gosses. Mais comme ma femme vous le dira, je suis pas un saint. J'ai jamais été capable de dire non aux femmes. Je leur plais. J'ai jamais eu à les forcer. J'ai jamais eu envie. Jamais je le ferais.

Cela au moins semblait crédible. Il avait l'assurance suffisante et l'air ténébreux que certaines femmes trouvent attirants. Mais il était aussi tellement convaincu d'être irrésistible qu'il était facile de l'imaginer réagir violemment si on l'éconduisait. Quant au meurtre, eh bien, il l'avait plus ou moins dit lui-même. Si Bantock avait essayé de l'arrêter, pire encore de s'emparer de lui, il aurait fait le nécessaire pour s'échapper. La sincérité était son seul espoir. Mais cette sincérité le révélait comme un homme tout à fait capable de commettre les crimes dont il avait été accusé.

Alors, quelle était sa version des faits ? Il lui fallut le reste de la journée pour l'exposer. Voici à quoi elle se résumait : il était allé chez un ami à Cardiff le temps que les choses se calment après une dispute avec sa femme. La cause habituelle – son infidélité chronique – était cette fois aggravée du fait que sa dernière conquête était la sœur de son épouse. Il s'était dit qu'une virée à Disneyworld avec les gosses suffirait à les rabibocher. Il s'était donc mis en devoir de trouver du liquide pour payer ces vacances en Floride en s'introduisant par effraction dans des propriétés de campagne prometteuses, toutes assez loin de Cardiff pour éviter de causer du tort à son ami. Une maison près de Ross-on-Wye dans la nuit du 14 au 15 juillet. Une autre près de Malvern durant celle du 15 au 16. Et une troisième près de Bridgnorth entre le 16 et le 17. Il était resté dans la région le lendemain et avait prospecté le triangle Ludlow-Leominster-Bromyard, repérant quelques possibilités. Puis il était remonté en voiture vers Kington et s'était arrêté au Harp Inn, à Old Radnor, pour passer la soirée en attendant de se décider. Et c'est là que ses projets avaient changé.

— J'étais assis au soleil. Ce qui en restait. Il y avait pas mal de monde. Lady Paxton – je connaissais pas son nom à ce moment-là, évidemment – est arrivée et a demandé si elle pouvait s'asseoir à ma table. J'ai dit oui et je lui ai proposé de lui payer un verre. Elle est pas entrée dans le pub. Et elle avait laissé sa voiture un peu plus bas dans la rue, près de l'église. On a causé. Comme font les gens. Ça crevait les yeux… Enfin, j'ai eu l'impression très nette qu'elle était… intéressée. On a pris un autre verre. Elle est devenue entreprenante. Elle s'est mise à flirter avec moi. Des sourires en veux-tu en voilà. La main qui me frôle la cuisse. Vous voyez, quoi ? J'ai compris le message. Et je me suis dit : pourquoi pas ? Belle femme. Seule et loin de chez elle. Qui aurait refusé ? Elle a pas dit grand-chose sur elle-même. Ni posé beaucoup de questions. On est partis vers 20 h 45, je crois. La nuit tombait. Elle a proposé qu'on aille chez un de ses amis pas loin. Elle a dit qu'il était pas là et… qu'on pourrait faire ce qu'on voudrait. Elle est passée devant avec sa voiture. Je l'ai suivie dans la mienne. C'était pas loin. Un cottage en haut d'une petite route étroite près de Kington. L'ami était peintre. Elle a dit que c'était une femme. Elle m'a montré son atelier. J'ai pas perdu mon temps à visiter. On savait tous les deux pourquoi on était là. On a commencé dans l'atelier. Mais c'était trop encombré, on se cognait partout. Alors elle m'a emmené en haut dans la chambre. Je l'ai pas violée. J'ai pas eu besoin. Elle était… empressée. Et elle… eh bien… elle aimait que ça bouge un peu. Mais c'est pas du viol. Rien à voir. Je suis pas resté longtemps ensuite. Elle a dit que son amie devait rentrer à 23 heures et qu'elle voulait avoir le temps de ranger. Alors je me suis tiré. Il devait pas être plus de 22 h 30 quand je suis parti. Elle était encore dans le lit, et bien en vie. Je me suis arrêté prendre un verre dans un pub de Leominster juste avant la fermeture. Le Black Horse. Ensuite j'ai continué et j'ai fait mon coup près de Bromyard. Une grande maison à Berrow Green. Je me suis bien débrouillé là-bas. J'étais content de moi. Je suis arrivé à Cardiff au petit matin. Le lendemain, je suis reparti pour Londres. J'ai calculé que j'avais assez pour payer le voyage en Floride. Et il était temps que je me rabiboche avec ma femme.

« J'ai entendu parler des meurtres à la télé. Au début, j'ai eu du mal à croire que c'était la même femme. Mais quand j'ai vu sa photo dans les journaux… j'ai été sûr. Et j'ai su que le mieux, c'était de la fermer. C'est vrai, j'allais être impliqué, non ? Ils disaient qu'elle avait été violée. Et je savais qu'on pouvait me relier à ça. Et probablement aussi au cottage. Alors je me suis fait discret. Je suis pas allé au Greyhound. Et j'ai encore moins parlé à Vince Cassidy. Ce qu'il raconte que j'ai dit… C'est faux. De bout en bout. Elle était vivante quand j'ai quitté le cottage. Et le peintre était pas là. Je sais pas qui les a tués. Ni pourquoi. Mais c'était pas moi.

— À certains moments, son récit était presque plausible, déclara Sir Keith alors que nous prenions un verre au bar du Midland Hotel après l'audience de l'après-midi. Enfin, si on ne connaissait pas Louise, bien sûr.

— Il ne m'a pas paru crédible. Un habile menteur, oui. Mais personne ne s'y est laissé prendre.

— J'espère que vous avez raison. Je ne tiens pas à ce que la mémoire de Louise soit souillée par quoi que ce soit qu'il a pu dire d'elle.

— Elle ne le sera pas. Il ne peut arriver à rien avec cette méthode – à part à une peine plus longue.

— Je lui donnerais une peine courte, si je pouvais. La plus courte qui soit.

— Oui, dis-je en baissant la voix. Je crois que moi aussi.

— Quelle ordure de pervers, murmura Sir Keith en se massant le front. Mon Dieu, je suis heureux que les filles n'aient pas eu à entendre tout cela.

— Mais elles vont le lire, non ?

— Oui, forcément. Au moins, elles n'auront pas à voir ses yeux de fouine pendant qu'elles liront. Ni écouter cette voix de petit voyou débiter des mensonges comme autant de billets de cinq livres crasseux tirés de sa poche. J'étais certain que j'allais le haïr, le mépriser. Vouloir sa mort. Mais je ne pensais pas qu'il allait me donner la chair de poule. Enfin, demain, ce sera le contre-interrogatoire. J'espère que le procureur va lui faire vivre un enfer. Parce que c'est ce qu'il mérite. (Il s'interrompit et secoua la tête, médusé, apparemment, par la véhémence de sa réaction.) Excusez-moi. Je ne voulais pas me laisser emporter.

— Ne vous excusez pas. Je suis d'accord avec vous. À cent pour cent.

Sir Keith et moi bûmes trop et restâmes trop longtemps au bar de l'hôtel ce soir-là. Écœuré par l'image de nymphomane vieillissante que Naylor avait cherché à donner de sa femme, sa colère avait fini par céder le pas au chagrin. Je restai à l'écouter égrener ses souvenirs de plus en plus larmoyants de leur vie commune. Comment ils s'étaient rencontrés quand Louise travaillait à l'accueil d'un hôpital durant les vacances universitaires. Comment il avait évincé ses rivaux pour gagner son affection. Et comment ils s'étaient mariés, malgré l'opposition des parents de la jeune fille.

— Tous les deux décédés depuis, Dieu merci. Je n'aurais pas voulu qu'ils vivent cela. Même s'ils ne m'ont jamais aimé. Bon, j'avais quinze ans de plus que Louise et j'étais divorcé. Je n'étais pas du tout ce qu'ils avaient en tête pour leur fille. C'était une enfant unique et naturellement, ils voulaient le meilleur pour elle. Et ils pensaient qu'elle pouvait trouver nettement mieux que moi. Peut-être qu'ils avaient raison. Je n'étais pas chevalier à l'époque. Je n'avais pas le genre de vie que j'ai aujourd'hui. Mais cela n'a pas fait peur à Louise. Elle n'a jamais été intéressée par l'argent. Elle m'a accepté pour ce que j'étais. Et pour ce que je deviendrais peut-être.

Au final, Sir Keith avait offert à son épouse fortune et statut social en plus de l'amour. Ils avaient été mariés pendant vingt-trois ans et il ne l'avait jamais regretté un seul instant. Une belle épouse et deux charmantes filles pour agrémenter le mitan de sa vie. Il savait qu'il avait de la chance, qu'il avait eu plus que sa part de bonne fortune. Cependant, il n'avait jamais pensé que cela finirait avec une telle cruauté. Jamais il n'avait imaginé qu'il devrait payer aussi chèrement la joie et la plénitude que Louise avait apportées dans sa vie.

— Et à présent, c'est tellement vide, Robin. Une coque desséchée. Je me sens si vieux depuis que Louise est morte. Si fatigué. Si décrépit. Et être seul n'est pas mon fort. Je suppose que c'est pour cela que… eh bien, que Bella… Elle m'a fait beaucoup de bien. Elle nous en a fait à tous. Elle ne pourra jamais remplacer Louise. Personne ne le peut. Mais… cela aide… d'avoir quelqu'un… Cela l'aide elle aussi, je pense. Elle aimait beaucoup Hugh, n'est-ce pas ?

Je répondis probablement oui. Ce qui est sûr, c'est que je ne le détrompai pas. À quoi cela aurait-il servi ? J'avais de la peine pour lui. Il me semblait même le comprendre. Cette nuit-là, en fait, je commençai à m'imaginer que je comprenais mieux Louise Paxton que Sir Keith. L'enfance solitaire et les parents réprobateurs étaient deux pièces supplémentaires du puzzle. Néanmoins, quelque part, elle attendait encore de me surprendre. Je rêvai d'elle assise à côté de moi devant le Harp Inn, comme Naylor avait prétendu qu'elle l'avait fait avec lui. Le soleil couchant était derrière elle. Je ne pouvais voir clairement son visage. Sa main frôlait mon genou. Et elle éclatait de rire. *Suivez-moi*, disait-elle. *Vous n'imaginez pas ce que j'ai en tête.*

L'accusation ne ménagea pas ses efforts durant le contre-interrogatoire de Naylor. Pourtant, malgré ses questions implacables, la version de Naylor ne changea pas. Il ne commit pas l'erreur d'expliquer, comme l'y invitait l'avocat, les incohérences et les éléments improbables de son récit. Pourquoi une femme mariée respectable comme Lady Paxton aurait-elle voulu coucher avec un homme comme lui ? Il n'en savait rien. Pourquoi l'aurait-elle emmené dans la maison de quelqu'un qu'elle connaissait à peine ? Là encore, il l'ignorait. Hormis lui, pourquoi aurait-on voulu la tuer ? Et là non plus, il ne savait pas. Éprouvait-il le moindre remords pour avoir infligé un mensonge aussi dégoûtant à la famille de Lady Paxton ? Non, parce que ce n'était pas un mensonge. Pourquoi, alors, avait-il nié au départ tout lien avec l'affaire ? Parce qu'il avait paniqué. C'était aussi simple que cela. C'était la sottise, pas la culpabilité, qui l'avait fait agir ainsi. Imaginait-il sérieusement que l'on allait le croire ? Oui. Parce que c'était la vérité. « Et la vérité dépasse la fiction, c'est pas ce qu'on dit ? » Il était toujours sûr de lui et rendait coup pour coup.

— J'avoue quatre cambriolages. Je reconnais le genre d'homme que je suis. J'essaie pas de me faire passer pour quoi que ce soit. J'ai jamais violé personne. Je suis pas coupable.

Parfois, parfois seulement, on aurait pu penser qu'il y croyait. Mais quand on regardait autour de soi dans la salle, on percevait la même chose que lui. S'il y croyait vraiment, il était bien le seul.

Je retournai à Petersfield ce soir-là. Sir Keith, qui entendait assister au procès jusqu'à la fin, m'accompagna à la gare de New Street.

— Ce sera terminé en début de semaine prochaine, je crois, dit-il alors que je me penchais à la fenêtre du train pour un dernier mot. Et je veux être là pour voir comment il accueille le verdict – et la sentence. Allez-vous revenir ?

— Je ne crois pas que je pourrai. Les obligations professionnelles, vous comprenez.

— Bien sûr, bien sûr. Je n'oublierai pas le soutien que vous nous avez apporté, Robin. En aidant

Rowena. Et Sarah aussi. Et en m'écoutant radoter hier soir. La vie des autres, leurs problèmes, c'est parfois pénible à supporter. Et ce n'est pas comme si vous aviez connu Louise, n'est-ce pas ? Pas vraiment.

— Non, jamais je ne l'ai connue.

Pas sa Louise, en tout cas. Une autre, peut-être. Une version d'elle aussi éloignée de la personne avec qui il avait vécu pendant vingt-trois ans que la version donnée par Naylor l'était de la vérité que je pensais connaître. Le jour déclinait à mesure que le train filait vers Londres. Et l'obscurité s'épaississait. Qui pouvait être sûr, absolument sûr, de quoi que ce soit ? Où elle était allée ce soir-là en quittant Hergest Ridge. Ce qu'elle avait fait et pourquoi. Ce qu'elle aurait fait si j'étais allé avec elle. Et où nous en serions tous si je l'avais suivie.

La défense cita quatre autres témoins après Naylor lui-même. L'ami chez qui il avait séjourné à Cardiff, Gary Newsom, le dépeignit sous les traits d'un voyou mais pas d'un meurtrier ; il était revenu chez lui le 18 juillet 1990, « détendu et assez content de lui-même, mais impatient de rentrer à Londres ». Un client du Harp de la veille qui reconnaissait Naylor comme « un homme que j'ai vu assis dehors avec une belle femme ; c'était incontestablement lui et la femme aurait pu être Lady Paxton, mais je ne peux pas être certain ». Une barmaid du Black Horse de Leominster, qui se rappelait avoir servi Naylor juste avant la fermeture ce soir-là. « Il m'a payé un verre et m'a un peu draguée. Il avait l'air sympa. Il m'a bien plu, d'ailleurs. » Et enfin, la femme de Naylor, Carol.

« C'est vrai pour la dispute. Une vraie engueulade. Et pour les vacances. Il avait les poches pleines quand il est revenu. Je savais comment il avait eu le fric. Les trucs qu'il avait volés étaient dans sa camionnette. Comme il dit, il a le vol dans le sang. Depuis toujours. Mais le meurtre, non. Le viol non plus. Mon Shaun, jamais il irait faire des choses pareilles. »

Pour moi, cela ne représentait pas grand-chose. Comme le fit remarquer l'accusation dans sa plaidoirie finale, Naylor aurait très bien pu se trouver au Harp ce soir-là. Mais le témoin n'avait pas pu certifier une heure précise ni identifier Lady Paxton comme la personne accompagnant Naylor. Cela aurait pu être n'importe qui, étant donné le coureur qu'était Naylor. Quant à sa visite tardive à Leominster, c'était peut-être une vaine tentative pour se créer un alibi. Vaine, parce qu'il lui restait amplement le temps d'aller à Whistler's Cot, de tuer Bantock, de violer et de tuer Lady Paxton, puis de faire les vingt-cinq kilomètres le séparant de Leominster avant 23 heures. Naylor l'avait avoué lui-même, il avait couché avec Lady Paxton. Quelqu'un croyait-il sérieusement que celle-ci avait été consentante ? Dans ce cas, pourquoi aurait-elle choisi de le faire à Whistler's Cot ? Et pourquoi emmener d'abord Naylor dans l'atelier ? Parce que, à l'évidence, Naylor justifiait, en disant cela, les traces de peinture et les fibres trouvés sur lui. Alors que la véritable explication était qu'il avait déchiré ses vêtements et taché son jean durant la lutte fatale avec Oscar Bantock. Quand Lady Paxton l'avait surpris sur le lieu du crime, il l'avait forcée à monter et à se déshabiller, en la menaçant probablement avec le couteau ou l'arme à feu. Il l'avait violée, comme le démontraient les lésions vaginales, qu'il avait tenté, avec une effarante impudence, de justifier par les tendances masochistes de Lady Paxton. Enfin, il l'avait étranglée tout comme il avait étranglé Oscar Bantock, en utilisant du fil métallique servant à accrocher les toiles trouvé dans l'atelier. Puis il s'était enfui, oubliant l'objectif initial de sa visite dans la maison. C'étaient des crimes d'une brutalité horrifiante, motivés par la cupidité et le désir sexuel et rendus possibles par la totale indifférence à la peine et aux souffrances des autres dont Naylor n'avait cessé de faire montre durant sa scandaleuse parodie de défense. Reconnaître sa culpabilité pour les trois chefs d'accusation était la seule réaction possible.

C'était du lourd. Mais l'avocat de Naylor répliqua en soulignant que les explications de son client sur les événements du 17 juillet 1990 étaient cohérentes avec les preuves. Il avait fait la connaissance de Lady Paxton au Harp, où ils avaient été vus ensemble. Ils étaient allés à Whistler's Cot et avaient eu un rapport sexuel mouvementé, Lady Paxton ayant de bonnes raisons de croire que le propriétaire de la maison ne rentrerait que plus tard. Naylor était ensuite parti. Après quoi, un ou plusieurs inconnus s'étaient introduits dans la maison et avaient tué Lady Paxton et Bantock, qui était revenu sur les lieux entre-temps ou qui était arrivé alors que le meurtrier s'enfuyait. L'estimation de l'heure du décès, entre 21 et 22 heures, était précisément cela : une estimation. Elle n'écartait certainement pas un tel enchaînement d'événements. Quant à l'identité ou au mobile de l'assassin, qui pouvait savoir ? La police avait mis un terme à ses investigations dès qu'elle avait appréhendé Naylor. Il avait précisément nié avoir fait les aveux que lui attribuaient deux témoins, l'un ayant un casier judiciaire. Soit ces témoins se trompaient, soit ils mentaient pour des raisons qui leur étaient propres. Enfin, il ne fallait pas oublier que Naylor avait été totalement honnête sur le genre de vie qu'il menait. Il avait avoué quatre cambriolages dans la région de Kington, tous confirmés par la police. L'un d'eux avait eu lieu seulement quelques heures après qu'il était censé avoir commis le viol et le double meurtre de Whistler's Cot. Aurait-il agi ainsi après avoir perpétré deux actes aussi horribles ? Sûrement pas, affirma son avocat en pressant les jurés d'en convenir. Ils devaient accorder à son client le bénéfice du doute.

Cependant, il n'y avait guère de doute dans l'esprit du juge quand il résuma les faits. Accepter la version de Naylor, insista-t-il, impliquait que Lady Paxton était allée à Kington non pas simplement pour acheter un tableau, mais pour satisfaire son désir de sexe avec un inconnu. Si les jurés trouvaient cela improbable, ils pouvaient aussi bien conclure que l'accusé était coupable. Naturellement, ils devaient aussi considérer la possibilité qu'il ait dit la vérité, mais ils ne devaient pas oublier qu'il avait, de son propre aveu, menti à la police lors de sa première déposition. En outre, la coïncidence d'un meurtrier inconnu arrivant à Whistler's Cot peu après son départ ne pouvait que susciter l'incrédulité. Ce qu'impliquait par là le juge était clair.

Et cela n'échappa pas aux jurés. Partis délibérer plus tard que ne l'avait prévu Sir Keith, ils revinrent au bout de quatre heures et déclarèrent Naylor coupable des trois chefs d'accusation. Le juge le condamna pour avoir ajouté au chagrin de la famille Paxton avec sa défense malveillante et peu plausible, et le décrivit comme un individu dépravé et dangereux qui, la société était en droit de l'attendre, devait être mis derrière les barreaux pour très longtemps. Il condamna Naylor à la prison à perpétuité pour chacun des meurtres et à dix ans pour le viol, toutes peines confondues. Et pour couronner le tout – ce qui lui valut les louanges de la presse –, il recommanda une peine incompressible de vingt ans. Protestant toujours de son innocence, mais n'étant plus écouté par personne, Naylor fut emmené pour purger sa peine.

7

C'était terminé. Louise Paxton était morte et enterrée. A présent, avec la condamnation et l'incarcération de son meurtrier, elle pouvait reposer en paix pendant que j'entreprenais à contrecœur l'inévitable processus de l'oubli. Du moins le croyais-je. Mais, à mesure que l'abîme se creusait entre moi et l'unique croisée de nos chemins, le souvenir de notre rencontre s'éclaircissait au lieu de s'opacifier. Je pensai qu'il finirait par disparaître. La partie rationnelle de mon esprit balayait cela comme un caprice de l'imagination et attendait patiemment qu'il diminue. Or il n'en fut rien. Il semblait tirer une étrange énergie du passage du temps, devenir lentement plus fuyant, mais plus puissant de jour en jour. Dès que j'étais fatigué ou seul ou que je ne pensais à rien de particulier, les éléments de cette soirée sur Hergest Ridge se réassemblaient dans mon esprit. La qualité de la lumière. L'inclinaison de la pente. La couleur de l'herbe. La nuance de ses cheveux. L'expression de ses yeux. Et ses paroles. Chaque phrase. Chaque inflexion. Pourtant, la question demeurait toujours la même. *Pouvons-nous vraiment changer quoi que ce soit ?* Et quelle que soit ma réponse, cela ne faisait aucune différence. Parce qu'elle était hors de portée de voix, à présent. Pour toujours.

Le souvenir de Louise Paxton ne s'était peut-être pas fané, mais tout semblait indiquer que mes liens avec sa famille s'étiolaient. Sarah m'invita à une soirée aux Hurdles le dernier samedi de juin. Un groupe de ses camarades de la faculté de droit étaient là pour fêter la fin des cours, Bella présidant avec bienveillance à leurs excès. Je me sentis vieux et déplacé et je regrettai d'être venu. Sarah était très occupée à jouer son rôle d'hôtesse et ne pouvait m'accorder beaucoup d'attention. Ce fut Bella, en fait, qui me mit au courant de ses projets.

— Rowena va intégrer en retard l'université de Bristol à l'automne. Keith pense qu'elle pourra supporter la vie étudiante d'ici là. Et il espère que Sarah sera en mesure de l'aider. Elle essaie de s'organiser pour faire son stage dans un cabinet d'avocats de Bristol. Dans ce cas, elles pourront habiter ensemble. Cela apporterait à Rowena un peu de la sécurité dont elle a besoin. Je vais regretter de me retrouver encore seule, mais... eh bien... peut-être que cela ne durera pas.

— Un autre locataire ?

— Pas exactement. Pas encore, en tout cas. J'ai prévu de partir à l'étranger le mois prochain.

— Où cela ?

— À Biarritz. Keith m'a invitée.

— Eh bien, je… j'espère…

— Que nous allons nous amuser ? Merci, Robin. Je vais y veiller.

Du coup, à la date anniversaire des meurtres de Kington, Sir Keith était à Biarritz avec Bella, et ses filles – je l'appris plus tard – sur une île grecque. Je ne me rappelle pas où j'étais. Mais je sais à quoi je pensais.

L'été 1991 fut une bonne saison pour Timariot & Small. Les ventes de battes de cricket étaient relativement peu affectées par la récession économique. Je suppose que c'est pour cela que nous n'eûmes guère de scrupules à racheter Viburna Sportswear une fois que Jennifer nous eut présenté un rapport favorable sur ses finances. Adrien et elle retournèrent en Australie en août pour finaliser l'accord et Simon eut hâte de passer la majeure partie du printemps austral à Melbourne, afin de mettre sur pied diverses stratégies de promotion conjointe. En tant que directeur des opérations, je n'avais aucun besoin d'y aller moi-même, puisque l'ancien président et directeur exécutif de Viburna, Greg Dyson, restait pour gérer la production côté australien. Viburna Sportswear devint officiellement une filiale de Timariot & Small le 1er octobre 1991. La voie était libre pour que les ambitions internationales d'Adrian prennent leur essor.

Mes propres ambitions étaient moins faciles à définir. J'étais à jour dans mon travail et satisfait de voir que certaines de mes innovations donnaient de bons résultats ici. En moins d'un an, je m'étais coulé dans l'entreprise comme dans une vieille veste confortable.

J'aimais le personnel et je prenais plaisir à adapter mes idées à leurs petites habitudes. J'appréciais le mélange de tradition et d'efficacité, d'artisanat à l'ancienne et de commerce moderne. Mais en dehors des heures que je passais à l'usine, il y avait dans ma vie un vide que j'aurais dû vouloir remplir, un isolement que j'aurais dû considérer comme de la solitude. Au lieu de cela, mes efforts pour rencontrer des gens et me faire des amis étaient sans enthousiasme, presque insincères. Il y avait quelques personnes de ma promotion de Churcher's que je voyais de temps en temps, la plupart mariées avec des enfants. Il y avait les réguliers du Cricketers avec qui faire passer le temps d'une soirée creuse. Ou Simon à saouler si j'étais d'humeur, ce qui arrivait parfois. Mais c'était tout.

Du moins jusqu'à ce que Jennifer essaie de me rapprocher d'une de ses amies, décoratrice de Petersfield, qui se remettait d'un divorce houleux. Ann Taylor était une femme de mon âge, attirante et sensible. Elle me plut d'emblée. Sa vivacité. Son humour. Sa subtilité. Et je lui plus. Il n'y avait pas le moindre doute. Cela aurait pu déboucher sur quelque chose. Au lieu de cela, je laissai filer l'affaire. Un week-end dans le Devon qui fut une horrible erreur de jugement nous mit l'un et l'autre sur la défensive. Il n'y eut pas de rupture théâtrale ni de séparation finale. Nous sombrâmes simplement dans l'indifférence.

— Qu'est-ce qui ne va pas chez toi ? s'exaspéra Jennifer. Vous étiez faits l'un pour l'autre.

Et peut-être avait-elle raison. Ou aurait-elle eu raison s'il n'y avait eu un souvenir que je ne pouvais effacer.

— Qui est Louise ? me demanda Ann dans notre chambre d'hôtel du Devon le matin après notre malencontreuse nuit. Tu avais l'air de lui parler dans ton sommeil. Une histoire de miroir.

— Tu as mal compris.

— Je ne crois pas. Le prénom était tout à fait clair. Cela ne me gêne pas… si c'est une personne que tu as… bien connue autrefois.

— Non. C'est quelqu'un que je n'ai jamais connu.

Le simple manque
D'elle est plus pour moi
Que la présence d'autres
Que la vie soit splendeur
Ou ténèbres absolues.

Je ne l'ai pas vue
Je n'ai pas eu de ses nouvelles ;
Je peux seulement dire
Qu'elle n'est pas ici, mais que là-bas
Elle aurait pu être.

Un dimanche matin de la mi-octobre, je fus surpris par un coup de téléphone de Bella m'invitant à les retrouver, Sir Keith et elle, pour déjeuner à Tylney Hall, un manoir hôtel près de Basingstoke. J'acceptai immédiatement, même si je savais que je n'étais pas invité pour le plaisir de ma compagnie. Le trajet en voiture jusque là-bas fut idyllique sous un soleil d'automne qui baignait les arbres et les haies d'une lumière dorée. Un peu de cette même imperceptible patine semblait gagner mes hôtes, qui m'attendaient sur la terrasse. Sir Keith n'était pas seulement souriant. Il était manifestement extrêmement heureux. Un teint éclatant de santé réchauffait ses traits, la fleur à la boutonnière et la cravate fantaisie indiquant détente et plaisir. Tandis que Bella avait l'air encore plus glamour qu'à l'accoutumée avec un tailleur rose cintré et un chemisier en soie iridescent. Le scintillement des diamants attira mon regard sur son annulaire. Et là, sous une bague de fiançailles que je n'avais encore jamais vue, il y avait un anneau d'or tout simple.

— Je voulais que tu sois l'un des premiers à savoir, Robin, dit-elle en m'embrassant. Nous nous sommes mariés jeudi.

— J'espère que vous nous pardonnerez le secret, ajouta Sir Keith. Mais nous avons pensé qu'une cérémonie discrète vaudrait mieux. Vous savez comment sont parfois les gens.

— Mais pas toi, Robin, dit Bella avec un sourire suave. Du moins nous l'espérons.

— Non, répondis-je précipitamment. Bien sûr que non. Mes… plus chaleureuses félicitations.

C'était donc fait. Bella était devenue la deuxième Lady Paxton. Nul doute qu'elle aurait préféré une célébration grandiose de l'apothéose de sa réussite sociale, mais Sir Keith avait tenu à la discrétion, pour des raisons faciles à comprendre. Quinze mois, auraient dit certains, ce n'est pas bien long pour pleurer celle qui a été votre femme durant vingt-trois ans. C'est ce que j'aurais dit, d'ailleurs. Quinze ans ne m'auraient pas paru suffisants. Pas quand c'était Louise l'épouse qu'il avait perdue. Et le genre d'épouse qu'il ne retrouverait jamais.

Il va sans dire que je ne leur laissai rien deviner de mes pensées véritables. Je leur offris une interprétation relativement réussie de ce que Bella voulait que je sois : l'élément familial de service qui exprime en termes courtois son plaisir devant la nouvelle. Nous fîmes un déjeuner somptueux et interminable dans le restaurant lambrissé de chêne et je les écoutai poliment formuler leurs espoirs et leurs attentes.

— Je liquide mon cabinet de Londres et je renonce à mes consultations, annonça Sir Keith. J'ai soixante et un ans, peut-être qu'il est temps. J'aurais sans doute continué encore cinq ou six ans s'il n'y avait pas eu… Enfin, la retraite est un nouveau départ. Pour nous deux. Nous pourrons passer plus de temps à Biarritz. Et partout où Bella aura envie d'aller.

— Les filles ont été formidables, dit Bella. Ni ressentiment, ni résistance. Elles veulent juste que leur père soit heureux. Et j'ai bien l'intention qu'il le soit.

— Le fait qu'elles aient toutes deux quitté le nid a sans doute facilité les choses, continua Sir Keith. Sarah est dans un excellent cabinet d'avocats de Bristol. Et Rowena a commencé ses études à l'université là-bas. Elle s'est bien adaptée. Elle a mis les… difficultés… de l'an dernier… résolument derrière elle. Elles partagent un appartement à Clifton. Un joli petit endroit. Il faut que vous montiez les voir. Elles seront contentes.

— En attendant, dit Bella, Keith m'emmène avec panache faire le tour du monde sur un navire de croisière grand luxe. Nous partons de Southampton après-demain. Une sacrée lune de miel, tu ne crois pas ?

Mais ce que je croyais, je n'étais pas près de le laisser voir. Comme Bella dut s'en rendre compte. Car lorsque Sir Keith nous laissa quelques minutes, elle se montra soudain moins pétillante.

— Pour toi, je l'ai épousé pour son argent et rien d'autre, n'est-ce pas, Robin ?

— Non. Il y a aussi le titre.

— Très malin. Mais inexact. Il se trouve que je l'aime beaucoup.

— Tu l'aimes beaucoup – mais tu n'es pas amoureuse.

— Cela viendra peut-être. Pour commencer, nous pouvons déjà simplement nous amuser ensemble.

— Je suis sûr que tu vas t'amuser, Bella. Tu n'y manques jamais.

— Essaie, toi aussi. Ce n'est pas une manière désagréable de vivre. Au lieu de végéter à Petersfield.

— C'est ce que tu crois que je fais ?

— Tu ne végètes pas ?

— Non. Cent fois non.

— Dans ce cas, qu'est-ce que tu fais ? Quand je t'ai connu, j'ai cru que tu étais le seul membre de ta famille de lourdauds qui ferait peut-être vraiment quelque chose de sa vie. Au lieu de quoi, te voilà à travailler dans cette satanée usine comme tous les autres. Tu m'as déçue, Robin. Réellement.

— J'en suis désolé, répondis-je avec un sourire sarcastique. (Puis je la vis regarder derrière moi. Son mari était sur le point de nous rejoindre. Mais avant qu'il arrive, il me resta assez de temps pour ajouter :) Espérons que toi, tu ne décevras pas Sir Keith, Bella. Et vice versa, bien sûr.

Un mois passa, durant lequel je reçus une carte postale triomphante et suffisante de Bella, envoyée lors d'une escale en Égypte. *Les pyramides sont tellement plus intéressantes que les battes de cricket.* Puis, par un morne vendredi au travail, Sarah m'appela de Bristol.

— Je suis au bureau, je ne peux pas parler longtemps. (Son ton était plus embarrassé que ne pouvait le justifier le temps durant lequel nous ne nous étions pas parlé.) Pensez-vous… Écoutez, serait-il possible… que vous veniez ici… au plus vite ? Disons… demain ?

— Demain ? Cela risque… euh… d'être compliqué. (C'était un mensonge. Instinctivement, je ne voulais pas céder trop facilement.) Je veux dire, je serais ravi de vous voir. Rowena aussi. Mais… pourquoi une telle hâte ?

— C'est Rowena la cause. Je ne peux pas expliquer au téléphone. Mais il y a urgence. Elle n'est pas bien. Et j'ai pensé… Toutefois, si vous ne pouvez pas…

— Non, non. Ce n'est rien. Je peux m'arranger. Que lui arrive-t-il ?

— Je ne peux pas entrer dans les détails. Pas maintenant. Mais demain…

— OK. Je pense que je devrais pouvoir arriver là-bas vers midi. Il me faudra votre adresse.

— C'est un long trajet. Ne serait-il pas plus rapide d'aller à Reading en voiture et de prendre ensuite le train ? Je pourrais venir vous chercher à la gare.

— Oh, il n'y a vraiment pas…

— J'ai l'horaire de la ligne. Nous pouvons nous mettre d'accord tout de suite. Ce sera plus facile comme cela, Robin. Croyez-moi.

Et quelque chose de presque suppliant dans son intonation m'empêcha de résister davantage.

Elle m'attendait à Temple Meads comme promis, et l'angoisse teintait de brusquerie ses manières habituellement si retenues. Il y avait un autre changement durable en cours. Son style d'habillement s'était modifié – pull et leggings noirs sous un élégant pardessus court – mais pas plus que ne l'expliquait le passage de l'étudiante à la juriste. Son apparence était destinée, en tout cas, à dissimuler sa personnalité. Et c'est peut-être pour cela que je remarquai une barrière invisible entre nous. Une couche de prudence que le décès de sa mère avait temporairement fait disparaître et qui avait maintenant repris sa place.

L'échange de politesses sur notre vie professionnelle dura jusqu'à sa voiture. Je ne demandai pas – même si je me posais la question – si venir me chercher à la gare était un stratagème destiné à lui donner le temps de me préparer à ce qui nous attendait à Clifton. Rowena, sans doute. Qui n'allait pas bien. Allez savoir ce que cela voulait dire.

Sarah me l'expliqua rapidement alors que nous roulions vers l'ouest le long de la rivière. La journée était froide et grise, avec des restes du brouillard de la nuit. On ne voyait – ni ne sentait – nulle part les consolations de l'automne.

— Rowena a commis une tentative de suicide lundi dernier, Robin. Elle va bien. Mais c'était sérieux, d'après les médecins. Aspirine, tranquillisants et gin en quantité suffisante pour la tuer si je n'étais pas passée à l'appartement à l'heure du déjeuner – ce que je ne fais pas d'habitude.

— Mon Dieu.

— Oui. Un sacré choc.

— Mais… Il me semblait que votre père m'avait dit… qu'elle allait très bien.

— C'est ce qu'il a décidé de croire, entraîné par Bella. En fait, Rowena a parfaitement joué la comédie devant eux. Elle m'a bien eue aussi. Toutefois, ce n'était rien de plus que cela : une comédie.

— Est-ce que votre père… Enfin, est-ce qu'ils…

— Rentrent ? Non. Parce qu'ils ne sont pas au courant. Honnêtement, je ne pense pas que Papa – et encore moins Bella – serait utile à Rowena en ce moment. Il est totalement épris de Bella, vous savez. Enfin, bien sûr que vous le savez. C'est votre belle-sœur. Excusez-moi. Cela sonnait comme une accusation. Bella est ce qu'elle est. Tout à fait irrésistible pour Papa. Je trouverais cela risible si ce n'était pas mon père. Comme c'est le cas, c'est positivement gênant.

— Mais… j'ai cru comprendre… Ils m'ont dit que vous les aviez soutenus. Encouragés, presque.

— Cela ne servait à rien de faire autrement, non ? De laisser voir à cette garce intrigante – pardon, à ma belle-mère – ce que je pensais vraiment.

— C'est pour cela que Rowena a voulu se suicider ?

— Je serais tentée de dire oui. Cela me conviendrait à merveille de rendre Bella responsable de ce qui est arrivé à Rowena. Mais ne nous leurrons pas. Ce n'est pas elle la raison.

— Alors, qu'est-ce que c'est ?

Elle se tourna vers moi et me regarda sans répondre. Je connaissais déjà la réponse. Sir Keith n'était pas au courant. Mais moi si. Parce que je comprendrais peut-être. Nous traversions la rivière, à présent. Devant nous, je distinguais tout juste les contours flous du pont suspendu enjambant les gorges remplies d'eau boueuse de l'Avon. Nous touchions presque au but. Au propre comme au figuré.

— Cet après-midi-là à l'étang de Frensham, dit Sarah. Vous vous rappelez ? Il y a presque un an. À l'époque, je pensais que le tout était d'attendre que le procès soit terminé. Que Rowena était simplement en train de faire son deuil. Comme moi. Mais ce n'était pas le cas, n'est-ce pas ? Depuis le début, c'était autre chose. Je me suis rendu compte que vous saviez quoi. Je me suis dit que ce n'était rien. J'ai continué à faire mine de rien. Mais faire semblant ne nous a pas menés bien loin, n'est-ce pas ?

— Vous vous trompez, Sarah. Je ne savais pas à l'époque et je ne sais toujours pas.

— Mais vous avez une vague idée. N'est-ce pas ?

— Peut-être. Un soupçon, peut-être.

— Concernant Maman ?

— Cela a un rapport avec elle, oui. Sa manière d'être… le dernier jour.

— Un point de vue que vous partagez avec Rowena ?

— En un sens. Mais… Enfin, il me semble. Oui.

— Alors, aidez-la à balayer ce soupçon, Robin. S'il vous plaît. Pour le bien de tout le monde.

Elles habitaient au deuxième étage d'une jolie maisonnette de style Regency à l'entrée de Clifton, dans un étrange decor mi-exotique, mi-austère. Durant notre déjeuner embarrassé, Rowena se comporta plus normalement que je ne m'y attendais, faisant allusion à sa « maladie » et parlant de reprendre ses études de mathématiques dès que possible. Après quoi, Sarah annonça qu'elle devait partir, mais qu'elle serait rentrée pour le thé. Les deux sœurs me laissèrent dans le salon pendant qu'elles chuchotaient, tendues, dans l'entrée.

— Parle-lui simplement, Ro, entendis-je Sarah dire. C'est tout ce que je demande.

Puis la porte se ferma. Rowena alla dans la cuisine et ne montra aucune intention de venir me retrouver. Finalement, c'est moi qui me sentis forcé d'aller la rejoindre.

— C'est du café que vous préparez ? demandai-je en la voyant la bouilloire à la main. (Elle sursauta violemment, faisant gicler un jet d'eau bouillante sur la plaque chauffante.) Excusez-moi. Je ne voulais pas…

— Ce n'est rien, dit-elle en s'appuyant contre le comptoir et en fermant un instant les yeux. J'ai les nerfs… un peu à vif.

— Bien sûr. Je comprends tout à fait.

— C'est ce que croit Sarah, n'est-ce pas ? Que vous comprenez, je veux dire. (Elle avait rouvert les yeux et les fixait sur moi. J'avais oublié à quel point ils étaient immenses et déconcertants, aussi sages, semblait-il, qu'ils étaient innocents. Puis elle se détourna.) Je n'ai pas le droit au café. Mais si vous…

— Je prendrai la même chose que vous.

— De la tisane, sourit-elle. C'est censé être apaisant.

— Va pour la tisane !

Elle déposa une cuillerée de feuilles poussiéreuses et peu engageantes dans chaque tasse, versa de l'eau dessus, puis revint dans le salon. Elle s'assit près de la fenêtre, sa tasse au creux des mains, inhala la vapeur et but. La tisane sembla faire de l'effet. Elle paraissait assez calme. Presque contemplative. Comme si elle avait entendu raison. Ou qu'on lui avait donné espoir de l'entendre.

— J'ai été navré, commençai-je, hésitant, d'apprendre… votre problème.

— Vraiment ?

— Bien sûr.

— Pourquoi ? Nous nous connaissons à peine.

— En effet, pourtant je…

— Je n'avais rien prémédité, Robin. Je n'ai pas passé des semaines à m'y préparer. J'avais même oublié que c'était l'anniversaire de Maman. Le 11 novembre. Je l'ai juste vu sur le calendrier dans la cuisine. Sarah était déjà partie travailler. Et il faisait si gris. Comme aujourd'hui. L'anniversaire de Maman. Et Papa parti en croisière avec une… nouvelle femme. Pensez-vous qu'il s'en est souvenu ?

— J'en suis certain.

— C'est drôle… de se maîtriser aussi peu. De se voir… comme si on était désincarné… en train de pleurer et de geindre. Comme si les émotions étaient simplement… trop violentes pour être contenues.

— Rowena…

— Ils veulent que je l'oublie. Papa. Sarah. Et Bella, évidemment. Ils veulent tous que je l'oublie. « Tourne la page, me dit-on. Accepte. Adapte-toi. Va de l'avant. » Ils ont l'air de penser que c'est tellement simple. Comme les médecins. Les thérapeutes. Et ce psychiatre que Papa m'a trouvé l'an dernier. Ils pensent tous la même chose. Que ce n'est que du chagrin. Un refus d'accepter la réalité.

— Votre mère est morte, Rowena. Rien ne pourra la ramener.

— Mais pourquoi est-elle morte ?

— Parce que Shaun Naylor l'a tuée.

Elle secoua lentement la tête, plus par chagrin, semblait-il, que par désaccord.

— Je l'ai ressassé tant de fois. Ce qu'elle a dit. La manière dont elle l'a dit. Comme si je l'avais sur une cassette vidéo que je pouvais me repasser en boucle. Au ralenti. Image par image. En cherchant l'indice.

— Quel indice ?

Son regard fit lentement le tour de la pièce, depuis la fenêtre jusqu'à l'endroit où j'étais assis.

— Vous le savez, non ?

— Non. Dites-moi.

— Quand Maman est partie cet après-midi-là, elle m'a dit… Nous étions près de la voiture. Elle s'apprêtait à prendre la route. Elle a un peu hésité. Ce n'était pas son genre. Nous nous sommes dit au revoir. Et, de toute façon, ce n'était pas censé être des adieux interminables. Elle a dit… Je me rappelle précisément ses paroles. Il n'y a aucune erreur. Sarah pense que je me trompe. Mais ce n'est pas cela. J'ai mal compris. Elle a dit : « Il se pourrait que je ne revienne pas avant un certain temps, ma chérie. » J'ai cru qu'elle voulait dire qu'elle allait séjourner chez Sophie Marsden. Pour lui montrer le tableau. Bon, elle avait dit qu'elle le ferait peut-être. Alors j'ai simplement dit : « Tu seras avec Sophie ? » Et elle a réfléchi un moment. Ensuite, elle a répondu : « Naturellement, ma chérie. C'est là que je serai. » Puis elle m'a embrassée et elle est partie.

— Je ne vois pas...

— J'ai déclaré sous serment au tribunal que Maman avait des projets très précis. Or ce n'était pas le cas. Pas vraiment. Sinon, elle aurait appelé Sophie avant de partir. Elle m'a dit qu'elle allait à Kington acheter une toile d'Oscar Bantock. Mais à la fin... alors qu'elle s'en allait... je crois qu'elle a voulu dire autre chose. C'était comme si... elle savait qu'elle ne me reverrait peut-être jamais.

— Ce n'est sûrement pas cela.

— Si je n'avais pas conclu précipitamment, elle aurait pu... Et puis il y avait l'alliance. J'ai remarqué qu'elle tripotait son annulaire avec le pouce. Comme si... elle ne l'avait pas perdue... mais qu'elle vérifiait... qu'elle s'assurait... qu'elle n'y était pas.

— Un réflexe. Rien de plus.

— Ce qu'elle n'a jamais formulé... Ce que je n'arrive pas à décrire précisément... Vous l'avez ressenti aussi, n'est-ce pas ?

— Je ne comprends pas très bien ce que vous voulez dire.

— Elle était au bord du précipice. Elle était prête à faire le pas de trop. Dans le vide. Elle le savait. Et pourtant, elle a fait ce pas.

— Je n'en jurerais pas. (Je me levai et m'approchai de la fenêtre. Assise derrière moi, elle regardait dans la même direction que moi. Vers la grisaille oppressante du ciel au-delà des toits voisins.) Franchement, Rowena. (Sur un coup de tête, je m'accroupis près de sa chaise et lui pris la main. Elle se laissa faire en m'étudiant gravement avec ses immenses yeux interrogateurs.) Je pense souvent – comme vous, apparemment – qu'il y avait quelque chose de louche, quelque chose de bizarre, ce soir-là. Elle était... comme un magnifique yacht toutes voiles dehors sans personne à la barre... attendant que le vent se lève et que le courant l'emporte. Je n'ai jamais compris. Je me suis toujours demandé si je ne donnais pas trop de sens à ce moment à cause de ce qui a suivi. Je ne pense pas que ce soit le cas. Pour vous non plus. Mais...

Elle sourit, soulagée.

— Cela représente beaucoup pour moi de ne pas être tout à fait la seule, Robin. Cela veut dire que je ne suis pas la victime de mes illusions, après tout. À moins que nous ne le soyons tous les deux.

— Elle n'aurait pas voulu que vous ressassiez tout cela ainsi. Que vous souffriez à cause d'elle.

— Je sais.

— Elle aurait voulu que vous soyez heureuse. N'est-ce pas ?

— Oh, oui.

— Alors pouvez-vous l'être ? Pour elle ?

— Mais je le suis. Parfois. Vous ne voyez pas ? Ce que j'ai perdu, ce n'est pas le bonheur. C'est l'équilibre. (Soudain, elle sembla au bord des larmes. Elle se tendit, comme pour réprimer un sanglot, lâcha ma main, posa la tasse et soupira.) On ne vous dit jamais cela à propos du suicide. L'idée… est parfois si exaltante. Si tentante. (Elle secoua la tête.) Mais cela m'a passé, à présent. Un lavage d'estomac, cela n'a rien du tout de tentant. Croyez-moi sur parole. (Cela la fit sourire. Moi aussi.) Allons faire un tour, Robin. Je ne suis pas sortie depuis que je suis revenue de l'hôpital. Nous pouvons laisser un mot à Sarah.

Nous allâmes jusqu'à Observatory Hill, puis nous revînmes vers le pont suspendu. Elle voulait l'emprunter, je le savais. Me tourmenter avec la classique image suicidaire de la gorge. Voir si je tenterais de l'arrêter. Mais si j'essayais, le fil ténu de confiance serait rompu entre nous. Elle marchait devant, laissant courir ses doigts sur la balustrade, levant la tête vers les longs câbles incurvés ou la penchant vers le serpent gris de la rivière. Elle s'arrêta au milieu et je la rejoignis. Pour la trouver les yeux écarquillés de joie.

— C'est si bon d'être en vie, dit-elle en se retournant vers moi. N'est-ce pas ?

— Oui, en effet, acquiesçai-je.

— C'est ce que je pensais, même lundi. C'est juste que… l'espace d'un moment… une heure tout au plus… la mort… ou l'oubli… m'ont paru plus attirants.

— Mais plus maintenant ?

— Non. Le monde est trop merveilleux pour qu'on y renonce. Je n'ai pas encore été rassasiée.

— Vous ne le serez jamais.

— J'espère que non. Sauf que… Pensez-vous que Maman aurait tout simplement pu… en avoir assez du monde ?

— Je dirais exactement le contraire.

— Vous avez certainement raison. Pourtant, c'est drôle. Quand je l'ai vue… dans cet endroit… la morgue… elle était tellement, tellement belle.

— Elle l'était de son vivant.

— Encore plus une fois morte. Sa peau était si pâle. Comme… un albâtre sans aucun défaut. Et si froide. Quand je l'ai touchée, elle a ouvert les yeux, vous savez.

— Quoi ?

— Oh, c'était une hallucination, bien sûr. Un produit de mon imagination stressée. Mais cela a paru si réel. Et le plus étrange… c'était qu'elle ait l'air tellement heureux. (Rowena prit une profonde inspiration, puis elle retourna vers la rive côté Clifton et je lui emboîtai le pas.) L'une des choses qui me plaisait dans les mathématiques, c'était la certitude. Une réponse était soit juste, soit fausse. Et si elle était juste, elle l'était absolument et le serait toujours. Les principes premiers gouvernaient tout. Deux plus deux égalait quatre et ne pourraient jamais égaler autre chose.

— C'est sûrement toujours le cas.

— Dans les mathématiques, peut-être. Mais pas dans la vie. Les variables sont trop grandes. On pourrait rejouer les événements du 17 juillet de l'an dernier cent fois avec les mêmes paramètres et produire cent résultats différents. Beaucoup d'entre eux seraient similaires, à l'évidence, cependant aucun ne serait identique à un autre. Pas exactement. Certains seraient radicalement différents. Presque méconnaissables. Dans de nombreuses occurrences – peut-être la majorité –, Maman ne mourrait pas. Elle ne serait même pas en danger. Juste à cause d'une infime variation à peine remarquable. Comme ce qu'elle m'a dit. Ou à vous. Et ce que nous lui avons répondu.

— Mais nous ne pouvons pas rejouer ces événements. Pas plus que nous ne pouvons – ou ne devrions – endosser la responsabilité de la variante fatale.

— Je sais. (Elle se retourna vers moi en souriant.) C'est pour cela que je vais cesser d'essayer.

Rowena ne vint pas quand Sarah me reconduisit à la gare en début de soirée. Sarah, d'ailleurs, l'encouragea à rester à la maison au prétexte qu'elle devait prendre sa convalescence au sérieux. Elle insista tant, toutefois, que je soupçonnai qu'il y avait une autre raison : elle avait hâte de comparer nos points de vue respectifs sur l'état mental de sa sœur. Et c'était bien cela. À peine eûmes-nous quitté Clifton qu'elle proposa que nous nous arrêtions pour prendre un verre. Comme il y avait de nombreux trains après celui que je comptais prendre, j'acceptai très volontiers.

Un bar d'hôtel nous offrit l'intimité que Sarah cherchait. Elle insista pour m'inviter, comme si je méritais quelque récompense pour être venu d'aussi loin. Peut-être avait-elle trouvé ma réponse empressée à son appel d'une générosité peu courante, voire bizarre. Il ne fallait pas qu'elle sache combien j'étais démuni et incapable de résister aux appels émanant de sa famille. J'aurais été bien incapable d'expliquer pourquoi. Mais c'était ainsi. Ce qu'elle considérait peut-être comme de l'altruisme était en réalité une compulsion.

— Je crois que vous voir a fait du bien à Rowena. Elle avait l'air beaucoup plus détendue cet après-midi.

— Je n'ai pas fait grand-chose. À part écouter.

— Peut-être. Il n'empêche qu'à ses yeux vous êtes la seule personne à pouvoir comprendre ce qu'elle a vécu le jour de la mort de Maman.

— Je peux essayer. Même si, contrairement à elle, je ne pense pas que votre mère a en quelque sorte pressenti sa mort.

— Non. De toute évidence, ce n'était pas le cas.

— Cependant, ses dernières paroles pour Rowena étaient… un peu singulières, vous ne trouvez pas ?

— Ah. Elle vous l'a raconté, alors ? (Sarah joua avec son verre, faisant tinter les glaçons en fronçant les sourcils, comme si elle réfléchissait à un point de droit complexe.) J'aimerais tant qu'elle oublie ce que Maman a dit et ce que cela pouvait signifier.

— Pourquoi ?

— Parce que je ne sais plus comment éviter de lui expliquer qu'il y a beaucoup plus d'interprétations plausibles que cette idée saugrenue de prémonition.

Ce fut mon tour de froncer les sourcils.

— C'est-à-dire ?

— Oh, enfin. Maman avait perdu son alliance. Elle avait rapporté de Biarritz une pleine valise de vêtements, qu'elle a mise dans le coffre de sa voiture, au prétexte qu'elle n'avait pas le temps de défaire ses bagages.

— Je ne vois toujours…

— Elle quittait Papa. C'est mon sentiment, du moins. C'est probablement ce qu'elle lui disait dans le mot qu'il a jeté. Et c'est probablement ce qu'elle comptait dire à Rowena, avant de se raviser, Dieu merci. (Je voulus la contredire. Je voulus nier que le mystère et l'ambiguïté qui entouraient la mort de sa mère puissent être réduits au simple abandon du domicile conjugal. Puis je pris conscience que mes protestations seraient inexplicables. Pourquoi aurais-je dû me soucier que ce soit juste ou faux ? En quoi cela devait-il me regarder ? En fin de compte, je me tus.) Je ne peux pas en être certaine, évidemment. Ce n'est pas quelque chose que j'attendais. Ou que j'avais la moindre raison d'attendre. Mais Maman aurait été tout à fait capable de donner le change d'une façon convaincante. Même Papa aurait pu ne pas voir qu'elle avait l'intention de le quitter. Je ne peux pas lui poser la question, n'est-ce pas ? Ce serait l'accuser de mentir sur le mot – et d'avoir détruit une preuve matérielle. (Elle pensait cela depuis le début. Même avant que nous nous soyons vus à Bruxelles. C'était sans risque de me le dire maintenant, bien sûr. Le procès était terminé. Mon témoignage ne pouvait plus être influencé par des doutes sur l'image de vertu impeccable de sa mère. Le dégoût devant le remariage de son père avec ma belle-sœur avait dû aussi jouer un rôle. Elle prenait probablement un malin plaisir à me le dire. Elle voyait cela comme une gifle assenée à Bella par procuration.) Cela ne vous était pas venu à l'esprit, Robin ? En tant que possibilité théorique, j'entends ?

— Non. Pas du tout.

— Je redoutais tant que vous l'ayez envisagé et que vous en parliez à Rowena. Il ne faut surtout pas ! Ce serait désastreux. Pour elle, Maman était parfaite à tout point de vue.

— Mais pas pour vous ?

— Elle était humaine. Comme nous tous. Et elle gardait beaucoup de choses par-devers elle. Si elle en avait assez de son mariage, c'était bien son genre de le dissimuler à Rowena et moi. Et de le supporter jusqu'à ce que nous soyons indépendantes. Bon, je l'étais déjà. Et Rowena n'allait pas tarder à l'être. Peut-être que l'an dernier lui a paru être le moment idéal pour partir.

— Où serait-elle allée ?

— Je ne sais pas. Peut-être l'ignorait-elle, elle aussi. Peut-être cela lui suffisait-il de se retrouver seule. Quelques jours avec Sophie, puis… Si tant est qu'elle avait réellement l'intention d'aller chez Sophie, bien sûr.

— Vous ne suggérez pas qu'Oscar Bantock et elle…

— Non, non. Je suis convaincue que non. Mais… peut-être qu'un autre homme l'attendait patiemment. Quelqu'un qu'elle avait connu autrefois et qui entretenait toujours la flamme.

Je me rappelai l'homme qui avait failli me renverser sur Butterbur Lane et je fus tenté de le décrire à Sarah. Puis je lui en voulus de sa franchise. Pourquoi aurais-je dit quelque chose qui étaye sa théorie alors qu'elle me l'avait dissimulée pendant si longtemps ? Pourquoi renforcer un soupçon que je refusais de partager ?

— Vous pourriez vous tromper sur ce sujet, n'est-ce pas ? demandai-je en espérant silencieusement qu'elle acquiesce. Vous qui êtes avocate, ne diriez-vous pas que ce sont des présomptions ?

— Oh, oui. Je pourrais me tromper. Facilement. J'espère que c'est le cas. J'adore mon père. Je n'aime pas penser à ce qu'il a dû endurer si j'ai vu juste. Apprendre que Maman l'avait quitté quelques heures avant d'être prévenu qu'elle était morte. Et ensuite ne pas pouvoir le dire à quiconque. L'aimer et la perdre deux fois. C'est une véritable souffrance, vous ne croyez pas ?

— Je crois que vous avez tous souffert. Chacun à sa manière.

— Et Rowena réagit en faisant une tentative de suicide. Pendant que Papa se ridiculise avec une veuve glamour. (Elle sourit, se moquant autant de moi que d'elle-même.) Qu'est-ce que je suis dans tout cela, Robin ?

— Quelqu'un qui encaisse le coup. Apparemment.

— Seulement en apparence ?

— À vous de me le dire. Être la sœur résistante sur qui on peut compter, ce ne doit pas être de tout repos. Vous voudrez bien me pardonner de dire cela…

— Oui ?

— Vous avez l'air… un petit peu tendue.

— N'importe quoi ! (Elle rougit et but une gorgée.) Pour moi, il faut regarder les faits en face. (Elle redressa la tête et l'ancienne élève de *public school* hautaine apparut sous la juriste maîtrisée.) Et si nécessaire, les soumettre.

— Mais ce ne sont pas des faits, n'est-ce pas ? Seulement des suppositions.

— Exactement. (Elle me jeta un regard impatient, comme si j'étais insupportablement obtus.) C'est pour cela que je veux en protéger Rowena. Parce que ce qui ne peut pas être prouvé ne peut pas être contredit.

— Alors, cessez de vous inquiéter. Ce n'est pas de moi qu'elle l'apprendra.

— Non, j'imagine bien. (Elle se radossa et me scruta en plissant les paupières.) Vous êtes une énigme, Robin.

— À quel égard ?

— Pourquoi vous souciez-vous à ce point de nous ? Nous ne vous y encourageons guère. Nous ne sommes même pas aussi reconnaissants que nous le devrions. Quand vous avez rencontré Maman sur Hergest Ridge… Au fait, c'était bien la première fois que vous la voyiez, n'est-ce pas ?

— Tout à fait.

— C'est juste que… eh bien… nous n'avons que votre parole sur ce point. Que c'était une rencontre due au hasard, je veux dire. (Oui, ils n'avaient que cela. Et moi aussi. Seulement ma parole. Seulement mes souvenirs faillibles. Et à présent, s'insinuait lentement dans l'esprit de Sarah l'idée à demi formée qui s'était déjà fourvoyée dans le mien. J'avais rencontré Louise Paxton par hasard. Par le plus grand des hasards. Il ne pouvait en être autrement. Vraiment ?) Allons, Robin. Confirmez-moi que c'était le cas. Pourquoi ne le dites-vous pas ? Qu'est-ce qui vous en empêche ?

— Rien.

— Mais vous ne le dites tout de même pas.

— Parce que je ne peux pas le prouver. À vous. Ou à quiconque. (Elle ouvrait de grands yeux, à présent, et elle me fixait avec stupéfaction. Elle s'attendait à tout sauf à cette réponse. Et c'était la dernière qu'elle voulait entendre.) Je ne peux pas le prouver, Sarah. Même à moi-même.

En attendant le train à Temple Meads, dégrisés par l'air froid et le tapage de supporteurs de football plus loin sur le quai, Sarah et moi nous regardions d'un air penaud. Nous regrettions tous les deux le tour qu'avait pris notre conversation. Nous avions honte des accusations que nous avions presque soulevées, des vérités intérieures que nous avions failli révéler. C'étaient des choses intimes pour lesquelles nous n'étions pas encore préparés. Des arènes où nous n'étions pas prêts à entrer.

— Je suis désolée, dit-elle en hésitant, de certaines des choses que je… Oubliez. S'il vous plaît. Tout.

— Considérez que c'est fait.

— Mais ce ne l'est pas, hein ?

— Non. (Je hasardai un sourire et elle hocha la tête.) Convenons… de ne plus en reparler ?

— Très bien.

— Si je peux faire autre chose pour aider Rowena… ou vous-même… vous me contacterez, n'est-ce pas ?

— Si vous êtes certain que vous le désirez. Ne serait-il pas plus sûr… de couper totalement les ponts ? Plus sûr pour vous, je veux dire.

— Je ne sais pas. Peut-être. Mais je ne peux pas. Alors…

— Je n'oublierai pas la proposition. (Elle regarda autour d'elle.) Voici votre train. (Puis elle se haussa sur la pointe des pieds et me donna un baiser.) Bon voyage, Robin.

Sarah se trompait, ne cessai-je de me répéter alors que le train fonçait vers Reading. Elle se trompait, même si son explication correspondait aux faits avec une plus grande exactitude qu'aucune autre. Elle se trompait, même si, dans mes pires moments de faiblesse, je redoutais qu'elle n'eût raison.

8

La mort de ma mère privait la famille Timariot du centre de gravité que je n'avais jamais eu conscience qu'elle incarnait. Cela devint apparent au Noël 1991, quand la réunion familiale traditionnelle chez Adrian et Wendy fut abandonnée. Je passai la journée seul à arpenter les chemins autour de Steep et à me demander si je n'aurais pas dû me sentir privé ou délaissé, et non pas étrangement content.

Le lendemain, je descendis à Hayling Island voir oncle Larry. Il habitait un chalet donnant sur Chichester Harbour, avec un télescope perpétuellement monté à la fenêtre de la chambre pour étudier les allées et venues des oiseaux marins dans les vasières. Son autre passion – le cricket – se lisait dans les rangées de *Wisdens* de sa bibliothèque et son bureau surchargé des notes et documents qu'il essayait depuis plus de dix ans de distiller en une histoire définitive de Timariot & Small. Mais c'était de l'avenir de l'entreprise, et non de son passé, qu'il souhaitait discuter avec moi.

— J'ai déjeuné avec Les Buckingham l'autre jour, annonça-t-il. (Les Buckingham avait été son homologue chez l'un de nos plus gros concurrents dans le domaine de la fabrication des battes de cricket.) Il a dit quelque chose sur Viburna Sportswear qui m'a tracassé. Je n'ai pas su quoi en penser. Il s'est probablement trompé, mais d'après Les, Viburna est cul et chemise avec Bushranger. Bushranger Sports, je veux dire. (La précision était inutile. Bushranger Sports, de Sydney et d'Auckland, fabriquait des battes de cricket depuis moins de vingt ans, mais s'était déjà taillé une bonne part du marché australien.) Il ne voit pas comment ils laisseraient Viburna vendre impunément nos battes sous leur nez.

— Ils ne peuvent guère les en empêcher maintenant que Viburna, c'est nous.

— C'est ce que j'ai répondu. Mais Les… bref, il n'était pas convaincu. D'après lui, Bushranger avait… la stratégie et les moyens. Infichu de dire lesquels, évidemment. C'est pour cela que j'ai pensé qu'il plaidait le faux pour savoir le vrai. Cela étant, je voulais savoir si tu avais entendu quelque chose. Nous avons investi énormément dans ce rachat. Et beaucoup emprunté pour le faire, me dit Jenny. Avec les taux d'intérêt actuels, nous ne pouvons pas nous permettre que cela se gâte.

— Je suis d'accord. Mais cela ne va pas se gâter.

— Tu es sûr ?

— Eh bien, Adrian, Jenny et Simon le sont. Donc, moi aussi. Quant à Les Buckingham, maintenant qu'il est à la retraite, est-ce qu'il n'y a pas de grandes chances pour qu'il soit un peu… hors circuit ?

— Comme moi, tu veux dire ?
— Non, bien sûr que non.
— Bon, peut-être que tu as raison. Vous avez tous la tête sur les épaules. Sans doute que je devrais vous laisser vous en occuper.
— Probablement.
— Et cesser de me tourmenter.
— Oui. Crois-moi, mon oncle, il n'y a pas motif à s'inquiéter.

Mais il y en avait, en vérité. Plein.

La vérité se fit jour par bribes de plus en plus troublantes au cours des premiers mois de 1992. Des rumeurs pas plus fondées que celles que Les Buckingham avait formulées surgirent et tissèrent un faisceau de soupçons que personne n'était en mesure d'authentifier ou de démentir. Des problèmes inexpliqués retardèrent puis empêchèrent la mise en place des battes Timariot & Small chez les revendeurs Viburna. Des difficultés techniques, selon Greg Dyson. Un peu plus que cela, me mis-je à suspecter.

Puis, en mars, deux bombes explosèrent. Danziger's, le distributeur national australien d'articles de sport, confirma par écrit qu'un accord juridique avec Bushranger Sports lui interdisait de commercialiser des battes de cricket provenant des concurrents locaux de la société. Notre prise de contrôle de Viburna nous faisait désormais entrer dans cette catégorie. L'objectif de départ en les rachetant – un accès plus facile au marché australien – était compromis si les portes de Danziger's nous étaient fermées. Et les avocats convinrent qu'elles l'étaient effectivement si l'accord était valide. Eh bien, Bushranger était assez belliqueux dans ses affirmations pour indiquer qu'il ne doutait pas une seconde qu'il le fût. Et Danziger's soutenait que Greg Dyson était au courant depuis longtemps. Naturellement, nous voulûmes entendre ce que Greg Dyson avait à répondre à cela. C'est le moment qu'il choisit pour nous envoyer une lettre de démission pour la forme et quitter Melbourne sans laisser d'adresse.

La suite devait se révéler plus catastrophique encore quand Adrian et Jennifer se précipitèrent à Melbourne afin de mener une enquête. Des créanciers de Viburna dont il n'avait pas été question jusque-là firent leur apparition et dévoilèrent avec force détails d'importantes transactions effectuées avec l'étranger au cours des dernières semaines où Dyson était resté en fonction, qu'il avait apparemment utilisées pour camoufler le détournement de fonds de Viburna dans des comptes bancaires offshore à l'évidence ouverts sous des prête-noms. Il va sans dire que les fonds de Viburna étaient ceux de Timariot & Small. Pis encore, ils représentaient les sommes que nous avions empruntées et que nous comptions rembourser avec les bénéfices que nous réaliserions grâce au rachat de Viburna. Or désormais, il n'y aurait pas le moindre bénéfice, seulement des pertes croissantes, aggravées par les frais de justice, les dettes dissimulées et le vol pur et simple. Je ne sais pas si Dyson s'était jamais essayé à la tonte des moutons, mais, manifestement, il avait très efficacement su nous manger la laine sur le dos.

Les récriminations s'élevèrent immédiatement. Simon et moi estimions qu'Adrian, qui avait davantage eu affaire à Dyson que nous, aurait dû se rendre compte que c'était un escroc. D'après nous, Jennifer aurait dû aussi repérer les trous dans les registres comptables de Viburna. Il y eut des réunions houleuses et des disputes retentissantes ; des rancœurs bouillonnantes et des débuts de brouilles. Adrian refusa de reconnaître ses torts, soutenant que nous avions été abusés par un maître de la fraude : rien ne pouvait lui être reproché. Jennifer choisit une ligne de défense différente, avoua qu'elle aurait dû sentir plus tôt qu'il y avait un lézard et proposa de démissionner de son poste. Elle était sincèrement consternée que nous ayons été si facilement dupés. Eh bien, nous aussi. Au final, il n'y avait rien à gagner en faisant de Jennifer un bouc émissaire. Sa proposition ne fut pas suivie. Et Adrian resta en poste. Mais son autorité ainsi que notre confiance en lui et les uns dans les autres furent irrémédiablement compromises. Les débats angoissés et les accusations non formulées nous laissèrent divisés et démoralisés. Timariot & Small ne serait plus jamais le même.

Plus dommageable encore, il ne retrouverait pas sa prospérité. Si l'usine de Petersfield restait toujours aussi viable – nous nous portions même très bien –, le lien avec Viburna était une blessure ouverte dont nous ne pouvions enrayer l'hémorragie. Couvrir les dettes que Dyson avait accumulées en notre nom et remettre sur pied Viburna Sportswear nous obligerait à plusieurs années de pertes. On ne pouvait rien y changer, même dans le cas où les autorités australiennes pinceraient Dyson – ce dont elles n'avaient pas l'air de se soucier le moins du monde. Oncle Larry ne déclara pas une seule fois : « Je vous l'avais bien dit. » Toutefois, l'affaire l'attrista plus qu'aucun de nous. Il avait épluché les archives financières de Timariot & Small pour la rédaction de son histoire de l'entreprise, et il savait qu'elle avait dégagé un bénéfice, si petit fût-il, durant chaque année de son existence. Chacune des cent cinquante-six années, pour être précis. Mais la cent cinquante-septième allait être différente. Ainsi que quelques-unes des suivantes. L'avenir s'annonçait incertain. Ce n'était plus désormais une destination sans risques.

Bien que caustique dans ses critiques, Bella refusa de se laisser entraîner dans les conséquences du désastre Viburna. En tant que Lady Paxton, sans doute estimait-elle devoir rester à distance. Et avec l'argent de Sir Keith, elle pouvait se le permettre. Ils avaient vendu la maison de Londres et avaient pris l'habitude d'utiliser les Hurdles comme pied-à-terre en Angleterre. Mais ils passaient de plus en plus leur temps à Biarritz, que Bella trouvait commode, à la fois pour skier dans les Pyrénées et bronzer sur la Côte d'Argent. Je les voyais peu et je ne savais toujours pas si Sir Keith avait été informé de la tentative de suicide de Rowena. S'il l'ignorait, je ne me proposai pas de divulguer la nouvelle. D'autant plus qu'elle semblait s'en être si bien remise.

Je n'avais pas grand-chose qui me le prouve. Mais c'était convaincant. Au début d'avril, je revenais par Bristol d'une visite à une firme d'ingénierie de Pontypool qui se prétendait en mesure de résoudre comme un rien nos problèmes d'évacuation de la sciure. Sur un coup de tête, je fis un détour par Clifton et passai à l'appartement de Caledonia Place au cas improbable où il y aurait quelqu'un. C'était après tout un début d'après-midi en pleine semaine. Mais les vacances de Pâques de Rowena venaient de commencer et elle m'accueillit chaleureusement, m'offrant du thé et non une infusion et m'assurant à maintes reprises qu'elle avait surmonté ses névroses de l'automne passé. Je n'eus pas de mal à la croire. Dans son allure, son comportement et ses paroles, elle avait l'air d'une fille de vingt ans détendue et pleine d'assurance. Le baggy noir qu'elle portait ne l'avantageait guère, la musique qu'elle baissa par égard pour moi était insupportable, mais les deux étaient à la mode. En revanche, elle ne s'était pas coupé les cheveux et j'espérai qu'elle ne le ferait jamais ; elle les avait noués et ramenés sous une sorte de bandana. Son étrangeté – son côté éthéré – s'était estompée. Et je le regrettai en partie. Néanmoins, je devinais qu'elle serait plus heureuse sans.

Un autre signe encourageant fut un appel téléphonique qui occupa Rowena pendant dix minutes chuchotantes dans le couloir. Un petit copain du nom de Paul, avoua-t-elle ensuite. « Rien de sérieux », ajouta-t-elle. Je ne pus cependant, m'empêcher de soupçonner que ses rougissements en disaient plus long que ses paroles.

J'avais examiné une photo encadrée posée sur la cheminée pendant qu'elle était sortie de la pièce.

Elle la représentait avec Sarah et leur mère et devait dater de deux à trois ans tout au plus. Un cliché banal, à la pose sans recherche. Mais même là, dans le sourire lointain et un peu interrogateur de Louise Paxton, on lisait les balbutiements de sa fin énigmatique. De l'ombre de laquelle Rowena émergeait enfin.

Que donnerai-je à ma fille la plus jeune
Qui la protège plus que du froid et de la faim ?
Je ne lui donnerai rien.

Dès juin, j'avais eu plus que mon content des insupportables problèmes de Timariot & Small et j'avais besoin d'une pause. À ma surprise, Bella m'en offrit une, sous la forme d'une invitation à venir les voir, Sir Keith et elle, à Biarritz. Ayant été trop occupé pour me réserver les moindres vacances, j'acceptai en dissimulant soigneusement ma joie.

Je partis dès que je pus obtenir deux semaines de congé et trouvai la station balnéaire encore hésitante à affronter le tumulte de la pleine saison. Ses façades blanches et ses toits ocre bordaient cinq kilomètres de vagues, de sable et de rochers avec une dignité qui, bien que délabrée, était indéniable. Torquay avec la crânerie gauloise, si vous voulez. Et je le voulais. J'aimais les plages désertes à l'aube. Le picotement des vents salés. Les après-midi éblouissants et les soirées langoureuses. Cet air, jamais obséquieux, d'être le paradis de tout homme. Et de toute femme, aussi.

L'Hivernance était bâtie dans la partie nord de la ville, où la pointe Saint-Martin et son phare montaient la garde au-dessus de la plage Miramar. La villa avait été construite dans les années 1920 pour un politicien chilien en exil. Le site était abrité, mais panoramique, l'architecture simple mais tout en courbes audacieuses, terrasses et balcons couleur pêche, avec de larges fenêtres cintrées tels les yeux mi-clos de quelque douairière à la poitrine opulente. On imaginait sans peine son précédent occupant contemplant l'Atlantique comme il avait contemplé le Pacifique, ruminant sous tous ses angles le dernier coup d'État à Santiago. Peut-être parce qu'il redoutait que ses ennemis politiques dépêchent des agents à sa recherche, il n'y avait aucune entrée visible de la rue. Juste une façade sans porte donnant une perspective sur l'océan, bordée par les feuillages subtropicaux du jardin. Une allée, d'une grille à une autre, faisait le tour vers l'arrière, par lequel on pouvait discrètement pénétrer. Ou pas, le cas échéant.

L'intérieur était beaucoup moins discret. Hauts plafonds et larges escaliers laissaient croire que la demeure était plus vaste et grandiose qu'elle ne l'était en réalité. Dudley Paxton avait chargé les aménagements ordinaires d'un assortiment d'objets ethnographiques récoltés lors de ses affectations africaines successives. Son fils m'assura que la plupart moisissaient à présent dans le sous-sol d'un musée de Bayonne, mais il restait encore une abondance d'ivoire, de cuivre martelé et de statues aux yeux ronds, ainsi que des têtières de fauteuil en peau de léopard et des corbeilles à papier en pied d'éléphant.

Je n'essayai même pas d'imaginer comment Louise avait réagi devant cet horrible fouillis. Elle avait manifestement compris que ce n'était pas la peine de tenter d'imposer sa personnalité sur la villa et s'était contentée de refaire quelques pièces telles qu'elles auraient dû être selon son goût. Un boudoir aéré avec des tentures claires disposant de son propre balcon plein sud. Et une galerie à l'arrière de la maison consacrée à une douzaine de tableaux expressionnistes. Pas les meilleurs, bien sûr. Ceux-là étaient toujours en Angleterre. Ces derniers temps, dans un coffre de banque, m'apprit Sir Keith, notamment deux Ensor. Et un Rouault, Louise en avait toujours été convaincue, même s'il attendait toujours d'être expertisé. Les tableaux restés à L'Hivernance étaient strictement de second ordre. Là où la critique avait placé Oscar Bantock. Ce ne fut donc pas une surprise de le trouver représenté par deux œuvres violemment orageuses. *Le Clown noyé* et *Visage à la fenêtre*. Avec un emplacement vide entre eux, là où *La Veuve noire* était peut-être destinée à être accrochée. Mais Sir Keith ne me dit rien à ce sujet.

Le séjour à la villa ramena mes pensées à la théorie bien trop plausible de Sarah sur ce qui s'était passé ici en juillet 1990. Je ne pouvais pas demander si c'était vrai, évidemment. Bella et moi avions tacitement conclu un accord quand j'avais accepté son invitation. De son côté, elle devait éviter toute question sur le fiasco Viburna. Pour ma part, je devais jouer le rôle du parent cultivé mais réservé, dont la présence devait rassurer ses nouveaux amis en leur démontrant que son passé en Angleterre n'était pas ignominieusement dépourvu d'intérêt. D'où, déduisis-je, le tourbillon de dîners qu'elle organisa durant mon séjour. Et d'où l'embargo sur toute expression de curiosité de ma part à propos de la première Lady Paxton – et les circonstances de son ultime départ de L'Hivernance.

Cela, toutefois, ne m'empêcha pas de réfléchir. Ni d'imaginer. Des portes claquées et des éclats de voix résonnant dans les pièces baignées par la clarté marine. Louise sur la plage à l'aube, faisant glisser son alliance de son doigt pour la jeter dans les rouleaux couronnés d'écume crémeuse. Ou assise sur le balcon de son boudoir pour écrire un mot d'adieu à son mari absent. *Lorsque tu liras ces lignes, Keith*… Je le regardais souvent quand il ne se savait pas observé et me demandais ce que disait au juste ce message. Si Sarah avait vu juste, on ne pouvait lui en vouloir de l'avoir détruit. Cela ne changeait rien, après tout. Rien ne pouvait ramener Louise à la vie. Certainement pas les pièces manquantes du puzzle de la vérité de sa mort. Même si je les trouvais, je ne pourrais jamais la trouver, elle. Elle était partie pour toujours. Pourtant, parfois – quand un rideau bougeait ou qu'un silence s'installait –, on aurait pu croire qu'elle n'était pas totalement hors d'atteinte.

J'étais à Biarritz depuis une semaine quand Rowena téléphona à son père pour lui annoncer une nouvelle qui le désarçonna manifestement. Elle s'était fiancée et voulait venir au plus vite pour présenter son fiancé à Bella et à lui. Il s'appelait Paul, comme j'aurais pu le prédire. Il travaillait en tant qu'analyste risques chez Metropolitan Mutual, une compagnie d'assurances dont le siège était à Bristol. Sarah appela de son côté et expliqua que Rowena l'avait rencontré par son entremise. Paul Bryant et elle étaient allés à King's College à Cambridge avec un an d'écart. Il l'avait retrouvée après s'être rendu compte qu'ils habitaient tous les deux à Bristol et il était immédiatement tombé amoureux de Rowena. Tout comme elle de lui. D'après Sarah, Sir Keith ne pourrait manquer de l'apprécier.

Elle ne s'était pas trompée. Rowena et Paul arrivèrent quelques jours plus tard et ils avaient à peine franchi la porte qu'il fut tout à fait évident qu'ils étaient faits l'un pour l'autre, qu'ils s'aimaient – et que Paul ferait un gendre parfait. Cheveux bruns, séduisant dans le genre mannequin qui plut manifestement autant à Bella qu'il plaisait à Rowena, il était également doté d'une intelligence vive et curieuse, ainsi que d'une désarmante facilité à faire parler les gens de leurs accomplissements et de leurs ambitions tout en ne disant rien des siens. S'agissait-il d'une technique délibérée ou d'un trait de sa personnalité ? Je ne pus trancher. Ni savoir si elle apparaissait de façon aussi flagrante aux yeux des autres qu'aux miens. Étrangement, du reste, cela ne le rendait pas moins sympathique. Tout au contraire. Surtout pour les femmes. Bella déclara qu'elle n'avait « jamais rencontré un beau garçon aussi peu imbu de sa personne ». Ce qui, venant d'elle, était un authentique compliment. Même si cela ne me donna guère envie de réfléchir à l'opinion qu'elle avait de moi.

Chez Paul Bryant, autre chose m'intrigua d'emblée. Son amabilité – l'absence absolue chez lui du moindre soupçon de sarcasme – était aussi intrigante qu'attachante. Il ne fallait pas se fier aux apparences. Mais que cachaient-elles chez lui ? Son comportement défiait toute tentative de le savoir. Il pouvait être naïf aussi bien que profond, gauche autant que sensible. Il semblait même parfois qu'il pouvait être tout ce qu'il jugeait que vous vouliez qu'il fût.

Mais on ne pouvait douter de la sincérité de son amour pour Rowena. Le voir la regarder, c'était avoir une image de l'adoration dévouée. Et une adoration qui ne menaçait jamais d'étouffer. Il savait quelle part de soutien lui accorder et quelle part d'indépendance. Il la protégeait sans la dominer. Il l'encourageait à s'épanouir et s'effaçait pour admirer le résultat. Il était le meilleur ami qu'elle puisse espérer avoir. Et il ferait le mari parfait. Ainsi qu'elle le savait.

— Rencontrer Paul a été comme recouvrer la vue et le sens des couleurs, me dit-elle. Il a chassé tout ce qui était terne dans ma vie. Pas la tristesse. Pas entièrement, en tout cas. Pas encore. Mais il le fera bientôt. Avec Paul, je peux mener une vie plus heureuse que je ne l'aurais jamais imaginé.

Il était des plus improbable que Sir Keith élève une objection à cette union. Puisque Paul travaillait à Bristol et y habitait déjà, le mariage ne perturberait en rien les études de Rowena. Quand elle révéla qu'elle l'envisageait pour septembre, son père se montra presque plus enthousiaste qu'elle.

— Oui, que ce soit en septembre, renchérit-il. Ce sera plus qu'un mariage. Ce sera le jour où cette famille tournera la page et où nous ouvrirons tous ensemble un nouveau chapitre.

De belles paroles. De beaux sentiments. Et tout laissait penser qu'ils seraient exaucés.

Pendant mon séjour à Biarritz, il n'y eut qu'une occasion où je parlai à Paul seul à seul. Ce fut la veille de mon départ. Sir Keith était au golf, Bella avait emmené Rowena goûter les joies de la thalassothérapie, le dernier traitement de beauté en date avec lequel elle espérait repousser les assauts de l'âge mûr. Nous étions convenus de les retrouver ensuite pour le thé. Quittant la villa avec beaucoup de temps devant nous, nous nous promenâmes sur les plages – vidées par le ciel gris et un vent vif – jusqu'à l'ancien port de pêche, puis nous gravîmes des sentiers tortueux entre les tamaris jusqu'à la pointe Atalaye. Au sommet, nous nous accoudâmes à la balustrade et contemplâmes toute l'étendue de la baie jusqu'au phare et au toit de L'Hivernance. Et Paul répondit soudain à une question que je n'avais pas eu le courage de poser.

— Je suis au courant de la tentative de suicide, Robin. Vous n'êtes pas obligé d'éviter le sujet pour moi.

— Tant mieux. Je m'en réjouis. Que vous le sachiez, je veux dire.

— Elle me l'a dit dès le début. Elle n'est pas encore prête à en parler à son père, mais... nous finirons par y parvenir.

— Je n'en doute pas. Vous avez l'air d'être exactement ce qu'il lui faut.

— Heureux que vous le pensiez. Cela me permet plus facilement de parler de quelque chose que j'ai à l'esprit.

— Ah ?

— Eh bien, Sarah et Rowena m'ont toutes les deux dit tout ce que vous avez fait pour elles depuis la mort de leur mère. Que vous n'aviez pas été avare de votre temps et de votre attention. (C'était une curieuse formulation. Il garda les yeux fixés sur le phare tout en poursuivant.) Sarah et moi nous voyions beaucoup à Cambridge. J'ai l'impression de la connaître presque aussi bien que Rowena. J'ai même rencontré leur mère une fois. Et l'infâme Oscar Bantock.

— Vraiment ?

— Sarah m'a emmené à une exposition de ses œuvres à Cambridge. Très merdique. (Il gloussa.) Je crains d'avoir laissé entrevoir à Bantock quelle opinion j'en avais. Je crois que je devais être un peu ivre. Ma langue m'a joué un tour. J'ai appris à la dompter un peu mieux depuis. Quoi qu'il en soit, Louise Paxton était là. J'ai échangé quelques mots avec elle. Rien de plus. Comme vous, je suppose. (Il me regarda alors.) Juste une rencontre fugace, suffisante cependant pour être en mesure d'imaginer ce que cela a signifié pour ses filles de la perdre.

— Elles ont souffert, cela ne fait aucun doute.

— Mais Sarah s'en est sortie. Et avec mon aide, Rowena aussi.

— À la bonne heure ! (Je souris pour dissimuler ma perplexité. Il cherchait à me faire comprendre quelque chose, mais quoi ?) J'espère que vous avez raison.

— Oh, que oui. J'en suis certain. Je ne l'ai jamais été autant. Rowena et moi sommes faits l'un pour l'autre. Ce qui signifie… (Il sourit.) Ce que je veux dire, Robin, c'est que vous pouvez cesser de vous inquiéter pour elle. Je suis là pour m'occuper d'elle, à présent. (*Et elle n'a plus besoin de vous*, déclarait son sourire éblouissant.) Vous lui avez été d'une aide précieuse. Et à Sarah aussi. Mais à partir de maintenant… Eh bien, vous pouvez me laisser gérer la situation.

C'était une mise en garde. On me disait poliment mais fermement de me tenir à distance. Il ne me voyait clairement pas comme un rival dans l'affection de Rowena. Comment me voyait-il ? Comme quelqu'un qui en savait un peu trop à son goût ? Quelqu'un qui en savait peut-être plus que lui ? Est-ce ce qu'il redoutait ? Ou bien voulait-il se débarrasser de moi pour le bien de Rowena ? Il n'y avait rien dans son expression ni dans son intonation qui permît de deviner une réponse. La sincérité et la dissimulation se confondaient presque chez lui.

Je lui souris à mon tour et fis une tentative calculée pour le désarçonner.

— Dites-moi, Paul… Rowena pense-t-elle toujours que sa mère est retournée cette dernière fois en Angleterre simplement pour acheter l'une des toiles de Bantock ?

La question visait autant à tester Sarah que Paul. J'avais besoin de savoir si elle lui faisait autant confiance qu'il le sous-entendait. Sa réponse, quoique prompte, ne dissipa pas vraiment le doute.

— Elle le croit. Et je pense que cela vaut mieux. Pas vous ?

Il m'avait bien eu. Le seul avantage que je pouvais lui refuser était le plaisir de m'entendre lui répondre que j'étais d'accord. Je jetai un coup d'œil à ma montre et désignai du menton l'Hôtel du Palais, un monument mansardé à l'opulence Second Empire qui dominait la côte – et était notre lieu de rendez-vous pour le thé.

— Je crois que nous devrions rebrousser chemin, dis-je avec un sourire narquois. Pas vous ?

Le thé sous la splendeur des lustres de l'Hôtel du Palais – le Ritz-sur-Mer, comme l'appelait Bella – fut en surface une expérience délicieuse. Pour Bella, ce fut une occasion d'étaler ses atouts devant un parterre appréciateur de la bonne société. Ses bijoux. Son bronzage. Ses cuisses fuselées. Sa jolie belle-fille. Et le beau fiancé de sa belle-fille. Paul et Rowena jouèrent leur rôle si bien que mon humeur passa inaperçue. Quand Bella remarqua que je contribuais fort peu à la conversation pétillante, elle estima que j'étais déprimé à la perspective de rentrer en Angleterre. Je la laissai croire qu'elle avait vu juste.

Dans un certain sens, elle avait raison. Néanmoins, ce n'était pas la perspective d'abandonner les charmes de Biarritz qui me pesait. C'était de savoir que le mariage de Paul et Rowena couperait réellement les ponts entre nous. Entre moi et la seule autre personne qui avait vu Louise Paxton le jour de sa mort – et entrevu l'indéchiffrable vérité. Cela n'aurait pas dû prendre une telle importance. Cela n'aurait pas dû en avoir du tout. Cependant, au bout de deux ans, je ne pouvais pas oublier. Je ne voulais pas que Rowena oublie non plus. Je ne voulais pas que Paul Bryant la rende heureuse aux dépens du souvenir de sa mère. Pourtant, je savais qu'il en avait bien l'intention. Et j'avais très peur qu'il n'y parvienne.

Rowena Paxton et Paul Bryant se marièrent à l'église St Kenelm's de Sapperton, le samedi 12 septembre 1992 – une magnifique journée de la fin de l'été toute de doux soleil et d'air immobile.

Alors que je traversais les Berkshire Downs et le val du Cheval-Blanc, je me représentais déjà la scène qui m'attendait : la pierre des Cotswolds ; les vitraux ; les cols en dentelle des enfants de chœur ; les robes en soie des dames ; les hauts-de-forme gris des messieurs ; et le noir profond des ombres des vieux ifs sur les pierres tombales. Les bienfaits de la nature et les inventions de l'homme tisseraient leur enchantement familier et le temps d'un après-midi nous croirions que nous assistions vraiment à l'union parfaite de deux vies.

La réalité correspondit presque à ça. Sapperton se nichait au cœur de la campagne façon revue de décoration : un ravissant petit village de cottages restaurés et de résidences isolées perchées sur les flancs est de la Golden Valley. Les voitures étaient garées sur deux ou trois files le long de l'allée menant à l'église. À l'intérieur, familles et amis étaient réunis, tous sur leur trente et un. J'aperçus Bella devant, avant d'être relégué à une rangée du fond. De là-bas, je fus heureux d'observer en anonyme la future mariée faire son entrée au bras de son père.

Les traits délicats de Rowena étaient transformés en une beauté de conte de fées par sa robe bustier. Tandis que Paul, svelte et élégant dans sa redingote, ressemblait à son prince charmant autant que l'on pouvait le souhaiter. Sir Keith, gonflé d'orgueil paternel, conduisait sa fille dans la travée centrale, tandis que Sarah et deux autres demoiselles d'honneur suivaient avec les garçons d'honneur. Le prêtre nous accueillit avec une allusion délicate à la mère de la mariée. Paul et Rowena récitèrent leurs vœux sans bafouiller. On les déclara mari et femme. Des prières furent dites, des cantiques, chantés. On se tamponna les yeux et on se racla la gorge. Et je vis un tel bonheur sans mélange dans l'expression de Rowena que je m'en voulus d'avoir douté que ce soit la meilleure chose qu'elle ait faite. Manifestement, elle en était certaine. Qui étais-je pour ergoter ?

L'Old Parsonage était si proche de l'église qu'y conduire les jeunes mariés en calèche fut le comble du superflu. C'était une belle demeure à pignons que sa position dominante au-dessus de la vallée faisait paraître plus vaste qu'elle n'était. Le jardin en terrasse entraînait le regard vers les lacets de la rivière en contrebas et les pentes boisées de l'autre côté : un tapis ondulé de verdure à l'assaut duquel la marée de l'ombre montait à mesure qu'avançait lentement l'après-midi.

Un barnum avait été dressé en haut du jardin à côté de la maison. Là, tandis que jouait un quatuor à cordes et que des serveuses dispensaient du champagne avec une générosité sans limites, je m'efforçai d'amuser les invités avec qui je me trouvais à table :

un couple voisin et leur fille ; un ancien confrère de Sir Keith ; et un cousin de Paul qui semblait en savoir autant sur lui que moi.

— Malin et secret, notre Paul, dit-il en fronçant les sourcils. Depuis toujours.

J'échangeai quelques mots et un baiser avec Rowena, une poignée de main et des vœux marmonnés avec Paul. Je crois que je ne m'attendais pas à davantage. Mon invitation avait quelque chose du geste d'adieu. Je le savais et eux aussi. Mes liens avec Bella impliquaient que nous nous croiserions de temps en temps par hasard au cours des années. Mais rien de plus. Paul était devenu le maître de la destinée de Rowena. Et je ne figurais pas du tout dans ses projets.

La conscience de ce fait demeura en moi tout au long de la journée. Elle était là quand je suivis le bedeau dans l'église. Quand j'applaudis les discours et levai mon verre en l'honneur de l'heureux couple. Quand je les acclamai au passage sur l'allée envahie de monde. Et elle ne me quitterait pas, je le savais, quand je rentrerais solitaire chez moi. Pour eux, c'était un glorieux commencement. Pour moi, une fin solennelle.

— Cela s'est bien passé, me dit Bella alors qu'ils s'en allaient, me laissant entrevoir un peu du soulagement qu'elle aurait dissimulé à d'autres.

Elle avait quasiment tout organisé et, en un sens, c'était autant une célébration de son mariage que de celui de Rowena. La première occasion publique d'envergure qu'elle présidait en tant que Lady Paxton. Son acceptation se mesurait à son succès. Et cela en avait été un. Si quiconque l'avait comparée défavorablement à la première Lady Paxton, il l'avait gardé pour lui. L'installation de Bella s'était faite sans encombre.

J'avais toujours su qu'elle y parviendrait, bien sûr. Ses vêtements pourraient à l'occasion la trahir. Certains, par exemple, auraient dit qu'il eût mieux valu qu'elle ne fût pas aussi décolletée au mariage de sa belle-fille. Mais cela n'aurait été l'avis d'aucun des hommes invités. Sa *joie de vivre** était irrépressible. Tout comme son ambition sociale. La fille de banlieue était devenue ce que ma mère avait toujours dit qu'elle n'était pas : une dame.

Sir Keith lui rendit un hommage particulier dans son discours, la décrivant comme « la femme qui nous a aidés, moi et mes filles, à nous remettre mieux que nous ne l'aurions espéré de la perte qui nous a été infligée il y a deux ans ». Il fut tout aussi excessif dans les éloges qu'il tressa à son nouveau gendre. « Paul est un jeune homme remarquable. Aussi solide que sensible. Aussi honnête qu'intuitif. Rowena a trouvé en lui un excellent époux. » Et il le pensait. La conviction dans sa voix était manifeste. Sir Keith Paxton était un homme ravi des réparations que la vie – et la mort – lui avaient versées.

Et qui aurait pu le lui reprocher ? Il n'était pas marié à Bella depuis assez longtemps pour voir son côté le plus cruel. Tandis que Paul était la sorte de gendre dont rêvent les pères. Je le regardai charmer les tantes et taquiner les enfants de chœur. J'écoutai son discours spirituel et bien construit. Je l'observai longtemps et attentivement pendant qu'il posait pour une photographie de plus avec ses parents et ses sœurs. Mr. et Mrs. Bryant étaient des gens empruntés et bien braves, impressionnés par la compagnie de ces mandarins du monde médical et de ces résidents des Cotswolds. Mais pas leur fils. Paul Bryant n'était impressionné par personne. Metropolitan Mutual l'employait comme analyste risques et c'était facile de voir pourquoi : pour lui, risque ne signifiait pas danger. Il maîtrisait sa vie totalement et calmement. Et maintenant, celle de Rowena aussi.

Les invités se dispersèrent lentement après le départ des jeunes mariés. Certains partirent aussitôt. D'autres s'attardèrent, bavardant en buvant thé et café sous le barnum ou se promenant dans le jardin. Bella passait des uns aux autres, faisant de nouvelles connaissances, consolidant les anciennes, avec une énergie apparemment inépuisable. Sir Keith en faisait autant et ne prêta guère attention quand je pris congé.

— Ravi que vous soyez venu, Robin. Ravi. La journée a été splendide, n'est-ce pas ?

Il continua sans attendre ma réponse. Mais il n'aurait pas été déçu s'il était resté.

Comme je n'avais pas parlé à Sarah de tout l'après-midi, je la cherchai avant de partir. Un de ses amis que je reconnus vaguement me dit qu'elle était dans la maison. Je finis par la trouver dans une petite pièce en façade aménagée en bureau, à peu près aussi loin de la réception que possible. Elle était avec une femme. Grande, blonde et élégante, la quarantaine. Je ne l'avais pas remarquée à la table de la famille ni à proximité. Mais elle connaissait manifestement bien Sarah. Elles étaient en train de parler à mi-voix, chuchotant presque. J'ignore ce qu'elles se disaient, mais elles se turent à peine j'entrai.

— Robin ! s'écria Sarah en se levant d'un bond. Quel plaisir ! J'espérais vous voir avant votre départ. Je suis désolée de vous avoir négligé. Mais la journée a été tellement mouvementée.

— Bien sûr, dis-je en souriant. Je comprends tout à fait.

— On s'est bien occupé de vous ?

— À merveille. On n'aurait pu mieux faire.

— C'est exactement ce que je disais, intervint la femme. Je suis Sophie Marsden, à propos.

Elle se leva, s'approcha et me tendit une main gantée de chevreau.

— Robin Timariot.

Je la regardai en la saluant, mon attention éveillée maintenant que je savais qui elle était. L'amie de Louise Paxton. Celle qui partageait son enthousiasme pour la peinture expressionniste. Et aussi quelques secrets par la même occasion, peut-être ? Il y avait en effet une ressemblance avec Louise. Pas dans le physique, mais dans les manières. Un soupçon de distance. Le sous-entendu involontaire qu'une grande partie de son esprit était occupée par des sujets que personne d'autre ne pouvait comprendre. C'était là, chez Sophie, bien que plus légèrement – plus fugitivement – que je ne l'avais vu chez la femme que j'avais rencontrée sur Hergest Ridge. Mais c'était bien là. Comme l'empreinte d'une paume. Une trace. Une fleur séchée conservée entre les pages d'un livre. Pas d'odeur. Pas de sève. Pas de vie. Mais plus fort que la mémoire. Plus qu'une ressemblance de hasard ou un souvenir pâlissant. Plus que ce que l'on n'aurait jamais pu oublier.

— Sarah m'a parlé de vous, Mr. Timariot. De l'aide que vous leur avez apportée, à elle et à Rowena. Et à Keith, bien sûr. En lui présentant Bella.

— Eh bien, je…

— Louise avait une foi profonde dans la vie, vous savez. Elle estimait qu'il fallait en profiter, balayer les tristesses du passé. Elle aurait été très heureuse du tour qu'ont pris les choses.

— Je… Je suis… (Je cherchai en tâtonnant la réponse appropriée. Une partie de moi voulait faire écho à son sentiment. Tracer une ligne droite bien nette avec Louise Paxton d'un côté et moi incontestablement de l'autre. Mais une autre voulait protester. S'emporter contre un mensonge que je ne pouvais définir. Franchir la ligne droite bien nette.) Je suis si content… d'entendre une de ses amies dire cela, Mrs. Marsden.

— En fait, Robin, dit Sarah, je m'apprêtais à emmener Sophie sur la tombe de Maman. Elle n'y est pas allée depuis l'enterrement. Rowena m'a demandé d'y déposer son bouquet et le mien. Aimeriez-vous venir avec nous ?

— J'en serais ravi, dis-je.

Avec une soudaine et totale sincérité.

Cela faisait plus de cinquante ans que le cimetière de l'église St Kenelm's était plein. Depuis, les nouvelles sépultures se trouvaient dans un petit cimetière en dehors du village. Je conduisis Sarah et Sophie là-bas puisque c'était sur ma route. Bien qu'il fût à environ un kilomètre de l'Old Parsonage, ce fut comme si nous avions parcouru une longue distance depuis le joyeux brouhaha de la noce. Le cimetière était immobile et silencieux, les tombes rassemblées le long d'une allée d'ifs d'un seul côté, tandis que l'autre était vide, envahi par la végétation en attendant d'être utilisé. Je ne demandai pas pourquoi Sir Keith n'était pas venu. Pourquoi Rowena ne s'était pas sentie capable de faire cela elle-même. Pourquoi Sarah nous avait demandé, à Sophie et à moi, d'y venir avec elle. Considérait-elle, me demandai-je, que nous étions mieux à même de comprendre ses sentiments que son père ? Étions-nous les seuls avec qui elle pouvait partager ce moment en toute confiance ?

Nous remontâmes lentement et un peu gênés l'allée de graviers, Sarah à quelques pas devant nous, les deux bouquets serrés contre elle. Elle alla directement à la sépulture et posa les fleurs au pied de la pierre tombale. Sophie et moi restâmes en retrait tandis qu'elle s'agenouillait à côté. De la rosée emperlait encore l'herbe dans l'ombre de l'if le plus proche. L'humidité assombrit l'ourlet de sa robe, la faisant virer du rose au rouge sang. Il y avait du sens partout, si l'on prenait le temps de regarder. Comme je regardais en cet instant l'inscription sur la tombe.

LOUISE JANE PAXTON
11 NOVEMBRE 1945 – 17 JUILLET 1990
PERDUE À PEINE CONNUE

La phrase provenait d'un poème de Thomas. Seule Sarah pouvait l'avoir choisie. Elle seule pouvait savoir ce que ce choix signifiait. Même si, sur le coup, il me sembla que je le savais aussi.

Nous restâmes quelques minutes, pas davantage. Puis Sophie et moi commençâmes à retourner diplomatiquement vers la grille pendant que Sarah s'attardait. Comme elles comptaient rentrer à pied, j'allais bientôt me remettre en route seul. J'avais beaucoup de choses à demander à Sophie, mais il y avait trop peu de temps et aucun prétexte plausible pour le prolonger. Par ailleurs, ma curiosité à l'égard de son amie décédée aurait semblé étrange, déplacée au point d'en être suspecte. Quelques banalités marmonnées, c'était tout ce que l'on attendait de moi.

— Quel endroit paisible, hasardai-je alors que nous arrivions à la grille et nous retournions vers Sarah.

— Oui. Je suis heureuse d'y être revenue. C'est la première fois pour vous ?

— Oui.

— Vous n'avez pas assisté aux obsèques, bien sûr. Mais je pensais qu'après, peut-être… (Elle me jeta un regard aigu sous le rebord de son chapeau. Je sentis un soupçon sur un sujet qui m'échappait. Je sentis une question qu'elle brûlait de me poser. Mais quelque chose la retenait.) Sarah m'a dit que vous dirigiez une usine de battes de cricket à Petersfield.

— En effet. (La question semblait délibérément banale, ce qui m'amena à répondre dans la même veine.) Et votre mari, Mrs. Marsden ? Dans quel domaine est-il…

— Les machines agricoles. Mais je vous épargne les détails. Très ennuyeux.

— Pas plus que les battes de cricket, je gage.

— Croyez-moi, si. (Brusquement, elle changea de sujet.) Avez-vous eu des nouvelles de Henley Bantock, au fait ?

— Pardon ?

— Le neveu d'Oscar Bantock. Il écrit la biographie de son oncle. Enfin, il l'a terminée, je suppose. Elle doit sortir au printemps prochain. Il est venu me voir il y a quelques mois. J'ai deux Bantock dans mon salon et il voulait les photographier pour le livre. Finalement, j'ai regretté d'avoir accepté. Quel épouvantable bonhomme.

— Assez, oui, souris-je.

— Oh, mais alors vous l'avez rencontré ?

— Une fois, oui. Mais pas pour le livre. Je n'aurais pas pu lui raconter grand-chose, d'ailleurs.

— Non ?

— Assurément non. (Ses questions devenaient de plus en plus surprenantes. J'aurais pu croire qu'elle essayait de me pousser à dévoiler quelque chose, sauf qu'il n'y avait rien à dévoiler.) Je n'ai jamais connu Oscar Bantock.

— Non. Mais vous connaissiez sa principale mécène, n'est-ce pas ?

Je fronçai les sourcils. Elle avait dû commencer à percevoir ma perplexité, à présent. Ainsi que mon irritation grandissante.

— Vous voulez dire Louise Paxton ?

— Qui d'autre ?

— Je ne vous suis plus. J'ai rencontré Lady Paxton quelques minutes le jour où elle est décédée. C'est tout. Nous n'avons pas discuté de la carrière artistique d'Oscar Bantock.

— Alors, qu'est-ce qui vous a fait contacter l'immonde Henley ? C'est moi qui ne vous suis plus.

Nous nous dévisageâmes, l'incompréhension le disputant à l'incrédulité. J'eus l'intuition qu'il serait imprudent, voire dangereux, d'essayer d'expliquer comment j'avais fait la connaissance de Henley. Pourquoi, je n'aurais su le dire. Sophie Marsden semblait non seulement savoir quelque chose que j'ignorais, mais aussi quelque chose me concernant. Je ne pus décider ce qui serait le pire. Découvrir de quoi il s'agissait ou rester à jamais dans l'ignorance.

— Tout va bien ? demanda Sarah, nous surprenant tous les deux, alors que son arrivée sur les graviers ne risquait pourtant pas de passer inaperçue.

— Tout à fait, répondit Sophie. Nous bavardions.

— Oui, dis-je. Mais en fait… (Je consultai ostensiblement ma montre.) Je dois me mettre en route, à présent. J'ai… euh… un long chemin qui m'attend.

— Bien sûr, dit Sarah avec un sourire chaleureux. C'est merveilleux que vous ayez pu partager cette journée avec nous, Robin. Rowena a beaucoup apprécié, je le sais.

— Je n'aurais manqué cela pour rien au monde, répondis-je en franchissant la grille avec elles et en faisant le tour de ma voiture. Eh bien, je…

— Au revoir, dit Sarah en s'avançant pour m'embrasser. C'était un plaisir de vous voir.

— Vous aussi, murmurai-je. (Puis je me tournai pour serrer la main de Sophie.) Au revoir, Mrs. Marsden, dis-je en souhaitant que mon sourire n'ait pas l'air trop crispé.

— Appelez-moi Sophie, je vous en prie, répondit-elle en plongeant son regard dans le mien pour ajouter : Après tout, je suis certaine que nous nous reverrons.

9

La situation financière de Timariot & Small ne s'améliora pas avec le passage de 1992 à 1993. Soyons honnêtes, il n'y avait aucune raison d'espérer le contraire. Jennifer passa presque autant de temps à Melbourne qu'à Petersfield. Plus elle en apprenait sur la manière dont Dyson avait géré Viburna Sportswear, plus l'issue promettait d'être désastreuse. Pendant ce temps, les tentatives d'Adrian pour négocier une clause d'exonération à l'accord entre Bushranger et Danziger ne débouchaient comme prévu sur rien. C'est au terme d'une route qui s'annonçait longue et difficile que nous pourrions relever la tête et retrouver les bénéfices.

Mais nous n'avions d'autre choix que de la prendre. Pour ma part, je trouvai un peu de consolation à être le moins coupable du conseil d'administration et je m'attachai à ce que les installations de Frenchman's Road fonctionnent le plus efficacement possible. Le personnel était au courant de la débâcle Viburna, bien sûr. C'était inévitable. Cela provoqua quelques sarcasmes sur les capacités des dirigeants, pas plus, toutefois, que je ne m'y attendais. Moins, à certains égards, qu'ils ne le méritaient. Don Banks fabriquait des battes de cricket d'excellente qualité depuis toujours. Il lui avait fallu quinze ans pour apprendre à le faire. Ses critères étaient plus élevés que jamais. Et ce n'était pas un râleur. Austère, réticent, respectueux, voilà ce qu'était Don. Mais je vis son expression, un jour qu'Adrian et moi étions en train de discuter dans l'atelier. Nous les avions trahis, lui et ses collègues. Nous n'avions pas été à la hauteur de leurs critères de qualité.

Je crois que ce furent des gens comme Don qui renforcèrent ma détermination à continuer. À tout instant, j'aurais pu filer à Bruxelles et retrouver la sécurité d'emploi indexée sur le coût de la vie. Je songeais régulièrement à le faire, je ne peux le nier. Le traité de Maastricht déferlait sur les parlements d'Europe et quantité de nouveaux postes juteux allaient certainement apparaître dans son sillage. L'un d'eux pourrait porter mon nom. Nul ne pouvait me reprocher de cueillir un fruit mûr sur une branche chargée. À part Don Banks et les autres, évidemment. À part tous leurs prédécesseurs et successeurs pour lesquels Timariot & Small représentait et représenterait quelque chose de plus satisfaisant qu'un gagne-pain convenable. Et, en dernière analyse, à part moi.

Je poursuivis donc ma tâche, surcompensant les lacunes stratégiques de la direction en faisant beaucoup trop d'heures supplémentaires et en rognant sur ma vie jusqu'à ce qu'elle se résume à guère plus que les soucis à court terme et les problèmes à longue échéance de l'entreprise familiale. L'exemple de Hugh aurait dû me retenir de finir en drogué du travail. Mais au cours d'une soirée de déballages de vérités et de retrouvailles fraternelles au Old Drum, Simon m'assura que c'était exactement ce que j'étais en train de devenir. Et il avait raison, même si je rechignais à le reconnaître. J'avais peu d'amis et aucun passe-temps en dehors des randonnées. Depuis la rupture avec Ann, j'avais soigneusement évité toute intimité avec un autre être humain. Pas seulement d'ordre sexuel, mais tout ce qui revenait à baisser sa garde. Je trouvais l'étroitesse de mon existence étrangement réconfortante de par son côté ascétique. Je voyais de plus en plus combien une vie solitaire était sans risques – et peu exigeante. Et je commençais à me dire que ce serait probablement mon choix.

En grande partie grâce à Bella, je restai de loin en relation avec les Paxton. Elle m'invita au déjeuner du lendemain de Noël aux Hurdles, auquel assistaient également Paul et Rowena, ainsi que Sarah et un jeune avocat sans humour prénommé Rodney qui était manifestement plus épris d'elle que l'inverse. Cependant, en dehors de cette occasion et de quelques autres du même genre, nos univers ne se chevauchaient plus. Sir Keith avait laissé à ses filles Old Parsonage comme retraite de week-end non loin de Bristol, tandis que Bella et lui partageaient leur temps entre Biarritz et Hinderhead. L'existence du mari et des enfants de Louise Paxton avait retrouvé son cours tranquille. Sir Keith s'installait dans la vie conjugale et la retraite. Sarah songeait à sa carrière d'avocate. Et Rowena attendait probablement d'obtenir son diplôme pour fonder une famille. L'équilibre avait été rétabli. Quant à Louise et à son souvenir tenace mais fuyant, ceux qui ne pouvaient l'oublier ne parlaient pas d'elle. Ceux qui, comme moi, ne pouvaient cesser de s'interroger évitaient sagement de le faire à voix haute.

Cependant, en mars 1993, la lente descente dans un passé oublié des meurtres de Kington s'arrêta brutalement. Ce mois-là vit la publication de *Faux et Ale : la double vie d'Oscar Bantock*, de Henley Bantock et Barnaby Maitland. Je me rappelle distinctement le moment où je tombai sur une critique du livre et appris son existence. C'était un jeudi après-midi ordinaire. Je déjeunais d'un sandwich à mon bureau, en attendant que notre fournisseur de bois me rappelle, et je feuilletais distraitement le journal. C'est alors que le titre attira mon regard. « L'artiste méconnu fait son ultime pied de nez au monde de l'art. » Ce qui en avait apparemment été déjà dit dans la presse artistique spécialisée était résumé dans la colonne qui suivait.

Bien que parfois inégale, cette distrayante biographie d'Oscar Bantock, l'excentrique expressionniste anglais assassiné il y a trois ans, est une collaboration entre le neveu de Bantock, Henley, et le peu conventionnel historien de l'art Barnaby Maitland. Elle révèle que Bantock, relégué de son vivant comme un reclus ivrogne et ronchon déterminé à creuser en solitaire un sillon expressionniste particulièrement peu vendeur, était en réalité un séducteur doté d'un charme considérable, un habitué des pubs apprécié et sociable, ainsi qu'un habile faussaire de plusieurs artistes et styles divers. Son mépris des œuvres naturalistes et sentimentales apparaît dans de subtils pastiches de leurs plus populaires spécimens, avec lesquels il gagna beaucoup plus d'argent qu'avec les toiles signées de son nom. Les recherches de Maitland se fondent sur des journaux hérités de Bantock par son neveu et de méticuleuses contre-vérifications des archives des marchands d'art qui y figurent, souvent à leur plus grand mécontentement. Elles révèlent la double vie de l'idéaliste grincheux en faussaire des plus mercenaire. Il semble tout d'abord s'en être tenu aux artistes moyens décédés depuis peu, notamment un groupe d'édouardiens spécialisés dans les scènes de salon ou d'enfants et animaux familiers au jardin, sujets pour cartes de vœux relativement demandés mais pas assez célèbres ou cotés pour attirer l'attention des experts. Au cours des dernières années de sa vie, cependant, il devint plus ambitieux, creusant dans sa veine expressionniste personnelle pour produire plusieurs faux Rouault et Soutine très réussis. Henley Bantock confirme la dérive de son oncle vers le cynisme et corrobore la thèse de Maitland, pour qui ce changement survint quand l'artiste comprit qu'il n'avait aucune chance d'être reconnu pour lui-même et que sa seule perspective de satisfaction serait le profit. S'ils ont vu juste, ce que contesteront beaucoup de marchands d'art, commissaires-priseurs et collectionneurs furieux, Bantock et l'une des amatrices les plus infatigables de son œuvre, feu Lady Paxton, ont payé très chèrement sa vengeance contre l'establishment artistique. La conclusion la plus stupéfiante des auteurs étant que les meurtres de Bantock et de Lady Paxton en juillet

1990 pourraient être bien davantage liés à sa production de faux qu'à tout autre mobile imputé à l'homme reconnu coupable de ces crimes. Si cette triste et fascinante histoire de faux et de dépit se révèle être, comme il se pourrait bien, un exemple saisissant d'erreur judiciaire, les auteurs auront mis au jour un scandale légal autant qu'artistique. Mais comme on dit, c'est une autre histoire.

Je fus stupéfait. Qu'était allé imaginer Henley? Son oncle, un faussaire. Eh bien, c'était entre lui, sa conscience et ses clients. Peu m'importait qu'il l'ait été ou pas. Mais je me souciais de Louise Paxton. Et le journaliste suggérait – sans préciser sur quoi il se fondait – que son meurtre avait des causes bien plus profondes qu'il n'y paraissait. Bien plus, par implication, dont on ne pouvait accabler Shaun Naylor.

Je téléphonai à Sarah le soir même. Elle devina aussitôt la raison de mon appel.

— Vous avez lu *Faux et Ale* ?

— Non. Seulement la critique.

— Alors, vous en faites peut-être plus de cas que vous ne devriez. Henley Bantock m'en a envoyé un exemplaire. En se rengorgeant de sa théorie dans une lettre d'accompagnement. Il disait que je la trouverais forcément convaincante. Eh bien, pas du tout. Il ne présente pas une ombre de preuve qui l'étaie.

— Mais quelle est sa théorie ?

— Selon lui, Oscar a été assassiné parce que plusieurs marchands auxquels il vendait ses faux avaient peur qu'il ne dévoile sur la place publique la manière dont il les avait roulés dans la farine. Et que Maman a eu la malchance de se trouver là quand c'est arrivé. Sauf qu'il ne peut pas le prouver. Cette histoire de faux semble tenir la route. Mais d'évidence, ce n'était pas assez sensationnel pour l'éditeur. Henley a enjolivé avec cette idée saugrenue qui se trouve confirmer la défense de Naylor.

— Mais enfin, s'il n'y a pas de preuve…

— Cela n'aboutira à rien. Exactement. C'est pourquoi je n'ai pas pris la peine de vous en parler. Écoutez, je dois sortir et… (Elle sembla chuchoter à quelqu'un derrière elle.) Si je vous envoyais le livre, Robin ? Ce sera plus rapide que si vous le commandez. Comme cela, vous verrez de quoi je parle.

Il arriva deux jours plus tard. La couverture était illustrée de l'une des œuvres d'Oscar Bantock, un autoportrait confus mais qui attirait l'œil, représentant l'artiste dans un bar à la décoration tapageuse, en train de boire dans une chope en forme de tête de mort. Ce côté désagréablement prophétique me fit penser que Sarah était peut-être heureuse de s'en débarrasser.

Selon le baratin de la jaquette, Henley Bantock était un ancien employé de l'administration locale. Sans doute que Muriel et lui avaient touché suffisamment grâce à l'œuvre d'oncle Oscar pour abandonner la vie de bureau. Désormais, ils comptaient tirer profit de ses scandaleux secrets tout en se payant le luxe de les condamner. Avec Barnaby Maitland qui prêtait à tout cela le vernis du connaisseur. Maitland avait à son crédit des livres sur deux autres faussaires du XXe siècle – le sulfureux Tom Keating et le spécialiste en Vermeer, Hans van Meegeren. Il avait dû apparaître comme un choix évident pour être coauteur. Tout comme les journaux intimes que Henley avait découverts à Whistler's Cot avaient dû être une aubaine trop alléchante pour que Maitland y résiste.

Je lus le livre d'une seule traite, supportant Henley qui dénigrait vertueusement son oncle afin de soutenir la thèse détaillée et convaincante de Maitland expliquant comment et pourquoi il s'était lancé dans la carrière de faussaire. Et même cela, c'était un préambule nécessaire à ce qui me préoccupait vraiment. Nous y arrivâmes lentement, par le biais des méticuleuses vérifications par Maitland de la production de faux consignée dans les journaux. Oscar avait voulu que la vérité soit dévoilée après sa mort, bien sûr. C'était leur raison d'être. Montrer quels imbéciles les experts avaient été de mépriser son travail. Prouver qu'ils étaient incapables de distinguer le bon du mauvais, le juste de l'erroné, le vrai du faux. Et il y était parvenu. Peut-être trop bien. Les Rouault et les Soutine étaient son erreur fatale, aux yeux de Maitland. Malgré les doutes sur leur authenticité, ils atteignaient des prix si élevés que dévoiler la vérité menaçait la réputation et le gagne-pain de marchands influents et de puissants intermédiaires. D'après les auteurs, Oscar avait fait savoir qu'il avait l'intention de rendre les faits publics. Cela aurait été son glorieux bras d'honneur aux arbitres autoproclamés du goût qui l'avaient méprisé. Cela aurait démontré la véritable raison de sa production de faux, qui, loin d'avoir été l'argent, à leur avis, était plutôt un orgueil dévoyé.

Sarah avait raison. Ils n'avaient mis au jour aucune preuve qui confirmât leur théorie. C'était une invention superficielle destinée à doper les ventes. Pour les personnes mal informées, cependant, cela pourrait paraître plausible. Un assassinat commandité dont Louise Paxton avait été une victime collatérale parce qu'elle s'était trouvée au mauvais endroit au mauvais moment. Qu'est-ce que cela faisait de Naylor ? Les auteurs n'en savaient rien. Maitland doutait fort qu'il soit le genre que l'on engage comme tueur à gages. Du coup, au final, ce qu'ils impliquaient était clair, quoique non formulé. C'était cela le pire. Ils ne disaient jamais franchement ce que les lecteurs allaient inférer, à savoir que Naylor était innocent.

Je fus si fâché après avoir lu le livre que j'écrivis à Henley Bantock aux bons soins de son éditeur pour l'accuser d'une attaque gratuite contre la mémoire d'une femme respectable. C'était un geste idiot, puisqu'il ne me valut qu'une réponse sarcastique esquivant délibérément l'argument que je défendais. *Étant donné que vous n'avez eu aucun scrupule à me tromper sur vos liens avec Lady Paxton*, écrivit Bantock, *votre ton indigné n'est guère justifié. Nos conclusions sur les meurtres de Kington représentent une raisonnable extrapolation des faits connus. Je suis navré s'ils vous offensent, mais je me demande si ce n'est pas parce que vous nous en voulez d'avoir vu l'affaire plus clairement que vous.* Je ne poursuivis pas la correspondance. Pas plus que je n'obéis à la requête qui concluait le mot : *Veuillez transmettre mon meilleur souvenir à votre sœur.*

Selon Sarah, la seule réaction saine était d'ignorer l'ouvrage.

— Traitez-le avec le mépris qu'il mérite, Robin, me dit-elle au téléphone peu après que je l'eus terminé. Jetez-le au feu si vous voulez. Moi, je n'en veux pas.

Je ne le détruisis pas, bien sûr. Je le glissai sur une étagère hors de ma vue, dos tourné vers le mur, et je m'efforçai de l'oublier. La carrière de faussaire d'Oscar Bantock continuerait sans aucun doute de circuler dans le monde de l'art, milieu dans lequel je n'évoluais pas. Quant à sa pertinence vis-à-vis de la culpabilité de Naylor pour viol et double meurtre, elle ferait sûrement long feu. Avec ou sans *Faux et Ale*, Shaun Naylor resterait là où était sa place : en prison. Et la vérité resterait à la sienne. Les meurtres de Kington ne reviendraient pas nous hanter. Pas aussi longtemps après les événements. Pas devant une telle certitude. C'était impossible. N'est-ce pas ?

À Pâques, je déjeunai avec Bella et Sir Keith. Ils adoptaient la même attitude que Sarah. Un silence digne était la seule manière de répondre à la rapacité de Henley Bantock.

— Je suis heureux que Louise n'ait jamais su qu'Oscar était un faussaire, dit Sir Keith. Elle pensait que c'était un génie méconnu – et un idéaliste, par-dessus le marché. La véritable ironie est que cela va bel et bien faire monter la cote des vrais Bantock. Comme ceux que Louise a achetés pour une quasi-bouchée de pain. Et Sophie Marsden. Elle devrait être ravie. Cela dit, c'est Henley le grand gagnant, n'est-ce pas ? Les droits d'auteur de son méchant petit livre. Et Dieu sait quel pourcentage va lui rapporter son tas de Bantock originaux. Avec toutes ces perspectives, on aurait pu croire qu'il aurait la décence de laisser les meurtres en dehors de cela. Mais les gens ne sont jamais modérément cupides, n'est-ce pas ? Ils veulent toujours plus. (Je m'enquis en hésitant de la manière dont Rowena avait réagi au livre. D'après Sir Keith, elle ignorait son existence.) Trop occupée à essayer d'être à la fois une étudiante et une maîtresse de maison pour avoir le temps de lire des critiques. Paul ne lui en a pas parlé et, franchement, je pense que c'est plus sage. Pas question qu'elle subisse à nouveau les problèmes qu'elle a connus avant le procès, n'est-ce pas ? D'ailleurs, je vous serai reconnaissant de ne pas lui en toucher mot la prochaine fois que vous la verrez. Avec un peu de chance, elle n'en sera jamais informée. Laissons-la libre de se concentrer pour que je devienne grand-père le plus vite possible.

Je promis de ne rien dire, même si je doutais que maintenir Rowena dans l'ignorance fût faisable ou sensé. Les secrets qui s'accumulaient étaient trop nombreux à mon goût. Apparemment, Sir Keith n'était toujours pas au courant de la tentative de suicide. À présent, il ne fallait pas que Rowena ait vent de la nouvelle explication que donnait Henley Bantock de la mort de sa mère. Si, un jour, elle en prenait connaissance, les efforts pour la protéger pourraient donner à cette théorie un peu de crédibilité, ce qu'elle ne méritait pas. « Cela va finir dans les larmes », aurait dit ma mère. Et je n'aurais pu qu'être d'accord avec elle. Des larmes. Ou pire.

Quelques semaines suffirent pour que mon scepticisme se trouve justifié. Cela commença par un coup de téléphone d'un enquêteur de la série télévisée *Le Bénéfice du doute*. J'en avais évidemment entendu parler et je l'avais regardée quelquefois. Nick Seymour, le présentateur, s'attachait à attirer l'attention du public sur une possible erreur judiciaire en analysant pendant trente minutes des pièces à conviction qui avaient envoyé une ou plusieurs personnes en prison. Il avait permis l'acquittement et la libération dans plusieurs affaires et en avait retiré une certaine célébrité. Cette fois, il entendait consacrer une prochaine émission aux meurtres de Kington – et à la culpabilité de Shaun Naylor. Ayant témoigné au procès, accepterais-je d'enregistrer une interview pour l'émission ? Je répondis non. Mais Seymour n'était pas homme à en rester là. Quelques jours plus tard, il m'appela en personne chez moi.

— J'essaie d'avoir une image aussi complète et juste que possible, Mr. Timariot. Tout ce que je vous demande, c'est de répéter ce que vous avez dit au tribunal. Dresser le décor pour le téléspectateur. Donner votre première impression de l'état d'esprit de Lady Paxton le jour des meurtres.

Il avait une voix onctueuse et raisonnable. Mais j'y perçus aussi une petite pointe d'impatience. Il n'aimait pas qu'on l'éconduise.

— Le problème, Mr. Seymour, est que je dois partir du principe que vous allez tenter de laisser entendre que Naylor est innocent. Or, je ne crois tout simplement pas qu'il le soit.

— Avez-vous lu la biographie d'Oscar Bantock récemment parue ?

— *Faux et Ale ?* Oui. Et si les théories infondées de Henley Bantock sont…

— Nous nous appuyons en partie dessus, à l'évidence. Mais si vous êtes si sûr qu'elles sont infondées, pourquoi ne le dites-vous pas à la télévision ? Je vous offre cette chance.

— Mais l'émission vise à corroborer l'interprétation de Henley, non ? Sinon, vous ne la tourneriez pas.

— Exact. Cependant, voyez les choses ainsi : Naylor prétend que Lady Paxton l'a dragué cette nuit-là. Si vous pensez qu'il ment, pourquoi ne pas dire à la télévision votre vision de faits ? Après tout, vous êtes la seule personne qui l'ait rencontrée ce jour-là. En dehors de sa fille. Et je ne veux vraiment pas l'ennuyer. Sauf si j'y suis obligé, bien entendu. Sauf si vous ne me laissez pas le choix dans l'affaire.

La pression était subtile mais nette. Elle ne me fit pas apprécier Mr. Seymour davantage. Je commençai toutefois à me dire qu'il valait mieux coopérer avec lui, ne fût-ce que pour le bien de Rowena.

— Comment saurai-je que vous transmettrez ce que j'ai dit ? Je peux vous affirmer dès maintenant que rien de ce que je dirai ne vous aidera à peindre Naylor sous un jour favorable.

— Dans ce cas, je ne l'utiliserai peut-être pas. Mais au moins, je ne pourrai pas dire que vous avez refusé de me parler, n'est-ce pas ?

— Très bien, Mr. Seymour. Vous aurez votre interview. Pour ce qu'elle pourra vous servir.

L'interview fut fixée au jeudi 20 mai. Seymour et un cameraman viendraient à Greenhayes à 18 heures ce jour-là et en repartiraient une heure après. Ils seraient ponctuels et je serais dérangé le moins possible. Et je le crus. Et je croyais aussi qu'il ne voudrait pas s'attarder une fois qu'il aurait entendu ce que j'avais à dire.

À l'époque où je griffonnai le rendez-vous dans mon agenda, le jeudi 20 mai était un jour commodément vide dans une semaine inoccupée. Mais il ne le fut finalement pas. Adrian était censé revenir au bureau le lundi 17 après deux semaines en Australie. Le voyage était une dernière tentative désespérée pour conclure un accord avec Bushranger Sports. Adrian croyait – contrairement au reste d'entre nous – qu'il pourrait encore convaincre Harvey McGraw, le président de Bushranger, connu pour être dur en affaires. Et McGraw avait apparemment accepté de lui laisser sa chance. J'arrivai à Frenchman's Road le 17 en m'attendant à entendre le récit de l'échec d'Adrian. Au lieu de quoi, sa secrétaire m'annonça que son retour était retardé de quarante-huit heures. Il n'avait pas voulu lui dire si c'était un bon ou un mauvais signe. Nous n'avions plus qu'à ronger notre frein.

Adrian revint le mercredi. Il ne se montra pas à l'usine. Il appela pour dire qu'il était sous le coup du décalage horaire, mais qu'il présiderait le jeudi matin une réunion informelle du conseil d'administration où il ferait un rapport sur l'issue de ses entretiens avec McGraw. Je commençai à me dire qu'il y avait un lézard – ou son équivalent australien. Simon et Jennifer étaient aussi perplexes que moi. Tout comme oncle Larry, qui me téléphona ce soir-là.

— Pourquoi Adrian veut-il que j'assiste à cette fichue réunion, Robin ? Qu'est-ce qu'il mijote ?

Je ne pus lui répondre. Mais nous n'aurions pas à patienter longtemps pour le savoir.

Il plut ce matin-là. Toute la journée, d'ailleurs. La pluie crépitait sur les fenêtres de la salle de réunion et coulait en filets qui se reflétaient sur le visage verni de Joseph Timariot. Lequel semblait nous écouter discuter. Comparer nos accomplissements aux siens. Et noter silencieusement la disparité.

Nous attendions, tous mal à l'aise, certains davantage que d'autres. Même Adrian paraissait étrangement abattu. Comme si ce qu'il avait à nous dire était pire qu'avoir simplement échoué à conclure un accord avec Bushranger Sports. Et ce fut le cas. C'était mille fois pire. C'était ce qu'il appela un succès. Or le succès a souvent un prix plus élevé que l'échec. Et il était sur le point de nous inviter à le payer.

— J'ai passé beaucoup de temps avec Harvey McGraw. J'ai eu ainsi l'occasion de très bien le cerner. C'est un homme dur, en effet. Mais juste. Il m'a fait une offre qui, je m'en suis rendu compte après réflexion, était les deux à la fois. Dure à accepter. Mais juste. Et au vu des circonstances, ce que nous pouvons espérer de mieux. Je suis sûr que vous le reconnaîtrez une fois que vous y aurez réfléchi. Je ne veux pas de réactions immédiates. C'est pour cela que cette réunion est informelle. Je veux que vous me fassiez part d'opinions longuement mûries.

— À propos de quoi ? s'impatienta Simon.

Désormais, je crois que nous avions tous une petite idée de ce qui allait suivre.

— McGraw propose de nous racheter nos parts.

— Dans Viburna ? Ce type doit être…

— Pas Viburna. Pas uniquement Viburna, en tout cas. McGraw veut la totalité de l'affaire.

— Tu veux dire Timariot & Small ? demanda oncle Larry.

— Oui.

— Mon Dieu.

— Mais tu lui as dit que nous n'étions pas à vendre, n'est-ce pas ? demandai-je sournoisement.

— Pas exactement. Il sait que nous sommes dans le pétrin. Il sait que nous sommes obligés d'écouter.

— Pourquoi ?

— Parce que c'est une bonne offre. Il reprend les dettes de Viburna. Et il nous verse deux millions et demi par-dessus le marché. (Adrian risqua un sourire.) De livres.

Il y eut un silence momentané. Puis oncle Larry intervint :

— Dois-je comprendre que tu nous recommandes d'accepter ?

— Oui.

Oncle Larry le dévisagea avec stupéfaction.

— Tu es partisan de céder l'entreprise ? Après plus de cent cinquante ans d'activité en toute indépendance ? À un Australien ? Dieu tout-puissant, l'arrière-grand-père de Harvey McGraw devait être aux fers dans les cales d'un navire de bagnards en route pour Bortany Bay quand mon arrière-grand-père…

— Rabâcher l'histoire de l'entreprise ne nous aidera en rien, coupa sèchement Adrian. Nous sommes face à des pertes abyssales.

— Mais ce ne serait pas le cas, n'est-ce pas, ne pus-je m'empêcher de demander, si nous n'avions pas acheté Viburna ?

Adrian me foudroya du regard. Jennifer frappa son bloc-notes de son stylo et dit :

— C'est une bonne offre. D'un point de vue strictement financier. C'est plus que nous ne valons vraiment. En ce moment. Et pour quelque temps encore. (Elle se tourna vers Adrian.) Des conditions ?

— Aucune.

— Pourquoi y en aurait-il ? dit Simon. Bushranger peut utiliser Viburna grâce à son accord avec Danziger's. Et ils peuvent se servir de nous pour se développer ici exactement comme nous espérions nous servir de Viburna pour nous développer là-bas. Quand nous avons trempé le bout de l'orteil dans les eaux australiennes, je pensais que nous nous ferions mordre. Mais je n'imaginais pas que nous serions gobés tout crus.

— J'avais des réserves sur le rachat de Viburna, dis-je avec un regard accusateur à Adrian. Mais tu nous as débité ce cliché selon quoi il fallait grossir pour ne pas rapetisser. À présent, on dirait que par grossir tu entendais mettre la clé sous la porte.

— Récriminer ne sert à rien, intervint Jennifer, conciliatrice, comme toujours.

— Ni s'incliner. On nous demande de sacrifier notre force de travail pour payer nos erreurs. Les erreurs de certains d'entre nous, du moins.

Adrian était furieux. Cette dernière flèche avait fait mouche. Je m'en rendis compte au tic qui faisait trembler sa joue. Son intonation, elle, resta calme et raisonnable.

— Bushranger désire nous racheter, pas nous fermer. La force de travail sera totalement protégée. Timariot & Small deviendra une filiale de Bushranger Sports, voilà tout. À certains égards, ce sera une entreprise plus importante et plus intéressante. Nous commercialiserons les produits Bushranger en parallèle avec…

— Qui cela *nous*? Qui va diriger cette filiale? Notre président actuel?

Adrian rougit.

— Peut-être. Mais…

— Sans aucun doute, un siège au conseil d'administration de Bushranger sera assorti au poste. Je vois que tu as très bien réussi à faire passer cette entreprise du profit aux pertes.

J'étais furieux aussi. Furieux de ne pas avoir été capable de prévoir les conséquences fatales de la gestion de mon frère, ce beau parleur aux idées larges. Et à cause de ma propre naïveté. J'aurais dû tuer dans l'œuf ses ambitions mal placées. Ne pas avoir l'imprudence de lui confier les valeurs et les traditions de Timariot & Small. Comprendre qu'il les voyait tout au plus comme un tremplin pour quelque chose de plus grandiose. C'est-à-dire, grandiose pour lui.

— Ta part des deux millions et demi, ce ne sera pas mal payé pour tes trois ans d'exil des lupanars de Bruxelles, grinça Adrian.

— Sera ? Tu ne veux pas plutôt dire « serait » ? Si nous compensons tes erreurs de jugement en acceptant cette offre ?

Il se radossa et se ressaisit, refusant que je l'entraîne dans un affrontement direct.

— Je suis convaincu que cette assemblée acceptera l'offre, quand elle aura eu le temps d'en considérer les mérites. Pour le moment, c'est tout ce que je vous demande de faire. Je dois encore vous préciser que je me suis arrêté à Biarritz sur le chemin du retour. J'ai rendu visite à Bella et je l'ai informée de la nouvelle. Comme moi, elle est favorable à l'offre.

Nous y étions. La quasi-déclaration de sa victoire. À eux deux, Bella et lui possédaient plus de quarante pour cent des parts de l'entreprise. Si Jennifer votait avec eux – comme ses remarques prudentes l'indiquaient –, Adrian serait gagnant. Simon était assez fâché quand je le coinçai dans son bureau un peu plus tard, mais il devenait déjà philosophe.

— Ça pourrait me rapporter plus de trois cent mille, Rob. Assez pour ne plus avoir Joan sur le dos et pouvoir voir venir. Il faut que j'accepte. Tu le comprends, n'est-ce pas ?

Oh, que oui ! Je ne le comprenais que trop bien.

— Quiconque vote contre se fera virer si la vente se fait. C'est évident. Et elle se fera. Tu le sais. Alors, pourquoi s'y opposer ?

Pourquoi, en effet ? C'était difficile à expliquer à quelqu'un qui ne voyait pas plus loin que le bout de son nez. J'allai donc partager un long et lugubre déjeuner avec oncle Larry au Bat & Bail de Broadhalfpenny Down, berceau du cricket professionnel. Après quoi, nous restâmes dehors sous la pluie à contempler pardessus la barrière le célèbre terrain, son vieux pavillon à toit de chaume et son monument en hommage aux légendaires exploits du club de Hambledon remontant à plus de deux cents ans.

— John Small a joué ici bien des fois, dit oncle Larry. John l'Ancien, je veux dire. Il a fabriqué des battes pendant plus de soixante-dix ans, tu sais. (Je le savais très bien. C'était aussi le grand-père du John Small qui s'était associé avec Joseph Timariot en 1836.) Sans doute pourrait-on dire que c'était notre fondateur, en un sens.

— Je vais voter contre, déclarai-je solennellement.

— Moi aussi. Mais nous allons perdre, n'est-ce pas ? Adrian a ses enfants à prendre en compte. Simon a besoin d'argent. Jenny ne peut s'empêcher de penser en comptable. Et pour Bella, ce sont des absurdités antédiluviennes. Les carottes sont cuites.

— Mais pas encore servies ni mangées.

Je rentrai directement chez moi et téléphonai à Bella. Elle n'était pas chez elle. Ce fut Sir Keith qui décrocha.

— Je peux faire quelque chose pour vous, Robin ?

— Je ne crois pas. Je voulais parler à Bella de l'offre de Bushranger.

— Ah oui. Votre frère nous en a fait part. Cela a l'air d'une manière commode de vous sortir du trou où vous vous êtes fourrés. C'est en tout cas l'opinion de Bella.

— Vraiment ?

— Je suppose que vous êtes infiniment soulagé.

— Je ne dirais pas ça.

— Vous devriez. Pareille planche de salut ne se présente pas souvent. Je suis content que vous ayez appelé, au fait. Mon avocat me dit que l'émission *Le Bénéfice du doute* va s'interroger sur la culpabilité de Naylor. Vous avez été contacté par les producteurs ?

— Non, m'entendis-je mentir. Pas du tout.

— Eh bien, si jamais…

— Je saurai quoi leur dire.

Rétrospectivement, je vois pourquoi cela arriva. Ma colère devant la fin probable de Timariot & Small et ma frustration de ne rien pouvoir faire pour l'empêcher devaient trouver un exutoire. Ce ne fut pas une réflexion à un niveau conscient. Je n'avais pas l'intention de punir Bella en contrariant les confortables certitudes de son mari. Pourtant, c'est ce que je fis. J'avais passé quelques heures à Greenhayes à boire du scotch et à regarder la pluie cribler le jardin, quand Seymour et son cameraman arrivèrent, ponctuels, à 18 heures. Je m'étais monté la tête entre-temps. J'étais furieux à cause de la cupidité qui avait conduit Timariot & Small à sa perte ; à cause de la facilité avec laquelle Adrian et les autres tournaient le dos au travail de quatre générations ; à cause de l'empressement avec lequel moi et d'autres avions modelé notre souvenir de Louise Paxton pour qu'il se conforme à nos exigences. La fin semblait avoir justifié les moyens un peu trop souvent. Je voulais offrir à l'honneur et à la tradition un triomphe solitaire sur l'opportunisme commercial ; à l'honnêteté et à la sincérité une unique victoire à savourer. Je voulais dire ce que je pensais sans adapter mes paroles à leur auditoire et mes pensées à leurs conséquences. Je voulais ma forme de justice aveugle à moi. Et Nick Seymour me donnait l'occasion de l'obtenir.

Je m'attendais à le détester. En définitive, son autodérision et ses manières affables me conquirent. Il avait pour lui l'intelligence et la patience. L'intelligence de voir que j'étais d'humeur loquace. Et la patience de me laisser parler. Il avait à la main une longue liste de questions. Il n'eut pas besoin de me les débiter. Je répondis sans qu'il me les pose. Je tentai – pour la première fois – de décrire ma rencontre avec Louise Paxton dans son entier et avec précision. J'eus assez de présence d'esprit pour ne pas contredire ou retirer ce que j'avais dit au tribunal. Mais j'eus aussi le courage – ou la stupidité ou l'imprudence ou les trois ensemble – d'essayer de définir ce qui s'était logé dans mon esprit après notre fugace rencontre sur Hergest Ridge.

Une fois Seymour parti, manifestement ravi de ce qu'il avait enregistré, je ne pus me rappeler exactement ce que je lui avais dit. Pas au mot et à l'inflexion près. Je n'imaginais certainement pas de quoi cela aurait l'air une fois diffusé d'ici à quelques semaines. Et je ne m'en souciais guère. Du moins à l'époque. Il me suffisait de m'être soulagé de ce fardeau. D'avoir raconté ce qu'il en était vraiment. Ou ce qu'il m'avait semblé ce jour-là. Me l'être enfin rappelé. Sans le déformer ni l'éluder. Sans craindre les conséquences que cela pourrait avoir.

Je me servis un autre verre et portai un toast à la fragile vérité à quoi se résumait ce que je pouvais jeter en riposte au visage de Bella, Sir Keith et mes frères et sœur sans cœur. J'avais payé son dû à Louise Paxton. Tardivement, mais jusqu'au dernier centime. Apuré mes dettes. À présent, j'étais libre de rappeler aux autres les leurs.

10

Les appels aux sentiments se révélèrent encore moins efficaces que les récriminations. Je tentai les deux durant les semaines suivantes sans avoir le moindre impact sur la détermination d'Adrian à faire accepter l'offre de Bushranger. De son point de vue, c'était la solution immédiate à nos problèmes, même si ces derniers étaient de son fait et la solution la fin humiliante d'un fier morceau d'histoire. Simon et Jennifer le suivirent. Simon parce que sa part de la vente le libérerait de Joan et Jennifer parce qu'elle ne voyait aucune autre porte de sortie à notre déficit. Quant à Bella, quand je parvins enfin à lui parler, il apparut qu'elle considérait la dissolution de Timariot & Small comme de l'euthanasie.

— Hugh aurait dû négocier quelque chose de ce genre il y a des années. Peut-être que cela lui aurait évité de se tuer au travail.

Mon espoir que Sir Keith envisage d'injecter des capitaux dans l'entreprise pour lui rendre sa viabilité en restant indépendante fut abandonné avant même d'avoir été exprimé.

Oncle Larry et moi nous retrouvions donc en minorité. Adrian nous catalogua comme des romantiques irréalistes et sans doute n'avait-il pas tort. La réticence d'oncle Larry a voir la firme familiale rachetée pouvait être considérée comme rien d'autre que le refus d'un vieil homme à vivre dans le présent. Tandis que l'ironie de ma situation faisait que j'étais devenu plus impliqué dans Timariot & Small – son passé comme son avenir – que mes frères et ma sœur, alors que j'en étais resté éloigné plus longtemps qu'eux. Peut-être était-ce là le cœur de l'affaire. Peut-être que je comprenais ce que nous perdrions en vendant, simplement parce que j'en avais été absent pendant douze ans. Peut-être qu'eux ne le voyaient pas parce qu'ils y avaient toujours été. La proximité avait engendré le mépris. Plus tard, je le savais, ils le regretteraient. Mais ces regrets seraient vains. Nous ne pouvions anéantir qu'une seule fois ce qu'avaient créé nos ancêtres. C'était un geste irréversible, qu'ils étaient manifestement déterminés à faire.

Occupé à poursuivre de faux espoirs et de faibles chances d'esquiver la prise de contrôle de Bushranger, je ne songeai guère à mon interview pour *Le Bénéfice du doute* à part pour savourer la perspective de la moindre gêne qu'elle pourrait causer à Bella. Seymour m'avait dit que l'émission passerait à l'antenne vers la mi-juin et avait promis de m'envoyer une vidéo au cas où je la manquerais. J'avais l'intention de consulter *Radio Times* pour connaître la date, mais je ne parvins jamais à le faire. Sinon, j'aurais su une semaine à l'avance qu'elle devait être diffusée à 20 h 30 le mercredi 16 juin. Finalement, je ne l'appris que l'avant-veille quand je rentrai chez moi et trouvai sur le paillasson un paquet qui passait tout juste par la fente de la boîte aux lettres. C'était la cassette vidéo promise. Et bien avant d'arriver à la fin, je compris quel imbécile j'avais été.

Seymour n'était pas seulement un présentateur enjôleur. Il était également malin. Si je l'avais ignoré, je le découvrais à présent. Le doute qu'il semait dans l'esprit des téléspectateurs sur la culpabilité de Naylor ne reposait pas sur des faits accablants ou des arguments convaincants. Il se fondait plutôt sur des impressions et des implications. L'émission débutait par un résumé sans détour de l'affaire depuis la découverte des meurtres jusqu'à la condamnation de Naylor. Ensuite, Seymour s'intéressait à la défense de Naylor. « Voyons si cela tient debout, déclarait-il. Laissons notre incrédulité de côté le temps de soumettre à quelques vérifications évidentes la version que Shaun Naylor a donnée des événements. Nous allons aller là où il dit que tout a commencé, au Harp Inn, à Old Radnor. » La caméra faisait un panoramique sur la façade du pub, puis passait à l'homme qui avait témoigné au procès y avoir vu Naylor avec une belle femme le soir du 17 juillet 1990. Il semblait désormais plus certain qu'auparavant qu'il s'agissait de Louise Paxton. « Je crois bien que c'était elle, oui. Ils s'entendaient bien tous les deux. Ils riaient et ils blaguaient. » S'il disait vrai, faisait remarquer Seymour, ils pouvaient très bien s'être tout juste rencontrés.

À tout le moins, cela indiquait une disposition à flirter de la part de Lady Paxton. Était-ce crédible ? Cela collait-il avec son personnage ?

Soudain, Sophie Marsden apparaissait à l'écran, détendue dans le décor tout en poutres noires et accessoires d'équitation de sa maison du Shropshire. Elle avait l'air aussi à l'aise que Seymour m'avait amené à l'être, peut-être plus encore. Et elle parlait librement de l'amie qu'elle avait connue. « Louise n'était pas vraiment la sainte épouse et mère que l'on a dit. C'était quelqu'un qui adorait s'amuser. Elle mordait la vie à pleines dents. Il lui arrivait de flirter avec des inconnus. Et il se peut que ce soit parfois allé plus loin. Je connais au moins une occasion où cela a été le cas. Elle me l'a raconté. Ce n'était pas de la vantardise. C'était… le genre de secret que nous partagions. »

Avant que j'aie pu absorber toutes les ramifications de la déclaration de Sophie, Seymour revenait à l'image et marchait sur le chemin menant de Kington à Hergest Ridge. « Alors, selon la meilleure amie de Lady Paxton, leur rencontre telle que la raconte Shaun Naylor peut avoir eu lieu. Qui plus est, nous savons qu'elle a déjà rencontré au moins un autre homme ce soir-là dans des circonstances similaires. Là-haut, sur la levée d'Offa, où on croise souvent des randonneurs solitaires.

C'est alors que mon propre visage apparut et me fixa, avec le salon de Greenhayes visible à l'arrière-plan, y compris une portion de la télévision même que j'étais en train de regarder. Et je disais ce que Seymour voulait entendre. « Lady Paxton était amicale et abordable. Elle semblait avoir envie de bavarder.

Pas uniquement du temps. D'autre chose. Mais en même temps, elle semblait avoir des réticences à parler. Comme si… eh bien, je n'ai jamais vraiment été en mesure de décrire son état d'esprit, même à moi-même. C'était difficile à évaluer. Quand elle m'a proposé de me déposer en voiture, j'ai trouvé que c'était un geste aimable. À présent, je n'en suis plus si sûr. Je pense qu'elle voulait que – moi ou quelqu'un – reste auprès d'elle. » Puis nous revenions à Seymour sur Hergest Ridge. Et je me retrouvais à hurler à son visage enregistré en vidéo :

— Une minute ! Et le reste ? Je n'ai pas dit que cela, espèce de salaud retors.

Je ne compris à quel point il l'avait été que lorsque je repassai la vidéo plusieurs fois. C'est là qu'enfin je pus me rappeler précisément ce que j'avais dit ensuite : *« Je pense qu'elle voulait que – moi ou quelqu'un – reste auprès d'elle. Lui donne son avis objectif sur un problème qu'elle essayait de résoudre. L'écoute en parler afin qu'elle puisse s'en soulager. »* Ce que j'avais raconté ne pouvait pas être considéré comme une proposition sexuelle. Mais la version montée par Seymour le pouvait. *« Je pense qu'elle voulait que – moi ou quelqu'un – reste auprès d'elle. »* La phrase résonnait dans mon esprit telle que Seymour la citait à l'écran. « N'ayant pas trouvé ce quelqu'un en la personne de Mr. Timariot, Lady Paxton a-t-elle eu plus de chance une demi-heure plus tard au Harp Inn ? Les témoignages dont nous disposons semblent l'indiquer. »

Le film passait à la façade de Whistler's Cot. Seymour entrait dans le cadre. « L'accusation a argué durant le procès que Lady Paxton n'aurait guère pris le risque d'utiliser la maison de quelqu'un d'autre pour se livrer à des ébats sexuels adultères. Mais sa relation avec le propriétaire n'a jamais été étudiée. Nous savons qu'elle était dans les faits sa mécène. Il lui devait beaucoup. Aurait-il pu être disposé à rembourser cette dette en laissant son cottage à sa disposition ? Ou bien pouvait-elle savoir qu'il ne serait pas là jusqu'à une heure tardive ? Les deux étant désormais morts, nous ne pouvons espérer le savoir. Mais l'amie de Lady Paxton, Mrs. Marsden, nous a déclaré ceci.

Sophie réapparaissait à l'écran. « Louise et Oscar s'entendaient très bien. Il y avait une étincelle entre eux. Une compréhension. C'est pourquoi elle appréciait ses tableaux mieux que beaucoup de gens. On pourrait penser en les voyant qu'ils n'avaient rien en commun. En fait, il y avait un lien intuitif entre eux. Platonique, mais authentique. »

Et nous revenions à Seymour. « Si les jurés avaient entendu cela, peut-être n'auraient-ils pas été aussi sûrs que Shaun Naylor mentait en disant qu'il avait été amené là-bas par Lady Paxton. Mais ils se seraient tout de même heurtés à une objection majeure à sa version des événements. Si ce n'est pas lui qui a assassiné Oscar Bantock et Lady Paxton, qui est-ce ? Et pourquoi ? Il y a encore trois mois, il ne semblait y avoir aucun autre suspect ou mobile concevable. Puis ce livre (il brandissait un exemplaire de *Faux et Ale*) a été publié. Et soudain, la situation s'est plutôt compliquée. »

Je reconnus immédiatement Henley Bantock. Un cartouche identifiait son acolyte grassouillet à nœud papillon comme Barnaby Maitland. C'est avec un empressement mal dissimulé qu'ils saisissaient l'occasion offerte de faire à une heure de grande écoute de la publicité gratuite pour leur livre. Mais ils exposaient aussi leur explication des meurtres de Kington avec une indéniable facilité. « Le monde de l'art et les bas-fonds du crime se croisent en bien des endroits, expliqua Maitland. La fabrication de faux est peut-être l'activité la plus rémunératrice – et par conséquent la plus dangereuse. » « Mon oncle me disait souvent qu'il pourrait humilier l'establishment artistique s'il en avait envie, renchérissait Henley. C'est seulement quand j'ai découvert ses journaux que j'ai compris que c'était vrai. » « Il faut dire, reprenait Maitland, qu'il y avait beaucoup de raisons pour que le pauvre Oscar ait plus de valeur mort que vivant en cet été 1990. »

« Beaucoup de raisons, répétait Seymour. Aucune d'entre elles n'a été examinée lors du procès. Dans le cas contraire, l'issue en aurait-elle été différente ? L'avocat de Shaun Naylor, Vijay Sarwate, pense que oui. »

Nous passions au bureau exigu et envahi de dossiers de Sarwate. C'était un homme mince à la voix lasse qui semblait hésiter entre gratitude et rancune pour avoir été commis d'office à la défense de Naylor. Mais il était sûr d'une chose. « La preuve des activités de faussaire d'Oscar Bantock aurait été très précieuse pour mon client. Elle aurait fourni le maillon manquant à sa défense : une explication crédible des événements qui ont eu lieu cette nuit-là après son départ de Whistler's Cot. Les présomptions sont ce qu'il y a de plus difficile à réfuter, parce que, dans l'esprit des jurés, la question est toujours présente : *Si ce n'est pas lui qui a fait le coup, qui est-ce ?* Cette question est restée sans réponse au procès, indubitablement au détriment de mon client. De toute évidence, à la lumière de ces révélations, si elle était de nouveau posée, elle ne serait plus sans réponse. À vrai dire, j'envisage déjà la possibilité de faire appel contre cette condamnation en me fondant précisément sur ces arguments. »

« Pendant que son avocat réfléchit, poursuivait Seymour, l'épouse et les enfants de Shaun Naylor ne cessent d'attendre le mari et le père dont la justice a décidé de les priver pour au moins vingt ans. D'ici là, Mrs. Naylor aura presque cinquante ans. »

L'appartement des Naylor à Bermondsey. Avec une décoration tapageuse et envahi de jouets, mais propre et accueillant à sa manière. Carol Naylor, une jeune femme maigre, hagarde et manifestement sous pression, assise du bout des fesses au bord d'un canapé en skaï noir, tirait nerveusement sur une cigarette et regardait une photo encadrée de Shaun faisant sauter leur petit dernier sur ses genoux quatre Noëls plus tôt. « Qu'est-ce qui vous rend si sûre de son innocence ? » demandait Seymour. « Je le connais depuis toujours, répondait-elle. On habitait à six numéros l'un de l'autre. Je suis mariée avec lui depuis huit ans. Je le connais mieux qu'il se connaît. Il peut être coléreux et arrogant. Mais c'est pas un violeur. Ni un assassin de sang-froid. C'est pas dans sa nature, c'est tout. (Elle ravalait ses larmes.) Il a pas fait ce dont on l'accuse. Il aurait pas pu. Je le sais depuis le premier jour.

« Et depuis le premier jour, disait Seymour en reprenant le fil de l'histoire devant un mur de prison, Shaun Naylor n'a cessé de nier qu'il avait commis un viol et un double meurtre cette nuit de juillet 1990. Il est détenu ici, à la prison d'Albany, sur l'île de Wight, depuis sa condamnation. La réglementation du ministère de l'Intérieur nous interdit de lui rendre visite, mais nous avons échangé des lettres avec lui. Dans la plus récente, il nous disait ceci : "J'espère que cette histoire de faussaire va amener les autorités à rouvrir mon dossier. C'est le premier rayon de lumière depuis que j'ai été envoyé en taule. En fin de compte, ils vont s'apercevoir que je suis vraiment innocent. Je suis forcé de le croire. Parce que sinon, je deviendrai fou à cause de l'injustice qu'on me fait." » Seymour marquait une pause théâtrale, puis il reprenait : « Shaun Naylor soutient toujours qu'il est la victime d'une erreur judiciaire. Devant ce que nous savons désormais et ce que nous pouvons légitimement conjecturer des événements du 17 juillet 1990, beaucoup pourraient être d'accord avec lui et estimer qu'il n'a pas eu droit à cette composante cruciale de la justice : le bénéfice du doute. »

Alors que le générique défilait, j'éteignis la télévision et fixai sans le voir mon reflet dans l'écran. Mes quelques minutes de passage à l'antenne se cristallisaient en un unique et hideux souvenir, irrémédiable et inaltérable. Dans quarante-huit heures, j'aurais été vu et entendu dans des milliers de foyers. Ceux de mes collègues et de mes subordonnés. Ceux des amis et connaissances de Naylor. Et de Louise Paxton. Pour eux, je n'entretiendrais pas la flamme d'un espoir. Je trahirais la mémoire d'une femme respectable. Et mon serment solennel. La franchise de Sophie Marsden ferait probablement plus de dégâts que la mienne. Mais la mienne était moins pardonnable. Et se plaindre d'un montage qui avait saucissonné mes propos ne ferait probablement qu'aggraver la situation.

Je songeai à appeler la chaîne et demander à parler à Seymour. Mais je savais que cela ne servirait à rien de bon. Même si je parvenais à entrer en contact avec lui, il nierait l'accusation. Le montage des interviews était une pratique courante. Que cela aboutisse à une déformation délibérée des propos, c'était une question de point de vue. Par ailleurs, je n'avais aucun enregistrement de notre conversation à opposer au sien. Je n'avais aucune preuve qu'il avait entrepris de modifier ce que j'avais dit. Pas l'ombre d'une.

Je n'avais plus qu'à considérer les conséquences de ma contribution à cette maudite émission. Une chose était certaine. Si Sarah, Rowena ou Sir Keith tombaient sans être prévenus sur cette interview, ils seraient tout à fait en droit de penser pis que pendre de moi. Je devais les préparer. Je devais expliquer ce que l'on m'avait fait faire à mon insu. Et il fallait que je le fasse au plus vite.

J'appelai Sarah, estimant qu'elle essaierait au moins de comprendre. Personne ne répondit. Je laissai un message en insistant sur son urgence. Deux heures angoissées s'écoulèrent, durant lesquelles je repassai plusieurs fois la vidéo. Puis, alors que j'allais téléphoner de nouveau à Sarah, elle me rappela.

— Il faut que je vous voie, Sarah. Demain. J'ai quelque chose à vous dire.

— Quoi ?

— C'est trop compliqué pour en parler au téléphone. Nous pouvons nous voir ?

— Eh bien oui, sans doute. Mais demain, ce sera difficile.

— Cela ne peut pas attendre. Je vous assure.

— Il faudra peut-être. Je suis coincée toute…

— Cela concerne Rowena, coupai-je, calculant que le prénom convaincrait Sarah là où toutes mes supplications échoueraient.

— De quoi s'agit-il, Robin ?

— Retrouvez-moi demain, Sarah. S'il vous plaît.

— C'est vraiment urgent ?

— Oui. Je viendrai à Bristol. Là où cela vous arrangera.

— Très bien. College Green, à midi et demi pile. Attendez sur l'un des bancs. Je travaille à côté. Mais comme un long déjeuner est impensable en ce moment, ne soyez pas en retard.

— Je vous promets que non.

Je partis pour Bristol assez tôt le lendemain matin pour être sûr d'être à l'heure. C'était une journée chaude et ensoleillée. Quand j'arrivai, les bancs de College Green étaient déjà occupés par des groupes de jeunes oisifs et de gens qui faisaient une pause bronzage entre deux boutiques. Une brume de chaleur brouillait la perspective de Park Street et l'élégante tour élancée de l'université, tandis que la circulation grondait autour de nous et que les fumées de pots d'échappement tournoyaient dans l'air immobile. Je me postai au milieu de la pelouse triangulaire de College Green et contemplai l'infatigable agitation du monde en songeant à mon impuissance à en arrêter ou à en modifier le cours. Ce qui devait être serait immanquablement.

Elle surgit promptement à midi et demi d'une rue étroite entre la cathédrale et le Royal Hotel, silhouette menue et pressée en tailleur gris et chemisier blanc. Je fus frappé, en la voyant approcher, qu'à vingt-cinq ans elle ait commencé à perdre un peu de ces traits juvéniles que j'avais remarqués lors de notre première rencontre. Ce qui n'indiquait pas seulement l'ampleur de ses soucis professionnels, mais rappelait aussi que je la connaissais depuis longtemps. La mort de sa mère remontait à près de trois ans. Et pourtant, à bien des égards, elle était encore vivante.

— Je n'ai pas beaucoup de temps, Robin, annonça Sarah en me saluant d'un rapide baiser. Nous allons dans un pub ? Il y en a un correct juste au coin de la rue. (Elle remarqua le sac en plastique que je portais.) Vous avez fait des courses ?

— Pas vraiment. (Sa question innocente m'évita de devoir échafauder un pénible préambule. Je me lançai directement.) Saviez-vous qu'une émission sur le meurtre de votre mère doit passer à la télévision demain soir ?

— *Le Bénéfice du doute ?* Oui. L'avocat de Papa en a eu vent.

— Voici la cassette, dis-je en levant le sac. C'est pour cela que je suis là.

— Qu'est-ce que vous faites avec un enregistrement d'une émission qui n'est pas encore passée ?
— C'est une cassette que le présentateur m'a fait parvenir en remerciement. Je suis dedans, voyez-vous. Et jusqu'au cou, si j'ose dire.

Nous prîmes place dans la pénombre fraîche d'une alcôve de l'Hatchet Inn, dont l'intimité était préservée par le bruit des machines à sous et les conversations au bar. Sarah écouta patiemment ce que j'avais à dire, la pression de ses engagements professionnels oubliée maintenant que je l'avais tirée de ses préoccupations quotidiennes pour réfléchir une fois de plus aux doutes et aux difficultés que la mort de sa mère avaient fait peser sur elle – et sur lesquels elle aurait certainement préféré tourner la page une bonne fois pour toutes.
— J'ai été idiot d'accepter l'interview. Et encore plus idiot de le laisser me piéger comme il l'a fait. C'est à cause de l'offre de Bushranger. Si je n'avais pas eu toutes ces préoccupations en tête, je ne me serais jamais laissé aller à bavarder comme cela. J'étais un peu gris, un peu fâché, un peu… Enfin, voilà. C'est fait. Et on ne peut pas revenir dessus. Seymour a monté mes propos pour laisser penser que je crois que votre mère a essayé de me draguer. Ce n'est pas ce que j'ai dit. Ni ce que je pensais. Mais c'est l'impression que cela donne. Je suis désolé. Et j'ai honte. Je ne peux rien faire pour l'empêcher. Ou le changer. Je voulais juste que vous sachiez… vous prévenir… que ce n'était pas intentionnel. Dieu sait ce que Sophie avait en tête, mais j'ai… pensé à tout ce qu'il ne fallait

pas. Je ne me suis pas concentré. Je n'ai pas réfléchi aux conséquences. Je n'avais pas… l'esprit clair.

— Je ne comprends pas. Monter des propos, cela ne vous fait pas dire des choses que vous n'avez pas dites.

— C'est pourtant l'impression que cela donne, croyez-moi. Seymour déforme ce que je dis en coupant des phrases par-ci, par-là. C'est fait avec subtilité. C'est impossible à remarquer si on ne sait pas ce qui s'est passé.

— Et c'est pour cela que vous vouliez me voir ? Pour que je sois au courant ?

— En partie. Mais aussi parce que je suis inquiet pour Rowena.

— Nous sommes deux. Cela n'aurait pas pu arriver à un pire moment. Elle est… un peu abattue ces derniers temps. Elle se faisait du souci pour ses examens, d'après Paul. Mais ils sont passés et elle n'a pas relevé la tête. Il paraît que la dépression est une maladie récurrente et je crois que c'est ce qui se passe avec elle. Pas à cause de Maman, cependant, ni de ce fichu livre. Je ne suis même pas sûre qu'elle sache qu'il a été publié.

— Pourquoi, alors ?

— Vous saurez peut-être deviner mieux que moi. C'est Paul son confident, à présent. Pas moi. Du moins il devrait l'être.

— Le mariage ne connaît pas des difficultés, si ?

— Non. Du moins… Eh bien, l'absence de difficultés pourrait être le problème. Paul aime Rowena. Cela saute aux yeux quand on les voit ensemble. Mais trop d'amour, cela existe aussi, n'est-ce pas ? Cela peut devenir étouffant, même oppressant. Rowena n'a que vingt-deux ans. Ce n'est pas de son âge. Elle a grandi tardivement. Peut-être qu'elle vient seulement de commencer à grandir. Peut-être qu'elle regrette de s'être installée aussi tôt. Tout est tracé d'avance pour elle, désormais. L'épouse de Paul. La mère des enfants de Paul. Un élément immuable dans la vie de Paul. Une partie de Paul. Où est Rowena ?

— Si c'est son état d'esprit...

— Réveiller ses doutes sur la mort de Maman ne va pas l'arranger. Exactement. Heureusement, Rowena regarde à peine la télévision de toute la semaine. Avec un peu de chance, elle ne sera pas au courant pour *Le Bénéfice du doute*. Je vais l'inviter à dîner en ville avec Paul demain soir. Pour être sûre.

— C'était une idée à vous ?

— À moi et à Paul.

— Rowena pourrait prendre cela pour une conspiration contre elle. Si jamais elle le découvre. Ne pas lui avoir parlé du livre. Ne pas lui faire part de l'émission. Vous et son mari qui censurent ce qu'elle a le droit de savoir. C'est dangereux...

— Vous avez une meilleure idée, peut-être ? (Elle était fâchée. C'était arrivé soudainement et c'est seulement là, trop tard, que je compris pourquoi. J'avais franchi la frontière invisible entre la sollicitude légitime et une ingérence malvenue.) Que proposez-vous ? De ressortir au grand jour toutes ces incertitudes ? De la pousser à recommencer à ressasser cette idée folle de Maman entrevoyant sa mort ?

— Non. Bien sûr que non. Mais...

— Ou bien en donnant cette interview, tentiez-vous de nous empêcher de décider quoi faire par nous-mêmes ?

— Vous savez bien que non.

— Ah bon ?

— Vous aurais-je prévenue si cela avait été le cas ?

— Peut-être pas. Mais…

— Éluder et dissimuler n'apporte que des problèmes, Sarah. Ne le voyez-vous pas ? *Oh, quelle toile confuse nous tissons*[1], etc. Si vous aviez fait part à Rowena de la possibilité que votre mère ait eu l'intention de quitter votre père, l'idée de prémonition ne lui serait peut-être jamais venue à l'esprit comme une…

— C'est cela, alors ? (Elle me fixa, consternée.) C'est pour cette raison que vous avez agi ainsi. Je savais que je n'aurais jamais dû évoquer la possibilité que Maman quitte Papa. Vous m'en voulez de vous l'avoir dissimulé jusqu'à la fin du procès, n'est-ce pas ?

— Pourquoi vous en voudrais-je ?

— Parce que ce vous auriez pu déclarer au tribunal autre chose si vous aviez été au courant à l'époque. Et vous pensez que c'est pour cela que je l'ai gardé pour moi. Qui plus est, vous avez raison. Je ne vous l'ai dit qu'après parce que je pensais que la tentative de suicide de Rowena vous aurait fait comprendre tous les dégâts que peut provoquer une totale franchise. Mais vous n'avez pas compris. Et vous ne comprenez toujours pas. Comme le prouve ceci. (Elle désigna le sac posé sur la table entre nous.) Alors à présent vous voulez le beurre et l'argent du beurre. La vérité – du

1. Walter Scott, *Marmion*.

moins votre version – dévoilée à tous. Et mon généreux pardon. Justifiée par je ne sais quelle histoire absurde de montage de vos propos.

— Vous vous trompez, Sarah. J'essaie simplement de…

— Nous imposer votre opinion de gré ou de force. Eh bien, je ne vais pas vous laisser faire. (Elle se leva brusquement, sa chaise raclant le sol, et s'empara de son sac.) Je regarderai la cassette, Robin. Et je me ferai moi-même mon jugement. Merci beaucoup.

Elle tourna les talons et fendit la foule pour sortir.

— Sarah ! Attendez !

Mais elle était déjà partie. Et me lancer à sa poursuite ne ferait qu'empirer les choses. Une violente dispute en pleine rue aggraverait la méprise. Je me laissai retomber sur mon siège en contemplant les décombres de ma stratégie. Il y avait un soupçon de vérité dans ses paroles. Je cherchais son approbation, son estime, même. Peut-être que, trop profondément enfouie pour être avouée ou reconnue, je désirais une partie d'elle qui me rappellerait sa mère. Mais un désir plus puissant prenait toujours le dessus. Un désir de posséder le secret que Louise Paxton avait emporté dans la tombe. *Pouvons-nous vraiment changer quoi que ce soit, à votre avis ?* Non. Nous ne pouvions pas changer une seule chose. Sauf si nous la découvrions avant. Dès lors… Peut-être. Mais seulement peut-être.

Je m'attardai plus longtemps au pub que je n'aurais dû, puis je sortis et errai, un peu ivre, dans la chaleur de l'après-midi. La visite à Bristol avait été une erreur. Je ne le savais que trop bien. Sarah n'aurait pas pu avoir une pire opinion de moi si je m'étais tenu à l'écart et l'avais laissée voir l'émission sans la mettre en garde. J'avais voulu la prévenir de la duplicité de Seymour et je n'avais réussi qu'à lui faire prendre conscience de la mienne.

Je retournai à College Green et me dirigeai vaguement vers Queen Square, où j'avais garé la voiture. Il était clair qu'il me faudrait un café bien fort avant de reprendre le volant. Les entrepôts bordant le côté ouest d'un étroit bassin, juste au-dessous du Royal Hotel, avaient été transformés en un ensemble de boutiques, restaurants et galeries d'art. Un ou deux expressos dans l'un des cafés m'éclaircit l'esprit. J'en ressortis, prêt à affronter le trajet du retour à Petersfield.

Et je pilai net en apercevant Rowena qui longeait lentement l'autre côté du bassin. Elle portait une longue robe ample à fleurs. Ses cheveux dénoués lui tombaient jusqu'aux reins, gerbe d'or pâle dans le soleil ondoyant légèrement à chaque pas comme un champ de blé troublé par la brise. Elle marchait vers le sud, probablement pour rentrer chez elle. Je savais par Sarah que Paul et elle habitaient dans l'une des élégantes maisons de ville qui avaient poussé comme des champignons sur les quais depuis le déclin commercial du port. Commode pour la Metropolitan Mutual et l'université. Mais elle ne semblait pas pressée d'y rentrer. Elle traînait les pieds, tripotant la bandoulière de son sac, contemplant tantôt le ciel, tantôt les pavés. Elle ne regardait pas autour d'elle, mais, même si elle avait jeté un coup d'œil dans ma direction, elle ne m'aurait probablement pas vu dans l'ombre de la colonnade qui bordait toute la longueur des entrepôts. Le bassin était étroit, certes. Si je m'étais avancé et l'avais appelée, elle m'aurait entendu. Mais quelque chose me retint. Ma honte et quelque chose dans son attitude. Qui me souffla qu'il valait mieux éviter une rencontre fortuite.

Cependant, il se trouvait que je marchais dans la même direction qu'elle. Et à la même allure. Tant que nos chemins restèrent parallèles, je la suivis. Le sien passa devant l'Unicorn Hotel pour aboutir à l'Arnolfini au coin du quai. Le mien à l'endroit où finissait la colonnade et où un bateau amarré converti en pub flottant me la cacha. Je montai précipitamment à bord, commandai une consommation dont je n'avais pas envie et l'emportai jusqu'à un hublot à tribord. Mais Rowena s'était arrêtée au bord du quai en face de moi, comme si elle avait su qu'il me faudrait quelques instants pour arriver à sa hauteur. Elle ne pouvait pas me voir, j'en étais certain. Surtout avec le soleil dans les yeux. Elle avait l'air de chercher quelque chose, paupières plissées, de scruter l'autre côté du quai. Elle s'approcha du bord et l'espace d'une seconde, je m'alarmai. Mais ce n'était pas la peine. Elle secoua la tête, ses cheveux sautèrent sur son dos, puis elle se retourna et s'éloigna vers la passerelle qui enjambait le bassin.

Elle allait bientôt disparaître. La distance allait l'engloutir. Je la regardai traverser le pont, puis tourner à gauche et s'éloigner encore plus de moi le long des quais de l'autre côté du port. Une petite tache claire au milieu d'une confusion de mâts et de toits, dans la foule et les voitures qui passaient en trombe entre un ciel aveuglant et une eau scintillante. Pendant quelques secondes, je peinai à la suivre du regard. Un dernier éclat de soleil sur ses cheveux, puis elle disparut. J'attendis pour en être certain. Mais il ne restait plus une trace d'elle. Même floue.

Je laissai ma consommation et descendis du bateau. Quelques minutes plus tôt à peine, elle avait été là, sur le quai d'en face. J'aurais pu la héler. J'aurais pu lui demander d'attendre que je traverse pour la rejoindre. Et si elle avait encore été là, je crois que je l'aurais fait. Mais croire, c'est aussi souvent se leurrer. J'avais eu une occasion. Et je ne l'avais pas saisie. À présent, je n'avais plus qu'à m'en aller.

Je n'eus pas de nouvelles de Sarah entre mon retour à Petersfield et la diffusion de l'émission. Elle avait amplement eu le temps de visionner plusieurs fois la cassette jusqu'à ce que chacun de mes mots utilisés par Seymour soit gravé dans sa mémoire. Mais elle n'y réagit que par le silence. Je songeai que c'était peut-être ma punition. Mon bannissement, pour autant qu'elle pût le faire, de sa vie comme de celle de Rowena. L'amende qu'elle m'infligeait pour avoir trahi la confiance qu'elles avaient placée en moi.

J'enregistrai l'émission, mais je ne la regardai pas. Je l'avais déjà trop vue. Savoir que je ne pouvais pas plus forcer Seymour à admettre qu'il avait délibérément déformé mes propos que forcer Sarah à accepter qu'il l'avait fait m'exaspérait tant que j'en étais épuisé. Jusqu'au moment où affecter l'indifférence fut la seule riposte dont je me sentis capable.

Adrian avait obtenu des billets pour la première journée des matches tests au Lord's et nous les avait proposés à Simon et moi, prétendant qu'il était trop occupé pour y aller lui-même. Simon et moi nous rendîmes compte qu'il s'agissait plutôt d'une tentative pour nous acheter, la réponse de l'entreprise à l'offre de Bushranger n'étant pas encore officiellement arrêtée. Mais cela ne nous empêcha pas d'accepter. Dans mon cas, c'était exactement ce qu'il me fallait : être à l'abri l'espace d'une journée d'un éventuel appel courroucé de Bella, Paul ou Sir Keith concernant mon interview dans *Le Bénéfice du doute* de la veille. Simon me donna son avis, bien entendu.

— J'ai dit que tu aurais dû rester à l'écart depuis le début, Rob. Tu aurais dû écouter ton grand frère.

Tout cela étant entièrement prévisible. Ainsi que désagréablement proche de la vérité. Mais à peine le champagne commença-t-il à couler qu'il cessa de me sermonner et qu'un moratoire sur la question de Bushranger nous permit de passer une journée avec l'esprit agréablement léger. Même si la victoire de l'Australie sur l'Angleterre sembla préfigurer un moral au plus bas pour Timariot & Small.

Je retournai à Greenhayes tard cette nuit-là, oubliai de me réveiller et arrivai au bureau avec presque une heure de retard le lendemain matin, guère consolé à l'idée que la gueule de bois de Simon devait être pire que la mienne. Un tas de messages s'étaient accumulés durant mon absence et j'étais en train de les feuilleter distraitement d'une main tout en essayant de l'autre de sortir un cachet d'aspirine de son blister, quand ma secrétaire passa la tête dans mon bureau pour m'annoncer qu'elle avait Nick Seymour en ligne.

— Le Nick Seymour de la télé, dit-elle, apparemment impressionnée.

— Qu'est-ce qu'il veut ? aboyai-je avec irritation.

— Il n'a pas voulu le dire. Ça ne pourrait pas avoir un rapport avec ce qu'il y a dans le journal, si ?

— Je ne sais pas. Je n'ai pas vu le journal.

— Ah. Vous n'êtes pas au courant, alors.

— Ce n'est pas ce que je viens de dire ?

— Pardon, dit-elle. C'est juste que…

— Passez-moi le Nick Seymour de la télé, Liz. Sans perdre davantage de temps, hein ?

Je la congédiai d'un geste. Quelques secondes plus tard, le téléphone sonna.

— Mr. Timariot ?

C'était bien Seymour, un rien d'appréhension entamant à peine son assurance.

— Vous appelez pour vous excuser, c'est cela ?

— Qu'est-ce que vous voulez dire ?

— Vous le savez très bien.

— Écoutez, je n'ai pas le temps de jouer. Je veux simplement m'assurer que nous avons une attitude cohérente sur la question. Dans notre intérêt mutuel.

— Je ne sais pas de quoi vous parlez.

— Enfin ! De la fille Paxton. Ou Bryant. Je ne sais plus quel est le nom correct. Les tabloïds cherchent à me rendre responsable de ce qui s'est passé.

— Qu'est-ce qui s'est passé ?

— Vous ne savez pas ?

— Je ne vous poserais pas la question sinon, n'est-ce pas ?

— Je pensais que vous seriez forcément au courant.

— *Dites-le-moi, c'est tout.*

Mon intonation lui cloua le bec un instant, puis il répondit :

— La fille de Lady Paxton s'est suicidée hier après-midi.

— Quoi ?

— Elle se serait jetée du haut du pont suspendu de Clifton.

— Rowena est morte ?

— Oui. Et la presse prétend qu'elle a agi ainsi uniquement parce qu'elle a vu mon émission mercredi soir.

— Oh, mon Dieu !

— Vous comprenez donc que c'est essentiel que nous soyons sur la même longueur d'onde. Les journaux ne vous contacteront peut-être pas. Mais s'ils le font, vous seriez bien avisé de…

Je coupai la communication avant qu'il ait pu continuer et reposai lentement le combiné. Devant moi, parmi les minuscules messages soigneusement dactylographiés par Liz la veille, se trouvait le plus bref de tous. *Mrs. Bryant a appelé pour une affaire urgente. Elle rappellera.* Et je revis devant moi dans ma tête le soleil qui scintillait dans ses cheveux alors qu'elle tournait au bout du quai.

Je me levai d'un bond et me précipitai dans le bureau de Liz, le bout de papier à la main. Liz leva les yeux, surprise.

— Qu'est-ce qui ne va pas ?

— Ce message, dis-je en le plaquant sur son bureau. Quand l'avez-vous noté ?

— Mrs. Bryant, fit-elle, songeuse. Ah, je me souviens. Elle a dit qu'elle était dans une cabine. Elle avait l'air angoissé.

— Quand ?

— Euh… Durant l'heure du déjeuner. Oui. Juste avant 14 heures. Ou juste après.

— Montrez-moi votre journal.

Son *Daily Mail* dépassait de son tiroir.

— Vous n'êtes pas en train de me dire… Rowena, c'était la Mrs. Bryant qui vous a téléphoné hier ? demanda-t-elle d'un ton horrifié. Jamais je…

— Donnez-moi le journal !

Elle me le tendit et je vis le gros titre qui s'étalait en une. « La fille se suicide trois ans après le meurtre de sa mère. » *La fille de l'une des victimes d'un double meurtre survenu il y aura trois ans hier s'est suicidée en se jetant du haut du pont suspendu de Clifton, sinistrement connu comme le lieu de nombreux suicides à Bristol.* Je parcourus le texte pour trouver l'information que je redoutais. *Rowena Bryant, une jeune femme de vingt-deux ans, mariée, étudiante à l'université de Bristol, aurait sombré dans la dépression au cours des dernières semaines. Il semblerait qu'elle ait voulu se suicider après avoir vu l'enregistrement vidéo de l'émission* Le Bénéfice du doute *diffusée mercredi, dans laquelle le présentateur controversé Nick Seymour faisait part des doutes sur la culpabilité de l'homme convaincu du viol et du meurtre de sa mère, Lady Paxton, en juillet 1990. Shaun Naylor, trente et un ans, purge une…* Mais où était l'heure – l'heure précise ? Quand était-ce arrivé ? *Des témoins stupéfaits ont vu Mrs. Bryant gagner calmement le milieu du pont peu après 14 heures hier, enjamber le garde-fou et...* Peu après 14 heures. C'était donc pire que ce que je redoutais.

— Vous vous sentez bien, Robin ? demanda Liz.

Je ne répondis pas. Je repliai le journal, le laissai tomber sur son bureau et ramassai le message qu'elle avait pris la veille juste avant 14 heures. Ou peut-être juste après. *Mrs. Bryant a appelé pour une affaire urgente. Elle rappellera.*

— C'est vraiment ce qu'elle a dit ? demandai-je.

— Oui. La conversation a duré à peine une ou deux minutes. Elle a dit que c'était urgent et personnel. Je lui ai répondu que vous étiez absent et elle a eu l'air déçu. Je lui ai suggéré de rappeler. Elle a dit qu'elle le ferait. Puis...

— Puis quoi ?

— Elle a raccroché.

Elle avait raccroché. Et parcouru la courte distance entre la cabine et le pont. Elle avait dû appeler depuis celle qui se trouvait côté Clifton. Je me rappelais être passé devant avec elle en ce jour de novembre 1991 quand j'étais allé à Bristol à la demande pressante de Sarah pour aider Rowena à oublier le mystère de la mort de sa mère. Nous avions parlé de sa tentative de suicide quelques jours plus tôt ; elle avait dit combien elle était heureuse d'être en vie. L'espace d'un moment, une heure tout au plus, avait-elle raconté, la mort lui avait paru plus attirante que la vie. Et c'était arrivé une fois de plus. Mais l'issue d'une overdose de médicaments n'était jamais certaine ni immédiate. Alors que sauter d'un pont...

— Cela ne tient pas debout, murmura Liz. Elle a dit qu'elle rappellerait. J'en suis certaine.

— Ne vous inquiétez pas, ce n'était pas votre faute. Vous ne pouviez pas savoir.

Elle leva vers moi un visage reconnaissant.

— J'imagine que personne ne le pouvait, n'est-ce pas ?

J'aurais voulu acquiescer, affirmer de tout mon cœur que c'était un coup de tonnerre dans le ciel bleu, un événement que nul n'aurait pu prévoir ni prévenir. Mais quelque chose me retint. Les paroles mêmes de Rowena – son irrationnel sentiment de culpabilité vis-à-vis de la mort de sa mère – se dressaient devant moi et m'empêchaient de nier toute responsabilité. *On pourrait rejouer les événements du 17 juillet cent fois et produire cent résultats différents. Dans de nombreuses occurrences – peut-être la majorité –, Maman ne mourrait pas. Elle ne serait même pas en danger. Juste à cause d'une infime variation à peine remarquable. Comme ce qu'elle m'a dit. Ou à vous. Et ce que nous lui avons répondu.* Je l'avais alors convaincue d'accepter que, même s'il en était ainsi, personne ne pouvait prévoir la version fatale ni en être tenu pour responsable. Mais peut-être n'y avais-je pas cru davantage qu'elle. Peut-être savions-nous ce qu'il en était mais que nous n'avions pas osé le dire. De peur de ce que cela signifiait.

« Pouvons-nous vraiment changer quoi que ce soit, à votre avis ? » Oui, Louise. J'aurais pu vous sauver. Et j'aurais pu sauver votre fille. Si j'avais refusé à Seymour cette interview. Si j'avais surveillé davantage mes propos. Si je ne lui avais laissé aucune possibilité de les

falsifier. Si j'étais allé trouver directement Rowena. Si je l'avais hélée par-dessus le bassin. Si j'avais été dans mon bureau pour prendre son appel. Si je lui avais dit la vérité depuis le début. Si je lui avais fait confiance comme elle me le demandait. Si j'avais fait ne serait-ce qu'un seul bon choix au lieu d'une douzaine de mauvais. Dans ce cas – et seulement dans ce cas –, cela aurait peut-être été totalement différent. Mais il n'en serait pas ainsi. Et Rowena ne rappellerait pas non plus. Ni maintenant, ni jamais.

11

Aujourd'hui, je ne saurais dire comment je parvins à la fin de cette journée. Pendant la majeure partie, je restai enfermé dans mon bureau, peinant à trouver comment réagir au décès de Rowena. Je savais que contacter Sarah à ce stade serait contre-productif. À coup sûr, elle me tiendrait pour responsable de ce qui était arrivé. Même si je brûlais d'envie de lui demander de quelle façon Rowena avait pu voir la vidéo, c'était rigoureusement impossible. Paul était un quasi-inconnu pour moi. Le contacter alors qu'il pleurait son épouse était inconcevable. Bella était un intermédiaire possible et je pris le risque de téléphoner à Biarritz, où l'on me fit savoir que Sir Keith et elle étaient déjà partis pour l'Angleterre. Je me retrouvai donc dans le néant, dans l'incapacité d'agir parce que chaque geste que j'envisageais aboutissait à une impasse.

Je pris tout de même la décision de faire comme l'avait demandé Seymour, mais pour mes propres raisons. Je donnai instruction à Liz de répondre que j'étais absent à tout journaliste qui téléphonerait. Elle eut plusieurs appels, qui n'arrivèrent pas jusqu'à moi. C'était une interview qui avait déclenché cette situation et je savais que des récriminations publiques ne feraient que la prolonger. Si Sarah n'était pas disposée à croire l'explication que je lui avais donnée en personne, en voir une version confuse dans les tabloïds ne changerait rien du tout. Cependant, je laissai Seymour imaginer ce qui lui chantait. J'étais franc avec lui aussi. Et j'avais bien l'intention de continuer.

Je rentrai chez moi dès que je le pus sans donner l'impression de m'esquiver avant l'heure, mais je ne restai que le temps de me changer. Je redoutais que le téléphone ne sonne et que je me retrouve au bout du fil avec Sir Keith ou un journaliste venu fouiner, mais je savais que je serais forcé de répondre au cas où Sarah me tendrait un rameau d'olivier. Comme je préférais m'épuiser à marcher dans les chemins plutôt que m'angoisser à attendre à Greenhayes, je sortis. Je terminai au White Horse, un ancien repaire de Thomas sur le plateau de Frowfield, où j'étais fort heureusement inconnu et où je pus enchaîner les verres jusqu'à ce que les démons soient anesthésiés, même si je ne parvins pas à les chasser.

Il était presque minuit quand je rentrai à Greenhayes. Le téléphone sonna alors que je n'avais même pas refermé la porte derrière moi. Et j'étais trop ivre pour hésiter avant de décrocher.

— Robin ?

— Oh, Bella… C'est toi.

— J'essaie de te joindre depuis le début de la soirée.

— Désolé, j'étais… sorti.
— Je suppose que tu es au courant pour Rowena.
— Oh, oui, je suis au courant.
— C'est tout ce que tu trouves à dire ?
— Qu'est-ce que tu veux que je dise d'autre ?
— J'aurais pensé que nous avions droit à tout le moins à une explication de ta part.
— Je serais heureux d'en fournir une. Si tu penses qu'elle pourrait être écoutée.
— Je l'écouterai, Robin.
— Mais Keith ? Et Paul ? Et Sarah ? Ils l'écouteront ?
— Probablement pas, non. Peux-tu leur en vouloir ? Ils pensent que toi et cette garce de Marsden êtes en partie responsables – sinon principalement responsables – de ce qu'a fait Rowena.
— Et tu te rangeras sans aucun doute à leur avis.
— Dans l'immédiat, ce que je pense n'importe guère. À présent, écoute-moi. Keith passe le week-end avec Sarah et Paul. Mais je descends à Hindhead demain. J'aimerais te voir. Passe aux Hurdles à… disons… 16 heures ?
— Très bien. Si tu estimes que cela servira à…
— Contente-toi de venir, Robin.

Et elle raccrocha avant que je puisse changer d'avis. Mais je ne l'aurais pas fait. J'avais autant de questions à lui poser qu'elle en avait pour moi.

J'arrivai aux Hurdles au milieu d'un après-midi d'été torride. La pelouse bruissait de criquets. Le bruit mat de balles de tennis résonnait derrière la clôture d'un voisin. Et dans le bleu profond du ciel, le grondement lointain d'un petit avion qui profitait d'un courant ascendant. La mort semblait aussi lointaine que l'hiver. Pourtant, c'était elle qui motivait ma venue.

Bella m'accueillit en se plaignant de la chaleur.

— J'avais oublié combien le temps peut être moite en Angleterre, dit-elle. Mon Dieu, il ne pouvait y avoir pire moment pour que cela arrive.

— Il aurait pu y en avoir un meilleur ?

— Tu m'as très bien comprise. Veux-tu boire quelque chose ?

— Pourquoi pas ?

— Il y a une bière dans le réfrigérateur. C'est à peu près tout ce qu'il y a, d'ailleurs. Apporte-la sur la terrasse.

Je pris une canette et un verre et la suivis à l'arrière de la maison, où elle disposa deux fauteuils de réalisateur sous la pergola. Elle avait déjà un verre, une boisson couleur citron, avec une paille dedans. Une pile de lettres décachetées posées sur la chaise voisine témoignait de la durée de son absence. Et elle n'avait pas l'air ravi d'être revenue. Elle fumait, ce qui n'était pas bon signe. Pas plus que les lunettes de soleil derrière lesquelles elle cachait ses yeux. J'avais peut-être trahi son mari et sa belle-fille. Mais je l'avais dérangée. Un crime odieux, vraiment.

— Sarah m'a dit que tu prétendais qu'on avait trafiqué tes déclarations.

— C'est exact. On a saucissonné mes propos.

— Foutaises. J'ai vu la cassette, Robin. Qu'est-ce que tu t'imaginais être en train de faire ?

— J'essayais de raconter ce qui s'était réellement passé.

— Et cela valait-il la peine de conduire Rowena au suicide ?

— Non. Bien sûr que non. J'étais loin de me douter…

— Tu étais au courant de la première tentative. Comment peux-tu prétendre que tu étais loin de te douter ?

— Ah ! Sarah te l'a dit, alors ?

— Oui. Et je regrette qu'elle ne l'ait pas fait sur le moment. Keith et moi aurions peut-être pu… Oh, peu importe. (Elle se leva et fit les cent pas en tirant sur sa cigarette.) Ce n'est pas entièrement ta faute, je te l'accorde. Sarah a été imprudente en nous le dissimulant. Et elle aurait dû se rendre compte de ce qui se passerait si Rowena était au courant de l'émission.

— Et comment a-t-elle été au courant ?

— Un coup de malchance. Ses examens terminés et le trimestre aussi, elle ne devait pas aller à l'université la semaine dernière et Paul a donc pensé qu'elle ne croiserait personne qui avait vu l'émission. Or une autre étudiante qu'elle connaissait très bien l'avait vue, elle. Elle est passée prendre le café le jeudi matin et a interrogé Rowena. Seulement, elle ignorait que l'émission avait été tournée et encore moins diffusée. Cela lui a causé un choc. Sans doute a-t-elle été scandalisée qu'on le lui ait dissimulé. J'étais sûre depuis le début que c'était une erreur. Je n'aurais jamais dû laisser Keith… Quoi qu'il en soit, environ une demi-heure après le départ de sa visiteuse, Rowena a été vue par un voisin entrant dans l'appartement de Sarah à Caledonia Place. Elle avait gardé la clé de l'époque où elles habitaient ensemble. Elle a dû se douter que sa sœur avait enregistré l'émission pendant qu'elle était sortie avec elle et Paul la veille. Mais Sarah n'avait pas besoin de l'enregistrer, n'est-ce pas ? Parce que tu lui avais donné la cassette, soigneusement étiquetée, que Rowena a trouvée et regardée sur la télé de Sarah. Elle était encore dans le magnétoscope quand Sarah est rentrée. Tu imagines l'effet que cela a dû lui faire ? Sophie Marsden sous-entendant que sa mère était une sorte de nymphomane.

— Ce n'est pas exactement ce qu'elle…

— Et toi qui confirmes. Qui réveilles les illusions de prémonition et d'occasions manquées que s'est faites Rowena. Toi qui la culpabilises d'avoir contribué à la condamnation de Naylor. À cause de toi, elle imagine que sa propre famille lui cache tout. Elle a peur de ce que cela peut signifier. Dieu sait combien de fois elle aura visionné cette cassette durant les deux heures qui ont suivi. Mais c'était trop pour elle. Elle a bu une demi-bouteille de gin, figure-toi. Puis elle est allée jusqu'au pont et elle s'est jetée dans le vide. On pense qu'elle a essayé de joindre quelqu'un avant. On a trouvé son agenda dans la cabine téléphonique côté Clifton.

— C'était moi.

Bella me jeta un regard stupéfait.

— Toi ?

— Oui. Mais j'étais au Lord's toute la journée. Avec Simon. Elle a dit à ma secrétaire qu'elle rappellerait.

— Ah, bravo ! La dernière chance de la sauver gâchée. Tout cela parce que tu es allé à ce foutu Lord's te saouler avec Simon. Vraiment, c'est le pompon.

— Nom de Dieu, mais je ne pouvais pas savoir. (S'il fallait répartir les responsabilités, je ne voulais pas recevoir plus que ma part.) Sarah m'a fait jurer le silence concernant la tentative de suicide de Rowena. Et ton mari m'a supplié de ne rien lui dire concernant *Le Bénéfice du doute.* Peut-être que si vous aviez essayé de comprendre ses hésitations avant le procès, si vous lui aviez fait confiance juste…

— Keith ne t'a pas supplié de donner une interview à Seymour. Ni de débiter à ce pauvre type tes sottises de psychologie de bazar sur l'état d'esprit de Louise le jour de sa mort.

— Non, mais…

— Et puisque tu as l'air de vouloir esquiver les responsabilités, je pourrais aussi aborder un sujet que je voulais t'épargner. Mais étant donné que c'est plus compréhensible maintenant que tu as admis que c'était toi qu'elle avait appelé, autant que tu sois au courant. Quand Sarah est rentrée chez elle, la télé était toujours allumée. Avec la vidéo de *Bénéfice du doute* sur pause durant ton interview. Alors maintenant, tu sais pourquoi elle voulait te parler, n'est-ce pas ?

— Pour me demander quelle version était la vérité, murmurai-je autant pour moi que pour Bella. Celle que j'ai donnée au procès. Ou celle que j'ai laissée entendre dans l'interview. Celle qu'elle s'est forcée à croire. Ou celle qu'elle ne pouvait pas totalement oublier.

— Et qu'est-ce que tu lui aurais dit ?

— Je n'en sais rien. Je ne suis plus sûr de savoir. Sans doute que je ne l'ai jamais été.

Bella se rassit, écrasa rageusement sa cigarette et me foudroya du regard.

— Pourquoi a-t-il fallu que tu reviennes là-dessus, Robin, hein ? Elle était en train de s'en remettre. Son père et sa sœur aussi. Keith est si heureux, ces derniers temps. Il profite pleinement de sa retraite. Et à présent...

— Je suis désolé, Bella. Désolé pour tout. Mais même si je n'avais rien dit ni fait, Bantock aurait écrit son livre malgré tout. Et Seymour aurait tourné son émission. Les questions – et les doutes – auraient encore été soulevés.

— Et peut-être que Rowena aurait pu les supporter. Sauf qu'il y a eu ton intervention. Y as-tu réfléchi ?

— Oui, j'y ai réfléchi. Mais c'est gentil à toi de le souligner.

Bella enleva ses lunettes et me dévisagea. Je crois qu'elle se rendait peut-être compte qu'elle était allée trop loin. Elle radoucit le ton, seule concession qu'elle accepta de faire.

— Keith, Sarah et Paul vont avoir besoin de toute mon aide pour se remettre de cette tragédie. C'est comme un coup porté sur une plaie béante. Il faut que je pense à eux avant quiconque.

— Je le comprends.

— Je ne sais pas exactement quand les obsèques auront lieu, mais je pense qu'il vaut mieux que tu les laisses tranquilles jusqu'à ce que ce soit passé, pas toi ? Jusqu'à ce que ce soit largement passé.

Je m'y attendais, évidemment. À être banni de leur compagnie et de leur affection. Je ne pouvais m'en prendre qu'à moi-même. Toutefois, cela faisait quand même mal.

— Tu me diras quand et où ? Je voudrais… envoyer des fleurs.

— Je te tiendrai au courant.

— S'il y a quelque chose…

— Oui, effectivement.

— Quoi ?

— Parle à Sophie Marsden. Essaie d'apprendre ce qu'elle a bien pu vouloir dire avec ce qu'elle a raconté à Seymour. Cela ronge Keith. La peur qu'il y ait un fond de vérité là-dedans. J'en doute, personnellement. Louise n'était pas une fêtarde. Du moins d'après tous les gens qui m'ont parlé d'elle. Auquel cas, j'aimerais savoir pourquoi Sophie Marsden a décidé de la dépeindre comme telle. Keith considérait Sophie comme une amie. Son comportement l'a choqué encore plus que le tien.

— Qu'est-ce qui te fait croire qu'elle s'épanchera auprès de moi ?

— Tu es de son côté, non ?

— Évidemment que non. Il n'y a pas…

— Par ailleurs, je ne répondrais de rien en sa présence. J'ai besoin d'un intermédiaire. Si tu veux réparer en partie les dégâts que tu as causés…

— Très bien. Je serai ton messager.

Ma réticence était feinte. Je voulais autant que Bella savoir quelle mouche avait piqué Sophie, sinon davantage. Notre brève rencontre au mariage de Rowena m'avait laissé l'étrange et troublante impression qu'elle savait sur mon compte quelque chose que j'ignorais moi-même. Il était grand temps que je découvre quoi.

Bella m'avait donné le numéro de Sophie. J'appelai à peine rentré. Mais Sophie n'était pas là, d'après son mari.

— Vous n'êtes pas un de ces satanés journalistes, n'est-ce pas ?

— Non. Plutôt une autre de leurs victimes.

— Dans ce cas, je lui dirai que vous avez appelé.

Il y avait quelque chose de vaguement familier dans sa voix lugubre. J'aurais presque pu jurer que je lui avais déjà parlé. Cela dit, quand aurais-je croisé la route de quelqu'un qui travaillait dans les machines agricoles ? Jamais était la réponse la plus probable.

Pas moins de cinq heures plus tard, me tirant d'un sommeil alourdi par l'alcool, Sophie rappela. Elle ne semblait pas le moins du monde avoir envie de dormir, même si la pendule de l'entrée avait sonné 1 heure alors que je titubais vers le téléphone. Contre toute attente, elle ne sembla pas plus réticente à l'idée que nous nous voyions.

— Je crois que nous devrions, pas vous ? Étant donné les circonstances.

— Eh bien, évidemment que oui. Mais…

— Londres vous conviendrait ? Nous avons un petit appartement à Bayswater. Je compte y séjourner quelques jours la semaine prochaine. Les soldes d'été vont peut-être me remonter le moral. Je me sens affreusement mal depuis ce qui est arrivé à Rowena. (Qu'une débauche de dépenses chez Harrods puisse lui faire oublier la mort inutile d'une jeune fille me dégoûta vivement malgré mon cerveau embrumé.) Et si vous veniez prendre le thé mardi ?

— Très bien. Où voulez…

— 6, Godolphin Terrace. Je vous attends à 15 h 30.

— D'accord. Je…

— À mardi, alors. Au revoir.

Le temps que je retourne me coucher, j'étais parfaitement réveillé. Avait-elle attendu que son mari soit endormi pour me rappeler ? Auquel cas, pourquoi voulait-elle que notre rendez-vous reste secret ? N'importe qui aurait pensé que nous avions une *liaison**. Et pourquoi – oui, pourquoi – était-elle impatiente de me voir ?

Ces pensées balayèrent sans peine le sommeil et je restai à tourner et à me retourner durant la courte nuit d'été, tout en me repassant maintes et maintes fois l'enchaînement des événements menant du meurtre de Louise Paxton au suicide de sa fille. La mort de Rowena était à certains égards la plus horrible. Rowena était si fragile, si vulnérable, elle avait si manifestement besoin d'être protégée. Il aurait dû y avoir un moyen de la sauver. Il y en avait probablement eu un. Mais il avait été négligé, délaissé au profit d'autres questions et fugaces caprices. Par moi et par d'autres. Et que représentaient vraiment ceux-ci quand je fermais les yeux et que je voyais, dans des images que je ne pouvais chasser, cette mince silhouette tomber du pont, bras écartés, un agenda abandonné sur la tablette d'une cabine téléphonique, et mon visage flou et clignotant sur un écran de télévision ?

Quand l'aube se leva quelques heures plus tard, j'étais déjà lavé et habillé. La perspective de passer un dimanche solitaire terré à Greenhayes, plus qu'intolérable, était tout bonnement inconcevable. Bella m'avait dit de les laisser tranquilles et c'est ce que j'allais faire. Les vivants, en tout cas. Mais personne ne pouvait m'empêcher d'aller à la recherche des morts. J'étais entré dans la pièce où Louise avait été assassinée. Maintenant, il fallait que j'aille sur le pont d'où Rowena s'était jetée. Je n'avais pas le choix. C'était quelque chose que je devais faire.

Clifton était encore désert et aussi silencieux qu'une tombe à une heure si matinale un dimanche. Mais le soleil me chauffait déjà le dos alors que je gravissais Sion Hill et risquais un coup d'œil sur Caledonia Place. Une camionnette de laitier avançait vers moi en ronronnant. Je la regardai s'arrêter dans un cliquetis de verre près de la porte de Sarah et je me demandai si je la verrais sortir récupérer sa bouteille si j'attendais un peu. Elle devait être réveillée, sans aucun doute. Elle n'avait pas dû mieux dormir que moi. Mais à la pensée de ce qui pourrait se passer si elle me repérait, je pressai le pas.

À présent, je suivais probablement le trajet qu'avait pris Rowena trois jours plus tôt, longeant la courbe de Sion Hill, avec le pont suspendu occupant presque tout le paysage sur ma gauche. À cette distance, les câbles ressemblaient à de minces lianes. Et la profondeur de la gorge n'était pas évidente. Cela aurait pu être une passerelle enjambant une rivière peu profonde. Mais je savais qu'il n'en était rien.

Un chemin qui traversait une large bordure herbeuse menait à la route du pont. Alors que je prenais le trottoir, tous les itinéraires possibles convergèrent. Car là, devant moi, se dressait la cabine téléphonique qu'avait utilisée Rowena. Je m'arrêtai et ouvris la porte. J'ignore pourquoi, en fait. Rien ne la distinguait de milliers d'autres. Le téléphone. Le mode d'emploi imprimé. L'odeur aigre. Les graffitis salaces. Et une tablette vide.

Je poursuivis. Je dépassai les guérites et les barrières du péage, contournai le gigantesque piètement gauche du pylône et me retrouvai sur le pont. Les balustrades faisaient environ un mètre cinquante de hauteur, garnies d'un grillage fragile et surmontées de pointes en bois émoussées. Aucun véritable obstacle pour quelqu'un de désespéré ou de déterminé. Et Rowena avait dû être les deux ce jour-là. J'avais lu qu'elle avait sauté au milieu. Je regardai devant et derrière tout en marchant pour être sûr que j'avais atteint l'endroit où elle avait dû s'arrêter. Quand j'y fus parvenu, je m'immobilisai. Et je regardai en bas pour la première fois.

C'était si loin. Si impressionnant. Le soleil scintillait avec bienveillance sur les méandres de la rivière et dorait les plis des épais bancs de vase. La route allant de Bristol à Avonmouth longeait la rive est et la hauteur à laquelle je me trouvais fit naître une illusion fugitive dans mon esprit. J'avais l'impression que les rares voitures qui y roulaient me rappelaient des jouets disposés par terre dans ma chambre quand j'étais enfant. Des jouets que je pouvais ramasser ou détruire à mon gré. C'est alors que l'immense vide pénétra ma conscience et que je reculai, affolé. Dieu tout-puissant ! Quel acte ! Et avoir non seulement le désir mais le courage de l'accomplir. De trouver où poser le pied et grimper par-dessus la balustrade. Et ensuite ? Sauter de là ? Ou se laisser glisser jusqu'à ce que vos orteils reposent sur l'étroit rebord au pied de la balustrade, puis se tourner et se laisser tomber ? La détermination. La décision. Et l'acte. Tous étaient réversibles. Annulables. Jusqu'à la fraction de seconde suivant l'instant où vous aviez lâché, quand le vent et la gravité vous privaient de votre liberté. Et que votre vie n'allait plus durer que le long moment de cette chute.

Pourquoi avait-elle fait cela ? Debout au milieu du pont, je sentis une vague de nausée me submerger. Je fixai le ciel le temps de la laisser passer. Puis je baissai les yeux à nouveau. Et je compris. Ce n'étaient pas les mensonges que nous t'avions dits, n'est-ce pas, Rowena ? Ce n'était pas l'idée que nous t'ayons mêlée à une possible erreur judiciaire. Ni la peur de n'avoir jamais su qui était réellement ta mère. Ce n'était rien de tout cela. À la fin. Quand tu étais arrivée au point de non-retour. *Elle était au bord du précipice*, avais-tu dit d'elle. *Elle était prête à faire le pas de trop*. Je m'en souvenais, à présent. *Dans le vide*. Tes propres paroles. *Elle le savait*. Tes paroles mêmes. *Et pourtant, elle a fait ce pas*. Il fallait que tu saches, n'est-ce pas ? Il fallait que tu le découvres. *Pourquoi ?* Je ne pouvais pas te le dire. Personne ne le pouvait. Tu le savais. Et, en voyant la vidéo, tu as dû te rendre compte que cela ne changerait jamais. Sauf si tu la suivais. Sauf si tu cédais à la pulsion que tu avais tenté d'enfouir en toi. *L'idée est parfois tellement exaltante*. Oui, bien sûr. *Si tentante*. Et ô combien définitive.

C'est au milieu de la matinée que je quittai Bristol. Je roulai lentement, ne sachant guère s'il valait mieux rester ou m'en aller. Quelque part vers Warminster, j'allumai la radio et me surpris à écouter la retransmission des matches de cricket du Lord's. Le match test continuait toujours. Quand il avait commencé, l'issue m'intéressait en fait assez. Mais à l'époque, Rowena était en vie. À présent, cela ressemblait à une émission d'une autre planète. Des larmes m'embuaient les yeux quand j'éteignis la radio d'une brutale pression de l'index. Et je trouvai du réconfort dans le silence qui s'ensuivit.

Le mardi arriva. Et avec lui, mon rendez-vous à Londres. Après avoir passé une matinée sans queue ni tête au bureau, je me rendis à pied à la gare et pris le train de midi pour Waterloo. Après quoi, je fis presque la moitié de la Circle Line pour descendre à Bayswater et me rendre à Godolphin Terrace.

Il se trouva que l'endroit était moins grandiose que ne le laissait supposer le nom. Les maisons avaient toutes les caractéristiques traditionnelles : façade en plâtre sur quatre étages avec grenier et sous-sol, porche à colonnade et heurtoir en forme de dauphin. Mais certaines commençaient à avoir un air délabré. Une ou deux allaient être bonnes pour les squatteurs si le voisinage ne les surveillait pas. Même si, je n'en doutais pas, on pouvait compter sur Sophie Marsden pour cela.

Le numéro 6 était en bon état, bronzes polis, peinture rutilante. Sophie répondit rapidement à mon coup de sonnette.

— Robin ?

— Oui.

— Poussez quand vous entendrez le déclic. Je suis au deuxième.

Elle m'attendait devant sa porte. Coiffée de peu, constatai-je, quoique probablement pas pour moi. Mais sa robe moulante me fit penser, alors que je la suivais dans un salon meublé avec goût, que je me trompais peut-être. Il se pouvait que le flirt soit sa riposte au comportement qu'elle pensait que j'adopterais. Si c'était le cas, je ne fis rien dans ce sens.

— Il y a du thé, bien sûr. Mais je prendrais volontiers un gin-tonic. Et vous ?

— Très bien.

Je m'approchai de la fenêtre pendant qu'elle les servait et je regardai dans la rue. Elle arriva près de moi plus vite que je ne pensais, verre à la main, avec un sourire énigmatique.

— Vous craignez d'avoir été suivi, Robin ?

— Bien sûr que non.

— Voici votre verre. Asseyons-nous.

Un sofa et deux fauteuils étaient disposés de part et d'autre d'une table basse devant une immense cheminée en marbre, dont l'âtre était occupé par une aspidistra dans un pot en cuivre. Une accumulation d'invitations à bordure dorée se mêlait au bric-à-brac qui encombrait le manteau, au-dessus duquel était accrochée une huile sinistre représentant apparemment la tour de Babel. Sophie s'installa à un bout du canapé et tapota le coussin du fauteuil voisin. Je m'assis et bus une gorgée, résistant à une violente envie d'en avaler plusieurs. C'est alors que je remarquai le

Bantock accroché au mur en face de moi. Elle avait fait en sorte qu'il en soit ainsi, évidemment. Une madone à l'enfant. Ou une vieille femme et une poupée. C'était difficile de trancher.

— Quelle opinion avez-vous de l'expressionnisme, Robin ?

— Je ne suis vraiment pas qualifié pour…

— Nous sommes tous qualifiés, incontestablement. Nous pouvons juger si quelque chose est bon ou mauvais. Bien ou mal. Je n'ai moi-même jamais été entièrement acquise à l'œuvre d'Oscar.

— Alors pourquoi…

— À titre d'investissement. C'est Louise qui était emballée. Je faisais confiance à son jugement. Et cela a payé. Ironie du sort, c'est parce que Oscar est mort. Et Louise avec lui.

— Sophie, je ne suis pas venu ici pour…

— Discuter d'art ? Non, j'imagine bien. (Elle fit tourner le glaçon dans son verre et prit une longue rasade.) Ah, j'en avais besoin. La première fois que l'on goûte est toujours la meilleure, vous ne pensez pas ? Pour tout.

— Pourquoi avez-vous dit toutes ces choses à Seymour ?

— Vous n'aimez pas prendre de gants, dites-moi. Est-ce ce que… Enfin, nous y reviendrons plus tard, je suppose.

— Revenir à quoi ?

Elle jouait avec moi le même jeu qu'elle avait commencé à Sapperton. La même danse du chat et de la souris menant progressivement vers quelque chose d'encore obscur. Et la ressemblance avec Louise apparaissait de plus en plus. Ou bien je la remarquais davantage. Toutefois, peut-être que « ressemblance » n'était pas le mot juste. C'était plutôt une imitation. Une reproduction habile de facettes de Louise qu'elle savait que je reconnaîtrais. La voix douce. Le port de tête. La position en équilibre sur le bord.

— J'ai eu un choc en apprenant, pour Rowena. Une jeune existence éteinte. Quelle tragédie. J'ai toujours envié à Louise ses enfants, n'en ayant jamais eu moi-même. Mais sans doute apportent-ils autant de peines que de joies. Comment Keith tient-il le coup ?

— Je ne l'ai pas vu. Ni Sarah. Ni Paul.

— Ah. Vous vous gardez bien de les approcher, n'est-ce pas ? Je comprends très bien. Je me suis dit qu'il fallait que j'en fasse autant. Étant donné les circonstances.

— J'ai parlé à Bella.

— Bien sûr. Votre belle-sœur. Lady Paxton, devrais-je dire. Bien que le nom ne lui aille pas tout à fait, non ?

— Elle m'a dit qu'ils étaient tous extrêmement bouleversés. Comme on peut s'y attendre. Et ils nous tiennent vous et moi pour responsables de ce qui s'est passé. Comme on peut également s'y attendre.

— Alors nous sommes dans le même bateau.

— En un sens.

— Mmm. (Elle se renversa en arrière et fixa pensivement le plafond.) Dans ce cas, pourquoi ne me dites-vous pas pourquoi vous avez coopéré avec le charmant Mr. Seymour ?

— Pour l'empêcher de harceler Rowena.

— Vous pensez qu'il en avait l'intention ?

— Je ne sais pas. Mais c'était un moyen de persuasion efficace. Et une fois qu'il m'a fait parler, il savait qu'un peu de montage imaginatif ferait le reste.

— C'est votre excuse, n'est-ce pas ?

— Il se trouve que…

— Allons, Robin. Personne ne va gober cela, moi moins que quiconque. Ni vous ni moi n'imaginions que Rowena serait si… radicale. Si extrême. Ce n'était pas notre faute.

— Ah bon ?

— Non. Alors arrêtons de prétendre que nous avons été piégés par Seymour. Même la presse semble avoir renoncé à le dépeindre comme le méchant dans l'affaire. Nous savions exactement vous et moi ce que nous faisions. Et pourquoi.

— Peut-être. Je doute cependant que nos raisons aient été les mêmes.

— Tiens donc ? J'aurais dit qu'elles étaient identiques. Vous n'avez jamais cru au compte rendu officiel de la mort de Louise. Et vous espériez que Seymour serait en mesure de susciter suffisamment le doute pour que d'autres partagent votre incrédulité. Vous avez décidé de lui donner un petit coup de pouce. C'est tout.

— Vous êtes en train de me dire… que c'est ce que vous…

— Bien sûr. Si j'avais su que vous pensiez comme moi…

— Mais non. Je ne pense pas du tout comme vous.

— Mais si. C'est forcé. Sinon, vous n'auriez pas donné d'interview à Seymour.

— Non. Vous vous trompez. Ce n'est pas pour cela que je l'ai donnée.

Elle se pencha vers moi par-dessus l'accoudoir du sofa, baissant la voix comme pour chuchoter un secret.

— Je suis heureuse que nous soyons du même côté, Robin. À mon avis, nous avons tous les deux besoin d'un allié. Un ami vers qui nous tourner. J'ai eu très peur que vous ne soyez complice. Vous n'imaginez pas le soulagement que j'éprouve à savoir que non.

— Complice de quoi ?

— Je vois à présent que j'ai exagéré votre... économie des faits. Mais depuis le début, il y a une explication à cela, n'est-ce pas ? Une petite amie que vous vouliez protéger. Une fiancée, peut-être. Serait-elle restée au bord de la route depuis ? Est-ce pour cela que vous vous êtes risqué à pointer votre tête dehors ?

— Je ne comprends pas de quoi vous parlez.

— Bien sûr que si. Néanmoins, faites à votre guise. Je ne veux pas vous forcer à admettre quoi que ce soit. (Elle tendit lentement le bras et dessina du bout de l'index un cercle sur le dos de ma main posée sur l'accoudoir du fauteuil.) Ni à faire quoi que ce soit. À moins que vous ne le vouliez. À moins que nous ne le voulions tous les deux.

Je plongeai mon regard dans le sien et me rendis compte avec un choc que nous voulions tous les deux ce qu'il était encore – mais tout juste – possible d'éviter. Les raisons étaient malsaines et fausses. Il y aurait une tierce partie quoi qu'il arrive. Une rivale. Un substitut. Une observatrice muette. Et pourtant...

— Louise n'est plus, Robin. Mais vous n'avez pas besoin de renoncer complètement à elle. Les gens ont toujours souligné combien nous nous ressemblions. (Je la croyais. Plus encore que je ne le voulais. Le fantôme que je poursuivais fait chair. Chaud et proche. L'ourlet de sa robe remontant sur sa cuisse tandis qu'elle se penchait en avant. Le soutien-gorge en dentelle blanche aperçu entre les boutons. Comme une autre fois. Poursuite, déni et tentation. Réunis.) À tellement d'égards.

Elle m'embrassa lentement et délibérément, me donnant amplement le temps de me dérober, mais sentant que je n'en ferais rien. Ses yeux restèrent d'abord fermés. Quand ils s'ouvrirent, j'y plongeai mon regard et je sus que nous avions tous les deux l'intention de jouer cette partie jusqu'au bout. De la froideur officielle à l'intimité brûlante. Du désir à sa consommation.

Et c'est ce que nous fîmes. Avec un enthousiasme avide alors qu'elle s'étirait sous moi comme une chatte sur le tapis devant la cheminée. Puis plus tard, dans le lit où elle m'entraîna, plusieurs fois, avec un délice retenu, alors que le soleil mûrissait et s'attardait, et que la passion bouillonnait vers l'excès. Alors que l'après-midi glissait vers le soir et que ses envies devenaient mes désirs. Je découvris toutes ses ruses et ses séductions ; ses douleurs et ses plaisirs. Ce qu'elle désirait et comment elle le désirait, exploré et raffiné avec une intensité exacerbée parce que longtemps niée. Par moi et par elle. De la brutalité à la tendresse.

Puis de la tendresse à la brutalité. Presque jusqu'au bout. Mais pas tout à fait.

— À quoi penses-tu, Robin ? me demanda-t-elle, une fois la frénésie retombée, alors que nous étions allongés immobiles, exténués par ce que nous venions de faire. Tu es choqué ? Qu'une femme mariée d'âge mûr puisse être capable d'une telle dépravation ?

— Non, murmurai-je.

Et c'était vrai. Sophie ne m'avait pas choqué. Pas plus que ce qu'elle m'avait laissé lui faire. Nos spasmes savourés ensemble ne signifiaient rien. En comparaison des dangereux fantasmes qui s'étaient enroulés autour de chaque instant de jouissance – et de tous ceux qui avaient suivi.

— Mon mari est mon mari en titre seulement, tu sais, continua-t-elle sans prêter attention à l'ambiguïté de ma réponse. Nous ne faisons plus l'amour depuis des années. Et même si nous le faisions…

— Y a-t-il quelqu'un d'autre ?

— Non. Personne. Plus maintenant, en tout cas. Il en est de même pour toi, n'est-ce pas ? Personne. Pas un seul être qui puisse la remplacer.

— Je ne te comprends pas. (Ce n'était pas tout à fait exact, bien sûr. Il me semblait ne la comprendre que trop bien. Tout comme elle me comprenait. Et c'est là que le bât blessait. Elle n'aurait pas dû le pouvoir. Elle n'aurait pas dû être en mesure de s'insinuer aussi profondément et avec une telle acuité dans mes pensées.) Qu'est-ce que tu veux dire, Sophie ? Que penses-tu savoir sur moi et Louise ?

— Nous étions de très vieilles amies, Robin. Nous partagions forcément nos secrets, même si ce n'était pas intentionnel. Appelle cela de l'intuition si tu préfères, même si c'était bien plus que cela. C'est comme si elle m'avait dit qui tu étais.

— Comme si elle te l'avait dit ? Tu es folle. Comment l'aurait-elle pu ? Elle est morte quelques heures après notre unique rencontre.

Sophie gloussa.

— Tu peux cesser la comédie avec moi. Après ce que nous avons fait, je crois que tu devrais, non ? Louise avait l'intention de quitter Keith. Je le savais. Je l'avais entendu de sa propre bouche quelques semaines seulement avant sa mort. Elle allait le quitter cet été-là. Et peut-être même ce jour-là. Elle allait te retrouver à Kington, n'est-ce pas ? Et tu allais l'emmener. (Elle dut voir la stupéfaction sur mon visage. Mais je ne saurais imaginer comment elle l'interpréta.) Qu'est-ce qui a mal tourné ? Vous vous êtes disputés ? Tu t'es ravisé ? Tu peux aussi bien me le dire. Pourquoi n'est-elle pas partie avec toi ?

— Parce que c'était la première fois que nous nous croisions. Parce que nous étions des inconnus l'un pour l'autre.

— Allons. Elle m'a tout avoué. Elle m'a parlé de l'homme de sa vie. Celui qu'elle avait rencontré sur Hergest Ridge au printemps. À la mi-mars, n'est-ce pas ? Juste après l'exposition d'Oscar à Cambridge. C'est en tout cas ce qu'elle a dit. Et peut-être sais-tu ce qu'elle a dit d'autre. C'est pour cela que tu prétends que vous étiez des inconnus l'un pour l'autre ? Elle t'appelait comme cela dans l'intimité ?

— Elle m'appelait comment ?

La grotesque erreur de raisonnement de Sophie comptait désormais moins que mon besoin de l'entendre jusqu'au bout.

— « Mon parfait inconnu ». Ses propres paroles. C'est ainsi qu'elle te décrivait.

Suivit un long moment de silence durant lequel mes propres pensées parurent se figer. Ce n'était pas possible. Cela ne tenait pas debout. C'était de la folie pure de laisser l'idée s'installer ne fût-ce qu'une seconde sans la réfuter. Et pourtant, je n'en fis rien et je faillis presque la croire aussi.

— Ne t'inquiète pas. Personne d'autre n'est au courant. Il n'y a que moi.

— Sophie…

— Ne nie pas. Ne me sous-estime pas au point d'imaginer que tu puisses le nier.

— Mais je le dois. Ce n'est pas vrai.

— Elle n'aurait pas pu l'inventer. La coïncidence aurait été trop extraordinaire. L'homme qu'elle a connu sur Hergest Ridge et dont elle est tombée amoureuse, c'était toi. Elle n'a jamais dit ton nom, bien sûr. Je ne m'attendais pas qu'elle le fasse. Mais ce qu'elle m'a dit a suffi pour que je te soupçonne dès l'instant où nous nous sommes rencontrés. Et après ton interview avec Seymour… j'en ai été convaincue.

— Tu te trompes.

— Non. Pour quelle autre raison essaies-tu encore de la venger, sinon ? Pourquoi – à moins de l'avoir aimée ?

— Je ne l'ai pas aimée. Je n'en ai jamais eu la possibilité.

— Ce n'est pas ce que disait Louise.

— Qu'est-ce qu'elle disait, alors ? Répète-le-moi. Précisément.

— D'accord. Si c'est nécessaire pour emporter ta conviction. Je n'ai rien à cacher. Louise et moi sommes allées dans un centre de remise en forme près de Malvern pendant quelques jours à la mi-juin cette année-là. C'était un endroit où nous étions souvent venues. Un lieu où se détendre et faire du sport. La cérémonie de remise de diplôme de Sarah approchait et Louise voulait être au mieux de sa forme. En tout cas, c'est ce qu'elle disait. Mais il y avait une lueur dans son œil qui, je le savais, n'avait rien à voir avec la réussite universitaire de sa fille. La dernière nuit que nous avons passée là-bas, elle a avoué qu'elle avait un amant. Un homme qu'elle avait rencontré par hasard sur Hergest Ridge. Elle était allée à Kington pour rapporter certaines des toiles d'Oscar après l'exposition de Cambridge. Oscar n'était pas là. Alors elle avait laissé les toiles dans son atelier et était montée se promener sur Hergest Ridge. Le temps était inhabituellement doux pour un mois de mars. Elle avait envie d'une bouffée d'air frais. Tu étais là-bas pour la même raison, je suppose.

— Ce n'était pas moi.

— Peu importe. Elle l'a rencontré sur la crête. Ils ont lié conversation. Ils sont partis ensemble. Il l'a emmenée dans un hôtel près de Hereford. Ils y ont passé la nuit. Elle a dit à Keith qu'elle dormait chez moi. La même histoire qu'elle a racontée en juillet, un mensonge dans les deux cas. En réalité… Eh bien, tu sais ce qui s'est passé bien mieux que moi. Une histoire sans lendemain devenue une liaison passionnée. À tel point qu'elle était prête à quitter Keith quand elle m'en a parlé. Je ne l'avais encore jamais vue ainsi. Si… chamboulée. Si… enthousiaste. Elle avait perdu toute maîtrise d'elle-même, alors qu'elle en avait à revendre. Mais pas durant ces dernières semaines. Grâce à toi.

— Pas moi. Quelqu'un d'autre. Si ce que tu dis est vrai.

— Tu sais bien que ça l'est. Et tu sais que ce n'est pas quelqu'un d'autre. Tu ne peux pas l'oublier, n'est-ce pas ? C'est pour cela que tu es resté en contact avec sa famille, pour cela que tu as aidé Seymour à ranimer l'intérêt pour l'affaire, pour cela que tu es venu ici cet après-midi, pour cela que ce que nous avons fait était si… (Nous nous regardâmes. Sa conviction et la mienne se rapprochèrent sans jamais se réunir. Elle ne mentait pas. Louise lui avait dit ce qu'elle venait de me raconter. Dans le moindre détail.) J'ai tout compris, Robin. Je me suis mise à l'affût et je t'ai trouvé. C'est forcément toi. Ce ne peut être personne d'autre. C'était l'amour de ta vie. N'est-ce pas ?

Je me rappelle à peine aujourd'hui comment je quittai l'appartement. Tout est clair dans mon esprit. Ce que nous avons fait. Ce que nous avons dit. Sauf à la fin. J'étais trop désorienté pour me concentrer, trop abasourdi par les malentendus de Sophie pour y répondre, et encore moins les réfuter. Elle devait s'attendre que je lui raconte tout. Elle devait espérer que je partagerais mes secrets avec elle comme j'avais partagé mes désirs. Mais son raisonnement était aussi sensé que sa conclusion était fausse. Je ne pouvais rien lui raconter. Au-delà de ce qu'elle avait déjà refusé de croire. Et je ne pouvais rien me dire non plus. Pour empêcher les indéfinissables craintes qu'elle avait semées dans mon esprit de grandir et prendre forme. Sophie se trompait. Cependant, à bien des égards – trop nombreux pour qu'on les balaie ou qu'on les dédaigne –, elle avait raison. Ils s'étaient rencontrés – comme nous nous étions rencontrés – sur Hergest Ridge. Par le plus grand des hasards. En parfaits inconnus. Louise – et quelqu'un d'autre. Qui était-ce ? Qui pouvait-il être ? S'il n'était pas moi ?

— Tu peux rester… si tu veux.

— Non. Je dois rentrer.

— Quand nous reverrons-nous ?

— Je ne sais pas. Je ne suis pas très sûr. Je ne suis… sûr de rien.

Je m'endormis dans le train et revécus l'après-midi dans mes rêves. Fermant les yeux pour oublier, je ne le vis que plus clairement. Sophie et moi. Chaque geste. Chaque détail. Revu, comme par les yeux d'un observateur invisible.

Il faisait nuit quand j'arrivai à Petersfield. Une nuit fraîche et calme après une journée mouvementée. Je retournai à l'usine, où j'avais laissé ma voiture. J'étais fatigué, à présent, trop las pour continuer à réfléchir. La réponse devrait attendre. Au moins jusqu'à demain.

Ma voiture était la seule restée dans la cour. Elle était à l'autre bout, près du séchoir, un hangar ouvert où les billes de saule tout juste livrées étaient empilées et laissées à suer le reste de leur sève avant d'être moulées en lames. Une lampe de sécurité s'alluma à mon approche, m'éblouissant momentanément. Je mis la main en visière et gagnai ma voiture en cherchant mes clés dans ma poche. Alors que je contournais le coffre et que mes yeux s'habituaient à la clarté aveuglante, je levai les yeux et vis un homme à quelques mètres devant moi, se découpant dans la lumière. Il était parfaitement immobile, les bras croisés. Il semblait attendre quelque chose. Ou quelqu'un. C'est seulement quand il parla que je compris qui il était.

— Vous en avez mis, du temps.

— Paul ?

— Mais cela n'a pas d'importance. Je serais resté aussi longtemps qu'il l'aurait fallu.

— Que… Que faites-vous ici ?

— Je suis venu vous parler.

— Mais… nous aurions pu…

— Régler la question ? Je ne crois pas. Peut-être avant. Mais plus maintenant. J'ai eu quelques informations aujourd'hui, voyez-vous. Concernant Rowena.

— Rowena ?

— Elle était enceinte.

— Quoi ?

— De deux mois. Elle le savait depuis un certain temps. Son médecin a paru surpris qu'elle ne me l'ait pas dit. Eh bien, peut-être qu'elle envisageait de me l'annoncer lors d'une occasion particulière. L'anniversaire de nos fiançailles est un peu plus tard dans la semaine. Peut-être qu'elle attendait cette date. Nous ne le saurons jamais, n'est-ce pas ?

— Paul, je…

— Nous ne le saurons jamais parce que vous et cette garce de Sophie Marsden l'avez anéantie tous les deux avec vos paroles empoisonnées et vos petites insinuations malveillantes. N'est-ce pas ?

— Écoutez, je suis désolé de ce qui est arrivé. Plus que je ne saurais dire. Toutefois, je n'ai jamais…

— Gardez votre chagrin pour vous ! (Il hurlait, à présent, sa voix montait dans un crescendo étranglé, il agitait les bras. Je remarquai soudain qu'il avait à la main un bout de bois qu'il se mit à brandir comme une massue en avançant sur moi.) Je ne veux rien de vous !

Avant que j'aie pu faire volte-face et m'enfuir, il m'assena un coup dans le ventre. Je me pliai en deux et m'affalai contre la portière. Il voulut me porter à la tête un coup que je parvins à parer avec mon avant-bras, puis un autre que je ne pus esquiver. Je tentai de me relever, conscient qu'il fallait que je le dépasse si je voulais m'enfuir. Mais il devina mon manège et me fit retomber d'une bourrade. Je détalai sur le goudron à quatre pattes. Je me rappelle avoir essayé de me redresser alors que la douleur commençait à l'emporter sur la surprise. Je me rappelle l'avoir vu du coin de l'œil se dresser derrière moi. Je me rappelle même le sifflement du bout de bois qui fendait l'air et s'abattait sur moi. Puis plus rien. La nuit m'engloutit tout entier. Comme si je n'avais jamais existé.

12

Apparemment, j'avais repris connaissance quand l'ambulance arriva sur les lieux. Je ne m'en souviens pas. Ni de grand-chose de cette nuit en dehors d'une succession de visages flous penchés sur moi et de l'odeur caractéristique de désinfectant d'hôpital. Je reconstituai ce qui s'était passé le lendemain matin à partir d'un fouillis de souvenirs et des questions perplexes d'une infirmière. Le choc en me voyant assommé par terre, du sang suintant de ma bouche et de ma joue avait dû arrêter Paul tout net. Affolé par ce qu'il venait de faire, il s'était précipité à sa voiture garée sur Frenchman's Road et avait appelé une ambulance. Il avait attendu avec moi qu'elle arrive et qu'on me charge à bord, et avait promis de me suivre jusqu'à l'hôpital. Mais il n'était pas venu. On ne l'avait pas revu depuis. Et personne ne savait qui il était.

Dès le départ, je décidai de jouer l'imbécile. La tragédie que j'avais contribué à mettre en place ne pourrait qu'être aggravée et prolongée si Paul était inculpé d'agression et de coups et blessures. Je ne me sentais pas un héros ni un martyr. Je n'avais même pas l'impression de rendre service à Paul. Cela me semblait simplement être l'issue la moins pénible pour tout le monde. À l'abri de la police sur ordre du médecin jusqu'au milieu de la journée suivante, je répétai une histoire plausible, puis je la récitai à un policier crédule. J'étais rentré tard de Londres, j'avais surpris quelqu'un que j'avais pris pour un cambrioleur rôder autour de l'usine et j'avais été roué de coups pour la peine. Comme il faisait nuit noire, je ne pouvais absolument pas décrire mon agresseur. Ni, d'ailleurs, le bon Samaritain qui m'avait découvert et avait appelé les secours. Victime de la recrudescence de la délinquance, je ne méritais pas plus qu'une place obscure dans les statistiques de la police.

Physiquement, je n'étais pas en trop mauvais état. Une côte cassée, une pommette fracturée, deux dents déchaussées, diverses entailles et contusions. Mais cela exigea tout de même vingt-quatre heures de repos et d'observation. Qui, au final, frôlèrent plutôt les deux jours. Hospitalisé le mardi soir, je ne pus sortir avant le vendredi matin.

Jennifer, Simon, Adrian et oncle Larry vinrent en délégation et m'offrirent à profusion fruits, magazines et compassion. Adrian, qui débordait de projets de renforcement de la sécurité à l'usine, me laissa à feuilleter des brochures de sociétés de surveillance et maîtres-chiens. Il suggéra même que je passe ma convalescence chez lui. Heureusement, il interpréta mon refus comme l'expression de mon esprit indépendant. Ce qui m'épargna la nécessité d'expliquer pourquoi passer plusieurs jours sous le même toit que

Wendy et les enfants – sans parler des chiens – m'obligerait probablement à me faire ré-hospitaliser pour épuisement nerveux.

Sans nouvelles de Bella, je conclus qu'elle n'était pas informée de l'incident. Il n'y avait vraiment aucune raison qu'elle le soit, sauf si Paul avait décidé d'avouer. Et quand bien même, qui allait lui en vouloir de son acte ? Il avait un enfant à pleurer en plus d'une épouse, à présent. Tout comme Sir Keith avait perdu un petit-enfant avec sa fille. Le deuil s'était répandu comme une tache sur trois générations. Et ce n'était pas avec quelques fractures que je pouvais le compenser ou le réduire.

Je savais que j'aurais tôt ou tard des nouvelles de Bella. Elle s'attendait que je lui raconte ce qu'avait donné mon rendez-vous avec Sophie. Mais plus je repoussais ce moment, mieux cela valait. J'avais l'impression d'avoir franchement besoin d'une période de repos et de récupération avant de l'affronter et de lui débiter les mensonges que je déciderais de substituer à une vérité que même elle aurait trouvée choquante. Quant à Sophie, chaque heure qui passait rendait ce que nous avions fait ensemble guère moins lointain, mais plus inimaginable.

J'étais toujours en plein dilemme le vendredi matin quand Jennifer vint me chercher et me ramena chez moi. À vrai dire, c'est pour cette raison que, quand, à mi-chemin de l'A3 vers Petersfield, elle déclara soudain : — Devine qui a demandé de tes nouvelles hier ? Je répondis précipitamment : — Bella ?

— Non. Sa belle-fille. Sarah Paxton. Elle a appris que tu étais à l'hôpital et…

— Comment l'a-t-elle su ?

— Elle ne l'a pas dit. C'est important ?

Et comment ! Pour des raisons, cela dit, que je n'étais pas en mesure de donner.

— Euh… sans doute pas.

— Eh bien, elle avait l'air sincèrement inquiète pour toi. C'est très touchant, étant donné son deuil récent et… eh bien… ce serait facile pour elle de te tenir pour responsable au moins en partie du suicide de sa sœur.

— Ce qu'elle pense certainement.

— Tu te trompes peut-être. Elle compte te rendre visite à Greenhayes ce week-end, apparemment. Voir si tu vas bien. Elle a dit qu'elle devait être à Hindhead de toute façon et que ce ne serait pas un problème pour elle, mais, tu sais, j'ai eu le sentiment qu'elle venait exprès. Juste pour te voir. En voilà de la sollicitude, je trouve. Tu n'as rien à me confier sur vous deux, par hasard ?

— Rien que tu aies envie d'entendre, Jenny. Crois-moi.

Elle arriva le samedi après-midi. C'était une de ces journées chaudes et étouffantes que nous avions depuis un moment. J'étais dans le jardin, assoupi dans une chaise longue après trop de bières fraîches, quand j'entendis une voiture arriver. Elle avait dû deviner où je serais, car, sans s'arrêter pour sonner, elle fit directement le tour de la maison. Je m'étais péniblement levé entre-temps et j'avais composé un semblant de sourire pour l'accueillir. Mais elle ne souriait pas. Elle s'arrêta à peine, elle me vit et demeura à me fixer. C'est seulement après quelques secondes d'indécision qu'elle s'approcha.

— Bonjour, Robin.

Toujours pas de sourire. Et même le baiser guindé qu'elle m'aurait d'habitude accordé était banni. Elle portait un chapeau de paille, des lunettes de soleil qu'elle ne semblait pas avoir l'intention d'enlever, un ample chemisier blanc par-dessus un pantalon bleu ciel et des sandales. Et elle tenait une cassette vidéo. Je n'eus pas besoin de regarder l'étiquette sur l'étui pour savoir ce que c'était.

— Bonjour, Sarah. Je…

— On dirait que vous avez passé un sale quart d'heure.

— Un petit ennui à l'usine. Jenny vous a raconté ce qui était arrivé ?

— Elle n'en a pas eu besoin. Paul me l'a dit.

— Ah ! Je vois.

— Il s'attend à voir débarquer la police. Mais j'en déduis que vous ne l'avez pas dénoncé.

— Eh bien… dis-je en haussant les épaules. Je ne vois pas quelle utilité il y aurait eu à porter plainte contre lui. Vous si ?

— Non. Mais c'est bien de votre part, malgré tout.

— Pas vraiment. Avec tout ce qui s'est passé.

— Papa n'est pas au courant. Bella non plus. Je n'ai pas jugé nécessaire de leur en parler.

— De moi, vous voulez dire ? Ou de…

— De vous. (Elle me tendit la vidéo. J'eus l'étrange intuition que si je ne la prenais pas immédiatement, elle la laisserait tomber dans l'herbe entre nous.) Ils sont au courant pour le bébé, évidemment. Papa a très mal réagi. Paul aussi, je suppose. Mais il garde tout en lui. Ce qui s'est passé avec vous… cette perte de sang-froid… c'était inhabituel. Je ne l'ai jamais vu agir ainsi.

— Je ne lui en veux pas.

— Moi non plus. Mais… pour lui… et pour Rowena… merci de ne pas avoir poussé plus loin.

Le silence et la distance se cristallisèrent dans l'air immobile. Sa bouche ne tressaillit même pas. Et je ne pouvais pas voir ce que ses yeux auraient pu révéler de sa véritable opinion de moi.

— Voudriez-vous… boire quelque chose ?

— Non. Je ne peux pas rester.

— Pas même quelques minutes ?

— À quoi cela servirait ?

— Je ne sais pas. Juste…

— Pourquoi avez-vous dit tout cela à Seymour, Robin ? Cela au moins, j'aimerais le savoir. Vraiment. (Même si son visage demeurait figé, sa voix avait à présent, enfin, trahi un soupçon d'émotion.) Enfin, après avoir tout fait pour que nous vous considérions comme un ami, après nous avoir assurés de vos meilleures intentions… Après tout cela. Pourquoi ?

— Ce que j'ai dit était vrai.

— Et cela excuse tout, c'est cela ? Du coup, Rowena n'est pas morte pour rien ?

— Évidemment que non.

— Et Sophie ? J'ai appris par Bella que vous aviez entrepris de découvrir ce qu'elle imaginait faire avec ses quelques minutes de calomnie. Je n'en reviens pas qu'elle prétende avoir dit la vérité.

— C'est le cas, en fait.

— Je vois. (Sarah soupira et regarda derrière moi les collines au-delà de la maison, dont les flancs boisés ondulaient dans la chaleur.) Cette bonne vieille Sophie.

— Sarah… (Elle se retourna vers moi, me défiant, je le sentis, de tenter de l'adoucir ou de m'excuser, brûlant presque d'avoir l'occasion de rejeter ce que je pourrais lui offrir. Mais je n'eus pas l'imprudence d'essayer. J'étais prêt à accepter la responsabilité que l'on me faisait endosser dans la mort de Rowena. C'était mon deuil secret. Mais la responsabilité de quelque chose de pire qu'un plongeon désespéré depuis le pont suspendu de Clifton affleurait dans mon esprit. Et Sarah serait peut-être en mesure de m'aider à mettre le doigt dessus.) Sophie prétend que, quelques semaines avant sa mort, votre mère lui a annoncé qu'elle comptait quitter votre père. Vous-même, vous m'avez un jour dit quelque chose de ce genre. C'était une hypothèse. Un soupçon qui avait germé en vous. Sophie a paru plus certaine.

— Vraiment ?

— Mais elle ne savait pas pour qui votre mère comptait quitter votre père. Qui était l'homme de sa vie. Vous non plus, si je me souviens bien.

— Pourquoi faudrait-il que ce soit un homme ?

— Il n'y a aucune raison, effectivement. Sauf que… mon séjour à l'hôpital m'a donné le temps de réfléchir. Et de me rappeler. Dix jours après les meurtres, je suis monté à Kington avec Bella. Nous avons déjeuné avec Henley Bantock. Il vous en a parlé. Vous me l'avez dit quand vous m'avez écrit à Bruxelles. Vous étiez là-bas le même jour.

— Et alors ?

— Alors il y avait aussi quelqu'un d'autre. Il a failli nous renverser, Bella et moi, dans Butterbur Lane. Henley vous a-t-il parlé de lui ? À nous, oui.

— Je ne crois pas. Pourquoi ?

— Parce que le conducteur de la voiture était de toute évidence extrêmement bouleversé. Il aurait très bien pu… eh bien, il se peut qu'il ait été…

— L'homme de la vie de Maman ?

— Eh bien, c'est possible, n'est-ce pas ?

— Oui. Je suppose. Alors, qui était-ce ?

— Je l'ignore. Mais je me suis dit que vous le reconnaîtriez peut-être si je vous le décrivais. Un ami ou une connaissance de votre mère. Ou de votre père aussi, peut-être. Un voisin. Un collègue. Un collectionneur d'art. Quelque chose comme cela. C'était – voyons – un type dans la cinquantaine, avec d'épais cheveux argentés. Un visage rond. Rondouillard. Enfin, plutôt flasque, en fait. Comme s'il avait récemment maigri. Bien sûr, c'était… (Je m'interrompis. Sarah avait la bouche ouverte, surprise. Elle ôta vivement ses lunettes de soleil et me dévisagea.) Vous le connaissez ?

— Peut-être. Quelle marque de voiture conduisait-il ?

— Un break Volvo.

— Quelle couleur ?

— Bordeaux.

— C'est forcément ça, alors.

— Vous le connaissez, en fait ?

— Oui. Je crois bien. Mais ça ne se peut pas. Pas vraiment. Pas lui et Maman.

— Qui est-ce ?

— Je suis étonnée que ni vous ni Bella ne l'ayez rencontré. Mais je suppose qu'il n'y avait aucune raison pour que vous fassiez sa connaissance. Il n'est pas venu au mariage de Rowena. Ni aux obsèques de Maman. Cela m'a paru étrange sur le moment. Presque irrespectueux. Même si on pourrait dire qu'il était représenté par Sophie. Mais peut-être craignait-il de…

— Comment cela, représenté ?

— Elle est mariée avec lui, Robin. L'homme que vous avez décrit est Howard Marsden. Le mari de Sophie. Pour la vie.

Tout devint clair pour moi en un instant. Comme si j'étais entré dans une pièce obscure et avais avancé à tâtons jusqu'au moment où la lumière avait brusquement jailli. Et que je m'étais retrouvé absolument pas où je croyais. Howard Marsden. Le mari de Sophie. Et l'amant de Louise. Mais bien sûr. C'était logique. Sophie devait le savoir depuis toujours. Alors à présent elle se vengeait. De Louise en souillant sa réputation autant qu'elle le pouvait. Et de Howard en le cocufiant à la première occasion. Si tant est que j'étais le premier. Son histoire de « parfait inconnu » ; sa prétendue conviction que j'étais l'homme en question ; le doute qu'elle exprimait sur la culpabilité de Naylor : ce n'étaient que d'astucieux faux-semblants échafaudés avec un objectif bien précis en tête. Et je n'avais pas la vanité de croire que c'était pour me séduire. Non, non. Sophie jouait un jeu à plus vaste échelle, dont l'humiliation complète de son mari était le but. Il ne pouvait lui reprocher son infidélité sans s'entendre répondre que ce qui est bon pour l'un…

— C'est donc pour cela que Sophie veut nous nuire, murmura Sarah.

— Cela m'en a tout l'air.

— Oh, mon Dieu. Quel gâchis !

— Je ne pense pas qu'elle cherchait à faire du mal à Rowena. C'est la réputation de votre mère qu'elle voulait…

— Mais on ne peut pas choisir, quand on commence ce genre de choses. On ne peut pas être sûr de toutes les conséquences.

— Non. Comme me l'a dit une fois Rowena, il y a trop de variables dans la vie pour qu'on puisse prédire avec précision l'issue d'une situation.

Sarah secoua la tête et se massa le nez à l'endroit où avaient reposé ses lunettes. Elle parut soudain fatiguée.

— Puis-je m'asseoir, Robin ? Je crois que j'aimerais boire quelque chose, finalement.

J'allai chercher une autre chaise et un verre et nous restâmes assis dans le jardin pendant une bonne heure, alors que la chaleur de l'après-midi le cédait à la fraîcheur du soir. Notre consternation partagée nous avait fait baisser notre garde. Permettant, sinon une réconciliation entre nous, du moins un rapprochement. Comme l'admettait Sarah, elle aussi avait commis des erreurs. En essayant d'isoler Rowena de la réalité. En ne prévoyant pas ce qu'elle ferait si elle découvrait qu'on l'avait dupée. L'ironie était que, même si je n'avais pas donné la cassette à Sarah, elle aurait probablement enregistré l'émission elle-même pendant qu'elle était sortie avec Paul et Rowena. Rowena avait simplement percé sa sœur à jour plus aisément qu'on ne l'en croyait capable.

Quant au suicide lui-même, peut-être que sa raison n'était pas aussi limpide et simple que Sarah avait choisi de le supposer pour se rassurer. Pourquoi Rowena n'avait-elle pas dit à Paul qu'elle était enceinte ? Pourquoi était-elle si déprimée ? Parce que la maternité n'était pas nécessairement l'avenir qu'elle désirait ? Pourtant, il avait fallu que cela arrive, que cela lui plaise ou non. Jusqu'au moment où le choc de découvrir le passé réécrit de sa mère lui avait offert une porte de sortie. Et elle avait cédé à la tentation.

— Je me demande si c'est pour cela que Paul s'est déchaîné sur vous. Parce qu'il avait peur que ce soit la vérité. Il ne le reconnaîtra pas, évidemment. Je n'irai pas le lui demander. Mais c'est tout à fait plausible.

— Comment va-t-il ?

— Il est plus calme. Il a repris son sang-froid. Et il a un peu de remords, je crois. De honte devant ce qu'il a fait. Mais ne comptez pas sur des excuses. Ni le moindre remerciement pour ne pas avoir porté plainte. Ce n'est pas dans sa nature.

— Vous lui parlerez de Howard Marsden ?

— Oh, oui. Si la mort de Rowena m'a enseigné quelque chose, c'est le danger de garder des secrets.

— Et votre père ?

— Il est peut-être déjà au courant. Il se peut qu'il l'ait toujours su. Peut-être était-ce écrit dans le mot qu'il a détruit.

— Et sinon ?

— Je laisserai Bella résoudre le problème. Ce n'est pas à cela que servent les belles-mères ?

— Vous direz à Sophie que nous avons tout découvert ?

— Seulement si elle pose la question. Ce qui est peu probable, puisque je n'ai pas l'intention de rechercher sa compagnie. Ni celle de son mari.

— Quel genre d'homme est-ce ?

— Eh bien, voilà qui ne manque pas d'ironie. Prudent et conformiste, c'est ce qui le résume. Je l'ai toujours trouvé assez terne. Pas du tout le type de Maman. En tout cas, c'est ce que j'aurais dit. Mais qu'est-ce que j'en sais ? De plus en plus, ma mère m'apparaît comme une inconnue. Quelqu'un qui jouait un rôle. Qui n'a jamais été ce qu'elle paraissait être. Mais ce qu'elle était vraiment... Je n'en ai pas la moindre idée.

— Ne me dites pas que vous croyez que Naylor est peut-être innocent ?

— Oh, non. C'est ce qu'il y a de pire dans l'affaire. De bien pire. Seymour et ses semblables vont continuer de tout faire pour que ce salaud soit libéré. Et le suicide de Rowena ne pourra que les y aider. Ils diront qu'elle était rongée par la culpabilité, n'est-ce pas ? Qu'elle s'est suicidée pour ne pas affronter la vérité.

— Sûrement pas.

— J'en ai bien peur. La machine ne fait que se mettre en branle. Il va y avoir d'autres livres. D'autres émissions. D'autres articles. Avant longtemps, un comité va être formé pour coordonner la campagne pour sa libération. Des questions seront posées au

Parlement. La pression va monter pour exiger un nouveau procès. Ou un appel, à tout le moins. Et ils ne s'arrêteront jamais. Ils ne seront jamais satisfaits. Jusqu'au jour où Naylor sortira du tribunal en homme libre et porté en triomphe par ses supporteurs en adoration tout le long du Strand.

— Je refuse de le croire.

— Vous feriez mieux. Parce que c'est ce qui se passera. Tôt ou tard. Inévitablement. Que cela nous plaise ou non. Nous ne pouvons rien faire pour arrêter cela. Nous pouvons seulement…

— Oui ?

— Mener notre vie, Robin. Quoi d'autre ?

Il n'y avait rien d'autre à faire. Pas d'étape à franchir. Pas de bastion à défendre. Pas de position à prendre. Sarah allait poursuivre son existence, et moi la mienne. Quand elle quitta Greenhayes ce soir-là, je sentis que c'était un adieu définitif, quoi que les détails du temps et du hasard pussent dicter par la suite. Elle se dirigeait vers son avenir. Et vers mon passé.

Je descendis au Cricketers après son départ et bus tellement que le propriétaire dut me raccompagner chez moi en voiture. Et en me réveillant le lendemain, mes perspectives étaient plus claires dans mon esprit qu'elles ne l'avaient été depuis des semaines, malgré les bourdonnements dans ma tête. Si Bushranger Sports s'emparait de Timariot & Small, je démissionnerais avant qu'ils puissent me virer et je retournerais à Bruxelles à l'expiration de mon *congé**. Je tournerais le dos à cette désastreuse parenthèse dans ma carrière. Je renoncerais à poursuivre des ombres et reviendrais au culte de la richesse et des loisirs. Je ferais enfin mes adieux à Louise Paxton. Je m'en irais. Et j'oublierais. Même si

Ces deux mots ferment une porte
Entre moi et la pluie bienheureuse
Qui n'avait encore jamais été close
Et ne se rouvrira jamais.

Rowena fut inhumée à Sapperton le lundi 28 juin. Je restai à Petersfield et allai vaguement passer une demi-journée à l'usine pour m'occuper. Mais les médias n'avaient pas l'intention de me laisser en paix. Ce soir-là, aux informations télévisées, passa un sujet filmé à l'extérieur de l'église St Kenelm's, sur fond de cantiques : *Alors qu'il est de plus en plus envisagé que Rowena Bryant ait préféré se suicider plutôt que d'affronter la perspective que son témoignage ait contribué à condamner un innocent, un porte-parole de la police de West Mercia a souligné qu'il n'était absolument pas question de rouvrir l'enquête sur les meurtres de Kington.* Avant que le plan suivant montre le cimetière que je n'avais aucune peine à imaginer, je coupai la télévision.

Une demi-heure plus tard, Sophie appela. J'entendis sa voix ronronner sur le répondeur. Je ne décrochai pas. Et je ne la rappelai pas. Elle m'avait roulé une fois dans la farine. C'était suffisant. Je ne comptais pas lui donner la moindre chance de recommencer.

Deux jours après les obsèques, Bella vint me rendre visite. Comme Sir Keith et elle retournaient à Biarritz le lendemain, c'était une sorte d'au revoir. Mais pas seulement.

— Il faudra beaucoup de temps à Keith pour se remettre de la perte qu'il a subie, Robin. Si jamais il y parvient. Et il lui faudra longtemps pour pardonner à ceux qu'il tient pour responsables de cette perte.

— Moi, par exemple, tu veux dire.

— Oui. Toi, par exemple.

— Tu n'as jamais mâché tes mots.

— Tu préférerais ?

— Non. Sarah t'a parlé de Howard Marsden, je suppose ?

— Elle m'a raconté.

— Tu en as parlé à Keith, n'est-ce pas ?

— Non.

— Le moment est venu de tout balayer sous le tapis, c'est cela ? De se préparer au grain ?

— De s'en aller, Robin. C'est tout.

— Sans même un verre d'adieu ?

Et là, elle eut la décence de sourire.

Nous allâmes au Red Lion à Chalton, où elle m'avait emmené en juillet 1990 pour me tirer les vers du nez à propos des meurtres de Kington. Les trois ans qui avaient passé depuis m'en parurent dix quand je la regardai assise en face de moi dans le jardin du pub et que je vis ses yeux dériver vers le champ derrière moi. Un trait couleur de fleur de lin, aujourd'hui comme hier. Elle aussi se rappelait.

— Tu disais que je commettais une erreur en revenant dans l'entreprise, dis-je.

— Et j'avais raison. N'est-ce pas ?

— En fin de compte, je suppose que oui. Mais tu as fait le nécessaire pour cela.

— C'est Adrian qui veut accepter l'offre de Bushranger. Pas moi.

— Mais sans ton soutien, il ne peut pas l'imposer, non ?

— En théorie, non. Mais je n'ai pas la moindre intention de changer d'avis. Ne perds pas ton temps à…

— Je ne comptais pas le faire. J'ai retenu la leçon. Tu as devant toi un homme qui va arrêter de nager à contre-courant. J'ai conclu un pacte avec l'avenir. Et tu devrais être flattée, Bella, vraiment. Parce que c'est ton exemple que je vais suivre.

— C'est-à-dire ?

— Prendre l'argent et filer.

L'espace d'un instant, je crus qu'elle allait me jeter sa bière au visage. Après m'avoir scruté quelques secondes, elle se contenta cependant de secouer la tête et de rire. Au bout du compte, elle et moi, nous nous comprenions.

Deux semaines passèrent. Et le troisième anniversaire de la mort de Louise approcha. Comme il tombait un samedi, rien ne m'empêchait de faire la route jusqu'à Kington, comme j'en étais tenté depuis longtemps, et de passer une fois de plus à Hergest Ridge. C'était un jour comme celui dont je me souvenais si bien. Pourtant, il ne pourrait jamais être le même. Et je ne le désirais pas. Ce que je voulais, c'était que le sol rocheux sous mes pieds et l'air purifié par les ajoncs sur mon visage attestent que l'endroit était normal. Me convainquent que nulle magie ni mystère ne m'attendait là-bas. Aucune parfaite inconnue. Seulement de l'herbe, du ciel et des moutons. Et la placide indifférence de la nature à l'égard des illusions de l'humanité.

Je traversai Kington et m'arrêtai prendre un verre au Swan, comme trois ans plus tôt. Cette fois, cependant, j'entamai la conversation avec l'un des clients, que cela ne sembla pas gêner de parler un peu des meurtres. Aucune des victimes n'ayant été d'authentiques Kingtoniens, leur mémoire ne méritait manifestement pas d'être protégée des étrangers.

— Il va encore y avoir des rebondissements, attendez et vous verrez. Des tas de choses. D'après ce que j'ai entendu dire, ce Nick Seymour de la télé, il s'est complètement fichu dedans. Oscar Bantock, c'était pas peindre des faux tableaux, son truc. Oh, non. Le satanisme. Voilà ce que c'était. Le culte du diable. Son neveu loue Whistler's Cot aux vacanciers, vous savez. Moi je resterais pas une nuit sous ce toit pour un empire. Pas après tout ce que ce vieil Oscar y faisait. Évidemment, c'est pas une rareté par ici. La magie noire, je veux dire. C'est la levée qui les attire. Les covens. Les sacrifices. Les messes noires. Les orgies de minuit. Vous croiriez pas la moitié de ce qu'on raconte.

Et sur ce dernier point au moins, il avait absolument raison.

Je quittai le Swan et sortis de la ville. Je pensais passer jeter un œil à Whistler's Cot, mais, en fin de compte, je n'en avais plus besoin. Rencontrer une famille exubérante en week-end ravie de déclarer qu'elle n'avait vu aucun fantôme, cela aurait été une dose de réalité de trop. J'étais venu à Kington clore un chapitre de ma vie. Et je partis assuré de l'avoir fait.

J'aurais pu faire une halte à Sapperton sur le chemin de Petersfield pour me recueillir sur la tombe de Rowena et celle de sa mère. Ce n'aurait été qu'un détour de quelques kilomètres si j'avais traversé Gloucester. Comme je l'aurais fait dans des circonstances normales. Mais ce n'était pas des circonstances normales. Je mis donc le cap vers le sud, direction Monmouth et la forêt de Dean, pour rejoindre l'autoroute à Chepstow. En traversant le pont de la Severn, je n'eus pas l'imprudence de jeter un coup d'œil sur ma gauche. Au cas où j'aurais vu une silhouette solitaire sur les falaises de Sedbury. Je préférai garder les yeux rivés sur la route devant moi. Et je ne levai pas le pied de l'accélérateur.

La majeure partie de l'été dernier apparaît désormais totalement sans cohérence avec tout ce qui le précéda et ce qui allait suivre. Cependant, à l'époque, ma vie semblait fixée sur un cours défini qui, s'il n'était pas idéal, était au moins acceptable. Des chamailleries sur des détails retardèrent la finalisation de l'accord avec Bushranger, mais une fois qu'Adrian et Jennifer eurent fait deux fois le voyage à Sydney et que Harvey McGraw se fut traîné hors d'une tente VIP du match test de l'Oval assez longtemps pour se pavaner dans l'usine avec une cour de conseillers financiers, les ultimes difficultés furent aplanies et les termes définitifs arrêtés. Adrian fit savoir que nous procéderions à un dernier vote officiel concernant l'offre lors d'une réunion du conseil d'administration prévue pour le 23 septembre.

Puisqu'il ne restait plus le moindre doute sur l'issue, j'avais fait des projets de mon côté. Je passai quelques jours à Bruxelles au début du mois de septembre, invitant quelques anciens collègues à déjeuner. Ils s'accordaient à penser que le directeur général se laisserait persuader de me reprendre pratiquement au même poste que celui que j'avais quitté en 1990. La version officielle serait que j'avais rempli bon gré mal gré ma mission pour l'entreprise familiale après la mort de mon frère, mais qu'elle était de nouveau sur les rails et que j'avais en conséquence hâte de revenir au bercail. Il y a des aveux de défaite beaucoup plus douloureux.

Il en aurait sans doute été ainsi si des événements que je n'aurais jamais pu prévoir n'étaient pas intervenus, de la part de personnes dont je pensais ne plus jamais entendre parler. Les prédictions de Sarah s'étaient déjà plus ou moins réalisées. Les victimes des meurtres de Kington n'allaient manifestement pas avoir le droit de reposer en paix. Une interview ici. Un article là. Un goutte-à-goutte de curiosité et de scepticisme s'obstinait à maintenir en vie le sujet. Mais pas dans mon cœur. Je l'avais enseveli sous un fardeau d'incertitudes abandonnées. J'avais cédé le terrain, renoncé à la mémoire. Je m'étais dépouillé du passé. À présent, je devais être hors de sa portée. À l'abri et en sécurité.

Mais non. Je ne l'étais pas. Pas du tout. En cette humide soirée du vendredi 10 septembre, le passé me tapa sur l'épaule. Je me retournai pour l'affronter. Et en cet instant, il s'empara de nouveau de moi.

— Paul ? (Il était derrière moi, assez près pour paraître menaçant. Pourtant, il n'y avait sur son visage perlé de gouttes de pluie rien qui suggérât la violence. Seulement le chagrin et l'angoisse. Jusque-là, sa mise avait toujours été soignée. Là, son costume était trempé et froissé. Sa chemise bâillait, sa cravate était de travers. Et il arborait une barbe d'au moins deux jours. Ses traits étaient familiers, mais pas complètement reconnaissables, comme s'il avait été l'aîné moins favorisé de l'homme que Rowena avait épousé, austère et prématurément vieilli, ployant sous un intolérable fardeau.) J'avoue que c'est une surprise. (Nous étions dans la cour de l'usine, à quelques mètres de l'endroit où il m'avait agressé en juin. La pluie et les nuages bas hâtaient le crépuscule, mais il ne faisait pas encore nuit comme cette fois-là. Et Paul était d'une humeur tout à fait différente. Il se mouvait et parlait lentement, comme si son cerveau s'était méfié de ses commandes et les soumettait toutes à examen avant de les exécuter.) Comment allez-vous ?

— Comme je peux, marmonna-t-il.

— Que puis-je pour vous ?

— M'écouter. C'est tout. Il faut que quelqu'un le fasse.

— Eh bien, je…

— Pouvons-nous aller quelque part ?

— Euh… oui. Bien sûr. Où voudriez-vous…

— N'importe où. Cela m'est égal.

— Il y a un pub au bout de la rue. Nous pourrions…

— Non. Quelque part où nous serons seuls.

— Très bien. Mais…

— Emmenez-moi quelque part, c'est tout. En dehors de la ville. En pleine campagne. Là où je pourrai respirer.

Étant donné ce qui s'était passé lors de notre précédente rencontre, j'aurais dû m'inquiéter de me retrouver en tête à tête avec lui. Mais son comportement apaisa mon appréhension. Il paraissait si las, si complètement épuisé, qu'il était impossible de le craindre. Tout au contraire. J'eus pitié de lui, sentant le chagrin et le désespoir qui l'avaient fait sombrer et devenir la parodie déguenillée et voûtée du jeune homme plein d'assurance que j'avais connu à Biarritz. Je voulais l'aider. Et je savais que je pouvais lui faire confiance.

Nous traversâmes Steep, dépassâmes Greenhayes et montâmes la route en zigzag vers le sommet de Stoner Hill. Avant d'y parvenir, je m'arrêtai sur l'une des aires de stationnement sous les arbres, où les profondeurs boisées de Lutcombe s'ouvraient au-dessous de nous à travers les branches. La nuit était tombée, à présent. Seuls quelques restes de lumière du jour planaient encore au-dessus des collines. Des gouttes de pluie frappaient irrégulièrement le toit de la voiture. Des phares illuminaient et balayaient le pare-brise à chaque véhicule qui passait. Je vis Paul baisser sa vitre, sortir la main pour la mouiller, puis se la passer sur le visage.

— Vous vous sentez bien ? demandai-je.

— Cela fait longtemps que je ne suis pas bien. Des années, je dirais.

— Sûrement pas des années. Du vivant de Rowena…

— Cela a commencé avant sa mort. Vous ne comprenez pas ? (Il s'interrompit, puis il se radoucit et reprit plus calmement.) Non, bien sûr que non. C'est pour cela que je suis venu ici. Pour vous expliquer. Je suis désolé de ce que je vous ai fait. C'est moi que j'aurais dû blesser, pas vous. Mais au moins, cela permet de décider à qui tout raconter. Du coup, c'est vous qui méritez de l'entendre le premier.

— Entendre quoi ?

— La vérité que j'esquive et fuis depuis toutes ces années.

— Que voulez-vous dire ?

— Je l'ai tuée, voyez-vous.

— Personne ne l'a tuée, Paul. Nous pouvons débattre des responsabilités. Mais en dernier ressort, c'est elle qui a décidé.

— Je ne parle pas de Rowena. (Je le sentis plus que je ne le vis me regarder dans la pénombre de la voiture.) Je parle de Louise.

— Pardon ?

Je fus immédiatement convaincu d'avoir mal entendu. Ou que quelque métaphore m'avait échappé. Peu importait ce qu'il voulait dire, ce ne pouvait être cela.

— J'ai assassiné Louise Paxton. Et Oscar Bantock aussi. À Whistler's Cot. Le 17 juillet 1990. (Des phares qui approchaient dessinèrent son visage comme un bas-relief pâle. Il me regardait droit dans les yeux, avec une solennité qui me força à le croire. Même si je n'en avais pas envie. Même si je l'osais à peine.) Je suis l'homme qui devrait purger la peine de prison à perpétuité qui a été infligée à Shaun Naylor. C'est moi le véritable assassin.

— Vous n'êtes pas sérieux.

— Oh, si. Je suis sérieux. Fini les mensonges. J'en ai assez. Rowena morte, il n'y a plus guère de raison de mentir. Autant dire la vérité et affronter les conséquences.

— Vous ne plaisantez pas ?

— Non. Je ne plaisante pas. Shaun Naylor n'a pas tué Louise. Ni le vieux Oscar. C'est moi.

— Mais… ce n'est pas possible.

— Comme je voudrais que vous ayez raison ! Mais je les ai tués. Pire encore, j'ai laissé un innocent aller en prison à ma place. Je me suis dit qu'il ne comptait pas. Un petit délinquant dont la société était débarrassée. Ma conscience l'acceptait. Mais Rowena, c'était différent. Je l'ai épousée parce que je me disais que si je pouvais veiller sur elle, faire en sorte qu'il ne lui arrive rien d'autre de mal, cela compenserait le fait de l'avoir privée de sa mère. Sauf que je n'ai pas veillé sur elle, n'est-ce pas ? Je n'ai fait qu'aggraver les choses. À tel point qu'elle ne pouvait plus affronter l'avenir enchaînée à moi et qu'elle était prête à tout pour y échapper. Vous dites que je ne l'ai pas tuée, et dans les faits, c'est exact. Mais à tout autre égard, je l'ai tuée. Je devrais me montrer reconnaissant. Cela prouve qu'il y a tout de même quelque chose que ma conscience ne peut pas supporter. J'ai lutté avec elle pendant ces derniers mois. J'ai enchaîné les nuits blanches à chercher une autre issue. Mais il n'y en a pas. Je suis certain que je ne connaîtrai pas la paix tant que je n'aurai pas avoué les crimes que j'ai commis. Et payé le prix. C'est aussi simple que cela.

Je ne pourrais trouver aucun mot qui exprime ma réaction à ses paroles. Tout ce que j'avais envisagé – tout ce que j'avais déduit – sur la mort de Louise Paxton avait été chamboulé en quelques minutes. Un homme prétendant l'avoir tuée était assis à côté de moi sur une colline isolée alors qu'une nuit pluvieuse de septembre se refermait sur nous. Si je le croyais, j'avais de quoi avoir peur pour ma vie. Et je le croyais. Pas à cause de la note de sincérité dans sa voix. Plutôt à cause de l'expression bien reconnaissable de soulagement que je voyais dans son attitude et ses manières. Et c'est aussi pour cela que je n'avais pas peur de lui. Il était assis à côté de moi, affaissé et vaincu, en homme qui a épuisé tous les mensonges et les échappatoires. Tout ce dont il semblait avoir envie, c'était parler de lui sans entraves. Il n'était plus une menace pour personne.

— Dans un premier temps, les policiers ne me croiront pas, bien sûr. Ils ne le voudront pas. Je vais être une source d'embarras pour eux. Puis ils finiront par l'accepter. Quand je leur aurai déballé toute l'histoire, ils se rendront compte que c'est vrai. Mais avant d'aller les trouver, j'aimerais que vous l'entendiez. Entièrement. Pour pouvoir la rapporter à Sarah et à son père avant qu'ils la lisent dans les journaux ou l'entendent à la télévision. Je n'ai pas le courage de les affronter. Je pensais que je l'aurais. Je me suis réveillé chaque matin cette semaine avec l'intention d'aller trouver Sarah... en vain. Je ne peux pas continuer comme cela. C'est pourquoi je me suis tourné vers vous. Pas tout à fait un ami. Pas tout à fait un inconnu. Peut-être que cela fait de vous le parfait confesseur. Si vous êtes disposé à m'écouter, bien sûr. (Il marqua une pause. Je le vis baisser la tête dans l'ombre. Puis il se redressa et soupira.) L'êtes-vous ? demanda-t-il d'une voix rauque.

— Oui, acquiesçai-je.

Et, alors que la pluie crépitait sur le pare-brise et que l'odeur sombre et humide de la nuit nous enveloppait, Paul Bryant entama son récit. Je l'écoutai en silence. Bien longtemps avant qu'il ait achevé ses aveux, je compris que rien ne serait plus jamais comme avant.

13

— Mes parents se sont rencontrés dans la banque où tous deux travaillaient. Des gens ordinaires, bien élevés et quelconques. N'étant jamais allés à l'étranger. N'ayant jamais commis d'adultère. Ni dit de gros mots en public. Ni rêvé d'être plus qu'ils n'étaient. Mes sœurs et moi avons été tous conçus dans le même lit de la même chambre du même pavillon de Surbiton. À l'image sans ambition de nos parents. C'est en tout cas ce qu'ils devaient penser. Si jamais ils pensaient à ce genre de chose. Et je suppose qu'ils avaient vu juste concernant mes sœurs. Quelques vacances à Majorque et un divorce, cela ne change pas grand-chose, n'est-ce pas ?

« Mais j'ai toujours voulu davantage. Plus de voyages. Plus de culture. Plus de fréquentations. Plus de variété. Et il s'est trouvé que j'avais la cervelle pour obtenir ce que je voulais. Décrocher une place à Cambridge n'a pas simplement couronné d'excellentes études et ouvert mes horizons professionnels, cela m'a permis de fuir l'ennui étouffant de mon adolescence banlieusarde. Cambridge comptait plus que sa part d'imbéciles et de poseurs, bien sûr. Mais cela m'a offert quelque chose que je n'avais jamais eu, la conviction que la vie recelait des possibilités illimitées. La certitude que je pouvais non seulement avoir ce que je désirais si je m'y attelais, mais aussi que je le méritais. Élitisme. Égotisme. Assurance suprême. On nous en abreuvait. Et je les buvais avidement.

« Trop avidement, sans doute. C'est vrai, c'était une comédie. Bien évidemment. Je le sais aujourd'hui. Une surenchère d'esbroufe et de paroles creuses où la clé pour gagner était de se prendre très au sérieux, en faisant mine de tout prendre à la rigolade. J'ai joué le jeu. Mais pour moi, c'était la réalité. Du coup, la superficialité des autres joueurs me déconcertait et me faisait enrager. Ils n'avaient pas l'air de comprendre que débattre d'une question théorique et apprécier une belle peinture au Fitzwilliam Museum étaient la même chose : l'un comme l'autre étaient la célébration de la supériorité individuelle. J'en suis bientôt arrivé à croire que je ressentais, percevais et comprenais davantage, que je saisissais mieux l'essence de l'être, de l'action et de la réflexion que tout ces imbéciles réunis.

« Tout est parti de là. L'insatisfaction que faisaient naître en moi les gens avec qui je buvais ou couchais s'est transformée en mépris pour leur manque de maturité. Je brûlais de fuir leurs beuveries et leurs babillages. D'avoir des amis plus âgés et plus avisés avec qui débattre des vices et des vertus du monde. Mais cela ne se trouvait pas à Cambridge. Je me sentais comme un homme affamé à qui l'on offre des bonbons. Comme un philosophe forcé de jouer les nourrices.

« Puis, au cours de ma deuxième année, j'ai fait la connaissance de Sarah pendant le carême. Nous sommes sortis ensemble plusieurs fois. Cela n'a pas débouché sur grand-chose. Nous n'avons même pas couché ensemble. Mais il s'est trouvé que je l'accompagnais quand elle est allée au vernissage privé que sa mère avait organisé pour le lancement de l'exposition d'Oscar Bantock. J'ai failli ne pas y aller. En fait, en ne me voyant pas, elle est venue me chercher. Cela s'était considérablement calmé entre nous. Et puis je détestais l'expressionnisme. J'avais aussi une image toute faite de l'artiste et de sa mécène. Je voyais un vieux type bohème en train de s'empâter et une mondaine à face de jument qui vous sert de la piquette pour vous remercier de vos compliments à deux sous. C'est à cela que je m'attendais. Et avec Oscar Bantock, c'est à peu près ce que j'ai eu. Mais Louise ? Elle n'avait absolument rien à voir avec l'image que je m'étais faite d'elle.

« La galerie était petite, mais c'était un lieu très fermé. Bondé ce soir-là, évidemment. Une foule ricanante de soi-disant esthètes qui brassaient du vent. Nous nous sommes frayés un chemin dans la cohue. Sarah a rejoint directement sa mère. Pour s'assurer que sa présence serait remarquée, j'imagine. C'est là que j'ai vu Louise pour la première fois. J'ai ressenti comme une décharge électrique. Cela a été immédiat. Elle était si belle. Elle avait un charme si… incroyable. J'en suis resté bouche bée. Je me rappelle m'être dit :

“Pourquoi ces gens ne la regardent-ils pas ? Ils ne la voient pas ? Ils ne se rendent pas compte ?” Puisque vous l’avez rencontrée une fois vous-même, peut-être que vous comprenez. Elle était incroyable. C’était la femme que je brûlais de connaître. Et en cet instant, avant que Sarah nous ait présentés, j’ai su qu’il fallait qu’elle soit mienne. Que je la possède corps et âme. C’était aussi simple que cela. Extravagant, à l’évidence. Absurdement irréaliste. Totalement dément. Mais pas un seul instant je n’ai remis en question cette impulsion. Elle était si puissante que j’étais certain qu’elle était juste.

« Je ne lui ai parlé que quelques minutes. C’était une discussion superficielle. Mais cela n’avait aucune importance. Son intonation. Ses cheveux qui bougeaient quand elle riait. La froideur obsédante de son regard. C’était comme si tout cela m’avait marqué au fer rouge. J’aurais fait n’importe quoi pour elle. Je serais allé n’importe où pour être avec elle. J’étais en son pouvoir. Sauf qu’elle ne le savait pas. Du coup, mon amour pour elle s’autoalimentait. Si elle m’avait franchement repoussé dès le début, cela l’aurait probablement tué dans l’œuf. Mais elle était trop polie – trop sensible – pour agir ainsi. J’ai réussi à m’imposer à un déjeuner qu’elle avait prévu avec Sarah le lendemain. Je me suis arrangé pour être dans l’escalier de chez Sarah lorsqu’elle est venue lui dire au revoir le jour d’après. J’ai usé de tous les subterfuges. Louise a dû se dire que je courais après sa fille. C’est sans doute pour cela qu’elle a proposé que je leur rende visite à Sapperton durant les vacances de Pâques. Mais Sarah ne l’entendait pas de cette oreille. Une fois sa mère partie, elle a clairement indiqué qu'elle ne voulait pas me voir là-bas.

« Je suis rentré chez moi à la fin du trimestre en me disant que j'oublierais rapidement Louise. Mais la vacuité de la vie à Surbiton n'a fait que renforcer mon désir d'être auprès d'elle. Je savais que la famille possédait une maison à Holland Park. Alors un jour, j'y suis allé et j'ai sonné. À ma surprise, c'est Louise qui a ouvert. Sarah était sortie avec des amis. Rowena était en cours. Sir Keith était à sa clinique. J'ai prétendu passer dans le quartier par hasard. Elle m'a fait entrer. M'a proposé du café. A dit qu'elle ignorait dans combien de temps Sarah rentrerait. J'ai répondu que cela n'avait aucune importance. Et c'était vrai. Pour moi, plus elle tardait, mieux c'était. Le simple fait d'être avec Louise, de la voir en face de moi, de l'entendre parler, de monopoliser son attention quand je parlais… c'était comme entrevoir le paradis. Et l'avoir pour moi seul, même brièvement, c'était une occasion que je ne pouvais pas me permettre de laisser filer. Quand elle est allée dans la cuisine me préparer un autre café, je l'ai suivie. Et c'est là que je lui ai tout dit. Le temps que l'eau chauffe dans la bouilloire.

« J'avais déjà imaginé comment elle réagirait à ma déclaration d'amour éternel. Elle avouerait en hésitant qu'elle éprouvait la même chose. Puis elle céderait passionnément. Elle me laisserait l'embrasser. Peut-être même l'entraîner à l'étage et lui faire l'amour. Ou me donner un rendez-vous le lendemain dans un hôtel chic où nous passerions tout l'après-midi et la soirée au lit. Ensuite, nous ferions des projets d'avenir. Nous discuterions de l'endroit où nous nous enfuirions.

Je me berçais d'illusions et d'absurdités, bien sûr. Ce n'était que de la folie et de l'outrecuidance. Mais j'étais tellement sous l'emprise du fantasme que je m'étais créé que j'étais convaincu que cela se passerait ainsi.

« Inutile de dire que cela n'a pas été le cas. La première chose qu'elle a dite quand j'ai eu terminé, c'est : « Oh, mon Dieu ! » Elle avait l'air plus gêné que fâché. Elle était presque peinée pour moi. Elle a essayé de me remettre doucement à ma place. Elle m'a ramené dans le salon et m'a expliqué gentiment que ce que je suggérais était impossible. C'était une femme d'âge mûr, heureuse en ménage, avec une fille de mon âge. Il était impensable qu'elle trompe son mari. Avec moi ou quiconque. Assez étrangement, elle ne semblait pas particulièrement choquée. Peut-être que d'autres hommes lui avaient fait le même genre de déclaration. Peut-être qu'elle avait l'habitude d'être l'objet d'une telle adoration sans espoir. "C'est juste une passade pour vous, a-t-elle dit. Vous l'oublierez très vite." Elle en parlait avec tellement de légèreté, d'indifférence. Comme si j'étais un gamin imbécile qui s'était entiché d'elle. Je l'aurais haïe si je n'avais pas été amoureux d'elle. Et dans un sens, je suppose que c'est là que cela a commencé. La haine mêlée à l'amour.

« Toutefois, "amour" n'est pas le mot qui convient, n'est-ce pas ? C'était une obsession qui confinait à la folie. J'ai concentré sur elle tout ce qui comptait dans ma vie. La conquérir est devenu le but même de mon existence. Un objectif que je ne pouvais atteindre. Parce que je ne l'intéressais pas. Pas le moins du monde. Elle ne se souciait même pas de moi. À l'époque, en tout cas, même si plus tard… Elle ne me prenait pas au sérieux, voyez-vous. C'était cela le pire. J'avais droit à sa pitié. Et même à son mépris, si j'insistais. Mais jamais à ce que je désirais. Jamais, en définitive, à son respect, maintenant que je m'étais ouvert à elle.

« Elle m'a très poliment jeté dehors, estimant qu'il valait mieux que je n'attende pas Sarah. Mais elle a promis de ne rien lui dire. "Oublions ce qui vient de se passer, a-t-elle déclaré. Disons que c'était une malheureuse méprise." Sans doute que c'était cela, d'une certaine façon. Une méprise. Elle n'avait tout simplement pas compris que j'étais profondément sincère. Et moi, à quel point ce que j'avais dit était grotesque.

« Quant à oublier, ce n'était apparemment pas possible. Je l'ai appelée plusieurs fois au cours des jours suivants. Je raccrochais dès que quelqu'un d'autre répondait. Je parlais si c'était elle. Je la suppliais de revenir sur sa décision. De me donner une chance. Rien qu'une brève rencontre, rien que quelques minutes de son temps. Elle a fini par accepter. Nous nous sommes retrouvés dans un café de Covent Garden. Elle avait changé d'attitude, entre-temps. Elle m'a dit que si j'insistais, elle alerterait l'administration de l'université. Pour l'instant, personne d'autre n'était au courant. Mais si je n'arrêtais pas tout de suite, tout le monde saurait. Sarah. Mes parents. Mes condisciples. Mon directeur d'études. Mes professeurs. Dans mon propre intérêt, il fallait que je renonce. Immédiatement. Et elle espérait fortement que j'allais obéir.

« Je n'avais rien promis quand elle est partie. Mais j'ai vraiment essayé. Je me suis calmé à la perspective de la disgrâce et du ridicule dont je serais l'objet si elle portait plainte officiellement. J'ai recouvré la raison. Temporairement, en tout cas. Je lui ai écrit une lettre d'excuses, disant qu'elle n'entendrait plus parler de moi. Et je le pensais. Vraiment. Je suis retourné à Cambridge après Pâques, déterminé à me concentrer sur mes études et à oublier ce ridicule coup de cœur pour une femme plus âgée.

« Pendant un certain temps, j'ai presque cru que cela allait marcher. Mais une fois mes examens terminés, je me suis retrouvé totalement désœuvré. Mon voisin de palier, Peter Rossington, cherchait un compagnon de voyage pour faire le tour d'Europe durant l'été avec Inter-rail. Vous savez, le voyage bon marché que presque tous les étudiants font au moins une fois avec cette carte. Bon, c'était soit cela, soit Surbiton. Il n'y avait pas photo. Je lui ai dit que je l'accompagnerais et nous avons décidé de partir au début du mois de juillet. Jusque-là, je n'avais rien d'autre à faire que traîner à Cambridge et à gamberger. Je pensais à Louise, à ce que je pourrais faire pour qu'elle change d'avis, à la manière de la convaincre de me céder en jetant toute prudence aux orties. Je suis resté jusqu'au dernier jour du trimestre et j'étais encore là quand les étudiants de troisième année sont revenus recevoir leurs diplômes. Sarah était parmi eux, ce qui signifiait que Louise allait elle aussi venir à Cambridge. J'ai réussi à tirer les vers du nez à Sarah et savoir à quel hôtel ses parents descendraient. Le Garden House. Un grand établissement moderne sur la Cam, derrière Peterhouse. La cérémonie de remise des diplômes avait lieu le dernier vendredi de juin. Ils devaient arriver le jeudi et repartir avec Sarah le samedi.

« J'aurais dû partir le mercredi, évidemment. Ou avant. Mais je suis resté, espérant l'apercevoir. Peut-être même avoir une occasion de lui parler. En début de matinée le vendredi, je suis allé me promener sur le chemin longeant la rivière en face du Garden House. Je n'ai cessé de passer et de repasser devant l'hôtel, désirant qu'elle me voie depuis sa fenêtre, même si j'ignorais si leur chambre donnait sur la rivière. Quoi qu'il en soit, elle a dû me remarquer et faire le tour de l'hôtel pour me mettre au pied du mur, parce que soudain elle a fait son apparition sur le chemin devant moi en venant du côté donnant sur Mill Lane. Et elle était en colère. "Vous êtes fou ? s'est-elle écriée. Vous aviez accepté de me laisser tranquille. Qu'est-ce que vous faites à rôder ainsi ?" J'ai prétendu que c'était une énorme méprise. Que je me promenais là par hasard, sans imaginer qu'elle séjournait dans cet hôtel. Il était évident qu'elle ne me croyait pas, mais elle ne pouvait pas non plus prouver que je mentais. Au bout du compte, elle est partie. Je lui ai couru après en la suppliant de s'arrêter et me parler. Mais elle a refusé. Je l'ai suivie jusqu'à Granta Place alors qu'elle regagnait l'hôtel. Finalement, juste devant l'entrée, elle s'est arrêtée et a fait volte-face. "Mon mari m'attend pour le petit déjeuner dans le restaurant, m'a-t-elle dit. Vous voulez vous joindre à nous, Paul ? Vous voulez que je lui dise ce qui se passe ? Il n'y aura plus moyen de revenir en arrière si je lui en parle." Bon, je n'étais pas prêt à affronter Sir Keith. Pas à ce moment-là. Pas de cette manière. La brutalité de Louise m'a causé un choc. J'ai marmonné de vagues excuses et j'ai battu en retraite.

« Mais cela ne pouvait pas durer éternellement. J'ai traîné dans les rues en regardant le cortège qui se rendait à Senate House. Puis je me suis faufilé jusqu'aux Backs et j'ai épié le déjeuner donné au King's pour les diplômés et leurs parents. J'ai aperçu Louise, qui était d'une rayonnante beauté. Sir Keith était avec elle, bien entendu. C'était la première fois que je le voyais. Naturellement, il m'a paru tout à fait indigne d'elle. Je suis reparti discrètement et je les ai laissés en paix. J'étais totalement effondré. Déprimé et dégoûté de moi-même. Pourtant, j'étais encore si amoureux d'elle que je ne pouvais tout bonnement pas l'oublier.

« Ils sont partis le lendemain matin. J'ai passé le week-end à boire. Et à échafauder un plan. Je devais retrouver Peter à Londres le mercredi. Cela me laissait deux jours durant lesquels je pourrais peut-être surprendre Louise seule. Comme je ne savais pas si elle serait à Sapperton ou à Londres, j'ai décidé de me couvrir en me rendant d'abord à Sapperton le lundi. J'y suis allé en voiture le matin. Je suis arrivé vers 11 heures. Je me suis garé près de l'église. J'ai épié les environs et essayé de réfléchir à un moyen de l'aborder.

« J'étais assis dans ma voiture au bout de la ruelle qui mène à l'Old Parsonage quand Sarah est arrivée, revenant d'une promenade, probablement. Elle m'a immédiatement repéré. J'ai prétendu que j'étais allé rendre visite à une tante à Cirencester et que j'avais fait un détour par Sapperton pour voir si elle était libre pour le déjeuner. Bon, elle a eu l'air de me croire.

Apparemment, elle était seule à la maison. Elle a proposé que nous allions dans un pub voisin. Et ayant enclenché l'affaire, j'ai dû m'y plier. Nous sommes donc allés au Daneway Inn, dans la vallée au-dessous de Sapperton. Ça n'a pas vraiment été une occasion de me détendre. Je crois que Sarah était perplexe. Inquiète, peut-être, que je cherche à renouer avec elle. Il se peut que cela l'ait mise mal à l'aise. Et rendue bavarde du même coup. Quoi qu'il en soit, elle m'a raconté plus de choses sur sa famille qu'elle n'en avait probablement conscience.

« Sir Keith était à Londres. Louise était allée à Kington rendre visite à Oscar Bantock. "Elle le voit beaucoup, m'a dit Sarah. Sans doute qu'il n'y a personne d'autre avec qui elle peut discuter d'expressionnisme." Je n'y ai pas prêté attention sur le moment. Sarah partait en Écosse à la fin de la semaine pour passer des vacances avec d'autres étudiants en droit du King's. Ses parents s'envoleraient pour Biarritz à la même époque. Rowena les y retrouverait à la fin des cours. Tout cela était très commode.

« Nous avons bu le thé une fois rentrés à l'Old Parsonage. Puis j'ai pris congé de Sarah sans trop savoir ce que j'allais faire. En repartant à Cambridge, j'ai soudain eu la réponse. Louise n'avait parlé de moi à personne. Pourquoi ? Parce qu'elle avait de la peine pour moi ? Ou parce qu'elle craignait que son mari estime qu'elle n'était pas tout à fait innocente dans l'affaire ? Avait-il déjà des raisons d'être soupçonneux ? Concernant Oscar Bantock ou quelqu'un d'autre. Peut-être qu'ils n'étaient pas le couple amoureux qu'elle prétendait.

« C'est étrange, il me semble que j'aurais fini par accepter qu'elle m'ait repoussé si j'étais arrivé à croire que c'était une épouse fidèle. C'est l'idée qu'elle ne l'était peut-être pas qui m'a fait basculer. Si elle devait tromper son mari, dans ma logique tordue, je me suis dit que ce serait forcément avec moi. Pas avec quelque vieux peintre décrépit ou Dieu sait qui d'autre. Ce n'était pas juste de sa part. Elle ne me donnait pas ma chance.

« Je ne suis pas retourné à Sapperton. Comme Sarah y était, c'était trop risqué. En plus, je n'en avais pas besoin. Elle m'avait dit où je pouvais trouver sa mère. Durant tout l'été. J'ai rejoint Peter à Londres le mercredi. Nous sommes partis pour l'Europe le lendemain. Nous avons passé un long week-end à Paris, puis nous avons pris la route de l'Italie. J'ai dit que je voulais faire un petit arrêt dans les Alpes françaises, sachant que Peter piaffait d'impatience de visiter Florence et Rome. Après une dispute à Lyon, nous avons décidé de nous séparer. Il est parti pour l'Italie. Moi pour Chamonix. Enfin, c'est là que je lui ai dit que j'allais. En réalité, je suis remonté à Paris et j'ai pris le train pour Biarritz.

« J'y suis arrivé en fin de journée le jeudi 12 juillet. J'ai loué une chambre dans une *pension** pas chère près de la gare. Le lendemain, j'ai cherché L'Hivernance et j'ai rôdé aux alentours en espérant voir Louise en sortir à pied. Ou Sir Keith s'en aller, ce qui aurait indiqué qu'elle était seule. Rien. Sauf qu'ils sont sortis ensemble en voiture en début de soirée. Pour aller dans un restaurant chic, me suis-je dit. J'ai laissé tomber. Mais je suis revenu le lendemain, déterminé à être plus ingénieux. Une fois certain que tout était silencieux, j'ai escaladé un mur sur le côté et j'ai traversé le jardin pour gagner la maison. Il n'y avait personne. En approchant, j'ai entendu des éclats de voix par une des fenêtres ouvertes du rez-de-chaussée. J'ai bientôt reconnu celle de Louise. L'autre était celle de Sir Keith. Ils se disputaient. Je ne peux pas vous dire le plaisir – l'espoir – que cela m'a donné. S'ils étaient sur le point de se séparer, j'allais peut-être pouvoir l'attraper au vol.

« Je ne me suis pas approché suffisamment pour entendre distinctement leurs propos. Mais il était évident que Sir Keith était en colère. Il a parlé de Bantock. "Ce fichu barbouilleur", a-t-il dit. Et il a annoncé qu'il partait le lendemain. "Alors, ce que tu fais, c'est ton affaire, c'est cela ?" Je n'ai pas entendu la réponse de Louise. Elle parlait moins fort que lui. Quoi qu'il en soit, un jardinier est arrivé à ce moment-là et j'ai dû filer. Avant qu'il me repère, j'avais déjà disparu de l'autre côté du mur.

« Mais j'avais découvert ce que je voulais apprendre. Ils étaient à couteaux tirés. Et Sir Keith s'absentait. Il me laissait la voie libre. Je suis revenu de bonne heure le dimanche pour guetter son départ. Il n'était pas pressé. Il était midi quand il est parti. En taxi. Avec quelques valises. Je n'en revenais pas de ma chance. Louise allait être vulnérable et contrariée, me suis-je dit. Elle aurait besoin de compassion. Besoin d'amour.

« J'ai décidé d'attendre jusqu'au soir. Faire mon apparition juste après le départ de Sir Keith aurait pu paraître suspect. C'était un après-midi ensoleillé. Les plages étaient pleines de monde. J'ai tué le temps en me promenant et en mangeant des glaces. À un moment, une fille m'a dragué. En minaudant et en se tortillant. Elle aurait dû être à mon goût, sûrement. Mais elle avait l'air si pitoyablement immature en comparaison de Louise. Toutes les filles l'étaient, à l'époque.

« Au crépuscule, les plages s'étaient vidées. Je suis retourné à L'Hivernance. Mais avant d'y arriver, j'ai aperçu Louise, qui flânait au bord de l'eau sur la plage Miramar, apparemment perdue dans ses pensées. Je suis descendu jusqu'à la digue et je l'ai observée depuis le passage couvert sous la terrasse de l'Hôtel du Palais. Elle a continué de marcher de long en large au même endroit alors que les rouleaux déferlaient. À la tombée de la nuit, comme elle ne semblait toujours pas disposée à rentrer, j'ai décidé d'aller la trouver.

« Elle ne m'a pas vu approcher. Face à la mer, elle contemplait les derniers feux du couchant sur l'horizon. J'étais à quelques mètres d'elle quand elle a enlevé son alliance et l'a jetée de toutes ses forces le plus loin possible dans les vagues. J'ai reculé, stupéfait, incapable de croire qu'elle avait fait un tel geste. Puis elle s'est retournée. Et elle m'a vu.

« "Paul ! a-t-elle dit. Qu'est-ce que vous faites ici ?" C'est drôle. Elle n'avait pas l'air particulièrement surpris de me voir. Je lui ai servi le petit discours que j'avais préparé. Disant que je n'avais pas pu rester loin d'elle. Que j'étais follement amoureux d'elle. Que j'étais sûr qu'elle avait besoin d'un ami – et peut-être de davantage – maintenant que son mariage s'écroulait. Elle a dû se rendre compte à ce moment-là que je l'avais espionnée. Pourtant, elle n'était pas fâchée. "Je ne peux pas vous parler à présent, Paul, a-t-elle dit. J'ai l'esprit trop occupé. Venez à L'Hivernance demain matin vers 11 heures et nous parlerons. Comme il convient." Puis elle m'a embrassé. Un léger baiser formel sur la joue, qui m'a suffi pour croire que j'avais enfin réussi à abattre ses défenses. Je l'ai regardée s'éloigner, l'esprit enfiévré à l'idée de ce qui se passerait lors de notre prochaine rencontre… cette fois, à son instigation.

« Je suis arrivé à L'Hivernance à 11 heures pile le lendemain, vêtu d'une veste et d'une cravate que j'avais achetées une heure plus tôt à peine et serrant dans la main un bouquet de fleurs. J'étais nerveux et hésitant. Mais aussi tout excité et plein d'espoir. Cela n'a pas duré longtemps. La gouvernante qui m'a ouvert m'a dit que Louise était partie pour l'Angleterre de bonne heure le matin, sans parler d'un rendez-vous avec moi. J'étais abasourdi. Trop horrifié pour parler. Je suis parti en titubant vers le phare et j'ai pris l'un des sentiers qui descendent en serpentant vers le rivage. Au début, je ne savais que penser. Puis la lumière s'est faite. Elle m'avait dupé. Elle s'était jouée de moi juste le temps de faire ses valises et de partir. J'ai jeté les fleurs dans la mer et j'ai pleuré. Puis la rage a remplacé le désespoir. Elle avait piétiné mon orgueil. Elle m'avait trompé tout comme son mari. Eh bien, j'allais le lui faire payer.

« Je savais où elle était partie. Kington. Pour retrouver Bantock. En voiture et en avion, elle arriverait bien avant moi. Bah, je la rattraperais tôt ou tard. Je me suis hâté de rentrer à la *pension**, j'ai fait mes bagages, rendu ma chambre et couru à la gare. Là, j'ai découvert que j'avais plus de deux heures d'attente avant le prochain train pour Paris.

« Pendant ces deux heures, ma détermination à confronter Louise avec la preuve de sa duplicité n'a fait que croître. Bien sûr, la seule chose qu'elle avait véritablement trahie, c'était le fantasme que j'avais bâti autour d'elle. Rien d'autre. Elle ne me devait rien, et encore moins une explication. Me donner un rendez-vous qu'elle n'avait aucune intention d'honorer n'était qu'une manière sensée de se débarrasser de moi. Et la situation de son mariage ne me regardait absolument pas. Je le vois maintenant tout à fait clairement. Mais à l'époque, je ne voyais rien. Et moins que tout ce que j'allais faire quand je la retrouverais enfin.

« Il m'a fallu vingt-deux heures pour rejoindre Kington depuis Biarritz en train, ferry et autocar. Paris. Dieppe, Newhaven. Londres. Newport. Hereford. J'ai rongé mon frein pendant tout le trajet. Finalement, à 13 heures le lendemain – le mardi 17 juillet –, je suis descendu d'un autocar au centre de Kington.

« J'ai trouvé l'adresse de Bantock dans l'annuaire et un commode petit plan offert par le syndicat d'initiative m'a montré où se trouvait Butterbur Lane. Une demi-heure plus tard, je tambourinais à la porte de Whistler's Cot. J'étais certain que Louise y était, même si je ne voyais pas sa voiture. Mais je me trompais. Bantock a surgi de derrière la maison en demandant la raison de tout ce raffut. Il m'a reconnu de l'exposition. J'ai eu la présence d'esprit de prétendre que j'étais en vacances dans la région et que j'avais envie de voir son travail. Il m'a fait entrer et montré son atelier. Ses peintures en cours. Ce genre de choses. Il était évident que Louise n'était pas là. Mais j'étais toujours convaincu qu'elle arriverait sous peu. Peut-être qu'elle s'était arrêtée à Londres. Quoi qu'il en soit, je l'avais sans doute dépassée en route.

« Bantock m'a dit qu'il devait sortir et j'ai été ravi d'avoir un prétexte pour écourter ma visite. Ma piètre imitation de l'amateur d'art commençait à faire long feu. Il m'a proposé de me déposer, mais j'ai répondu que je préférais marcher. Je suis parti sans me presser et il m'a dépassé en voiture à mi-chemin sur la route. À peine il a disparu que j'ai fait demi-tour, j'ai laissé Whistler's Cot derrière moi et j'ai continué jusqu'aux terrains communaux. Ensuite, j'ai parcouru les champs au-dessus du chemin jusqu'à ce que je me retrouve de l'autre côté de la haie en face du cottage. Je voyais assez bien par-dessus la haie et la hauteur du talus faisait que j'étais au niveau des fenêtres de la chambre. Je me suis installé à l'ombre d'un hêtre et j'ai attendu leur retour. J'étais certain que Bantock était allé la retrouver et allait rentrer avec elle tôt ou tard. Je n'avais aucun doute. À leur arrivée, je serais prêt.

« Vers 17 heures, Louise a débarqué. J'étais enchanté d'avoir vu juste, sauf que je m'étais trompé sur un point : Bantock n'était pas avec elle. Elle a frappé à la porte, puis elle est entrée par l'arrière. J'ai cru qu'elle allait l'attendre à l'intérieur, mais elle est ressortie quelques minutes après et est repartie. Je n'ai pas compris. Mais j'étais fermement décidé à tenir le coup. Ce ne pouvait être qu'une question de temps.

« J'avais quelques bières dans mon sac à dos. Les boire a été une erreur, car avec la chaleur, le stress et la fatigue du voyage, je me suis endormi. Quand je me suis réveillé, il faisait presque nuit et j'avais froid. Il n'y avait pas un signe de vie à Whistler's Cot. J'ai commencé à me sentir bête et beaucoup moins sûr de moi. Si l'attente s'était prolongée, j'aurais renoncé et je serais parti. Or à ce moment-là, vers 21 heures, la Mercedes de Louise est réapparue sur le chemin, suivie de près par une camionnette jaune. Les deux véhicules se sont arrêtés devant le cottage. Elle était avec quelqu'un, et ce n'était pas Bantock. Oh, non. C'était quelqu'un que je ne connaissais pas. J'ai vu des photos de lui depuis, bien sûr. C'était Shaun Naylor. Il avait l'air de ce qu'il est. Un jeune voyou beau gosse, qu'on imagine vendre des contrefaçons de parfum au coin d'une rue ou rôder dans un parking à la recherche d'une voiture pas fermée. Brutal et prêt à tout. Avec un rien de narcissisme pour faire bon poids. Je n'arrivais pas à comprendre ce qu'il faisait avec Louise. Ce n'était pas du tout son genre. En tout cas, c'est ce que j'aurais cru.

« Mais j'ignorais quel était son genre, n'est-ce pas ? Tout ce que je savais, c'est qu'elle avait ramassé ce rebut de la société quelque part. Et peu de temps auparavant, à en juger par les quelques mots qu'ils ont échangés avant d'entrer. "Tu as failli me perdre en route", il lui a dit avec son accent cockney. "Jamais je ne me le serais pardonné, elle lui a répondu. Moi qui viens à peine de te trouver." Là, il l'a attirée contre lui et l'a embrassée brutalement. Je n'en croyais pas mes yeux – ni mes oreilles. Elle s'est redressée et lui a chuchoté quelque chose. "Tu es une petite coquine, toi, hein ?" il lui a répondu. "Et toi un petit coquin, elle a fait. On entre ?"

« Elle lui a fait faire le tour. Quelques secondes plus tard, des lumières se sont allumées. D'abord en bas, où je ne distinguais pas grand-chose. Puis, au bout de dix minutes, sur le palier à l'étage et dans l'une des chambres. Je voyais parfaitement par la fenêtre. Louise et Naylor sont entrés dans la pièce. Ni l'un ni l'autre n'ont touché les rideaux. Peut-être ne songeaient-ils pas qu'on puisse les épier. Peut-être s'en fichaient-ils. Sur le moment, j'ai même eu l'idée insensée que Louise savait que j'étais là et voulait me montrer de quoi elle était capable – avec un homme qui était à la hauteur.

« Je ne vais pas vous décrire ce qu'elle l'a laissé lui faire. À vrai dire, elle ne lui a pas interdit grand-chose. Elle était prête à tout, oh, oui. Comme l'a dit Naylor à son procès, ce n'était pas un viol. Si seulement cela avait été le cas. J'aurais pu voler à son secours. J'aurais été son chevalier blanc. Au lieu de quoi, je suis resté à regarder ce qui aurait pu être un rêve de voyeur devenu réalité. Ce n'étaient que deux corps qui s'agitaient dans un rectangle de lumière. Comme un film porno sur un écran de télévision. Non, c'était le plaisir sur son visage, ses manières expertes, qui m'ont effaré. Ce n'était pas la première fois qu'elle faisait ce genre de choses, c'était impossible. Elle avait de la pratique. Elle s'y prenait bien. Aussi bien que la plus aguerrie des putains. J'aurais presque pu croire que c'en était une. Une pute de luxe dont cet... individu qu'elle avait ramassé... pouvait user et abuser. Offerte à n'importe qui. Du moment qu'il avait les moyens.

Ou qu'il lui plaisait. N'importe qui. Sauf moi. Jamais ce ne serait moi.

« Il ne s'est pas attardé après cela. Il s'est rhabillé et est parti en la laissant dans le lit. Enfin, sur le lit. Elle n'a même pas pris la peine de se couvrir. Il est sorti et est parti. Elle ne s'est pas levée. Elle a dû s'endormir. J'ai continué de la regarder pendant quelques minutes. Mon incrédulité s'est muée en jalousie. Et la jalousie en fureur. Je voulais la punir de m'avoir refusé ce qu'elle avait accordé avec autant de détachement à un inconnu. D'avoir fait voler en éclats l'image d'elle que je m'étais construite. De ne pas être la femme que j'avais rêvée.

« Je me suis faufilé par un trou dans la haie, j'ai descendu le talus jusqu'au chemin et j'ai gagné discrètement l'arrière du cottage. La porte n'était pas fermée à clé, bien sûr. Je suis entré le plus silencieusement que j'ai pu. Je ne savais pas au juste ce que j'allais faire. La lumière était allumée dans la cuisine et le salon. La porte de l'atelier était ouverte. J'ai jeté un coup d'œil et remarqué un rouleau de fil de fer sur un banc. Je suis resté à le regarder fixement jusqu'à ce que je me persuade qu'elle le méritait. Je m'en suis si complètement convaincu que l'acte m'a paru inévitable. J'ai pris des tenailles posées sur le banc et j'ai coupé une longueur de fil. Puis j'ai mis une vieille paire de gants en cuir que j'avais repérés sur une étagère près de la porte de derrière. Je ne pensais pas aux empreintes. C'était juste pour ne pas m'entailler les mains quand je la garrotterais.

« Je ne me rappelle pas précisément ce qui s'est passé ensuite. Le déferlement d'émotions contradictoires doit sans doute oblitérer une partie des souvenirs. Je suis monté à l'étage. Je ne saurais dire si j'ai couru ou marché sur la pointe des pieds. Brusquement, je me suis retrouvé dans la chambre, contemplant son corps nu sur le lit. Elle était allongée sur le côté et me tournait le dos. Elle a entendu un bruit et a bougé. "Shaun ?" elle a demandé. "C'est..." Et là je me suis jeté sur elle en la plaquant sur le matelas de tout mon poids, tout en passant le fil par-dessus sa tête pour l'enrouler autour de sa gorge. Elle a suffoqué et tenté de me repousser. Mais elle n'était pas de taille. "C'est moi, salope, j'ai crié à son oreille tout en serrant le fil. Paul." J'ai continué de l'étrangler, elle se débattait et se contorsionnait, mais il n'y avait plus de retour en arrière possible. Pour elle comme pour moi. Cela a duré plus longtemps que je pensais. Beaucoup plus. Mais pour finir, elle est restée inerte et immobile sous moi. Pas un souffle. Pas un mouvement. Pas un tressaillement des paupières. Elle était morte.

« Je me suis relevé et j'ai contemplé son corps magnifique, que je brûlais naguère de toucher, de caresser. Mais à présent, il n'y avait plus rien. Seulement sa chair pâle, qui devenait plus froide de seconde en seconde. Je me suis retourné et j'ai entraperçu un reflet de la scène dans un grand miroir qui occupait presque tout le mur en face de moi. Me voir, hagard et haletant, avec son cadavre sur le lit derrière moi, a rendu la situation encore pire. J'ai donné un violent coup de pied dans le miroir, et j'ai fendu l'un des coins. Puis j'ai détalé à toutes jambes.

« J'étais dans la cuisine quand j'ai entendu une voiture arriver dans la cour. Cela avait l'air d'être celle de

Bantock, ce que le grincement de la porte du garage m'a confirmé. J'ai brusquement compris que prendre la fuite serait désastreux. S'il me voyait, il me reconnaîtrait. Et même s'il ne me voyait pas, il dirait à la police que j'étais passé chez lui sous un prétexte peu convaincant un peu plus tôt dans la journée. Et j'avais laissé mon sac à dos de l'autre côté de la haie, preuve évidente de ma culpabilité. D'après le peu que je connaissais des méthodes de la police scientifique, on aurait beau jeu de confirmer ma présence sur les lieux cette nuit-là. Une empreinte digitale. Une fibre. Un cheveu. Dieu sait quoi. Et je serais fait comme un rat. Alors que, s'il n'y avait aucune raison de me soupçonner… aucune raison de penser à moi…

« Je me suis dissimulé dans l'atelier et j'ai coupé un autre morceau de fil de fer. J'avais l'intention de me jeter sur Bantock dès qu'il entrerait dans la cuisine. Mais quand il a ouvert la porte de derrière, qu'il a crié : "Louise ?" et n'a pas eu de réponse, il s'est immobilisé, puis il s'est tourné vers l'atelier, presque comme s'il percevait ma présence. Je me suis collé contre le mur derrière la porte, et quand il est entré, je lui ai sauté sur le dos et, d'un seul mouvement, j'ai passé le fil par-dessus sa tête et je l'ai serré autour de son cou. Il a d'abord cédé quand j'ai tiré, puis il s'est débattu et s'est jeté en avant pour tenter de me déséquilibrer. Nous sommes tombés et nous avons roulé à terre. J'ai entendu des objets heurter le sol autour de nous. C'était un grand type costaud, mais trop gros et en mauvaise forme. J'avais l'avantage de la jeunesse et de la détermination. Je ne pouvais pas me permettre de le laisser prendre le dessus. Je l'ai plaqué au sol à plat ventre, j'ai réussi à lui coincer les bras sous mes genoux et j'ai serré le fil de toutes mes forces. Et c'est comme cela qu'il est mort, étranglé, griffant le plancher de son atelier, le visage maculé de la poussière multicolore formée des minuscules éclaboussures de peinture répandues pendant des années par ses pinceaux et ses palettes.

« Je me suis relevé tant bien que mal et je me suis efforcé de réfléchir calmement. Bantock mort, personne ne pouvait me relier à ce qui s'était passé. J'étais censé être à l'étranger et, si je pouvais retourner en France sans être vu par quiconque me connaissait, j'étais presque certainement à l'abri. L'instinct de conservation a effacé l'horreur que j'avais commise, du moins pendant un temps. J'ai empoché le rouleau de fil de fer et les tenailles, et sans enlever les gants, j'ai filé vite fait. Il n'y avait personne aux alentours. Je ne risquais rien si je gardais mon sang-froid. J'ai remonté le chemin jusqu'au terrain communal et mis le cap sur le hêtre au pied duquel j'avais laissé mon sac à dos. J'ai sorti ma torche et vérifié que je n'avais rien laissé tomber, j'ai ramassé les canettes de bière vides et les ai fourrées dans mon sac, puis j'ai rejoint à travers champs la route menant à Kington en suivant les lumières des maisons bordant Butterbur Lane.

« Une fois sur la route, j'ai estimé que j'avais l'air d'un randonneur comme un autre. J'ai traversé la ville en gardant une allure raisonnable, résistant à l'envie de prendre mes jambes à mon cou, jusqu'à la sortie. Là, j'ai fait du stop. J'ai eu de la chance. Un chauffeur de poids lourd s'est arrêté quelques minutes plus tard. Il allait à Coventry. Bon, peu importait la destination, du moment que c'était loin de Kington. Il m'a déposé à une station-service sur l'autoroute entre Birmingham et Coventry au petit matin. J'ai réussi à me faire prendre en stop jusqu'à Londres. Le temps que les corps aient été découverts à Whistler's Cot, j'étais sur le ferry à mi-chemin de la traversée.

« J'ai passé la majeure partie de la semaine suivante à errer en Allemagne, en Autriche et dans les Balkans, achetant à chaque étape des journaux anglais datant de la veille, pour glaner des informations sur la piste que suivait la police, les indices qu'elle avait trouvés sur le lieu du crime. Les crises de panique ont diminué. La peur de l'arrestation imminente s'est éloignée. Puis est arrivée petit à petit l'horreur devant mon acte. L'impossibilité de croire que j'en étais l'auteur est devenue telle que j'ai commencé à en douter très sincèrement. L'éloignement géographique est devenu une distance psychologique. Si ma mémoire me disait ce qui s'était passé, ma conscience, elle, refusait de l'accepter. C'était en partie un mécanisme de survie, je pense. Une manière de gérer la culpabilité. Une façon d'échapper à la responsabilité de mes actes. C'était la faute de Louise qui m'avait provoqué au-delà de ma résistance. La faute de Bantock qui avait débarqué à l'improviste. La faute de Naylor pour avoir pris et souillé ce que je n'avais pas eu le droit de toucher. C'était la faute de tout le monde. Sauf la mienne.

« Je ne savais pas encore qui était Naylor à l'époque, évidemment. Quand j'ai lu qu'il avait été arrêté, j'ai été brièvement tenté d'aller me livrer au premier consulat anglais venu. Puis je me suis dit que j'allais attendre de voir s'il était inculpé. Quand il l'a été – de viol ainsi que de meurtre –, j'ai compris précisément qui il devait être et pourquoi la police était convaincue de tenir le coupable. J'étais tiré d'affaire. Et soudain, cela ne m'a plus semblé être simplement un coup de chance, j'y ai vu également la main du destin. Les caprices du hasard avaient décidé que je ne devais pas être puni et que Naylor devait l'être. Je n'allais pas discuter. Ce n'était que justice, après tout. C'était ainsi qu'il devait en être. Sur le moment, je n'avais pas su ce que je faisais. J'avais perdu mon sang-froid. En France, on n'en aurait pas tenu compte, cela aurait été considéré comme un crime passionnel, un moment d'abandon à la colère et à la jalousie, aussi compréhensible que pardonnable. Quant à Naylor, eh bien, c'était un peu une ironie du sort qu'il doive probablement payer pour ce que j'avais fait. Parce que c'était lui, à l'origine, qui m'y avait poussé.

« C'est du moins ce que je me suis dit. Cela paraît méprisable, je vous l'accorde. Ça l'est. Mais vous ignorez de quelles excuses et justifications l'esprit est capable avant de vous retrouver dans une situation aussi extrême. Louise était morte. Bantock aussi. Je ne pouvais pas les ramener à la vie en avouant leurs meurtres. Et Naylor n'était rien pour moi. Il n'était rien comparé à moi. L'existence qui m'attendait promettait réussite et satisfaction. J'avais la possibilité de me racheter par une vie de travail et de respectabilité. Alors qu'il n'était qu'un sordide sous-être qui serait aussi heureux dans une cellule que dans les rues. Me sacrifier pour le sauver serait un gâchis inutile. Les choses seraient encore pires qu'elles n'étaient déjà. J'ai retourné maintes et maintes fois le sujet. Je me suis même convaincu que Louise m'aurait pardonné et supplié de ne pas avouer. Je la voyais de temps en temps dans mes rêves. Encore plus belle qu'elle n'avait été dans la réalité. Tellement sereine. Si compréhensive. Et je ne cessais d'entendre sa voix. Prononcer les paroles qu'elle avait dites cet après-midi-là à Holland Park : *Oublions ce qui vient de se passer. Disons que c'était une malheureuse méprise.* Au final, j'ai eu l'impression que c'était à elle que je cédais, que je respectais sa dernière volonté. Je l'avais tuée, oui. Mais en laissant Naylor endosser la responsabilité, je protégeais sa réputation. Tout le monde pouvait se souvenir d'elle comme d'une épouse fidèle et d'une mère dévouée. Tant que je tiendrais ma langue.

« Je suis rentré chez moi à la fin du mois d'août, certain dès lors que rien ne pouvait m'impliquer dans les meurtres et que ma conscience, même si elle ne pourrait jamais être sereine, était au moins à l'abri. J'ai envoyé une lettre de condoléances à Sarah et reçu une réponse polie mais réservée. J'ai décidé de ne pas insister. Nos chemins s'étaient séparés et j'étais certain qu'ils ne se recroiseraient plus. Je suis retourné à Cambridge en octobre, déterminé à tourner la page. À me reconstruire et en même temps à me débarrasser une bonne fois pour toutes du souvenir de ce que j'avais fait cette nuit-là à Whistler's Cot.

« J'ai réussi. Je me suis fait de nouveaux amis et je me suis lancé dans de nouvelles activités. Quand le procès s'est ouvert, j'étais hors d'atteinte, si à l'abri dans mon petit monde occupé et égoïste que je ne lisais même pas les comptes rendus qu'en faisait la presse. C'est seulement grâce à un autre étudiant qui connaissait Sarah que j'ai appris la condamnation de Naylor. Et savez-vous ce que j'ai éprouvé en apprenant sa sentence ? Du soulagement. Voilà. J'étais simplement soulagé que ce soit terminé. Simplement heureux qu'il soit derrière les barreaux pour vingt ans. Simplement content de savoir que je pouvais tout oublier de lui.

« Or ce n'était pas possible, n'est-ce pas ? Il s'est trouvé que non. Car une fois mon diplôme en poche, j'ai étudié sans enthousiasme plusieurs propositions d'emploi en me disant qu'elles se valaient toutes ou à peu près et j'ai accepté un poste à la Metropolitan Mutual Insurance. Une erreur fatale, pourrait-on dire. Parce que cela a impliqué mon déménagement à Bristol. Où Sarah était partie faire son stage et Rowena étudier les mathématiques. Je ne savais pas qu'elles habitaient là-bas, évidemment. Je n'en avais absolument pas la moindre idée. Jusqu'au jour où je suis tombé sur Sarah dans Park Street.

« Sur le moment, cela ne m'a pas paru bien grave. Une banale coïncidence qui n'aurait pas de conséquence. Mais Sarah m'a invité à dîner et je ne pouvais guère refuser. Je suis donc allé à Clifton un soir et j'ai fait la connaissance de Rowena. C'était début janvier, l'année dernière. Hier, semble-t-il, et pourtant… Sarah a avoué plus tard qu'elle tenait à faire rencontrer à Rowena le plus possible de gens nouveaux. C'était seulement environ six semaines après sa tentative de suicide. Sarah pensait qu'avec des fréquentations variées elle cesserait de se replier sur elle-même. C'était la véritable raison de son invitation.

« Cela a commencé lentement. Comme une attirance pour ce qui, chez Rowena, me rappelait Louise. Un lien s'est tissé entre nous, parce que nous sentions confusément que nous refoulions tous les deux quelque chose : Rowena, ses doutes sur la mort de sa mère ; moi, ma connaissance de la réalité. Bien sûr, elle était charmante, aussi. Charmante et vulnérable. Dès le premier instant, j'ai eu envie de la protéger. D'une vérité que, d'après moi, elle n'était pas en mesure d'entendre. Et me protéger du même coup. Le hasard m'avait donné l'occasion de réparer une partie des dégâts que j'avais commis et de faire taire la voix qui me chuchotait encore ses reproches durant les longues nuits d'insomnie. C'était à croire que le destin avait de nouveau pris ma vie en main.

« Et c'était le cas. Mais pas comme je le pensais. J'ai épousé Rowena et, au début, tout a été parfait. L'aimer m'a permis de comprendre ce qu'était en réalité mon obsession pour Louise : une illusion superficielle. Toutefois, les conséquences de cette obsession perduraient. J'ignore si le secret que je devais constamment lui dissimuler a rongé la confiance que Rowena avait en moi ou si elle n'était tout bonnement pas capable de renoncer à ses doutes, mais quelque chose n'allait pas, avant même que le livre paraisse et bien avant la diffusion de l'émission de télévision. Et puis il y a eu la grossesse. Je ne sais pas dans quelle mesure cela l'a affectée. Mais elle ne m'en a pas fait part, n'est-ce pas ? Peut-être que ce n'était pas une bonne nouvelle pour elle. Peut-être que cela ne faisait qu'ajouter à ses problèmes, rendant son avenir aussi incertain que son passé et tout aussi intolérable.

« Je n'aurais pas dû essayer de la maintenir dans l'ignorance. C'est évident aujourd'hui. Mais j'avais peur qu'affronter les rumeurs et les spéculations m'oblige finalement à lui dire toute la vérité. Le secret devient une habitude, voyez-vous. Plus qu'une nécessité. Une manière de vivre, presque. On ne peut pas s'en débarrasser. Cela ne se passe pas comme ça. Ma réaction à l'intérêt croissant pour l'affaire a consisté à le refouler et faire comme s'il n'existait pas. Ils faisaient tellement fausse route que c'était grotesque, de toute façon. Oscar Bantock avait peut-être été un faussaire. Mais je savais mieux que quiconque pourquoi il était mort. Et la contrefaçon n'avait rien à voir là-dedans.

« Sauf au sens où toute ma vie était devenue une contrefaçon. Une œuvre convaincante, mais entièrement fausse. Une escroquerie reposant sur un mensonge. Le seul élément authentique était mon amour pour Rowena. Quand elle s'est jetée du pont, elle a emporté avec elle la raison de ma tromperie. Elle a exposé au grand jour ma contrefaçon. Pour que le monde entier la voie.

« Mais il ne l'a pas vue, n'est-ce pas ? Le monde ne voit jamais. Il ne veut jamais voir. Il faut qu'on le force à ouvrir les yeux. Réparer les torts est une expérience profondément déplaisante. Avouer une faute est beaucoup plus difficile que la dissimuler. Et il y a généralement tant de manières d'esquiver le problème. D'éviter l'aveu. Mais pas cette fois. Pas maintenant. Parce que je veux être vu et entendu. Je veux dissiper toute confusion. Et affronter les conséquences. Avec tous les autres.

14

En écoutant les aveux de Paul Bryant, je me rendis compte que j'en savais en réalité bien peu sur la famille Paxton et les événements de juillet 1990. J'avais entraperçu des fragments de vérité et je les avais pris pour des certitudes. J'avais construit toute une version de la réalité à partir du peu que je savais. Et à présent, brusquement, je voyais qu'elle n'était qu'un travestissement de la vérité. Le passé était aussi fluide et incertain que l'avenir.

Je fus tout d'abord trop choqué pour réagir à la confession de Paul. Tant de choses s'en trouvaient changées et brutalement bouleversées. Louise n'était pas celle que moi et d'autres imaginions. Elle n'avait pas été préparée à être ce que nous voulions qu'elle soit, même dans la mort. Tout ce que nous avions cru la concernant était un mensonge. Et la seule chose dite sur son compte que nous étions certains d'être un mensonge se révélait vraie. Naylor n'était pas coupable, mais presque tous les autres l'étaient. D'en avoir trompé d'autres. Ou de s'être trompés eux-mêmes. Peu importait.

Sauf dans le cas de Paul, évidemment. Il avait vécu le mensonge le plus énorme de tous. Il avait assassiné deux personnes et laissé un innocent aller en prison à sa place. J'aurais dû être en colère. Et je finis par l'être. Mais pas à cause du crime hideux qu'il avait enfin avoué. Oh, non. Ce qui me rendait vraiment furieux, c'était la révélation d'autant de fausseté et d'une crédulité partagée par un si grand nombre de gens. On n'aurait pu y résister tant elle était commode et tombait à pic. Naylor derrière les barreaux. Et nos doutes avec lui. Mais à présent il allait être libéré – et eux aussi. Le méchant de la pièce allait apparaître comme la victime suprême. L'histoire allait être réécrite. Et tous ceux qui avaient souscrit à la version que je savais désormais fausse passeraient au mieux pour des imbéciles, au pire pour des scélérats, chacun dans son genre.

Je suppose que n'avoir pu faire autrement qu'admettre ma naïveté explique la consternation muette avec laquelle je finis par réagir. J'étais horrifié, bien sûr. Mais l'horreur perd toute son acuité trois ans après les faits. La satisfaction avec laquelle j'avais accueilli la peine de vingt ans de réclusion de Naylor ne pouvait se renouveler. La culpabilité de Paul était en quelque sorte diminuée par l'injustice à laquelle j'avais pris part. Et par la honte que j'éprouvais en m'en rendant compte. À un moment, je fus tenté de le supplier de garder le silence, lui chuchoter quelque filandreuse platitude lui suggérant de ne pas réveiller l'eau qui dort. Puis je repoussai cette idée. Il fallait mettre un terme aux dérobades et aux collusions. Et le moment était arrivé.

— Ce que vous avez fait, Paul – ce que vous avez librement avoué – était terrible. Affreux. Impardonnable. Je pense que les assassins devraient être exécutés. Pendus haut et court. Vous me comprenez ? Exécutés.

— Je vous comprends, Robin. J'entends ce que vous dites. Je suis d'accord avec vous, en fait. Une vie doit être payée par une autre. Mais la loi en décide autrement. Donc…

— Qu'allez-vous faire ? Aller à la police ?

— Pas directement. J'ai rendez-vous avec l'avocat de Naylor à Worcester demain matin. Je lui répéterai exactement ce que je vous ai raconté. Ensuite, ce sera à lui de décider quoi faire. Je serai heureux quand cela arrivera, à vrai dire. Soulagé de le laisser mettre la machine en route. Par ailleurs, m'adresser à lui évite toute éventualité que la police fasse la sourde oreille.

— Vous pensez que cela pourrait arriver ?

— Qui peut le dire ? Mais de cette manière, elle n'aura pas le choix, n'est-ce pas ?

— Et Sarah ? Quand lui direz-vous ?

Il soupira.

— Je ne sais pas trop si je peux le lui dire en face. Avouer devant vous, l'avocat de Naylor ou la police ou n'importe qui, c'est une chose. Mais me retrouver en face de Sarah et lui expliquer ce que j'ai fait – quand et pourquoi – à sa propre mère… sa chair et son sang… (Il secoua la tête.) C'est au-delà de mes forces.

— Elle doit le savoir.

— Bien sûr. Sinon, elle l'apprendra quand la police viendra la voir pour vérifier mes déclarations. C'est en partie pour cela… (je sentis qu'il me regardait dans l'obscurité) … que je suis venu vous trouver.

— Vous désirez que ce soit moi qui lui dise ?

— Si vous voulez bien. Si vous pouvez. Pour me rendre service, peut-être.

J'hésitai, déchiré entre le désir de refuser et la certitude que ce serait mieux qu'elle l'apprenne de ma bouche. Au final, ce ne fut pas un choix difficile à faire, même s'il allait probablement être difficile à mettre à exécution.

— Très bien. Je le dirai à Sarah. Mais je le ferai pour lui rendre service à elle, Paul. Pas à vous.

Quelques minutes passèrent en silence, durant lesquelles il songea peut-être aux nombreux rejets et condamnations auxquels il allait bientôt s'exposer. Puis il répondit simplement :

— Merci.

— Pourquoi avez-vous fait cela ? demandai-je. (Sous ma question était enfoui l'espoir qu'il déclare brusquement que non, tout cela était une blague, en réalité.) Enfin, au nom du ciel, pourquoi ?

— Je ne sais pas, Robin. Je me rappelle les actes, pas les raisons. Elle m'a jeté un sort qui n'a été rompu que par sa mort. Et désormais, cela me paraît tout aussi inexplicable à moi qu'à vous.

— Tous ces mensonges que vous avez dits. Comment avez-vous pu les soutenir si longtemps ?

— La nécessité. La peur. L'habitude. Et un zeste d'orgueil, je suppose, de ne pas avoir été découvert. Cela suffisait. Jusqu'à ce que Rowena prenne leur place. Mais maintenant qu'elle n'est plus là, il ne reste rien. Ni raison. Ni objet. Ni utilité à la supercherie. Je suis allé à l'église ces dernières semaines, vous savez. J'ai prié pour trouver conseil. Je me préparais à avouer, pourriez-vous dire. Lors de l'un des sermons, une phrase de l'Évangile selon saint Jean m'est restée gravée dans l'esprit. Quatre mots qui m'ont donné plus de courage que tout le reste réuni. « La vérité vous libérera[1]. » J'y ai beaucoup pensé. À l'espoir, je veux dire. C'est facile à dire. Plus difficile d'y croire. Mais j'ai commencé à y croire. Vraiment. Pendant que je vous parlais. Je ne me suis plus jamais senti libre depuis la nuit où je l'ai tuée. Mais à présent, voici une possibilité. Que la vérité me libère. Enfin. De nouveau. Que je sois véritablement libre.

Si quelqu'un m'avait dit qu'une nuit j'hébergerais chez moi l'assassin de Louise Paxton, je l'aurais pris pour un fou. Mais Paul Bryant passa bel et bien cette nuit-là à Greenhayes. Quand le sujet vint sur le tapis, il apparut qu'il n'avait en fait nulle part où aller. Il avoua qu'il me serait reconnaissant de l'accompagner à Worcester le lendemain matin et je suppose qu'une partie de moi voulait être certaine qu'il avait bien l'intention de faire sa confession à l'avocat de Naylor avant d'en parler de mon côté.

Nous partîmes à l'aube. Paul, apparemment, avait considérablement mieux dormi que moi. Peut-être que la liberté qu'il avait ardemment désirée commençait à se manifester. Il parla peu alors que nous roulions vers

1. 8, 32. *(N.d.T.)*

le nord, renversé en arrière sur son siège, les yeux fermés, une expression de contentement sur le visage. Il lui arrivait de sourire et de murmurer pour lui-même. Mais chaque fois que je lui demandais ce qu'il disait, il se contentait de répondre : « Ce n'est pas important. » Rien ne l'était, sans doute, en comparaison de ce qu'il avait à raconter. Rien ne comptait du tout – en dehors de sa farouche détermination à dire toute la vérité.

Nous arrivâmes à Worcester à l'heure pour son rendez-vous de 10 heures. Cordwainer, Murray & Co occupaient des locaux modestes au premier étage d'un bâtiment voisin de la gare de Foregate Street. Je le déposai à la porte et le regardai entrer avant de repartir. Il ne jeta pas un regard en arrière. Il n'hésita même pas. C'est tout juste s'il ne s'élança pas en courant lorsqu'il fit cet irrévocable premier pas.

J'étais pressé moi aussi, sachant que le retard n'engendrerait que tergiversations. Ce ne serait pas facile d'annoncer à Sarah que ses pires craintes concernant sa mère étaient justifiées. Mais il n'y avait pas moyen de l'éviter non plus. Je pris l'autoroute pour gagner Bristol d'une traite et me rendis à Caledonia Place.

Mais elle n'était pas là. Après tout, pourquoi aurait-elle été chez elle ? C'était un samedi matin comme les autres pour elle. J'aurais dû téléphoner avant. J'aurais dû planifier. Mais les aveux de Paul avaient rendu toute tactique futile et ridicule. Après cela, à quoi pouvait-on s'accrocher hormis à l'instinct ?

J'attendis vingt minutes qui me parurent une heure. Puis elle arriva en voiture, déchargea quelques courses et les porta jusqu'à sa porte. J'allai à sa rencontre, sentant les salutations habituelles mourir sur mes lèvres et je finis par la faire sursauter de surprise quand elle chercha ses clés dans son sac et me trouva devant elle en relevant le nez.

— Robin ! Que faites-vous ici ?

— J'ai des choses à vous annoncer, Sarah. Entrons.

Sa réaction fut semblable à la mienne. Je pus lire dans ses changements d'expression les étapes par lesquelles j'étais moi-même passé. Perplexité. Incrédulité. Conviction s'installant petit à petit. Puis horreur. Devant ce que Paul avait fait. Et ce que cela impliquait. Pour Naylor. Pour Louise. Pour nous tous. Enfin survint la colère. Dirigée d'abord contre Paul. Puis contre l'anéantissement de toutes nos confortables présomptions et commodes interprétations dû à ses aveux. Rien ne serait plus confortable ni commode. Et Sarah le savait à présent. Tout comme moi.

— Jamais je n'aurais pensé, dit-elle, jamais imaginé… Quand il est apparu ce jour-là à Sapperton… Quand j'ai découvert qu'il traînait encore à Cambridge lors de ma remise de diplôme… J'étais loin de me douter de ce qui se tramait.

— Comment l'auriez-vous pu ?

— Maman aurait dû me le dire. Et j'aurais pu y mettre un terme avant qu'elle parte pour Biarritz.

— Vous ne pouvez pas en être sûre. Il était totalement obsédé par votre mère. Je crois que rien n'aurait pu l'arrêter.

— Vraiment ? Peut-être avez-vous raison. (Elle alla à la fenêtre et contempla les toits humides et gris de

Clifton, me tournant le dos comme si elle avait peur de me regarder tout en disant ce qui m'était déjà venu à l'esprit.) Mais cela ne se serait pas terminé par un meurtre, n'est-ce pas ? Si Maman avait été l'épouse fidèle qu'elle voulait nous faire croire. Si elle n'avait pas dragué Naylor, exactement comme il l'a raconté, sur un coup de tête, par hasard, sans aucune raison à part… (Elle baissa la tête et je crus qu'elle allait se mettre à pleurer. Mais il n'y avait pas la moindre larme dans ses yeux quand elle se retourna.) C'est idiot, n'est-ce pas ? Mais d'une certaine manière, ce que cela nous dit sur Maman paraît encore pire que ce que cela nous apprend sur Paul.

— Ne dites pas cela. Il l'a assassinée, ainsi que Bantock. C'est inexcusable. Quels qu'aient été les problèmes de couple de vos parents…

— Ils ne formaient pas un couple, si ? (Sa colère trouvait une nouvelle cible, à présent. Sa mère était morte. Et le coupable était enfin prêt à affronter les conséquences de son geste. Il ne restait plus que les mensonges de son père à pointer du doigt.) Tout était de la comédie, n'est-ce pas ? Monté de toutes pièces. Elle était réellement en train de le quitter. Exactement comme je l'ai toujours cru. Mais pas pour Howard Marsden ou Dieu sait quel amant quadragénaire bien élevé. Elle le quittait pour le premier qui se présenterait. Et Papa devait le savoir depuis le début. Il devait savoir qu'elle pouvait faire ce dont Naylor la prétendait capable.

— Vous ne pouvez pas tenir votre père pour responsable. Il voulait probablement vous protéger, Rowena et vous, de…

— Et où cette protection nous a-t-elle menés ? Votre belle-sœur s'est imposée à nous comme belle-mère. Rowena a été obligée de dire au tribunal des choses auxquelles elle ne croyait pas vraiment. Puis elle s'est mariée avec l'assassin de sa propre mère. (Elle me fixa, forcée au silence tant elle était horrifiée par la réalité supplémentaire que ses paroles venaient de donner aux faits. Puis elle ajouta en baissant la voix :) Et finalement, elle a été conduite au suicide.

— Sarah, je…

— N'êtes-vous pas satisfait, Robin ? Vous ne cessiez de répéter que nous n'aurions pas dû avoir autant de secrets dans notre famille. Eh bien, voilà qui prouve que vous aviez raison, non ?

— Vous ne sauriez penser que je prends le moindre…

— Non ! (Elle leva les mains dans un geste de conciliation, puis elle fronça les sourcils, comme interloquée par la violence de sa réaction.) Excusez-moi. Je ne voulais pas… D'ailleurs, cela prouve que vous avez raison. J'aurais dû vous écouter plus tôt.

— Cela n'aurait rien changé du tout.

— Peut-être pas. (Elle se laissa lentement tomber sur le canapé et secoua la tête avec une lassitude consternée.) Voilà une belle pagaille, n'est-ce pas ? (Je m'assis auprès d'elle. Elle me laissa lui tenir la main quelques instants, pas davantage, puis elle la retira doucement. La détermination avec laquelle elle redressa les épaules et prit une profonde inspiration exprimait clairement son intention. La consolation ne ferait que l'encombrer. Elle trouverait la force d'affronter tout cela seule. L'indépendance serait sa garantie contre les trahisons qui avaient fait sombrer sa sœur.) Où est Paul, à présent ?

— À Worcester. Avec l'avocat de Naylor.

— Alors, c'est déjà en route. Il va présenter une demande officielle au procureur de la Couronne afin de faire appel. On demandera à la police de vérifier la déclaration de Paul. Et si elle le fait…

— Paul semblait penser qu'elle essaierait de ne pas en tenir compte.

— Je doute qu'elle le puisse. Je peux confirmer une partie de son histoire. Tout comme Peter Rossington, j'imagine. Il y aura quantité de détails qui n'avaient pas été divulgués au procès. Des choses que seul le véritable assassin pouvait connaître. Ils en gardent toujours quelques-uns pour se garantir contre les cinglés qui s'accusent de crimes qu'ils n'ont pas commis. Si certains confirment la déclaration de Paul, un homme censé n'avoir jamais mis les pieds à Whistler's Cot…

— Je pense que nous savons vous et moi qu'ils le confirmeront.

— Oui. Auquel cas…

— Combien de temps avant que l'affaire ne devienne publique ?

— Je n'en sais pas plus que vous. À strictement parler, il n'y a aucune nécessité pour qu'elle le devienne avant que le recours de Naylor soit accordé. Et ce ne sera qu'après que la police aura bouclé son enquête. Et même alors, les motifs de l'appel n'ont pas besoin d'être divulgués – pas plus que le nom de Paul – jusqu'à ce que l'audience ait lieu. Mais la plupart des services de police sont de vraies passoires. C'est une affaire à sensation. Tôt ou tard, la presse en aura vent. Et, à mon avis, cela ira vite.

— Mais nous avons quelques semaines, au moins ?

— Oh, oui. La police va probablement traîner des pieds. Elle va être ridiculisée quand tout va se savoir. Mais ce sera le cas pour tout le monde. Personne n'aura de quoi pavoiser, n'est-ce pas ? Pas même Nick Seymour. Il avait raison, mais pas pour le bon motif. Le seul qui va tirer son épingle du jeu, ce sera…

— Naylor.

— Oui. Un petit cambrioleur dragueur qui s'est trouvé… (Encore une profonde inspiration. Un appel à ses réserves intérieures.) Mais il est innocent, n'est-ce pas ? Il a passé trois ans en prison pour un crime qu'il n'a pas commis. Nous lui devons des excuses. Nous qui nous sommes donné tant de mal pour qu'il soit condamné.

— Nous le pensions coupable.

— Oui. Nous le pensions. Mais maintenant, nous devons revenir là-dessus.

— Des témoins disent l'avoir entendu avouer.

— Des marionnettes de la police. Je le savais, même si vous l'ignoriez.

— Quoi ?

Elle me sourit comme si elle avait pitié de ma naïveté.

— Un barman à mi-temps dans un pub de Bermondsey qui avait probablement un casier judiciaire long comme le bras et un type en détention provisoire qui espérait une sentence allégée. Ils n'étaient pas ce qu'on peut appeler désintéressés. Les policiers ont malheureusement tendance à enjoliver la réalité dans des affaires comme celle-là. Cela se retourne contre eux, évidemment, quand on découvre qu'ils ont piégé un innocent. Mais je doute que les témoins soient jugés pour faux témoignage. Cela pourrait causer de gros dégâts.

— Vous êtes en train de me dire que certaines des preuves contre Naylor ont été fabriquées de toutes pièces ?

— C'est forcé. Pour la meilleure raison du monde, bien entendu. Pour garantir qu'il ne s'en tire pas à bon compte. Le hic, c'est que… ce n'était pas lui l'assassin.

— Mon Dieu. Et moi qui…

Dans mon esprit s'entrechoquaient toutes les choses que j'aurais pu dire au tribunal susceptibles de modifier l'issue du procès. J'étais submergé par la culpabilité.

— Ne vous faites pas de reproches, Robin. Vous auriez peut-être pu être plus disert. Mais je ne le voulais pas, n'est-ce pas ? C'était comme si je vous avais demandé de vous contenir. (Nous nous regardâmes et nous parûmes reconnaître, sans avoir besoin de parler, le gâchis et la folie dans lesquels nous avions été entraînés. Paul avait vécu un mensonge pendant trois ans. Et dans une moindre ou plus grande mesure, nous l'avions vécu avec lui.) Cela aurait été justifié – cela aurait été juste – si Naylor avait été coupable. Mais il ne l'était pas.

— Que pouvons-nous faire ?

— Rien. Nous devons laisser la justice suivre son cours. Il peut s'écouler six mois ou davantage avant qu'ait lieu l'audience en appel. Jusque-là, Paul ne peut être inculpé de rien. Il ne peut même pas être écroué.

— Vous n'êtes pas en train de me dire qu'il pourrait s'enfuir ?

— Non. Je ne pense pas qu'il aurait avoué s'il n'avait pas l'intention d'aller jusqu'au bout. Mais il a une longue et éprouvante attente devant lui. Et puis il y a Naylor à prendre en compte.

— Comment cela ?

— Eh bien, si la police ne trouve aucune incohérence dans les aveux de Paul, l'accusation va devoir accepter l'innocence de Naylor. Ce qui signifie qu'elle ne présentera aucune preuve en appel. Si elle déclare que c'est son intention, Naylor peut être libéré sous caution avant l'audience en appel. Si j'étais son avocate, c'est ce que je demanderais.

— Et donc ?

— Réfléchissez. Naylor est libéré. Et Paul pas encore arrêté. À mes yeux, c'est une situation dangereuse.

— Voyons, Naylor ne serait pas assez bête pour se venger sur lui.

— J'espère que non. Mais pourquoi je devrais… (J'ignore ce qu'elle comptait dire, mais elle se ravisa manifestement. Elle se détourna et secoua la tête.) Nous ne connaissons pas du tout Shaun Naylor, n'est-ce pas ? Nous ne savons absolument rien de lui. C'est un parfait inconnu pour nous. Pourtant, il n'y a pas un fragment de notre existence qu'il n'a pas touché. Ou ruiné.

— Mais il n'a pas tué votre mère. C'est Paul Bryant qui l'a assassinée.

— Oui. Et quand je pense à quel point il était toujours charmant… Intelligent et respectable…

S'insinuant dans notre vie. Nous flattant pour que nous ayons une si haute opinion de lui. J'ai été heureuse – reconnaissante – quand Rowena a déclaré qu'elle voulait l'épouser. Vous imaginez ? J'étais vraiment contente pour elle. Et depuis le début…

— Je crois qu'il l'aimait réellement.

— Tant mieux. J'espère qu'elle lui manque autant qu'à moi. J'espère que les dommages qu'il a causés le font aussi profondément souffrir qu'elle a souffert. Et j'espère que cela continuera. Jusqu'à son dernier jour.

Elle se massa le front et soupira. J'eus envie de la prendre par l'épaule et de lui offrir un peu de réconfort. Mais je sentis que ce ne serait pas bienvenu. Pas plus que je ne m'attendais qu'elle accepte la suggestion que je m'apprêtais à faire. Mais que je devais faire malgré tout.

— Sarah, si vous voulez que… j'annonce la nouvelle… à votre père…

— Non, vous en avez déjà assez fait. (Je crois que c'était un remerciement. Cependant, il y avait un soupçon d'accusation dans la phrase. Et un écho de la tentation que j'avais brièvement éprouvée. *N'auriez-vous pas pu le convaincre de garder le silence ?* semblait-elle avoir envie de dire. *Pour le bien de tout le monde.* Mais c'était un jeu inutile. Comme la nostalgie de l'exilé pour sa terre natale, son désir était aussi son tourment. Il était impossible de revenir en arrière.) J'appellerai Papa moi-même, dit-elle avec une détermination lugubre. Dès que vous serez parti.

C'était étrange, songeai-je en retournant à Petersfield, combien le temps modifie nos émotions. Si Paul Bryant s'était livré à la police avant l'arrestation de Naylor en juillet 1990, cette reddition immédiate n'aurait pas détourné notre colère. Nous aurions voulu qu'il reçoive le plus sévère châtiment que prévoyait la loi. Les trois ans passés pendant qu'un innocent se languissait en prison auraient dû amplifier son crime. Pourtant, au lieu de cela, ils l'avaient atténué. Il y avait une tendance, dont Sarah et moi avions fait montre, à rendre les victimes de Paul responsables de l'illusion qu'il nous avait forcés à nourrir. C'était absurde et méprisable, bien sûr. Comme si Louise avait invité au meurtre. Ou Naylor à une erreur judiciaire. Et pourtant, elle dansait là, au fond de notre esprit, et nous séduisait dans les moments de faiblesse avec la promesse que nous pouvions nous décharger sur d'autres de notre responsabilité dans cette monstrueuse erreur judiciaire.

Mais ce n'était pas à la pire dérobade à laquelle nous pouvions être réduits. Il y avait encore quelque chose de plus désespéré. La pensée qui ne pouvait jamais être formulée mais que nous n'avions d'autre choix que de partager. Cela aurait été mieux si Paul avait avoué immédiatement. Manifestement. Incontestablement. Mais puisqu'il ne l'avait pas fait, puisque toutes les solutions au problème qu'il nous avait offertes étaient maintenant de second rang, n'aurait-il pas été préférable – ou en tout cas moins affreux – qu'il n'eût jamais avoué du tout ?

Cela me rappela un récit apocryphe forgé à partir du célèbre massacre des trois cents Spartiates aux

Thermopyles. Le peuple de Sparte avait tiré une telle fierté du sacrifice de ses soldats – *Passant, va dire à Sparte que nous sommes tombés pour obéir à ses lois* – que lorsque l'un d'eux, qui avait survécu au carnage par un honorable hasard, revint retrouver son épouse et ses enfants, il fut chassé et banni comme un étranger. Son incapacité à avoir péri les embarrassait. Tout comme l'incapacité de Lady Paxton et de Shaun Naylor à jouer les rôles qui leur avaient été assignés nous embarrassait. Mais contrairement aux Spartiates, nous ne pouvions fermer les yeux. Paul Bryant nous en empêcherait.

Trois jours passèrent sans nouvelle d'aucune sorte. Ma détermination à laisser les Paxton affronter leurs difficultés sans m'en mêler, quoique cruellement mise à l'épreuve, tint bon. Même si le silence de Bella en particulier prit pour moi une signification de mauvais augure. Puis, le mercredi après-midi, Sarah m'appela au bureau.

— Je suis aux Hurdles, Robin. Avec Papa et Bella. Pouvez-vous nous rejoindre ?

— Euh… oui. Je suppose. J'en déduis… que tous les deux…

— Ils savent tout. Papa a parlé à Paul ce matin. Il veut… Enfin, je vous serais reconnaissante aussi… si vous pouviez parler à Papa. Cela pourrait lui permettre de comprendre.

— Très bien. Je serai là-bas dans une heure.

C'est Sarah qui vint ouvrir, ce qui m'intrigua, jusqu'au moment où je la suivis dans le salon et y trouvai Sir Keith faisant les cent pas devant la cheminée pendant que Bella, assise avec raideur dans un fauteuil, fumait une cigarette. Elle ne se leva même pas pour me saluer et je sus immédiatement de quelle humeur elle était. C'était pour elle un coup de tonnerre de trop dans le ciel bleu. Elle se retirait de toute cette épouvantable affaire, laissant son mari réparer les dégâts dont elle le tenait sans aucun doute pour responsable. Au fond, je ne pouvais pas l'en blâmer. Le scandale ne figurait nulle part dans sa conception de leur contrat de mariage. Seulement, à présent, il était là, tel un codicille qui n'avait pas besoin de son consentement. Et auquel, par conséquent, elle ne daignerait pas accorder son attention.

Je n'avais pas vu Sir Keith depuis le décès de Rowena. Je notai au premier coup d'œil que la tragédie l'avait vieilli. Il n'avait pas jusque-là les cheveux aussi blancs ni les épaules aussi voûtées. Il avait toujours le teint aussi rouge, mais son expression avait quelque chose d'incontestablement hagard. Il avait l'air d'un homme surmené. Mais pas par les soucis d'une carrière. Je redoutais de le revoir, parce que je pensais qu'il me reprocherait le suicide de sa fille. Pourtant, soudain, ce n'était plus un sujet de discorde entre nous. Il avait été anéanti par les événements. Comme nous tous.

— Je suis désolé de vous avoir fait venir ici, Robin, dit-il en me serrant distraitement la main. C'est une horrible affaire.

— Ne vous excusez pas. S'il y a quoi que ce soit…

— Sarah m'a dit que c'était vous que Paul était d'abord venu voir.

— Oui, en effet.

— Je l'ai vu ce matin. À Bristol.

— De quoi avait-il l'air ?

— D'être en transe, si vous voulez vraiment savoir. D'un type dans une fichue transe.

Je quêtai du regard un éclaircissement auprès de Sarah. Elle haussa les épaules et dit :

— Il a démissionné de Metropolitan Mutual. Vendredi dernier. À présent, il attend simplement dans la petite maison de Bathurst Wharf qu'on vienne le chercher.

— Mais… Vous disiez qu'il pourrait s'écouler des mois avant que…

— Ce sera le cas. Mais il n'a pas l'air de s'en soucier. C'est comme s'il avait cessé de fonctionner. Sauf pour aller jusqu'au bout de ses aveux.

— Si cela va jusque-là, intervint Sir Keith.

— N'est-ce pas ce qui est censé se produire ? dis-je. Dès que la police aura vérifié ses dires…

— Mais les vérifiera-t-elle ? demanda-t-il sèchement. C'est la question.

— Elle n'aura pas le choix, enfin.

— Vous partez du principe qu'il dit la vérité.

— C'est bien le cas, n'est-ce pas ?

— Je ne sais pas. (Il s'immobilisa et jeta un étrange regard soupçonneux à Bella et Sarah.) Contrairement à tout le monde, je reste l'esprit ouvert sur le sujet.

— Papa pense que Paul a peut-être tout inventé, dit Sarah d'un ton qui cachait mal son exaspération. Comme une sorte de punition qu'il s'inflige pour n'avoir pas pu empêcher le suicide de Rowena.

— Eh bien, c'est possible, non ? répondit-il, autant à moi qu'à Sarah. Aucun de nous ne sait ce qui se passe dans sa tête ces derniers mois. Il s'est mis à aller à l'église, vous savez.

— Voilà qui règle la question, alors, fit remarquer Bella à travers un nuage de fumée. Impossible qu'il dise la vérité.

Sir Keith se retourna vers elle, prêt à riposter. Je crus un instant qu'il avait fini par perdre patience vis-à-vis d'elle et je ne pus m'empêcher de m'en réjouir. Mais il ravala la rebuffade, s'affala contre le manteau de la cheminée et fronça les sourcils d'un air boudeur.

— Il ne dit pas la vérité, gronda-t-il. Pas en ce qui concerne Louise, en tout cas. C'était mon épouse, nom de Dieu. Je le saurais.

Mais apparemment, tu ne le sais pas, répondit le bref regard chargé d'orage de Bella. Sir Keith ne surprit pas ce regard. Il n'était pas censé le voir. Pas encore.

J'eus de la peine pour lui à ce moment, broyé entre le souvenir volage de sa première femme et l'absence de compassion de la seconde. Peut-être qu'il pensait n'avoir d'autre choix que de continuer à se battre pour sa version édulcorée du passé. Peut-être qu'il l'avait tellement ressassée qu'il y croyait vraiment. Dans ce cas, il était bien le seul.

— La vérité n'est-elle pas seulement une question de point de vue, en fait ? hasardai-je. Je veux dire, ce que nous croyons être la vérité. Jusqu'à ce qu'on constate le contraire.

— Jusqu'à ce qu'on ait la preuve du contraire, vous voulez dire, murmura Sir Keith.

— Eh bien, oui. Mais la police s'efforcera de démonter les déclarations de Paul. Si elle y échoue, nous devrons l'accepter.

— Si elle y échoue, s'entêta-t-il.

— Elle n'échouera pas, dit Sarah derrière moi. Tu sais que non, Papa. C'est ridicule de supposer qu'il ait pu inventer une histoire pareille. Ce week-end à Cambridge après l'exposition quand il nous a harcelées, Maman et moi. Le jour où il est venu à Sapperton et m'a emmenée déjeuner au Daneway. Je sais qu'il a fait cela parce que j'en ai été témoin. Je n'ai simplement pas vu à quoi cela se rattachait. Quand il est allé rendre visite à Maman à Holland Park. Quand il l'a retrouvée à Covent Garden. Quand il l'a guettée devant le Garden House Hotel. Comment pourrait-il inventer tous ces faits ? Il ne pouvait pas être certain que nous ne serions pas en mesure de les contredire, n'est-ce pas ? D'affirmer : « Non, en réalité, nous savons pertinemment qu'elle était ailleurs le jour où vous prétendez l'avoir vue à Londres. » Les chances de succès d'une telle tromperie seraient infimes.

— Elle m'en aurait parlé, insista Sir Keith d'une voix rauque. Ce matin-là, à Cambridge… Elle est simplement sortie se promener avant le petit déjeuner, nom de Dieu.

— Mais comment aurait-il pu savoir qu'elle était sortie se promener à moins d'avoir été lui-même sur place ?

— Je n'en sais rien. Bon sang. La chance. Une supposition. Quelque chose de ce genre.

— Il devait avoir une chance phénoménale, dit lentement et froidement Bella, pour deviner que tu as eu un… désaccord… avec Louise la veille du jour où tu as quitté Biarritz.

— Je n'en ai pas eu. Pas une dispute de l'ampleur qu'il décrit. Il a tout déformé. Il prétend que j'ai traité Bantock de – comment a-t-il dit ? – « fichu barbouilleur ». Eh bien, je n'ai jamais utilisé cette expression. Ni à ce moment, ni plus tard. Je ne l'ai jamais prononcée.

Le silence plana sur nous. Bella prit une bouffée de sa cigarette. Sarah haussa les épaules. Sir Keith sortit un mouchoir et s'en tamponna les commissures des lèvres. Il devait se douter que nous ne le croirions pas. Il y avait quelque chose du renard acculé dans sa posture accablée, quelque chose du dernier ressort dans ses inutiles dénégations. Il aurait dû dire qu'il n'y avait pas eu de dispute du tout, pas de promenade, pas d'alliance jetée, pas de lettre méprisante. Mais il ne pouvait pas. Alors à la place, il pinaillait sur une malheureuse expression. Et m'implorait du regard.

— Vous partagez mes doutes dans une certaine mesure, Robin, n'est-ce pas ?

— Pas vraiment. J'ai eu la nette impression que Paul disait la vérité. Que son souvenir de chaque détail soit d'une précision absolue ou non ne peut rien y changer. Par ailleurs, comme l'a dit Sarah, il ne peut pas avoir tout inventé.

— Je vois. Alors, vous n'êtes même pas disposé à réserver votre jugement jusqu'à ce que la police ait terminé son enquête ?

— Mon jugement n'est qu'une opinion. À quoi cela servirait-il que je prétende ne pas en avoir ? La police ne sera pas ébranlée par ce que je pense, de toute façon.

— Non. Ni par ce que quiconque pense, je dirais. (Il se redressa et remit le mouchoir dans sa poche.) Eh bien, vous voudrez bien m'excuser. J'ai besoin d'un peu d'air.

Et il se dirigea vers la porte, tête baissée, sans même un regard pour Bella.

— Papa ! l'appela Sarah, une lueur de piété filiale dans le regard. Ne pouvons-nous pas simplement…

Mais il ne s'arrêta pas, ne ralentit même pas. La porte se referma derrière lui avec un déclic plus éloquent que n'importe quel claquement. Puis nous entendîmes la porte d'entrée s'ouvrir et se refermer. Et, quelques secondes plus tard, la Daimler démarrer et les graviers de l'allée crisser.

— Ne vous inquiétez pas, dit Bella. Il reviendra bien assez tôt.

C'était comme si elle présentait une évaluation impartiale du comportement humain sans avoir d'intérêt particulier dans sa justesse. Je fus sûr qu'elle avait raison. Mais je n'enviai pas Sir Keith pour l'accueil que lui réserverait sa femme à son retour. Elle lui avait offert un soutien sans faille dans des crises dont il n'était pas responsable. Mais celle-ci était différente. Et, partant, la réaction de Bella également. J'aurais aimé avoir le courage de lui demander à cet instant : *Quand comptes-tu le plaquer, Bella ? Avant le procès de Paul ? Ou après ?* Mais j'avais déjà suffisamment entrevu l'avenir pour en être écœuré. Et par ailleurs, Bella répondit en quelque sorte à ma question muette en demandant :

— Dis-moi, Sarah. En tant qu'avocate, combien de temps penses-tu qu'il faudra pour que cette affaire soit réglée ?

— Plus longtemps que nous ne le voudrions. Une enquête de police. Un appel. Un procès. Cela pourrait prendre un an ou plus.

Bella ferma brièvement les yeux, comme pour éviter un spasme douloureux. Puis elle s'enquit :

— Et pour qu'on l'oublie ?

— Oh, je ne pense pas qu'on l'oubliera jamais, dit Sarah avant de nous regarder tour à tour et d'ajouter : Et vous ?

15

L'esprit est le maître de ses défenses. Il y a toujours un autre pont-levis à relever, une herse de plus à abaisser. Je ne pouvais rien faire pour bloquer ou amortir les conséquences de la confession de Paul Bryant. Alors, sans même m'avouer ce que j'étais en train de faire, je commençai à prendre mes distances d'avec eux. Les Paxton allaient devoir affronter leur avenir sans moi. J'avais déjà essayé de me détacher d'eux et j'avais échoué. Cette fois, il fallait que je coupe les ponts. J'avais dit à Bella de prendre l'argent et filer. Et à présent, j'avais une raison encore plus impérieuse qu'à ce moment-là d'agir exactement ainsi.

Ce n'était pas seulement que la vie bien rangée et indépendante d'un eurocrate semblait brusquement un refuge loin du scandale et des récriminations. Je pouvais aussi m'y abriter de mes propres rêves brisés. Ce que certains auraient peut-être trouvé totalement incompréhensible dans le comportement de Paul en juillet 1990 – son amour pour Louise Paxton – n'était que trop crédible pour moi. Une unique rencontre de quelques minutes avec elle avait suffi pour que je comprenne l'incapacité de Paul à surmonter son obsession. Et la violence de sa réaction quand il avait entrevu la véritable nature de la femme qu'il idolâtrait et idéalisait. Sans la miséricorde de Dieu – ou du hasard –, j'aurais pu connaître le même sort.

Je n'eus pas de mal à conserver ce détachement. Tant que l'enquête de la police n'aurait pas commencé – et pendant quelque temps après encore – seule une poignée de gens seraient au courant de ce qui se passait. Bella m'exhorta à garder ma réserve. *Je t'en prie, essaie de tenir ta langue sur le sujet, Robin*. Mais elle n'avait aucune raison de s'inquiéter. Je n'avais pas la moindre intention d'en parler à quiconque, et surtout pas aux membres de ma famille, que Bella imaginait pavoiser devant ses ennuis. Même si j'avais voulu me confier à eux, l'acrimonie qui grandissait entre nous à l'approche de la cruciale réunion du conseil d'administration m'aurait fait renoncer. La confiance avait depuis longtemps pris le même chemin que nos bénéfices.

J'étais toujours déterminé à résister à l'offre de Bushranger, bien sûr, bien que ce fût inutile. Mais même l'inutilité peut servir à quelque chose. Mon opposition à l'avenir qu'Adrian avait tracé pour Timariot & Small me donnait une raison honorable pour refuser d'en faire partie. Et pour filer à Bruxelles bien avant que les meurtres de Kington reviennent en une des journaux. Ma position de repli était prête. Et il ne semblait y avoir aucune raison pour qu'au moins mon départ n'ait pas l'air d'une retraite précipitée. Sauf que – et ce n'était pas la première fois – je n'avais pas tenu compte des réactions imprévisibles de Bella.

Une semaine s'était écoulée depuis ma visite aux Hurdles. Sarah était rentrée à Bristol, Bella et Sir Keith étaient retournés à Biarritz. C'est en tout cas ce que Bella m'avait laissé penser. Ayant donné procuration de vote à Adrian, elle n'avait sûrement aucune raison de rester pour la réunion du conseil d'administration. Je fus donc surpris quand elle me téléphona chez moi à 8 heures le mercredi 22, veille de la réunion. La clarté de la ligne donnait l'impression qu'elle était à Hindhead plutôt qu'à Biarritz. Et c'était d'ailleurs le cas.

— Pouvons-nous déjeuner ensemble, Robin ?

— Aujourd'hui ?

— Oui. Je t'invite.

— Je ne sais pas trop. J'ai beaucoup…

— C'est vraiment important.

— À quel égard ?

— À presque tout égard. Je t'expliquerai au déjeuner.

— Oui, mais comme je viens de…

— L'Angel, à Midhurst. Midi et demi. Sois à l'heure.

Je me rendis à Midhurst à midi sous le soleil et les averses. Les arbres jaunissaient et les premières feuilles d'automne commençaient à tomber. À la même époque l'an prochain, me rappelé-je avoir pensé, tout sera public. Pas terminé. Loin de là. Mais ce ne sera plus caché. Ce ne sera plus mon secret. Ni celui de quiconque. Et j'en serai sorti. Complètement.

Il y avait foule à l'Angel, mais Bella avait réservé une des tables les plus à l'écart. J'étais en avance et elle, naturellement, en retard. Je ne pouvais que m'y attendre, puisqu'elle avait insisté pour que je sois ponctuel. Malgré tout, dans l'humeur où j'étais, cela m'irrita. Après avoir joué vingt minutes avec mon verre d'eau minérale tout en écoutant les conversations voisines sur les frais de scolarité et les courses de chevaux, j'envisageais sérieusement de repartir, quand, comme si elle avait choisi intuitivement l'instant de son arrivée, Bella fit son apparition d'un pas nonchalant. Elle portait un tailleur rouge magnifiquement coupé qui lui valut des regards admiratifs des hommes comme des femmes, bien que pour des raisons différentes. Je ne pus m'empêcher de lui rendre son sourire quand je me levai pour la saluer.

— J'imagine que tu te demandes pourquoi je suis encore là, dit-elle après avoir commandé un verre.

— Je présumais que tu allais me le dire.

— Je vais le faire. Mais avant, je dois m'excuser pour… l'atmosphère… la dernière fois que nous nous sommes vus. En partie ma faute, je suppose. Les… nouvelles de Paul ont été un choc terrible.

— Oui. Bien sûr. Comment va Keith, depuis ?

— Mieux. Il a fini par accepter, je pense.

— Et toi ?

— Pas exactement. (Mais l'arrivée de son verre ne la mit pas de meilleure humeur. Ce simple fait signalait une sorte de changement.) Keith a hâte de retourner à Biarritz. Il pense que nous pourrons mieux supporter la situation là-bas.

— Qu'est-ce qui te retient ?

— Des choses à régler. (Me voyant froncer les sourcils, elle continua :) Dis-moi pourquoi tu t'opposes à l'offre de Bushranger, Robin.

— C'est ce qui te préoccupe ? Dans un moment comme…

— Dis-le-moi, c'est tout. Sois un gentil garçon.

L'expression me rappela, comme c'était peut-être l'intention, une époque révolue. Les moments secrets que nous avions passés ensemble et dont nous étions tacitement convenus de ne jamais parler. Cela n'avait été qu'une liaison charnelle. Avec Bella, je suppose, rien de plus n'était possible. Pourtant, un lien mental fragile et ténu demeurait. Elle n'avait jamais essayé de l'exploiter. Elle n'en avait jamais eu besoin. Jusqu'à maintenant. Cela ne me gênait pas de répéter mes objections à la cession d'une tradition vieille de cent cinquante-sept ans à l'Attila australien de la batte. En fait, j'étais heureux qu'on me le demande. Mais pas un seul instant je n'imaginai que cela intéressait vraiment Bella de les entendre. Le temps que son saumon à l'oseille arrive et que j'aie achevé ma diatribe contre les OPA hostiles, elle commença à révéler ses véritables inquiétudes.

— Tu as toujours l'intention de voter contre l'offre ?

— Certainement.

— Oncle Larry aussi ?

— Il ne changera pas d'avis. Moi non plus.

— Mais tu perdras.

— C'est ce qu'il semble.

— À moins que quelqu'un d'autre change d'avis.

— C'est exact. Mais je n'espère rien.

— Peut-être que tu devrais. Tu peux avoir ma voix, si tu veux.

Je la fixai avec stupeur, une pomme de terre à moitié enfournée dans ma bouche.

— Tu plaisantes.

— Pas du tout. Je peux aller voir Adrian cet après-midi et reprendre ma procuration. Oncle Larry et moi détenons vingt mille parts chacun. Ce qui fait quarante pour cent du total. Avec tes douze et demi pour cent…

— Cela ferait cinquante-deux et demi pour cent. Une majorité mince, mais décisive. Je sais compter, Bella. (Je posai ma fourchette et bus une gorgée de vin.) Mais je ne suis pas médium. Pourquoi voudrais-tu voter avec nous ?

— Parce que l'issue ne compte absolument pas pour moi autant que pour vous. Je peux refuser l'offre de Bushranger sans un battement de cils. Que Timariot & Small fasse des bénéfices ou des pertes ne change pas grand-chose pour moi. Je préférerais les bénéfices, bien sûr. Qui refuserait ? Je préférerais vingt pour cent de deux millions et demi de livres. Naturellement. Mais je n'en ai pas besoin. Pas autant que d'autre chose.

— Qui serait ?

— Ton aide.

— Pour quoi ?

Elle se pencha en avant et baissa la voix.

— Pour prouver que Paul Bryant n'a pas tué Louise Paxton et Oscar Bantock.

— Quoi ? me surpris-je à chuchoter moi aussi.

— Je veux que tu m'aides à battre en brèche sa version des faits. Trouver l'erreur qu'elle contient forcément. Prouver qu'il ne peut pas être l'assassin.

— Mais c'est lui. Tu le sais aussi bien que moi. La semaine dernière, c'est pratiquement ce que tu disais.

— La semaine dernière, c'était la semaine dernière. Comme l'a fait remarquer Keith, il y a des inexactitudes dans son récit. Des ambiguïtés suspectes.

— Non, il n'y en a pas.

— Il y a des raisons de douter, insista-t-elle. Suffisamment pour que l'on y regarde de plus près.

— Eh bien, ce sera examiné de près. Par la police.

— L'avocat de Naylor vient seulement de déposer sa demande d'appel devant les services du procureur de la Couronne. Il peut s'écouler des semaines avant que l'enquête de la police commence. Et ce sera très salissant. En attendant, nous avons une chance de la retarder. De la rendre inutile. De nous épargner de grandes peines.

— Comment sais-tu où en est l'avocat de Naylor ?

— Je l'ai interrogé, évidemment. Cela n'a pas eu l'air de le gêner de me le dire. Après tout, pourquoi cela l'ennuierait-il ? Il est très content de lui. Pour l'instant.

Je me renfonçai dans mon siège et secouai la tête.

— Bella, c'est ridicule. Tu sais que Paul dit la vérité. Comment peux-tu…

— Je ne sais rien du tout. Je me suis rangée au point de vue de Keith. Il se peut que Paul ait endossé toute cette culpabilité pour compenser celle qu'il éprouve concernant Rowena. Qu'il veuille être puni. Et qu'il ait inventé cette histoire pour être sûr de l'être.

— Tu ne crois pas ce que tu dis. C'est impossible.

— Peut-être pas. Mais je ne pense pas non plus que c'est impossible à croire. Je veux simplement en être sûre.

— Avant que ton mari et toi soyez victimes d'une publicité malvenue ?

— Et alors ? Où est le problème si c'est cela ma raison ? Je suis sûre de n'avoir jamais prétendu chercher humblement la vérité. Si tu veux faire croire que c'est ton cas, libre à toi.

— Bella, tu m'as conseillé il y a quelques mois de prendre l'argent et de filer. Maintenant tu te proposes de tourner le dos à un demi-million de livres.

— Oui. Mais il y a des choses plus importantes que l'argent. Tu veux sauver Timariot & Small des barbares. Je veux épargner à Keith que sa première femme soit présentée comme une nymphomane.

— Et comment comptes-tu procéder ?

— En vérifiant l'histoire de Paul. S'il ment, il ne peut pas avoir été à Kington le jour des meurtres. Ou à Biarritz quelques jours auparavant. Il doit avoir été ailleurs. Il y aura donc un alibi, n'est-ce pas ? Un alibi qu'il s'efforce de dissimuler. Peut-être plus qu'un seul. Commence par sa famille. Ils savent peut-être quelque chose. Ça ne peut pas être évident, sinon ils en auraient parlé. Paul leur a tout raconté, au fait. Keith a eu un coup de fil de Mr. Bryant. Le bonhomme était à peine cohérent, mais il doit s'être calmé depuis. Il pourra peut-être te mettre sur la bonne piste. Et puis il y a l'ami avec qui Paul s'est rendu en Europe, Peter…

— Tu t'attends que j'aille interroger ces gens ?

— Oui, Robin. Très certainement. Et quiconque pourra nous conduire à la vérité.

— En échange d'un vote contre l'offre de Bushranger ?

— Exactement. Une proposition généreuse, qu'en penses-tu ?

Mais je ne pouvais me permettre d'exprimer la plus grande partie de ce que je pensais. Ma glorieuse défaite courait le risque de se transformer en victoire à la Pyrrhus. Pourtant, je ne pouvais m'empêcher de la désirer. Les millions de Harvey McGraw renvoyés en pleine figure. Les projets égoïstes d'Adrian spectaculairement sabotés. Et l'indépendance de Timariot & Small théâtralement sauvegardée. C'était une perspective séduisante. Et pourtant…

— Pourquoi ne t'en charges-tu pas toi-même ? Tu n'as pas besoin de moi pour mener ton enquête.

— Si, en fait. (Elle tripota le pied de son verre de vin et s'humecta nerveusement les lèvres. Son regard glissa sur l'assiette devant elle.) Keith m'a interdit de contacter quiconque. Il a peur que, si jamais on apprend que j'ai fourré mon nez un peu partout… Eh bien, il craint que les gens pensent qu'il essaie d'empêcher qu'on dénonce une erreur judiciaire uniquement pour protéger sa réputation.

— Et ils auraient raison. Sa réputation – et la tienne. Ce sont bien les vraies raisons de tout cela ? (En le disant, je fus saisi d'incrédulité. Épouser un chevalier ne pouvait pas avoir rendu Bella soucieuse à ce point de sa réputation. Elle avait trop de cadavres dans son placard pour penser qu'il valait la peine de perdre un demi-million de livres afin que cette affaire reste sous le boisseau. Il devait y avoir autre chose.) Ou bien il y a autre chose que tu n'as pas encore divulgué ? Quelque chose de plus important que le fait de pouvoir garder la tête haute quand tu vas à ta thalasso ?

— Je veux simplement faire ce qui peut être fait. Avant qu'il soit trop tard.

— Mais la police a autant de bonnes raisons que toi de vouloir jeter le discrédit sur l'histoire de Paul. Et elle a le savoir-faire et les ressources pour cela. Si c'est possible. Qu'est-ce que tu imagines que je puisse faire, moi ?

— Je n'en sais rien. Tant que tu n'as pas essayé.

— Mais, Bella…

— Tu acceptes ?

C'était un prix peu élevé à payer, raisonnai-je. Je n'avais pas besoin de me donner trop de mal. Quelques conversations désagréables qui ne prouveraient rien, et ce serait réglé. Je pouvais toujours m'enfuir à Bruxelles, bien sûr. Mais la pensée de la tête d'Adrian quand il se rendrait compte qu'il avait perdu suffisait à assurer que je n'en ferais rien. Cela et le doute persistant que j'avais repéré, mais toujours pas écrasé. La vérité semblait ne jamais être entière. Même l'aveu de Paul laissait plusieurs questions sans réponses. Maintenant, j'avais la motivation idéale pour les poser. Et rien à perdre en route. Pour autant que je le sache.

— Je pourrais dire oui, Bella, et me raviser après la réunion de demain. Qu'en serait-il ?

— Tu ne ferais pas cela, sourit-elle.

— Comment peux-tu en être sûre ?

— Parce que, si tordu que tu sois, Robin, tu es un homme honorable. Il se peut même que tu sois le seul que je connaisse. Tu crois vraiment au baratin que tu m'as sorti sur les valeurs incarnées par Timariot & Small qu'il faudrait protéger à tout prix. Et j'imagine que respecter un accord fait partie de ces valeurs.

Je haussai les épaules, ne sachant que répondre à un compliment aussi équivoque.

— Peut-être que c'est le cas, en effet.

— Du coup, je suis tout à fait certaine que tu accepteras l'unique condition que je dois imposer. (Elle attendit que je lui jette un regard interrogateur avant de continuer.) Quoi que tu découvres sur Paul, en bien ou en mal, c'est à moi que tu le communiqueras d'abord. Avant d'en parler à quiconque. (Elle marqua une pause, puis elle ajouta en insistant solennellement :) *Quoi que ce soit.*

— Tu ne penses pas que ce sera difficile, si Keith doit continuer à croire que tu lui obéis et que tu ne te mêles de rien ?

— Keith n'a pas besoin d'être mis au courant. Nous pouvons communiquer par téléphone sous le prétexte de discussions d'affaires. Certaines seront peut-être réellement nécessaires après la réunion de demain. Adrian ne se laissera pas facilement abattre. Bien sûr, je peux toujours faire un petit tour par ici si la situation devient… urgente.

— Comment expliqueras-tu à Keith que tu as changé d'avis ?

— De la même manière que je l'expliquerai à Adrian, Simon et Jennifer. Je dirai que tu m'as convaincue qu'à long terme nous nous en sortirions mieux si nous restions indépendants. Peut-être même que c'est le cas, qu'est-ce que j'en sais ?

— C'est ce que je crois.

— Eh bien voilà, alors. Dans un sens, tu m'as effectivement convaincue.

Le silence retomba le temps qu'une serveuse nous débarrasse et nous donne la carte des desserts. Bella vida la bouteille de vin dans nos verres, alluma une cigarette et se renfonça dans son siège pour me scruter.

— Affaire conclue ?

— Tu n'en retireras rien, Bella. Tout ce que je peux faire, c'est confirmer la version de Paul. Il a dit la vérité. Tu le sais, n'est-ce pas ?

— Non, je ne le sais pas.

— Tu penses qu'il ment ?

— Je pense que cela se pourrait.

— La police le découvrira, alors.

— Mais elle ne me préviendra pas, n'est-ce pas, si la vérité se révèle encore plus scandaleuse que le mensonge ? Alors que toi, oui.

Tel devait donc être mon rôle. L'éclaireur de Bella en territoire inconnu. Mais elle ne me disait pas tout ce qu'elle savait. C'était certain. Et il était tout aussi certain qu'elle ne me le dirait jamais. Si je voulais découvrir ce que c'était, il faudrait que je le cherche moi-même. Et c'était précisément ce que Bella voulait que je fasse. Elle avait agité la carotte sous mon nez. Et à présent, elle me montrait le bâton. J'aurais dû être plus avisé. J'aurais dû marchander pour avoir plus d'informations. Mais je ne les aurais probablement pas obtenues. Et au final, cela n'aurait rien changé.

À présent, j'étais aussi curieux que soupçonneux. Et la curiosité l'emporte toujours.

— Affaire conclue ? répéta Bella.

Rien ne se passe jamais tout à fait comme on l'attend. J'avais cru que Bella m'offrait la victoire sur un plateau. En réalité, elle ne faisait que me donner son vote, ce qui dans mon esprit revenait au même, mais en était cruellement loin dans la réalité. La réaction d'Adrian à un défi était l'élément que j'avais omis dans mes calculs. Il m'avait sous-estimé assez souvent jusque-là. Cette fois, c'était moi qui le sous-estimais. Je me rendis compte qu'il avait deviné que quelque chose se tramait à peine Bella lui avait-elle fait savoir qu'elle lui retirait sa procuration et assistait à la réunion pour voter en personne. Mais je présumai qu'il ne serait pas en mesure de faire quoi que ce soit même s'il déduisait ce que signifiait le changement de plan de Bella. Et là, je me trompais.

J'appelai oncle Larry ce soir-là pour lui dire que j'avais gagné Bella à notre cause. Il fut aussi enchanté que surpris. Mais le lendemain matin, quand nous nous retrouvâmes tous ensemble dans la salle de réunion, son humeur paraissait changée. Il était toujours visiblement heureux du tour que prenaient les événements, mais il y avait, quand je le pris à part avant l'assemblée, quelque chose de penaud dans son attitude qui m'intrigua. Cependant, je n'eus pas la possibilité de découvrir ce qu'elle cachait avant que Simon nous rejoigne et demande pourquoi selon nous Bella était venue. Son tailleur noir et son chemisier violet lui donnaient un air sérieux qui ne lui ressemblait pas et qui effarait visiblement Simon. Et elle trouva le moyen, en pleine conversation avec Jennifer, de se tourner vers moi et de me jeter un regard alors que je marmonnais une vague réponse. Heureusement, avant que je sois acculé au mensonge, Adrian demanda le silence.

— Vous avez tous reçu les détails de l'offre de Bushranger, commença-t-il quand nous fûmes installés autour de la table. Jenny a fait l'impossible pour nous obtenir le maximum de garanties et j'aimerais la remercier tout particulièrement pour ses efforts. Je ne doute pas que nous lui sommes tous reconnaissants. (Il y eut des murmures approbateurs. Jennifer les accueillit avec un sourire.) Le document que vous avez devant vous présente l'offre dans sa forme finale et définitive. Les avocats l'ont examinée dans ses moindres détails et je suppose que ses termes ne soulèvent aucune question importante. (Hochements de tête de part et d'autre.) Très bien. Avant de mettre cette offre aux voix, je désire ajouter une chose. (Il marqua une pause et me regarda à l'autre bout de la table, puis il continua.) Si le conseil décide de rejeter l'offre de Bushranger, je démissionnerai de mon poste de président et de directeur exécutif.

Jennifer et Simon se tournèrent et le regardèrent avec étonnement. La réunion ne se passait pas comme ils l'espéraient.

— Nous n'allons pas la rejeter, Ade, le rassura chaleureusement Simon, désarçonné. Garde ton ultimatum pour une autre fois. (Mais quand il regarda autour de lui et ne vit que des visages fermés et fuyants, il changea de ton.) Enfin, on ne va pas la rejeter, n'est-ce pas ?

— Cela dépend, dit Adrian, de la raison pour laquelle Bella s'est jointe à nous aujourd'hui.

— C'est sûrement un coup du hasard, dit Simon qui espérait toujours avoir mal compris. Mais c'est toujours un plaisir, ajouta-t-il avec un sourire graveleux à Bella, qui l'ignora ostensiblement.

— Oui, pourquoi es-tu venue, en fait, Bella ? demanda Jennifer.

— Pour voter, bien sûr. Comme tout le monde. Je possède des intérêts dans l'entreprise, même si je n'y travaille pas.

— Voter dans quel sens ? s'enquit Adrian en la regardant droit dans les yeux.

— Contre l'accord, répondit-elle froidement.

— Nom de Dieu, dit Simon, surpris.

— Pourquoi ? demanda Jennifer. Toi qui as clairement exprimé ton approbation pendant si longtemps.

— J'ai changé d'avis.

— Ou bien on t'en a fait changer, avança Adrian.

— Tu peux voir les choses comme cela si tu y tiens. Le fait est que Robin m'a convaincue qu'à long terme nous nous en sortirions mieux si nous restions indépendants.

— À long terme ? répéta Simon, stupéfait. Et le court terme ? L'argent facile ? Les deux millions et demi de billets ?

— L'argent ne fait pas tout.

— Je n'en reviens pas ! C'est comme si l'archevêque de Cantorbéry annonçait qu'il est devenu athée. (Bella se redressa et le regarda de haut. Cela ne la faisait pas rire.) Et les pertes que nous subissons ?

— Nous devrons les supporter.

— Mais nous allons faire faillite.

— Pas selon moi, intervins-je de mon ton le plus raisonnable. En nous désinvestissant de Viburna immédiatement et en nous concentrant sur notre traditionnel…

— Que je comprenne bien, coupa Jennifer. Tous les trois (elle regarda tour à tour Bella, oncle Larry et moi), vous avez l'intention de voter contre l'offre ?

— Oui, dis-je.

Ce à quoi oncle Larry acquiesça et Bella étira son cou dans un gracieux signe d'assentiment.

— Alors, la vente ne peut pas avoir lieu. La motion est fichue.

— La motion n'a pas encore été présentée, dit Adrian. (Immédiatement, l'absence de panique dans son intonation déclencha en moi une sonnette d'alarme.) Comme je l'ai indiqué, je devrais démissionner si l'offre était rejetée. Cependant, au vu des inquiétudes qui ont été exprimées, je suis prêt à proposer un compromis. Il semblerait que l'offre en son état actuel soit inacceptable pour trois membres du conseil d'administration. Je suis donc prêt à chercher à en faire améliorer les termes. Une avance plus substantielle, peut-être. Plus de garanties pour le personnel. Tout ce que je pourrai faire cracher à Bushranger.

— Ce sera que dalle, dit Simon. Tu n'as rien à négocier en échange.

— Je suis prêt à essayer.

Il cherchait à gagner du temps. Je savais aussi bien que lui que Harvey McGraw ne céderait pas davantage. Mais si Adrian pouvait nous convaincre de remettre à plus tard la décision finale, il pouvait espérer rallier Bella à sa cause avant la fin de ce délai. Sans doute pensait-il pouvoir enchérir sur mon offre, à condition de découvrir ce qu'elle voulait. Le raisonnement était sensé, sauf dans des circonstances dont il n'avait pas la moindre idée. J'admirai presque sa perspicacité. Mais il n'était pas question que l'admiration me barre le chemin.

— Ce ne sont pas les termes qui posent problème, dis-je calmement. Aucune offre de Bushranger ne me paraît acceptable.

— Et toi, mon oncle ? demanda Adrian avec un sourire obligeant.

— Eh bien, je…

— Je demande seulement un peu de temps.

— Oui, mais…

— Si je ne peux arriver nulle part avec Bushranger ou si les améliorations que j'obtiens ne sont pas suffisantes pour vous faire fléchir, je reconnaîtrai votre décision comme définitive.

Oncle Larry fixa les papiers posés devant lui et pinça les lèvres.

— Eh bien, cela éviterait une… regrettable division… n'est-ce pas ? (Il chercha mon approbation d'un regard suppliant.) Ce n'est pas la peine de forcer Adrian à démissionner, non ? Tant que nous pouvons tous… sortir de cette histoire avec dignité.

Il s'était laissé acheter. Je le devinai à son expression chiffonnée et à son refus de croiser mon regard. Adrian lui avait parlé avant la réunion et l'avait forcé à choisir entre une rupture familiale et un compromis illusoire. Illusoire parce que Adrian avait l'intention d'utiliser le moindre répit qui lui était accordé pour négocier avec Bella, pas avec Harvey McGraw. Et parce qu'il n'aurait jamais mis à exécution sa menace de démission. Avec une épouse, quatre enfants, deux chiens et un crédit, il ne pouvait pas se permettre de faire ses valises et de rentrer chez lui.

— Je propose que nous revoyions la situation dans un mois, continua Adrian. Et que nous laissions l'offre sur la table jusque-là.

— Cela me paraît raisonnable, dit Jennifer.

— À moi aussi, marmonna Simon.

Adrian regarda oncle Larry en haussant les sourcils.

Le vieux bonhomme se racla la gorge et rajusta son nœud de cravate.

— Cela ira, dit-il enfin.

Bella me regarda et arrondit les lèvres d'un air moqueur, comme pour dire : *Oh, mon Dieu*. Mais en fait, elle déclara :

— Eh bien, pourquoi pas ?

— Parce que ce devrait être réglé dès maintenant, dis-je en m'efforçant de garder mon calme. Une bonne fois pour toutes.

— Mais ce n'est pas le sentiment de l'assemblée, dit Adrian, m'agaçant avec ses airs placides. Non ?

— Apparemment pas.

— Très bien, alors. (Il sourit et ouvrit son agenda d'une chiquenaude.) Je propose que nous tenions une réunion spéciale pour discuter de l'avancement le… voyons… jeudi 28 octobre.

— Ça ne va pas, dit Simon d'un ton lugubre. Tu as oublié qu'on allait dans le Lancashire ensemble. Pour convaincre une future vedette de brandir une batte T&S devant les caméras de télé.

— Ah oui. Le jeudi suivant, alors. Le 4 novembre.

— C'est dans six semaines, protestai-je.

— Enfin, nous sommes tous très occupés, Robin, répondit Adrian. Surtout moi, maintenant que je dois aller à Sydney à la dernière minute.

— Oui, mais tu as seulement demandé… (Je renonçai, sentant l'hostilité monter autour de moi. C'était déjà assez grave que je me sois opposé à ce que Simon, Jennifer et oncle Larry considéraient manifestement tous comme un compromis sensé. À présent, je risquais de passer pour un pinailleur.) Oh, laissons tomber, conclus-je avec impatience. Le 4 novembre, très bien.

— Parfait, dit Adrian avec une telle affabilité que l'on aurait cru que la question de la date était le seul problème qu'il essayait de résoudre. Auras-tu la possibilité de te joindre à nous à cette date, Bella ?

— Je l'aurai certainement, répondit-elle. Quant à savoir si je le ferai… (Elle me regarda et secoua insensiblement la tête, comme pour décliner toute responsabilité dans la tournure qu'avaient prise les événements.) Cela dépend.

Bella et moi étions convenus d'avance de quitter Frenchman's Road à une heure différente, de manière à éviter les soupçons et de nous retrouver au Five Bells à Buriton. Je m'attendais à être d'humeur à fêter une victoire et à supporter ses caprices. Au lieu de quoi, j'étais fâché et je lui en voulais. Fâché contre moi-même pour ne pas avoir prévu ce qui se passerait à la réunion. Et je lui en voulais de la position enviable dans laquelle les événements l'avaient mise. Au lieu d'avoir à s'acquitter de sa part de notre contrat la première, puis de me faire entièrement confiance, elle pouvait à présent attendre calmement les résultats de mes efforts, sachant qu'il s'écoulerait six semaines avant que je puisse lui demander de payer sa dette. Délai au terme duquel, si je n'étais parvenu nulle part, elle aurait tout loisir de revenir sur notre accord, certaine que je ne pourrais rien y faire. Il m'était rigoureusement impossible de faire traîner mon enquête pendant six semaines. J'allais être obligé de présenter ma récolte longtemps avant le 4 novembre. Ou avouer mon échec. Et c'était cela l'issue la plus probable. Du coup, je n'avais d'autre choix que de lui arracher une promesse qu'elle ne se sentirait pas obligée de tenir.

— Je vais faire ce que je peux, Bella. Mais si, au final, je suis encore plus certain qu'aujourd'hui que Paul dit la vérité…

— … pourras-tu compter sur moi pour voter avec toi le 4 novembre ?

— Exactement.

— Ne te fais pas de souci pour cela. Contente-toi de découvrir ce que mijote Paul.

— Oui, mais…

— Tu devrais être content que ça se soit passé comme ça, en fait.

— Pourquoi ?

— Parce que cela te donne exactement la motivation dont tu avais besoin. (Elle sourit perfidement.) Je ne comprends pas pourquoi tu me foudroies du regard. N'importe qui penserait que ce qui est arrivé était ma faute. (C'était une idée qui ne m'était pas encore venue à l'esprit. Mais maintenant qu'elle y avait été insinuée, j'étais sûr qu'elle y resterait. Se pouvait-il qu'elle ait informé Adrian d'une manière ou d'une autre, prévoyant comment il réagirait ? Était-il concevable qu'elle m'eût piégé depuis le début ?) Je retourne à Biarritz demain, Robin. Je t'appellerai la semaine prochaine pour savoir où tu en es. Et n'oublie pas… (Elle but une gorgée et son regard pétilla par-dessus le rebord de son verre.) Il n'y a pas de temps à perdre.

16

Je téléphonai aux Bryant ce soir-là et demandai si nous pouvions nous voir afin de discuter des implications des aveux de Paul. C'est à son père que je parlai et il parut tout à fait touché qu'un membre de la famille Paxton – ainsi qu'il me considérait en raison de mon lien avec Bella – désire ne fût-ce que les voir dans de pareilles circonstances. Il me fit aussi clairement comprendre qu'il me serait reconnaissant de toute aide que je pourrais leur apporter.

— Je peux vous assurer, Mr. Timariot, me dit-il. Dot et moi on est rongé d'inquiétude depuis une semaine. On ne sait plus à quel saint se vouer.

Il était évident que j'allais être un visiteur bienvenu à Surbiton ce samedi après-midi. Mais absolument rien ne garantissait que ce serait le souvenir qu'on garderait de moi.

Je ne savais pas si je devais être heureux ou ennuyé quand arriva le week-end. Entre-temps, j'avais eu plus que ma part des récriminations qui avaient suivi chez Timariot & Small la réunion de jeudi. Adrian et moi ne nous adressâmes pas la parole, chacun attendant son heure pour ses propres raisons. Mais Simon et Jennifer avaient largement compensé cela en disséquant à loisir une situation qu'ils avouaient ne pas comprendre.

— Qu'est-ce que Bella mijote ? demanda Jennifer. Le petit jeu que tu l'as convaincue de jouer pourrait nous faire perdre l'offre, tu sais.

J'eus droit à d'innombrables variations du même genre, tandis que Simon oscillait entre perplexité et paranoïa. Depuis « Adrian ne peut pas sérieusement penser qu'il va soutirer quoi que ce soit à Harvey McGraw » jusqu'à « Tu as tout manigancé avec Joan, avoue, pour m'empêcher d'avoir les moyens de lui échapper ? ». Mais si échevelées que fussent ses théories, aucune n'approchait la vérité. J'avais l'impression de lui rendre service en le laissant dans l'ignorance.

Les Bryant habitaient Skylark Avenue, une longue voie toute en courbes bordée de pavillons mitoyens identiques en faux style Tudor, du côté de Surbiton qui touchait Berrylands. Je savais grâce à Paul qu'ils vivaient là depuis leur mariage. En remontant la rue par un samedi après-midi gris entre tonte de pelouses et lavage de voitures, j'entrevis l'existence prévisible et étouffante contre laquelle il s'était révolté à l'adolescence. Pourtant, je ne pus m'empêcher de m'y identifier en même temps. Le jeune maigrichon qui bricolait sa voiture piquée de rouille pendant qu'un commentateur sportif chuintait sur une radio mal réglée. L'employé de bureau obèse qui faisait son sport pour la semaine en taillant sa haie avec une perfection géométrique. L'un comme l'autre, à leur manière frustrée, ils faisaient partie du tissu de l'existence. Que Paul avait déchiré en lambeaux en une seule nuit.

Et le premier signe de cela fut l'absence d'activité extérieure au numéro 34. Le silence et l'immobilité du chagrin régnaient. Norman Bryant m'invita à entrer avec la politesse discrète des récemment endeuillés. Ce que j'étais venu discuter était pire que la mort, cependant. Le décès de Paul n'aurait pas fait ployer les épaules de son père sous la honte en plus de la tristesse. En fait, son allure laissait penser qu'elle aurait été préférable au coup qu'il avait reçu. C'était un homme mince et voûté à l'air timide, la soixantaine, dont la cravate portée sous un pull trahissait quarante années de travail dans une banque. Sa peau et ses cheveux étaient gris, ses vêtements marron, son esprit mal armé pour relever le défi qui lui était lancé.

— Ce sera un soulagement de pouvoir ne serait-ce qu'en parler avec quelqu'un, avoua-t-il. Garder tout cela pour soi ne fait pas de bien à Dot. (Ni à lui, manifestement.) Dieu merci, au moins, nous sommes retraités tous les deux. Comment j'aurais affronté les regards à la banque…

Il secoua la tête devant cette perspective inenvisageable, puis il me fit entrer dans le salon.

Mrs. Bryant nous y attendait avec l'une de ses filles. Je les reconnus du mariage, même si le contraste était douloureux. Mrs. Bryant était une petite femme ronde au visage rose dont le sourire à fossette était mon souvenir d'elle le plus net. Mais il n'en restait plus rien aujourd'hui. Elle tremblait et s'agitait comme un loir réveillé en sursaut, le regard tantôt fixe, tantôt fuyant. Et sa poignée de main était si molle que je crus que son bras allait tomber quand je le lâcherais.

— Vous êtes… le frère de Lady Paxton ? demanda-t-elle avec tant d'hésitation que je n'eus pas le cœur de la corriger. Je vous présente… notre fille… Cheryl.

— Bonjour, dit faiblement Cheryl. Nous nous sommes vus l'an dernier.

C'était une femme ordinaire grande et mince, d'une trentaine d'années, bien mise mais pas tout à fait aussi élégante et assurée que Paul, avec des cheveux bruns courts, un regard direct et au fond des yeux une lueur indiquant qu'elle se tenait bien pour faire plaisir à ses parents.

— Nous avons dit à Cheryl que vous veniez, dit Mr. Bryant. J'espère que cela ne vous ennuie pas.

— Pas du tout. J'en suis heureux. Votre autre fille sera…

— Ally habite au Canada, dit Cheryl. Très en dehors de tout cela.

Il y avait dans sa remarque un mordant que son père sembla estimer ne pouvoir ignorer.

— Nous n'avons rien dit à Allison, Mr. Timariot. Nous n'avons pas jugé utile de l'accabler avec cela. Tant que nous n'y sommes pas obligés, en tout cas.

— Que nous sommes mal élevés, dit brusquement Mrs. Bryant. Asseyez-vous donc, Mr. Timariot. Voudriez-vous du thé ?

— Merci. Avec plaisir.

— Je vais le préparer, dit Cheryl en filant vers la cuisine avec empressement, heureuse d'avoir un prétexte pour quitter la pièce.

— Prends les tasses et les soucoupes, lui cria sa mère avant de se tourner vers moi en rougissant. Je déteste les mugs. Pas vous ?

— Eh bien, je...

— Mr. Timariot n'est pas venu ici pour parler vaisselle, ma chérie, dit Mr. Bryant en tapotant la main de son épouse. (Ils étaient assis en face de moi sur le sofa et un pitoyable optimisme se peignait sur leurs visages. Pouvais-je, semblaient-ils penser, arranger les choses d'une manière ou d'une autre ? Pouvais-je faire remonter le temps jusqu'à l'enfance sans tache de leur fils et corriger la faute avant qu'il soit trop tard ?) Il va sans dire que nous sommes... désolés... tout à fait désolés, vraiment... de tout ceci...

— Ce n'est pas votre faute.

— Mais c'est à se demander, tout de même, dit-il en fixant le tapis entre nous. Vous les élevez du mieux possible. Vous leur donnez tout ce que vous-même n'avez pas eu. Tant d'avantages. Et puis...

— C'était un bébé qui avait si bon caractère, fit remarquer Mrs. Bryant. (Puis, comme si elle se rendait compte que remarque tombait à côté, elle changea de sujet.) Sir Keith doit être affreusement éprouvé. Je suis de tout cœur avec lui.

— Ce doit être tout aussi épouvantable pour vous, dis-je.

Mr. Bryant acquiesça et fit craquer ses jointures.

— Il est venu le week-end dernier. Paul, je veux dire. Il nous a fait asseoir et nous a tout dit. Du fauteuil où vous vous trouvez. Calme comme tout. Il a tout débité.

— Horrible, murmura Mrs. Bryant.

— Il a dit qu'il espérait qu'on comprendrait. Mais comment vous voulez comprendre ça ? (Il se pencha en avant et me regarda.) Malheureusement, j'ai perdu mon sang-froid. Je l'ai frappé, vous savez. Pour la première fois de sa vie, je l'ai frappé. J'étais tellement en colère, voyez. Mais pas lui. Même sur le moment. Il était si… maître de lui. J'ai à peine reconnu mon propre fils.

— Jamais il n'a été violent, dit Mrs. Bryant. Secret. Mais jamais violent. C'est pour cela que je n'arrive pas à le croire.

Mr. Bryant me fit un sourire entendu, comme pour dire : *Voilà comment sont toutes les mères.* Apparemment, les pères ne se laissaient pas aussi facilement abuser.

— Il n'a rien inventé, ma chérie. Nous allons devoir l'accepter. Au moins, il a avoué. Mieux vaut tard que jamais.

— À votre avis, pourquoi a-t-il avoué maintenant ? demandai-je.

— Il a dit que c'était à cause de Rowena, répondit Cheryl en revenant dans la pièce avec un plateau. Qu'il ne pouvait plus continuer comme ça.

— Cela aura donc servi à quelque chose, que cette pauvre Rowena se… (Mr. Bryant rajusta ses lunettes et me regarda pendant que Cheryl passait entre nous avec les tasses. *Suicide*, c'était le mot. Mais il ne pouvait se résoudre à le prononcer. Ni *meurtre*, d'ailleurs. La vérité ne pouvait être approchée qu'obliquement.) Au moins, un innocent ne restera pas en prison plus longtemps, conclut-il avec un soupir.

— Vous êtes sûr qu'il est innocent ? demandai-je aussitôt, saisissant l'occasion maintenant qu'elle m'avait été présentée.

— Eh bien… pas vous ?

— Pas totalement. Bella… Lady Paxton, je veux dire… et moi avons envisagé la possibilité que Paul ait avoué les meurtres pour se punir du suicide de Rowena.

— Vous voulez dire… (Mr. Bryant fronça les sourcils. Il regarda tour à tour sa femme et sa fille.) Vous voulez dire qu'il aurait pu…

— Ne pas commettre le crime ? acheva Mrs. Bryant en ouvrant de grands yeux pleins d'espoir.

Mais Cheryl était trop réaliste pour être convaincue. Et pas pressée que ses parents le soient.

— C'est de la folie, dit-elle en me regardant droit dans les yeux.

— Pas nécessairement.

— Je l'ai entendu le dire, Mr. Timariot. Du début à la fin. Et tout était vrai.

— Je l'ai entendu, moi aussi. Et c'était convaincant, certes. Mais il y a la possibilité – rien de plus, je vous l'accorde – qu'il ait menti.

— Parce qu'il se sent responsable de la mort de Rowena ? Allons donc !

— C'est vrai qu'il ne s'en est jamais remis, dit Mrs. Bryant. Mais je ne peux pas croire…

— Et la carte postale ? (Elle avait saisi le coude de son mari et le tirait à elle, renversant un peu de thé dans sa soucoupe.) Je te disais que je n'y croyais pas.

Mr. Bryant soupira.

— On ne va pas recommencer. (Il secoua la tête et me regarda.) Vous savez que Paul avait fait un tour d'Europe en train cet été-là, Mr. Timariot ?

— Oui, bien sûr.

— Eh bien, il nous a envoyé plusieurs cartes postales. Une demi-douzaine au total, je crois. Des vues touristiques, c'est tout. La tour Eiffel, l'Acropole. Ce genre-là. Je ne m'en souviens pas très bien. Mais Dot semble penser…

— L'une d'elles représentait le Mont-Blank, Mr. Timariot, intervint sa femme. Et cet endroit où il a dit à son ami qu'il irait quand ils se sont séparés…

— Chamonix ?

— Oui. C'est bien juste au-dessous du Mont-Blank, n'est-ce pas ? J'ai vérifié dans l'atlas.

— Vous êtes en train de me dire que la carte a été postée de Chamonix ?

— Eh bien… pas exactement. Je ne me rappelle pas où…

— Et elle l'a jetée depuis, expliqua Mr. Bryant.

— Je croyais les avoir gardées, s'entêta Mrs. Bryant. Pour les timbres. Je n'arrive pas à comprendre comment elles ont pu…

— Dot est très douée pour faire le ménage, dit son mari avec un sourire sans joie.

— Ce devait être un pic dans les Alpes autrichiennes, Maman, dit Cheryl, d'un ton qui laissait voir qu'elle en avait déjà assez entendu sur la question.

Mais Mrs. Bryant restait inébranlable, même si son épouvantable prononciation de Mont-Blanc ne faisait que souligner sa tendance à l'erreur – ainsi que ses illusions.

— C'était le Mont-Blank, insista-t-elle.

— Peut-être, dit Cheryl en me regardant. Peut-être que Paul l'a envoyée exprès pour nous faire croire qu'il était à Chamonix. Mais quand et où elle a été postée, c'est toute la question.

— Je n'en sais rien, dit sa mère, soudain irritée. Je n'ai pas noté tous les détails du cachet de la poste.

— Que dit Paul ? demandai-je, cherchant à calmer le jeu.

— Nous ne lui avons pas demandé, répondit Mr. Bryant. Il n'était plus là le temps que Dot y pense.

— Et les cartes ne sont plus là non plus, dit Cheryl. Alors, ça ne sert pas à grand-chose d'en parler, non ?

— Peut-être pas, dis-je, tentant d'être l'incarnation même de la sagesse. Mais c'est le genre de chose qui pourrait se révéler utile. Si Paul ment effectivement, il suffira d'une petite erreur de sa part pour se trahir. C'est vrai, s'il n'était pas à Kington la nuit en question, il devait être ailleurs, n'est-ce pas ? Et quelqu'un l'y aura forcément vu.

— Il n'était pas ailleurs, soupira Cheryl.

— Mais en supposant que si… dans l'intérêt du débat… Dans ce cas – et dans d'autres occasions. À Cambridge et…

— Il n'est pas resté là-bas après la fin du trimestre, résonna douloureusement la voix de Mrs. Bryant. Je m'en souviens.

— Durant les vacances de Pâques de cette année-là, alors. Vous a-t-il paru… d'une humeur étrange ?

— Il était toujours d'une humeur étrange, dit Cheryl. Depuis sa naissance, d'après ce que j'ai pu constater.

Mr. Bryant lui jeta un regard aigu, puis il déclara :

— Paul n'a jamais été ce que l'on appelle ouvert. Il n'a jamais été facile de savoir ce qu'il avait dans la tête.

— Maintenant, on le sait, murmura Cheryl.

Pendant ce temps, sa mère était mentalement retournée en avril 1990.

— Il avait l'air comme d'habitude, Mr. Timariot. Comme dit Norman, il a toujours été… d'un tempérament réservé. Pas le genre à se faire facilement des amis, notre Paul.

— Ou à s'en faire tout court, intervint Cheryl.

— Et Peter Rossington ?

— Jamais on ne l'a rencontré, répondit Mr. Bryant. Je crois qu'ils étaient juste partis en voyage ensemble.

— Paul devait avoir quelques amis.

Mr. Bryant haussa les épaules.

— Pas vraiment. Ce garçon a toujours eu quelque chose du loup solitaire. (Il sembla tressaillir, comme brusquement frappé par les connotations prédatrices de la comparaison.) C'est pour cela que nous étions si contents que Rowena et lui…

Il sombra dans le silence, se rendant compte que chaque mot ne faisait que l'embourber davantage.

— Quelqu'un devrait vérifier auprès de ce Peter Rossington, reprit son épouse. Il sait peut-être quand Paul était à… comment vous disiez … Chamonicks.

— Jamais il n'est allé à Chamonicks, coupa sèchement Cheryl. (Elle prit une profonde inspiration et se massa le front avant de se corriger calmement.) Chamonix.

— La police s'en occupera, ma chérie, dit Mr. Bryant à son épouse en guise de consolation.

— Je serais heureux de lui parler moi-même, dis-je, acceptant rapidement que ma visite ne me laisse probablement pas d'autre piste à explorer. Savez-vous où on peut le contacter ?

— Paul a dit qu'il travaillait dans une grande agence de publicité à Londres, répondit Mrs. Bryant. Mais je ne peux pas…

— Schneider Mackintosh, dit Cheryl en m'adressant un sourire glacial. Vous savez, les gens que nous pouvons remercier pour les résultats des dernières élections.

— Ah oui. Bien sûr.

— Vous comptez aller le voir ? demanda Mrs. Bryant.

— S'il accepte, certainement.

— Bon. (Elle risqua un long regard oblique à son mari.) Je suis contente que quelqu'un fasse quelque chose.

— Vous perdez votre temps, dit Cheryl. Il ne fera que confirmer ce que Paul nous a déjà dit.

— Peut-être. Cependant…

— Et vous savez pourquoi ? Parce que c'est la vérité.

— Comment pouvez-vous en être aussi sûre ?

— Parce que c'est mon frère, Mr. Timariot. Je le connais depuis toujours. Je l'ai vu grandir. Pourtant, je ne l'ai jamais vraiment compris. Jusqu'à maintenant. Il a toujours caché quelque chose. Gardé des secrets pour lui. Mais c'est fini. Tout est exposé, à présent. Je préférerais que non. Mais c'est ainsi. Et plus vite nous le reconnaîtrons, mieux cela vaudra.

— Cheryl a raison, dit Mr. Bryant en me raccompagnant à ma voiture. Nous devons nous efforcer d'accepter ce qu'a fait Paul. Cela n'a aucun sens de… vouloir se voiler la face.

— Je veux en avoir la certitude, Mr. Bryant. Et votre épouse semble avoir des doutes.

— C'est sa mère. Qu'est-ce que vous imaginez ? Elle ne peut pas se résoudre à le croire capable de commettre un meurtre.

— Mais vous, si ?

Nous étions arrivés à la voiture et il s'arrêta. Il ne me regarda pas directement ni ne répondit particulièrement à ma question. Mais le pas qui se fit traînant et le menton qui tomba me donnèrent une sorte de réponse.

— C'était aimable à vous de venir, Mr. Timariot. J'apprécie votre geste. Cependant, il faut que je pense à Dot, que je l'aide à accepter ce qui s'est passé. Et ce qui va arriver. Alimenter ses espoirs ne la fera tomber que de plus haut quand ils voleront en éclats. (Il me regarda alors.) Et vous et moi, on sait que c'est ce qui arrivera.

— J'essaie de garder l'esprit ouvert sur le sujet. Je crois que vous devriez en faire autant.

— Paul a quitté son travail, vous savez. Et c'était un bon poste. Le début d'une belle carrière.

— Cela prouve quelque chose, selon vous ?

— Cela prouve qu'il se prépare au pire. C'est pour ça que nous devons faire pareil. (Il fronça les sourcils.) Je vous serais reconnaissant, Mr. Timariot… pour le bien de Dot… si vous ne reveniez pas nous voir… étant donné les circonstances. (Puis il soupira et ajouta :) Désolé.

— Et si j'apprends quelque chose d'utile de Peter Rossington ?

Une voiture passa et Mr. Bryant fit un signe de la main au conducteur par-dessus mon épaule, un sourire venant immédiatement sur ses lèvres – pour disparaître tout aussi vite. Il suivit le véhicule du regard pendant un moment, comme s'il se demandait combien de voisins il allait devoir renoncer à saluer, une fois que la culpabilité de Paul serait connue de tous.

— Vous n'apprendrez rien, dit-il sans la moindre animosité.

— Peut-être que si.

Une expression de scepticisme poliment contenu passa sur son visage, le genre de tête qu'il devait faire quand un client de la banque lourdement à découvert demandait une prolongation de son crédit pour des raisons peu convaincantes.

— Au revoir, Mr. Timariot, dit-il en me serrant la main avant de retourner douloureusement vers la maison.

J'appelai Schneider Mackintosh de mon bureau à peine arrivé le lundi matin. Peter Rossington se révéla injoignable, étant toujours sorti ou en ligne chaque fois que je téléphonais et ne montrant aucune inclination à me rappeler. Finalement, vers 16 heures, j'eus de la chance et fus récompensé par une brève conversation. Il paraissait jeune, très sûr de lui et légèrement condescendant. Il sembla également nettement soupçonneux quand je lui annonçai que je voulais lui parler de Paul Bryant. Bon, je ne pouvais pas lui en vouloir. Mais en conclure aussitôt que j'étais une sorte de chasseur de têtes désireux d'évaluer les capacités professionnelles de Paul pour un poste prestigieux, c'était une tout autre histoire. Comme je n'avais absolument pas tenté de lui mettre cette idée dans l'esprit, il ne me parut que justice d'en tirer le meilleur parti possible. Surtout qu'un déjeuner à mes frais dans le restaurant de son choix était le prix exorbitant à payer pour toute information qu'il était prêt à me dispenser. Je proposai le jour suivant, il invoqua d'autres engagements et nous nous arrêtâmes sur le jeudi.

Entre-temps, Bella m'appela, impatiente de connaître mes progrès. À vrai dire, le récit de ma visite chez les Bryant ne méritait apparemment pas cette étiquette.

— Tu n'as rien tiré d'eux du tout ? se plaignit-elle, s'arrangeant pour sous-entendre que c'était à cause d'un manque de compétence de ma part et non de la triste vérité qu'il n'y avait rien à tirer du tout. Eh bien, tu ferais mieux d'être plus insistant quand tu rencontreras Peter Rossington, non ?

Mais je doutais que l'insistance – ou toute autre forme d'ingéniosité dans l'interrogatoire – révèle une erreur dans le récit fait par Paul de ses activités à l'été 1990. Cheryl Bryant m'avait dit que je perdais mon temps et, d'après ce que je constatais pour l'instant, elle avait tout à fait raison. Toutefois, Bella ne serait satisfaite qu'une fois que j'en aurais perdu nettement plus.

Une autre difficulté me préoccupait alors que je montais à Londres en ce jeudi matin : comment allais-je interroger Peter Rossington sur Paul sans divulguer la véritable raison ? Endosser le rôle du chasseur de têtes n'allait pas me mener très loin. Et c'était un rôle qu'un jeune publicitaire malin allait percer à jour en un clin d'œil.

Il se trouva que je n'avais aucune raison de m'inquiéter. Pas de cela, en tout cas. Rossington m'attendait quand j'arrivai au Square, un établissement lumineux, vaste et au personnel soucieux du protocole situé au cœur de St James's. C'était un type maigre comme un clou, au teint terreux, à la coupe et au costume tellement à la pointe de la mode qu'il avait l'air plus près de dix-neuf ans que de vingt-cinq. Le sourire était large mais sans chaleur, le regard franchement évaluateur. Un esprit pénétrant était visible derrière la voix tonitruante et l'air méprisant. Il me déplut d'emblée. Et j'eus la nette impression que c'était réciproque. Mais ni l'un ni l'autre n'étions là pour céder à nos sentiments. En ce qui concernait les sens, c'était une tout autre affaire, comme le révéla immédiatement sa commande d'une deuxième coupe de champagne.

— Cartes sur table, Mr. Timariot, dit-il d'entrée de jeu. Il y avait quelque chose d'un tantinet louche dans votre invitation. J'ai donc décidé de me renseigner auprès de Paul. C'est notamment pour cela que j'ai repoussé notre rendez-vous à aujourd'hui. Je voulais avoir le temps de prendre la température. (Il haussa les sourcils et baissa la voix.) Il se trouve que c'est bien plus chaud que je n'aurais imaginé.

— Très bien, dis-je. (Je cherchai précipitamment comment gérer les conséquences de sa déclaration. Ma couverture était fichue. Pire encore, Paul savait à présent que je fouinais dans son passé. C'était quelque chose que j'aurais pu éviter si j'avais été honnête avec Rossington dès le départ. Mais il était trop tard pour réparer les dégâts.) Alors… Vous savez de quoi il s'agit, n'est-ce pas ?

— J'en ai bien peur. J'aurais préféré l'ignorer, cela dit. Ça a l'air d'être un sacré pétrin. Mais c'est le problème de Paul, non ? Et le vôtre, apparemment.

— Vous avez vu Paul ?

— Oui. Hier. Il m'a raconté tout le topo. Ça m'a bien secoué. Bon, on n'a jamais été des amis proches. Jamais été amis, d'ailleurs. Paul n'était pas le genre à se faire des potes. Il ne vous laissait pas voir ce qu'il avait dans le crâne. Et maintenant que je sais ce que c'était, je peux comprendre pourquoi. Mais quand bien même… (Il alluma une cigarette sans prendre la peine de m'en offrir une.) Quand bien même, il faut le temps de s'habituer, non ? Connaître quelqu'un qui est capable de… (Il secoua la tête et souffla un ruban de fumée.) Putain de merde.

— Désolé de vous avoir induit en erreur, dis-je avec un sourire gêné.

Il me jeta un regard aigu.

— Oui. Eh bien, vous pouvez. Peut-être que vous pourriez m'éclairer sur les raisons de votre démarche. C'est la seule chose que Paul n'a pas pu m'expliquer.

— Je tâche simplement de confirmer ses déclarations avant que les policiers s'en mêlent.

— Ils s'en occupent déjà, d'après Paul. Il m'a prévenu que j'aurai droit à leur visite. Je ne peux pas dire que j'aie hâte.

— Pourquoi ?

Il fronça les sourcils.

— Parce que personne n'aime être mêlé à une embrouille pareille. Un meurtre, c'est déjà bien assez grave. Surtout avec une connotation sexuelle. Mais… (Il s'efforça de baisser la voix. Manifestement, ce n'était pas inné chez lui.) Mais avec une erreur judiciaire, c'est encore pire, non ? Gros titres. Battage médiatique. Et mon nom qui figurera quelque part. Là où mes collègues ne pourront que le remarquer.

— Vous redoutez un petit… embarras professionnel ?

— À votre avis ? Un de ces porcs va avancer que j'aurais dû me rendre compte de ce que Paul mijotait, non ?

— Et vous auriez dû ?

— Bien sûr que non. Il ne m'a jamais donné le moindre indice… (Il s'interrompit pour passer sa commande. Pris au dépourvu, je commandai comme lui. Il ne fut pas question de vin. Quelque chose de plus fort aurait peut-être fait l'affaire. Il n'en fut pas question non plus.) Comme je vous le disais, reprit Rossington, Paul était et reste une énigme pour moi. J'ai proposé qu'il m'accompagne en Europe parce que ça ne me disait rien d'y aller tout seul. C'est aussi simple que ça. Rien ne laissait imaginer qu'il avait une autre raison en tête. Bon, sans doute qu'il n'en avait pas à ce moment-là. C'est venu plus tard, n'est-ce pas ?

— Vous avez remarqué un changement entre le moment où vous avez organisé le voyage et votre départ ?

— Je n'ai jamais remarqué aucun changement chez lui. Il m'a l'air le même aujourd'hui qu'à l'époque. Calme, assuré, plein de sang-froid. Absolument maître de lui-même.

— Et vous vous êtes séparés à Lyon ?

— Exact. Il souhaitait passer une semaine dans les Alpes et j'avais hâte d'arriver en Italie avant d'être à court d'argent. Je n'en avais pas beaucoup à l'époque. Je ne me doutais pas qu'il avait l'intention d'aller à Biarritz. Comment l'aurais-je pu ? Paul n'est pas homme à se trahir.

— Mais qu'est-ce qu'il aurait fait si vous aviez accepté de faire un crochet par Chamonix ?

— Comment voudriez-vous, nom de… (Rossington calma son irritation en tirant une longue bouffée de sa cigarette.) Comment voudriez-vous que je le sache ? Il aurait sans doute inventé une autre excuse. Il était toujours doué pour improviser. Je l'ai même accompagné à la gare à Lyon. Au satané train pour Chamonix. Le mien partait après. Vous savez ce qu'il a fait, ce petit enfoiré ? Il est descendu à l'arrêt suivant, a attendu d'être sûr que j'étais en route, puis il est revenu à Lyon et a sauté dans le premier train pour Paris. Aussi simple que ça.

— Quel jour était-ce ?

— Je ne me rappelle pas. Paul m'a dit hier que c'était le mercredi 11 juillet. Bon, ça m'a l'air d'être ça. En tout cas, c'est vers la fin de la semaine où je suis arrivé à Rome.

— Et quand avez-vous revu Paul ?

— Il était revenu à Cambridge en octobre. Entre-temps, j'étais au courant des meurtres de Kington. Je savais que la mère de Sarah Paxton était une des victimes. Tout le monde en parlait. Même Paul. Mais il la jouait très cool, croyez-moi. Jamais on n'aurait deviné. On était à des lieues de se douter. Il s'est même fabriqué une espèce d'alibi auprès de moi. Il a prétendu qu'il avait dragué une bombe suédoise à Chamonix. Il était si éloquent que j'en ai bavé d'envie. Eh bien, c'était un gros mensonge. Il me l'a avoué hier. Un mensonge pour m'empêcher de penser qu'il était peut-être allé ailleurs. À Biarritz, par exemple. Ou à Kington.

Nos commandes arrivèrent et nous en fûmes réduits à nous regarder par-dessus des plats succulents pour lesquels nous n'avions aucun appétit. Rossington éteignit sa cigarette et pencha la tête de côté en me dévisageant d'un œil critique.

— Vous en êtes conscient, n'est-ce pas, Mr. Timariot ? Il est coupable. Ça ne marchera pas d'essayer de le faire trébucher sur les dates et les lieux.

— Vous avez peut-être raison. Je veux juste en être sûr.

— Pour le compte de qui le faites-vous ? Paul m'a dit que vous aviez des liens très ténus avec l'affaire. Et avec la famille.

— Peut-être que c'est pour lui que j'agis.

— Il n'a pas l'air de le penser.

— Pour moi, alors.

— Mais vous croyez déjà à la véracité de son récit. Vous le lui avez dit, paraît-il.

— Je vérifie, c'est tout.

— Et qu'est-ce que vos vérifications vous ont permis de trouver pour l'instant ? Y a-t-il des doutes, des divergences ?

— Pas les moindres, dis-je en souriant malgré moi.

— Eh bien, voilà. (Il prit son couteau et coupa un tendre morceau de caneton.) M'est avis que vous feriez mieux de suivre mon exemple.

— Et quel est-il, Mr. Rossington ?

— Occupez-vous de vous. (Un morceau de chair rosée glissa entre ses dents étincelantes.) Et laissez Paul Bryant s'occuper de lui.

Le conseil de Rossington était sensé, mais impossible à suivre. Paul savait que je mijotais quelque chose et le moins que je lui devais était une explication rapide sinon nécessairement partielle. Quand je quittai le restaurant, je sautai dans un taxi non pas pour la gare de Waterloo mais pour celle de Paddington. De là, je pris le premier train pour Bristol. Et avant 16 heures, j'étais devant la petite maison de ville chic de Bathurst Wharf vers laquelle se dirigeait Rowena la dernière fois que je l'avais vue.

Paul ouvrit rapidement, comme s'il m'avait vu arriver. Il était plus élégant que lorsqu'il était venu à Petersfield, mais la description qu'en avait faite Sir Keith – *un type en transe* – convenait toujours. Sa maîtrise de lui-même était devenue si parfaite, sa détermination si puissante, qu'il était possédé d'un calme proche de l'hébétude. Il me regarda comme le membre d'un ordre religieux peut considérer un infortuné étranger venu frapper à sa porte. Avec un mélange égal de dédain et de pitié.

— Bonjour, Robin, dit-il sans émotion. Entrez donc.

Je le suivis dans un petit couloir qui passait devant une salle à manger et une cuisine, en frôlant un manteau accroché à une patère qui avait certainement appartenu à Rowena. Je jetai un coup d'œil dans la cuisine et aperçus d'autres vestiges de sa présence. Un faitout peint et moulé en forme de poule en train de couver. Accroché au-dessus de l'évier, un calendrier illustré de personnages de Beatrix Potter. Je ne pus distinguer à quel mois il était resté, mais le mot était trop court pour être septembre. Cela dit, cela aurait pu être juin – le mois de son décès.

L'idée me resta à l'esprit alors que nous montions l'escalier jusqu'au salon du premier étage. Et là, elle fut renforcée. Les rideaux, le tissu du canapé, le tapis ovale au centre de la pièce, la coupe de pot-pourri, le vase de fleurs séchées : elle avait tout choisi. Et il y avait dans l'air une odeur qui rappelait les délicats parfums floraux qu'elle portait. Qui les rappelait tant, d'ailleurs, que je faillis demander à Paul si le pot-pourri était du même parfum. Mais je craignis brusquement qu'il me réponde que c'était mon imagination. J'allai à la fenêtre et baissai les yeux vers les yachts amarrés le long du quai, au pont tournant que je l'avais vue emprunter en ce jour de juin. En avançant le cou, j'aperçus même le pub flottant de l'autre côté de St Augustine Reach d'où je l'avais observée. Rien n'avait changé. Tout était exactement tel que dans mon souvenir. Mais aucune silhouette solitaire et cheveux au vent n'approchait. Ni n'apparaîtrait jamais.

— Vous cherchez quelque chose ? demanda Paul depuis l'autre bout de la pièce.

— Non, répondis-je en me retournant. Rien.

— C'est comme moi, alors. Je me plante là très souvent et je regarde dans le vide. Cela m'aide à réfléchir. (Il contourna lentement le canapé tout en parlant. Puis il s'arrêta, croisa les bras et fronça les sourcils en me regardant avec curiosité.) À quoi tout cela rime-t-il, Robin ? Je crois savoir que vous avez déjeuné avec Peter Rossington aujourd'hui.

— Oui, en effet.

— Est-ce la seule personne que vous ayez interrogée à mon sujet ?

— En fait, non. J'ai parlé à vos parents.

— Ah bon ? Ils ne m'en ont rien dit.

— Peut-être qu'ils ont jugé que ce n'était pas nécessaire.

— Peut-être pas. Cela vous ennuierait de m'expliquer pourquoi vous êtes allé les voir ?

— Pas du tout. C'est pour cela que je suis venu. Pour vous expliquer. (J'essayai de sourire, mais je ne réussis qu'à faire une grimace pincée.) Je voulais juste confirmer vos déclarations… vérifier quelques détails… avant que la police ne s'en occupe.

— Pourquoi ? Vous ne pensez pas qu'elle fera correctement son travail ?

— Ce n'est pas cela. Je…

— Vous ne doutez pas de la véracité de ce que je vous ai raconté ?

— Non, dis-je, heureux de pouvoir répondre honnêtement. Pas du tout.

— Alors, que cherchez-vous ?

Je haussai les épaules.

— La certitude absolue, je suppose.

Il se redressa, marcha jusqu'à la fenêtre où je me trouvais et s'appuya contre le rebord. Il posa la tête contre la vitre et me dévisagea pensivement.

— Qui vous a chargé de cela, Robin ?

— Personne.

— Sir Keith ?

— Je vous l'ai dit. Personne.

— Sarah, alors. Si c'est le cas, elle me déçoit. J'aurais cru qu'une avocate voudrait s'occuper personnellement de ce genre de choses.

— Sarah ignore totalement ce que je fais.

— Ce doit être Bella, alors. (Il releva la tête et claqua la langue.) Oui, à la réflexion, ce doit être elle. Elle a toujours été du genre à vouloir savoir si quelque chose est récusable avant de se demander si c'est vrai. Qu'est-ce qu'elle sait sur vous pour vous obliger à exécuter ses basses besognes ? (Avant que j'aie pu répondre, il avait de nouveau traversé la pièce et s'était laissé tomber dans un fauteuil, les bras toujours fermement croisés, l'air toujours pensif.) Ne vous donnez pas la peine de répondre. Cela ne me regarde pas. D'ailleurs, cela ne me gêne pas que vous interrogiez qui vous voulez. Je n'ai rien à cacher. Si vous pouvez persuader ma mère d'admettre la vérité me concernant, ou Sir Keith la vérité sur Louise, tant mieux. Il faudra bien qu'ils s'y résolvent tôt ou tard. Quant à Bella, elle peut faire ce qui lui chante en ce qui me concerne. Et vous aussi. La police soumettra mes déclarations à une analyse bien plus critique et détaillée que vous ne sauriez le faire. Mais le résultat sera le même. Dans quelques mois, vous aurez ce que vous prétendez réclamer. La certitude absolue.

— Peut-être que je peux l'avoir maintenant.

— Ne vous gênez pas pour moi.

— Votre mère pense que vous lui avez envoyé une carte postale du Mont-Blanc. De Chamonix.

— Maman se souvient de cela ? Eh bien, eh bien, eh bien. Je l'ai envoyée, pour le coup. Mais pas de Chamonix. Je l'ai achetée à Chambéry, où je suis descendu du train venant de Lyon. Je l'ai postée avant de reprendre le train dans l'autre sens. Je me suis dit que cela contribuerait à brouiller les pistes. J'ai dit que j'étais à Chamonix, bien entendu. « Quelques lignes depuis le téléphérique qui me hisse vers le mont Blanc. » Ce genre de choses. Je l'ai datée du lendemain. Il n'y avait aucun risque que Maman déchiffre un cachet de la poste peu lisible et en français. Je me suis dit que ce serait utile. Elle ne l'a plus, alors ?

— Non.

— Bah, cela ne change pas grand-chose. Ce n'est qu'un petit détail de plus. La police les passera tous au peigne fin.

— Cela ne peut faire de mal à personne que j'en vérifie quelques-uns, n'est-ce pas ?

— Absolument aucun. (Il secoua la tête et me jeta un regard pénétrant.) Mais rendez-moi un service, voulez-vous ? Dites à Bella que cela ne marchera pas. Je suis lancé et rien ne me fera dévier de ma trajectoire. Plus vite elle, vous et tous ceux qui sont concernés affronteront ce que cela signifie pour eux, moins ce sera douloureux quand la vérité se fera jour. Comme je veillerai à ce que ce soit le cas.

J'avais prévu de repartir à Petersfield dès que j'aurais quitté Bathurst Wharf. Mais une fois au pied du mur, je ne fus guère enthousiasmé par l'idée d'un long trajet en train en solitaire avec une maison vide qui m'attendait au bout. Contrairement à la perspective d'aller à pied jusqu'à Clifton et de rendre une visite impromptue à Sarah. J'avais terriblement besoin de discuter de mes problèmes avec quelqu'un et c'était à peu près la seule personne sur qui je puisse compter pour compatir.

J'avais une autre raison de souhaiter la voir, ainsi que je me l'avouai devant une bière dans un pub juste à côté de chez elle, où je m'arrêtai pour lui laisser le temps de rentrer. Tôt ou tard, elle allait découvrir ce que je fabriquais. Paul le lui dirait probablement la prochaine fois qu'ils se verraient, s'ils se voyaient. Il était même possible que Mr. et Mrs. Bryant la contactent, ou l'inverse. Dans un cas comme dans l'autre, je ne pouvais pas prendre le risque que Sir Keith soit alerté de mes activités pour le compte de Bella. Il me semblait bien plus sage de la faire entrer sans tarder dans notre complot du silence.

J'attendis d'être certain qu'elle serait rentrée avant de quitter le pub. En définitive, j'avais attendu trop longtemps, car quand j'arrivai, elle était manifestement en train de se préparer pour sortir. Elle avait une allure glamour qui ne lui ressemblait guère, avec une petite robe noire assortie de discrets bijoux. Et ses cheveux avaient un éclat qui laissait entendre qu'elle était allée chez le coiffeur le jour même.

— Robin ! Qu'est-ce qui vous amène ici ?

— C'est une longue histoire. Avez-vous le temps de l'entendre ?

— Malheureusement non. Rodney passe me prendre dans une vingtaine de minutes. (Apprendre que Rodney était toujours dans les parages m'agaça.) Il m'emmène à une soirée. Et comme elle est donnée en mon honneur, je ne peux pas arriver en retard, n'est-ce pas ?

— En votre honneur ? À quelle occasion ?

J'eus un instant peur que l'insistance de Rodney ait pu amener Sarah à se fiancer avec lui. Je fus donc soulagé d'un grand poids quand elle répondit :

— C'est mon dernier jour de stage. À partir de demain, je serai bel et bien avocate.

— Eh bien, félicitations.

— Merci.

— Vous allez rester chez Anstey's ?

— Pour le moment. Jusqu'à ce que quelque chose de mieux se présente. Si cela arrive. En toute franchise, je ne peux pas m'empêcher de me dire que mon lien avec une erreur judiciaire, si lointain soit-il, aura des répercussions sur mes perspectives de carrière. Apprendre la vérité de Paul a été comme prendre un cactus à pleines mains. Et on ne peut pas savoir jusqu'où se sont enfoncées certaines des épines.

Je la réconfortai d'un sourire.

— C'est pour cela que je suis venu, pourrait-on dire.

— C'est ce que je me suis dit. (Elle jeta un coup d'œil à sa montre.) Écoutez, vingt minutes, c'est vingt minutes. Vous voulez boire quelque chose ?

— Merci. Je veux bien.

Peut-être que la contrainte de temps facilita les choses. Obligé d'être rapide, je fus aussi succinct, et ne gardai pour moi aucun des aspects peu honorables de mon dilemme. À quoi bon ? Sarah connaissait le caractère de Bella aussi bien que moi. Et elle savait également à quel point mon problème était insoluble.

— Eh bien, dit-elle quand j'eus terminé. Je ne vais rien dire à Papa, c'est certain. Mais je ne comprends toujours pas à quoi Bella veut en venir. Elle ne pense pas sérieusement que Paul ment, tout de même ?

— Non, je ne crois pas.

— Alors, qu'est-ce qu'elle espère que vous allez découvrir ?

— Des raisons d'avoir un doute légitime, je suppose.

— Mais pour l'instant, vous avez fait chou blanc ?

— Oui. Et c'était prévisible.

— Ce qui vous met dans une situation très embarrassante. Comment décevoir Bella sans qu'elle rompe votre accord.

— Exactement.

— C'est coton. (Elle alla à la fenêtre et scruta la rue où le jour baissait. Mais il n'y avait manifestement aucun signe de Rodney.) En tant qu'avocate, je devrais être en mesure de vous donner un bon conseil. Néanmoins, je ne suis pas sûre de le pouvoir. (Elle se retourna et haussa les épaules.) Je suis désolée que vous ayez été entraîné dans toute cette histoire, Robin. Vous ne le méritez pas.

— Ce n'est pas votre faute.

— Peut-être pas. Mais je suis désolée quand même.

— On dirait que vous pensez que je devrais abandonner.

— C'est sans doute ce que je pense. La police va examiner au microscope le moindre détail des déclarations de Paul. S'il y a un point faible, elle le découvrira.

— Mais Bella n'est pas disposée à attendre. Ce devrait être son problème, sauf…

— Que c'est le vôtre. (Sarah secoua la tête et soupira. Elle eut l'air de vouloir poursuivre, quand une voiture s'arrêta devant la maison et klaxonna. Elle jeta un coup d'œil dehors, sourit et agita la main.) C'est Rodney, me dit-elle par-dessus son épaule. Il faut que j'y aille.

— Bien sûr. Je vais sortir avec vous.

Elle s'approcha de moi en souriant gauchement et elle me prit la main, comme pour m'amener à accepter ce qu'elle allait dire.

— En fait, attendez plutôt que je sois partie. Rodney n'est au courant de rien de tout cela. Et je ne veux pas avoir à… Bon, vous me comprenez.

— Oui, acquiesçai-je en la regardant. Je comprends.

Elle fronça soudain les sourcils, comme si elle venait de songer à quelque chose.

— Si vous estimez que vous devez continuer…

— Je n'ai pas tellement le choix, non ?

— Dans ce cas, il y a un angle selon lequel vous pourriez essayer de l'aborder et que les policiers ne connaissent peut-être pas. Ils vont vouloir trouver des témoins qui ont vu Paul ailleurs au moment où il prétend qu'il était à Kington. Vous pourriez rechercher un témoin qui a vu Maman – ou Naylor – à l'heure où Paul prétend les avoir épiés à Whistler's Cot.

— Mais il n'y a aucun témoin. S'il y en avait, ils se seraient présentés au procès.

La voiture klaxonna de nouveau, trois petits coups impatients.

— Et Howard Marsden ? S'il connaissait Maman aussi bien que nous le pensons…

Je fronçai les sourcils, puis je souris.

— Vous êtes très inspirée.

— Non, dit-elle en me faisant une bise rapide et en se hâtant vers la porte. C'est ma formation d'avocate. (Elle ouvrit la porte, puis elle s'arrêta sur le seuil et se retourna vers moi.) Je ne pense pas que vous tirerez grand-chose d'utile de lui. Mais si… vous apprenez quelque chose… sur Maman, je veux dire… Vous me le direz, n'est-ce pas ?

— Bien sûr. Je vous le promets.

Mais c'était une promesse trop vite donnée. C'est seulement une fois que j'eus entendu la voiture de Rodney accélérer sur Caledonia Place que je compris qu'elle entrerait peut-être en conflit avec mes obligations envers Bella. Dans ces circonstances, il fallait espérer que la supposition de Sarah concernant Howard Marsden s'avérerait. Sinon, je risquais de me retrouver à tenter de tenir deux promesses – et de n'en honorer aucune.

17

Sophie Marsden m'avait dit que son mari était dans les machines agricoles et je savais d'après leur numéro de téléphone qu'ils habitaient à Ludlow ou dans les environs. Ce qui me conduisit, sans devoir faire beaucoup d'efforts de déduction, à Salop Agritechnics Ltd, sur Weeping Cross Lane, à Ludlow. Et à une conversation téléphonique le vendredi matin avec son directeur exécutif, Howard Marsden.

— Que puis-je pour vous, Mr. Timariot ? Nous nous sommes parlé à l'époque de cette satanée émission, *Le Bénéfice du doute*, je me souviens, mais…

— J'espérais que vous accepteriez de me recevoir, Mr. Marsden. Pour discuter d'une question particulièrement urgente. Elle concerne votre relation avec Louise Paxton.

— Je vous demande pardon ?

— Je suis désolé d'être aussi brutal, mais je n'ai vraiment pas le choix. Et je suis certain que vous conviendrez que c'est un sujet qu'il vaut mieux discuter en tête à tête.

— Je ne comprends pas de quoi vous parlez. Louise Paxton était une amie de ma femme. Ce n'est qu'en tant que telle que je la connaissais.

Mais je perçus le défaitisme dans sa voix. Il avait déjà dû renoncer à m'envoyer promener avec des dénégations indignées.

— Dans ce cas, l'expression de votre chagrin la dernière fois que nous nous sommes vus était plutôt excessive, vous ne trouvez pas ? (J'attendis qu'il réponde. Mais il ne dit rien. Un long silence s'installa. Puis je repris.) Sur Butterbur Lane, à Kington, Mr. Marsden. Le 27 juillet 1990. Vous avez failli me renverser.

Il y eut une pause lourde de sens. Puis il finit par dire :

— De quoi s'agit-il, Mr. Timariot ?

— De Louise.

— Je ne peux pas vous renseigner. Vous feriez mieux de vous adresser à ma femme. Elle…

— Je lui ai déjà parlé. À présent, c'est vous que j'ai besoin de voir.

Une autre pause, peut-être la plus longue. Puis il grinça les mots que je voulais entendre :

— Très bien.

— Je peux venir à Ludlow, si cela vous convient. J'imagine que vous êtes un homme occupé. J'imagine aussi que vous préférez laisser passer le week-end. (Il ne posa pas de question sur ma remarque. Nous savions l'un et l'autre de quoi il s'agissait. Un discret rendez-vous dans sa journée de travail n'exigeait pas d'explication à Sophie, alors que…) Que diriez-vous de lundi ?

— Impossible.

— Sûrement pas. Proposez-moi une heure.

— Eh bien… il faudrait que ce soit très tôt.

— Aucun problème. J'arriverai la veille en voiture.

— Vous descendrez au Feathers ?

— Si vous me le recommandez.

— C'est ce que vous trouverez de mieux. Très bien, Mr. Timariot. Je viendrai au Feathers à 8 heures lundi matin. Ce n'est pas trop tôt pour vous, j'espère ?

— Pas du tout, répondis-je, déterminé à ne pas céder d'un pouce. À lundi, donc.

Convaincre Howard Marsden de me rencontrer était une chose. Tirer quoi que ce soit d'utile d'un tel entretien était, bien évidemment, une autre paire de manches. Je passai la majeure partie de la longue route vers Ludlow le dimanche à réfléchir à la meilleure manière d'aborder le sujet de sa liaison avec Louise. Je ne doutais pas sérieusement qu'ils en avaient eu une. Les larmes qu'il avait versées sur Butterbur Lane n'étaient pas celles d'un ami platonique. Et l'histoire de Sophie sur le « parfait inconnu » de Louise ne tenait pas la route dans tout autre contexte. La véritable question était : la liaison durait-elle encore en juillet 1990 ? Sinon, Howard n'allait pas être d'une grande utilité pour Bella. Heureusement qu'elle ne m'avait pas contacté depuis mon retour de Bristol ! Du coup, s'il se révélait que j'avais perdu mon temps, au moins elle n'aurait pas besoin de le savoir.

Non que ma démarche fût vouée à ne servir à rien, cela dit. Ces journées hors du bureau, décidées à la dernière minute et sans explication, avaient le don de tracasser Adrian. Il soupçonnait clairement que je jouais un jeu sournois et retors. Et avec son voyage à Sydney qui approchait, ce n'était pas une mauvaise chose de le laisser le penser. J'estimais qu'il méritait largement toutes les angoisses que je pouvais susciter en lui.

Le profond silence d'un dimanche soir sans vent s'installait sur Ludlow quand j'y arrivai. Je m'épris aussitôt de ses rues en pente et de ses ruelles pavées, de son désordre de maisons à colombages et antiques auberges. Le Feathers était un hôtel confortable, idéal sinon idyllique, du genre qui manquait à mon avis depuis longtemps aux gros bourgs de province anglais. Si j'avais été en quête d'un lieu retiré et tranquille pour y faire une cure de repos, j'aurais misé sur cet endroit parfait. Malheureusement, ce n'était pas la raison de mon séjour.

À preuve, le lendemain matin, alors que j'étais encore en train de mastiquer un toast et de boire du café après un petit déjeuner suffisamment matinal pour prendre la cuisine de court, on me fit savoir qu'un visiteur m'attendait à la réception. De toute évidence, Howard Marsden n'avait pas atteint sa position dans le monde des machines agricoles en se présentant en retard à un rendez-vous.

Il n'avait absolument pas l'air éperdu comme dans mon souvenir. Il avait pris un peu de poids et ses tempes avaient blanchi comme celles d'un juge. Et puis il était sur son territoire, ce qui renforce toujours l'assurance. Au final, avec son costume à rayures tennis, son manteau en cachemire et son feutre cabossé, il paraissait aussi susceptible de finir ému aux larmes que l'un des visages en bois sculpté sous les pignons de la façade de l'hôtel. Pourtant, j'étais certain de ce que j'avais vu la dernière fois.

— Allons faire un tour, proposai-je en enfilant mon manteau.

Il acquiesça. Ni lui ni moi n'envisagions sérieusement de discuter dans un endroit où l'on aurait pu nous entendre.

Nous prîmes une rue déserte et nous dirigeâmes vers le centre de la ville. C'était une matinée d'automne, fraîche et lumineuse, avec une petite brise vive qui emportait les feuilles sur les trottoirs devant nous, un soleil aveuglant qui scintillait entre les toits. Un boucher qui disposait des saucisses dans sa vitrine leva les yeux et toucha son canotier en voyant mon compagnon.

— Bonjour, Mr. Marsden ! s'écria-t-il en ne recevant guère plus qu'un grognement en réponse.

— Vous êtes connu dans le coin ?

— C'est une petite ville. Et nous sommes un gros employeur.

— Vous avez toujours vécu ici ?

— Non. J'étais dans la marine pendant vingt ans avant… (Il s'interrompit et se tourna vers moi.) Mon autobiographie ne vous intéresse pas, Mr. Timariot. Et si vous en veniez au fait ?

— Très bien. Vous savez qu'un bon nombre de gens pensent que Shaun Naylor n'a pas tué Louise ?

— Des gens comme Nick Seymour, vous voulez dire, ricana-t-il. Des charlatans, tous autant qu'ils sont.

— Peut-être. Il semblerait néanmoins qu'ils aient peut-être raison. Un homme a fait des aveux.

— Quoi ?

— Le véritable meurtrier s'est dénoncé. Avec trois ans de retard.

— Mon Dieu. (Il s'arrêta brusquement et se retourna.) Ce n'est pas possible !

— Je crains que si.

— Qui est-ce ?

— Il ne serait pas correct de donner son nom tant que la police n'a pas vérifié ses déclarations.

— Vous voulez dire qu'il y a des doutes ?

— Peu. Mais nous aimerions tous ne pas y croire, n'est-ce pas ? Si nous le pouvions.

Son expression stupéfaite céda lentement la place à la perplexité.

— Vous dites que Naylor est innocent ? Et que cet… autre homme… a commis les meurtres ?

— Il semblerait.

— Mon Dieu ! (Il se tripota pensivement la lèvre, puis il me jeta un regard soupçonneux.) Pourquoi me racontez-vous cela ?

— Parce que je pense que vous dissimulez peut-être des informations précieuses sur les occupations de Louise ce jour-là. Des informations que la police n'a pas de raison de vous suspecter de détenir. Elle ignore que vous étiez amoureux d'elle, voyez-vous. Moi pas. (Il tressaillit et recula, comme si j'avais fait mine de le frapper.) Vous aviez une liaison avec Louise Paxton, n'est-ce pas ?

— Certainement pas.

— Allons. Vous avez failli me rentrer dedans ce jour-là tellement vous étiez bouleversé. Et votre épouse a plus ou moins reconnu…

— Quoi ? Qu'est-ce qu'elle a reconnu ?

— Qu'elle savait qu'il y avait quelque chose entre Louise et vous. Toutefois, la situation de votre couple ne me regarde pas. Je suis seulement…

— Et comment qu'elle ne vous regarde pas !

— Écoutez, dis-je en levant les mains dans un geste d'apaisement. Je ne suis pas là pour juger ou condamner quiconque. Je veux simplement savoir si vous avez vu Louise à Kington le jour où elle est morte.

Sa colère parut s'atténuer. Son regard hostile fut remplacé par une grimace exaspérée.

— Vous imaginez que c'est moi qu'elle est allée retrouver là-bas ?

— Elle avait quitté son mari. Qui d'autre serait-elle allée voir ?

— Elle avait quitté Keith ?

— C'est très probable.

— Oh, nom de Dieu ! (Il soupira et reprit sa marche, plus lentement.) Si seulement vous aviez raison, murmura-t-il. Si seulement je l'avais su…

— Vous l'ignoriez ?

— Évidemment que oui.

— Mais…

— Il n'y avait rien entre nous. Il n'y a jamais rien eu. Elle ne voulait pas. Sophie le sait pertinemment, maudite soit-elle.

Nous arrivâmes sur la place du marché, où les commerçants dressaient déjà leurs étals et disposaient leurs marchandises dans une cacophonie de piquets cliquetants, de claquements de bâches et de plaisanteries. Marsden longea la place d'un pas lourd, sans prêter attention à l'agitation. Je le suivis.

— Puisque vous avez l'air si bien au courant, autant que vous sachiez tout. Au moins, vous aurez une idée plus juste. J'étais effectivement amoureux de Louise. Je le suis toujours, d'une certaine façon. Mais elle ne m'a jamais donné le moindre encouragement. Rien ne s'est jamais passé. Dieu sait que j'aurais voulu. J'aurais quitté Sophie sans un regard en arrière... (Il soupira.) Elle aurait préféré cela, c'est ce que je me dis parfois. Le fait que Louise me rejette blessait davantage la fierté de Sophie que ne l'aurait fait une liaison ou un divorce. Savoir que sa meilleure amie me dédaignait – moi, son mari – et se rendre compte par ricochet que notre mariage était une mauvaise blague... (Un hochement de tête las sembla résumer plus d'années de mécontentement et d'insatisfaction qu'il ne voulait en compter.) J'idolâtrais Louise. J'aurais fait n'importe quoi pour elle. Mais elle ne voulait rien savoir. J'étais une gêne pour elle. Sophie a trouvé cela humiliant et impardonnable. Et cela l'était, je suppose.

Alors qu'une pièce du puzzle se mettait en place, une autre tomba. Si Howard Marsden disait la vérité – ce dont j'étais certain –, dans ce cas, il n'avait joué aucun rôle dans la décision de Louise de quitter Sir Keith. Il s'agissait de quelqu'un d'autre. Pas Oscar Bantock, comme l'avait initialement soupçonné Paul. Apparemment, il avait été moins son amant que celui qui l'encourageait. Ni Naylor, puisqu'elle l'avait rencontré par hasard. Qui, alors ? Il n'y avait pas de réponse. Mais le « parfait inconnu » dont m'avait parlé Sophie continuait de rôder à l'orée de mes pensées. Je ne m'étais jamais tout à fait convaincu qu'elle l'eût inventé. Et maintenant, mon désir de me plier aux exigences de Bella se révélait à moi pour ce qu'il était réellement : pas tant une tentative de confirmer ou d'infirmer les aveux de Paul qu'une quête de l'être le plus insaisissable de la vie de Louise. Qui s'immisçait de plus en plus dans la mienne.

— Vous en savez autant que moi sur l'emploi du temps de Louise le jour de sa mort, Mr. Timariot. Peut-être davantage. Vous l'avez rencontrée, après tout, et moi pas. Je n'ai aucune information – ni pour vous ni pour la police.

— Non. Je m'en rends compte, à présent.

— Je crains que vous n'ayez perdu votre temps en venant ici.

— Ce n'est pas grave.

Nous avions atteint l'autre côté de la place et nous étions en haut d'une large rue qui descendait vers la rivière. Marsden contempla le paysage un moment, puis il se tourna vers moi.

— L'homme qui a avoué, dit-il. Y a-t-il le moindre doute sur sa culpabilité ?

— Pas vraiment.

— Ce qui signifie que Naylor disait la vérité depuis le début ?

— Oui.

— Sur Louise ? Sur la manière dont ils se sont rencontrés ? Et la raison ?

Je n'eus pas besoin de répondre. Le regard que nous échangeâmes voulait tout dire. Nous désirions l'un et l'autre nous raccrocher à notre propre souvenir de Louise. Cela ne nous serait permis ni à lui ni à moi.

— Cela va détruire sa réputation, murmura-t-il.

— Oui, dis-je, incapable de lui offrir le moindre réconfort. Je le crains fort.

Je pris soin de quitter Howard Marsden en lui laissant croire que je rentrais directement à Petersfield. Or je n'avais aucune intention de partir de Ludlow sans voir d'abord Sophie. Pour des raisons que je ne pouvais certainement pas expliquer à son mari.

J'avais trouvé leur adresse dans l'annuaire à l'hôtel. Frith's End, Ashford Carbonell, était une maison noire et blanche à l'aménagement impressionnant dans un village prospère à quelques kilomètres au sud de Ludlow. Il s'en dégageait une impression générale de prospérité ni étalée ni dissimulée, mais vigoureusement déclarée. J'arrivai juste après 9 h 30, me disant que Sophie serait levée à cette heure, mais pas encore sortie. Elle était levée en effet, même si le peignoir en soie rose, négligemment passé par-dessus pas grand-chose, laissait entendre que j'aurais pu retarder sans risque ma visite d'une heure au moins.

Elle dut être surprise de me voir, ce qu'elle ne trahit que par un bref écarquillement des yeux.

— Robin ! s'écria-t-elle avec un sourire éblouissant. Mais entre donc !

Je la suivis dans un vaste salon élégamment meublé, dont je reconnus certaines parties pour les avoir vues dans son interview pour *Le Bénéfice du doute* – ou dans des magazines de décoration feuilletés au cours des années dans les salles d'attente de dentistes. Des portes-fenêtres donnaient sur une pelouse en pente douce, récemment tondue et scintillante de rosée. Au-delà, des arbres prenant diverses nuances d'or bordaient une longue portion serpentine de la rivière. Alors qu'à l'intérieur tout était immaculé et d'un goût exquis : mélange apaisant de noyer luisant et de bronze étincelant ; canapés aux coussins rebondis et épais tapis ; urnes ventrues et vases élancés.

Je la regardai traverser la pièce devant moi, les lignes séduisantes et les plis délicats de son peignoir faisant remonter des images à demi oubliées à la surface de mes pensées. Elle savait que je l'observais, bien sûr. Et cela lui plaisait. Ses mouvements étaient probablement destinés à un public, même quand elle était seule. Un journal, quelques lettres et une tasse vide étaient posés sur une table basse près d'un fauteuil face à la télévision, sur laquelle deux silhouettes se parlaient muettement dans un studio. Sophie avait dû couper le son en entendant la sonnette. Elle se baissa pour appuyer sur une touche de la télécommande posée sur l'accoudoir, coupa également l'image, puis se tourna vers moi.

— Je n'aime pas être harcelée, Robin. Mais je n'aime pas être négligée non plus. J'estime que tu aurais pu me donner des nouvelles plus tôt.

— Ce qui s'est passé à Londres… commençai-je, tenant à élever une ligne de défense avant qu'elle puisse être franchie.

— Était une erreur ? Une méprise ? Un manquement malheureux à ne jamais réitérer ? dit-elle avec un regard moqueur. Tu peux trouver mieux que cela. Tu te débrouillais mieux, à l'époque, si je me souviens bien.

— Cela ne se reproduira pas.

— Tu crois que j'en ai envie ? (Elle s'assit dans le fauteuil et me scruta d'un air perplexe.) Tu n'es pas différent de la plupart des hommes, tu sais. Assez arrogant pour croire que ce que tu veux compte plus que tout. Assez pusillanime pour nier ce que tu désires réellement.

— Ce que je désire, c'est la vérité sur Louise Paxton.

— Non, ce n'est pas cela. C'est exactement l'inverse. Tu veux que je confirme les fantasmes que tu te fais d'elle. Que je dise : « Oui, ce que tu aimerais qu'elle ait été, elle l'était vraiment. » Eh bien, je peux le faire. (Elle croisa les jambes, jaugeant habilement ce que le peignoir dévoilerait de ses cuisses en glissant.) Si tu penses que cela donnera du piment à la situation.

— Je ne suis pas là pour cela.

— Ah bon ? Faire tout ce chemin pour un débat aride sur le vrai et le faux ? Tu me déçois. Et tu échoues à me convaincre, aussi.

— Pourquoi as-tu inventé que Louise avait rencontré un homme sur Hergest Ridge et avait l'intention de s'enfuir avec lui ?

— Je ne l'ai pas inventé. Je n'aurais pas suggéré que tu étais l'homme secret de sa vie si je l'avais inventé, tu ne crois pas ? Cela aurait été absurde.

En effet. Ce qui ne laissait de place que pour une seule conclusion. Il y avait bel et bien eu un tel homme. Et Sophie m'avait pris à tort pour lui.

— Ce n'était pas moi, Sophie. Dieu m'est témoin, ce n'était pas moi.

— Non ? (Le pli de son front se radoucit.) Eh bien, peut-être pas. Même moi, je peux faire des erreurs. Même si je ne commets jamais celle de les regretter. Mais si ce n'était pas toi…

— Qui était-ce ?

— Je l'ignore. Je me sentais si sûre, au début. J'étais si certaine que le mystère de sa mort le ferait sortir du bois. C'est pourquoi je continue à moitié de te soupçonner, Robin. De craindre que tu sois plus malin que tu ne parais. Il y a quelque chose, chez toi. Une empreinte qu'elle a laissée sur toi, qui est trop forte, trop tenace pour qu'on puisse l'expliquer. Sauf si c'était toi son amant.

— Je ne l'étais pas.

— C'est ce que tu dis. C'est ce que tu dis. (Elle se leva, s'approcha de la fenêtre et regarda un moment au-dehors. Je la vis tendre les épaules et le cou. Elle resserra sa ceinture, puis elle se retourna et revint lentement vers moi.) Mais je n'y crois pas trop. Et toi non plus.

— C'était quelqu'un d'autre.

— Ou personne d'autre.

— Ce n'était pas moi.

— Tout comme l'homme qui était si… insatiable… cet après-midi à Bayswater… n'était pas toi ? (Elle me toisa longuement. Tout en calculant si la distance entre nous pouvait ou devait être franchie.) C'est ce que tu veux dire ?

— Non. Pas du tout.

— Alors, pourquoi ne cesses-tu de revenir ?

— Je ne reviendrai pas. Cette fois-ci, c'est la dernière.

— Je ne crois pas. Je suis ce que tu as de plus proche de Louise, désormais. Et tu ne peux la laisser en paix, n'est-ce pas ? Même dans la mort. Mais pourquoi donc ? À moins que j'aie eu raison depuis le début.

— Je ne sais pas. Mais tu n'as pas raison.

— Et pas entièrement tort ? (Elle s'approcha, sourit et porta la main à sa bouche, glissant un, puis deux doigts entre ses dents. Elle les mordit délicatement, puis elle les retira lentement.) Veux-tu rester ? Ou partir ?

Je voulais les deux, bien sûr. Mais je savais que je ne pouvais pas. Si je succombais une deuxième fois, il y en aurait une troisième, puis une quatrième et une cinquième. Ses griffes s'enfonceraient en moi, de plus en plus profondément. Ses mensonges deviendraient miens, son mari serait ma victime autant que la sienne. Jusqu'à quel point Louise avait-elle été comme elle ? Bien plus que je ne pouvais me résoudre à l'admettre ? Ou beaucoup moins que Sophie ne voulait le prétendre ? Il y avait forcément une réponse. Mais je ne la trouverais jamais dans les bras de Sophie.

— Je dois m'en aller, dis-je en reculant d'un demi-pas.

— Devoir et vouloir, ce n'est pas la même chose.

— Cette fois-ci, si.

— Et la prochaine ?

— Comme je te l'ai dit. Il n'y en aura pas.

Mais elle ne me crut pas. Ou peut-être n'était-elle tout simplement pas disposée à me laisser avoir le dernier mot. Alors que je quittais la pièce, elle me lança son adieu avec la conviction d'une prophétesse.

— À la prochaine, Robin.

Je pris l'A49 pour Leominster. Jusque là-bas, je pouvais me répéter que j'avais l'intention de rentrer chez moi. Mais devoir et vouloir, comme avait dit Sophie, ce n'était pas la même chose. À Leominster, je pris la route de Kington et je vis les collines que j'avais longées plus de trois ans auparavant s'élever à l'horizon, assombries par des nuages de pluie et l'accumulation des souvenirs. J'étais toujours tiré en arrière, apparemment. Vers le point d'intersection. Le lieu de la rencontre et de la séparation. La crête du non-retour. Mais là, c'était plus vif qu'avant. Car maintenant, je suivais une proie en plus de mener une quête.

Je voyageais vite dans l'espoir
De distancer cet autre. Ce que je ferais
Une fois pris, je ne le prévoyais pas. Je traquais
Pour prouver la ressemblance, et, si elle s'avérait,
Pour observer jusqu'à le savoir moi.

Qui était-il ? Il n'y avait aucun moyen de le dire. Il n'attendait pas au Harp Inn, où je déjeunai en regardant un arc-en-ciel se former au-delà des nuages au-dessus de la forêt de Radnor. Il ne me tapa pas sur l'épaule près du cairn où Louise et moi nous étions assis en cette lointaine soirée d'été perdue. J'y allai et j'en repartis. Mais personne ne se joignit à moi. Le soleil brillait faiblement alors que le vent affûtait sa lame solitaire. Et la pluie venait en rafales précipitées, brouillant les abords du regard et les marges de la perception. Rien ne permettait de lui donner un nom. Ou de lui refuser le mien. Depuis toujours, il n'y avait que le doute. Et la question encore restée sans réponse : *Pouvons-nous changer quoi que ce soit, à votre avis ? Pouvons-nous cesser d'être ce que nous sommes et devenir autre chose ?* Ou quelqu'un d'autre. Peut-être était-ce ce qu'elle avait réellement voulu dire. Peut-être était-ce ce qu'elle avait essayé de me faire comprendre. Depuis le début.

Je ne sais pas très bien ce qui me retint de monter en voiture jusqu'à Whistler's Cot. La discrétion ? La prudence ? Un rien de crainte ? Un peu des trois, peut-être. Quelque chose, en tout cas, qui me fit me garer en bas de la route et continuer à pied.

L'eau de pluie débordant des champs serpentait vers moi en ruisselets sur la chaussée. Le soleil brillait sur les feuilles perlées de gouttes et les toits d'ardoises luisantes. La vérité, je le sentais, battait en retraite à mon approche, elle se cachait sans jamais trop s'éloigner. De l'autre côté de la haie, peut-être, là où Paul s'était caché ce jour-là. Ou après un virage. Toujours au-delà de la rencontre suivante. Comme celle qui m'attendait à Whistler's Cot.

Une voiture dépassait à moitié du garage, le coffre ouvert sur plusieurs cartons remplis de serpillières, brosses, aérosols, boîtes de savon en paillettes et de cire. Presque toutes les fenêtres étaient ouvertes, laissant flotter des rideaux à carreaux rouges et blancs dans la brise. Et une machine à laver frénétique en plein essorage grondait par-dessus le bourdonnement d'un aspirateur.

Si j'avais saisi ce que toute cette activité impliquait, je pense que j'aurais tourné les talons. Mais j'étais distrait par ce que me faisaient à moitié comprendre d'autres détails moins ordinaires. À tel point que je restai à regarder la scène, interloqué. Et ce fut trop tard. Car Henley Bantock avait surgi de derrière la maison en serrant dans ses bras un sac-poubelle en plastique noir rebondi – et s'était immobilisé en me voyant.

— Mr. Timariot ! (Il me dévisagea par-dessus l'éventail formé par le haut du sac noué.) Bonté divine, c'est bien vous. Quel plaisir inattendu !

— Je suis désolé, dis-je. Je ne savais pas… C'est…

— Ne vous excusez pas. C'est exactement le prétexte qu'il nous fallait à Muriel et à moi pour faire une pause. Vous nous trouvez en plein ménage de fin de saison. Les derniers vacanciers sont partis ce week-end. Mais ils n'ont pas emporté leurs déchets. (Il sourit et laissa tomber le sac à ses pieds.) Entrez donc prendre une tasse de thé.

Le thé avec les Bantock dans un salon qui sentait la cire d'abeille et le désodorisant fut un moment salutaire, bien que déprimant. Muriel était une hôtesse attentive et gazouillante qui se répandit en excuses pour sa tenue de ménage – polo et pantalon de survêtement. C'était aussi une épouse si débordante d'affection que c'en était inquiétant, toujours à poser la main sur le genou de Henley en plein milieu de la conversation et à lui lancer de longs regards énamourés. De son côté, Henley s'accommodait de l'hostilité qu'il avait dû détecter chez moi en faisant comme si nous étions des théoriciens rivaux tout à fait civilisés qui avaient simplement reconnu qu'ils ne seraient jamais d'accord. Comme si la lettre furieuse que je lui avais envoyée après la publication de *Faux et Ale* et sa réponse sarcastique n'avaient jamais été écrites.

Il en aurait été tout autrement si Whistler's Cot ressemblait encore à la maison d'Oscar Bantock au-delà des dimensions des pièces. Mais il n'en était rien. Tout ce qui datait de ces années-là avait été balayé. Avec tous les fantômes qui auraient pu s'attarder là. Dans l'atelier où Oscar dressait ses chevalets trônait un billard flanqué de fauteuils en rotin. Les murs où triomphaient autrefois ses innombrables tableaux étaient couverts d'insipides gravures de chasse et de reproductions de cartes anciennes du Herefordshire. Tandis que dans la chambre… Je n'eus pas le cœur de demander. Mais même là, j'en étais sûr, on avait usé du même procédé. C'était de l'exorcisme par désinfection. Et on ne pouvait nier son efficacité.

— *Faux et Ale* va sortir en poche au printemps prochain, annonça Henley, la bouche pleine de custard. Nous sommes ravis, évidemment. (Pour une raison inconnue, il avait l'air de croire que je le serais aussi.) Et je pense que l'édition reliée devrait bien se vendre à Noël, tu ne crois pas, Muriel ?

— Oh, oui, chéri.

— Que se passera-t-il, ne pus-je m'empêcher de dire, s'il est démenti par les faits ?

— Comment ça ? s'étonna Henley.

— Eh bien, le livre suit une thèse particulière concernant les meurtres, n'est-ce pas ? Il les relie aux faux que fabriquait votre oncle. Que feriez-vous s'il était démontré que c'est une erreur ?

— Mais ce n'en est pas une, Mr. Timariot. C'est clairement ce qui s'est passé.

— Mr. Maitland a tout analysé avec le plus grand soin, dit Muriel d'un ton pétri d'admiration.

— Je n'en doute pas. Toutefois, cela n'équivaut pas à une preuve irréfutable, n'est-ce pas ?

— Pas légalement, peut-être, dit Henley. Mais nous ne pouvons pas l'espérer non plus, n'est-ce pas ? Après tout ce temps qui a passé.

— Je n'en serais pas si sûr. On ne sait jamais ce qui peut se dévoiler.

Mon insistance commençait à inquiéter Henley – comme j'en avais l'intention.

— Vous avez… quelque chose de précis en tête ?

— Non, non. Juste… de vagues idées. Par exemple… vous êtes-vous jamais demandé s'il pouvait y avoir eu quelque chose entre Oscar et Lady Paxton ?

C'était une question destinée autant à le titiller qu'à l'envoyer sur une fausse piste. Je ne m'attendais pas à en retirer la moindre information utile. Mais comme c'est si souvent le cas, ce fut tout le contraire.

— Pas la peine de se demander, gloussa Henley. Je peux absolument écarter cette possibilité.

— Mais la réputation de coureur de votre oncle…

— M'a certes conduit à envisager la même chose il y a longtemps. Mais quand j'ai eu assez de culot pour y faire allusion, j'ai failli prendre une taloche pour la peine. « Elle est beaucoup trop bien pour moi, mon garçon, m'a répondu oncle Oscar. Et c'est une trop bonne mécène pour risquer de la perdre pour un bout de fesse. »

— Bon, vous n'imaginiez pas non plus qu'il l'avouerait, tout de même ?

— Oh, mais si. Oncle Oscar n'arrêtait pas de se vanter de ses conquêtes. Si Lady Paxton avait été l'une d'elles, j'en aurais entendu parler, soyez-en sûr.

— C'était purement une relation d'affaires, alors ?

— Je n'ai pas dit cela. Il comptait sur son soutien. Ce qu'elle lui demandait en échange n'était peut-être pas aussi professionnel. Je crois qu'elle a amené Naylor ici ce soir-là. Barnaby Maitland et Nick Seymour le croient aussi. La question est : pourquoi ? D'une certaine manière, c'est un endroit idéal… pour ce qu'elle semble avoir eu en tête. Et peut-être n'était-ce pas la première fois qu'elle faisait cela. Peut-être qu'oncle Oscar s'absentait régulièrement quand elle le lui demandait. Il pensait peut-être que ce n'était pas cher payé.

Oui, c'était bien ce qu'ils auraient dit. C'était ce que Seymour avait sous-entendu dans son émission. Et cela cadrait avec les faits. Mieux que Seymour ou Henley ne s'en doutaient.

— À moins que vous n'estimiez que cette théorie aussi pourrait être… démentie par les faits ?

— Non, dis-je, résistant à l'envie de lui dire que très bientôt, elle ne serait pas démentie, mais corroborée par les faits. (Des faits qui saborderaient tout de même l'édition poche de *Faux et Ale*. Mais il ne me parut que justice de ne pas l'avertir du modeste rôle qu'il allait jouer dans le désastre à venir. Après tout, il s'était donné autant de mal que moi pour le provoquer.) Je ne pense pas, conclus-je avec un sourire. Comme vous disiez, il est probablement trop tard pour quoi que ce soit de ce genre.

— Encore un peu de thé, Mr. Timariot ? demanda Muriel.

— Non, merci. Je crois qu'il est probablement trop tard pour cela aussi.

— Vous vous en allez déjà ? demanda Henley alors que je me levais.

— Il le faut, malheureusement.

— Mais vous ne nous avez pas encore expliqué ce qui vous a amené ici.

— Au revoir, dis-je avec un grand sourire en ignorant trop insolemment la remarque de Henley pour qu'il puisse protester. C'était un plaisir.

Les averses décrurent alors que je roulais vers l'est. Hergest Ridge et les sommets qui l'entouraient rapetissèrent dans le rétroviseur. La vérité reculait pour m'observer, dissimulée derrière un monticule. L'inconnu se fondait avec le crépuscule. Son visage inaperçu se dissolvait dans la pénombre. Et seul mon reflet me regardait. Je voyageais seul. Mais accompagné.

J'atteignis Bristol à la nuit tombée, me rendis à Clifton et trouvai Sarah chez elle. Ce fut un soulagement d'avoir quelqu'un avec qui partager sans retenue mes pensées. Une amie pour les voir et leur redonner leurs proportions. Je commençais à maudire Bella de m'avoir envoyé sur cette route. Celle qui ramenait à un mystère que j'avais fui, mais auquel je ne pouvais pas échapper.

— On dirait que durant des années Howard Marsden a nourri pour votre mère une passion qui n'était pas partagée, expliquai-je. Sophie et elle le savaient. C'est ce qui vexait le plus Sophie : le fait qu'elle n'était pas partagée.

— D'où son empressement à ternir la réputation de Maman. (Sarah secoua la tête, accablée, en comprenant les motivations de Sophie.) Que cette femme doit être malheureuse et mesquine. Quand je pense que je la connais depuis toutes ces années sans m'en être rendu compte. Je ne peux pas m'empêcher d'avoir de la peine pour Howard. Elle doit lui mener une vie infernale.

— Oui, dis-je en prenant soin de ne pas laisser voir que j'avais des informations particulières sur le sujet. C'est bien possible.

— Mais vous croyez ce qu'elle raconte sur ce… cet autre homme… dans la vie de Maman ?

— Cela avait des accents de vérité. La question est…

— Qui était-il ?

— Qui est-il ?

— Je ne sais pas. (Sarah se leva et alla prendre sur la cheminée la photographie encadrée de Rowena et elle avec leur mère.) Prise à son quarantième anniversaire. Elle était belle, n'est-ce pas ?

— Assurément.

Louise Paxton me souriait énigmatiquement depuis le cliché légèrement flou. Sa beauté avait été conservée dans l'émulsion photographique, mais quelque chose d'autre avait été perdu. Comme la trace sépia trouble laissée par une silhouette qui bouge sur une photographie de l'époque victorienne, le secret de son âme avait empreint son regard d'ambiguïté, et nul ne pourrait jamais savoir ce ou celui qu'elle regardait vraiment au-delà de l'objectif.

Sarah me proposa de m'héberger, mais je soutins que je devais rentrer. Alors que je traversais la plaine de Salisbury dans la nuit noire et que la pluie cinglait le pare-brise, je me rendis compte que la proposition allait peut-être au-delà d'un simple geste amical. Mais je balayai cette idée. Dans les circonstances actuelles, Sarah avait bien plus besoin d'amitié que d'amour. Et moi aussi.

Par ailleurs, mes relations avec la famille Paxton étaient déjà assez compliquées comme cela, ainsi qu'en témoignaient les trois messages laissés sur mon répondeur par Bella. Chacun se terminait sur la même promesse : *Je rappellerai.* Ce qu'elle fit le lendemain matin dès l'aube, alors que je n'étais encore qu'à moitié réveillé. Et il fut immédiatement évident que l'heure ne la mettait pas de bonne humeur.

— Tu n'as rien découvert ?

— Ce n'est pas faute d'avoir essayé, Bella.

— Alors, il va falloir te donner plus de mal.

— Mais comment ? Il ne reste plus personne à interroger.

— La carte postale dont se souvient Mrs. Bryant…

— Dont elle pense se souvenir.

— Et qu'elle pense avoir été postée de Chamonix. Où Paul prétend ne jamais être allé.

— Pas de Chamonix, d'après lui. De Chambéry. Une gare sur la ligne de Lyon. C'était une ruse. Destinée à brouiller les pistes.

— Ou bien c'est son explication qui y est destinée. Je suis allée hier à la *pension** où il prétend avoir séjourné à Biarritz. J'ai montré sa photo à la propriétaire. Elle ne l'a jamais vu de sa vie.

— Tu veux dire qu'elle ne l'a pas reconnu.

— C'est du pareil au même.

— Non, pas du tout, Bella. Il a passé quelques jours là-bas il y a plus de trois ans. Tu ne pensais tout de même pas qu'elle allait se souvenir de lui ?

— Le fait est qu'elle ne s'en souvient pas. Mais peut-être que quelqu'un se rappelle l'avoir vu à Chamonix. (Je devinai aussitôt ce qui allait suivre, et aussi quelle serait forcément ma réponse.) Il va falloir que tu t'y rendes, Robin. N'est-ce pas ?

18

Je pris l'avion pour Chamonix le vendredi suivant, en disant à Adrian, Simon et Jennifer qu'un ami de Bruxelles en pleine crise sentimentale avait besoin de soutien et que j'allais m'occuper de lui pendant un week-end prolongé. Dieu sait ce qu'imagina Adrian, puisqu'il devait partir pour Sydney avant mon retour. Simon supposa que j'espérais dénicher une réglementation européenne à laquelle on pouvait accuser l'offre Bushranger de contrevenir. Je ne crois pas toutefois qu'il était sérieux.

En définitive, exécuter une telle mission aurait peut-être été plus productif. Plusieurs jours en pleine morte-saison à arpenter hôtels, restaurants, cafés et pensions d'une station de sports d'hiver dont l'immense ombre du Mont-Blanc ne se levait apparemment jamais se révéla aussi inutile que je l'avais prévu – et encore plus frustrant. Personne ne se rappelait le nom de Paul Bryant. Personne ne reconnut le visage du jeune homme sur la photo de son mariage avec Rowena que j'avais apportée. Et personne ne pensait que quelqu'un s'en souviendrait. *Un étudiant, monsieur ? Il y a plus de trois ans ? Vous plaisantez, non* ?*

Je ne plaisantais pas, évidemment. Mais j'aurais aussi bien pu. J'en avais déjà soupé au bout du premier jour, mais je me sentis obligé de persister. Au troisième, cependant, j'arrêtai à l'heure du déjeuner et pris le téléphérique – comme Paul avait raconté à sa mère l'avoir fait – pour monter jusqu'à l'aiguille du Midi. Je contemplai depuis la plateforme d'observation les éblouissants champs de neige qui s'étendaient jusqu'à l'Italie, respirai l'air limpide et glacé et songeai à l'inutilité de mon voyage. Paul n'était jamais venu ici. Il était impossible de retrouver ses empreintes. Je ne sais pas pourquoi, mais mon petit doigt me disait que cette conclusion n'allait pas satisfaire Bella.

Faire mon rapport à Bella ne fut cependant pas le premier problème que j'eus à affronter quand je rentrai le mardi. Liz avait laissé un message enregistré disant que le Detective Inspector David Joyce du CID de Ouest-Mercie allait venir me voir le lendemain après-midi. Et elle avait ajouté une précision troublante : *J'ai essayé de lui dire que je ne pouvais pas confirmer le rendez-vous tant que je ne vous avais pas parlé, mais il m'a répondu qu'il ne sollicitait pas un rendez-vous : il en donnait un.*

Son allure juvénile était aussi irritante que trois ans plus tôt. Je le félicitai pour sa promotion, qui, d'après ses remerciements désinvoltes, devait être de l'histoire ancienne. Il s'enquit de ma mère et sembla sincèrement désolé d'apprendre qu'elle était décédée. Puis, quand Liz eut apporté le thé et fut repartie, il se lança.

— Comme vous le savez, monsieur, on nous a demandé d'enquêter sur les aveux de Paul Bryant concernant les meurtres de Louise Paxton et d'Oscar Bantock.

— Je savais qu'il y avait des chances qu'il s'agisse de cela, inspecteur, bien sûr. Mais j'ignorais que votre enquête était déjà en cours.

— Et bien avancée. Nous avons appris de la famille de Mr. Bryant et d'un certain Mr. Peter Rossington que quelqu'un d'autre mène apparemment une enquête que l'on pourrait qualifier de parallèle.

— Ah. Je vois.

— Mais moi pas, monsieur. Où voulez-vous en venir au juste ?

— À la même chose que vous, j'imagine. Je voulais simplement vérifier les déclarations de Paul avant qu'elles ne deviennent publiques. Pour épargner à la famille d'inutiles…

— La famille Paxton, vous voulez dire ?

— Eh bien, oui.

— Dont vous ne faites pas partie.

— Non, pas directement. Je suis plus un ami. Bien que ma belle-sœur…

— Ah oui, l'actuelle Lady Paxton. Vous êtes liés. C'est plus compliqué que les Borgia, non ? (Son sourire aurait été plus qu'agaçant si j'avais pensé que le sarcasme était son unique objectif. Mais je sentis qu'il sous-entendait que mes relations avec la seconde épouse de Sir Keith avaient éveillé ses soupçons. Et je doutais de pouvoir les dissiper en expliquant simplement les raisons de cet état de fait.) Dois-je en déduire que vous n'êtes pas convaincu de la culpabilité de Mr. Bryant ?

— Non. Mais il doit y avoir une possibilité lointaine qu'il mente.

— Pourquoi mentirait-il ?

— Je ne sais pas. Mais son épouse s'est suicidée il y a seulement quatre mois. Un tel événement pourrait… eh bien… mener à une conduite irrationnelle.

— Nous l'avons fait examiner par un psychiatre. Celui-ci a déclaré que Mr. Bryant est aussi sain d'esprit que vous et moi.

— Vraiment ?

Le sourire de Joyce se teinta de lassitude.

— Ce que je veux vous faire comprendre, Mr. Timariot, c'est que nous sommes payés et équipés pour enquêter sur ce genre de choses. Et nous le faisons. Avec exhaustivité et diligence. Toute ingérence d'amateurs, si bien intentionnés soient-ils, ne peut qu'entraver nos efforts.

Nous en étions donc arrivés là où je l'avais deviné depuis le début. L'avertissement.

— Je ne pensais pas que poser quelques questions constituait une ingérence.

— Eh bien, si. Remuer les cendres d'une affaire classée est assez désagréable même dans les meilleures circonstances.

— Surtout quand vous risquez de devoir admettre que vous avez emprisonné un innocent.

C'était une pique à laquelle je n'avais pas pu résister. Mais le visage écarlate de colère de Joyce et la menace qui grinça dans sa voix me la firent regretter immédiatement.

— Exactement, monsieur. Cela pourrait se révéler très gênant pour nous. Pour nous – et pour les témoins au procès de Naylor qui ont contribué à le condamner. (Il se racla la gorge.) J'ai sur moi une copie de la déposition que vous avez signée le 25 juillet 1990. (Il la sortit de sa poche et me la tendit.) Voulez-vous relire vos déclarations pour vous rafraîchir la mémoire ?

— Je m'en souviens parfaitement, merci.

— Et souhaitez-vous y ajouter quoi que ce soit ?

— Non.

— Malgré ce que vous avez dit à la télévision en début d'année ?

— Mes propos ont été tronqués.

Il me gratifia d'un long froncement de sourcils sceptique, puis il sortit un autre papier de sa poche et me lut mes propres déclarations telles qu'elles avaient été diffusées. « Quand elle m'a proposé de me déposer en voiture, j'ai trouvé que c'était un geste aimable. À présent, je n'en suis plus si sûr. Je pense qu'elle voulait que – moi ou quelqu'un – reste auprès d'elle. » Il leva les yeux vers moi.

— Ce n'est pas tout à fait la même chose que dans votre déposition, n'est-ce pas ?

— Ce que j'ai confié à Seymour était une impression, rien de plus. Mais j'ai parlé de cette proposition dans ma déposition. Et au tribunal.

— Effectivement, monsieur. Je m'en souviens bien. Je me souviens aussi de ce que vous avez répondu quand je vous ai demandé pourquoi vous n'aviez pas accepté qu'elle vous dépose. Vous avez dit que c'était parce que vous aviez prévu de faire à pied toute la levée d'Offa et que vous ne vouliez pas que cette randonnée soit inachevée dans sa moitié sud.

Je souris.

— Vous avez bonne mémoire, inspecteur.

— Vous l'avez terminée l'année suivante, alors ? Vous avez trempé vos orteils dans la mer à Prestatyn, comme moi ?

— Non. Je ne l'ai pas terminée. Et je ne les ai pas trempés.

— Je vois. Donc, vous auriez très bien pu accepter qu'on vous dépose en voiture.

— Oui. Et alors tout aurait pu se terminer différemment. Vous croyez que je n'y ai pas pensé ?

— Ce serait difficile, j'imagine.

— Tout à fait. Tout aussi difficile que ne pas se poser de questions sur autre chose.

— Par exemple ?

Il s'était bien amusé à mes dépens. Il ne me parut que justice d'en faire de même.

— Quelqu'un du métier m'a dit que dans des crimes comme celui-ci, vous gardiez en réserve quelques informations qui vous servent à vérifier certains aveux spontanés suspects.

— Et si tel était le cas ?

— Eh bien, j'imagine que Paul Bryant a déjà réussi ce test. Sinon, vous ne seriez pas en train de poursuivre votre enquête, n'est-ce pas ?

Il se tortilla sur sa chaise, mal à l'aise.

— Je ne suis pas habilité à faire des commentaires là-dessus.

— Ce qui veut dire que vous devez déjà vous être rendu compte que Shaun Naylor est innocent.

— C'est ce que vous pensez, monsieur ?

— Ce que je pense, c'est que, s'il l'est, ces deux témoins qui ont déclaré sous serment l'avoir entendu avouer les meurtres auront beaucoup d'explications à fournir. À moins, bien sûr, que vous ne sachiez déjà ce que seront les explications en question.

Il me regarda droit dans les yeux.

— Vous en avez une qui vous vient à l'esprit, monsieur ?

— Non. Mais ce n'est pas normal, n'est-ce pas ?

— Vous pensez peut-être que nous les avons encouragés. C'est cela que vous sous-entendez ? (Il me défiait du regard. Il savait aussi bien que moi que c'était ce que tout le monde dirait. Et il se sentait déjà obligé de réfuter tout en bloc.) Ils se sont présentés à nous de leur plein gré. Leurs dépositions ont été totalement spontanées.

— Et totalement fausses.

— Cela reste à voir.

— Leur avez-vous parlé ?

Il sembla prêt à entonner de nouveau son couplet du « sans commentaires ». Puis il se ravisa manifestement.

— Nous ne serons pas en mesure de contacter Jason Bledlow, le témoin qui déclarait que Naylor s'était mis à table alors qu'il partageait sa cellule en détention provisoire, Mr. Timariot. Il a été abattu lors de l'attaque à main armée d'un dépôt de convoyage de fonds en septembre de l'an dernier.

— Mon Dieu.

— Et Vincent Cassidy, le barman du pub de quartier auprès duquel Naylor s'était vanté d'avoir commis les meurtres, a disparu. Volatilisé sans laisser de trace. Et très récemment, en plus. Comme s'il avait en vent que nous souhaitions l'interroger.

— Mais il ne pouvait pas le savoir.

— Non. À moins que quelqu'un l'en ait averti. Par inadvertance, je veux dire. Avec le genre de questions que nous voulions lui poser. (Son regard se fit glacial et méprisant.) Je songe à l'ingérence d'un amateur bien intentionné. Vous voyez de qui je parle, n'est-ce pas ?

— Je n'ai pas contacté Cassidy.

— J'espère de tout cœur que c'est vrai, monsieur. Pour votre bien.

— Inspecteur, je peux vous assurer que…

— Ne dites rien que vous puissiez être amené à regretter. (Il me sourit d'un air entendu, tout en se radoucissant, attitude que je trouvai plus troublante qu'une hostilité ouverte.) Nous trouverons Cassidy tôt ou tard. Il n'est pas assez malin pour rester caché bien longtemps. Le moment venu, nous découvrirons qui l'a alerté. Intentionnellement ou par inadvertance.

— Ce n'est pas moi.

— Dans ce cas, vous n'avez aucune raison de vous inquiéter. (Il termina son thé et tendit le menton vers moi.) Quoi qu'il en soit, Mr. Timariot, veuillez rester en dehors de cette affaire à partir de maintenant. C'est l'attitude la plus avisée à avoir.

La tentative d'intimidation de Joyce aurait probablement réussi s'il n'y avait eu une erreur parfaitement compréhensible dans sa logique. Je savais ce qu'il ignorait forcément : je n'étais pas l'informateur de Cassidy. Dès lors, la question que je me posais ne pouvait être venue à l'esprit de Joyce. Si ce n'était pas moi qui avais alerté Cassidy, qui était-ce ?

Il semblait n'y avoir qu'une seule réponse crédible. Et une seule manière de le confirmer. J'appelai immédiatement Cordwainer, Murray & Co à Worcester et demandai à parler à l'avocat de Shaun Naylor. J'étais furieux de l'accusation injuste de Joyce et impatient de rejeter la faute sur celui qui, à mon avis, l'avait commise : Vijay Sarwate.

Mais Sarwate se révéla à la fois vif et apaisant.

— Votre réaction est tout à fait compréhensible, Mr. Timariot. Cependant, permettez-moi de vous assurer que je n'ai eu aucun contact, direct ou indirect, avec Vincent Cassidy. Je vous crois lorsque vous me dites ne pas l'avoir prévenu de l'enquête de la police, mais je dois souligner que ce n'est pas moi non plus.

— Alors, qui est-ce ?

— Mystère. Mais dites-moi, ne vaudrait-il pas mieux que nous nous rencontrions pour discuter de ce malheureux malentendu ? Pour le coup, il y a plusieurs questions annexes que j'apprécierais d'étudier avec vous.

— En vérité, je ne…

— Il se trouve que je me rends sur l'île de Wight demain pour voir mon client. Ce serait très simple de passer chez vous ensuite. À 16 heures, cela vous conviendrait-il ?

Ce n'est pas uniquement parce que j'aurais été incapable de justifier un refus que j'acceptai de rencontrer Sarwate. C'était aussi une concession faite à Bella ; je lui démontrais que je ne négligeais aucune piste. Après avoir fait chou blanc à Chamonix, j'estimais qu'il valait mieux avoir autre chose à raconter quand elle m'appellerait. Cependant, elle n'avait pas encore appelé quand je descendis au Hilton de Southampton pour notre rendez-vous.

C'est moi qui avais proposé l'endroit, ce dont Sarwate me fut infiniment reconnaissant, puisque cela lui évitait un détour lorsqu'il rentrerait à Worcester. Ce n'était naturellement pas son confort que j'avais en tête en choisissant ce lieu. Mais plutôt les avantages d'un hôtel anonyme où deux hommes en costume sombre se fondraient avec le reste de la clientèle.

Nous nous reconnûmes pour nous être vus dans l'émission *Le Bénéfice du doute*. Sarwate ignorait, évidemment, que Seymour avait tronqué mes propos. Tout comme il ignorait la raison pour laquelle je vérifiais les déclarations de Paul. Du coup, je décelai derrière la courtoisie tout indienne et la retenue professionnelle une certaine perplexité quant à mes motivations. J'étais une énigme dont il se serait probablement bien passé. Et qu'il était mal placé pour résoudre.

— Mr. Bryant m'a dit qu'il avait soulagé sa conscience auprès de vous avant de venir me voir. Cependant, il ne m'a nullement laissé entendre que vous nourrissiez des doutes sur ses aveux. Dois-je en déduire qu'ils ne vous sont venus que récemment ?

— J'essaie juste de faire montre d'un sain scepticisme.

— C'est la police qui en fera montre, Mr. Timariot. Peut-être même d'un scepticisme malsain. Elle n'a besoin ni de votre aide ni de vos encouragements.

— C'est ce qu'elle m'a dit.

— Alors, pourquoi ne pas la laisser s'en charger ?

— Parce que j'aime voir et entendre par moi-même, sans doute. Être personnellement certain.

— Et vous ne l'êtes pas ?

— Pas complètement. Pas absolument.

— Mais Mr. Bryant a justifié les doutes que vous aviez exprimés dans votre interview télévisée. Il a révélé ce que vous, je pense, soupçonniez depuis le début, à savoir que mon client est victime d'une erreur judiciaire.

— Peut-être.

— Comment pouvez-vous en douter ?

— Ce n'est pas ce que j'ai dit.

— Mon Dieu, je n'y comprends plus rien. (Sarwate me dévisagea par-dessus sa tasse de thé, puis :) Shaun – Mr. Naylor – a été déçu d'apprendre vos… tergiversations. Je lui avais fait espérer que vous seriez prêt à développer la déposition que vous avez faite à son procès. Que vous reviendriez sur votre témoignage originel à la lumière de vos déclarations à la télévision. Dois-je comprendre que…

— J'ai dit à la police que je ne souhaitais pas modifier ma déposition.

— Oh, mon Dieu ! s'exclama-t-il d'un air sincèrement accablé. Je suis navré de l'apprendre.

— Je m'en doute. Mais…

— Shaun est innocent, Mr. Timariot. Je le sais depuis le début. Il n'a cessé de proclamer son innocence, même quand cela lui aurait facilité l'existence d'admettre sa culpabilité. Il a passé plus de trois ans en détention pour un crime qu'il n'a pas commis. Une catégorie de crime, qui plus est, pour laquelle les détenus mariés avec enfants purgent une peine que la loi est loin d'imaginer. Il a énormément souffert.

— J'en suis certain.

— Et il ne l'a pas mérité. C'est ma thèse.

— Mais vous ne l'avez pas encore prouvée, Mr. Sarwate.

— Si seulement vous pouviez le rencontrer, je crois que vous seriez d'accord avec moi.

— Peut-être. Mais comme je ne peux pas…

— Mais si, vous pouvez. Je peux organiser une visite très facilement.

Le sourire de Sarwate me donna la sensation vertigineuse de m'être jeté dans un piège. Dont la seule manière de m'enfuir était de reculer.

— Je n'ai rien à dire à votre client.

— Mais lui a peut-être quelque chose à vous dire. (Les yeux de Sarwate pétillèrent.) Ne cherchez-vous pas à savoir qui a informé Vincent Cassidy ?

— Vous savez que si, dis-je en réprimant brutalement toute curiosité dans ma voix.

— J'ai soulevé la question avec Shaun. Il serait en mesure de deviner qui c'est.

— Il a donné un nom ?

— Il a donné le nom de la personne dont il doit presque certainement s'agir.

— Qui était-ce ?

— Demandez-le-lui vous-même, Mr. Timariot. (Sarwate me fit le grand sourire fier et ravi d'un illusionniste qui vient de réussir un tour de passe-passe particulièrement difficile.) Quand vous lui rendrez visite.

Bella me téléphona ce soir-là, alors que je bouillais encore à la pensée de l'habileté avec laquelle Sarwate m'avait berné. Un face-à-face avec Shaun Naylor était la dernière chose dont j'avais besoin. Mais c'était quelque chose que je devrais manifestement subir si je voulais ne plus avoir Joyce sur le dos. Ce qui ne rendit que plus insupportable le mécontentement méprisant de Bella devant mon manque de succès à Chamonix.

— Tu n'as pas assez fouillé, Robin. Voilà la vérité.

— Non. La vérité, c'est que tu m'as envoyé sur une série de fausses pistes. Avec le même résultat chaque fois. Surbiton ou Chamonix, c'est du pareil au même.

— Ne me parle pas sur ce ton.

— Je te parle sur le ton qui me chante. À cause de toi, je suis obligé d'aller voir Shaun Naylor en prison. Tu te souviens de lui, je présume ?

— Qu'est-ce que tu racontes ?

Avec irritation, je lui expliquai brièvement pourquoi j'allais bientôt me retrouver à faire la queue en compagnie des épouses et des petites copines devant la prison d'Albany. Je ne m'attendais pas qu'elle compatisse, évidemment. Il était plus probable que Bella serait ravie de cette occasion d'interroger l'homme en qui elle préférait encore voir le meurtrier de Louise Paxton. Assez étrangement, ce ne fut pas sa réaction.

— Il n'y a rien à gagner à voir Shaun Naylor, dit-elle, d'un ton où l'aigreur avait disparu en même temps que le plaisir qu'elle avait éprouvé devant mon insuccès. Annule la visite.

— Pourquoi ?

J'étais devenu soupçonneux, repensant à notre déjeuner à Midhurst et au mécontentement persistant que j'éprouvais depuis concernant ses raisons d'agir.

— Parce que c'est une perte de temps et d'énergie. Concentre-toi sur Paul.

— C'est ce que j'ai fait. En vain.

— Il doit avoir des amis à Cambridge en dehors de Peter Rossington. Il faut que nous…

— Il faut que je convainque la police que je n'entrave pas ses investigations. Et Naylor pourrait bien m'y aider.

— C'est ton problème, pas le mien. Je me fiche de savoir qui a informé Cassidy. Tout ce qui me préoccupe…

— Pourquoi tu ne veux pas le savoir ? (Je n'étais pas disposé à la laisser s'en tirer à si bon compte. Il y avait quelque chose de quasi désespéré dans son empressement à tenir ce Cassidy pour quantité négligeable.) En fait, pourquoi tu ne m'encourages pas à me lancer à sa recherche au cas où il aurait dit la vérité concernant les aveux de Naylor ? Bledlow étant mort, c'est le seul qui soit en mesure de se…

— Laisse tomber Cassidy !

— Pourquoi ?

— Parce qu'il n'a rien à voir là-dedans.

— Très bien, très bien. (C'était tout sauf très bien, évidemment. Mon esprit de contradiction me poussait à faire ce que Bella m'avait interdit précisément pour cette raison. Mais je savais que ce serait tout aussi inutile de la mettre en face de mes soupçons que désastreux de l'informer de mes intentions. Elle était toujours la moins dangereuse quand elle pensait qu'on se pliait à sa volonté. Je décidai donc de dire ce qu'elle voulait entendre – sans en penser un seul mot.) Rayons Cassidy de notre liste. Et Naylor aussi. Et revenons à Paul. Que veux-tu exactement que je tente ?

La tactique de Bella m'évoqua le raclage de fonds de tiroirs. Je devais contacter le témoin de Paul à son mariage – Martin Hill, un collègue de la Metropolitan Mutual – et voir ce qu'il savait. Je devais interroger Sarah – sans lui dire pourquoi – sur les amitiés de Paul à Cambridge. Puis je devais aller à Cambridge parler avec son ancien directeur d'études, ainsi qu'avec tout étudiant qui se souviendrait de lui. J'affirmai à Bella que je m'y mettrais dès le week-end.

Ce que je fis docilement en allant à Bristol le samedi pour déjeuner avec Martin Hill et prendre le thé avec Sarah. Hill était un garçon aimable et bavard, mais il ne put me dire que ce qu'il avait déjà déclaré à la police. Il avait partagé un bureau avec Paul, mais pas des secrets. L'invitation à être son témoin avait été une surprise. « En toute franchise, je ne crois pas qu'il avait de vrais amis à qui demander. J'étais son dernier recours. » Cette image d'un être sans amis et replié sur lui-même confirma la description qu'avait donnée Cheryl Bryant de l'enfance de son frère. Tout comme celle de ses années à Cambridge que me fit Sarah.

— Vous savez comment est Paul, Robin. Facile à vivre. Difficile à cerner. Il n'était pas différent à Cambridge. C'est sans doute pour cela que nos chemins ont divergé. Personne n'a jamais été proche de Paul… sauf Rowena. Je peux vous dire qui était sa directrice d'études. C'était la mienne aussi. Le Dr Olive Meyer. Allez donc la voir. Je peux même l'appeler pour arranger un rendez-vous avec vous si vous le souhaitez. Mais je ne crois pas que vous en retirerez quelque chose. Pas ce qu'espère Bella, en tout cas. J'ai bien peur qu'elle ne vous fasse courir après une chimère.

Sarah, à l'évidence, avait raison. Avec la réunion du conseil d'administration dans seulement trois semaines, c'était un fait que Bella et moi devrions bientôt accepter. Mais il restait encore le temps d'en passer par ses quatre volontés dans l'espoir qu'elle respecte sa part de notre accord. Et sans conteste le temps d'emprunter l'unique voie qu'elle avait tenté de m'empêcher de suivre, en partant du principe que ce qu'elle ignorait ne pourrait pas lui nuire – même si mes éventuelles trouvailles le pourraient.

Le dimanche matin, je me rendis à Londres en voiture. C'était une journée d'automne plus qu'idyllique, avec un ciel d'un bleu limpide, les feuilles tombées luisant en flaques jaunes sur les trottoirs et dans les parcs. Mais les beautés de la nature ne pouvaient guère améliorer Jamaica Road, à Bermondsey. Ni le devant souillé de vomi du Greyhound Inn, dont la plupart des clients semblaient avoir du mal à se rappeler ce qu'ils avaient bu la veille, et encore moins quand

Vincent Cassidy leur avait tiré une pression pour la dernière fois.

Mais pas le sévère propriétaire tatoué. Ses souvenirs de Cassidy étaient très nets. Sauf qu'il n'avait aucune intention de m'en faire part.

— Vince Cassidy ne travaille plus ici depuis un an. Et je me fais un devoir de respecter la vie privée de mes employés – passés et actuels.

— Il n'a rien à craindre de moi.

— Peut-être pas. Mais qu'est-ce qui me le prouve ?

— Je vous demande seulement si vous savez où je peux le trouver.

— Aux dernières nouvelles, il travaillait pour Dave Gormley. Il tient un atelier de pneus et de pots d'échappement sur Raymouth Road.

Sur ce, il me planta là pour aller servir un autre client. Laissant toute liberté à un individu, gros et aux cheveux gras, assis sur le tabouret voisin de ricaner à mes dépens.

— Syd s'est fichu de vous, murmura-t-il. Le prenez pas pour vous. Il le fait aux habitués aussi.

— Vous voulez dire que Vince ne travaille pas pour Dave Gormley ?

— Plus maintenant. Il a filé il y a une quinzaine de jours. Disparu comme un lapin au fond de son terrier. Excepté que, dans le cas de Vince, même le terrier est vide. Les poulets l'ont cherché. Je sais pas pourquoi. Ça serait pas pour la même raison que vous, des fois ?

— Je ne pense pas.

— De toute façon, ça change pas grand-chose. Vince est devenu l'homme invisible.

— Quelqu'un d'autre sait-il où il est ?

— J'ai pas dit ça, si ?

Il me fit un clin d'œil, vida le reste de sa bière et contempla son verre vide en fronçant les sourcils. La subtilité n'était pas son fort. Mais une autre pinte et un double whisky révélèrent ce qu'était l'information. Vince Cassidy avait une sœur. Et mon assoiffé connaissait son adresse.

Sharon Peters, née Cassidy, habitait l'un des immeubles délabrés en briques jaunes coincés entre Jamaica Road et la principale ligne partant de Charing Cross. À l'est, la tour de Canary Wharf scintillait au soleil, rappelant constamment aux habitants combien étaient précieuses les économies qui les privaient d'un éclairage convenable dans les cages d'escaliers et d'un coup de peinture pour rafraîchir les lieux. C'étaient les taudis d'un avenir qui était presque le présent, un endroit aussi perturbant à visiter pour quelqu'un comme moi que déprimant à habiter pour quelqu'un comme Sharon Peters.

C'était une blonde décolorée à la poitrine opulente approchant la trentaine, vêtue de leggings gris sales et d'un t-shirt orange, qui nettoyait les restes du déjeuner de ses enfants rapporté du fast-food. Ils faisaient peut-être partie de la horde de gamins moqueurs qui m'avait bousculé dans l'escalier et je ne pus m'empêcher de me demander s'ils n'étaient pas en ce moment même en train de forcer la portière de ma voiture avec un porte-manteau pour aller faire un tour avec dans les environs en ce dimanche après-midi. Dans un cas comme dans l'autre, ils n'y avait pas le moindre signe d'eux. Ni de leur père, à condition qu'il vive toujours avec eux. Sharon Peters était seule. Et elle avait l'air de ne s'en porter que mieux. La rediffusion hebdomadaire des grands moments d'*East Enders* passait à la télévision, mais pas assez fort pour couvrir la pulsation du reggae provenant de l'appartement voisin. La porte était entrouverte et elle m'avait crié d'entrer quand j'avais sonné, pensant sans doute que j'étais quelqu'un d'autre. Et là, elle me fixait depuis l'autre bout de son salon jonché de jouets comme si je venais d'une autre planète. Ce qui était le cas, dans un sens.

— Bon Dieu ! Vous êtes qui ?

— Robin Timariot, Mrs. Peters. Je crois que vous êtes la sœur de Vince Cassidy.

— Et puis après ?

— Je le cherche.

— Ah oui ?

— Et j'espérais que vous pourriez…

— Comme j'ai dit aux flics, j'ai pas la moindre idée d'où il est.

— C'est naturel que vous disiez cela à la police, Mrs. Peters. Mais je ne suis pas policier.

— Non ? Eh bien, il y a pire que les flics qui cherchent notre Vince. Même si je savais où il est – et je le sais pas –, je le dirais pas à des gens comme vous. Qu'est-ce que vous êtes ? Recouvreur de dettes ? Détective ? Un peu des deux ?

— Rien de ce genre. J'étais témoin au procès de Shaun Naylor et les derniers développements m'ont mis dans une position difficile. Tout comme Vince.

— Je sais pas de quoi vous voulez parler.

— Allons, Mrs. Peters. Pourquoi Vince a-t-il disparu ? S'il disait la vérité au procès, il n'a rien à craindre. Et si la police lui avait dicté son témoignage, il ne la fuirait pas, n'est-ce pas ? C'est donc quelqu'un d'autre qui a dû lui demander de le faire. J'aimerais découvrir de qui il s'agit.

— Je sais toujours pas de quoi vous voulez parler.

— Je crois que si. Mais peu importe. Dites simplement à Vince…

— Je peux rien lui dire du tout. Je sais pas où il est.

— Je pourrais être en mesure de l'aider.

— À d'autres.

— Très bien. Je pourrais être en mesure de le récompenser. S'il se révèle avoir des informations utiles. Je crois savoir qu'il est au chômage en ce moment. Peut-être qu'il a besoin d'un peu d'argent.

— On en est pas tous là ?

— Certainement. (L'hostilité de son regard avait légèrement diminué, permettant à un début de proposition d'émerger.) Eh bien, si un peu… d'argent… pouvait vous aider à vous rappeler où Vince a dit qu'il allait…

— Vous avez un foutu culot, vous, dit-elle, écarlate de fureur. Si j'étais du genre à vendre mon frangin pour quelques billets, je serais à Soho, hein, en train de me secouer les nichons devant des bonshommes comme vous, pas coincée ici à m'user les doigts pour… (Elle s'interrompit et se détourna pour s'appuyer contre le chambranle de la porte de la cuisine en mordillant son pouce. Je sentis qu'elle était autant furieuse contre Vince que contre moi. Peut-être même qu'elle était fâchée d'être aussi loyale.) Pourquoi vous foutez pas le camp ? murmura-t-elle.

— Très bien. Je m'en vais. Mais je vous laisse ma carte. (J'en sortis une de ma poche, notai mon numéro personnel au dos et la fis glisser vers elle sur la table qui nous séparait.) Répétez à Vince ce que je vous ai dit… si vous le voyez.

Elle baissa les yeux vers la carte, mais ne fit pas un geste. J'eus l'impression que lorsqu'elle la ramasserait, ce serait seulement pour la jeter à la poubelle. Mais au moins, je lui avais donné le choix. En l'occurrence, c'était tout ce à quoi je pouvais espérer parvenir.

L'appartement de Sharon Peters était tout au bout du balcon du deuxième étage. Alors que je repartais, je baissai les yeux vers la cour, remarquant avec un certain soulagement que ma voiture était encore au même endroit et toujours avec ses quatre roues.

Une jeune femme surgit de l'escalier devant moi quand je relevai la tête et s'avança d'un pas vif, faisant claquer ses hauts talons. Elle était mince et un peu voûtée, avec des cheveux noirs et bouclés encadrant un visage pâle et émacié. Sa tenue était de la haute couture de marché : manteau en faux cuir trop grand pour elle par-dessus un pull à rayures et une minijupe rouge. Son regard croisa le mien durant une fraction de seconde, donnant fugitivement l'impression qu'elle me reconnaissait et j'éprouvai un instant la même chose. Puis nous semblâmes balayer cette idée et poursuivre notre chemin.

Mais quand j'arrivai en haut des escaliers, cette impression ténue de familiarité était revenue. Je m'arrêtai et me retournai vers le balcon. Postée devant la porte de Sharon Peters, elle me fixait par-dessus son épaule tout en sonnant. Elle fronça les sourcils. Je devinai qu'elle pensait la même chose que moi : qui est-ce ? Puis la porte s'ouvrit et elle entra en souriant. La porte se referma. Et je me retrouvai seul. Avec la réponse qui me glissait entre les doigts.

19

Je combinai ma visite à Cambridge avec une tournée longtemps reportée des fournisseurs de bois de saule du Suffolk et de l'Essex. Cela m'éloigna du bureau la majeure partie de la semaine suivante, ce qui fut en quelque sorte un bonus, puisque Adrian devait revenir d'Australie pendant mon absence et allait certainement penser que je l'évitais délibérément.

Cambridge ne recelait en définitive pas plus d'indices que Chamonix sur les secrets de l'âme de Paul Bryant. Même s'il avait révélé quoi que ce soit de lui-même au Dr Olive Meyer, je doute qu'elle l'eût remarqué. Ce n'était pas le genre sensible. Cependant, surtout pour faire plaisir à Sarah, elle me donna le nom d'un étudiant qui avait logé dans la chambre voisine de Paul lors de sa première année. Après une longue veillée devant son logement de Romsey Town, je finis par retrouver Jake Hobson dans le bar de l'université. Mais lui-même avait du mal à se rappeler de quoi Paul avait l'air.

— Je lui ai à peine dit deux mots de toute l'année, mon pote. C'était une énigme pour moi.

En cela, estimais-je, Paul n'avait probablement pas été le seul.

Du coup, une fois de plus, comme un rat de laboratoire dans son labyrinthe, je me retrouvais à la case départ. Je pris le chemin longeant la rivière en face du Garden House Hotel, imaginant Louise s'avançant vers moi dans le frais brouillard d'octobre comme elle était venue vers Paul dans le chaud soleil de juin. J'allai à la galerie où ils s'étaient rencontrés en cette capitale soirée de mars et passai devant les pâles natures mortes qui avaient succédé aux éclatants barbouillages sanglants de Bantock. Je me promenai dans les cours de King's College et me demandai pourquoi je ne pouvais pas la voir, comme Paul, apparaître au coin ou regarder en bas, mi-effrayée, mi-fascinée, depuis une haute fenêtre. Cependant, le passé n'était pas comme les feuilles jaunissantes qui attendaient autour de moi d'être ramassées. Il gardait ses distances. Il restait un pas en retrait. Ou en avance.

Je revins à Greenhayes le jeudi soir en me demandant ce que j'allais bien pouvoir faire. Mais, obligeamment, la réponse m'attendait sur le paillasson entre les factures et les prospectus. Un formulaire de visite de la prison d'Albany m'autorisant à aller voir Shaun Andrew Naylor dans l'aile E l'après-midi de mon choix durant les quatre semaines à venir. Je décidai sur-le-champ de m'y rendre le lendemain. Tarder ne rendrait pas la rencontre plus facile. Au contraire.

C'était une journée d'automne couleur de crumble aux pommes, avec le Solent semblable à une mer d'huile et la douillette campagne de l'île baignée d'une lumière dorée. Cela étant, Albany était tout de même une prison avec une haute enceinte et un portail fermé. Et le hall bondé où j'attendis avec les autres visiteurs parvenait à maintenir, telle une essence flottant dans l'air, la pesanteur du confinement, la réalité claustrophobe de la détention de longue durée. Naylor avait purgé un peu plus de trois ans sur une peine de vingt. Là, en compagnie des épouses, petites copines, mères et enfants, je commençai à me demander, pour la toute première fois, ce que ça faisait d'avoir en face de soi un tel avenir quand vous saviez – mieux que quiconque – que vous étiez innocent, non coupable, pas le bon ; que vous alliez passer un tiers ou plus de votre vie à moisir dans cet endroit ou un autre du même genre en punition d'un crime que vous n'aviez pas commis.

À 14 heures, les autres visiteurs entrèrent. Il y avait du retard, me dit-on. Naylor n'était pas prévenu de ma venue et il fallait aller le chercher au gymnase. Je lus pour la énième fois les interdictions affichées par le ministère de l'Intérieur, contemplai le ciel bleu et la circulation sur la route entre Cowes et Newport, m'efforçai de me rappeler de quoi Naylor avait l'air et tentai de réfléchir à ce que j'allais lui dire. Puis, au bout de vingt minutes qui me parurent des heures, on m'appela.

Un gardien me fit franchir deux grilles à serrures temporisées, monter quelques marches et passer au détecteur de métaux avant de m'introduire dans la salle des visiteurs. Qui, contre toute attente, était confortablement meublée et agréablement décorée, avec des plantes et des tableaux aux murs qui vous faisaient en quelque sorte oublier les barreaux des fenêtres. Des familles étaient assises à des tables largement espacées sur des sièges à tapisserie pêche, buvant du thé et fumant en discutant et en souriant. Tandis que dans le coin opposé au bureau des surveillants était assis un homme seul. Et qui me fixait.

Avec peut-être cinq ou six kilos de plus et les cheveux plus longs que lorsque je l'avais dévisagé dans le box à son procès, Shaun Naylor paraissait étonnamment en pleine forme, le regard clair et pénétrant, direct et un brin provocateur. Il portait la tenue réglementaire, jean et chemise rayée, manches roulées au-dessus des coudes pour révéler des biceps et des avant-bras entretenus par la gym. Il termina sa cigarette alors que je m'avançais et l'écrasa dans le cendrier sans me quitter des yeux. Il ne sourit ni ne se leva et ne décroisa même pas les jambes. Il attendait simplement, comme un homme qui a appris la nécessité de la patience, comme un homme qui a du temps devant lui – même pour moi.

— Vous êtes venu, finalement, dit-il à voix basse alors que je m'asseyais. J'aurais parié que non.

— Mr. Sarwate ne vous a pas expliqué ? Je…

— Oh, si. Mais je croyais pas que vous viendriez, malgré tout. Ce genre d'endroit rebute les gens.

— Eh bien… dis-je en regardant autour de moi. L'aménagement me paraît tout à fait… raisonnable.

— Ouais. Normal, aussi, hein ? C'est pas la même histoire de l'autre côté.

Il hocha la tête vers la porte derrière lui, celle qui menait au reste de la prison.

— Oui. J'imagine.

— Sauf que c'est tout ce que vous avez à faire, hein ? Imaginer. Vous êtes pas obligé de le vivre.

— Non. Enfin, bien s…

— Payez-moi une tasse de thé, vous voulez bien ? (Il désigna un guichet par-dessus mon épaule.) Deux sucres. (Docilement, je m'exécutai. Quand je lui rapportai la boisson, il ne me remercia pas, se contenta d'en boire une gorgée et dit :) C'est pas trop mal, ici. Je suis pas autant harcelé que… qu'ailleurs. Ma première nuit à Winson Green, là, je me suis dit que ça serait ma dernière. N'importe où. On m'a tabassé quasi à mort. Littéralement. Les taulards aiment pas les pointeurs, voyez.

— Les pointeurs ?

— Les délinquants sexuels. On doit nous mettre à part. C'est pour ça que je suis là dans le QDS. Quartier des détenus vulnérables. Enfermé avec les violeurs d'enfants. Vous voyez le genre ? Vraiment sympas, ces gens. Mais je vais pas me plaindre, hein ? Étant un violeur et un assassin, je m'en sors bien. Qu'est-ce que vous en pensez ?

— Ce n'est pas à moi de…

— Vous savez que c'est pas moi. Vous l'avez croisée ce jour-là. Vous avez dû voir ce qu'elle voulait. C'est ça ? Vous vous en êtes pris à moi parce que vous avez raté un coup facile ?

Ce fut l'infime fragment de vérité dans sa question qui m'irrita plus que la suggestion en elle-même.

— Si vous vouliez me dresser contre vous, Mr. Naylor, vous ne pourriez pas mieux vous y prendre.

— Ah ouais ? (Un rictus méprisant frémit sur ses lèvres.) Eh bien, si vous êtes venu ici dans l'espoir que je vous supplierais, vous avez perdu votre temps.

— Je suis venu à l'instigation de votre avocat, dans l'espoir que vous puissiez…

— Vous dire qui a tuyauté Vince ? Ouais, il me l'a dit. Il a dit aussi que la police croyait que c'était vous.

— Oui, en effet. Pour ma part, je suis sûr que vous savez que ce n'est pas le cas.

Il alluma une autre cigarette, en tira une longue bouffée, puis :

— Je vais vous dire un truc. Acceptez de modifier votre déposition. Acceptez de dire que vous saviez depuis le début qu'elle était en chasse ce jour-là. Et après, je vous donnerai ce que vous voulez.

— Vous essayez de me soudoyer ?

— Nan. Vous le sauriez, sinon. C'est juste une proposition. Une offre raisonnable. Ça vous coûte rien. C'est rien que la vérité, de toute façon.

— Non, pas du tout.

— Allez. Vous savez ce qu'elle cherchait. Je l'ai bien senti quand vous avez témoigné. Vous avez vu les signes. Comme moi. Oh, vous avez pas réagi. Trop bien élevé, sûrement. Mais vous saviez à quel jeu elle jouait, hein ?

— Non. Certainement pas. À quel jeu jouait-elle ?

— Vous voulez que je vous dise ? Vous voulez me l'entendre dire ? OK. Elle voyait jusqu'où elle pouvait aller. Jusqu'où elle avait plaisir à aller. Et ça allait loin.

Elle voulait qu'un inconnu lui fasse les trucs qu'elle aurait jamais osé demander à son mari. Ou ses amants. Elle avait envie que ça remue. Et je lui ai donné ce qu'elle voulait. Vous pensez bien. Une femme qui avait la classe, pas de retenue. Trop beau pour refuser. Un vrai coup de bol, je me suis dit. Mais au final, c'en était pas un, pas vrai ?

— De toute évidence, non. (Me rappelant la suggestion de Sarah, j'ajoutai :) Dites-moi, vous a-t-elle parlé de quelqu'un d'autre, ce jour-là ?

— Non.

— D'un homme dans sa vie qui l'avait plaquée ou… laissée tomber d'une manière quelconque ?

Il eut l'air perplexe.

— Elle a rien dit de ce genre.

Et il était évident qu'il ne voyait absolument pas où je voulais en venir.

— Peu importe, conclus-je gauchement.

— Je vais sortir, vous savez, dit-il avec un sourire insolent. Jamais j'aurais cru. Jamais j'aurais pensé que le salaud qui les a liquidés cracherait le morceau. Mais c'est fait, hein ? Dans pas longtemps, tout le monde va savoir que c'est pas moi qui ai fait le coup.

— Vous n'avez pas besoin que je modifie mon témoignage, alors.

— C'est pas vital, si c'est ce que vous voulez dire. Mais comme Sarwate estime que ça fera pas de mal… j'ai dit que je vous parlerais.

— Qui a informé Cassidy ?

Naylor eut un sourire narquois et ôta un brin de tabac de sa langue.

— Pas si vite. Vous allez modifier votre témoignage ?

— Peut-être.

— Il me faut votre promesse.

— Ça ne me coûte rien de vous la donner. Et si je ne la respecte pas ?

— Je m'en souviendrai. Pour quand je sortirai. J'aurai des comptes à régler avec deux ou trois personnes, là. Et vous voudrez pas en faire partie. (Il but une autre gorgée de thé et me lorgna d'un air entendu.) Ce que vous avez dit à la télé suffirait.

Et ce que j'avais dit à la télévision était plus vrai que je n'en avais eu conscience sur le moment. Résister à la conclusion revenait à s'accrocher avec entêtement à un souvenir que chaque nouvelle découverte montrait comme un mensonge. Et l'entêtement était un luxe que je ne pouvais me permettre. Il allait être libéré. Il le savait. Moi aussi. Il y aurait d'autres règlements de comptes – d'autres renonciations – plus douloureux que celui-ci.

— Très bien. Je ferai une nouvelle déposition. Qui suivra mes déclarations faites dans *Le Bénéfice du doute.* Vous avez ma parole.

— La parole d'un gentleman ? gloussa-t-il.

— Si cela vous amuse de le dire ainsi.

— Ouais. Ça m'amuse. Mais faut dire que tout ça est une vaste blague, non ? Tous ces efforts – tout le monde qui resserre les rangs pour que je finisse sous les verrous. Et le vrai assassin se trouve être quelqu'un de chez vous. Je savais ce que c'était de laver son linge sale en famille, mais…

— Qui était l'informateur de Cassidy ?

— C'est pas évident ?

— Pas pour moi.

— J'ai le droit à seulement deux visites par mois, mon pote. Pourquoi vous pensez que j'en gâcherais une avec vous ?

— Parce que Sarwate vous a conseillé de…

— Sarwate ? Je prends pas mes ordres d'un… (Il se tut et sourit tristement.) À vrai dire, j'ai des visites en rab. Ma petite femme vient plus me voir. Elle dit que c'est mauvais pour les gosses. Mais c'est des conneries.

— Pourquoi ne vient-elle plus, alors ?

— Parce qu'elle a quelqu'un d'autre. C'est aussi simple que ça. Je peux pas lui en vouloir, en fait. C'est vrai, vingt ans, ça fait un bout, non ? Elle a dû avoir un choc en apprenant que j'allais sortir dans moins de quatre. Comme j'ai dit, je peux pas lui en vouloir. En tout cas, je lui en aurais pas voulu. Si ça avait été quelqu'un d'autre que Vince Cassidy.

— Vous êtes en train de me dire…

— C'est ma femme qui l'a tuyauté. Ça peut être personne d'autre. Sarwate l'a prévenue, pour Bryant. Elle l'a dit à Vince. Et Vince s'est carapaté. Qu'est-ce qu'il pouvait faire d'autre ? Attendre que la police vienne le voir, puis expliquer qu'il a contribué à me faire condamner juste pour que Carol et lui puissent… (Il secoua la tête.) Je crois pas, pas vous ?

— Pourquoi ne l'avez-vous pas dit au procès ?

— Je savais pas, à l'époque. Carol a réussi à me faire croire qu'il l'avait fait pour que les stups lui lâchent la grappe. Mais j'ai appris depuis que ça faisait un bout de temps qu'il se la faisait… (Il fit tourner mélancoliquement le thé dans sa tasse, puis il la vida d'un trait.) J'aurais dû deviner. Elle était trop copine avec cette pute qui tient lieu de sœur à Vince.

C'est alors que cela me revint. La fille sur le balcon devant l'appartement de Sharon Peters. Cette sensation fugace mais mutuelle de nous reconnaître. Nous nous étions vus sur la même cassette vidéo. Carol Naylor et moi. Carol Naylor, venue voir la sœur de Vince Cassidy. C'était elle qui l'avait informé. Il y avait de la trahison partout. Même, et peut-être tout particulièrement, pour Shaun Naylor.

— Vous avez l'air plus choqué que moi, mon pote. Vous vous attendiez pas à cette réponse ?

— Pas exactement.

— Désolé de vous décevoir. Mais c'est vieux comme le monde.

— Vous en êtes certain ?

— Oh, ouais, que j'en suis certain.

— Et Bledlow ? Pourquoi aurait-il témoigné contre vous ?

— Dieu seul le sait, répondit Naylor en haussant les épaules. Il pouvait pas me sacquer, mais… peut-être qu'il aurait conclu un marché même si c'était pas le cas. Il a eu une peine légère, vous savez. Il a dû se dire qu'il avait bien joué. Marrant comment ça tourne, hein ? S'il l'avait fermée et qu'il avait eu la peine normale, il serait pas sorti à temps pour se faire descendre pendant cette attaque de convoyeur de fonds. Des fois, ça me fait marrer d'y penser.

La piste finissait là, me rendis-je brusquement compte. Le mystère du mobile de Vincent Cassidy – et le fait qu'il ait été prévenu – se dissolvaient dans l'ordinaire sordide de l'adultère et de la tromperie. Et l'énigme de Louise Paxton disparaissait avec elle. Je n'avais pas trouvé ce que Bella voulait. Au lieu de cela, à chaque détour, j'avais exhumé quelque chose de beaucoup moins savoureux : la vérité ; l'entière, insistante et inextinguible vérité.

— Qu'est-ce que vous allez faire, maintenant ?

— Modifier ma déposition. Comme promis. Je vais devoir parler aux policiers de Cassidy et de votre épouse, évidemment.

— Vous gênez pas pour moi. Ils sont probablement au courant. Ils ont probablement juste dit qu'ils vous croyaient coupable. Pour vous faire peur. C'est bien leur genre.

— Vous avez peut-être raison.

— Et c'est quoi, ces recherches que Sarwate m'a dit que vous faisiez ? Vous allez continuer ?

— Je ne pense pas.

— Pourquoi ?

— Parce qu'il n'y a plus d'autre endroit où fouiller.

— Vous voulez dire que vous allez être forcé d'admettre que c'est Bryant qui a commis les meurtres ?

— Oh, je laisserai cela aux autorités compétentes. Il est temps que je quitte la scène, je pense.

— Vous avez de la chance de pouvoir, dit-il, apparemment sans rancœur.

— Certes. (Je reculai ma chaise et me levai.) Bon, je vais devoir partir. Merci… de m'avoir reçu.

Il ne bougea pas et se contenta de lever brièvement les yeux pour les plonger dans les miens.

— De rien.

— Je suis désolé… À propos de votre femme.

— Pas autant que de savoir que c'est pas moi le coupable, je parie. C'est rageant, hein ?

Il souriait, à présent, savourant déjà l'avant-goût de son ultime victoire, prévoyant déjà l'humiliation dont il accablerait ceux qui lui avaient causé du tort. J'aurais dû m'estimer heureux d'affronter la mienne derrière des portes closes, après avoir eu le temps de m'y préparer ; d'avoir été attiré par cet homme détestable jusqu'au point où je pouvais me dire qu'il ne méritait pas d'entendre les excuses qui lui étaient dues. Toutefois, je ne m'estimais pas du tout satisfait. J'avais seulement une envie irraisonnée d'être hors de sa vue.

— Ce type, Bryant… commença-t-il, son sourire laissant la place à un froncement de sourcils pensif.

— Quoi donc ?

Plusieurs secondes de silence passèrent avant que Naylor lève les yeux vers moi. Puis il répondit :

— Rien. C'est pas grave.

— Très bien. Je…

— Mieux vaut vous tirer, hein ?

Le sourire revint tandis qu'il portait sa cigarette à ses lèvres.

— Au revoir, Mr. Naylor, dis-je, les dents serrées.

J'attendis qu'il réponde, mais je n'eus droit qu'à un regard glacial à travers un voile de fumée. Puis je tournai les talons et repartis lentement vers la sortie, attirant le regard d'un des gardiens quand je passai devant leur bureau.

— Vous partez déjà, monsieur ?

— Oui.

Mais pour moi, ce n'était pas trop tôt. M'efforçant de ne pas me retourner pour jeter un regard à Naylor en attendant l'ouverture de la porte, je trouvais, en fait, que c'était bien trop tard.

Une heure après, assis dans le salon passager du ferry revenant à Portsmouth, je pris les décisions que je ne pouvais plus différer davantage. Quoi que dirait Bella, c'était bien la fin. Étant donné qu'elle pousserait les hauts cris dès qu'elle apprendrait que j'avais modifié mon témoignage, autant arrêter les frais et lui dire que, dorénavant, je n'exécuterais plus ses ordres. Elle riposterait probablement en donnant sa voix à Adrian, sauf si je réussissais à la convaincre que j'avais fait tout ce qu'elle pouvait attendre de moi. Et même dans ce cas… Mais il n'y avait rien à faire. Je plaiderais ma cause avec toute la véhémence dont j'étais capable. Au final, cependant, la décision ne m'appartenait plus. Ma visite à Naylor m'avait rendu presque heureux sur ce point. Soudain, je ne voulais plus être impliqué, quoi que cela me coûte.

Déterminé à passer à l'action sans délai, je téléphonai à Bella le soir même. Elle parut irritée que je l'aie contactée et tint à me rappeler plus tard, « quand ce sera plus facile pour bavarder ». Ce qu'elle fit peu avant minuit, une heure où elle se montre particulièrement alerte et active. En d'autres occasions, elle aurait pu me trouver embrumé et lent à la détente, mais là, j'étais prêt à l'affronter.

— Il faut que je te voie immédiatement, Bella. Il y a du nouveau.

— De quel genre ?

— Je ne peux pas en discuter au téléphone. Nous devons nous voir.

— Eh bien, je ne peux pas venir en Angleterre pour le moment.

— Alors, je viens à Biarritz.

— Non. La situation est assez tendue ici sans que tu débarques à l' improviste. Keith n'est pas d'humeur à recevoir des invités surprises.

— Que proposes-tu ?

— Laisse-moi réfléchir, répliqua-t-elle sèchement. (Un moment passa, puis :) Nous pourrions nous rencontrer à Bordeaux.

— D'accord. Mais comment…

— Prends l'avion mardi. Je me rendrai là-bas en voiture le même jour. Une petite virée de shopping sur deux jours n'éveillera pas les soupçons de Keith. Ce n'est pas la première fois que je le fais. Je descendrai au Burdigala, comme d'habitude. Tu ferais mieux d'en choisir un autre. Retrouve-moi au bar de mon hôtel à 18 heures.

— D'accord, j'y serai.

— Et, Robin…

— Oui ?

— Ça a intérêt à en valoir la peine.

Mes absences du bureau étaient devenues si peu discrètes et commentées que je ne prévins pas pour celle-ci. Le lundi passa avec une bienheureuse rapidité, Adrian se révélant aussi réservé sur son voyage à Sydney que j'étais moi-même forcé de l'être sur ma tournée des plantations de saules d'Est-Anglie. La réunion du conseil d'administration était dans dix jours, son imminence remplissant d'appréhension et de suspicion autant le personnel que mes frères et ma sœur. Notre avenir est toujours dans la balance, évidemment. Mais d'ordinaire, nous nous débrouillons pour l'ignorer. Chez Timariot & Small, au cours de la dernière semaine d'octobre, ce ne fut tout bonnement pas possible. Et je me fichais bien désormais de la consternation qu'allait susciter mon coup de fil à Liz depuis l'aéroport de Gatwick en ce mardi matin.

Le Burdigala était un élégant établissement de *grand luxe** à proximité des magasins et restaurants à la mode du centre de Bordeaux. Bella exigeait toujours le meilleur, ce qui n'était sûrement pas le cas du petit établissement sans âme que j'avais réservé à l'aéroport. Mais ses exigences avaient baissé d'un cran à un égard au moins. Cette fois, elle ne me fit pas attendre. Ni supputer bien longtemps comment elle allait réagir quand je lui annonçai ce que je comptais faire – et pourquoi.

— Alors, tu me laisses tomber, Robin.

— Je n'ai pas le choix.

— C'est ridicule. Je refuse de croire que nous avons déjà épuisé toutes les possibilités.

— Je les ai épuisées. Et je me suis épuisé par la même occasion. Naylor était un piège. Mérité, pourrait-on dire. Mais c'est l'épreuve de vérité, n'est-ce pas ? Rendre justice aux innocents, y compris quand on ne peut pas les voir en peinture.

— Et Paul ?

— Il assume ce qu'il a fait. Je te suggère de trouver la décence d'agir de même.

Elle aurait pu s'en offusquer. Elle préféra me gratifier d'un regard pensif.

— Tu ne sais pas ce que tu demandes, Robin. Cette affaire déchire Keith. Et notre mariage en prend un coup aussi.

— Je suis navré, Bella. Ce n'est pas mon problème. Tu as toute ma sympathie, mais…

— Pas ton aide ?

— J'ai fait tout ce que je pouvais.

— Je ne suis pas d'accord.

— Tu veux dire que tu ne vas pas tenir parole et que tu vas voter dans le sens d'Adrian ?

— Je n'ai pas dit cela. (Elle alluma une cigarette d'une main légèrement tremblante. Était-elle réellement contrariée ? Ou bien cherchait-elle à contourner mes défenses ?) Tu ne veux pas revenir sur ta décision ? Je crois sincèrement que Paul a tout inventé. Il doit y avoir une manière de…

— Nom de Dieu ! (J'avais parlé si fort que des têtes se tournèrent dans le bar. Je me penchai en avant et baissai la voix.) J'ai contacté tous ceux qui l'ont connu il y a trois ans. Je me suis rendu partout où il est allé. Et dans des endroits où il n'a jamais mis les pieds. J'ai tout essayé. Et j'ai abouti là où je savais depuis le début que j'arriverais. Je n'ai pas envie que ce soit lui l'assassin. J'aurais préféré que ce ne soit pas lui. Mais c'est lui. Et il faut que tu l'acceptes.

Elle porta la main gauche à son visage et se couvrit la bouche, le pouce sur la pommette, l'index collé aux autres doigts. Sa bague de fiançailles scintilla à la lumière de la lampe. De sa main droite, la fumée de sa cigarette montait en un délicat ruban. Et dans son regard, il y avait une souffrance si habilement simulée que j'aurais presque pu croire qu'elle l'éprouvait. Mais quand elle ôta sa main, je vis ses lèvres crispées par la détermination.

— Il faut que je pense à moi, maintenant, Robin. Tu comprends ça, n'est-ce pas ?

— Je l'ai toujours compris.

— Je dois me préparer à affronter l'avenir seule.

— Tu vas plaquer Keith, alors ?

— Il ne s'agit pas de plaquer. C'est une question de nécessité. (Elle me vit hausser un sourcil dubitatif, mais elle poursuivit sans se laisser déconcerter.) Et ce n'est pas la seule. Je ne voterai pas avec Adrian. Je voterai avec toi. Mais nous perdrons.

— Qu'est-ce que tu veux dire ?

— Adrian m'a fait une proposition, figure-toi. Une proposition trop belle pour que je la refuse. Surtout en ce moment.

— Laquelle ?

— Il est prêt à acheter cinq mille de mes parts. À un prix nettement supérieur à celui que propose Bushranger.

Je souris malgré moi. Et Bella aussi, je crois. Cinq mille parts allaient exactement inverser la proportion des voix, donnant à Adrian 52,5 % de majorité en faveur de l'acceptation de l'offre. Bella voterait contre, mais elle s'en sortirait encore mieux que si l'offre avait été acceptée sans opposition. Elle nous avait bernés, moi et Adrian. Et elle allait filer avec l'argent dont elle avait besoin pour être débarrassée d'un mari qui commençait à devenir gênant pour elle. Au revoir, Timariot & Small. *Adieu L'Hivernance**. Cela avait été agréable le temps que cela avait duré. Mais Bella avait décidé que le moment était venu de s'en aller. Et de les abandonner.

Nous sortîmes dans le doux crépuscule bordelais. Bella avait l'air sincèrement désolée pour moi en arrivant devant son hôtel. Mais sa peine lui coûtait moins cher que son vote. Beaucoup moins.

— J'ai réservé une table pour deux au Chapon Fin, dit-elle. C'est un excellent restaurant.

— Il faudra que tu dînes seule. Je préfère.

Je n'avais pas voulu dire cela avec autant de méchanceté qu'elle le prit peut-être. Mais je n'avais pas l'énergie de retenir mes coups, même ceux qui étaient involontaires.

— Comme tu voudras, dit-elle. Je suppose que c'est une situation à laquelle je vais devoir m'habituer.

— Pas pour longtemps, telle que je te connais.

Elle fronça les sourcils comme si elle avait du mal à formuler une justification de ses actes. Il me semblait que je la connaissais déjà assez bien. Et elle n'avait pas l'habitude de faire cela. Elle secoua la tête et renonça.

— Que vas-tu faire, Robin ? demanda-t-elle avec une curiosité amicale. Retourner à Bruxelles ?

— Que je n'aurais jamais dû quitter selon toi ? Je ne crois pas. Il arrive qu'on se sente un peu trop en sécurité.

— Quoi, alors ?

— Je vais démissionner de l'entreprise, bien sûr. Avant que Harvey McGraw ait la possibilité de me virer. Ensuite, eh bien, je ne sais pas. Je suis un électron libre. J'aurai trois cent mille livres dans ma poche grâce à toi et à Adrian. Je crois que je vais voyager un peu. Voir le monde. M'éloigner de tout cela. Aller très, très loin – avant que l'ami Naylor sorte de prison.

— Et que Paul y entre ?

— Cela aussi, évidemment. (Je levai la main alors qu'un taxi s'engageait dans l'allée de l'hôtel. Le chauffeur hocha la tête et vint se garer devant moi.) Cela aussi.

— Bonne chance, dit Bella.

— Je te souhaiterais bien la même chose, répondis-je. Mais les mots me resteraient dans la gorge. Et puis, tu n'as jamais eu besoin de chance pour obtenir ce que tu voulais, n'est-ce pas ? J'imagine que cela ne risque pas de changer.

— Eh bien si, dit-elle d'une voix si basse que je l'entendis à peine alors que je montais dans le taxi. Crois-moi, si.

Je rentrai en Angleterre le lendemain matin et fus de retour au bureau avant la fin de la journée, évitant les questions de plus en plus nerveuses de Simon et jouant les innocents devant Adrian. Pendant mon absence, il avait fait savoir que McGraw avait refusé de modifier son offre. Cela ne me surprenait pas, mais inquiétait considérablement Simon et Jennifer, puisque Adrian ne leur avait rien dit de la tactique qu'il emploierait pour remporter le vote. Du coup, je préférai ne rien dire non plus et laisser les événements suivre leur cours. Une lettre de Bella me parvint avant la fin de la semaine, me donnant procuration pour la réunion. Mais c'était la clé d'une cage dont le canari avait déjà été dévoré, ainsi que le confirmait l'expression de chat repu d'Adrian. L'issue de la partie était connue. Sauf que nous avions tous les deux l'intention de la jouer jusqu'au bout.

Je contactai l'inspecteur Joyce et pris rendez-vous avec lui à Worcester la veille de la réunion dans le but de faire une nouvelle déposition concernant ma rencontre avec Louise Paxton le 17 juillet 1990. Notre conversation téléphonique, comme mes échanges avec Adrian, consista surtout à boxer dans le vide, puisque nous étions tous les deux conscients que c'était une énorme reculade. Afin de conserver un semblant d'amour-propre, je lui fis savoir que la femme de Naylor était peut-être l'informatrice de Vince Cassidy. Et ses molles dénégations me soufflèrent que Naylor avait vu juste. La police le savait depuis toujours.

Je me tournai vers Sarah, comme je l'avais si souvent fait jusque-là, pour chercher compassion et conseil. Elle se montra naturellement curieuse de la brusque fin de mon enquête pour le compte de Bella et me proposa de la retrouver à Sapperton, où elle devait aller le dimanche faire un peu de « débarras » à l'Old Parsonage.

C'était le dernier jour d'octobre, doux, humide et sans un souffle d'air. Je m'arrêtai au cimetière sur la route du village et me rendis sur la sépulture de Rowena pour la première fois. Elle se trouvait à côté de celle de sa mère, les deux récemment fleuries, avec des pierres tombales de même style et des épitaphes voisines. Je me rappelais bien celle de Louise : *Perdue à peine connue.* Mais à présent, ces mots semblaient chargés d'une involontaire ironie amère. Qui ne faisait que souligner la poignante citation de Thomas que Sarah avait choisie en hommage à sa sœur :

ROWENA CLAUDETTE BRYANT,
NÉE PAXTON
23 MAI 1971 – 17 JUIN 1993
LE SOLEIL BRILLAIT NAGUÈRE

Mentalement, je me retrouvai sur Hergest Ridge, me retournant lentement comme un toton sur le point de basculer. Quitte ou double. Les chances étaient toujours aussi minces, les mathématiques de l'imprévisible toujours aussi inébranlables. Je retournai à la grille, mes pas crissant sur le gravier, l'illusion d'un autre pas plus léger s'enroulant dans le silence ambiant. Les barreaux de fer forgé de la grille accueillirent ma main comme la rambarde du pont avait dû accueillir celle de Rowena. Je voyais l'abîme et j'en sentais l'appel, son étrange séduction béante. Sauter. Et tout laisser derrière soi. Mais je ne pouvais pas. Il n'y avait que le sol sous mes pieds. Que le ciel gris au-dessus de ma tête. Et que l'avenir vers quoi aller.

Et Sarah, bien sûr. C'était de loin la plus résistante d'entre nous, et la plus perspicace. Elle ne fuyait pas la réalité ni ne ployait sous elle. Elle la défiait de commettre le pire, puis elle ripostait en menant une vie normale et équilibrée. Ce n'était pas pour elle, le désespoir de Rowena ou le refus de reconnaître la vérité de Sir Keith, ni même l'empressement de Bella à la subvertir. Je savais que je pouvais compter sur

Sarah pour faire ce qu'il fallait. Je savais que je pouvais m'adresser à elle pour avoir des réponses autant que des questions.

Le « débarras » dont elle avait parlé au téléphone se révéla être bien plus que cela. Elle était en train d'enlever toutes les affaires personnelles de la famille en prévision de l'arrivée de locataires pour un bail de six mois. Elle m'expliqua que Sir Keith n'avait gardé la maison que comme pied-à-terre de week-end pour ses deux filles, puis pour Rowena et Paul. La famille n'en avait pas l'utilité pour le moment. Il était temps de clore un autre chapitre.

Nous descendîmes au Daneway Inn pour déjeuner et nous installâmes dehors, avec pulls et écharpes pour nous protéger de la fraîcheur. Je lui relatai mes expéditions à Cambridge, Albany et Bordeaux. Je ne laissai rien de côté, estimant que Sarah plus que quiconque méritait de tout entendre. Après avoir été forcée de réviser son jugement sur sa mère, l'étendue de l'égoïsme de sa belle-mère n'était pas grand-chose. Par ailleurs, Sarah avait déjà prévu que Bella quitterait son père.

— Plus tôt elle partira, mieux cela vaudra. Peut-être que Papa sera en mesure d'accepter ce qui s'est passé.

— Vous pensez qu'il voudra ?

— Il y viendra. Il nous reste encore à tous beaucoup de temps pour nous préparer.

— C'est ce que vous faites ?

— J'essaie. Paul aussi, je suppose.

— Vous l'avez vu, récemment ?

— Non. Je n'ai rien à lui dire. En revanche, j'ai croisé Martin Hill l'autre jour. Il était venu voir Paul.

— Vous a-t-il dit quelle impression il lui avait faite ?

— Oui. Martin s'attendait à un peu de comédie, je pense. Mais il a eu droit à la même chose que vous. L'immense calme glaçant. Paul lit la Bible, apparemment. Je ne veux pas dire qu'il se contente de la feuilleter. Il la lit de bout en bout et en mémorise des passages entiers. Vous le croyez ? Il est dans cette maison, remplie des affaires de Rowena – des souvenirs de Rowena – et il lit la Bible. Toute la journée et du matin au soir, d'après ce que je sais.

Je secouai la tête, reconnaissant que je n'étais ni disposé ni capable de deviner son état d'esprit. J'allais avoir de la peine pour lui. Je le savais, si j'essayais d'imaginer sa souffrance. Et je ne voulais rien éprouver pour lui, même du mépris. Je ne voulais pas partager l'innocence de Naylor ni la culpabilité de Paul. Je ne voulais pas m'indigner contre une injustice ou me réjouir qu'elle soit réparée. Tout ce que je désirais désormais, c'était ce que j'aurais pu avoir si seulement j'avais lu le journal et regardé les informations télévisées en juillet 1990 – et que je n'avais absolument rien dit. Le désengagement. L'indifférence. Le refuge de l'étranger. Auquel, pour le meilleur et pour le pire, j'avais tourné le dos.

— Je suis tombée ce matin sur quelque chose qui pourrait vous intéresser, dit brusquement Sarah. (Elle sortit de son sac à main un petit agenda qu'elle posa sur la table devant moi. La couverture en cuir rouge portait l'année gravée en lettres d'or. 1990.) Il est à Maman. Rendu par la police à un moment ou un autre, j'imagine. Papa a dû le garder, puis oublier qu'il l'avait.

Je pris le carnet et le retournai dans ma main. Je brûlais de l'ouvrir tout de suite, d'éplucher ses secrets. Mais il me fallait la permission de Sarah pour ne pas laisser voir cette envie.

— Puis-je ? demandai-je.

— Bien sûr. Il n'y a pas grand-chose. Maman n'était pas du genre à tenir un journal. Juste l'ordinaire. Rendez-vous chez le coiffeur. Numéros de téléphone. Anniversaires. Fêtes. Dîners. Échéances. Ce que l'on est en droit d'attendre. Le quotidien habituel.

Je feuilletais déjà les pages, voyant pour la première fois son écriture, sentant ses doigts proches des miens alors qu'elle écrivait. Sarah avait raison. Il n'y avait rien d'exceptionnel. Mais même l'ordinaire peut être solennel. *Mercredi 27 mars : vernissage privé d'Oscar. Allinson Gallery, Cambridge, 18 h 30.* Je tournai la page. *Vendredi 16 mars : Passer chercher toiles chez Allinson dans l'après-midi.* Je jetai un coup d'œil au jour suivant. *Samedi 17 mars : Rapporter toiles à Kington.* C'était bien cela, alors. La confirmation de ce que prétendait Sophie. Selon elle, c'était le jour où Louise avait fait la connaissance de son « parfait inconnu » sur Hergest Ridge. *Le temps était inhabituellement doux pour un mois de mars. Elle avait envie d'une bouffée d'air frais. Tu étais là-bas pour la même raison, je suppose.*

— Regardez ce qui est écrit au 5 avril, en revanche, dit Sarah. Ce n'est pas tout à fait aussi normal.

Jeudi 5 avril : Atascadero, 15 h 30.

— Qu'est-ce que cela signifie ? demandai-je en fronçant les sourcils.

— C'était juste une intuition, mais quand j'ai cherché dans l'annuaire et que j'ai appelé cet endroit, elle s'est révélée juste. Atascadero est un café de Covent Garden. Celui où Maman a donné rendez-vous à Paul pour lui dire de la laisser en paix.

— Donc, cela corrobore ses aveux.

— Oui. Je suppose que je vais devoir le communiquer à la police. Mais il y a autre chose. Quelque chose de bien plus important à mon sens, même si je doute que la police en convienne.

— Quoi ?

— Allez à la semaine de sa mort.

Je tournai les pages jusqu'à la semaine du 17 juillet. Il n'y avait qu'une inscription. Un numéro et une heure de vol d'Air France pour le matin du lundi 16 juillet. Rien d'autre. Mais pourquoi aurait-il dû y avoir davantage ? Le 18 juillet, elle était morte.

— Et alors ? demandai-je.

— Tournez les pages.

C'est ce que je fis. Mais elles étaient toutes vierges, dates et jours imprimés sur des pages immaculées et lisses. Pas de voyages. Pas de rendez-vous. Pas d'*aide-mémoire**. Rien.

— Vous ne voyez pas ? Il devrait y avoir quelque chose. Je ne sais pas, moi. Un rendez-vous chez le dentiste. Une réservation d'hôtel. Un rendez-vous tout bête. Mais il n'y a absolument rien. C'est comme si…

— Elle savait qu'elle allait mourir.

— Je me rappelle que Rowena avait dit cela. Je me rappelle lui avoir répondu que c'était absurde. Et maintenant, c'est là, de la main même de Maman. Un point final. Une fin. Le néant.

— Dans lequel elle a choisi de se jeter.

— Mais cela ne se peut pas, n'est-ce pas ? Enfin, cela n'a pas de sens.

— C'était peut-être une simple précaution, suggérai-je. Elle s'est peut-être retenue de consigner ses projets pour le reste de l'été au cas où votre père aurait mis la main sur l'agenda et aurait déduit de ce qu'elle y avait inscrit qu'elle avait l'intention de le quitter.

— Des pages totalement vierges ne paraîtraient-elles pas encore plus suspectes ?

— J'imagine que oui, mais… Quelle autre explication peut-il y avoir ?

Je levai les yeux vers Sarah et vis ma perplexité se refléter sur son visage. Il n'allait jamais y avoir de réponse. Il ne pourrait jamais y en avoir. Rowena l'avait su sans avoir besoin d'un agenda qui le lui prouve. La vie de sa mère avait atteint un tournant. Et elle était devenue sa mort.

20

En vieillissant, j'ai appris à analyser mon propre comportement autant que celui des autres. J'en suis venu à comprendre que, tout comme chaque humeur est temporaire, il en est de même de chaque triomphe et de chaque déception. C'est une maigre consolation, mais c'est un antidote efficace au désespoir. Un jour, je suppose, il paraîtra même acceptable d'échanger la réalité contre la mort.

En attendant, alors que novembre avançait, il y avait des redditions à négocier et des échappatoires à trouver. Le 3, j'allai à Worcester et fis comme promis ma déposition à l'inspecteur Joyce, admettant que Louise Paxton aurait très bien pu être en quête d'une compagnie masculine quand je l'avais croisée au soir du 17 juillet 1990. Le 4, j'assistai à la dernière réunion du conseil d'administration de Timariot & Small en tant qu'entreprise indépendante, prononçai un discours passionné suppliant Jennifer et Simon de changer d'avis, puis je perdis le scrutin par un faible pourcentage – mais qui coûta beaucoup à Adrian. Oncle Larry plaida pour l'unité de la famille ; Adrian tenta vainement d'être plus élégant dans la victoire qu'il ne l'avait été dans la défaite ; Simon bafouilla de contentement ; et Jennifer gazouilla des dates d'échéance. Rien de tout cela ne m'empêcha de faire inscrire au procès-verbal ma protestation officielle devant ce qu'ils venaient de faire et de présenter ma démission avec effet immédiat.

Ma stratégie était claire dans mon esprit. Et même si je n'en laissai rien deviner à mes associés, l'avenir que je m'étais tracé était à bien des égards préférable à une longue lutte pour la survie commerciale de Timariot & Small. D'une manière plus ou moins automatique, je bénéficiais d'une prolongation de douze mois de mon *congé de convenance personnelle**. Jusqu'en novembre 1994 au plus tôt, j'étais donc un homme libre et sans entraves. Qui allait également être relativement riche, grâce à Bushranger Sports. Et puisque c'était une richesse que je m'étais efforcé de résister à acquérir, j'avais décidé que je pourrais aussi bien prendre plaisir à la dépenser.

Pour tout un tas de raisons, je ne partis pas sur-le-champ, même si j'avais laissé entendre que c'était mon intention. Il fallut plusieurs semaines pour que la vente soit finalisée et j'acceptai de rester jusqu'à ce qu'un apparatchik de chez Bushranger puisse être envoyé de Sydney pour prendre ma relève. J'essayai de rassurer le personnel sur la nouvelle direction, mais ce fut plutôt comme Kerenski expliquant combien la vie allait être merveilleuse sous Lénine. Personne ne me crut, pas plus que je ne me croyais moi-même. Et tous savaient que je détenais quelque chose qu'ils n'avaient pas. Une porte de sortie.

Mais ce n'était pas seulement une porte de sortie pour échapper à la barbarisation de Timariot & Small. Ce qui faisait passer la pilule pour moi, c'était de savoir que je pourrais me promener sur une plage des mers du Sud quand on clamerait l'innocence de Shaun Naylor et la culpabilité de Paul Bryant. La presse n'avait pas encore eu vent de l'affaire et, pour l'heure, il régnait un calme surnaturel. Dossiers et rapports allaient et venaient entre la police et les services du procureur de la Couronne, entre Sarwate et les bureaux de la cour d'appel, entre les serviteurs de la loi et ceux qui l'appliquaient. Shaun Naylor comptait les jours dans sa cellule de la prison d'Albany. Paul Bryant lisait la Bible dans sa maison au bord de l'eau. Et nous attendions tous.

Mais certains n'étaient pas disposés à attendre. C'est le dernier samedi de novembre que Jennifer m'appela, surexcitée, pour me raconter une rencontre avec Bella alors qu'elle faisait ses courses de Noël à Farnham.

— Elle a quitté son mari, Robin. Elle me l'a annoncé de but en blanc devant une tasse de café. Elle est revenue ici pour de bon et elle envisage de divorcer. Je n'ai pas su quoi dire. C'est vrai, ils n'ont été mariés que quelques années. Mais elle n'a pas l'air d'avoir le moindre scrupule là-dessus. Quant à la compassion, n'en parlons pas. Elle n'en a nul besoin. Tu sais ce qu'elle m'a dit quand je lui ai demandé, avec tout le tact possible, pourquoi elle en était arrivée là ? « Tu ne pourrais pas comprendre, ma chérie. » Non, mais tu te rends compte de sa condescendance ?

Moi, il me sembla parfaitement bien comprendre, évidemment. Ce que j'exprimai clairement quand je passai le lendemain matin aux Hurdles, où je trouvai Bella qui se réhabituait à contrecœur à l'ennui morne d'un dimanche anglais.

— Je ne pensais pas que tu ferais aussi vite, Bella. Tu ne serais pas en train de mettre la charrue avant les bœufs ?

— Pas du tout. L'avocat de Keith surveille l'avancement de l'affaire pour nous et estime que Naylor sera libéré sous caution avant Noël. La police a plié, apparemment, et le procureur n'apportera aucun élément nouveau au dossier quand il passera en appel. Je n'ai donc plus le choix.

— Tu aurais pu choisir de rester aux côtés de ton mari.

— Tu ne dirais pas cela si tu savais comment il se comporte ces derniers temps.

— J'imagine qu'il subit beaucoup de stress.

— J'en subis moi aussi.

— Bien sûr. Mais…

— Attends un peu de voir, Robin, dit-elle en s'animant brusquement et en écrasant sa cigarette dans un cendrier déjà plein de petits cadavres brisés et noircis. Quand toute l'affaire sera publique, tu n'auras pas une aussi mauvaise opinion de moi.

Mais j'eus du mal à la croire.

Question rupture familiale, la nôtre fut plutôt cordiale. Il ne semblait guère valoir la peine d'entretenir des rancœurs maintenant que tout était réglé. Et les envies de voyages qui montaient en moi alors qu'approchait la fin vidèrent l'événement, sinon le moment, d'une grande partie de son amertume. Merv Gibson, mon successeur, se révéla être quelqu'un de plus doux et sensible que je n'aurais cru l'empire de Harvey McGraw capable d'en abriter. Il me fut presque possible de me convaincre que peu de choses allaient changer à Frenchman Road sous l'égide de Bushranger. Presque, mais pas tout à fait. Car malgré toute l'habileté avec laquelle on ménageait les apparences, il n'en demeurait pas moins qu'une époque venait de se terminer.

Mais au moins, je n'eus pas à rester et assister au début d'une nouvelle. Timariot & Small et moi nous séparâmes le vendredi 17 décembre. Le personnel m'offrit une fête plus émouvante que ne le justifiaient vraiment mes à peine trois ans comme directeur des opérations. Je crois qu'ils disaient au revoir à leur passé autant qu'au mien, comme leur cadeau d'adieu – une aquarelle de Broadhalfpenny Down commandée à un artiste local reconnu – tendait à confirmer.

Cette journée vit également la parution des premiers articles de presse annonçant la libération de Naylor. La plupart restaient prudents, parlant d'*informations indiquant que Shaun Naylor serait peut-être libéré à la suite d'un procès en appel mercredi prochain* et de *spéculations non démenties par la police, selon lesquelles un individu dont l'identité n'a pas été divulguée aurait avoué les meurtres pour lesquels Naylor a été condamné à la réclusion à perpétuité en mai 1991.* Mais si la presse faisait montre d'une méfiance peu habituelle, il n'en fut pas de même de mon frère Simon, surtout après plusieurs verres lors de ma fête d'adieu.

— Qu'est-ce que c'est que cette foutue histoire, Rob ? Et ne va pas me dire que tu n'en sais rien, parce que je suis sacrément certain que tu es au courant.

Comme il était hors de question de faire la sourde oreille avec Simon quand il était parti pour se saouler, je tentai de botter en touche, ce qui fonctionna à merveille.

— Je ne peux rien dire, Sime. Mais demande à Bella. Elle pourra peut-être t'éclairer.

Avant le week-end, un petit peu plus avait été rendu public. La police de Ouest-Mercie et les services du procureur de la Couronne étaient restés bouche cousue, mais Vijay Sarwate avait donné une interview et déballé tout ce qu'il avait manifestement estimé pouvoir dire. *Je peux confirmer que nous faisons appel de la condamnation de Mr. Naylor à l'audience du 22 de ce mois et que cette demande repose sur les aveux de culpabilité complets et volontaires du véritable assassin d'Oscar Bantock et de Lady Paxton. Je crois savoir que la police a confirmé la justesse et la véracité de ces aveux et que le procureur ne soulèvera en conséquence pas d'objection à ce pourvoi en appel et qu'il n'en présentera aucune durant l'audience. Dès lors, je pense que la demande de libération sous caution de Mr. Naylor avant l'audience sera favorablement accueillie. Vous noterez que je tiens à faire tout mon possible pour réunir Mr. Naylor, son épouse et leurs enfants afin qu'ils puissent fêter Noël ensemble pour la première fois depuis des années.*

Sarwate avait dû avoir du mal à garder son sérieux en traçant un portrait aussi attendrissant des Naylor, mais, puisqu'il fallait appuyer une demande de remise en liberté, sans doute était-il difficile de résister à l'envie de la saupoudrer d'un peu de sentimentalisme de Noël. La presse fut à l'évidence déconcertée par le tour des événements. Cela ne convenait à personne que Naylor soit acquitté pour des raisons sans rapport avec le seul argument cohérent que les médias eussent jamais avancé en faveur de son innocence. Cependant, puisqu'un tueur à gages engagé par les complices d'Oscar Bantock ne risquait guère de vouloir soulager sa conscience après tout ce temps, toutes les parties en présence avaient dû reconnaître qu'elles s'étaient grossièrement trompées. Leur réponse unanime consista à se réfugier derrière le prétexte d'une « affaire en cours ». Ce n'était manifestement pas là matière à alimenter les unes.

Ni à alimenter mon avenir, proche ou éloigné. J'avais réservé un vol la veille de Noël à destination de Rio de Janeiro pour inaugurer ce que je comptais être un lent et reposant voyage dans les deux Amériques et le terminer – selon le planning que j'avais vaguement esquissé – dans les flamboyants feuillages de l'automne de Nouvelle-Angleterre. Je ne m'attendais pas à croiser quelqu'un qui n'aurait jamais entendu parler de Shaun Naylor. Et je ne m'attendais pas non plus à le souhaiter.

Il restait cependant une semaine de gros emballage avant cette vie de liberté. Comme j'avais accepté de laisser Jennifer, Simon et Adrian mettre Greenhayes en vente à la nouvelle année, toutes mes affaires devaient aller en garde-meubles. Il n'y avait en réalité pas grand-chose à moi en comparaison de ce qui restait de l'époque de ma mère. Mais l'exercice n'en fut pas moins une épuisante corvée, comme je l'avais prévu. Ce n'était d'ailleurs pas seulement pour cette raison que je l'avais remis au plus tard possible. Je redoutais aussi l'effet psychologique que cela aurait de fouiller dans mes vestiges personnels et ceux de la vie de mes parents. Je repensai à mon enfance, quand Hugh m'emmenait dans les chemins faire le casse-cou sur sa moto et que les petits copains de Jennifer s'habillaient tous comme Frank Zappa, quand le rire de Simon n'était jamais triste et qu'Adrian n'était maître du destin de personne, pas même du sien. Cela me conduisit, comme je l'avais redouté, à l'introspection et à la nostalgie. J'étais bien démuni quand, le lundi, quelque chose vint me rappeler qu'il est plus facile de se fourrer dans quelque chose que d'en sortir.

— Allô ?

— Vous êtes Robin Timariot ? demanda à l'autre bout du fil une voix gutturale que je ne connaissais pas.

— Lui-même.

— Vous êtes seul ?

— Qui est-ce ?

— Vince Cassidy.

— Pardon ?

— Vous savez qui je suis. Sharon m'a dit que vous vouliez me parler.

— Il doit y avoir méprise.

— Non, y en a pas. Le message était clair. Vous vouliez savoir qui c'est qui m'avait payé pour charger Shaun Naylor.

— C'était il y a deux mois, Mr. Cassidy. Je ne suis plus intéressé.

— Vous en pensez pas un mot.

— J'ai bien peur que si. Par ailleurs, j'ai appris depuis pourquoi vous aviez agi ainsi.

— Mon cul, ouais.

— Shaun m'a parlé de vous et de son épouse, Mr. Cassidy. Est-ce la raison de votre appel ? Vous espérez m'extorquer de l'argent afin de pouvoir échapper à Shaun quand il sera libéré ? Auquel cas, je…

— Ça a rien à voir du tout avec Carol.

— Alors, adressez-vous à la police. Elle sera peut-être disposée à vous écouter, mais certainement pas à vous payer. En ce qui me concerne, je ne le suis pas non plus.

— Attendez. Vous…

Je raccrochai et mis le répondeur pour m'assurer de ne pas avoir à lui reparler. Les articles dans la presse l'avaient paniqué. C'était aussi évident que compréhensible. Mais il était beaucoup trop tard pour qu'il vienne solliciter mon aide. Peu après, on rappela, mais sans parler après le bip. Cassidy ? C'était forcément lui. Et même s'il n'avait pas laissé de message, il avait reçu le mien. Car il ne rappela pas. Ni ce soir-là ni par la suite.

Mardi étant la première belle journée depuis des semaines, je m'offris une longue promenade dans les chemins après déjeuner. C'était en quelque sorte une tournée d'adieu à la campagne où j'avais grandi, que j'avais quittée, où j'étais revenu et que j'allais de nouveau abandonner. Je ne revins chez moi qu'à la nuit tombée et je n'y arrivai pas à pied. Une voiture me dépassa dans le chemin au-dessous de Mutton Hill, s'arrêta, puis revint en marche arrière à ma hauteur. Et c'est seulement quand la vitre se baissa que je compris à qui était cette voiture.

— Sarah ! Que faites-vous par ici ?

— Je vous propose de vous déposer chez vous, dit-elle en souriant. (Je montai et elle redémarra.) En fait, je viens de terminer deux jours de formation continue à la faculté de droit de Guilford et je me suis dit que j'allais passer prendre de vos nouvelles.

— Vous avez de la chance de m'avoir trouvé. Je pars pour le Brésil vendredi.

— Si seulement je pouvais en faire autant, dit-elle, l'air sincèrement envieux. Je vous assure.

— Venez avec moi, dis-je d'un ton léger.

— Vous n'imaginez pas à quel point la suggestion est tentante.

— À cause de l'audience en appel de demain ?

— Oui. (Je l'observai alors qu'elle se concentrait dans un virage difficile. Elle avait l'air fatigué et soucieux, minée par ce qu'elle savait des complexités judiciaires à venir.) Avec tout ce que cela implique.

Tout en prenant le thé à Greenhayes parmi les piles de livres et les cartons, Sarah me décrivit la pression des événements impitoyablement prévisibles survenus depuis les aveux de Paul, ainsi que tout ce qui n'allait pas manquer d'arriver. Le refus de son père d'affronter la réalité de la situation avait creusé un abîme virtuel entre Sarah et lui et l'avait séparé de Bella.

— Je ne peux pas lui parler, Robin. Il refuse que je l'aide à traverser cette passe. Et il n'est pas disposé à m'aider à la traverser. Nous sommes voués à la subir comme nous le pouvons chacun de notre côté. Mais ce n'est pas facile. Et cela ne va qu'empirer.

— S'il y a quelque chose que je peux…

— Non, non. Vous avez raison de prendre vos distances. Partez et amusez-vous. Et ne vous souciez pas de moi pendant ce temps-là. (Elle sourit courageusement, tout autant réticente, me sembla-t-il, à admettre son besoin de réconfort qu'à reconnaître un désir inexprimé : que Paul ait laissé la vérité mourir avec Rowena. Aujourd'hui, c'était différent de l'époque où elle était venue me voir à Bruxelles. Nous étions tous les deux plus âgés, plus sages et plus tristes. Pourtant, c'était aussi semblable. Nous représentions l'un pour l'autre un lien avec Louise telle qu'elle avait été en ce dernier jour de son existence. Nous incarnions l'espoir déchu de pouvoir sauver quelque chose de ce naufrage afin de rendre sa dignité à sa mort. Mais dans nos visages sombres et nos murmures, nous sentions bien que ce serait à jamais impossible.) Quand avez-vous dit que vous partiez ?

— Vendredi.

— Vendredi, répéta-t-elle pensivement en contemplant derrière moi la fenêtre envahie par le crépuscule. Il se sera passé beaucoup de choses d'ici là.

— Vous parlez de l'audience ?

Elle ne répondit pas. Et l'expression lointaine de son regard me retint d'insister. D'ailleurs, cela était-il nécessaire ? Que pouvait-elle vouloir dire d'autre ?

Nous allâmes au Cricketers prendre un verre dès qu'il fut ouvert. Les moments périodiques de distraction de Sarah se firent aussi prononcés que ses rares explosions de gaieté. Elle radota affectueusement à propos de Rowena et de sa mère, évoquant des scènes d'enfance et des incidents d'adolescence. Ils étaient une famille aimante comme bien d'autres, à cette époque, jamais encore touchée par la tragédie ou l'opprobre.

— Je n'ai rien vu venir, Robin. Je ne me serais jamais douté. Je n'ai jamais senti l'avenir enrouler ses tentacules autour de nous. Je pensais que nous vivrions toujours dans le même bonheur serein.

Si seulement j'avais saisi la chance que Louise m'avait donnée de m'assurer qu'ils le puissent. Même si je n'avais pas su à l'époque que c'était de cela qu'il s'agissait.

À 19 h 30, elle annonça qu'elle devait retourner à Bristol. Quand je lui assurai qu'elle pouvait passer la nuit à Greenhayes, elle hésita avant de refuser. Mais je suppose que nous savions tous les deux qu'elle y était obligée. C'était une fin, pas un commencement. Nous nous éloignions, nous nous tournions le dos. Il ne restait que les derniers longs regards.

— Vous me manquerez, dit-elle tandis que son haleine se condensait dans l'air glacé près de sa voiture sous la lumière jaune des fenêtres du pub. Il n'y a apparemment personne d'autre qui comprend.

— Vous devez avoir de meilleurs amis que moi, Sarah.

— À vrai dire, je ne crois pas.

— Et Rodney ? Vous ne comptez pas faire de lui un homme heureux un jour prochain ?

— Non. Puisque vous me posez la question, je n'y compte pas.

— Vraiment ? Vous me faites presque regretter…

— Ne le dites pas. (Elle posa sa main gantée sur mes lèvres pour me retenir, puis elle sourit devant l'extravagance de son geste.) Excusez-moi, je ne sais pas ce que je fais.

— Vous me dites au revoir ?

— Oui. Ce doit être cela. (Elle fronça les sourcils.) Que rien ne vous fasse retarder votre vol, d'accord ?

— Qu'est-ce qui le pourrait ?

— Rien. C'est juste que… Je crois que cela vous fera le plus grand bien de partir. Et je ne voudrais pas que les articles des journaux sur Maman… ou Papa, pour le coup… vous fasse penser que vous devriez rester.

— Des choses pénibles seront publiées.

— Je sais. Mais aucune ne sera votre faute. Promettez-moi que vous partirez vendredi. Quoi qu'il arrive.

— Entendu. Je vous le promets.

— À la bonne heure ! (Son visage s'éclaira.) Et maintenant, vous feriez bien de m'embrasser. Et de me laisser vous souhaiter *bon voyage**.

Quelques minutes plus tard, du bord de la route, je regardai disparaître les feux arrière de sa voiture. Elle m'avait proposé de me ramener à Greenhayes, mais j'avais refusé, préférant remonter la colline en solitaire dans l'air frais de la nuit. Les étoiles étincelantes parsemaient le ciel où brillait un mince clair de lune.

— *En arrivant ici, j'avais espoir*, récitai-je à mi-voix en marchant. *Espoir mais j'ignorais de quoi*. (Et à présent, au moment même où je pensais le savoir...) *Je suis voué à partir pour toujours. Partir au loin, et pour toujours.*

Mercredi 22 décembre. Les nuages avaient déferlé de l'ouest et la pluie était tombée toute la matinée à Londres comme à Steep. Je la voyais luire sur le trottoir derrière le correspondant en imperméable devant la cour de justice du Strand dont le compte rendu était diffusé aux informations de 13 heures. Et je l'entendais crépiter sur la vitre derrière moi alors que je l'écoutais.

— *Shaun Naylor sera libéré de prison plus tard dans la journée après l'audience d'une heure qui s'est tenue ce matin devant le président de la cour d'appel Sir John Smedley. Il a été libéré sous caution en attente de l'audience de mars prochain en appel de sa condamnation pour le meurtre d'Oscar Bantock et le viol et le meurtre de Lady Louise Paxton en juillet 1990, connus comme les meurtres de Kington. À son procès dix mois plus tard, le juge l'avait décrit comme un « individu dépravé et dangereux » et recommandé qu'il purge une peine de prison d'au moins vingt ans. Mais Naylor n'a cessé depuis lors de clamer son innocence et il a été confirmé au tribunal ce matin qu'un homme présenté comme Mr. A. a avoué les meurtres et que la police estime désormais que c'est lui et non Naylor qui en est l'auteur. Naylor a toujours admis avoir eu des relations sexuelles avec Lady Paxton la nuit en question, mais nié le viol. Sa libération sous caution implique que les services du procureur acceptent que les trois chefs d'accusation soient levés en appel. Jusqu'à cette date, la personne connue sous le nom de Mr. A. ne peut être accusée d'aucun crime. Le juge Smedley a déclaré qu'un procès équitable serait compromis si le suspect était identifié à ce stade et a demandé aux médias d'observer la plus grande retenue. L'épouse de Shaun Naylor, Carol, n'était pas au tribunal pour entendre le verdict. Elle devrait retrouver son mari plus tard dans la journée à une adresse qui n'a pas été rendue publique.*

Il était libre. Ou il le serait sous peu. J'étais incapable d'imaginer ce que sa femme lui dirait à propos de Vince Cassidy s'ils se retrouvaient « à une adresse qui n'a pas été rendue publique ». Et je refusais d'imaginer ce que Shaun comptait faire une fois qu'elle l'aurait dit. Ce n'était pas terminé pour eux. Et ce n'était pas terminé pour Paul Bryant. Ou Sarah. Mais pour moi, ce l'était presque. Dans deux jours, je m'envolerais loin de tout cela.

Jennifer m'invita à dîner ce soir-là en guise d'adieux. Le jeudi, ma dernière soirée en Angleterre, était réservé à une beuverie avec Simon qui, je le savais, m'assaillirait de questions à propos de la libération de Naylor. Mais Jennifer n'était pas encore au courant, ce dont je fus soulagé. Moins j'avais à en parler, plus facile c'était d'éviter d'y penser. Déjouer les propositions de Jennifer de nous réconcilier Adrian et moi fut un jeu d'enfant en comparaison. Finalement, elle convint que mon absence ferait l'affaire.

— Le temps guérit tout, fit-elle observer.

Et je me retins de faire remarquer que l'exemple de Louise Paxton prouvait précisément le contraire.

Il était presque minuit quand je rentrai à Greenhayes. Ce serait peu de dire que la vue de la BMW de Bella devant mon garage fut une surprise. En me garant derrière elle et en descendant de voiture, il me vint à l'esprit qu'elle avait décidé qu'elle ne pouvait pas me laisser partir sans me donner quelques ultimes conseils. Mais son expression quand elle baissa sa vitre me fit comprendre que c'était autrement plus grave.

— Mon Dieu, j'ai cru que tu ne rentrerais jamais, dit-elle.

Et je ne sais pas pourquoi, mais l'absence de reproche dans sa voix ne fit que renforcer mon inquiétude.

— J'étais chez Jenny.

— C'est ce que j'ai supposé.

— Alors pourquoi n'es-tu pas venue – ou n'as-tu pas téléphoné ?

— Parce que moins de gens sauront ce qui s'est passé, mieux cela vaudra.

— Qu'est-ce qui s'est passé ?

Sans répondre, elle scruta la nuit derrière moi, comme si elle craignait que je ne sois pas seul.

— On peut entrer ? demanda-t-elle.

Je la précédai en sortant mes clés, puis j'allumai lumières et chauffage pendant qu'elle entrait dans le salon. Elle avait déjà pris une cigarette le temps que je la rejoigne près de la cheminée éteinte où elle faisait tomber sa cendre. J'avais décroché des murs gravures et assiettes et recouvert les meubles de housses en prévision de la rénovation que Jennifer estimait nécessaire pour attirer les acheteurs. Avec cela et la demi-douzaine de caisses entassées dans un coin, la pièce avait déjà perdu son atmosphère douillette. Ce qui ne fit qu'accentuer la nervosité inhabituelle de Bella. Elle faisait les cent pas sur le morceau de moquette où se dessinaient encore les contours du tapis de cheminée, le col de son imperméable relevé et les épaules rentrées comme pour se protéger du froid. Je crus voir un frisson la parcourir.

Elle ne portait pas de maquillage hormis un soupçon de rouge à lèvres et, du coup, elle avait l'air pâle et hagard. Elle avait les yeux rougis par la fatigue et les cheveux décoiffés et je retrouvai dans ses mains le léger tremblement que j'avais remarqué à Bordeaux. Il était difficile d'imaginer ce qui avait pu produire un tel effet sur elle. Je l'avais vue supporter le décès d'un mari et celui d'une belle-fille sans même un battement de ses cils noircis de mascara. Mais là…

— Qu'est-ce qui ne va pas, Bella ?

— Keith est mort, dit-elle brusquement.

— Quoi ?

— Mon mari est mort.

— Mais… comment ?

— On a découvert son corps hier au pied d'une falaise dans le sud du Portugal. Apparemment, il s'y trouverait depuis le week-end.

— Au Portugal ? Je ne comprends pas. Qu'est-ce que…

— Personne ne sait pourquoi il a bien pu aller là-bas.

— Mais… c'était… un accident ?

— C'est ce que la police portugaise semble penser. Sa voiture était garée non loin en haut de la falaise. C'est une espèce d'endroit touristique, apparemment, pas loin du cap Saint-Vincent.

— Ce n'est pas possible que ce soit…

— Un suicide ? (Elle s'immobilisa et me regarda droit dans les yeux.) Eh bien, cela se peut, bien sûr. Il n'y a pas moyen de le savoir. Personne ne va croire que Keith est allé là-bas pour admirer la vue, non ? Donc, je suppose que la plupart des gens estimeront que c'est un suicide, quel que soit le verdict officiel.

— Mon Dieu ! As-tu la moindre idée de la raison pour laquelle il aurait pu faire cela ?

— On m'a demandé de me rendre sur place dès que possible afin d'identifier le corps et de faire le nécessaire, dit-elle d'un ton détaché, comme si elle n'avait pas entendu ma question. Je pars à la première heure demain.

— Je peux t'aider d'une manière ou d'une autre ?

— Oui. C'est pour cela que je suis venue. J'ai vainement essayé de joindre Sarah toute la journée. Elle ne répond pas à son téléphone personnel et elle n'est pas allée travailler aujourd'hui. Il paraît qu'elle a la grippe.

— Vraiment ? Elle m'a eu l'air d'aller bien, hier soir.

— Hier soir ?

— Elle est passée me voir. Elle rentrait à Bristol après avoir suivi je ne sais trop quel cours à Guildford.

Bella secoua la tête avec une lassitude perplexe.

— Je ne suis pas au courant. Le fait est qu'elle doit être prévenue. Je m'adresserais bien à son crétin de petit copain, mais je n'ai pas son numéro. Et je ne me rappelle même pas son nom de famille, bon sang ! Tu pourrais monter là-bas demain matin et le lui annoncer ? Au moins, je peux compter sur toi pour avoir du tact. D'abord sa mère. Ensuite sa sœur. Et maintenant son père. Ça va être un sacré coup pour elle, non ?

Le nombre de décès autour de Sarah finit par me frapper. Ils étaient tous morts, sauf elle. Toute cette sereine normalité de son enfance qu'elle avait décrite avait été érodée par toutes sortes d'autodestructions jusqu'à ce qu'il ne reste plus qu'elle. Le lui expliquer serait assez délicat. Mais vivre avec, comme elle allait devoir le faire, mûrir puis vieillir avec…

— Tu vas y aller, n'est-ce pas ?

— Bien sûr.

— Ça ne contrecarre pas tes projets de voyage, si ?

— Non. (Ce que m'avait dit Sarah vingt-quatre heures plus tôt me revint en mémoire. *Promettez-moi que vous partirez vendredi. Quoi qu'il arrive.* C'était comme si elle avait prévu la catastrophe. Comme si elle avait su ce qu'allait faire son père.) Mais peu importe mes projets, de toute façon.

— Je te demande simplement d'aller prévenir Sarah. Pas d'annuler ton voyage.

— Étant donné les circonstances…

— Prends ton avion vendredi, Robin. (Bella s'approcha et baissa la voix. Son regard sembla me supplier de suivre son conseil.) Sors-en pendant que tu le peux.

— Sortir de quoi ?

— De tout ça.

Il y avait au-delà de ses paroles et de ses regards quelque chose, un message qu'elle voulait me faire passer sans l'exprimer clairement.

— Sarah va forcément me demander si la mort de son père était un accident ou un suicide. Qu'est-ce que je dois lui dire ?

— Ce que je t'ai dit. Personne ne le sait.

— Elle va peut-être vouloir te rejoindre au Portugal.

— Tâche de l'en dissuader. Cela ne servirait à rien.

— Comment peux-tu en être aussi sûre ? (La force commençait à faire défaut à Bella. Elle était de moins en moins capable de garder tout cela pour elle. Même sa confiance en soi avait des limites. Et nous les avions atteintes.) Qu'est-ce que c'est que cette histoire, Bella ?

— Je n'en sais rien.

— Je crois que si. Ce n'était pas un accident, n'est-ce pas ?

— J'en doute.

— Dans ce cas, il a dû se suicider ?

— Pas nécessairement.

— Tu ne suggères pas qu'il a été assassiné ? (Elle ne répondit pas et se contenta d'avaler sa salive à grand-peine avant de tirer une bouffée de sa cigarette. Mais elle ne me quittait pas des yeux. Et je vis qu'elle ne cherchait plus à dissimuler quoi que ce soit.) Pourquoi aurait-on tué Keith ?

— Il y a une raison. Une très bonne raison.

— Laquelle ?

— Cela expliquerait pourquoi il est allé au Portugal. Et pourquoi il n'en est jamais reparti.

— Dis-moi ce que c'est.

— Je ne peux pas.

— Si tu veux que j'aille trouver Sarah, tu le dois.

C'était du bluff. Je crois que nous le savions tous les deux. Nous étions au-delà du marchandage, à présent. Mais Bella continuait d'hésiter et de peser mentalement une autre question. La nécessité de garder son secret face au désir de le partager.

— Très bien. (Elle retourna à la cheminée et jeta le reste de sa cigarette dans l'âtre, puis elle s'appuya au manteau, redressa le cou comme si sa nuque lui faisait mal et se tourna vers moi.) Keith savait que Paul mentait, Robin. Paul ne pouvait pas avoir tué Louise ni Oscar Bantock.

— Qu'est-ce que tu dis ?

— Je dis que Keith savait depuis le début que les aveux de Paul étaient un tissu de mensonges de bout en bout.

— Tu veux dire qu'il l'espérait.

— Non. Il le savait. C'était une certitude.

— Comment est-ce possible ?

— C'était lui l'auteur des deux meurtres. (Elle considéra un moment mon expression choquée, puis elle poursuivit :) Keith a payé Shaun Naylor pour tuer Oscar Bantock. Il a commandité le crime. Et sans en avoir l'intention, il a provoqué celui de sa femme.

— Cela ne peut pas être vrai.

— Si. Il me l'a dit lui-même quand il s'est rendu compte qu'il n'y avait aucun autre moyen de me convaincre que Paul mentait.

— Mais… pourquoi Paul aurait-il menti ?

— Cela n'a plus guère d'importance, désormais, non ? Tu ne vois pas ? Keith n'était pas disposé à laisser le meurtrier de Louise s'en tirer à bon compte. Il allait intervenir pour empêcher la libération de Naylor. Il allait avouer son rôle dans le crime. C'est pour cela qu'on l'a tué. Pour l'empêcher d'avouer.

— Je… je ne comprends pas. Si Keith a engagé Naylor… qui a tué Keith ?

— Il y avait des intermédiaires. Keith n'a jamais rencontré Naylor. Tout cela a été organisé pour lui par quelqu'un d'autre. Et je suis à peu près sûre que c'est cette personne qui a tué Keith – ou qui l'a fait tuer.

— Si c'est vrai…

— C'est vrai.

— Alors, nous devons aller à la police sans tarder. Naylor n'est pas innocent, finalement. Un coupable vient d'être remis en liberté.

— Peut-être voudras-tu bien m'expliquer ce que nous irions raconter à la police. (Il y avait plus de pitié que de mépris dans son expression.) Keith est mort. Et je ne peux rien prouver de ce qu'il m'a dit. (Elle soupira et se détourna avec un geste négligent vers moi, qu'elle abandonna à mi-chemin pour laisser retomber sa main.) Donne-moi du gin, Robin, dit-elle avec lassitude. Je crois qu'il est temps que tu entendes toute l'histoire.

21

Bella but une longue gorgée du très grand gin-tonic qu'elle venait de se préparer, alluma une autre cigarette et se pencha en avant par-dessus la table basse qui nous séparait. Le chauffage central avait déjà atténué le froid, mais Bella, qui préférait des températures de cinq degrés de plus que la majorité des gens, n'avait pas baissé son col et encore moins enlevé son imperméable.

— Tu vas dire que j'ai mal agi depuis le début, commença-t-elle. Que je n'aurais pas dû te laisser dans l'ignorance ou essayer de résoudre le problème sans forcer Keith à avouer ce qu'il avait fait. Eh bien, tu peux dire ce qui te chante. J'essayais en fait d'épargner à tout le monde beaucoup de souffrances inutiles. J'aurais peut-être même pu y réussir si tu avais été un petit peu plus… (Elle s'interrompit et me fit un léger sourire en hochant la tête.) Pardon. Les récriminations ne nous mèneront nulle part, n'est-ce pas ? Pas plus que montrer de la prudence une fois que tout est fini. Tu te rappelles être venu aux Hurdles quelques jours après les aveux que Paul t'avait faits ? Tu te rappelles que Keith a soutenu que Paul avait tout inventé ? Bon, je ne l'ai pas cru davantage que toi. Mais le lendemain, une fois Sarah repartie à Bristol, Keith m'a dit pourquoi il pouvait en être convaincu. Et là, je l'ai cru.

« Apparemment, Keith s'est persuadé durant le printemps 1990 que Louise allait le quitter pour Oscar Bantock. Il l'a accusée d'avoir une liaison avec lui, et elle ne l'a ni nié ni admis. Elle a dit qu'il fallait qu'il décide par lui-même si elle était fidèle ou pas. Et elle n'a pas voulu lui promettre de ne pas le quitter non plus. Il a toujours été un mari possessif. Parfois aussi d'une jalousie irrationnelle. Je l'ai constaté par moi-même. Pourtant, nous n'avons jamais formé un couple uni par l'amour. Alors qu'il aimait profondément Louise. Trop pour qu'elle se sente à l'aise, je suppose. Elle voulait avoir la liberté d'agir comme bon lui semblait. Et si quitter Keith était le moyen d'y parvenir, elle était prête à le faire.

« Je ne lui en veux pas. Je suis désolée de ne pas l'avoir connue. C'était une femme comme moi – tu vas sans doute dire que je me vante. Mais raisonnable ou pas, c'était une attitude dangereuse à avoir avec Keith. Il avait toujours soupçonné qu'il y avait quelque chose entre Louise et Howard Marsden, même si Louise lui disait combien les attentions de Howard lui déplaisaient. Peut-être qu'il le soupçonnait uniquement parce qu'elle le lui avait dit. Dans son esprit, il y avait quantité d'autres hommes dont elle ne lui avait jamais parlé.

— Il ne peut pas avoir cru cela, intervins-je. C'est une idée absurde.

— Qu'est-ce que tu en sais ? (Elle me dévisagea un moment avec curiosité, puis elle reprit :) Quoi qu'il en soit, la jalousie est absurde. C'est également destructeur quand tu la laisses s'installer. Le fait est que Keith ne pouvait s'empêcher de croire à ses propres fantasmes, d'interpréter chaque acte d'indépendance de Louise comme une infidélité. Pour lui, son intérêt pour la peinture était une couverture parfaite pour une liaison. Son amitié avec Oscar Bantock a été la goutte d'eau. Keith ne supportait tout simplement pas l'idée que Louise laisse un homme comme Bantock la toucher. Quant à la possibilité qu'ils s'enfuient ensemble, eh bien, elle lui était insupportable.

« Il n'aurait probablement rien fait, sauf qu'il se trouvait connaître quelqu'un qui pouvait faire disparaître pour de bon Bantock de la vie de Louise. Keith ne m'a jamais révélé son nom. Il m'a dit que c'était plus prudent que je l'ignore. Appelons-le Smith. Il y a une quinzaine d'années, Keith avait soigné la femme de Smith pour sa stérilité. Grâce à une opération compliquée, la pauvre femme avait pu avoir des enfants. Smith était de ces hommes qui pensent que la vie n'est pas complète sans un fils héritier. Il a été très reconnaissant envers Keith. Extrêmement reconnaissant. Il lui a dit que s'il y avait quoi que ce soit qu'il pouvait faire pour lui, lui rendre le moindre service, de quelque nature, Keith n'avait qu'à demander. Et Smith, derrière une façade respectable – grande maison en banlieue, carte de membre d'un club de golf, etc. – était en réalité un criminel à plein temps. Un escroc. Un de ces gros bonnets qui ne vont jamais en prison même quand leurs méfaits tournent mal. Il n'avait jamais dit ce qu'il était, bien entendu. Mais Keith avait clairement compris le message. Il a décidé alors de contacter Smith et de réclamer le paiement de sa dette. En lui demandant de faire tuer Bantock.

— Comme ça, de but en blanc ?

— Eh bien, je ne crois pas qu'il faille y aller par quatre chemins avec des types comme Smith, non ? On lui dit carrément ce qu'on veut et il répond : « Bien sûr, pas de problème, je m'en occupe. » C'est son boulot, après tout. Tuer des gens. Pour de l'argent, en général. Mais en l'occurrence, c'était pour rendre service.

— Mon Dieu.

— Le plan était d'attendre que Keith et Louise partent pour Biarritz après le diplôme de Sarah, puis de descendre le pauvre vieil Oscar. C'est tout ce que Keith savait et voulait savoir. Smith devait s'occuper des détails. Keith n'avait à se soucier de rien. Mais il aurait dû s'inquiéter. Parce que Smith était en semi-retraite, alors. Il passait la moitié de son temps dans sa villa en Algarve.

— En Algarve ?

— C'est ça. Dans le sud du Portugal. Apparemment, les contacts de Smith n'étaient plus aussi nombreux – ou fiables – qu'autrefois. Mais comme il ne voulait pas décevoir Keith, il a refilé l'affaire à quelqu'un qui était encore en activité – appelons-le Brown –, lequel a confié la besogne à un certain Vince Cassidy. Tu te souviens de lui ? Il était témoin à charge lors du procès de Naylor.

— Je m'en souviens.

Bella ne risquait pas de deviner à quel point je me rappelais Cassidy. Je regrettai aussitôt d'avoir refusé de l'écouter quand j'en avais eu l'occasion.

— Cassidy a accepté le contrat, mais au dernier moment, il a demandé à Naylor de l'exécuter à sa place. Brown n'aurait jamais été disposé à s'adresser à Naylor, visiblement. Il avait la réputation de bâcler. Et de mélanger les affaires et le plaisir s'il y avait des femmes dans le tableau. Mais il n'y avait pas de femmes. Du moins, ce n'était pas prévu. Le problème, c'est que Louise a décidé de plaquer Keith le week-end que Naylor a choisi pour cambrioler quelques maisons du Herefordshire en ajoutant le meurtre de Bantock à sa liste. Le procureur avait vu juste. Louise avait dû tomber sur Naylor juste après qu'il avait étranglé Oscar. Et Naylor a dû décider qu'il ne pouvait pas se permettre de la laisser en vie.

— Il n'avait pas la moindre idée de l'identité du commanditaire du meurtre, n'est-ce pas ? demandai-je, suivant là le raisonnement de Bella. Ni de la raison ?

— Exactement. Dans son esprit tordu, elle a dû apparaître comme un bonus inespéré. Alors, il l'a violée – et ensuite, il l'a étranglée.

— Quand est-ce que Keith l'a découvert ?

— Quand il est rentré à Biarritz après sa conférence à Madrid. Il a découvert que Louise était partie en lui laissant un mot. Qui ne disait pas qu'elle était retournée en Angleterre sur un coup de tête pour acheter une toile à Bantock, comme il l'a prétendu par la suite. Le mot disait qu'elle le quittait pour de bon. Et aussi qu'elle ne le quittait pour personne, Oscar

Bantock moins qu'un autre. Elle en avait simplement assez de son caractère possessif et voulait commencer une nouvelle vie seule. Ensuite, presque dans la foulée, Keith a appris sa mort et compris ce qui avait dû se passer. En mettant en œuvre tout ce qu'il était en son pouvoir pour la garder, il n'avait réussi qu'à l'anéantir.

— Qu'est-ce qu'il a fait ?

— Il était horrifié, accablé de culpabilité autant que de chagrin. Et effrayé, par-dessus le marché. Il fallait qu'il réfléchisse rapidement. Qu'il décide ce qu'il allait faire avant de rentrer en Angleterre. Tout raconter à la police, sans garantie qu'elle attrape le meurtrier, mais en étant absolument certain qu'il serait inculpé de complicité de meurtre. Ou bien dissimuler le rôle qu'il avait joué dans cette épouvantable affaire et conclure un marché avec Smith pour que le coupable soit inculpé. Le choix n'était pas bien difficile, pas vrai ? Keith s'est récusé au prétexte que ses aveux ne feraient qu'augmenter les peines de Sarah et Rowena et les priveraient de son soutien au moment où elles devaient affronter la mort de leur mère. Un raisonnement bien commode de son point de vue, mais je pense que nous pouvons lui accorder le bénéfice du doute.

Je ne fis pas de commentaires, retenu par un reste de réticence à dire du mal des défunts.

— Keith a immédiatement contacté Smith. Celui-ci avait rencontré Louise plusieurs fois et a été aussi horrifié que Keith de ce qui s'était passé. Il a pris l'avion depuis Faro pour retrouver Keith à Bordeaux. Puis ils sont rentrés ensemble en Angleterre en se mettant d'accord en chemin sur une stratégie. L'homme qui avait violé et tué Louise devrait en répondre, mais leur lien avec le crime serait gardé secret. Ce n'était pas difficile, puisque Naylor ignorait qui avait engagé Cassidy, lequel ne savait pas qui avait engagé Brown. Pendant que Keith allait réconforter ses filles et jouer l'époux stupéfait et affligé, Brown a convoqué Cassidy et lui a dit qu'il devait dénoncer Naylor pour compenser le fait qu'il l'avait embauché et prendre le risque que Naylor dise à la police que c'était lui qui l'avait engagé. Une fois Naylor inculpé et arrêté, Brown allait tirer quelques sonnettes pour fournir un autre témoin au cas où Cassidy saloperait le boulot.

— Il s'agit de Bledlow ?

— Sans aucun doute. Cependant, il se trouve que Naylor n'a jamais mentionné Cassidy comme complice parce qu'il a décidé de plaider non coupable. C'était un risque, puisque cela l'obligeait à dépeindre Louise comme une femme dévoyée. Et de mauvais goût, ce qui a probablement alourdi sa peine de quelques années. Mais au moins, Keith pouvait se consoler en se disant qu'il avait eu le châtiment qu'il méritait. Quant à sa responsabilité indirecte dans la mort de Louise, il a essayé de la chasser entièrement de son esprit. Et il n'y a pas trop mal réussi, parce que je n'ai jamais eu le moindre soupçon. Son chagrin m'a paru sincère, ce qu'il était, bien sûr, et pour moi il n'y avait rien derrière – ce qui n'était pas le cas.

« Je sais que tu penses que je l'ai épousé pour son argent. Mais il ne s'agissait pas que de cela. Je ne pouvais pas me contenter de rester ici après la mort de Hugh. Il fallait que je change complètement de milieu. Eh bien, Keith m'a offert cette possibilité. Et il m'a procuré beaucoup de plaisir. Et réciproquement. Du moins au début. Mais Louise refusait de disparaître. Son souvenir, ravivé par la culpabilité. Et le mystère de sa mort, entretenu par le refus de Naylor à avouer qu'il l'avait tuée. Et puis il y a eu Henley Bantock et son satané bouquin. Ils se sont tous mis à fouiner partout. Les assoiffés de scandale et les affamés de malveillance. Nick Seymour et son émission où il se fait mousser. Et toi, tu l'as aidé. Avec cette salope de Marsden.

De nouveau, je tins ma langue. Il ne me paraissait pas utile de rappeler à Bella que j'avais été mené en bateau par Seymour. Elle le savait, de toute façon. Feindre de l'ignorer était tout au plus une manière de retarder la condamnation qu'elle méritait.

— Rowena s'est suicidée à cause des doutes sur sa mère que Seymour a instillés en elle avec toutes ses enquêtes et ses questions. Mais Paul a dû s'en vouloir de sa mort et décider qu'il méritait d'être puni. Pour quelle autre raison avouerait-il un crime qu'il n'a pas commis ? Il est manifestement dérangé. Je suppose que l'agression qu'il a perpétrée contre toi en était le premier signe. Et ses aveux le deuxième. Comment il a convaincu la police que c'était vrai – comment il a pu concocter son histoire sans commettre une seule erreur –, ça me dépasse. Il doit être extrêmement astucieux en plus d'être complètement cinglé.

« Keith ne pensait pas qu'il réussirait à convaincre la police. Il était sûr qu'on trouverait une erreur dans son récit. Mais dans le cas contraire ? Et si, d'une manière ou d'une autre, par un hasard surnaturel, on croyait Paul ? Keith a déclaré qu'il n'aurait pas le choix. Si faible et effrayé qu'il était, il avouerait plutôt que laisser Naylor être remis en liberté. J'ai compris qu'il était sincère. Et cela voulait dire que j'allais me retrouver mariée à un criminel notoire, tout le monde pensant que je l'avais soutenu dans sa volonté de tromper la justice. Peux-tu m'en vouloir d'avoir tout tenté pour empêcher que cela arrive ?

— Non. Mais je peux t'en vouloir de t'y être prise de cette manière.

— Oui, eh bien… (Elle eut une petite grimace à peine contrite.) Il était raisonnable de supposer qu'il y avait une faille dans la version de Paul. C'était un mensonge, après tout. Et les mensonges ne sont jamais parfaits. Mais je ne faisais pas confiance à la police pour la détecter. Et je n'étais pas disposée à attendre les bras ballants. Pour moi, plus vite nous mettions un terme à la folie de Paul, mieux cela valait. Puisque Keith m'avait interdit d'y fourrer mon nez, je devais convaincre quelqu'un de le faire pour moi, quelqu'un d'intelligent et de fiable qui pourrait être disposé à m'aider en souvenir du bon vieux temps.

— Du bon vieux temps ? Arrête un peu, Bella. Grâce à l'affaire Bushranger, tu me tenais à ta merci. Et tu ne m'as pas permis de l'oublier un instant.

— Tu te sentiras mieux si je te dis que je suis désolée ?

— Pas tellement.

— Eh bien, je le suis, de toute façon. D'autant plus que cela aura été inutile. Il avait magistralement brouillé les pistes, hein ? A tel point que tu as été encore plus convaincu qu'avant d'entreprendre ta quête qu'aucune de ces pistes n'était valable. Et le pire, c'est que tu as commencé à chercher des indices que j'aurais préféré que tu laisses de côté. Naturellement, je ne voulais pas que tu coures après Cassidy. Il y avait une faible chance que tu apprennes la vérité de cette manière. À la fin, quand tu as jeté l'éponge, j'étais presque soulagée. Au moins, cela m'a permis de prendre une décision. Si la version de Paul était inattaquable, Keith serait forcé d'avouer. Eh bien, puisqu'il fallait que je m'échappe de là avant, j'ai joué de mes atouts du mieux que j'ai pu – Adrian a été d'une aide précieuse avec sa détermination à te contrer quel qu'en soit le coût – et j'ai dit à Keith que je ne pouvais pas vivre avec un homme qui était capable de commanditer un meurtre. Il l'a pris plus calmement que je ne m'y attendais. Je suppose qu'il s'est dit que le divorce serait le cadet de ses soucis si la situation devenait critique.

« Il y avait encore une possibilité que les choses se tassent. Mais une fois que la police s'est déclarée convaincue que Paul disait la vérité, cette éventualité a été réduite à néant. La dernière fois que j'ai parlé à Keith, il y a une quinzaine de jours, il s'accrochait encore à l'espoir que Paul revienne sur ses aveux. Pour ma part, je n'ai jamais pensé qu'il le ferait. Il était allé trop loin pour rebrousser chemin.

— Tu n'aurais pas pu le convaincre ? Si tu avais pu le persuader que tu étais absolument certaine qu'il mentait…

— Comment voulais-tu que je le fasse sans lui dire pourquoi j'en étais si certaine ? (Bella fronça pensivement les sourcils.) D'ailleurs, entre-temps, il m'était déjà venu à l'esprit que Paul soupçonnait peut-être la vérité depuis quelque temps. Cela tient debout, non ? Il aurait avoué pour forcer Keith à sortir du bois. (Elle soupira.) Si c'est le cas, cela leur est retombé dessus à tous les deux, n'est-ce pas ?

— Quand est-ce que Keith a appris que Naylor allait être libéré ?

— Je ne sais pas au juste. Je dirais que c'était peu de jours avant que la presse ne l'annonce. Son avocat le tenait informé. Le reste, c'est de la déduction de ma part. Je pense que Keith est parti au Portugal pour avertir Smith qu'il allait tout raconter à la police. Et je pense que Smith a décidé de l'en empêcher. Je suppose qu'il a dû se dire qu'il n'avait guère le choix. C'était soit cela, soit se retrouver devant la perspective d'une extradition pour complicité de meurtre. Il a donc emmené Keith faire un aller simple sur la côte.

— Vas-tu raconter cela à la police portugaise ?

— Certainement pas, répondit-elle en haussant les sourcils. Ça ne servirait à rien. Je ne sais pas qui est Smith. Ni Brown, d'ailleurs. Je n'ai pas la moindre ombre de preuve. Et maintenant que Keith est mort, je ne risque pas d'en avoir. Je n'en chercherai pas, de toute façon. Ces gens sont dangereux, Robin. Rien ne les arrête. Je ne vais pas faire de vagues. Ce ne serait ni prudent ni sain. Et tu ferais bien de suivre mon exemple. Contente-toi de dire à Sarah que son père est décédé, assure-toi qu'elle va bien et ne va pas plus loin. Quant à Paul, maintenant que le vin est tiré, il faut le boire. C'est à lui de décider ce qu'il fera. Moi, je tiendrai mon rôle de veuve de Keith. Et rien de plus.

Bella avait toujours eu la faculté de me désarmer avec son effarant mélange de franchise et de duplicité. D'une certaine manière, bien qu'avouant tromperie et absolu manque de cœur, elle avait presque réussi à me convaincre qu'elle méritait ma pitié pour se retrouver mêlée à tout cela. Elle aurait pu y parvenir, s'il n'y avait eu un fait gênant. Je savais – et elle savait que je savais – qu'elle aurait volontiers aidé son mari à échapper à la justice si j'avais réussi à trouver une faille dans le tissu de mensonges de Paul.

Mais dans l'immédiat, il y avait des choses plus importantes à considérer. La cuisante prise de conscience que Naylor était coupable depuis le début. Et la stupéfiante découverte que les aveux de Paul étaient faux dans leurs moindres détails.

— J'ai laissé plusieurs messages sur le répondeur de Sarah, dit Bella. Mais elle n'a pas rappelé. Donc, soit elle est trop malade pour décrocher son fichu téléphone, ce dont je doute, soit elle est partie faire l'école buissonnière quelque part. Peut-être que Rodney sait où elle est. Ou un voisin. Dans un cas comme dans l'autre, je ne peux pas aller voir ce qu'il en est. Tu le comprends, n'est-ce pas ?

— Oh, oui, très bien.

— J'ai même essayé d'appeler Paul, mais il ne répond pas non plus. Je suppose qu'il faudra l'en informer tôt ou tard. Comment penses-tu qu'il va réagir ? Je veux dire, s'il soupçonnait vraiment Keith, il soupçonnera aussi que sa mort n'est pas un accident, non ?

— Peut-être que tu veux que je le lui annonce, à lui aussi ?

— Non, non. (Bella me regarda et se rembrunit, insensible au sarcasme dans l'humeur où elle était.) Les policiers trouveront très bizarre que nous le contactions avant eux. Pour eux, nous sommes toujours convaincus qu'il a tué Louise. Il vaut mieux qu'ils pensent que nous avons rompu tout contact avec lui. Tu t'en rends certainement compte.

— Bien sûr. Que je suis bête.

Elle se rembrunit de plus belle, mais elle décida de ne pas insister.

— Il se trouve que j'ai les clés de l'appartement de Sarah. Elles étaient à Rowena. Keith les a laissées aux Hurdles. Sers-t'en si tu ne peux pas faire autrement. (Elle sortit un trousseau de clés de son sac et les lança sur la table devant moi.) L'une ouvre la porte de l'immeuble. L'autre est celle de l'appartement. (Je les fixai sans les ramasser.) Tu m'écoutes, n'est-ce pas, Robin ?

— Avec la plus grande attention.

— Le mieux pour elle est de se contenter d'attendre des nouvelles près de son téléphone. Je vais faire le nécessaire pour que le corps soit rapatrié le plus vite possible, bien que Noël risque de compliquer les choses, je pense. Quel moment mal choisi pour que cela arrive ! (Elle claqua de la langue, apparemment irritée du manque de considération de feu son époux. Peut-être pensait-elle qu'il aurait dû attendre que les fêtes soient passées avant de se laisser pousser du haut d'une falaise portugaise.) Le consulat m'a pris une chambre dans un hôtel de Portimão. Le Globo. Je te donnerai le numéro. Dis à Sarah de m'appeler là-bas dès qu'elle pourra. Ou bien elle peut contacter directement le consulat si elle préfère. Mais qu'elle noue le contact.

— Je ferai de mon mieux.

— Je compte sur toi. Occupe-toi d'elle le plus délicatement possible. Elle est forte. Mais de là à ce qu'elle le soit suffisamment pour cela... (Elle jeta un coup d'œil à sa montre.) Il faut que je rentre faire mes bagages. Je prends un avion atrocement tôt. (Elle se leva et m'observa avec un mélange de soupçon et d'inquiétude.) Tu te sens bien ?

Je la fixai, trop bouleversé par le déferlement de conséquences que ses révélations avaient déchaînées dans mon esprit pour dissimuler mon dégoût pour les motivations qu'elle avait si allégrement avouées.

— À ton avis ? demandai-je, la défiant de décider comment j'étais censé réagir à ce qu'elle venait de dire.

— Je n'ai pas de temps à perdre avec ça, rétorqua-t-elle sèchement, laissant la colère prendre le dessus sur la franchise. Je t'ai dit tout ce que je sais. Et je me suis excusée de t'avoir mené par le bout du nez. Qu'est-ce que je peux dire de plus ?

— Pourquoi tu m'as tout raconté ?

— Parce que j'ai estimé que tu avais le droit de connaître la vérité. Et parce que je me suis dit que je pourrais compter sur toi pour offrir à Sarah le soutien dont elle aurait besoin une fois que tu aurais compris la gravité de la situation.

— Tu peux. Cependant, je me demande si toi, tu comprends la gravité de la situation.

— Naturellement.

— Je ne le jurerais pas. Tu sais que Paul ment depuis trois mois. Or tu n'as rien fait. Maintenant, l'assassin de Louise est en liberté. Et ton mari a été assassiné. Certains pourraient te tenir pour responsable de tout cela.

— Foutaises. Personne ne peut prouver que je savais quoi que ce soit.

— Non. En revanche, on peut prouver que moi je le savais, n'est-ce pas ? Grâce aux enquêtes que tu m'as fait mener pour ton compte. Que tu pourrais nier m'avoir demandé de faire, j'imagine. Si cela t'arrangeait.

— Je ne ferais pas cela. (Mais son sourire la trahit. Nous savions tous les deux qu'elle le ferait – si elle estimait le devoir. Était-ce pour cela qu'elle avait choisi de me mettre au courant, alors ? Pour que je ne doute pas un instant de tout ce que je pouvais perdre avec elle ? Pour que je me retienne de dire la vérité à Sarah de peur que ce soit moi, et non pas Bella, qu'elle accuse d'avoir essayé de la dissimuler ?) Contente-toi de trouver Sarah pour moi, Robin, conclut Bella de son ton le plus onctueux. Ensuite, envole-toi loin de tout cela. Et estime-toi heureux le de pouvoir.

Dans mes adieux réservés, Bella dut lire que j'acceptais à contrecœur de faire ce qu'elle m'avait plus ou moins ordonné : annoncer à Sarah la mort de son père sans remettre en question la version officielle de l'accident tragique ; laisser Paul tranquille ; et considérer les événements qui surviendraient, quels qu'ils soient, avec prudence et distance.

Mais c'était ce qu'elle voulait, pas moi. Et aucune pression, subtile ou franche, n'allait me forcer à suivre ses consignes. Quelque chose lui avait échappé, quelque chose qu'elle n'avait jamais été capable de comprendre. La vérité était choquante et consternante. Bien évidemment. Mais elle était également immensément réconfortante. Parce que soudain, Louise Paxton était exonérée de tout soupçon. Elle n'avait pas dragué Naylor. Elle n'avait eu de liaison secrète avec personne. Son « parfait inconnu » était une invention, destinée à détourner la curiosité de Sophie. Ou bien une sorte de blague aux dépens de Sophie. Dans un cas comme dans l'autre, Louise n'avait jamais rencontré personne sur Hergest Ridge avant de m'y croiser. Et c'était le jour de sa mort. C'était une victime innocente. Pas seulement d'un violeur brutal, mais d'un mari jaloux, d'une amie traîtresse et d'une bande d'individus menteurs et sceptiques qui ne recherchaient que leur gloire personnelle.

Une fois Bella partie, je m'allongeai sur le canapé recouvert d'une housse, un réveil posé par terre à côté de moi. Il devait sonner à 5 h 30. Si j'étais en route à 6 heures, je pouvais arriver à Clifton à 8. Non que je pensais avoir besoin d'un réveil. Bien que je fusse très fatigué, le sommeil ne m'apparaissait que comme une nécessité lointaine. La peur et l'exaltation envahissaient mes pensées, laissant mes nerfs épuisés à fleur de peau. Je me disais que si je pouvais seulement me reposer et réfléchir à ce que Bella m'avait dit, la réponse apparaîtrait, aussi logique qu'évidente. Quel était le maillon final dans la chaîne reliant la jalousie cachée de Sir Keith Paxton à la culpabilité fabriquée de Paul Bryant ? Quel but cela pouvait-il servir de libérer un meurtrier ?

Je dormis guère plus d'une heure. Mais ce fut suffisant pour rêver de Louise. Elle m'attendait alors que je marchais sur la levée d'Offa. Le soleil se couchait derrière elle et je ne distinguais pas nettement son visage. Elle se tenait à quelques pas derrière un chevalet de peintre, dressé juste sur mon chemin. La toile qui y était posée était vierge, excepté la silhouette crayonnée d'un personnage qui paraissait se dissoudre à mesure que je m'approchais. Je voulais parler, mais j'en étais incapable. Je savais que je devais l'avertir de quelque chose, mais je ne me rappelais pas quoi. Puis elle se détournait et descendait la côte. Je courais après elle, mais la distance entre nous ne faisait que croître. Il y avait une bordure d'arbres au bas de la côte. Je sentais que je devais la dépasser avant qu'elle les atteigne, afin d'éviter une catastrophe. Mais je ne pouvais rien faire pour l'arrêter. Elle entrait dans la masse des arbres sans regarder en arrière. Et elle disparaissait.

C'est alors que le réveil bourdonna furieusement près de mon oreille. Dans un sursaut, je me redressai et l'éteignis d'un geste sec. Je voyais encore mentalement les arbres, le pan d'ombre dans lequel elle était entrée était encore insupportablement proche. Mais alors que les formes fantomatiques des meubles enveloppés de leurs linceuls émergeaient de l'obscurité autour de moi, les arbres s'évanouirent, jusqu'à ce qu'il ne subsiste plus qu'une faible trace de souvenir, l'infime souffle d'une brise entre leurs feuilles.

Une toile vierge. Prête à représenter l'avenir qu'elle ne vivrait jamais. Comme son agenda. Un espace vide qui ne serait jamais rempli. *Pouvons-nous vraiment changer quoi que ce soit, à votre avis ?* Je me rappelais ses paroles, mais j'étais incapable de me représenter sa voix. Il semblait ne rien y avoir que…

C'est alors que cela me vint, si brusquement, avec une telle violence que ce fut comme si quelqu'un m'avait frappé en plein visage. L'agenda. Bien sûr. Si Paul mentait, chaque détail de son obsessionnelle traque de Louise était aussi un mensonge. Même son rendez-vous avec elle dans le café de Covent Garden. Il n'avait pas eu lieu. Pourtant, Sarah m'avait montré la preuve qu'il avait effectivement eu lieu. *Jeudi 5 avril : Atascadero, 15 h 30.* Une fausse inscription ? Ou une habile manipulation d'une inscription authentique ? Dans l'un ou l'autre cas, Paul n'avait pu avoir accès à l'agenda de Louise sans…

— Sarah.

Je prononçai son prénom à voix haute alors que je me levais du canapé pour me diriger vers la porte.

22

C'était une journée froide et humide à Bristol, et l'heure était trop sinistre et matinale à mon avis pour que Sarah soit sortie. Mais il n'y eut pas de réponse à mes coups de sonnette insistants à Caledonia Place. Et seulement un message enregistré quand j'essayai son numéro depuis le téléphone de ma voiture. Je retournai à la porte avec l'intention d'utiliser les clés que m'avait données Bella quand une femme d'âge mûr bien habillée surgit à mon approche et posa sur moi un regard soupçonneux.

— C'est vous qui venez de sonner chez Sarah Paxton ? J'habite l'appartement du dessous et je n'ai pu m'empêcher de me demander quand vous comptiez renoncer.

— Eh bien, oui, c'était moi. Je suis un ami de Sarah.

— Vraiment ? Elle est absente, je le sais. Alors, vous perdez votre temps, n'est-ce pas ?

— Apparemment, dis-je avec un sourire gêné. Vous ne savez pas où elle est partie ? Ni pour combien de temps ?

— Pas du tout, malheureusement. Veuillez m'excuser.

Elle se hâta vers sa voiture, mais s'attarda ostensiblement après avoir ouvert le coffre, visiblement réticente à s'éloigner pendant que je rôdais devant sa porte. Du coup, je n'eus d'autre choix que de battre en retraite vers ma voiture et m'en aller.

J'aurais pu rebrousser chemin immédiatement, bien sûr, mais je décidai d'attendre et de voir ce que je pourrais glaner chez Anstey's. Je me garai dans la rue qui faisait le tour de Clifton Down et contemplai le pont suspendu dont la silhouette familière était brouillée et déformée par les filets de pluie qui ruisselaient sur le pare-brise. Sarah venait-elle souvent ici admirer ce paysage ? Imaginait-elle Rowena appuyée sur la balustrade au milieu du pont, comme je le faisais moi-même en ce moment ?

À 9 heures, j'étais dans les bureaux d'Anstey's sur Trinity Street, en train d'expliquer à une secrétaire interloquée que j'étais un ami de la famille Paxton et que je tentais de joindre Sarah pour une question de la plus extrême urgence. Apprendre que Sarah n'était pas chez elle embarrassait visiblement la pauvre femme, qui jusque-là avait été heureuse de croire que son absence était due à la grippe.

— Elle a appelé pour dire qu'elle ne se sentait pas bien lundi matin. À ma connaissance, nous n'avons pas eu de nouvelles depuis. (Elle voulut que j'attende le *senior partner*, qui arrivait généralement vers 9 h 30, mais il était impensable que je patiente, après avoir eu la confirmation que Sarah m'avait menti concernant ce cours à Guildford. Savait-elle où je pouvais trouver le petit ami de Sarah ?) Vous voulez parler de Rodney Gardner ? C'est un avocat aussi. Mais pas dans notre cabinet. Il est chez Haynes, Palfreyman & Fyfe. Sur Corn Street.

Je n'avais croisé Rodney qu'une fois, aux Hurdles, un an auparavant. Il se souvenait de moi comme moi de lui : vaguement. Ce qui transforma sa prudence naturelle en une vive méfiance quand il me reçut dans son bureau à 10 heures ce matin-là.

— Pour quelle raison au juste cherchez-vous Sarah ?

— Une affaire familiale.

— Mais vous n'êtes pas de la famille, n'est-ce pas ?

— Cela change-t-il quelque chose ?

— Je ne sais pas.

— Écoutez, je peux aussi bien vous le dire. Son père est décédé.

— Seigneur ! Mais comment ?

— Savez-vous où elle est ?

— Eh bien, pas vraiment, non.

— Elle n'est pas allée à son bureau depuis lundi. Elle a dit qu'elle était malade. Mais elle n'est pas chez elle non plus. Où pourrait-elle être ?

— Je n'en ai aucune idée. (Il tripota un moment le marque-page de son agenda, puis :) En toute franchise, je suis la dernière personne à qui vous devriez vous adresser. Sarah et moi avons eu… un désaccord… il y a environ un mois. Nous ne nous sommes pas parlé depuis.

— Un désaccord sur quoi ?

— C'était une histoire idiote mais… déconcertante. Je lui en voulais un peu de son manque de disponibilité. Elle semblait toujours être en train de travailler. Même le week-end. Les beaux-parents de l'un des *partners* de chez nous, Clive Palfreyman, sont partis pour leur retraite sur l'île de Wight. Clive et sa femme sont allés les voir un week-end et ont croisé Sarah sur le ferry du retour. Elle leur a dit qu'elle était venue rendre visite à un client à la prison de Parkhurst. Clive m'en a parlé et m'a demandé si le client était un criminel du coin que nous connaissions. Sarah n'avait pas été très bavarde, apparemment. Et avec moi non plus. Elle ne m'en avait pas dit un mot. Quand j'ai abordé le sujet avec elle, elle s'est réfugiée derrière le secret professionnel un peu trop rapidement à mon goût. J'ai discrètement sondé l'un de ses confrères plus tard. Nous jouons au squash ensemble toutes les semaines. Il a plus ou moins affirmé qu'Anstey's n'avait aucun client détenu à Parkhurst. Elle avait donc forcément menti. Mais pourquoi ? Quand je l'ai mise au pied du mur, elle a littéralement piqué une crise. Elle m'a accusé de l'espionner et Dieu sait quoi. Et dit que si c'était comme cela que je me comportais, mieux valait que nous arrêtions de nous voir. Et c'est ce qui s'est passé.

— Vous ne l'avez pas vue depuis ?

— Non. En fait, j'avais l'intention de tenter une réconciliation cette semaine. Je lui avais acheté des boucles d'oreilles assez coûteuses pour Noël. Mais c'est là que j'ai appris le procès en appel de Shaun Naylor. Et cela a été le déclic. Je me suis rappelé la prison où elle m'avait dit qu'il était. Albany. Sur l'île de Wight. Un peu au-delà de Parkhurst. Et je me suis demandé si…

— C'était lui qu'elle allait voir.

— Oui. C'est exactement la question que je me suis posée. Et ce serait bizarre, n'est-ce pas ? Enfin, pourquoi ferait-elle cela ?

Si Sarah avait aidé Paul à concocter ses aveux, comme je commençais à le penser, peut-être qu'elle se cachait – même si je me demandais bien de quoi – chez lui à Bathurst Wharf. Je repartis de Corn Street sous une pluie battante jusqu'à Queen Square, où je garai ma voiture, puis je continuai sur le quai où j'avais vu Rowena pour la dernière fois six mois auparavant, et je traversai le pont tournant en direction de son ancien domicile.

Avant même d'arriver à la porte, j'eus la certitude que quelque chose clochait. Elle était ouverte à tous vents, et une femme aux cheveux gris, en blouse et bottes en caoutchouc, était sur le seuil, en train de jeter un coup d'œil à l'intérieur. À mon approche, un homme fit son apparition dans le couloir : l'inspecteur Joyce.

— Mr. Timariot, dit-il en me repérant immédiatement par-dessus l'épaule de la femme. Qu'est-ce qui vous amène ici ?

— Eh bien, je…

— Vous cherchez Mr. Bryant ?

— Euh… oui. Évidemment.

— Vous n'avez pas de chance. (Il sortit sur le trottoir et leva son parapluie.) Mon sergent fermera, chère madame, dit-il à la femme. Il vous rendra la clé. Merci de votre coopération. (Il s'avança lentement vers moi avec un air soupçonneux. Jusqu'à ce que le bord de son parapluie touche le mien et qu'il s'immobilise brusquement.) C'est la voisine, dit-il. Bryant lui laisse ses clés. Comme nous ne pouvions pas le joindre, nous avons jugé qu'il valait mieux jeter un coup d'œil à l'intérieur.

— Qu'est-ce que vous avez trouvé ?

— Rien. Il n'est pas là. Mais on dirait qu'il n'est pas parti depuis longtemps. Vous aviez hâte de le joindre, n'est-ce pas ?

— Pas vraiment.

— Vous êtes au courant pour son beau-père ?

— Oui. En effet. C'est pour cela que je suis venu à Bristol. Pour présenter mes condoléances à Sarah.

— Vous voulez dire qu'elle est encore là ? J'aurais pensé qu'elle serait déjà au Portugal pour essayer de découvrir ce qui s'est passé. Cela m'arrangerait bien de le savoir aussi.

— Un accident, je crois. (Reconnaissant de l'excuse qu'il m'avait fournie sans le savoir, j'ajoutai :) Mais vous avez probablement raison. Sarah doit déjà être en route pour le Portugal. C'était idiot de ma part de penser la trouver chez elle. Je suis seulement venu ici au cas…

— Où elle aurait été avec Bryant ? Pas très probable, non ?

— En effet. (Irrité par sa manie de m'interrompre, je tentai de le mettre sur la défensive.) Et pourquoi cherchez-vous Paul, inspecteur ?

— Parce que la libération sous caution de Naylor semble coïncider avec une série d'accidents mortels. Et les coïncidences me rendent chatouilleux. Je voulais m'assurer que Bryant n'avait pas été la victime de l'un d'eux.

— Je ne vous suis pas. La mort de Sir Keith ne peut guère constituer une série.

— Non. Mais il y en a eu un autre depuis. (Il marqua une pause, apparemment ravi de l'occasion de me scruter pendant que j'attendais qu'il poursuive.) Vincent Cassidy a refait surface. Littéralement. Dans la Tamise, avant-hier soir. Aussi mort que la plupart des poissons.

J'aurais pu lui dire tout ce que je savais à ce moment-là. Et peut-être l'aurais-je dû. Mais j'étais déterminé à trouver Sarah et à exiger d'elle une explication avant d'aller raconter quoi que ce soit à la police.

— Un accident, dites-vous ?

— C'est ce que le légiste conclura probablement. Pas de domicile fixe. Quantité d'alcool et de drogue dans l'organisme. Cela a tout l'air d'une banale noyade, non ? Il aurait pu se blesser à la tête en heurtant une pile du pont dans sa chute. Comme Naylor était encore en détention à ce moment-là, nous ne pouvons pas l'accuser de quoi que ce soit. Je pense que nous devrons opter pour le décès accidentel. Tout comme pour Sir Keith.

— Et c'est arrivé mardi ?

— Lundi, plus probablement. Le légiste estime qu'il est resté dans l'eau environ vingt-quatre heures. (Lundi était le jour où Cassidy m'avait appelé. Il m'avait paru désespéré. Et maintenant, il semblait qu'il avait de bonnes raisons de l'être. Smith et Brown qui brouillaient les pistes – avec une impitoyable efficacité.) Pourquoi me posez-vous la question ?

— Oh… pour rien.

— Généralement, on ne pose jamais de questions pour rien.

— Ah bon ? Dites-moi, inspecteur, vous êtes absolument certain que Paul Bryant a tué Oscar Bantock et Louise Paxton, n'est-ce pas ?

— Nous n'aurions pas remis en liberté Naylor sinon, vous ne pensez pas, monsieur ? répondit-il avec un regard méprisant. Et vous n'auriez pas modifié votre déposition si vous aviez eu le moindre doute.

— Mais qu'est-ce qui vous a convaincu ?

— L'accumulation de détails significatifs. Comme vous l'aviez fait remarquer, nous en gardons toujours quelques-uns par-devers nous. Et Bryant en connaissait énormément.

— Par exemple ?

— Je ne peux pas développer.

— Donnez-moi simplement un seul exemple. Je suis au courant de l'agenda. Il doit y avoir d'autres choses.

— Bien entendu, monsieur.

— Du genre ?

— Oh, très bien, s'agaça-t-il. Bryant savait ce que portait Lady Paxton. Je veux dire jusqu'au moindre accessoire. Il les a décrits très précisément. Couleur, tissu, tout. Comment l'aurait-il pu, s'il ne l'avait pas réellement vue les enlever ?

— En effet.

Mais j'envisageais déjà une tout autre réponse. Les vêtements de Louise avaient dû être rendus à la famille à un moment donné. Sarah s'en était probablement occupée. Elle avait certainement tenu à épargner cette tâche à Rowena et à son père. Donc, elle savait précisément ce que sa mère portait.

— Ensuite, il y avait la description du visage de Bantock après qu'il l'a eu tué, continua Joyce, qui prenait goût à la chose. « Moucheté de paillettes de peinture multicolores. » Eh bien, c'est exactement ça. C'est ce que Jones avait dit – le facteur qui l'avait découvert. « Comme s'il en avait été couvert de centaines de milliers. » Mais cela n'a jamais été dit au tribunal.

— Jones a certainement dû en parler plus tard.

— Bien sûr. Nous avons envisagé cette hypothèse. Nous avons fait venir Jones pour qu'il sache qui était Bryant. Il ne l'avait encore jamais croisé de sa vie.

— Je vois.

Et c'était vrai. Je voyais précisément comment cela avait pu se faire. Jones n'avait jamais rencontré Paul. Mais il avait pu rencontrer Sarah. Et elle avait pu le convaincre de se remémorer la scène à Whistler's Cot. Sauf que Joyce n'aurait pas demandé à Jones si c'était le cas. L'idée ne l'aurait jamais effleuré.

— Par ailleurs, les rencontres avec Lady Paxton qu'il a énumérées – avec dates, heures et lieux. Elles étaient trop nombreuses pour être fausses. Beaucoup trop nombreuses. Et après vérification, chacune s'est avérée.

— Vraiment ? (Sarah était idéalement placée pour fournir dates, heures et lieux, évidemment. Et en confirmer certains. Et elle avait dû comprendre qu'ils pouvaient prendre le risque d'inventer quelques incidents qu'une personne encore en vie pourrait réfuter – du moment que la personne en question n'était pas crédible.) Pas absolument toutes, certes. Il me semblait que Sir Keith avait nié avoir eu avec Lady Paxton cette dispute que Paul prétend avoir surprise à Biarritz.

— Eh bien, c'est logique qu'il le nie, non ? dit Joyce avec un sourire cynique. (Il regarda autour de lui. La porte du numéro 13 était désormais fermée et une silhouette trempée – son sergent, probablement – s'abritait de la pluie sous le porche.) OK, Mike. Retournez à la voiture. Je vous rejoins.

Le sergent hocha la tête et s'éloigna.

— À votre avis, où est parti Paul, inspecteur ?

Joyce haussa les épaules.

— Faire ses courses de Noël, qu'est-ce que j'en sais ? Il est libre d'aller où il veut. Jusqu'à ce que Naylor soit acquitté. La voisine va lui demander de m'appeler dès son retour, cela dit. Juste pour que j'aie l'esprit tranquille.

— J'ai entendu à la télévision que le procès en appel de Naylor n'aurait lieu qu'en mars.

— C'est exact.

— Cela fait longtemps à attendre.

— Pour Bryant, vous voulez dire ? (Joyce regarda par-dessus son épaule les fenêtres ruisselantes de pluie du numéro 13.) Oh, il aura la patience, je pense. (Puis il fronça les sourcils.) Ce n'est pas ce qui me tracasse.

— Quoi donc, alors ?

Il secoua la tête.

— Pour tout vous dire, Mr. Timariot, je ne sais pas trop. Il y a quelque chose qui cloche, ici. Mais on me mettrait le couteau sous la gorge que je serais bien incapable de dire quoi.

Pourquoi avaient-ils fait cela ? La question étourdissante tournait dans mon esprit alors que je retournais vers Queen Square, sautais dans ma voiture et partais pour Clifton. Pourquoi avaient-ils voulu faire cela ? Cela ne tenait pas debout. Mais de toute évidence, pour eux, si. Ils avaient tout planifié. La moindre étape. Mais tout comme Joyce, je n'avais pas la moindre idée du but qu'ils poursuivaient.

Mais j'étais sur leurs traces. Alors que lui ne savait même pas qu'ils avaient fui. Arrivé à Caledonia Place, j'entrai sans prendre la peine de sonner et montai directement à l'appartement au deuxième.

Et puis rien. Alors que je refermais la porte derrière moi, je ne trouvai que l'air vicié d'une pièce pas aérée. L'appartement était propre et bien rangé. Mais il n'y avait manifestement personne. Je passai lentement de pièce en pièce, m'attendant à moitié que quelque chose se produise, à voir un indice significatif jaillir de l'intérieur ordonné de Sarah. Mais rien n'arriva. Ses photos étaient toujours accrochées au mur. Ses casseroles toujours alignées à des crochets au-dessus du plan de travail de la cuisine. Ses vêtements dans les placards. Elle aurait pu arriver à tout instant et cela n'aurait pas été différent de toutes les autres fois où elle était rentrée après une journée de travail.

Sauf qu'elle n'allait pas revenir. La certitude s'imposa à moi alors que le silence s'éternisait. Elle ne reviendrait pas. De là où elle était allée – et pourquoi elle y était partie –, il n'était pas possible de revenir. Je me plantai dans le salon devant la photo d'elle et de Rowena avec leur mère toujours à sa place sur le manteau de la cheminée entre la pendule de voyage et le lapin en porcelaine. Le regard de Louise semblait dirigé vers moi, à présent, pas vers quelque point indistinct au-delà de l'objectif. Il n'avait pas changé, bien sûr. Mais moi, si. Elle avait inventé l'inconnu de Hergest Ridge pour Sophie, parce qu'elle savait que celle-ci croirait plus volontiers à une liaison fictive qu'à la vérité. Qu'avait-elle dû penser, alors, quand elle m'avait rencontré là-haut ? Qu'est-ce qui avait bien pu lui passer par la tête ?

Soudain, le téléphone qui sonna me fit sursauter. Alors que je m'en approchais, le répondeur se déclencha et j'entendis la voix enregistrée de Sarah. *Vous êtes bien au 847 269 à Bristol. Je ne peux malheureusement pas vous répondre en ce moment, mais si vous voulez bien laisser un message, je vous rappellerai dès que possible. Veuillez parler après le bip.*

C'était la secrétaire à laquelle j'avais parlé chez Anstey's. Je la reconnus immédiatement. *Dorothy Gibbons à l'appareil, Sarah. Mr. Anstey souhaiterait vous parler au plus vite. Veuillez le contacter dès votre retour. Vous pouvez l'appeler chez lui si nécessaire. Merci.*

Le répondeur cliqueta et le silence retomba. J'appuyai sur LECTURE, attendis que la bande se rembobine et j'écoutai les messages accumulés repasser les uns après les autres. Une certaine Fiona invitait Sarah à une soirée de réveillon de Nouvel An. Une librairie signalait l'arrivée d'une édition de poche qu'elle avait commandée. Bella, d'un ton comme il se doit pressant. Bella de nouveau, après avoir fait chou blanc chez Anstey's. Puis quelque chose de bizarre.

Katy Travers à l'appareil, Miss Paxton. Hewiston Residential. Je suis désolée de vous importuner, mais Mrs. Simpson – je crois que vous l'avez rencontrée – ne cesse de me harceler concernant son courrier. Elle a l'air de penser qu'une partie s'est perdue. Peut-être pourriez-vous la contacter au 071 624-8488. Je vous aurais bien appelée à Braybourne Court, mais apparemment, la ligne a été coupée et je ne pense pas que vous auriez aimé que je lui donne votre numéro à Bristol. Je vous serais reconnaissante de la contacter. Je suis sûre qu'il s'agit d'un simple malentendu. Merci beaucoup. Au revoir.

Il y avait encore quelques messages après celui-ci, y compris un troisième de Bella, mais je n'y prêtai guère attention. Je préférai rembobiner et réécouter celui de Katy Travers. De quoi parlait-elle donc ? Qui était Mrs. Simpson ? Où était Braybourne Court – et qu'est-ce que c'était ?

Je coupai le répondeur, décrochai le téléphone et composai le numéro de Mrs. Simpson.

— Allô ? répondit une voix d'un certain âge, polie mais qu'on devinait facilement irritable.

— Mrs. Simpson ?

— Oui.

— Je suis un ami de Sarah Paxton. Je…

— Ah, très bien. Je désire parler à Miss Paxton. J'essaie de la joindre depuis plusieurs jours, mais elle semble manifestement introuvable. L'agence a refusé de me donner son numéro, voyez-vous. Quel manque de savoir-vivre !

— Oui. C'est pour cela que…

— J'ai des amis et de la famille dans le monde entier. Beaucoup m'auront envoyé une carte de Noël. Mais à mon ancienne adresse. C'est tout le problème. Une grande quantité a dû arriver, or je n'en ai reçu aucune. C'est vraiment très dommage. Je suis déjà assez désemparée d'avoir quitté mon charmant appartement sans subir cela. Après cette exorbitante augmentation de loyer, c'est un comble que la locataire suivante ne prenne même pas la peine de me réexpédier mon courrier. Vous ne trouvez pas ?

— Eh bien, je…

— Je suis passée l'autre jour, ce qui a été pour moi une épouvantable épreuve eu égard aux moments de bonheur que feu mon mari et moi avons vécus là-bas, mais Miss Paxton n'était pas là. Évidemment, je suppose qu'elle n'utilise l'appartement que comme *pied-à-terre**. Et bien agréable, en plus. Mais pour les gens qui ont des revenus fixes…

— Mrs. Simpson ! hurlai-je.

— Oui ? répondit-elle, momentanément calmée.

— Êtes-vous en train de me dire que Sarah a repris en location un appartement que vous occupiez ?

— Je ne comprends pas. Vous devez pourtant être au courant. Ah, Braybourne Court ! s'exclama-t-elle avec nostalgie. Quel joli coin de Chelsea.

— Chelsea, dites-vous ?

— Certainement.

— Où exactement à Chelsea ?

— En voilà une question extraordinaire. Miss Paxton vous l'a sûrement dit.

— Non. En fait, elle ne me l'a pas dit. Elle a, euh, négligé de me donner l'adresse. Ce qui est bien ennuyeux, étant donné que j'ai promis d'aller la voir là-bas. Vous pourriez me renseigner ?

Elle ne répondit pas immédiatement. Je sentis presque la suspicion passer sur la ligne.

— Comment dites-vous que vous avez eu mon numéro, Mr... ?

— Timariot. Robin Timariot. Je serais heureux de parler de vos problèmes de réexpédition de courrier à Sarah, Mrs. Simpson. Plus qu'heureux. Je suis sûr que je pourrai régler le problème pour vous. Je peux également vous donner son adresse et son téléphone à Bristol, ce qui vous sera peut-être utile.

— Hum. Miss Paxton n'a pas l'air très organisée, je dois dire.

— En effet.

— Très bien, Mr... euh... Marriott. Braybourne Court est une résidence sur Old Brompton Road. Mon appartement – celui de Miss Paxton, je veux dire – est le 228. Mais je me demande bien quel genre d'amie c'est, si elle ne prend pas la peine de vous communiquer elle-même ce renseignement.

— Oui, Mrs. Simpson. Je me le demande bien aussi.

La pluie tombait à seaux sur les champs verdoyants et détrempés du Wiltshire et du Berkshire tandis que je roulais vers Londres. Je maudissais la circulation et les trombes d'eau qui me ralentissaient, tout en regardant la pendule égrener les minutes et une maigre lumière filtrer du ciel noir… et en m'interrogeant. Qu'allais-je trouver au 228 Braybourne Court ? Pourquoi ce mystère ? Pourquoi cette sournoise manipulation des événements ? À quoi cela menait-il ? Ils avaient été si habiles que je ne parvenais toujours pas à percer leur dessein. S'il n'y avait pas eu la mort de Sir Keith, ils n'auraient jamais été repérés. Et sans l'obsession de Mrs. Simpson pour du courrier prétendument perdu, qui était peut-être simplement retardé par la période des fêtes, il n'y aurait eu aucune piste à suivre. Seule la malchance – un imprévu – avait déjoué leurs précautions. Ou m'avait donné une occasion de le faire. Car ce n'était rien de plus. Une simple occasion. Qu'il fallait que je saisisse.

C'était le dernier jour d'ouverture des magasins avant Noël et Londres était plus fébrile et encombré que jamais. Las de la lenteur de la circulation sur le M4 qui avait fait traîner le voyage de Clifton sur près de quatre heures, j'abandonnai la voiture près de la station de métro de Baron's Court et finis à pied dans le crépuscule qui tombait. Devant moi rougeoyaient les feux arrière des interminables files de voitures et les guirlandes des sapins aux fenêtres des appartements.

Le danger faisait clignoter ses avertissements alors que l'obscurité se creusait. Mais je pressai le pas, suivant Louise dans la forêt alors que la nuit commençait à tomber.

Braybourne Court était une grande résidence édouardienne de briques rouges près du cimetière de Brompton, avec des entrées verrouillées séparées desservant chacune une douzaine d'appartements répartis sur ses quatre côtés. Celle menant aux appartements 225-237 était située dans une rue perpendiculaire tranquille. Tout ce que je pus voir par la double porte vitrée, ce fut un couloir à l'épaisse moquette, se divisant en deux quelques mètres plus loin. En retournant sur les marches accédant au sous-sol, je pus apercevoir par les imposantes fenêtres du rez-de-chaussée des plafonds moulurés et des papiers peints floqués. Grâce au système d'interphone, c'était tout ce que les visiteurs importuns pouvaient discerner de l'intérieur. Braybourne Court avait de toute évidence mis l'accent sur la protection de la vie privée. Et facturé en conséquence, je n'en doutais pas. Sarah devait payer entre sept et huit cents livres par semaine pour un *pied-à-terre** ici. Ce qui aurait paru absurdement extravagant – si cela avait été le cas.

Mais ce n'était pas la raison, comme l'indiquait l'absence de nom sur la sonnette de l'appartement 228. La protection de la vie privée n'était pas le but. C'était plutôt le secret. Le secret absolu. Que j'étais sur le point de percer.

J'appuyai sur la sonnette, n'obtins aucune réponse et recommençai sans plus de résultat. J'attendis un peu, puis je sonnai trois coups brefs. Toujours rien. Mais je ne me décourageai pas. Elle était là. Et Paul aussi. Pourquoi, je l'ignorais et j'étais incapable de le deviner, mais la complexité de leur stratagème m'avait convaincu de leur présence. Ils pensaient peut-être que j'allais renoncer et m'en aller, mais c'était un vain espoir.

J'appuyai de nouveau sur la sonnette et cette fois, je laissai le doigt dessus en comptant les secondes à mi-voix. Avant que j'arrive à quarante, il y eut un déclic dans la grille du haut-parleur et une voix que je reconnus avec un brusque soulagement demanda :

— Oui ?

— Sarah ? C'est Robin. Je peux entrer ?

— Robin ? demanda-t-elle d'un ton horrifié et stupéfait.

— Oui. Je peux entrer ?

— Que... Comment êtes-vous arrivé ici ?

— Je vous expliquerai une fois entré. Il fait assez froid et humide, dehors.

— Non. Je... je ne peux pas vous voir, Robin.

— Ne soyez pas ridicule.

— Je ne le suis pas. S'il vous plaît... s'il vous plaît, partez.

— Vous n'en pensez pas un mot.

— Je vous en prie, Robin. Partez. Cela vaut mieux, croyez-moi. Au revoir. (Il y eut un autre déclic alors qu'elle raccrochait. J'appuyai immédiatement sur la sonnette, me disant qu'elle ne pourrait pas s'en aller tant je persévérerais. Et comme de bien entendu, elle décrocha de nouveau.) Il n'y a rien à dire de plus, Robin. Je veux que vous...

— Paul est avec vous, n'est-ce pas ? Je le sais, alors ne prenez pas la peine de nier. La police le cherche.

— Quoi ? Pourquoi ?

— Laissez-moi entrer et je vous expliquerai.

— Connaît-elle… cette adresse ?

— Non. Mais si je dois partir, je la lui donnerai.

— Ne faites pas cela, Robin. (Le ton avait changé. Elle semblait me supplier – autant pour mon bien que le sien.) Vous n'imaginez pas dans quoi vous mettez les pieds.

— Ouvrez-moi, Sarah.

— Je vous en prie, je…

— Ouvrez.

Un long moment de silence passa, durant lequel un bourdonnement imperceptible m'indiqua qu'elle était toujours en ligne. Puis il y eut l'autre, plus fort, de l'ouverture de la porte. Je poussai le battant qui céda.

J'entrai. La porte se referma derrière moi. Un air chaud et un silence feutré m'enveloppèrent. Je descendis le couloir jusqu'à l'endroit où il se divisait, jetai un coup d'œil à gauche et vis une plaque en laiton indiquant 225-226 ; ASCENSEUR POUR 229-237. Sur la droite, je vis une autre plaque indiquant 227-228. Je pris cette direction, tournai à gauche, passai devant l'appartement 227, tournai à nouveau et aperçus la porte de l'appartement 228 tout au bout.

Elle était munie d'un judas par lequel Sarah avait dû guetter mon arrivée. La poignée tourna à mon approche et la porte s'ouvrit lentement. Mais elle ne se montra pas. Tout ce que je vis à l'intérieur, ce fut un morceau de moquette et un mur nu, faiblement éclairés. Je l'appelai ; elle ne répondit pas. J'hésitai un instant et appelai de nouveau. Toujours aucune réponse. Cela ne changeait pas grand-chose. Je savais ce que j'étais forcé de faire. Il était trop tard pour rebrousser chemin, à présent. Je tendis la main et touchai la porte. Elle grinça légèrement. Puis je m'avançai et franchis le seuil.

23

Une fenêtre sur ma gauche laissait filtrer un reste de grisaille. Devant moi, l'entrée se prolongeait en un couloir plus étroit, éclairé par deux ampoules nues et une troisième après l'angle droit à l'autre bout. Trois ou quatre portes étaient ouvertes sur des pièces plongées dans l'obscurité. L'appartement était tel que je le pressentais – non meublé en dehors de la moquette et des rideaux.

J'entendis la porte d'entrée se refermer avec un déclic derrière moi et je me retournai vers Sarah qui me regardait. Elle était entièrement vêtue de noir – souliers, collant, minijupe et col roulé. Elle ouvrait grand les yeux, le regard fixe. J'entendais distinctement sa respiration rapide. Elle gardait son bras droit derrière son dos dans une drôle de position rappelant bizarrement celle d'un amoureux qui dissimule un bouquet de fleurs à sa bien-aimée.

— Bonjour, Sarah, hasardai-je. Où est Paul ?

— Peu importe Paul, répondit-elle dans un souffle. Comment êtes-vous arrivé ici ? Et pourquoi êtes-vous venu ?

Le comment était facile à expliquer. Ce que je fis. Mais le pourquoi ? Quelque chose dans son attitude – dans ses yeux dilatés – me retint de lui dire sur-le-champ que son père était décédé.

— Mrs. Simpson, murmura-t-elle quand j'eus terminé. Cette stupide bonne femme. Quelle importance ont ses foutues cartes de Noël en comparaison de… (Elle s'interrompit et se ressaisit.) Pourquoi Bella tenait-elle tant à me joindre ? Pourquoi n'est-elle pas avec vous ?

— C'est votre père. Il… ne va pas bien. Bella est… avec lui.

— À Biarritz ?

— Écoutez, pouvons-nous…

— Qu'est-ce qu'il a ?

— Et si nous allions dans un endroit plus confortable ?

— Non. Dites-le-moi maintenant. Tout de suite.

— Je suis certain que ce serait mieux si…

— Dites-le-moi !

Son cri – de douleur et d'impatience mêlées – résonna dans le couloir vide.

— Très bien. Calmez-vous.

Je m'avançai vers elle, mais elle recula vivement, se cognant contre le mur derrière elle. Je vis sa mâchoire se crisper. Elle plissa les paupières.

— Il est mort, n'est-ce pas ?

— Je suis désolé, Sarah. Vraiment. Mais la réponse est oui. Votre père est décédé.

Elle ferma à demi les yeux et des larmes jaillirent. Elle baissa la tête. Sa voix s'étrangla.

— Comment ? Comment est-ce arrivé ?

— Ce n'est pas tout à fait clair. Une sorte de… (Je m'interrompis alors que son bras droit glissait de derrière son dos et retombait le long de son corps. Je vis alors ce qu'elle tenait à la main. Un petit revolver dont le canon et la culasse luisaient sous la froide lumière des ampoules.) Sarah ! Au nom du ciel, qu'est-ce que…

Il y eut un mouvement – une ombre qui traversa mon champ de vision – au fond du couloir. Je fis volte-face et vis Paul à l'autre bout. Il portait un jean, des baskets et un sweat-shirt vert sombre. Et lui aussi brandissait un revolver.

— Paul ?

— Partez tout de suite, Robin, lança-t-il. Sortez et oubliez que vous êtes venu ici.

— Je n'en ferai rien.

— Ce n'est pas votre affaire. Ne vous en mêlez pas.

— Me mêler de quoi ?

— Partez. Pendant que vous le pouvez encore.

— Sarah ? (Je me tournai vers elle et la regardai. Elle leva la tête et essuya ses larmes du dos de sa main gauche. Elle tenait le revolver fermement, l'index posé sur la détente. Et elle serrait les dents d'un air déterminé.) Sarah ?

— Vous ne comprenez pas, Robin. Mais cela viendra. Plus tard. Dites-moi simplement comment Papa est mort. Et ensuite, partez.

— Je ne dirai rien et je n'irai nulle part tant que vous ne m'aurez pas expliqué ce qui se passe ici.

— Il vaut mieux que vous ne le sachiez pas. Croyez-moi.

— C'est vrai, intervint Paul. Croyez-la.

— Pourquoi je devrais ?

— Faites-le, c'est tout ! (Il s'adossa au mur, jeta un coup d'œil dans le couloir sur sa droite, puis se retourna vers nous.) Je te donne cinq minutes pour te débarrasser de lui, Sarah.

Et sur ce, il se redressa et disparut.

— Où est-il parti ? demandai-je à Sarah.

— Ne demandez pas.

— Oui, mais je demande.

— Cela n'a rien à voir avec vous.

— Oh, mais si. J'ai percé vos manigances à jour, vous savez. Les aveux de Paul. Les fausses confirmations. Tout le petit jeu compliqué que vous avez joué.

Elle me regarda d'un air incrédule et quelque chose dans son expression me fit comprendre qu'elle n'avait pas l'intention de nier.

— Comment ? murmura-t-elle.

— Peu importe. Voici ce que je veux savoir : pourquoi avez-vous fait cela ? Pourquoi cette adresse secrète ? Pourquoi ces armes, nom de Dieu ?

— Vous ne devinez pas ?

— Non. (Je scrutai le couloir. Aucun signe de Paul. Mais j'avais entendu un bruit – un gémissement et un raclement métallique.) Paul ? appelai-je.

Il n'y eut pas de réponse. Rien d'autre que le même raclement métallique. Je m'avançai vers le bruit.

— Robin ! s'écria Sarah derrière moi. Arrêtez !

Mais je ne m'arrêtai pas. Je ne crois pas que j'aurais pu. Le couloir m'entraînait sur toute sa longueur, comme dans un rêve, irréel sous la faible lumière, les pièces vides béantes et obscures de part et d'autre. Il fallait que je sache tout de suite. Il fallait que je voie par moi-même.

Arrivé au bout, je jetai un coup d'œil sur ma gauche. Au fond du couloir, une vive lumière s'échappait d'une porte ouverte. Une ombre passa devant. Je me retournai vers Sarah, qui me suivait lentement, secouant la tête, comme pour m'inciter, même à ce stade, à rebrousser chemin, changer d'avis, ne pas insister. Puis je continuai.

C'était une salle de bains, aux murs bleus, glaciale. Depuis l'entrée, on voyait un lavabo et une fenêtre à guillotine dépolie. Sur le rebord de la fenêtre était posé un gros magnétophone noir incongru. Une fois entré, je vis une porte entrouverte dans le coin opposé par où j'aperçus dans la pénombre un siège de toilettes en bois. La baignoire était sur ma gauche, un modèle ancien en fonte avec des pattes à griffes de lion. Les robinets n'étaient pas visibles pour l'instant, étant derrière la porte ouverte. Paul était appuyé contre le mur opposé, le bras droit croisé sur sa poitrine, la main gauche soutenant son coude tandis que son revolver était posé contre sa joue. Je ne sus que déduire de son regard aigu, mais une expression de Bella me revint en mémoire – *extrêmement astucieux en plus d'être complètement cinglé* – et je fus soudain assailli par la peur, comme par une créature invisible et inattendue qui m'aurait sauté sur le dos.

— Vous n'auriez pas dû venir ici, dit-il sans émotion.

J'entendis un gémissement et un raclement derrière la porte. Je m'avançai et tournai la tête. C'est alors que je le vis.

Shaun Naylor, en jean, t-shirt et blouson de denim, était agenouillé dans la baignoire. Ses poignets et ses chevilles étaient menottés dans son dos et reliés aux robinets par une chaîne assez courte pour empêcher toute liberté de mouvement. Ses bras étaient attachés si serré que ses épaules étaient tirées en arrière et son torse poussé en avant. Il avait le menton sur la poitrine, mais il le releva pour me regarder. Il avait un œil si gonflé qu'il était presque fermé, une entaille au front et des gouttes de sang coagulé sur l'encolure de son t-shirt. Un gros morceau de scotch brun était collé sur sa bouche. Il respirait avec difficulté par le nez et transpirait abondamment, soit de panique, soit d'avoir vainement lutté pour s'échapper. Il tira sur la chaîne, le front plissé sous l'effort, et plongea ses yeux dans les miens. C'était le bruit creux des tuyaux métalliques que j'avais entendu depuis l'entrée. Mais ses genoux ne pouvaient avancer que de quelques centimètres et il se laissa retomber contre la paroi de la baignoire avec un gémissement de protestation.

— Il croit qu'il peut s'enfuir par la force, ricana Paul avec mépris. Mais il ne peut pas. Tu entends ça, Naylor ? Pas moyen de t'enfuir, cette fois, espèce de saloperie.

— Pour l'amour du ciel ! m'écriai-je, plus horrifié par le ton triomphant de Paul que par les affreuses marques sur le visage de Naylor.

— Mais c'est bien cela, dit Paul. C'est pour l'amour du ciel. Et de Rowena. Et de sa mère. Et d'Oscar Bantock. Nous faisons cela pour l'amour de tous ces gens.

— C'est votre façon de justifier la torture ?

— Ce n'est pas de la torture, dit Sarah en entrant derrière moi. (Je fis volte-face. Je ne décelai aucune honte dans son expression – ni dans sa voix.) C'est de la justice.

— Quoi ?

— Vous vouliez savoir pourquoi. Eh bien, voilà pourquoi. Quand Rowena est morte, Paul et moi sommes convenus de mettre fin au mal et aux souffrances que cet homme (elle désigna Naylor) a choisi d'infliger à ceux que nous aimions. Nous nous sommes mis d'accord pour faire ce à quoi tout le monde tenait tant. Prouver son innocence. Le faire sortir de prison. Le libérer. Et ensuite…

— Lui reprendre sa liberté, conclut Paul avec un sourire tremblant.

— Cela ne tient pas debout.

Je les regardai tour à tour et j'eus la preuve que cela tenait debout. À leurs yeux.

— Jamais ils n'auraient renoncé, Robin, dit Sarah. Je vous l'ai dit. Ils auraient continué, inlassablement. Jusqu'à transformer Naylor en une espèce de héros populaire. Eh bien, ce n'est aucunement un héros. Et nous allons le prouver.

— Comment ?

— Nous avons enregistré ses aveux. C'est pour cela que nous l'avons fait sortir de prison. Pour qu'il réponde de ses actes. Et c'est pour cela que nous avons dû l'attirer ici. Pour l'avoir entièrement à notre merci. C'est grâce à vous que nous avons trouvé comment nous y prendre. Vous êtes allé le voir à Albany et vous m'avez parlé ensuite de ses problèmes conjugaux. Alors, je suis allée le voir moi-même. J'y suis allée toutes les deux semaines depuis. Pour l'assurer que j'étais désolée qu'il ait été emprisonné à tort. Lui proposer la… consolation… dont il aurait peut-être besoin après sa libération. J'y suis retournée mardi pour le pousser à venir ici dès qu'il le pourrait. Cela ne lui a pas pris bien longtemps, n'est-ce pas ? Je crois qu'il s'attendait que j'enlève ma petite culotte pour lui dès qu'il aurait franchi la porte. Je lui avais promis une surprise. Un cadeau de Noël, figurez-vous. Eh bien, j'ai tenu parole, non ?

— Mais pas concernant cette adresse, se plaignit Paul. (Je perçus immédiatement le soupçon de friction entre eux.) Personne n'était censé trouver cette adresse.

— Oui. (Sarah fronça les sourcils, déçue, comme si on venait de lui mettre sous le nez une erreur stupide dans un document juridique.) Personne n'aurait dû. Mais sans doute fallait-il que quelque chose tourne mal. Nous avons eu de la chance d'arriver jusqu'à ce stade. Il m'est arrivé de penser que nous serions découverts à coup sûr. (Elle leva la tête d'un air de défi – presque fièrement – en me regardant.) Mais vous avez cru aux aveux de Paul, n'est-ce pas, Robin, quand il les a testés sur vous ? Et les policiers aussi. Jamais ils n'ont imaginé que c'était moi qui donnais à Paul les renseignements qu'ils ne l'imaginaient pas en mesure de détenir. Sarwate m'a laissée examiner ses dossiers sur les meurtres quand je suis allée le voir en disant que je commençais à avoir des doutes sur la culpabilité de son client après la diffusion du *Bénéfice du doute.* C'est comme cela que j'ai eu connaissance des faits avec précision. En passant au peigne fin toutes les dépositions de tous les témoins et en m'entretenant avec un ou deux – sans leur dire qui j'étais, bien entendu. Sarwate avait des copies de pratiquement tout. Même des photos de la scène du crime. Je lui ai dit de ne parler à personne de mes recherches afin de m'épargner des embarras professionnels ou familiaux. Et il a accepté. De son point de vue, il aurait été avantageux de m'avoir à ses côtés. Je ne pense pas qu'il lui soit jamais venu à l'esprit que Paul et moi étions de mèche. Devant une telle aubaine, il n'allait pas être trop regardant non plus, n'est-ce pas ?

— Vous en parlez comme si c'était une espèce de jeu.

— Ce n'en est pas un, dit Paul.

Je me retournai vers lui, la stupéfaction balayant ma peur de ce qu'ils avaient l'intention de faire.

— Qui a eu l'idée ? Lequel l'a proposé à l'autre ?

— Cela n'a pas d'importance, dit Sarah.

Paul grimaça un triste sourire.

— Mais cela en a pour vous, en revanche, n'est-ce pas, Robin ? Eh bien, c'est moi qui l'ai proposé. J'avais passé des semaines à pleurer Rowena et notre enfant à naître, et ma douleur – la colère que je ne pouvais passer sur personne – n'a fait qu'empirer. J'ai commencé à repenser à notre vie ensemble, essayé de voir comment j'aurais pu empêcher sa mort. Et j'en revenais toujours à celle de sa mère. Et à ce salaud bon à rien. (Du canon de son arme, il désigna Naylor qui parut à peine le remarquer.) Cela a commencé par une vague idée. Où étais-je le soir de la mort de Louise ? La réponse était si banale... Dans le lit d'une *pension** bon marché de Chamonix avec une Suédoise dont je ne me rappelais même pas le nom. Seulement, c'est là que cela m'est venu. C'était très facile de prétendre que c'était moi l'auteur des meurtres. Dès lors, on serait obligé de remettre Naylor en liberté. C'est vrai, il ne pouvait pas ergoter, n'est-ce pas ? Il ne pouvait pas changer d'avis et déclarer qu'il était coupable en fin de compte. Et il n'en aurait pas envie non plus. Quand on vous libère, vous ne cherchez pas plus loin. Mais une fois libre... il serait à notre merci. (Il ricana.) Je n'aurais pas pu le faire sans l'aide de Sarah, bien sûr. Elle possédait l'agenda de sa mère et une excellente mémoire des faits et des dates. Elle a eu aussi le talent de tout mettre en œuvre. Il m'a suffi de jouer le rôle qu'elle a écrit pour moi. Mais, bon sang, ce que cela a été exigeant. Trois mois à me torturer l'esprit pour accueillir le passé que nous avions inventé. Trois mois d'un quasi-enfer. Mais cela en valait la peine. Pour arriver à ce moment.

Je me retournai vers Sarah, avec dans mon regard la question qu'il était à peine nécessaire que je pose.

— Pourquoi avez-vous accepté de faire cela ?

— Parce que le suicide de Rowena a été la mort de trop. Je venais à peine de surmonter ce qui était arrivé à Maman. En cessant d'imaginer ce que cela avait dû être pour elle. Et puis Rowena s'est jetée du haut de ce maudit pont. Combien j'aurais aimé pouvoir l'en empêcher. Mais c'était impossible. Elle était morte, tout comme le bébé que j'ignorais qu'elle portait. Cela faisait une troisième génération affectée par le meurtre. J'ai voulu riposter. Mais je ne voyais pas comment m'y prendre. Jusqu'à ce que Paul me confie ses réflexions et que je comprenne que c'était une manière de tous les venger.

— Et du même coup faire passer votre mère pour une nymphomane ? Quel genre de vengeance est-ce ?

Elle se mordit la lèvre.

— Nous n'avions pas le choix. Ce sera bientôt rectifié. J'aurais seulement aimé que Papa ait vécu assez longtemps pour… (Elle s'interrompit, submergée par le chagrin.) Dites-moi comment il est mort, Robin. C'était son cœur ? Il avait eu un accident cardiaque il y a douze ans et depuis les meurtres, j'avais peur…

— Il est tombé d'une falaise, Sarah.

— Quoi ? À Biarritz ? Mais enfin…

— Au Portugal.

— Je ne comprends pas. Qu'est-ce qu'il faisait au Portugal ?

— Personne n'a l'air de le savoir. Les autorités pensent qu'il s'agit d'un accident.

— Mais pas vous, n'est-ce pas ? (Elle semblait ne pas remarquer les larmes qui perlaient dans ses yeux.) Vous sous-entendez qu'il s'est tué. Comme Rowena. Et pour la même raison. Vous essayez de me faire endosser la responsabilité, n'est-ce pas ? Vous essayez de suggérer que ce qu'a dit Paul sur Maman l'a poussé à se suicider. (Elle chancela et porta la main à son front.) Mon Dieu, si c'est vrai, nous avons…

— Ce n'est pas vrai ! tonna Paul. (Il se précipita, m'écarta et vint se planter devant Sarah. Son regard était si fermement posé sur elle – et le sien sur lui – que je me demandai un instant si je n'allais pas tenter de m'emparer de l'un des revolvers. Mais je balayai l'idée à peine elle me fut venue. Le seul espoir d'une issue pacifique était de les raisonner.) Écoute-moi, Sarah, continua Paul. Tu veux que nous ayons passé tous ces mois à préparer et à planifier pour rien ? C'est ce qui se passera si tu commences à t'en vouloir pour la mort de ton père. Nous ne connaissons pas les circonstances. Nous ne pouvons pas nous fier à un récit partial des faits. Bon sang, s'il y a quelqu'un à blâmer, c'est bien Naylor, non ? C'est lui qui a tout mis en branle. Mais c'est nous qui allons y mettre un terme.

— Oui. (Sarah se raidit. Ses phalanges blanchirent tant elle crispa le poing sur son arme.) Tu as raison. Il est trop tard pour s'arrêter, à présent. (Elle baissa les yeux vers Naylor.) J'aurais aimé qu'il parle davantage sur l'enregistrement, mais ce que nous avons suffira.

— À quoi ? demandai-je, cherchant à instiller le doute dans son esprit. Des aveux extorqués dans ce genre de circonstances n'ont sûrement aucune valeur légale.

— Absolument aucune. (Sa voix était de nouveau calme, mais je savais qu'elle ne l'était pas. Elle serrait la main gauche aussi fort que l'autre pour l'empêcher de trembler.) Il ne s'agit pas de loi, déclara-t-elle. Mais de morale. De faire payer à Naylor ce qu'il a fait à ma mère et indirectement à ma sœur. Et d'après ce que je comprends, à mon père également. Il les a tous anéantis, n'est-ce pas ? En conséquence...

— Vous comptez le tuer ?

— Non, dit Paul avec emphase. Nous avons l'intention de l'exécuter.

— Vous n'allez pas faire cela. (Je regardai Sarah, la suppliant muettement d'entendre raison.) Vous ne pouvez pas.

— Pourquoi ? (Son regard me défia autant que sa question.) Une balle dans le crâne, c'est plus charitable qu'un viol et la strangulation, non ? Bien plus.

— Peut-être. Mais cela resterait un meurtre.

— Uniquement aux yeux de la loi.

— Et cela n'a pas d'importance ? Vous êtes avocate, nom de Dieu ! Vous êtes censée avoir foi dans la loi.

— C'était le cas. Mais plus maintenant. Plus depuis que j'ai vu à quel point elle est impuissante à extraire le poison des blessures que des gens comme Naylor infligent – aux vivants comme aux morts.

— Mais si vous le tuez, vous ne réussirez qu'à finir là où il devrait être. Derrière les barreaux.

— Qu'il en soit ainsi, alors. Vous ne comprenez pas, Robin ? La crainte des conséquences ne peut rendre mauvais ce qui est juste. (Je vis la certitude briller dans ses yeux comme une ferveur religieuse. Et je vis au-delà qu'il était inutile de débattre. J'étais en partie d'accord avec elle. Et je savais que je ne pourrais la dissuader. Seule la vérité – la seule chose qu'elle ignorait encore – pouvait l'ébranler.) Il mérite de mourir.

— Pourquoi ?

— Vous savez bien. Parce qu'il a tué deux personnes et gâché la vie de plusieurs autres.

— Il est le seul responsable, n'est-ce pas ?

— Bien évidemment.

— Où voulez-vous en venir ? lança Paul sans se retourner.

— À la vérité. Qui est plus compliquée que vous le pensez.

— Comment cela ? demanda Sarah en me fixant.

— Vous a-t-il dit pourquoi il était allé à Whistler's Cot ce soir-là ?

— Il a prétendu qu'on l'avait payé pour tuer Bantock, cracha Paul.

— C'est la vérité. Il a été payé. Ou il l'aurait été. Par un certain Vince Cassidy. Qui a par la suite témoigné contre lui à son procès.

Sarah cligna des paupières, surprise.

— Comment pouvez-vous savoir qu'il nous l'a dit ?

— Parce que c'est la vérité. Quelqu'un a engagé Cassidy pour tuer Bantock. Et Cassidy a fait sous-traiter le contrat par Naylor. Votre mère s'est simplement trouvée là au mauvais moment.

— Vous ne pouvez pas en être certain.

— Si. Parce que ce quelqu'un était votre père.

— Non. Ce n'est pas possible.

— Malheureusement si. Il était convaincu que votre mère comptait le quitter pour Oscar Bantock. Et il était prêt à commanditer le meurtre de Bantock pour la retenir. Cela devait passer pour un cambriolage qui aurait mal tourné. Et cela a effectivement mal tourné. Mais pas de la manière dont lui ou…

— Fermez-la ! (Paul se retourna vers moi en levant son arme, les lèvres tordues par une grimace et les yeux exorbités. La folie que j'avais entraperçue chez lui naguère – la tendance à la violence dont il ne connaissait probablement pas lui-même toute l'étendue – me fit reculer et me cogner contre le lavabo.) Vous croyez que je ne sais pas ce que vous essayez de faire ? grinça-t-il. Que je ne suis pas capable de voir comment vous raisonnez ?

— Papa ? murmura Sarah derrière lui. C'est Papa… qui est à l'origine de tout ?

— Il ment ! lui cria Paul. Il dirait n'importe quoi pour nous dissuader de faire ce que nous avons décidé ensemble.

— Mais c'était avant… (Elle me fixa, m'interrogeant du regard.) Comment le savez-vous ? Comment pouvez-vous en être aussi sûr ?

— Il l'a dit à Bella, pour la convaincre que les aveux de Paul étaient faux. Rappelez-vous combien il en était certain, Sarah. Rappelez-vous combien il soutenait que cela ne pouvait pas être vrai. Parce qu'il savait que c'était faux.

— Mais… il a laissé Paul persister.

— Il ne pouvait pas l'en empêcher sans avouer sa complicité dans le meurtre de sa propre femme. Mais c'est ce qu'il a décidé qu'il devait faire quand il a appris que Naylor allait être libéré. Il comptait faire amende honorable. C'est le mari d'une de ses anciennes patientes ayant des liens avec la pègre et qui passait sa retraite au soleil qui a tout arrangé pour lui. C'est pour cela que votre père est allé au Portugal. Pour le prévenir de ses intentions. Mais il n'a pas pu.

Sa mort n'était pas un accident ni un suicide. Il a été assassiné. Pour protéger les gens qui avaient engagé Cassidy pour lui. Cela vous dit quelque chose, n'est-ce pas ? Une connaissance vaguement louche qui vivrait en Algarve ? Il se peut que vous l'ayez croisé quelquefois.

Sarah me fixa sans rien dire pendant un moment, tandis qu'un ensemble de souvenirs troublants et de questions restées sans réponses devait se mettre en place dans son esprit avec la symétrie caractéristique de la vérité. Puis elle murmura en se laissant lentement tomber contre le mur derrière elle :

— Oh, mon Dieu ! Ronny Dugdale.

— Tu ne le crois tout de même pas ? demanda Paul en la prenant par l'épaule. Il est en train de tout inventer.

— J'ai cru que la réaction de Papa n'était qu'une autre forme de chagrin, dit-elle à mi-voix, presque pensivement, comme si elle n'avait pas entendu les paroles de Paul. J'ai cru qu'il ne pouvait pas se résoudre à penser du mal de Maman et que c'était pour cela qu'il refusait d'accepter notre version des faits. Mais je me trompais. Ce n'était pas du chagrin. C'était de la culpabilité.

— Bon Dieu, Sarah, concentre-toi sur ce que nous sommes venus faire ici ! Tu es en train de tout laisser filer.

— Je faisais cela pour lui. J'essayais de faire disparaître sa peine avec la mienne. Et maintenant, je découvre… que c'était lui le responsable de tout ce qu'a fait Naylor.

— Réveille-toi. (Paul la gifla et la foudroya du regard. Je m'approchai prudemment d'eux.) Robin te ment.

Sarah le regarda avec pitié.

— Non, Paul. Il ne ment pas. Naylor a nommé Cassidy comme étant son complice quand nous lui avons braqué un revolver sur la tempe et ne lui avons donné d'autre choix que de nous dire tout ce qu'il savait de la vérité. Nous n'avons pas voulu écouter, c'est tout. Parce que la responsabilité est plus facile à affronter quand elle est indivisible. À présent, elle doit être partagée entre Dieu sait combien de gens, certains dont nous n'avons même jamais entendu parler. Et c'est mon propre père qui doit en assumer la plus grande part.

— C'est Naylor, et lui seul, qui a violé ta mère. Lui seul qui l'a étranglée.

— Ça ne suffit plus.

— Ça ne suffit plus ?

— Non.

Sa joue portait encore la marque rouge de la gifle. Elle me jeta un regard à la fois convaincu et résigné. Il me sembla y lire avec précision son état d'esprit. La justification qu'elle avait préparée pour ses actes avait perdu sa pureté. Si elle continuait, elle serait totalement souillée. Lentement, avec précaution, elle ouvrit le barillet du revolver et fit glisser les balles une par une dans sa paume.

— Qu'est-ce que tu fais ?

— Je renonce. Je suis obligée. Nous sommes obligés. (Elle tendit le bras vers moi, le revolver vide suspendu à son index, me l'offrant sans quitter Paul des yeux, avec un regard si intense – si implorant – qu'il parut ne pas se rendre compte de ce qui se passait. Je m'avançai, pris le revolver et le fourrai dans la poche de mon imperméable. Déchargé, il ne donnait plus l'impression d'être une vraie arme, tout au plus un poids qui tirait sur mon imper, quelque chose d'encombrant, et nous nous sentirions mieux une fois que nous en serions débarrassés. Mais je savais qu'il y avait un deuxième revolver, dans la main droite crispée de Paul. Et celui-là était encore bel et bien une arme.) C'est terminé, Paul, dit doucement Sarah. Nous ne pouvons pas continuer. Plus maintenant.

— Parle pour toi.

— Cela revient au même. Nous sommes ensemble dans le même bateau ou pas du tout.

— Et quand tu le décrètes, il faut que je tire un trait sur les trois mois que j'ai passés à convaincre tout le monde que j'étais un assassin ? Parfois, j'ai cru devenir fou, tellement ce que tu me demandais de faire était contradictoire et compliqué. Je n'ai tenu que parce que je croyais à ce que nous avions entrepris de mener à bien. Et maintenant tu me dis de laisser tomber. De chasser tout cela de ma vie. Eh bien, je ne peux pas. Et je ne le ferai pas. (Sa voix s'était faite plus aiguë à mesure qu'il parlait. Puis une sorte de convulsion sembla s'emparer de lui. Il avança d'un pas vers Sarah, puis il fit volte-face et me fusilla du regard.) Espèce de saloperie ! hurla-t-il. Tu l'as peut-être convaincue, mais tu ne m'auras pas.

Il leva l'arme et, l'espace d'une seconde, je crus qu'il allait me tirer dessus. Sarah dut penser comme moi, car elle se précipita et empoigna l'arme. Les balles qu'elle avait retirées de son revolver lui échappèrent et se répandirent bruyamment sur les dalles.

— Paul ! Écoute-moi !

Mais Paul refusait d'écouter quiconque. Il repoussa Sarah, pivota sur lui-même, se pencha sur la baignoire et empoigna Naylor par le col avant de lui braquer son arme sur la tempe. Naylor frémit et se débattit, mais il n'était pas en état de résister. Avec le scotch collé sur sa bouche, il ne pouvait même pas tenter de raisonner l'homme qui avait le pouvoir de le tuer d'une pression de l'index. La fragilité de la vie – la nôtre comme la sienne – fut soudainement et horriblement palpable. Sarah et moi nous immobilisâmes, tous les deux paralysés en voyant combien le geste serait facile à faire. Peut-être que Sarah n'avait pas imaginé ce que ce serait jusqu'à cet instant ; les os fracassés et les éclaboussures de sang. Auquel cas, les images qui se bousculaient dans ma tête venaient seulement d'apparaître dans la sienne. Elle était brutalement ramenée à une réalité qui risquait de devenir bientôt sanglante.

— Ne fais pas cela, dit-elle d'une voix rauque.

— Qu'est-ce qui m'en empêcherait ? demanda Paul avec un regard flamboyant. Je n'ai pas oublié Rowena, si toi tu ne te souviens plus d'elle.

— C'est pour elle que je te le demande. Elle ne voudrait pas que tu fasses cela.

Il hésita. Sa main mollit. Le canon de l'arme s'éloigna de la tempe de Naylor, laissant une empreinte circulaire dans la chair. Paul se mit à trembler. Il semblait retenir ses larmes à grand-peine. Des larmes de colère, de frustration et de chagrin.

— On ne peut pas… renoncer… comme ça, sanglota-t-il.

— Il le faut, déclara Sarah.

— Il mérite de mourir. Tu l'as dit toi-même.

— Pas comme cela. Pas maintenant.

— Ce serait un meurtre, Paul, dis-je aussi calmement que je le pus. Et Sarah serait complice. Vous la condamneriez à la prison en même temps que vous. (J'ignorais totalement si c'était légalement exact ou non. J'espérais seulement que Paul ne le sache pas plus que moi.) C'est ce que vous voulez ? C'est vraiment cela ?

— Je veux… la justice.

— Alors, laissez-le vivre. Il ne peut plus y avoir de doutes sur sa culpabilité. Il retournera en prison et il y moisira. Vous y avez veillé. Vous avez enregistré ses aveux. Et nous connaissons la vérité. Une fois qu'elle sera dévoilée, personne ne lèvera le petit doigt pour l'aider.

— C'est sûr ?

— Vous savez bien que oui.

Je sentis qu'il brûlait d'envie de nous entendre dire que ses efforts n'avaient pas été vains. Il avait risqué sa santé mentale, sa liberté et son avenir pour se racheter de ne pas avoir pu sauver Rowena. Et tout cela était encore dans la balance. Mais elle penchait en cet instant. Vers la vie. Vers l'espoir. Vers une sorte de dignité.

— Vous aurez mis un terme aux ragots, Paul. Vous aurez étouffé les mensonges. Cela ne suffit pas ?

Cela aurait dû. Paul aurait dû répondre : « Il le faudra bien » avant de me tendre l'arme, avec réticence, mais une bonne fois pour toutes. Et tout aurait été terminé. Réglé. Sans aucun dommage à quiconque. Nous aurions tous pu respirer à nouveau. Et vivre.

Mais ce n'était pas fini. Loin de là. Car Paul ne répondit pas à la raison et à la logique de la manière dont je l'espérais. J'avais commis la plus vieille erreur qui fût. J'avais calculé comment j'aurais agi à sa place. J'avais imaginé comment j'aurais pu me laisser persuader de renoncer et présumé que cela fonctionnerait avec lui. Mais nous ne savons jamais ce qui se passe dans la tête d'un autre. Nous n'en avons pas la moindre idée. Quelles paroles éteindront la flamme ? Quels mots l'attiseront au point qu'elle se transforme en une seconde en brasier ? Nous l'ignorons totalement. Nous ne pouvons que le deviner. Mal ou bien.

Cela ne suffit pas ? Non, cela ne suffisait pas. Loin de là.

Paul se redressa et fit volte-face en me fixant sans ciller. Il glissa la main gauche dans la poche de son jean et en sortit une petite clé qu'il tendit au creux de sa paume.

— Prenez-la, dit-il calmement.

— Qu'est-ce que c'est ?

— La clé des menottes. Vous voulez libérer Naylor, n'est-ce pas ? Alors, faites-le.

— Attendez. Je ne suis pas sûr qu'il faille…

— Faites-le !

Il leva l'arme et la pointa droit sur moi, le doigt encore sur la détente, tout comme lorsqu'il l'avait braqué sur la tempe de Naylor.

— Ce n'est pas nécessaire, Paul, intervint Sarah. Nous pouvons le laisser là où il est en attendant que la police arrive.

— La police ? Oui. Il va sûrement falloir l'appeler. Pour faire le ménage. C'est à peu près tout ce dont elle est capable.

— Et si nous…

— Prenez la clé et libérez-le, Robin !

La voix de Paul tremblait et sa main frémissait assez pour que la clé tressaute dans sa paume.

— OK, OK, comme vous voudrez.

Je pris la clé. Puis Paul s'effaça et me fit signe de passer. Je m'avançai vers la baignoire et regardai Naylor. Dans ses yeux, je vis tourbillonner peur et supplication. Il savait que tout ne tenait qu'à un fil. Mais il m'avait aussi entendu assurer Paul que, quoi qu'il arrive, sa culpabilité était désormais incontestable.

— Allez, dit Paul derrière moi.

Je me baissai sur la baignoire et vis les deux serrures jumelles des menottes. Je sentis la sueur de Naylor, aigre dans l'air froid. Il tremblait. Tout comme moi. Je me retournai vers Paul.

— Nous ne sommes pas obligés de le faire, plaidai-je. Vraiment pas.

— Moi je dis que si. Libérez-le. Tout de suite.

Il se posta au bout de la baignoire et leva de nouveau le revolver.

— Très bien. (Je levai la clé pour qu'il la voie.) Je ne discute pas.

Je me penchai en maintenant les menottes des poignets d'une main tandis que je glissais de l'autre la clé dans la serrure. Je la tournai et elles s'ouvrirent.

Naylor tressaillit et écarta les bras, me permettant d'atteindre l'autre paire et de libérer ses chevilles. Les menottes firent un bruit creux en tombant au bout de leur chaîne sur la fonte émaillée. Je me relevai et regardai Naylor s'effondrer contre la paroi de la baignoire, puis se redresser lentement, dépliant ses membres avec raideur, grimaçant alors que le sang revenait dans ses articulations et ses muscles.

— Satisfait ? demanda Paul avec aigreur. (Il se pencha et arracha le morceau de scotch qui bâillonnait Naylor. Celui-ci poussa un cri de douleur et ferma les yeux en roulant sur le côté comme pour échapper à son bourreau.) J'espère que vous l'êtes. Que vous l'êtes tous.

La voix de Paul s'étrangla. Il se releva, tenant gauchement l'arme devant lui, comme s'il ne l'avait jamais vue, son regard perplexe allant tour à tour du revolver à Naylor et à nous.

— Nous devrions appeler la police, dit Sarah, une peur sournoise pointant sous la logique de ses paroles. Sans tarder.

Elle avait dû sentir à présent ce que j'avais moi aussi perçu. Que la folie déferlait sur nous comme des loups sur un campement sans défense. Aucun de nous n'allait sortir indemne de cette histoire.

— Tu as résilié la ligne, dit Paul avec un étrange gloussement sans joie.

— Nous pouvons appeler de chez un voisin. Cela ne prendra pas longtemps.

— On n'est pas pressés, alors, hein ? (Il prit une profonde inspiration.) On a plein de temps, même. (Une autre inspiration, encore plus profonde.) Tu es partie et j'aurais dû te suivre. Mais je n'en avais pas le courage. (Des larmes se mirent à ruisseler sur ses joues. Il ne nous parlait plus. Il ne parlait plus à personne de visible. Mais lui la voyait. Distinctement.) Je l'ai trouvé, à présent, cependant. C'est le seul moyen, n'est-ce pas ?

Il ouvrit grande la bouche, fourra le canon de son arme entre ses dents, hésita une fraction de seconde, puis appuya sur la détente.

La puissance du coup de feu fit reculer Paul contre la porte des toilettes, qui s'ouvrit à la volée. Il s'étala de tout son long dans l'embrasure et l'arme tomba bruyamment sur le sol, à ses pieds. Du sang ruissela sur les moulures de la porte qui se referma lentement en grinçant et s'arrêta contre son épaule. Et du sang – encore plus – continua de jaillir derrière lui pour former une flaque. Le silence se referma sur nous – un long moment figé de sens ébranlés et de réactions retardées.

Suivi par le bruit des sanglots de Sarah. Puis par un mouvement, un froissement, comme la réalité qui fait irruption dans un rêve. Je vis Naylor se lever et enjamber le rebord de la baignoire, tête baissée, le regard fixé sur le cadavre de Paul. Le temps s'étira, élastique, dans mon esprit. Et je compris brutalement l'intention de Naylor. Nous lui avions dit que sa remise en liberté était une illusion que nous avions les moyens de faire voler en éclats. Mais Paul était encore en vie à ce moment-là. À présent, il était mort. Si sa complice devait aussi mourir, avec le seul et unique témoin de ce qu'ils avaient fait, Naylor pourrait – peut-être – s'enfuir en homme libre.

Et quand bien même, que lui importaient deux meurtres de plus ? C'était un risque qu'il valait la peine de prendre. Nous l'avions rendu plus dangereux que jamais. Nous avions fait de lui un homme qui n'a rien à perdre.

Je m'élançai alors qu'il sortait de la baignoire et lui donnai un coup d'épaule de toutes mes forces. Déséquilibré, les membres encore ankylosés, il retomba contre le mur. Je levai un bras pour amortir le choc, mais il eut la présence d'esprit de me saisir le poignet et de m'entraîner avec lui. C'est alors que son pied dérapa sur l'émail et qu'il me lâcha assez longtemps pour que je puisse tomber à genoux et ramasser le revolver.

Je fis volte-face, l'arme au poing, l'index glissant vers la détente. Naylor était au-dessus de moi, une jambe dans la baignoire, l'autre dehors. Il s'immobilisa en plein mouvement en voyant le revolver. Son visage, déformé par les entailles et les bleus que lui avait infligés Paul, se figea dans une grimace perplexe. Fondre sur moi. Ou pas. Jouer le tout pour le tout. Ou jouer le temps. Je vis tous ces calculs se dessiner sur ses traits.

— Ne bouge pas, dis-je d'une voix rauque en me relevant lentement et prudemment et en le gardant constamment en joue. (Il ne bougea pas même un muscle.) Sarah ! criai-je sans le quitter des yeux. (Je la distinguais tout juste du coin de l'œil, accroupie dans l'entrée, s'enveloppant les épaules de ses bras. Mais j'eus la sagesse de ne pas la regarder directement. Naylor saisirait la moindre occasion que je lui offrirais, si mince soit-elle.) Sarah !

— O-oui ?

— Allez appeler la police.

— Mais…

— Allez-y !

— D'a… d'accord. Je vais… faire le plus vite que je peux.

— Ne revenez pas ici. Attendez les policiers dehors. Ils auront besoin qu'on leur indique le chemin.

— Dehors. Mais…

— Sortez, Sarah. Tout de suite.

Elle obéit sans un mot de plus, devinant peut-être plus dans mes paroles que je n'en avais l'intention. J'écoutai – et je regardai Naylor en faire autant – ses pas décroître alors qu'elle courait dans le couloir. Nous entendîmes la porte de l'appartement s'ouvrir et se refermer. Puis le silence envahit les pièces vides autour de nous. Nous n'étions plus que tous les deux. La confrontation – le moment décisif – que nous avions passé trois ans et demi à éviter, à contourner et à approcher pouce par pouce.

Naylor sortit précautionneusement son autre jambe de la baignoire et posa le pied par terre, me défiant du regard de lui ordonner de ne pas bouger. Mais si je le lui disais et qu'il n'obéissait pas, je n'aurais qu'une seule riposte possible. Il mettait ma résolution à l'épreuve, jaugeait ce dont j'étais capable – ou incapable. Il l'ignorait. Il n'en était pas sûr. Et moi non plus.

— Qu'est-ce qu'on fait, maintenant ? demanda-t-il, faisant monter le défi d'un cran.

— Nous attendons la police.

— Je crois pas, non.

— Moi je dis que si. Et c'est moi qui tiens le revolver.

— Mais tu t'en serviras pas. Tu as pas les tripes.

— Vous en êtes sûr ?

Il plissa les paupières. L'espace d'une seconde, il pesa mentalement la question, cherchant la certitude dont il avait besoin. Puis :

— Je vais te dire ce qu'on va faire. On va conclure un marché.

— Un marché ?

— Ouais. Tu me laisses filer par la fenêtre, avec la bande en poche, avant que les flics se pointent… et on est quittes.

— Pourquoi je ferais cela ?

— Parce que si tu le fais pas, quand ils se pointeront, je dirai que tu as participé. Que trois personnes m'ont fait prisonnier, m'ont torturé et menacé de me tuer, et que tu en faisais partie. Enlèvement. Agression. Association de malfaiteurs. Dieu sait quoi. Ça pourrait te coûter quelques années de taule.

— On ne vous croirait pas.

— Tu es sûr ? ricana-t-il. Réfléchis. Pourquoi prendre le risque ? Qu'est-ce que ça représente pour toi ? La mère de la fille. La femme du mec. Un vieux peintre pourri. Qu'est-ce qu'ils étaient pour toi ? Rien du tout, pas vrai ?

J'en aurais presque souri. Naylor venait de répéter mon erreur. Il était tombé dans le même piège fatal. Et il avait décidé pour moi.

— Vous avez raison, bien sûr, dis-je. Ils n'étaient rien pour moi que des inconnus. De parfaits inconnus.

— Eh bien, voilà.

— Vous savez pourquoi j'ai dit à Sarah d'attendre dehors ? Je ne le savais pas, alors. Jusqu'à cet instant. (Je levai l'arme et posai le canon sur son front. Il écarquilla les yeux. Sa bouche s'ouvrit. Il essaya de reculer, mais, avec le rebord de la baignoire derrière ses genoux, il ne pouvait aller plus loin. *Pouvons-nous vraiment changer quoi que ce soit, à votre avis ?* Peut-être que oui, Louise. Peut-être que non. Je ne sais pas. Je n'en sais toujours rien. Mais finir les choses ? C'est différent. Quand arrive le moment et que vous le reconnaissez comme tel, c'est complètement différent.) Il y a eu un changement de plan, Naylor. Nous n'allons pas attendre la police, finalement. Ou plutôt, vous, vous n'allez pas l'attendre.

— Quoi ?

— Vous devriez m'en être reconnaissant. Je vous rends service, en fait. De cette manière, vous n'aurez pas à retourner en prison. Et vous découvrirez ce qu'a éprouvé Lady Paxton quand elle a compris que vous n'alliez pas l'épargner.

— Attends, mec. Tu es pas…

— Sérieux ? Oh, que si. Je le suis. (Devant moi, les arbres étaient de plus en plus espacés alors que je courais. Il y avait une clairière inondée de soleil où Louise attendait. Et cette fois, j'étais sûr qu'elle ne s'en irait pas.) Je ne l'ai jamais été autant.

— Ouais, mais…

Il n'acheva pas sa phrase. Même si, dans un sens, on pourrait dire qu'il la termina. Il paya la dette qu'il devait depuis longtemps pour ce qu'il avait fait. En cet instant précis.

Épilogue

Tout commença il y a plus de trois ans, par une radieuse soirée au cœur de l'été. Et tout se termina hier, alors qu'une nuit d'hiver refermait ses volets sur moi. Était-ce seulement hier ? Là où je suis, cela semble tellement plus lointain, plus éloigné dans le passé. Le temps s'est allongé au fur et à mesure du récit. Mais j'ai presque terminé. Bientôt, vous aurez votre déposition. Ensuite, vous aurez toute liberté de taper vos rapports et de tirer vos conclusions officielles. Et alors, vous saurez absolument tout.

C'est difficile à croire, mais c'est vrai. Il y a seulement vingt-quatre heures, une arme à la main, je considérais le cadavre de Naylor et j'écoutais son sang goutter lentement dans la baignoire. Je ne regrettais pas de l'avoir tué. Je ne le regrette pas maintenant. Je ne pense pas le regretter jamais. Mais il y avait des émotions plus puissantes que le chagrin à affronter après le geste que je venais de faire. Le choc me fit lâcher le revolver et me recroqueviller en l'entendant heurter bruyamment le fond de la baignoire. L'horreur me fit étaler les taches de sang sur ma chemise et mon imperméable dans un vain effort pour les essuyer. La peur me fit m'appuyer, impuissant, au lavabo, tremblant et haletant, submergé par une vague de nausée. L'incrédulité me fit regarder, hébété, mon reflet dans le miroir au-dessus du lavabo.

Et c'est seulement alors que je vis Sarah, debout dans l'embrasure derrière moi. Elle s'avança et m'enlaça en posant la tête sur mon épaule. Nous restâmes ainsi pendant de longues minutes, sans parler. Puis nous passâmes dans l'autre pièce, baignée de la faible lumière de l'éclairage public du jardin. Nous nous assîmes par terre, près de la porte, dos au mur. Toujours sans rien dire. Je supposai – quand je fus capable de supposer quoi que ce soit – que nous attendions d'entendre une sirène de police approcher dans le bourdonnement lointain de la circulation. Mais quand Sarah brisa le silence, je compris que non.

— Je n'ai pas appelé la police, Robin. Je n'ai pas quitté l'appartement. Le moment venu, je n'ai pas pu m'y résoudre. Il y avait quelque chose d'étrange dans votre voix quand vous m'avez dit de partir. Une sorte de… mauvais présage. Je suis restée dans le couloir à tenter de déterminer ce que c'était, j'ai attendu et écouté, sans savoir quoi. Puis j'ai entendu la détonation.

— Eh bien, vous feriez mieux d'appeler la police, maintenant, non ?

— Vous êtes sûr que c'est ce que vous voulez ? Nous ne pourrons pas revenir en arrière, si je le fais.

— Revenir en arrière est impossible, de toute façon.

— Mais si. Pour vous. Si vous partez avant que j'appelle la police, elle n'aura pas besoin de savoir que vous étiez ici. Je pourrai dire que Paul a abattu Naylor avant de se suicider. Et je pourrai dire pourquoi.

— Cela ne marchera pas. Il y a mes empreintes sur l'arme.

— Nous pourrions les essuyer. Et tout ce que vous avez pu toucher. En plus, la police n'aurait aucune raison de rechercher vos empreintes.

— Cela ne marcherait tout de même pas.

— En fait, je pense que si. À mon avis, vous pourriez partir maintenant et vous envoler pour Rio demain sans que personne pose la moindre question. (Elle glissa sa main dans la mienne.) Pourquoi ne partez-vous pas, Robin ? C'était mon idée, pas la vôtre. Pourquoi devriez-vous en assumer la responsabilité ?

Je fixai l'obscurité autour de nous, tenté par la pensée de pouvoir m'en aller, indemne et exempt de tout soupçon. Cette possibilité s'offrait à moi, proche d'une certitude.

Mais, si j'étais parti, qui vous aurait dit qu'elle ne voulait pas que cela se termine ainsi ? Vous ne l'auriez pas crue, n'est-ce pas ? Elle le savait, bien sûr. Elle le savait très bien. Et moi aussi. C'est pour cela que j'ai dû refuser. Parce que deux personnes ne peuvent cesser d'être des inconnus l'une pour l'autre qu'une seule fois. À partir de cet instant, il n'y a plus de retour en arrière possible. L'erreur est de croire le contraire. Mais nous sommes censés apprendre de nos erreurs, n'est-ce pas ? Je suis parti une fois et je l'ai regretté chaque jour de ma vie. Cette fois, je ne partirai pas.

REMERCIEMENTS

Pour l'aide et les conseils qu'ils m'ont généreusement et sincèrement prodigués durant l'élaboration et la rédaction de ce roman, je remercie du fond du cœur les personnes suivantes : Jonathon et Susan Stoodley et leurs nombreux amis à Bruxelles, notamment Xavier Lewis et Nicholas Chan, sans lesquels la carrière de Robin Timariot comme fonctionnaire titulaire de la Commission européenne n'aurait jamais commencé, mais dont les désillusions ne s'inspirent en aucune manière de la leur; Alistair Brown du Service pénitentiaire du ministère de l'Intérieur et Colin Symons, adjoint au directeur de la prison d'Albany, qui m'a permis d'imaginer quelle existence Shaun Naylor y aurait menée; Nigel Pascoe, qui s'est révélé un juge plus éclairé que je ne l'aurais jamais été; et en dernier, mais certainement pas le moindre,

Malcolm McCarraher, qui a dû parfois regretter de m'avoir proposé d'exercer sa sagacité sur les énigmes légales soulevées par l'intrigue, mais qui ne s'en est jamais plaint.

Je remercie également le directeur de la prison d'Albany pour m'avoir donné accès à son établissement; Hugh

Barty-King, auteur de *Quilt Winders and Pod Shavers*, un livre qui a joué un rôle capital dans la genèse littéraire de Timariot & Small, fabricants de battes de cricket de Petersfield, dont ce roman est en partie l'histoire ; et feu Edward Thomas, dont les poèmes m'ont fourni un sous-texte évocateur et étrangement adapté à nombre des scènes que j'ai dépeintes. (Ceux qui sont cités en particulier étant, par ordre de référence, « The Cherry Trees », « After You Speak », « It Was Upon », « Celandine », « The Unknown », « What Shall I Give ? », « Like the Touch of Rain », « The Other », « When First » et « Early One Morning ».)

Robert Goddard
dans Le Livre de Poche

Par un matin d'automne n° 32050

Fin des années 1990. Leonora Galloway part en France avec sa fille près d'Amiens, au mémorial franco-britannique qui honore les soldats tombés durant la bataille de la Somme, lors de la Grande Guerre. Sur le monument, la date officielle du décès de son père est le 30 avril 1916. Or Leonora est née près d'un an plus tard.

Heather Mallender a disparu n° 32874

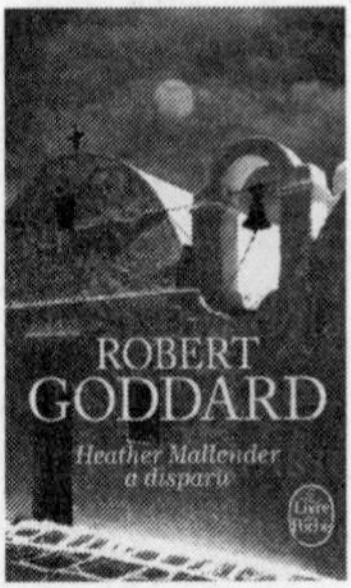

Venue séjourner sur l'île de Rhodes, Heather Mallender disparaît au cours d'une balade en montagne. Harry Barnett, le gardien de la villa où elle résidait, soupçonné de l'avoir assassinée, décide de mener l'enquête à partir des vingt-quatre dernières photos prises par la jeune femme.

Le Secret d'Edwin Strafford n° 33278

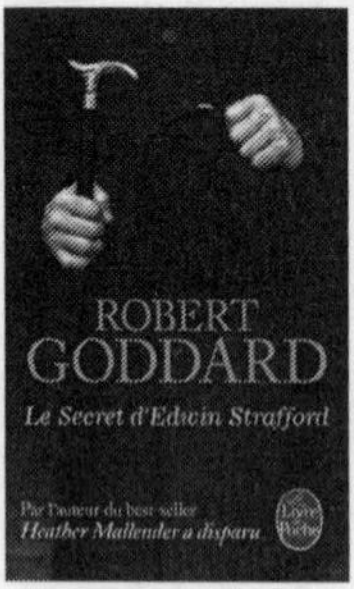

1977. Martin Radford, jeune historien, arrive sur l'île de Madère. Il y rencontre Leo Sellick, qui habite la propriété d'Edwin Strafford, qui fut ministre de l'Intérieur avant de démissionner en 1910. Le manuscrit de ses mémoires, retrouvé dans la villa, devrait pouvoir expliquer cette mystérieuse rupture, mais la lecture qu'en fait Martin pose de nouvelles questions.

Du même auteur :

Par un matin d'automne, Belfond, 1990 ; Sonatine éditions, 2010

Les Voies du bonheur, Belfond, 1992

Les Ombres du passé, Belfond, 1993

Le Cercle de la trahison, Belfond, 1995

Heather Mallender a disparu, Sonatine éditions, 2012

Le Secret d'Edwin Strafford, Sonatine éditions, 2013

Le Retour, Sonatine éditions, 2014

PAPIER À BASE DE FIBRES CERTIFIÉES

Le Livre de Poche s'engage pour l'environnement en réduisant l'empreinte carbone de ses livres. Celle de cet exemplaire est de :
550 g éq. CO_2
Rendez-vous sur www.livredepoche-durable.fr

Composition réalisée par Belle Page

Achevé d'imprimer en février 2015 en France par
CPI BRODARD ET TAUPIN
La Flèche (Sarthe)
N° d'impression : 3009582
Dépôt légal 1re publication : mars 2015
LIBRAIRIE GÉNÉRALE FRANÇAISE
31, rue de Fleurus – 75278 Paris Cedex 06